U0855572

月牙河的儿女

——功与过

风　尘　著

地震出版社

图书在版编目（CIP）数据
月牙河的儿女．功与过 / 风尘著 .—北京：地震出版社，2016.7
ISBN 978-7-5028-4724-1
Ⅰ．①月… Ⅱ．①风… Ⅲ．①长篇小说－中国－当代
Ⅳ．① I247.5
中国版本图书馆 CIP 数据核字 (2016) 第 011738 号

地震版 XM3702

月牙河的儿女——功与过
风尘 著
责任编辑：范静泊
责任校对：凌 樱

出版发行：地震出版社
北京市海淀区民族大学南路 9 号 邮编：100081
发行部：68423031 68467993 传真：88421706
门市部：68467991 传真：68467991
总编室：68462709 68423029 传真：68455221
市场图书事业部：68721982
E-mail：seis@mailbox.rol.cn.net
http://www.dzpress.com.cn
经销：全国各地新华书店
印刷：北京鑫丰华彩印有限公司

版（印）次：2016 年 7 月第一版 2016 年 7 月第一次印刷
开本：710×1000 1/16
字数：367 千字
印张：24.75
书号：ISBN 978-7-5028-4724-1/I(5420)
定价：52.00 元
版权所有 翻印必究
（图书出现印装问题，本社负责调换）

目录

第一章　李云鹏喜结连理　小棒子贪玩溺水

一行笔直的电线杆从那片墨绿的田野里一直延伸到了临河铺的大队部。小棒子和一伙孩子们在大队部门前玩耍，小棒子特别的顽皮，从这根电线杆到那根电线杆来回地跑着，这会儿他正抱着根电线杆，把耳朵贴紧紧贴在木线杆上，听电线震动带来的嗡嗡的响声。

“小棒子，你在听什么呀？”李有福带着架线的工人忙着布电话线。

小棒子蹦蹦跳跳地跑过来，对李有福说：“李爷爷，我在听电话呢。”

李有福哈哈地逗着小棒子说：“那你听到什么了啊？”

小棒子神采飞扬地说：“我听到电话里面嗡嗡的响声了。”

“真的吗？我不信。”李有福说。

“真的。不信你也听听。”小棒子天真地说。

李有福把耳朵贴在电线杆上，果然有嗡嗡的声音。“听到了没有啊？没骗你吧。”小棒子说。

李有福走过去把小棒子抱起来说：“小棒子，你知道电线杆为什么响吗？”

小棒子摇摇头，“不知道。”

李有福说：“那是风刮的。”

小棒子看看周围的树，那些郁郁葱葱的树叶像是没有一点动静，他奇怪地说：“李爷爷，没有刮风啊。”

李有福知道对孩子不好解释清楚，就在他面颊上亲了一下，然后，把他放下来说：“小棒子，等会电话接通了，我让你听听电话好吗？”

小棒子拽着李有福的衣服说：“你是书记，可不兴说谎哦。”

李有福说：“爷爷怎么会说谎呢，等会电话线就架好了，一定让你听。”

小棒子跑到孩子群里，高兴地宣布道：“李爷爷说，一会儿电话接通了，让我听电话。”

小豆子挤眼弄眉地说："你还当真呢。那是李爷爷和你闹着玩的，电话是大人玩的东西，你不会玩。"

小棒子不满意地对小豆子说："我会玩，我就会玩。"说着又跑去找李有福去了。

蓝叶萱过来了，见小棒子缠着李有福，就走过来拉着小棒子说："你缠着李爷爷干什么呀？去和哥哥姐姐们玩去。"

小棒子俏皮地说："我不去，李爷爷说，一会儿电话安装好了让我听电话。"

蓝叶萱说："爷爷逗你玩呢，电话是工作用的，不是玩的东西，懂吗？"

蓝叶萱见小豆子正和那群孩子们在玩泥巴做的弹子，她把小棒子交给小谷子，说："领着他玩，别让他乱跑啊。"

小谷子和一帮姑娘们在跳绳，不情愿地对小棒子说："你就坐在这里看我们跳绳。"她把小棒子按在地上坐下了。

小棒子坐在那里东看看，西瞅瞅，见电话线接到了大队部，趁小谷子不注意，偷偷地溜进了大队办公室里。电话机已经安装好了，李有福见架线工人拨通了电话，说了一句话便把电话放下了，他也照着架线工人样子，拿起电话机的把柄使劲摇了几圈，听到话筒里传来一个女人的声音："喂，你要哪？"

李有福没弄明白对方是谁，反问道："你是哪呀？"

"我是总机。"那边生硬地答道。

李有福呵呵地说："对不起，我是临河铺大队，电话线刚接通，我是在试电话。"

李有福听到对方"嗯"了一声，好像不太高兴把电话挂了。

小棒子站在李有福腿下，听到了电话机里传出的声音，心里激动得砰砰地跳，他看着听筒，感觉很稀奇，就对李有福说："李爷爷，让我也说句话好吗？"

李有福拿下话筒递给小棒子，小棒子把听筒对着耳朵，电话里传出断断续续的忙音。小谷子学着李有福的样子，对着话筒咿咿呀呀地乱说了一通。他问李有福："李爷爷，里面怎么没有人说话了呀？"

李有福接过话筒，放在电话机上说："里面的人回去吃饭去了，等她吃过饭你再和她说话吧。”

小谷子从外面跑了过来，拧着小棒子的耳朵把他拽了出去。“谁让你乱跑的，小心我把你的耳朵拧掉。”

小棒子疼得龇牙咧嘴地说：“疼，姐，别拧了好不好？”

小谷子刚松了手，小棒子便一蹦三跳地逃跑了，碰见吖吖、嘎嘎在踢毽子，就对他们说：“刚才我打电话了，可好玩呢，李爷爷说电话里的人回去吃饭了，等会儿我还去。”

嘎嘎对吖吖说：“姐，我们也去看看吧。”

小棒子说：“你去了，李爷爷也不让你打电话。”

吖吖眉毛一扬说：“那电话是你家的呀，只兴你打，就不兴别人打啊？”

小棒子嘻嘻地笑道：“那电话就是我家的，俺娘是队长。”

吖吖没话说了，拉着嘎嘎就去了大队部。小棒子哼唧着童谣，一路上逢人便说他会打电话了。

李云鹏要娶媳妇了，临河铺大队显得热闹非常。在临河铺，婚丧嫁娶基本上是由大队负责操办的，这些年来已经形成习惯了。每逢喜期，少不了马世轩捧场，他总会把他的那帮吹吹打打的朋友召集过来热闹热闹。

李云鹏娶媳妇比起别人有所不同，别看鬼不缠平时是个小气鬼，算盘打得特别精，要想让他多花两个钱比杀他还难，但在儿子结婚这件事情上，他却显得落落大方。除了大队准备的那些东西以外，他额外地杀了一头猪，宰了两只羊，买了一些喜糖喜烟之类的东西，可以说，李云鹏的婚事在临河铺，那种排场是前所未有过的。

李云鹏的新媳妇是徐圩子人，听说姑娘长得特别好，可谁也没见过。娶亲那天，光徐圩子送亲的人就来了十几个，除了那些堂兄表弟的自家亲戚们，还有挑花挑、挎红筐的人，那长长的结亲和送亲队伍十分显眼。

李云鹏走在队伍的中间，他头戴一顶新军帽，上身是蓝时令布褂子，下身是一条三合一杂色裤，脚踏一双网球鞋，走起路来雄赳赳的，看上去特别潇洒。新媳妇一身红妆，穿双绣花布鞋，走起路来扭扭捏捏，那种犹抱琵琶半遮面的样子，比李云鹏更引人瞩目。

鬼不缠高兴得一双小眼合成了缝。花喜鹊忙得马不停蹄，忙上忙下地接待着客人。李有福在大队门前迎接，蓝叶萱后面张罗。马世轩那帮人在结亲的队伍的前面吹吹打打，那场面真够气魄，连那些送亲的人都感到十分荣耀。

新娘被接到大队部办公室里，那些送亲的人到此完成了使命，被负责支客的人接到鬼不缠家吃喜酒去了。大队部里里外外挤满了看热闹的人。李有福是主婚人，蓝叶萱是证婚人，结婚仪式依旧在大队办公室里举行。屋内除了新人的亲属，几乎都是大、小队的干部。当婚礼开始的时候，屋内屋外爆响出雷鸣般的掌声。

新媳妇长相果然不一般，长发、柳腰、眉清目秀，一颦一笑，眉目流情，看得那些男人们直流口水。鬼不缠穿的很整齐，这天不仅是儿子的大喜日子，也是他鬼不缠露露脸的机会，他能把儿子的婚礼办得这样红火，说明他有能耐。鬼不缠挤到大门口，被马小五给挡住了，取笑道："你着得什么急呀，接到家里还怕看不够？"

鬼不缠咧着嘴，嘿嘿地笑道："这是儿子一生中的大事，我得检查一下有没有出漏子的地方。"

马小五绷着脸认真地说："怎么没有？你要不问，我也不会说，这里已经出了大漏子了。"

鬼不缠急切地问道："哪里出漏子了啊？"

马小五趴在鬼不缠耳边嘀咕说："你儿子新婚，怎么让他戴绿帽子啊？"

鬼不缠楞了一下，正儿八经地说："你可别胡乱说，他戴的是军帽，你这话要是上纲上线可不是开玩笑的啊。"

马小五哈哈笑道："你吓唬谁呢？这话可不是我说的。不信，你去听听大家是怎么说的。"

鬼不缠挤到了办公室门口，屋里已经是水泄不通，他像是加楔子一样，挤进了人缝里，看看婚礼已经开始，他就停了下来。鬼不缠个头不高，看不到"主席台"那边的情况，他只好立起脚尖，伸长脖子，竖着耳朵听完了证婚人和主婚人的讲话。眼看着闹新人就要开始了，他慌着往"主席台"那边挤去，想趁大家取闹之前也讲几句话。见是新人的父亲，人们纷纷给他让开了路，他挤到马二锁面前，马二锁嘲笑道："急着看'红绡帐里一琵琶'啊？"

这句话是鬼不缠常给人们讲的苏东坡爬灰的笑话，现在轮到别人取笑自己了。

鬼不缠笑道："去去去，开什么玩笑呢。"

马二锁让过鬼不缠，嘴里还再说："尤留风水在李家。"

鬼不缠装出没听着的样子，一直挤到了"主席台"前。李有福说："同志们，新郎的父亲有话要说，大家欢迎。"

稀稀拉拉地响了几声巴掌，鬼不缠赤红着脸，扫了大家一眼，然后，向人们深深地鞠了一躬。

"各位父老乡亲，同志们，谢谢你们给我鬼不缠捧场……"

下面人声鼎沸，有人故意高声说："我们是来给云鹏贺喜的，哪个是来给你捧场的啊。"

人群里爆发出一阵阵笑声，弄得鬼不缠满面尴尬。鬼不缠接着说："今天是我儿子的大喜日子，承蒙各位的光临，在此，我再次代表儿子向大家表示感谢。"

马二锁喊道："你代表不了你的儿子，人家马上就要入洞房了，你也入洞房吗？"

人们又是一阵狂笑。花喜鹊眼见鬼不缠不能再说下去了，生怕别人还会有什么污言秽语，她忙把丈夫推到一边，自己接着丈夫的话往下说："希望孩子们婚后，用自己勤劳的双手去建设大队，去创造美好的生活，为社会主义事业增砖添瓦。"

"好。"人群中爆发出雷鸣般的掌声。

马刘氏带着四个孩子在大队部门前凑了一会儿热闹，看着群众把新娘新郎逗得团团转，乐得嘴都合不拢。眼见已近中午，不得不忙着回家做饭。小豆子和小谷子姊妹四个玩得入了迷，哪个都不愿和她一块回去，她只好把带孩子的事交给了小豆子，自己匆匆地先回去了。

大队部里人山人海热闹非常，孩子们跟着唢呐的声音"哇哩唔哩哇，新娘娶到家"地唱着，小棒子跟不上那些大孩子，只好一个人出了大队部。大队部后面是一个池塘，也是孩子们经常喜欢去挖塘泥玩家家的地方。小棒子想到沟边挖坨塘泥做泥人，这时看见一只蜻蜓停在了沟边的残荷的茎杆上，这只蜻蜓特别漂亮，尾翼就像小蝴蝶那么大，不停地张弛着，一双美丽的大眼睛还不时地上下张望。小棒子被迷住了，盯着蜻蜓心里砰砰地跳。小棒子顺着池塘边轻轻地来到蜻蜓的后面，一心想把蜻蜓捉住。在他伸手去抓蜻蜓尾巴的一刹那，脚下一滑掉进了池塘里。小棒子没来得及叫喊水已经漫过了头顶，他顺着塘边拼命往岸上爬，由于坡陡水深，他挣扎了一会儿，就再也没有动静了……

第二章　蓝叶萱痛失小棒子　鬼不缠巴结知天命

蓝叶萱这些天忙坏了，主持完马锦超的婚礼，没有去吃喜宴就回到了家里，想中午好好地睡上一觉。哪料到回到家里，公婆对她说小棒子找不到了，公公出门去寻找小棒子了，到现在还没有回来。

蓝叶萱也顾不得喝口水，抬腿就往外跑，碰着满头是汗的公公。“怎么样，找到了没有啊？”

马世轩急得眼睛都红了。“没有，我找遍了全大队。没发现小棒子的影子。”

“是不是到别的孩子家玩去了？”蓝叶萱问。

马世轩摇着头说：“问过邻家了，都说没有见到，那些该找的地方也都全去了。”

蓝叶萱说：“他一个小孩子能去哪呢？”

马世轩没敢往坏处想，他说：“会不会是被外来贺喜的人带走了？”

蓝叶萱赶紧去了鬼不缠的家，请他帮忙向那些送亲的亲戚们打听，问问有没有人见到小棒子。

听说小棒子找不到了，李有福立即发动了全大队的社员群众，人们找遍了大、小队的每一个角落，一直到了晚上，依然没有小棒子的下落。到周围大队找孩子的人们也陆续回来了，都说没有人见过小棒子。蓝叶萱急得恨不能把头往墙上撞。马世轩一夜没合眼，天一亮，他就把大队附近的沟沟塘塘又转了一遍。回到家里，就开始埋怨起马刘氏来，说她不该丢下孩子自己回去。老两口又吵了一回。

蓝叶萱听公公婆婆为了孩子在生气，走过去劝道："孩子找不到了大家心里都很难受，你们也别吵了，现在还是想想小棒子有可能在什么地方。"

马世轩见蓝叶萱的眼圈变黑了，眼睛里布满了血丝，知道她也是一夜没睡，遇到这样的事情，有谁比亲身母亲还难过啊。他不再吭声了，点着了烟袋，一声不响地抽了起来。

蓝叶萱把小豆子和小谷子叫到门外，一遍又一遍地追问问小棒子丢失的经过。小豆子当时只顾看热闹，哪注意到小棒子什么时候离开他的了呢，直到婚礼结束时，他才发现小棒子没有了。当时，还以为小棒子回去了呢，怎么也想不到他会丢失。

小豆子推脱说："他什么时候走的，你问小谷子吧，我不知道。"

小谷子吓得藏在墙角里，说："我一直和小油菜在一起，小棒子是和小豆子一块的。"

蓝叶萱说："我问的不是怨谁不怨谁，你们把小棒子丢失的事说清楚，我们大家好去找啊。"

小豆子、小谷子都摇头不知道。到了这时，蓝叶萱也没有了主张。该找到的地方都去了，该问的情况都问了，她还该怎么办？马世轩夹着烟袋，默不作声地出门了，马刘氏钻进了厨房，坐在锅台前发呆，三个孩子坐在门前的地上，你看着我，我看着你，谁也不说一句话。

李有福来了，见蓝叶萱一夜之间变得憔悴了许多，关心地安慰道："蓝草啊，你千万不要太着急了，小棒子不会有什么事情的。我已经把小棒子的情况反映到公社了，请他们帮忙，兴许会找到孩子的。"

蓝叶萱的眼泪止不住地流了下来，"都怪我太粗心了。是我没有尽到责任，如果小棒子有个三长两短，我可怎么活啊？"

听着蓝叶萱的抽泣声，李有福心里也很不是滋味。这些日子，大队里忙着农业学大寨，累坏了蓝叶萱，她毕竟是个女人啊。在马家，蓝叶萱是里里外外一把手，他觉得自己只顾忙工作，对蓝叶萱照顾得不周，如今孩子出了事，自己也有责任。

"蓝草，你已经够负责任的了，孩子出了事，不是你一个人的责任，大家都有责任。你不要太自责。眼下我们要做的事情还是寻找孩子，不过你也要有个思想准备，万一……"

李有福的话没有说完，蓝叶萱便放声大哭起来。这个平时看上去坚强不屈的女人，无论在外面还是在家人跟前，从来没有表现出女人的脆弱。此刻，她再也控制不住自己的感情。小棒子丢了，她对不起年迈的公公婆婆，对不起死去的丈夫，对不起当兵前再三把家庭托付给自己的小叔子。小棒子到底哪去了？他还有希望吗？蓝叶萱呜呜地哭了起来。

李有福知道此时说什么都没有用，当务之急是找到小棒子，即使他遇到了什么不测，那也要“活要见人，死要见尸”。李有福坐了一会，起身说道：“蓝草，你多保重，我让大家再去找找看。”

蓝叶萱擦了眼泪，“小棒子出了事，把大家都忙坏了，也让您操碎了心。”

“这都是应该的，我再去看看。你多保重，照顾好自己就行了。”李有福走了。

蓝叶萱趴在桌前，伤心地痛哭了一场，她伤心，但并没有绝望，只是现在满脑子乱七八糟的，没有一点思路，不知道该如何去找，更不知道去哪儿找。

马刘氏擦干眼泪从厨房里出来，见媳妇呆呆地坐在桌子旁，脸色苍白，眼肿得胡桃一般，她内心充满了内疚。小棒子是她最疼爱的孙子，好好的一个孩子，就这么说找不到就找不到了，谁能接受这样的打击啊。

“豆子他娘，”话一出口，马刘氏眼泪又流出来了，她轻轻地对媳妇说：“去歇一会儿吧，找孩子的事情，让大家去吧，身体要紧啊。”

遇到这样的事情，蓝叶萱已经没了主意，她不知道自己该做什么，只是坐在那里发呆。孩子丢失了对她来说比天大的事情还重要，她哪能休息呢？蓝叶萱抓住婆婆的手，“娘，您去歇会儿吧，让我静下心来想想。”

从丢失孩子那一刻起，蓝叶萱头脑就乱了，她始终没能静下心来思考孩子可能出现的情况。现在，她不得不考虑小棒子会不会是掉进水里淹溺了。

蓝叶萱来到大队部后面的池塘，顺着池塘边的草丛仔细地查看，她发现塘边的水面上蹲着一只绿色的青蛙，她有些紧张，怀疑青蛙下面一定有什么东西。她又往前走了几步，那只青蛙被惊动了，跳进了塘里。蓝叶萱仔细地看，那只青蛙下面果然像是有东西，她折了根荆条，往水下捅了捅，一个孩子的屁股渐渐地浮出了水面。

蓝叶萱看清楚了，那是小棒子，屁股上的胎记依稀可见。她快要窒息了，两眼一黑，腿一软瘫倒在了那片杂草地上。

“我的儿呀，你怎么跑到这里了？”突然一声撕心裂肺的哭叫，把天地都震撼了，那悲痛的哭声惊动了周围的人。大家很快打捞出了小棒子的尸体，那孩子已经被水涨的面目全非了。

花喜鹊和尹春花把蓝叶萱扶回了家去。看到小棒子的尸体，马世轩流泪了，他哭得很伤心。儿子死时，他也没有流过这么多的泪，小棒子是他心头肉啊。大家把孩子的尸体埋在了马秋生的坟旁，蓝叶萱哭的泪人似的，一边烧纸一边说：“小棒子，跟你爹去吧，你爹也算有个伴了……”

花喜鹊心里特别的难受，这令人痛心的事情都是因为她娶媳妇惹的祸，如果不是蓝叶萱去当证婚人，小棒子怎么能出这种事呢？鬼不缠心里更是结了个疙瘩，他是个相信迷信的人，认为这样的大喜日子遇到死人的事情，那是非常不吉利的，他甚至怀疑刚娶来的媳妇命硬，担心会克自己的儿子。

鬼不缠后悔当时和生辰八字的时候，没有给算命的先生送礼。娶儿媳妇时，那么多的钱他都花了，哪在乎给算命先生买两盒烟呢？鬼不缠心里有事，又不好明说，整天心慌意乱。这天，他揣着两个孩子的生辰八字，私下去河南找一个叫“知天命”的算命先生。

那“知天命”在“文革”前很有名气，十里百里的人都到他那里去算命。“文革”期间，他被打成了“牛鬼蛇神”，坐了两年牢，出来之后不敢明着给人算命，但暗地还在干这种勾当。

鬼不缠找到了“知天命”。没想到他害怕再被劳教，从不给陌生人看相算命。鬼不缠是个见过市面的人，见“知天命”表面上谦虚和蔼，说话委婉，但骨子里似乎有种说不出的感觉。他知道“知天命”想的是什么，于是把事先准备好的礼物拿来出来。

“先生，我是个游乡的货郎，‘文革’期间咱们是同病相怜，你也不必担心我。今天，我慕名而来，跑了几十里来找您，无论如何您也得给个面子……”说着鬼不缠掏出五元钱递给“知天命”。

“知天命”瞅了他一眼，五元钱可不是个小数目，平时看十个人也收不了五元钱，他动心了。“好吧，看你这么虔诚，我就破例给你看一回吧。”

鬼不缠掏出李云鹏和徐熙霞的生辰八字，千恩万谢地递给了“知天命”。李云鹏，农历一九四七年六月初六五十生。“知天命”看了李云鹏的生辰八字，闭上眼睛，子丑寅卯地算了一阵子说：“属猪，好命，好命。该名五行骨重五两七，应该是个贵人。”接着又说：“福禄丰盈万事全，一身荣耀乐天年；名扬威震人争羡，此世逍遥宛似仙。”

鬼不缠听不明白什么意思，“知天命”解释道：“少年好学，心性灵巧，气量宽宏，将来定是大富大贵之人。不过婚后夫妻或相克，晚配为美。”

“知天命”接着又看了李云鹏妻子徐熙霞的生辰八字，农历一九五零年九月十七日生。“知天”掐指算了一下说：“属虎。五行骨重四两二，该命一般。此命是：得宽怀处且宽怀，何用双眉皱不开，若使中年命运济，那时名利一起来。”见鬼不缠一脸迷茫，又解释道：“此命为操劳命，或成家三番四次，然不能聚财，猴猪羊蛇不能配。”

鬼不缠惊叹道：“我儿属猪啊，先生的意思是他们属相相克？”

“知天命”闭上眼睛半天没有说话。鬼不缠见“知天命”无语，又问道：“那该怎么办呢？”

“命由天注定。既然木已成舟，那就听命运的安排吧。”“知天命”微微地睁开眼睛，看了鬼不缠一眼。

“能不能破啊？”鬼不缠脸像苦瓜一样，满是皱褶。

“知天命”想了想说：“破是可以的，不过破是要破财的。”

鬼不缠又从口袋里抠出一元钱递给“知天命”，“还请先生指点如何破法。”

“知天命”从箱子里翻出一张黄纸，在上面画就了的一些鬼八卦之类的东西，递给鬼不缠。鬼不缠接过来看了半天，也没看明白上面都画的是什么。“知天命”说：“把这张纸带回去烧了。记住，烧过的纸灰一定要用红纸包好，然后，扔到十字路口就好了。”他又拿了一张画着符的帖子，对着帖子吹了几口气，折叠起来递给鬼不缠，郑重地说：“此贴交给你儿子压腰，不要拿给别人看，记住了吗？”

鬼不缠连连点头，“记住了，记住了。”

第三章　信八字鬼不缠心病难解　探故乡李援朝败兴而归

新媳妇成了鬼不缠的心病，自从媳妇娶进门，鬼不缠花了许多冤枉钱不说，心里总惦记着“知天命”说的那些话，特别是媳妇和儿子属相相克，那句“成家三番四次，猴猪羊蛇不配”的话他记得特别清楚，巴不得让儿子早日和媳妇离婚，以免出什么灾星、祸端来。

婚后，李云鹏和徐熙霞感情很好，整天如漆似胶地黏在一起，恨得鬼不缠牙痒痒。当然，青年人新婚燕尔，正是干柴烈火的蜜月时期，那种亲昵的举动是免不了的。儿子和媳妇越是亲近，越是让鬼不缠担心，但他怎么也不能对儿子说他和徐熙霞的生辰八字不和，让他处处小心吧。儿子相对象的时候，就是他去找的算命先生，如今儿子已经完婚，他可不能让儿子说拿着他的终身大事开玩笑啊，再说了，儿子压根就不相信什么算命。

鬼不缠这两天总是提心吊胆的，干什么事情都集中不了精力。在家里不是踢倒了油瓶子，就是打破了饭碗。这天晚上，他擦煤油灯罩时，把手割了个大口子，流了不少的血。花喜鹊又是责备，又是心疼，见他干什么事情都心不在焉，好像有什么有心事，就问道：“他爹，你是怎么了？这几天怎么老是魂不守舍的啊？”

当着孩子的面，鬼不缠也不好说什么，支支吾吾地搪塞道：“老了，手脚不灵巧了。”

儿子讨好说：“爹还年轻着呢，哪来的老啊，一定是这些天操心累的。”

花喜鹊瞅了丈夫一眼，说：“累个屁呀，这个家他操过多少心啊？”

“是，是。都是你老娘操心，你爹我呀，现在是干什么错什么。”

鬼不缠说着叹了口气。

徐熙霞在一边不吭声，偷偷地给李云鹏递了个眼色，李云鹏就和她到自己的“新房”去了。鬼不缠瞅着他们的背影，心里那片阴影又冒出来了。鬼不缠实在是忍不住，还是把去找“知天命”的事情告诉了老婆。要不然，他没有理由把请来的符帖交给儿子。花喜鹊虽然不怎么迷信，但牵扯着儿子命运，她心里多少也有点介意。

“那怎么办啊，总不能把他们分开吧。儿子相对象之前，你就让人看过他们的生辰八字了，当时，也没听你这样说啊。现在孩子们已经结婚成家了，你又这样说，你觉得还有必要去算命啊？”花喜鹊有些不高兴。

鬼不缠向儿子住的小屋那边扫了一眼，拉着花喜鹊出来，小声嘀咕道：“不是为别的，儿子结婚那天，小棒子不是出事了吗。你想想，咱家的喜事和小棒子掉进池塘里是一个时辰，咱临河铺这么多年从未淹死过人，偏偏赶上儿子大喜的日子，就碰上这样蹊跷的事情，所以我才去找人看的。这回我见的可是真神，十里百里都知道‘知天命’，他算得特别准。”

花喜鹊心情有些沉重，结婚是人生中的大事，好不容易才把媳妇接进门，又弄了个心病。她埋怨鬼不缠不该去见什么“知天命”，现在好了，搞得一家人心里都蒙上了阴影，一旦儿子知道了这事，难说不会对他产生心里上的压力？

花喜鹊说：“这事你千万不能让云鹏知道，现在他和熙霞处得很好，别伤了他们的感情。再说了，那‘知天命’的话只能听一半信一半，咱们心里有数就行了。”

鬼不缠点点头。想起大儿子云程结婚的时候，那时哪敢找人看生辰八字啊，随便找了女人，就那样结婚了，现在已经一儿一女了，生活过得不也蛮不错吗？他后悔去找“知天命”，不过想想，虽然在“知天命”那里花了些钱，但毕竟也从他那里弄来了“破”的方法。鬼不缠从口袋里掏出“知天命”吹过神气的符帖，像拿出什么宝贝一样递给花喜鹊，“你别打开看，要不然就不灵了。你把这个交给云鹏，让他装在口袋里压腰，一定要装好，千万不能拿出来让别人看。”

花喜鹊盯着折叠好的帖子问：“这能行？”

“行，这是‘知天命’给的法子，他既然能看命，就一定懂辟邪，就按他的方法办吧。”鬼不缠说。

花喜鹊不解地问：“你去对云鹏说怎么做不就行了吗，为什么要我去啊？”

鬼不缠着急了，说：“不行，那孩子你是知道的，他听你的。”

花喜鹊想了一下说：“那不就得告诉他算命的事情了？”

鬼不缠说：“千万不能对他说实话，你就说他小时候，有贵人给他看过相，让他婚后一定要有东西压腰，这样将来才能成大器。”

花喜鹊把符帖装在了腰里。

朦胧的夜色，几颗星星悄然出现在夜空，夜幕已经拉开。花喜鹊来到儿子的门口，见小屋已经点起了油灯，她想把符帖交给儿子，听见媳妇好像在埋怨什么，她站在门口犹豫了一会儿，又转身回自己屋里去了。

徐熙霞嫁到李家来，李家人挑不出她什么毛病，她不仅长得没有说的，人也勤快，结婚第二天就下地参加集体生产劳动了。刚开始，临河铺的那些妇女们看她长得细皮嫩肉的，还以为她在家里是个娇生惯养的姑娘呢，没想到她干起活来像个小子，脏活累活抢着干。平时对人又谦虚和蔼，那些大姑娘小媳妇没有不喜欢她的。徐熙霞和花喜鹊相处的也不错，在家里，把做饭洗衣服那些琐碎活全包了。花喜鹊喜欢她自不用说，时间一长，慢慢的把“知天命”的那些话全忘了。只有鬼不缠被鬼迷了心窍，无时无刻不在提防着她。

徐熙霞到李家刚半年，就怀上了孩子，花喜鹊怕累着了儿媳，从此，家里活就不再让徐熙霞干了。

李援朝有几年没到临河铺。自从知道王小雅和知青那帮人都离开了临河铺，他对临河铺就没有什么想念的地方了。这次来临河铺是因为他在省组织部里任了处长，想回临河铺炫耀一番，毕竟他也算是从临河铺出去的人。不说是光宗耀祖，至少，让过去那些看不起他的人重新审视一下自己。尤其是想让王家的人知道，他李援朝还是个有能耐的人。

在省城生活了的几年的李援朝，早已经习惯了大城市喧嚣，走上乡间的土路，过去那些往事便不知不觉爬上心头。正所谓往事不堪回首，一想起过去发生的那些事情，李援朝心里就会翻起五味杂陈，那甜酸苦辣的滋味让他心潮起伏难以平静。

李援朝骑着自行车一路上晃晃荡荡，边走边看，觉得一切都很新奇。他骑得很慢，悠哉悠哉地呼吸着农村的自然空气，任凭春风拂面。

乡下环境真好啊，大自然的恩赐好像是对乡下人的，在城市里哪能享受到这么清新的空气啊。李援朝很自然地就想到了最近毛主席刚发布的那首新词中的几句，“到处莺歌燕舞，更有潺潺流水，高路入云端。”伟人就是了不起，三言两语就把大自然的美丽描绘得如此生动，好像写的就是临河铺似的。

不知不觉李援朝来到了王家后宅，此时正逢春暖花开的时节，不过王家后宅的桃花已经尽情飘落，虽然那些桃树叶看上去还是绿油油的，但满树的绿叶遮不住那已经苍老的根茎。这些桃树的确是太老了，枝椏上到处挂满了桃胶。

李援朝情不自禁地停下了自行车。王宅后院里长满了野草，给人一种荒凉的感觉。近看那些桃树胶，一点点一滴滴，倒像是丽人的眼泪。李援朝心里有些酸酸的，脑海里不断浮出王小雅的音容笑貌，再看看那些似乎已经古老的桃树，他就猛然想了起崔护的那首诗，“去年今日此门中，人面桃花相映红，”如今桃花也落尽了，人面又何处去寻呢？

李援朝想起当年那些糗事，不觉摇头叹气地自嘲了一回。如今可以说是载誉归来，一个省里下来的处级干部比县委书记权位还高呢，如果能邂逅王小雅该多好啊。

李援朝正胡思乱想，就听有人喊了一声：“这不是援朝吗？”

李援朝听有人直呼其名，觉得有些亲切，又有些大不敬的感觉。在省城，人们都亲切地尊称他李处长，来到这穷乡僻壤，竟然有人这样称呼他。李援朝慢慢地转过头，见是王小雅的母亲陈明霞，几年不见，她看上去苍老多了，头发已经白了一半。

“陈阿姨，是您哪？近来身体可好？”李援朝问。

“托毛主席老人家的福，身体还行。你怎么这么多年没有回来看看了呀？”陈明霞客套说。

李援朝想起了过去的那些事情来，心想，你们巴不得我一辈子不来临河铺才高兴呢。“工作太忙了，机关不像我们农村有农忙农闲，那里一年到头都紧紧张张的，哪抽得出时间啊。”李援朝说。

“可不是吗，城市里都是那样，小雅一走就是几年，从未回来过。每年我去看她的时候，她很少有陪我的时间。”陈明霞有意把话题引到王小雅身上。

“王小雅还好吧？”李援朝问。

“唉，怎么说呢，算是还可以吧。”陈明霞叹了声息说。

“她现在干什么呢？”李援朝问。

“当工人呗，一天八小时，路上三个小时的公交车。”

听说坐公交上班，李援朝眉头皱了一下，“她成家了？”

“嗯，爱人是部队上的，年里结的婚。”陈明霞说。

李援朝像喝了一瓶老陈醋，闹得他直反胃，心里说不上有多难受。他喜欢王小雅，如果不是因为过去两家发生的那些恩怨，或许王小雅早就同意和他相处了。“是马春生？”李援朝问。

“不是，是马春生介绍的，和他在一个部队。”陈明霞说。

李援朝点点头，心想这狗日的马春生，尽干这些没屁眼的事情，当初又不是不知道自己和王小雅的那档子事，怎么就介绍她给别人了？陈明霞见李援朝没有说话，又说：“春生也提干了，在部队里当什么‘参谋’。”

李援朝知道部队那些破参谋烂干事，像他们这个年龄充其量不过是个排级干部，比起自己这个处级干部差几个级别呢。

李援朝看了一下手腕上的表说：“陈阿姨，您忙吧，我去大队里看看。”

李援朝告别了陈明霞，后悔这次临河铺之行，听说了王小雅结婚的消息，还不如不知道好，这让他彻底对王小雅死了心。

到了舅舅家，和他说不上几句话，觉得舅舅基本上还是过去老一套，没有一点新奇的东西。舅舅实在是老了，而且变得教条、死板，和他除了唠一些家常话，几乎无话可说。

现在的临河铺，李援朝再也找不到一个能说句话的人，老的老，小的小，即使有一些同龄人，也不是一路的。听说知青小组的人离开临河铺以后，除了李苏回来过，其他的人，谁也没有再来临河铺看看。李援朝很失望，在临河铺待了一夜就离开了。

第四章　李有福顿腹之言　马立举大彻大悟

马立举几乎每天都要到这块使用化肥的地里观察，这片绿油油的小麦已经拔节，粗壮的茎杆和宽厚的叶子十分喜人，比起埂外那块只施过土杂肥的庄稼颜色显得格外好看。马立举觉得不可思议，种了几十年的庄稼，从没有用过叫“化肥”的东西。第一次看到那些白色晶莹颗粒的时候，就没把那玩意当回事，心想，除了装化肥的尼龙袋子还值俩钱，那白花花的东西能长出粮食吗？即使能当肥料用，那一亩地就撒几十斤能有多大的肥力呢？

马立举腰开始佝偻了，他不再像过去那样精神矍铄。自从儿子犯了法，受了极刑，他就开始消沉。精神夸了，没有了寄托，人也就变得愈发苍老，就连种庄稼，马立举也没有过去那样自信了。

站在地边，举目向远方看去，一抹淡淡的阳光斜撒在麦田里，把那葱绿色的麦苗冲淡了许多，而“农业学大寨”的标语在阳光的照射下倒显得格外清晰。马立举的心情并不怎么好，化肥的使用对他的打击很大。他曾经预言，施化肥的那些地块肯定比不上周边施土杂肥的庄稼长势好，可结果呢，摆在他眼前的事实却恰恰相反，他清楚地意识到自己的预言完全错了。他在临河铺群众面前夸过得海口，现在被实事无情地否定了，这个从前临河铺最好的庄稼把式，在种庄稼方面，他的话曾经是绝对的正确，没有谁敢不听他的；可在事实面前，他知道自己跟不上趟了，今后，他马立举还靠什么在临河铺能立住脚呢？

李有福扛了把铁锨迎着阳光向他快步走来。他和马立举算得上是同龄人，相比之下，马立举看起来老了许多。马立举很想迎上去和李有福打个招呼，但又觉得自己身价卑微，他不再是一个值得骄傲的贫雇农，不再是一个临河铺最有种植经验的庄稼人，他是一个地地道道的杀人犯的父亲，怎好意思主动去和书记搭讪呢？

“嗨，老伙计，出来得够早啊。”李有福从那边说道。

“李书记，您也早啊。”马立举尽量地挺起腰杆说：“这些天，我每天都要到地里看看，真希望土杂肥能赶上化肥，看来我不得不承认，化肥确实比土杂肥效果明显。”

李有福说：“我们还是要相信科学啊，开始我也不敢相信化肥，现在看起来化肥比我想象的要好得多。”

马立举两只眼角向下垂成了三角，满脸的皱纹差不多可以叠起来，“老了，越发不中用了。”

马立举嘴咕嗒咕嗒的样子像是一头反刍的老牛。李有福产生了同情心——马立举实在是老了。李有福把铁锹放在地上，一屁股坐在铁锹把上，“老马，过来坐会儿吧。”

马立举凑到李有福跟前，坐在了他侧面的草地上。李有福问：“近来生活得还好吧？”

马立举唉声叹气地说：“日子过得有些腻了，家里就剩两个棺材瓤子，还有什么活头？总觉得一天不如一天。唉，也活够了，就等着阎王爷来勾魂呢。”

一群大雁嘎嘎地叫着从头顶上飞过。李有福的心情变得有些沉重，“老马啊，你还记得老驼背不？”

马立举说：“怎么能不记得呢？我们曾经都是做长工的，他多好啊，早该成一把骨头了。”

李有福说：“老驼背活着的时候和你比怎么样呢？家比你穷，他人又是个残疾，物质生活远远比不上你们家，可是我觉得他比你活得幸福，活得有意义。”

马立举没有说话，只是稍稍挪动了一下身子，听着李有福继续说下去。“我为什么要这样说呢？因为老驼背和你想的不一样，他心里想的是大家，是在集体这个大家庭里活着。你是在自己那个小家庭的圈子里，为自己活着。”李有福见马立举没有反应，接着又说：“他首先关心的是集体，你首先想到的是个人。不是说你私心比他重，而是说你生活的圈子太小，目标太短。”

马立举心里想，古人说，人不为己，天诛地灭。自古以来，活在世上的人哪个人没有私心，哪个不为自己生活着想呢？马立举一辈子都没想过人活着是为了啥，平头老百姓有什么人生目标啊？说来说去，就是为了有吃有穿，繁衍后代。他从来也没有认真考虑过别人做那些公益事情时是怎样想的，有时还觉得别人干的那些利人不利己的事情是傻，是瞎忙活。他常在自己的老婆烂眼猫面前评价李有福，说别看他是支部书记，一辈子他都不会富起来。

李有福见马立举默不作声，他又说：“人活着不仅仅是要有物质生活，精神生活也很重要……”李有福说了半句话停了下来，他怕马立举听不明白什么“物质”、“精神”之类的话，便改口说：“如果你把集体当作自己的大家庭了，想想你会有多少事情要做，你还会感觉无聊、感觉活的腻吗？”

马立举终于说话了：“活到了这个岁数，一切都改变不了。我曾想过死，只是不忍心抛下烂眼猫一个人，活在世上受罪啊。”

李有福脸上神情严肃起来，用有些责怪地口吻说：“老马啊，咱都是从旧社会过来的人，我们一样都是贫雇农出身，比起旧社会怎么样？如今我们有了土地，不再是别人的奴隶，我们应该感到幸福才是，怎么能说活在世上受罪呢？”

马立举好像没有听清李有福说的话，一点反应也没有，那双无神的眼睛，比泥捏的还要木呆。嗫嚅了半天才说：“我可不能和您比啊，您是临河铺的书记，我算什么呢？”

李有福近乎有些发火了，“你是咱临河铺的社员，咱们都是临河铺这片土地的主人！”李有福觉得说话的语气有些重，稍停了一下又说：“老马啊，我和你比起来怎么样呢？我住的地方你去过，不过是土改时，分的两间破旧的茅草房；我家的财产你也知道，可以说是家徒四壁一贫如洗。而你呢？房屋比我多，家庭比我殷实，你还有什么不满足的呢？”

马立举脸上松弛的肌肉颤动了一下，那双木然的眼眨了两眨，停留在眼前的麦苗上。他没有话可说，比起家庭状况，他确实要比李有福好得多。马立举经营了大半辈子的家庭，在临河铺算得上是上等的殷实之家。但从另一个角度来说，他觉得没法和李有福相比。在他看来，李有福追求的是名，他追求的是利，人家李有福是临河铺的书记，在县里都挂了名，是响当当的人物。他马立举算什么？

在人们的眼中，不过是个自私自利的小爬虫。

马立举扭动一下身体，“李书记，您太抬举我了，我哪能和您比呢？您是咱临河铺的书记啊。”

“你这样说可就不对了，书记不是人么？书记就不需要家庭，不需要生活么？”李有福见马立举摇晃着身体，像是有些不在乎的样子，生气地说：“老马，你嘴里这样说，心里可不这样想啊。在你的眼里，财富可是第一位的，我这个书记是徒有虚名。记得你喜欢说的那句话是‘人为财死，鸟为食亡’，我和你追求的是格格不入啊。怎么说呢？活了这大半辈子，苦不比你受的少，得到的有多少呢？”

李有福见马立举默默不语，便趁热打铁说：“老马啊，明白我和你的不同了吧，人活着不能光为了自己着想，即使是一介布衣，一辈子总要有个目标。就说我吧，心里总想的是只要群众生活好了，我就感觉幸福，感觉满足。如果仅仅我自己生活好了，群众生活在水深火热之中，我能有幸福感吗？老马同志，不是我批评你，你的心胸太狭隘了，为什么你就不能融入集体这个大家庭呢？”

马立举似乎有点明白李有福说话的意思了，他不满意李有福说他心胸狭窄，和别的社员比起来，他认为自己对集体的贡献也不算小。“李书记，我也不仅仅是只为了自己的小家啊，在种植生产队的庄稼上，我也是呕心沥血，千方百计地提高粮食产量啊。”

“我并没有说你不如别人啊。”李有福站了起来，若有所思地说：“说到这，我倒想起了前几天我去大寨参观的情景，确实是受到了很大的启发和鼓舞。大队是什么样的条件啊，七沟八梁一面坡，比我们这里的自然环境差得太远了，但人家能把大寨建成全国闻名的大队，实在不是件容易的事情。向人家学习，在咱临河铺缺少的就是人才，像你这样的庄稼里手。”

马立举有些怦然心动的感觉，这样的话他喜欢听。李书记说他是个人才，说明他还没有被人们遗忘。听话听音，锣鼓听声，看得出来，至少李有福这个当书记的心中还有他，这让他内心充满感激之情。自从马锦超死后，很少人和他唠嗑了，过去，大队里经常有人找他问长问短，现在，他几乎成了古董，没有谁再把他这个老人看在眼里。

马立举拍拍屁股上的尘土，说："李书记，谢谢你看得起我马立举。以后大队有用着我这把老骨头的时候，你只管说。"

"大队里哪天都能用到你，只要你心里有集体。"李有福指着前面一眼看不到边的麦田说："庄稼和人一个样，需要管理，调理好了，庄稼就能长得好，就能丰收，这些你比我明白。"

马立举听出李书记的弦外之音，马锦超出了事，作为父母是有责任的。"李书记你放心，我会为大队尽心尽力的。过去我自私，是为了儿子。现在，我再也不想挣家业了，留给谁呢？"马立举声音显得有些悲怆，"我以后在所想的，除了最后的那两口棺木外，就全是集体了。"

李有福笑道："想那么远干什么呀，临河铺这二十年来，哪个不是大队帮助安葬的啊。将来有条件了，我还想给那些为临河铺立过功的人树碑立传呢。老马，放心吧，只要我还在，你就不用考虑百年以后的事情了。"

第五章　马晓萍秧田寻开心　徐熙霞私房闹分家

天刚蒙蒙亮，空中还悬着稀稀疏疏的几颗星，妇女们已经带着凳子下了秧田。拔秧苗虽说不是很重的活，却很磨人。秧田里的水比较肥沃，脚在水里泡长了，便生出疙瘩来，钻心得痒，让人忍不住地乱抓。还有更让人讨厌的是水里那些马鳖之类的吸血虫，不知道什么时候就爬到了你的腿上或是钻到脚丫子里。老妇女们都习惯了，不太在意，只是那些年轻的姑娘，把腿不时地踮起来看，生怕被吸血虫叮上了。大姑娘、小媳妇还有那些老妇女们，各自找到了自己的人群，坐下来开始薅秧。徐熙霞挺着大肚子，弯腰有些困难，但仍然坚持和妇女们一起参加集体劳动。女人们聚在一起总有说不完道不尽的话，马晓萍是女人中最为活跃的一个，大家管她叫"九里沟地保"，临河铺里没有她不知道的事情。当然这也与高大龙那个卫生室有关，那里比城里的茶馆还热闹，平时就不断人来人往，若是遇上下雨下雪的天，那里就成了俱乐部。有病的没病的、男的女的老的少的，都喜欢去那里凑热闹，所以，只要临河铺发生了什么新鲜事，也都会选择第一时间到那里发布。

女人们一边拔秧苗一边唠家常，马晓萍、尹春花、陆云英这些年轻的媳妇们聚在一起，徐熙霞也凑合着挤到她们群里，听她们讲那些新鲜事儿。

马晓萍一边拿秧把子不断往腿上刷着痒，一边眉飞色舞地说："听说姚主任昨天来我们这检查学大寨的情况，李书记不舍得把自己家的鸡蛋拿给他吃，到鬼不缠家借了几个鸡蛋招待他。嘿嘿，姚主任脸皮子真厚，他还真能吃到肚里去。"

尹春花一脸疑云，问："李书记什么时候养鸡了？自己家哪有鸡下蛋啊？"

陆云英笑道："就你呆，听不出来马晓萍是在刻薄姚主任吗？"

尹春花说："是啊，有两年他都没有来咱大队了，想起那年在临河铺弄得那些让人恶心的事情，还有脸去见李书记？我要是李书记留他吃个屁饭，干完工作该滚蛋滚蛋。"

徐熙霞接着说："李书记多善啊，不是我夸咱临河铺的人好，全公社哪也找不到像咱大队里的人心底忠厚，这都是因为李书记领导得好。"

"是啊，咱大队的人都忠厚、善良，一个比一个好，尤其是姓李的，就更好了。就说你公公吧，他常给大家讲故事，除了赚根烟抽，从来不向大家要钱。"马晓萍说着，抬头看了徐熙霞一眼，接着又说："熙霞，你公公给你也讲过苏东坡和媳妇对诗的故事了吧……"

话没说完大家都哈哈大笑起来，陆云英插嘴道："熙霞，是云鹏对你好，还是公公对你好啊？"

尹春花说："你还别说呢，我就没见你公公和你说过话，他疼你吗？"

徐熙霞满脸通红，生气地说："我又没有惹你们，怎么拿我开涮啊？"

马晓萍做出一本正经地样子，说："熙霞啊，你公公对你好得真有些不正常。有时看你的眼光好像审贼似的，你就没有感觉？"

尹春花拿着秧把子扫了一下马晓萍说："你没事挑拨人家家庭

关系干什么呀，明天熙霞要是和公公闹起来，你好看笑话是不是？”

听马晓萍说公公不正常，徐熙霞还真有些紧张，连外人都看出这些问题了。实际上徐熙霞早已觉察到公公对自己的态度有些捉摸不透。开始时，她并不介意，因为公公和媳妇之间的关系，就是碰在一起就有些别扭，这才刚进李家门，不用说需要有一个熟悉过程。可后来她发现公公对她像是别有用心，无论她在家里做什么事情，总能看见公公偷偷窥视她的影子。她弄不清公公是什么意思，也没有发现公公对她有什么坏心，只是觉得他怪里怪气的，生活在这样一个家庭里让她觉得受不了。

徐熙霞低头想着心事，本来别人都是双手拔秧，她因为肚子大了弯腰有些困难，只能用一只手干活，而且还得侧着身子。听见大家都在说他和公公不正常，徐熙霞拔秧的速度明显慢了下来。

半天没有人说话。陆云英环顾周围，说：“看把人家逗气了吧。”见徐熙霞没有搭茬，又转过身来对徐熙霞说：“熙霞，和你开玩笑，可别当真哦。”

徐熙霞直起腰，还没搭上话，只见尹春花疯了一样地喊道：“妈呀，咬死我了。”她把秧田里的脚抬起来，一只喝饱了血的马鳖，吸盘正紧紧地吸在她脚丫子里，尹春花用秧把子扫了半天，马鳖掉了，她脚丫的鲜血还在不断地向外流。徐熙霞有些紧张，赶紧一只脚一只脚地拿出水面看看，生怕被马鳖咬上了。

干了一天的活，徐熙霞腰酸腿疼地躺在床上，嘴里不断地哼唧着。李云鹏说：“不让你下田，你偏要去，在外面你撑着去表现，回到家里就开始折磨人，明天就别下田了，好好在家休息几天。”

徐熙霞想起在秧田里马晓萍说的那些话，撅着嘴对丈夫说：“在外面就是累死，也不想闷死在家里。我不习惯和爹娘住在一起。”

李云鹏楞了一下，“怎么了，我爹娘待你不好吗？”

徐熙霞说：“我没有说他们对我不好，只是觉得和他们生活在一起不方便。”

“怎么不方便，他们住他们的，咱们住咱们的，有什么不方便的呢？”李云鹏说。

徐熙霞不好对丈夫说公公的事情，她想了想说：“云鹏，不是我想分家，也不是爹娘待我不好，只是我怕住在一起时间久了，一旦产生了矛盾就不好了。你想，我们常年在一起同锅刮勺子，哪有不碰碰磕磕的呢，所以还是早些分开的好。”

李云鹏说：“我哥结婚后就离开家了，姐也远嫁他乡了，爹娘身边就我自己，如果我们闹着要分家，爹娘会怎么想呢？”

徐熙霞瞪了丈夫一眼，“那就该我们一辈子守着爹娘了？我们也有自己的生活，为什么偏要和他们绑在一起呢？你不觉得活得累，我可受不了。”

李云鹏晃着脑袋，悠然自得地说：“怪不得古人说‘天下唯女子和小人难养’呢，爹娘又没得罪你，怎么会想起说分家，唉，真是女人心……”

“你想说什么呀？”徐熙霞看着丈夫得意的样子，打断了他的话，“李云鹏，你瞎说什么呢。把我当成妾了是不是？你还高中生呢，你不知道‘女子’指的是什么呀？”

李云鹏真不知道“天下唯女子和小人难养也”中的“女子”原指的是妾，这句话是他爹的口头禅。听徐熙霞这么一说，他有些不好意思，忙解释道：“我是引申意思，引申意思。当今社会哪有什么妾呢，别人不都是这样说嘛。”

徐熙霞说：“别人可以说，但你不行，别学你爹那样说溜了嘴。”

听到徐熙霞指责他爹，李云鹏顿时变了脸色，“我爹怎么溜了嘴了，我听你说说。”

正是话撵话，本来徐熙霞没有打算对李云鹏说他爹的事，经他这么一问，她就把在秧田里马晓萍说的那些腌臜话说了出来。

李云鹏顿时火了，骂道：“马晓萍狗嘴里吐不出象牙，男人们在一起讲个故事，说点笑话都很正常，没什么值得大惊小怪的。”

“低级趣味。说出这样的话也不觉得脸红。”徐熙霞反感地说。

李云鹏想起徐熙霞曾经嗤笑马晓萍粗鲁，说她在公众场面开玩笑，说的脏话不能入耳，就说：“谁低级趣味？马晓萍就没说过脏话？她说下流话的水平并不亚于我们男人们。”

徐熙霞说：“你说别人干什么，她又不和你一家，人家下流干你屁事？”

李云鹏说："你说的不对，她有什么权力说我爹？若是自己做得好倒也罢，一个臭女人说话比男人还下流，好意思说别人吗？"

李云鹏声音越说越大，惊动了花喜鹊，不知道小两口发生了什么事情。她把李云鹏叫了出来，问："你吼什么？和熙霞没发生什么事情吧？干什么大呼小叫的呢？"

李云鹏遮掩道："什么也没有发生，我们俩闹着玩。"

花喜鹊看儿子脸上还有些不高兴的神色，就说："你哄谁呢？告诉你，人家熙霞正怀着孩子，你可不能和她生气啊。"

花喜鹊进了媳妇屋里，见徐熙霞靠在床上掩面流泪，忙劝道："熙霞，云鹏这孩子不懂事，你别同他一般见识，有什么事情直接告诉我。"

徐熙霞摇摇头，嗓子有些沙哑地说："没什么。"

花喜鹊靠在儿媳妇床边坐下了，轻轻地拍着她的肩说："熙霞啊，居家过日子没有不生气的，你们结婚都快一年了，还没见你这样伤心过，一定是云鹏欺负了你。好了，听娘的话，别生气了，等我去收拾那个不知好歹的东西。"又说："你现在怀着孩子可不能生气啊，生气不仅对自己不好，还会影响孩子健康。"

"嗯。"徐熙霞点点头。

花喜鹊问："熙霞，能告诉娘你们吵什么吗？"

徐熙霞说："本来也没什么，我说您和爹对我们这么好，我很感激，只是我们很快就会有孩子了，有了孩子，就多了许多事情。几代人在一起生活麻烦很多，我怕时间长了不定会产生什么矛盾来。我就和云鹏说，等有了孩子，我们就分开住，李云鹏不同意。"

花喜鹊听说要分开，心里咯噔了一下，是不是媳妇讨厌他们啊？要不然，过得好好的怎么突然想起分家了呢。

花喜鹊说："熙霞，你是不是对我和你爹有什么意见啊，如果我和你爹有什么做得不对的地方，你只管说，我们家一贯都很民主。"

徐熙霞忙说："没有，没有。你们对我真的很好，我是看到别人家庭遇到的情况才这样想的。娘，您想想，我们现在相处的很好，什么矛盾都没有，如果现在分开了，虽然不在一起住了，但感情却会更近。如果我们继续这样生活下去，日子久了难免会生出一些矛盾来。别说我们是婆媳，就是亲娘儿女之间也难说不会发生口角。

说句不该说的话，咱临河铺有句口头禅，‘婆婆不是娘，笆子不是墙’，一旦婆媳之间有了隔阂，再想沟通就比较难了。您说是不是？”

花喜鹊听儿媳妇说的话有些道理，低头想了想说：“这件事情可以考虑，明儿个我就同你爹商量，听听他有什么意见。再说了，你现在正怀着身孕，分开后生活也不太方便，等孩子出生后分开也不迟。”

“嗯。我只是有这种想法，我听您的。”徐熙霞说。

花喜鹊见媳妇没有意见，接着说：“你也知道，你们结婚时，家里的积蓄基本都花光了，现在盖房子置家具，娘也没钱，等过了一年半载的，我和你爹想办法攒点钱，再给你们张罗新家的事情。”

徐熙霞连连摇头说：“娘，我们不需要您再花钱，如果您答应了我们分开，我和云鹏会慢慢想办法的。您和爹已经为我们操劳了很多，要是再劳累你们，我和云鹏愧疚得慌。”

花喜鹊答应了媳妇的请求，又说了一些宽慰的话，离开儿子的小屋，她心里忽然变得纠结起来。儿媳想分家，这令她非常凄惶。活了半辈子，把心思都放在了孩子们的身上，如今一个个地长大了，翅膀一硬，便要飞了。如果云鹏一走，家里就剩下老夫老妻的，生活还有什么意思？

第六章　鬼不缠恶魔缠身　李有福难断家务

花喜鹊把媳妇要分家的想法对丈夫说了，鬼不缠听了愣在那里，半天没有说话。徐熙霞本来就是鬼不缠的一块心病，成天他都在防着她，如果分了家，他怎么能放心让儿子和她单独过？自从徐熙霞来到了李家，做公公婆婆的对她的关怀可以说是到了无微不至的地步，不知道她哪根神经出了毛病，难道她真像“知天命”说的那样？

鬼不缠气鼓鼓地坐了下来，掏出烟，猛抽了几口。“云鹏是怎样想的？”鬼不缠问。

花喜鹊说：“不知道。”

鬼不缠生气归生气，虽说他无时无刻不再防着徐熙霞，但她进李家后，也实实在在得给李家带来了不少欢乐。徐熙霞是大性子人，通情达理，眼里也有活。她和婆婆也挺处得来，怀孕之前，她把家务事全包了下来，尽可能地不让婆婆做家务。如果不是“知天命”给她算了命，鬼不缠还真能喜欢上她。

鬼不缠头枕在供桌上，两眼直直地看着门外，让心气慢慢地平静下来。“他娘，我不同意分家。不是因为别的，我担心的是云鹏。在家里，人多，阳气重，即使熙霞身上有什么邪气，我们能压得住。如果分开了，云鹏和她在一起势单力薄，难免不让人操心。”

花喜鹊和丈夫想的完全不一样，她是舍不得和儿子分开。当然，她也喜欢徐熙霞。除了对孩子们的溺爱，她还担心他们不会生活。如果真的分了家，小两口带着一个孩子，外面要下地干活，家里又有一大堆的家务，媳妇怎么能照顾得过来呢，难免要增加儿子的负担。

花喜鹊说：“你不是请‘知天命’给破了吗？云鹏有符在身上带着，你还担心什么？我也不想同孩子们分家，过了一段咱有了孙子，要是大家在一起，都能为孩子搭把手。”

鬼不缠说：“对呀，你让熙霞在仔细考虑一下，我们不让分家完全是为了他们着想，我们图什么啊。”

花喜鹊摇了摇头说：“熙霞是考虑好了的，她铁定了心要分，难道她不知道过日子的艰难？眼下，我们家里吃穿都不愁，她为什么会想起分家呢？就是因为她不想牵累我们，所以才这样想的。”

鬼不缠眼皮子耷拉下来，听老婆这样说，就他知道花喜鹊已经被媳妇说通了，看起来，她不会阻拦孩子要分家的事情。对于分家这事，鬼不缠心里特别纠结，即使不是因为徐熙霞的命硬，鬼不缠也不能同意分家。身边唯一就这一个小儿子了，他如果闹着要分，让别人怎么看？

鬼不缠忧心忡忡，那脸色好像能拧出来水。他不想再对老婆说什么不想分家的理由，不同意就是不同意，他是这一家之主，有权决定不分。可是，他怎么对媳妇说呢？鬼不缠看着花喜鹊，沙哑的声音含着绝望和哀求轻轻说：“你还是劝劝他们，让他们打消分家的想法吧。”

花喜鹊安慰丈夫说：“熙霞只是说分家，又不是马上就要分，那是孩子出生以后的事情，慢慢说吧。”

鬼不缠说：“不行，必须消除她的这种想法，不论现在还是将来，只要我活着，就不能分家。”

花喜鹊说：“那你去和她说吧，这话我说不了。”

鬼不缠压根就没有和儿媳妇说过几句话，别看他在外面像个泼皮，脸皮比城墙还厚，可在家里，他却是小可怜，儿媳妇面前连一句大话也不敢说。鬼不缠不想再劝老婆，既然她不愿意去对媳妇说，他就只有去找儿子说了。鬼不缠匆匆到了地里，见群众都在热火朝天地劳动，他悄悄地把儿子叫到一边，问他对分家的事是怎样考虑的。

李云鹏说：“爹，我们分家不为别的，熙霞说了，房子、家具的事情不用您操心，我们会慢慢地想办法。”

鬼不缠听儿子这样说，顿时急了，冲着他说：“我不是问你房子、家具的事，我是问你为什么要分家？你和爹娘在一起生活了二十多年，家里哪一点不好？”

李云鹏说：“我们没有说不好啊。熙霞说，她担心和你们在一起时间长了，万一产生了矛盾，那时再分家，会影响亲情关系。”

鬼不缠瞪了他一眼，生气地说：“那是你媳妇没有把我们当爹娘，如果真是把我们当亲人看，即使发生一些矛盾，那也是正常的，至于说影响亲情关系吗？”

李云鹏见爹脸色不好，解释道：“爹，熙霞也没有说马上就要分家啊，这不是随便说说嘛。”

“不光现在，将来也不能分。如果她真要分，你就让她分，想上哪上哪。只要爹娘还活着，我就不允许分。”鬼不缠满嘴喷着白沫，树皮一样的脸轻轻地搐动着。李云鹏知道爹是真的生气了，可他又不好说什么，现在安慰他，等于给他火上添油。他低下头，让爹把话说完。“现在我们家就剩下你了，我和你娘的东西，将来又带不走，不都是你们的吗，为什么一定要想着分家呢？”

李云鹏并不想将来继承爹娘的遗产，他分家是因为熙霞不愿意和老人住在一起，眼看着左邻右舍，哪个家庭没有一本难念的经？尤其是婆媳之间，几乎没有不吵架的。他也害怕将来会有那么一天，自己成了风箱里的老鼠两头受气。虽说他娘比较好相处，可他爹不是省油的灯，难说将来不会发生矛盾。再说了，年轻人有年轻人的生活方式，脱离了家庭的羁绊，他们会生活得更自在。

鬼不缠见儿子默不作声，以为儿子听进去了他的话，语言变得舒缓了一些，“云鹏，你是个男人，做事要有主心骨，可不能处处都听女人的啊。”

临河铺的男人最怕别人说的就是面叶子耳朵。鬼不缠这句话深深地刺痛了李云鹏，他白了爹一眼说：“分家不全是熙霞的主意，那是我们俩商定的。你瞅瞅咱临河铺，在一起过生活的大家庭，哪家不是经常生气，甚至骂爹骂娘都有，我可不想将来也有那么一天。”

儿子一句话堵得鬼不缠又来了火，“妈的X，你个王八羔子翅膀硬了不是，爹娘现在还不是累赘，等到爹娘老了，你还不把我们推到墙头上去？”

李云鹏说：“爹，你怎么能这样想呢，儿子就是再忤逆，也干不出那种事情啊。我和熙霞的想法很简单，就是为了全家人都能幸福的生活。”

“狗屁，家都分了，哪来的幸福？”鬼不缠骂骂咧咧地说。

李云鹏说：“远香近臭，这道理不是很简单嘛，每次哥嫂回来，娘都张罗着杀鸡宰鸭的，我们常年住在一起哪有过这种待遇啊？”

鬼不缠掏出烟，还没点着火，李云鹏火急火燎地说：“爹，别人都在干活，有话咱回家再说吧。”李云鹏一溜烟地跑了，鬼不缠点着烟，一动不动地站在那里，他心里像堵了块石头，觉得气都出不匀，那种失落的感觉比从城里回乡下时还伤心。凉风轻轻掀起他的衣襟，那丝丝凉意让他慢慢地冷静下来。看着天上一片片白云，他心里空落落的，知道让儿子改变主意很难。

分家的事成了鬼不缠的心理负担，他不再和别人说笑了，成天把脸拉的比驴脸还长，连走路都变得沉重起来。一家四口人，只有他极力反对分家，因为他是一家之主。花喜鹊虽然对分家也抱有疑虑，但她毕竟听儿子和媳妇的，既然他们选择了分家，她不会横加阻拦。

鬼不缠对儿子很无奈，和儿媳妇又说不上话，花喜鹊模棱两可。他不能眼睁睁地看着儿子从家里分出去。他找了李有福，希望能开导李云鹏，让他放弃分家的想法。

李有福理解鬼不缠的苦衷，可家庭的私事让他怎么说呢？“清官难断家务事，既然孩子们有分家的想法，倒不如分开好。”李有福反倒劝起了鬼不缠说。

听李有福也在替李云鹏说话，鬼不缠很沮丧，一双发黄了的眼睛盯着李有福说：“想当年，为了这几个孩子，我把县城里的工作都辞了，辛辛苦苦地把他们拉扯大，如今倒好，一个个翅膀硬了，都飞走了，唉，我图个啥呀。”

鬼不缠脸上一副悲戚的样子，让李有福动情了，他说：“好了，同豪，你也别太伤感，我去同李云鹏谈谈。但是，我只能给他个建议，至于他听不听我的劝告就另当别论了。”

鬼不缠千恩万谢，恨不能跪下来给李有福磕个头。“我那不孝之子听你的，这件事就依仗你了。”

李有福连连摆着手说：“我可不能给你打包票啊。”

第七章　王雅兴汗颜回故土　陈凌子百里传音讯

王雅兴被单位清退，回到临河铺。在北京干了几年，猛然回到乡下，觉得一切变得不习惯了。之前，他的对象是北京人，因不愿意跟他一起离开北京，到了谈婚论嫁的年龄，双方又分了手。失业、失恋的双重打击，使他很苦恼，渐渐变得沉默寡言，回到临河铺就没有出过门。

从农村到城市人们很容易适应，但是，在城市生活习惯了的人在回到农村，那情形就大不一样了。农村文化生活落后，夜晚连电灯都没有，生活单调的像是火车的和铁轨，除了摩擦的“哐当”声，就是一条直线。王雅兴不甘心在农村劳动，失业后，他曾在北京待了一段日子，想再找份工作。可北京当地的人找工作都非常困难，一个被清退的外乡人就更不用说了。过去，他在北京靠的是大伯父的那些老熟人、老部下帮忙，因大伯父的政治问题迟迟得不到解决，时间久了，他过去的那些熟人和朋友渐渐地和他疏远了，大伯父也不好再张口请他们帮忙。

王雅兴在家里整天足不出户，陈明霞怕时间长了会闷出病来，就对他说："乡下空气好，没事就出门去看看吧。"

虽说正是春天大好时光，王雅兴却没有心思出门，儿时的玩伴马锦超已经死了，李云鹏也已经结婚成家，大队里还是王家的仇人李有福掌权，听说大伯父的一些历史问题，就是李有福揭发的。他不想见家乡的人，怕被外人说他是被清退回来的，因此，对外面的世界一点也不感兴趣。

"妈，我不想出去，就想待在家里。"王雅兴翻着一本杂志说。

"那也去院子里转转，别老是躺在床上。"陈明霞把儿子从床上拽了起来。王雅兴被逼不过，只好丢下杂志，穿起了衣服，经过堂屋的时候，倭瓜花说："雅兴啊，如果碰见熟人问起你怎么回来了，你就说我和你妈老了，家里需要人你才回来的，知道吗？"

王雅兴点点头。院子里的境况远不如前些年，尽管外面春意盎然，花草树木生机勃勃，但院子里很杂乱，荒草野花已经成了主要景观，那些渐渐老去的桃树，稀稀疏疏地结了一些青涩果实，绿油油的枝头与其苍老的根茎相比，像是城市人玩的盆景，显得很不和谐。这些年，王雅兴回来的少了，但没想不到院子里会变得如此萧条。

眼前的情景，让王雅兴觉得有些苍凉，他的心情也变得特别沉重。大伯父是反革命，二伯父是国民党，自己的父亲不清不楚地离开了人世，这一切都让他郁悒。奶奶和母亲都渐渐的老了，家里也确实需要一个能照顾她们的人，过去有小雅在，家里还有一点生气，现在小雅也走了，家里没有一个能撑起堆的人，偌大一个庭院怎么能不显得萧条呢。

踩在那荒芜的杂草上，看着长满青苔的院墙，王雅兴满是心事，他蹲下来，开始薅那些刚抽出嫩芽的毛狗子。

"是雅兴吗，什么时间回来的啊？"马锦堂站在宅沟对面问。

王雅兴怔了一下，停下手，见是马锦超的哥哥马锦堂。小时候，他常常和马锦超一起像跟屁虫一样跟在他的后面，在他印象中，马锦堂是个了不起的人，摔起跤来，一个人能对付好几个，在临河铺没有谁比他厉害。

"噢，是马大哥呀。我回来几天了，还说准备去看您呢？"王雅兴说。

“跟我客气什么啊，这次回来，你打算在家里住多长？”马锦堂放下背上的粪箕子。

“嗯，嗯。是这样，”王雅兴不好意思地解释道：“奶奶和母亲年纪大了，身边没有个年轻人照顾，我不放心，所以这次回来打算住一段时间，也许就不再去北京了。”

“那好，抽时间到我家去玩，还记得我家住在哪吧？”马锦堂说。

“记得，抽空一定去。”王雅兴应道。

马锦堂想起了什么，忽然又问道：“你对象带回来没有啊？听说她是北京人，长得很漂亮是吧？也介绍让我们大家认识认识呀。”

“听谁说的啊？我哪有什么对象，认识还没几天就吹了。”王雅兴嘴上这样说，心里可不是滋味，虽说那女人长得并不怎么好，但人很温柔，对他也很好。分手以后，他还一直想着她。他怨不得女方，谁愿意放弃城里的舒适生活到农村来受苦呢。“你忙吗？到我家来坐坐吧。”王雅兴说。

马锦堂听出对方有赶他走的意思，他把粪箕子背起来，说：“手头上还有些活，闲了再去。”

王雅兴目送马锦堂走了，转过身，见母亲端着个衣服盆远远地正盯着他。“妈，洗衣服啊？”王雅兴走过去，伸手接母亲的衣服盆，“让我洗吧。”

“不用，你去散散心，这点衣服我一会儿就洗完了。”陈明霞挡住了儿子的手。她走到水边，把脏衣服倒在沟边的青石台上。

王雅兴没有走，他蹲在母亲的身边，看着她扭动着身躯，在石板上呼哧呼哧地搓洗衣服。母亲看上去老多了，顶上挽的发髻几乎成了白色，一双变得粗糙的手，不再像过去那样灵活。“妈，您累吗？”王雅兴关心地问。

“不累。”陈明霞停顿了一下，又说：“等你娶了媳妇，妈就不用再洗衣服了。”

王雅兴装着很高兴的样子说：“看来我得赶紧把媳妇娶到家了，免得让您再为儿子洗衣服啊。”

“那是，妈就等着娶儿媳妇呢。”陈明霞使劲地搓着衣服，她喜欢儿子在身边看她干活。

娘俩正叙着话，倭瓜花一扭一扭地过来了，身后还跟着一个姑娘。“明霞，你看谁来了？”倭瓜花说。

陈明霞扭过身子，见一个水灵灵的姑娘站在倭瓜花的身边。那姑娘漫长脸，细长的眉毛打了个弯，天生一副笑脸。陈明霞还没有认出她是谁，就听那姑娘清脆地喊道：“大姑，不认识我了？”

王雅兴站起来，听她叫母亲大姑，问道：“这不是小凌子吗，你怎么来了？”

陈凌子点点头，“我是从二姑那里来的。多年没见，都认不清你是大表哥还是二表哥了。不是说你们都在北京吗，什么时候回来的啊？”

王雅兴笑道：“鬼丫头片子，上次见你还没胡萝卜高，现在都长成大姑娘了。我是二表哥。”

陈明霞擦了擦手上的水说：“凌子，是呀，这么多年没有见面，你爹还好吧？和你二哥先回家里坐，我把衣服洗完就回去。”

凌子一步步走下石阶，“大姑，让我来洗吧。”说着她硬把陈明霞扶起来，“你们先走，我洗完就回去。”

陈明霞说：“乖，你来我家是客，怎么能让你洗呢，咱都回去，不着急洗衣服。”

凌子笑道：“我算是什么客呀，若不是离这里远，三天两头就往这里跑，不把大姑家的门槛踢断才怪呢。”

陈明霞对王雅兴说：“我和你奶先回去做饭，你陪着凌子在这里洗衣服吧。”

凌子拿起衣服在水中使劲地摇摆，水面上激起一圈圈水纹。王雅兴坐在水边的石阶上，看着表妹扭动着的杨柳般的腰身，心情好了起来。

“老舅身体怎么样啊？”王雅兴问。

凌子在水上摆衣服的手慢慢地停了下来，“不怎么好，爹已经卧床半年了。”

王雅兴焦急地问：“舅舅怎么了？”

凌子眼圈微红，眼里噙满了泪水。“他患肝脏病已经好几年了，开始没怎么注意，后来肚子胀得像个皮鼓，整天闹着肝疼，眼看着一天不如一天。也看过不少医生，吃过很多药，都没有效果。到了去年底，他的病情加重了，多次催我来通知你们，说是怕见不到你们了。最近，我看他同往常不太一样，每天只能勉强吃下几小口饭，我担心他……”

凌子说着眼泪就掉下来了，王雅兴忙安慰道：“凌子，别伤心，我们这里有个医生，擅长治肝脏病，到时让他给舅舅开副中药，说不定很快就会好的。”

“真的？”凌子擦去了眼泪，回头扫了表哥一眼，然后摇了摇头说：“给爹看过病的医生开始都说他的病能治，可治着治着就没有信心了。偏方爹也吃了不少，连童子尿都喝过，也没有见效果。”说着，她又开始低头洗衣服。

王雅兴说：“凌子，别灰心，今天我就去找高医生给你捡些药。先在我家住上两天，到时我和你一块去看舅舅。”

“不行，我还得赶紧回去，爹在家里没有人照顾。我出门的时候，让邻居帮我照顾他两天，我怕万一爹有个三长两短……”凌子说下去了。

王雅兴清楚凌子的处境。舅舅一生中有三个女儿，凌子最小。舅妈生凌子的时候得了月子病，不久就离开了人世。凌子的两个姐姐，因家庭出身不好，先后都远嫁到他乡。那时凌子才只有几岁。王雅兴猜想，这十多年，舅舅和凌子二人相依为命，生活一定很艰苦。特别是舅舅患了这样的病，凌子也一定没少受累。

“凌子，舅舅不会有事的，你只管放心。”王雅兴说。

“嗯。”凌子冲他点点头，然后问：“二表哥，你怎么有时间在家里长住啊，单位工作不忙吗？”

王雅兴挠挠头说：“我已经离开原单位，不在北京工作了。”

“离开北京？那你打算以后怎么办？”凌子问。

“走到哪算哪呗，目前还没有什么打算。”王雅兴说。

“嫂子呢，没回来啊？”凌子又问。

王雅兴不好意思地笑道：“哪有什么嫂子啊，回来之前我和她就已经分手了。”

凌子一脸悲戚的神色,“二表哥,你回到这乡下,将来怎么办呢？”

“什么怎么办，该咋办就咋办呗，还怕将来娶不到媳妇啊。”王雅兴说。

凌子再没说话，低着头一个劲地在水中摆弄着衣服。

晨风轻拂着水边的杨柳，燕子贴着水面来回地飞着。凌子抬头擦了一下脸上的汗，太阳已经从山顶那端露出了半张脸。

凌子把涤净的衣服一件一件的拧干，放进了盆里。王雅兴走过去端起了盛放衣服的盆，二人一块回家去了。

陈明霞听说弟弟病得快不行了，急得直流泪，她收拾了行李就要和凌子一块走。王雅兴担心家里就剩下奶奶一个人，不放心地说：“妈，我和凌子一块去，您就留在家里照顾奶奶吧。”

倭瓜花没说话。陈明霞知道她是不想让自己走，就说：“娘，我去两天，很快就会回来的，您一个人将就两天行吗？”

倭瓜花耷拉着眼皮，磨蹭了一会儿说：“这么大一个院子，我从没有一个人住过，我害怕。”

凌子说：“大姑，奶奶一个人害怕，您就别去了。”

陈明霞攥着凌子的手说：“回去对你爹说，让他放心治病，等你二哥回来了，我再去看他。”

王雅兴到了医疗室，见到高大龙，把他的舅舅病情描述了一遍。高大龙说：“中医看病需望闻问切，只能对症才能下药，没见到病人怎能胡乱开药呢？”

王雅兴以为高大龙是为了钱的缘故，故意为难他，忙从口袋里掏出五块钱问：“够不够？”

“不是钱的问题，我要对病人负责。”高大龙开卫生室以来，从没有收过任何人的一分钱，看着王雅兴递过来的钱，他觉得脸上有些发烧。他推开王雅兴的手解释道：“你没有来过我这医疗室，不知道我这里的规矩，我看病捡药是从不收钱的。”

“那我求你了，我舅病情已经非常严重了，你就帮帮忙，死马当作活马医吧。”王雅兴哀求道。

高大龙见王雅兴急切的样子，只好按他描述的患者症状，给他拾了一服中药，“吃着看吧，如果有效，你就再来。”

王雅兴谢过高大龙，带着中药和凌子一起奔舅舅家去了。

第八章　鬼不缠宠孙遭讥笑　陈凌子投亲受冷遇

徐熙霞下地参加集体生产劳动一直坚持到临盆的日子。之前，鬼不缠担心儿媳妇大大咧咧满不在乎的性格，会使胎儿受到伤害，多次要花喜鹊劝她休息。徐熙霞是个好强的女人，她一定要坚持到不能下地的那一天，尽管婆婆的嘴都快被磨起了膙子，她还是没有听婆婆的话。徐熙霞坚持下地劳动并不仅仅是为了挣工分，她要挣的是地位，是要和李云鹏比翼双飞，希望有那么一天能够接替婆婆的妇女主任工作，她相信自己有这样的能力。

徐熙霞生产的时候，被李云鹏送到了公社医院，她只在医院住了一个晚上，生完孩子，第二天就回了临河铺。孩子刚满月，她就把孩子打包背在身上，又开始下地干活了。

徐熙霞带着孩子下地劳动，在临河铺果然不同凡响，社员们无不对她刮目相看。鬼不缠不忍心看到孙子背在媳妇身上受罪，劝了多次，徐熙霞全当耳旁风，照样是我行我素，和群众一样早出晚归。鬼不缠终于忍耐不住，和儿子吵了一架。从此，自己亲自把照顾孩子的责任揽了下来。他把以前使用过的货郎担添了些材料改成小木床，每天挑着孩子下地，孩子哭闹的时候，他就把孩子送给儿媳妇喂奶。鬼不缠也不回避，顾不上别人看他的笑话，一天几次在众目睽睽之下，送孙子去找儿媳妇吃奶，喂完奶后，再给抱走。自打挑着孙子下地以来，他再也不给别人讲那些笑话故事了，他清楚，自己的所作所为在临河铺已经像笑话一样传开了，他不用想，就能猜到人们在背后是怎样议论他的，肯定会把他当成笑料，好在他脸皮子厚，听见别人说他，也会装着什么事情也不知道。

徐熙霞的确是很特别，她和临河铺所有的女人都不一样。月子里，她不顾婆婆劝告，照常和别人一样在田里摸爬滚打，挽着裤腿下田挠秧，什么产后不能碰凉水呀，产后风啊，她全不在乎，就像是一个捅马蜂窝不戴帽子的顽皮孩子一样，不知道什么是后怕。

徐熙霞嫁到临河铺时间不长，但这里的男人女人都喜欢她，徐熙霞除了长相好，劳动表现也非常出众，就连李有福也觉得她不是一般的人物，有意无意地对她进行培养，很快她就成了花喜鹊的帮手，在临河铺有了一定的群众基础。

徐熙霞的表现受到了大家的称赞，鬼不缠的心事却一天比一天重，自从把儿媳妇徐熙霞娶进了门，他这个天生的烂嘴巴逐渐变得严实了，公众场合沉默寡言，很少在人多的地方出风头，人们都取笑他被儿媳妇给管住了。在临河铺，鬼不缠也算得上一个人物，小算盘比谁拨拉的都精，他除了钦佩李有福的公平，敬重马世轩的正直，害怕马世保的威猛，没有把谁还放在眼里。如今马世保没了，却又多了个儿媳妇，他认为徐熙霞是他李家的克星。

这天，他抱着孙子去找徐熙霞喂奶，碰上田里干活的那帮妇女，小翠取笑道："又去喂孩子呀？"

鬼不缠最怕遇到这种场合，一边匆匆地急走着绕过她们，一边招呼道："饿了，正哭呢。"

"哭怕什么，你那箱子里不是有糖吗，不能喂喂他啊？"小翠说。

马晓萍接着说："是你饿了，还是谁饿了呀？"

鬼不缠讥诮马晓萍说："我这孙子不像你，小时候喜欢吃药，饿了就往医疗室跑。"

马晓萍呵呵地笑道："你做诗越来越有水平了，苏东坡用笔，你用的是屁股。"

小翠说："哟，真了不起，用屁股做诗是一大发明啊。哈哈……"

那帮妇女们一起跟着狂笑起来，鬼不缠知道斗嘴要吃亏，犹如漏网之鱼，丧家之狗，飞快地绕过了那些女人，走出很远了，依然能听到她们的笑声。

王雅兴到了舅舅家，见舅舅经年沉疴，病情沉重。他的眼睛凹陷进了眼窝里，身体已经瘦成了皮包骨。王雅兴心中十分难受，他让凌子把带来的中药煎好端给舅舅服，可他只喝了一口就再也喝不下去了。看到舅舅眼前的光景，王雅兴心里明白，他不会有多少的日子了。凌子一个女孩照顾奄奄一息的父亲，王雅兴不放心，就在舅舅家住了下来。表兄妹俩就这样照顾着病危的病人，看到有王雅兴住在家里，凌子的父亲放心了很多。这天，凌子父亲精神突然好了起来，脸上有了一点点血色，早上居然还喝了半小碗稀粥。凌子见爹比平时好了许多，以为是高大龙开的药起了作用，心里高兴，忙收拾了碗筷进了厨房。凌子父亲趁她去厨房洗碗的时候，对王雅兴说："雅兴，我不行了，走之前，我想把凌子托付给你娘，留下她一个女孩儿，我放心不下。"

"舅，您放心，你的身体会好起来。为了凌子，你可要坚持啊。"王雅兴说。

"你不用安慰我，我知道自己的病……"凌子父亲挪动了一下身体，"这些年，凌子为了我，受了很多的苦，我不忍心把她抛下。可是……"一行眼泪从凌子父亲的眼角流了下来。

王雅兴拿出毛巾，替舅舅擦去眼泪，说："舅舅，别多想了，还有我们呢。"

凌子父亲颤抖着手，指着床里边的墙说："我家还有一点积蓄，是解放前你姥爷留下来的，这些年，凌子我们的生活就是再拮据，我也始终没有动用过。我走后，你把它取出来兑换成现金，把我简单得葬了，剩下的那些留给凌子以后生活。"

凌子在门前听到父亲说家里还有积蓄，是父亲留给自己用的，眼泪吧嗒吧嗒地掉下来。父亲病这些年，连像样的医院都没有进过，看的全是一些江湖医生。爷俩一年也吃不上一顿肉，没想到家里还有积蓄。凌子擦干眼泪，装着什么也没有听见，进屋对父亲说："爹今天精神不错，是二表哥带来的药起作用了，看来爹的病有希望，我和二表哥送您去医院看看好吗？"

"凌子啊，爹哪里都不去了，只想死在家里。这些年，爹把你拖累得够苦的了，我死后，你就跟着二表哥到临河铺去，和大姑一起生活。"凌子父亲凹进去的眼里噙着泪水，声音很微弱。

凌子眼中垂泪，抓着父亲的手说："爹，您怎么那样傻啊，有钱不拿出来看病，让女儿伤透了心。您把钱留给谁啊？女儿不需要那些钱，明天咱到大医院去……"说话间，凌子感觉父亲的手慢慢地松了下来，抬头一看，父亲的头歪向了一边，眼睛已经闭上了。

这么多年，和凌子相依为命的父亲就这样离开了。看着骨瘦如柴的父亲遗体，她伤心地痛哭了一场。按照父亲临终嘱托，她同前来奔丧的大姐、二姐还有王雅兴一起，在亲朋好友的帮助下，把父亲按当地的习俗掩埋了。处理完后事，大姐、二姐先回去了，凌子收拾好行李，带上父亲留下来的细软，依依不舍地离开了生活了十七年的家，投奔大姑家去了。

凌子到临河铺来投靠陈明霞，倭瓜花心中大为不悦。前面现成的空房闲置着，她不让凌子住，把她安置在后面过去丫头住过的偏房里。

倭瓜花对陈明霞说："凌子一个姑娘家长期住在咱家里不合适，眼下雅兴还没结婚，一旦传到外面，人们会怎么想呢？"

倭瓜花心里是怎样想的陈明霞很清楚，她不过是害怕家里多一口人吃饭穿衣的人。凌子是她陈家的亲戚，与王家没什么关系，如今没有知乎她一声，凌子就突然来了，她心里肯定是不高兴。

陈明霞说："娘，你也知道，凌子这些年来和他爹相依为命，如今他爹已经离世了，剩下她孤苦伶仃的一个女孩，在外乡又无依无靠，如果我们不接纳，她多可怜啊。"

倭瓜花说："可咱家也不是收容所，哪里有能力照顾了她呀。"

陈明霞说："人家可不是来吃闲饭的，她年轻，能参加集体生产劳动。"

倭瓜花说："靠那些工分好干啥，不饿掉大牙才怪呢。"

陈明霞说："那大队里的社员不都是靠工分生活吗，再说，凌子还带来不少的金银首饰，光袁大头就几百块呢。"

听说有几百块大洋，倭瓜花不由得心中吃惊，就连他王家也没有这么多的陈货，解放都已经二十多年了，她家哪里还有这么多财富啊？

"你说什么？金银首饰还有几百块袁大头？"倭瓜花有些不相信，"解放初，你陈家的那些财富不都被充公了吗？"

陈明霞说："我爹被镇压前，农会是把家里的所有财产都没收了，不过听雅兴说，那些细软是藏在假墙里的，或许农会没有找到。这些东西，之前连凌子都不知道。"

倭瓜花说："也难为他舅舅想的这么周到，给女儿留下这么一笔遗产。想想凌子也实在够可怜的，十六七岁的姑娘了，你看她穿的还像胡萝卜缨子一样。多好的一个姑娘被糟蹋成什么样了。”

王雅兴满头大汗地从外面进来说：“妈，我和凌子打扫了两间偏房，我也搬到后面去住。”

陈明霞说：“前面住得好好的，为什么要去后面住啊？”

王雅兴说：“我担心凌子一个人住在后面害怕。”

倭瓜花瞪了孙子一眼，“后面是丫环住过的房子，你可不能去住。”

王雅兴不满意地说：“什么丫环仆人的，现在都什么年代了还说那些，凌子能住我也能住。”

倭瓜花知道雅兴不会听她的，只好又说：“不是说那是丫环的住过的房子，主要是那些房子多年没有人住了，阴气太重。”

“那让凌子一个人住在后面，就更压不住邪了。奶奶，是不是凌子不是您的亲孙女啊？”王雅兴说。

倭瓜花生气了，嘴里叨咕道：“你怎么能这样说呢，奶奶是为了你好，是怕引起外人说闲话，才让凌子住后面的。”

王雅兴小声嘀咕道：“真是老古董，想法和正常人不一样。”

陈明霞知道婆婆耳背，听不到雅兴的话，她瞅了儿子一眼，小声说：“以后和奶奶说话注意点，别没老没少的。”

王雅兴说：“那从今天起，我就搬到后面去住了，有什么事情，到后面叫我。”

倭瓜花不满意对陈明霞说：“你同意雅兴到后面住？”

陈明霞说：“不同意又有什么办法呢？雅兴都二十几岁的人了，我能管他到胡子白呀。”

倭瓜花见儿媳放任孙子搬到后面，忙阻拦道：“雅兴，你得听奶奶的话，无论如何，你都不能搬到后面住，孤男寡女的住在一起像什么话？你要实在放心不下凌子，就让她也住在前面吧。”

王雅兴要的就是奶奶这句话，听奶奶这样说，便装着生气的样子说：“您怎么早不这样想，现在我们已经把房子打扫干净了，就这样算了吧。”

“不行，绝对不行。”倭瓜花转过脸对儿媳妇说：“要不然，明霞你把前面的房子收拾一下吧。”

陈明霞点点头去了，王雅兴对倭瓜花说："奶，凌子很好的一个孩子，您怎么能这样待她啊。"

"我待她怎么了？"倭瓜花说："去，去，把她搬过来吧。"

王雅兴到后院对凌子说了奶奶让她搬家的事，没想到凌子坚决不同意住到前院，她说一个人住在后面不会害怕。

王雅兴理解凌子不想搬家是为了自尊，他不好再逼着让凌子搬家，他自己也没有搬，就住在了凌子隔壁的房间里。倭瓜花本来是想把凌子放在后院，不曾想雅兴这么执拗，一定要陪着凌子住在后院，这就等于她把雅兴也放在了后院。倭瓜花伤心了，她后悔当初不该怠慢了凌子，现在连雅兴也疏远了。

第九章　徐熙霞双突乘云梯　鬼不缠大意出祸端

徐熙霞参加全县活学活用毛泽东思想积极分子讲用会，成为县里名噪一时的先进典型人物，经过调查、政审，她各方面条件都符合要求，被推荐到地区参加全区的学习毛主席著作先进分子讲用会。回来后，县里把她作为青年培养对象安排到了公社担任妇女主任工作。

鬼不缠对徐熙霞一肚子怨言，她不仅改变了儿子，现在连他这个做公公的都被她改变了。如今她高升了，脱离了种田，一个农妇居然摇身一变成了公社的领导，比李有福官还大，以后他和这个儿媳妇怎样相处呢？这也许正应验了"知天命"说的那些话，她和儿子若是命中相克，那她的命硬，儿子不是肯定要吃亏的吗？

自从把徐熙霞娶到李家来，可以说鬼不缠没有过上一天舒心的日子。现在她离开了李家，鬼不缠的日子却变得更难过了。他不知道徐熙霞脱离临河铺对李家来说是祸是福。从某种意义上说，徐熙霞是自己的儿媳妇，她有了出息自然对李家会有好处，不仅可以给李家光耀门楣，对儿子将来的发展也很有利。但他想的更多的却不是这些，而是想到儿媳妇将成为李家的主人，儿子会变得像小媳妇一样，在家相"妇"教子。还有鬼不缠最担心的地方，"知天命"说徐熙霞命里有几次婚姻，她会不会将来把儿子给甩了另寻新欢？

徐熙霞回临河铺的次数越来越稀，开始每周回来一两次，后来变得每月只回来一两次。不说她对李云鹏有没有感情，孩子总是自己生的，她竟然把孩子也放在一边不管不问，让大伯子家的给孩子喂奶，她总说工作忙，照看不过来。

鬼不缠是个甩手惯了的人，有了孙子以后，他再也逍遥不起来了。儿子年轻不会照顾孩子，老婆除了大队里忙东忙西，回来还要给一家人做饭洗衣服，他不得不搭把手帮着抱孩子。有时实在闷得慌，就把孩子抱出来透透气。

这是一个阴沉沉的天，天气闷的让人透不过气来。李云鹏丢下饭碗，拿把破扇子躺到床上去了。花喜鹊收拾了碗筷去了厨房。鬼不缠满身是汗地抱着孙子。也许是孩子热得受不了了，一个劲地怄气，鬼不缠哄了半天也哄不好，他就把孩子抱出了院子。

鬼不缠不想让外人看见自己整天抱着孩子，那样会很没面子。人们已经说他是面叶子耳朵，整天围着家庭转了。他顺着宅沟旁的树荫，摇摇晃晃地走到了宅后，觉得有些内急，就找了块干净的地方把孩子放下来，自己到沟坎下面小解。小便还没解完，忽听到孩子声嘶力竭的哭叫声，他急忙把裤子系上，爬山沟坎，只见一只野猫正撕咬着孩子的胳膊，那野猫听见响声，一溜烟地钻到沟边的草丛里不见了。鬼不缠跑上前去，只见孩子的胳膊满是伤痕，小臂被撕裂了一个口子，鲜血直往外流。眼前的景象惊得鬼不缠目瞪口呆，他慌忙把孩子抱起来，送到了医务室。那天也巧，刚好高大龙出诊去了。见马晓萍正躺在草席上扇着扇子，他也顾不了许多，径直闯进了屋里。

“大龙，大龙呢？快来看看这孩子。”鬼不缠焦急地叫道。

“叫什么叫啊？鬼掐了似的。大龙不在家。”马晓萍从草席上坐了起来，摇着扇子。

鬼不缠平时习惯和马晓萍斗嘴，现在遇上紧急情况了，他没有心情和马晓萍废话，哀求道：“晓萍，你快来看看。”他把婴儿放在马晓萍面前。

“哎呦，我的妈呀，这孩子怎么了？”马晓萍被惊得丢下扇子一拍屁股爬了起来。

“被野猫咬了。”鬼不缠说。

马晓萍听着婴儿撕心裂肺地哭叫，看着他胳膊被猫抓的到处都是血痕，还有一块被咬烂的地方，嫩肉都翻了出来，面对婴儿的伤口，她有些不知所措。马晓萍从来也没有遇到过这种情况，她一边心疼地用药棉给婴儿擦酒精消毒，一边不停地责怪鬼不缠，“你是怎么搞的，这么大意呀？一个大活人怎么能让猫把孩子咬成这样？徐熙霞回来不找你算账才怪呢。”

提到徐熙霞，正说到了鬼不缠的疼处，孩子被猫咬了，他回去怎么向家人交代？就不说徐熙霞了，对老婆、儿子他也不好说。孩子出了事，他确实有不可推卸的责任，但遇到这种情况他也很无奈。像野猫咬伤婴儿这种事情，在临河铺破天荒还是第一次遇到，完全是预料之外的事情，不是他鬼不缠想不到，是谁也想不到，简直是出了鬼了。鬼不缠不得不怀疑这件事与徐熙霞的命有关，要不然他李家怎么能出这种蹊跷的事情。

马晓萍擦干净完婴儿胳膊周围的创伤，被猫咬伤的地方，她实在是不敢碰，鬼不缠看着孩子胳膊还在不断地向外流着血，急得满头是汗，不断地催促着马晓萍，见马晓萍面对着婴儿的伤口束手无策，焦急地问道：“大龙什么时候能回来？你得赶紧想想办法呀。”

孩子在鬼不缠怀里哇哇地哭着，两只小手不停地乱动，马晓萍也是干着急，她没有处理过这样的病人，尤其是面对一个受了伤的婴儿。她轻轻按住婴儿受伤的胳膊对鬼不缠说：“大龙快该回来了，你再稍等一会儿，我到门口迎迎。”

鬼不缠抓耳挠腮，孩子的哭声撕碎了他的心，看着孩子疼得在怀里抽搐，恨不能把头往墙上撞。

高大龙终于回来了，看了孩子的伤口，对鬼不缠说：“婴儿的创口太大，最好到公社医院缝几针，我先临时把孩子的伤口处理一下，止住血后，你抓紧时间去医院吧。”

鬼不缠哀求道：“大龙，孩子这么小，缝伤口要受多大的罪啊，你就想想办法，别让他去医院了吧。”

高大龙摇摇头说：“不行，一定得去。这是对孩子负责，万一将来伤口不能愈合，后悔可就来不及了。”

听高大龙的话有道理，鬼不缠抱起孩子回到了家，把睡在床上的儿子叫了起来，二人奔公社医院去了。

公社医院并不比临河铺大队的医疗室条件好到哪儿去，说好听一些是所医院，其实就那三四间破旧的房子和几张脏兮兮的病床，两三个半路出家的医生。院里也没有设什么科室，这三个医生是全能的，不管是什么人，患了什么病，男人病也好，妇科病也罢，他们全能治。

鬼不缠把孩子抱进医院，医生们还在午休。他坐在医院的板凳上让李云鹏去找徐熙霞，熟人多吃四两盐，毕竟徐熙霞是公社里的人，有她在，医生会更上心一些。过了一会儿，刘医生来上班了，鬼不缠认识刘医生，过去挑货郎担走街串巷的时候，他就是这里的医生。

“刘医生，您早啊。”鬼不缠抱着孩子站了起来。

刘医生打量了一下鬼不缠，觉得有些面熟，一时又想不起来。“喔，喔，怎么了？”许医生问道。

鬼不缠把盖在孩子胳膊上的纱布揭开，说：“这是徐熙霞的孩子，刚刚被野猫咬了，想请您给看看。”鬼不缠故意提起徐熙霞，看刘医生有没有什么反应。

“喔，是刚上任的那个妇女主任么？”李医生一边看着孩子的伤，一边问。

“嗯，您认识徐熙霞呀？”鬼不缠说。

“呵呵，认识，认识。她生孩子时，还是我给她接的生呢。哪能不认识啊，她怎么没来呀？”

鬼不缠愣了一下，儿媳妇生孩子居然是男人接生的，心里不觉有些醋味儿，不耐烦地说：“公社干部哪像医院这样闲啊，他们工作忙着哩。”说了这句话，又后悔说错了，自己是来给孩子看病的，万一得罪了医生可怎么办，于是忙变了口气说：“熙霞让我把孩子先抱过来。您看这孩子伤势重吗？”

“非常严重。”刘医生拿过碘酒瓶，取出镊子，仔细地给孩子擦着伤口。那孩子刚睡着，又被碘酒刺激醒了，不停地哭叫着。

鬼不缠见刘医生直接给孩子的创口上了药，然后，拿出敷料敷在伤口上面，心想，高大龙不是说要缝针吗，他怎么就这样把伤口裹起来了呢？

“刘医生，这伤口用不着缝合吧？”鬼不缠问道。

“当然，缝合了会长的更快，不过，我们这里没有会缝合的医生，只能这样将就了。”刘医生说。

鬼不缠心里叫起苦来，若就这样包扎一下，高大龙也会，何必大热天跑这么远，让大人孩子都受罪呢？他不安地问：“这样能行吗？”

“行，孩子的伤口容易恢复，不过，平时保持良好的卫生是关键，伤口不能见水，两天换一次药。”刘医生说。

“那用不用打针呢？”鬼不缠又问。

“最好还是打一针破抗吧。”刘医生拿起注射器，汲取了玻璃瓶里的药液，套上针头，在孩子的臀部注射了一支破抗。然后，又开了一些消炎药，包好，递给了鬼不缠。“记住，每天两次，每次一片，研碎用温开水溶解，灌服。”

李云鹏满头是汗地跑了过来，见医生已经把孩子伤口处理好，忙把孩子接过去，站在一旁听着医生的交代。鬼不缠问：“徐熙霞呢？”

“公社找遍了，也没有见到她，听说是下大队去了。”李云鹏撅着嘴说。

鬼不缠不好意思地说：“她不来，谁付钱呢？”他偷偷地看了刘医生一眼，接着又说：“刘医生，您看这样好不好，先在这里记个账，等徐熙霞回来后，您跟她结算行吗？”

“行啊。”刘医生一手拿过一个账本，一手拿着一支笔问：“你识字吗？”

“多少认识几个字吧。”鬼不缠接过账本，看了一下上面签的密密麻麻的字，踌躇了片刻，转身对李云鹏说：“云鹏，你过来签吧。”

李云鹏在账本上签了字，鬼不缠问：“刘医生，我们在家换药行吗？”

刘医生瞟了鬼不缠一眼说：“徐主任离这里又不远，如果有时间，最好还是到医院来换吧，这里比家里的条件还是要好一些。”

鬼不缠心想，反正签的是徐熙霞的名字，公家能报销，只不过自己多跑几趟路而已，于是点点头说："那好吧，我记住了，两天换一次药。"

第十章　为迁户李有福筹谋划策　惜孤女陈明霞舐犊之爱

陈明霞为了凌子的户口问题被迫来找李有福，在临河铺住这么些日子，她很少和李有福说过话，只是在回避不了的情况下才同他打个招呼。陈明霞见到李有福时心里特别忐忑，不知道李有福是否有心帮她，反正是到了这个份上只有赌一把了。即使是不给面子，她也要试一试。陈明霞把侄女那边的情况详细地对李有福说了，希望他能发发慈悲，同意把侄女的户口迁到临河铺来。

听完陈明霞的诉求，李有福沉默了。陈明霞不同于别人，他是王麻子的儿媳妇，由于过去的那些恩恩怨怨，她家无论遇到大事小事，陈明霞从未找过他。现在突然提出侄女迁移户口的事情，让他有些为难。给她办吧，违背了原则；不给她办吧，陈明霞难得张这个口，薄了她面子显得有些不近人情。李有福见过凌子几次，对她也很有好感，只是这年月办迁移户口确实有些难，尤其是一个农村的老百姓就更难。

李有福迟疑了一会儿，对陈明霞说："我很同情你侄女的境遇，只是这迁户口的事情比较麻烦，要有原大队的证明，当地派出所的迁移证，然后再到公社派出所备案。"说到这，他看了一下对方，又说："如果手续齐全，我代表大队同意接收她到临河铺。"

陈明霞知道迁移户口的事情有多难，就他们家庭来说，成分高，家里的社会历史关系复杂，就李有福说的这些手续，她完全没有能力办到。陈明霞踌躇起来，她不知道该怎样对李有福说自己的难处。

看到李有福面无表情，一副冷漠的样子，陈明霞以为李有福故意在刁难她。她有些失望，心想，活了半辈子，从没有出面求过人，现在为了凌子，她好不容易下了决心来求李有福，没想到被李有福使了一个软钉子把她顶了回来。她很沮丧，来时的勇气一下子消失的无影无踪。她想离开，但一想起凌子一个孤苦伶仃的女孩，她又犹豫了。凌子与王家一点关系都没有，李有福就是再仇视王家，接收凌子又有什么关系呢，总不能城门失火，殃及池鱼吧。

李有福从陈明霞充满疑虑的神情中，似乎看出了她的心思，他给陈明霞倒了杯水，让她坐下，又补充道："办这些手续虽说需要一些时间，但可以让凌子先在我们这里参加集体生产，原则上和我们大队妇女享受同等的待遇，你看如何？"

陈明霞眼中充满了悲戚，轻声恳求道："凌子一个未成年的女孩，单纯的像一张纸，看着她这样孤独无靠，您能不能高抬贵手，就这样收下她呢？"

李有福说："那恐怕不行。迁移户口是有规定的，大队也要按原则办事，这不仅是对孩子负责任，也是对集体负责任，你最好还是想办法完善一下手续吧。"

陈明霞满面愁容，目光显得有些呆滞。李有福已经把话说到这份上了，还能怎么求他呢？她站起来，又慢慢地坐下去，一双无神的眼睛在屋里游荡。

"李书记，你了解我们家的现状，我们在社会上办事的能力十分有限，在临河铺您是我们的父母官，这些事情全仗您帮忙了。"陈明霞小心翼翼地说。

"我知道你心里是怎样想的。请你仔细听我把话说明白了，行吗？"李有福叹了声息，认真地解释道："我欢迎凌子来我们临河铺参加生产建设，可事情完全不像你想象的那样简单。她来了我完全可以睁一只眼，闭一只眼，让她参与临河铺的生产与分红，可总不能让她一辈子黑人黑户吧。将来一旦发生什么事情，那不是坑了她啊。"

陈明霞不明白李有福说的是什么意思，问道："能发生什么事情呢？"

李有福说："之前，咱临河铺没有发生过什么事情，因为我们这里没有像凌子这样的外来户。据我所知，这些年，县劳改队里就有很多人是因为黑人黑户，被关了起来，假若凌子在我们这里住下了，她原来的住地肯定会取消她的户籍，谁也保证不了以后不会发生什么事情，万一出了状况，我们保人可是没有依据啊。"

陈明霞依然认为李有福是故意难为她，在临河铺这么些年，哪遇到过什么情况啊，除非大队里把人出卖了，否则，劳改队怎么可能从这里带人呢？

“虽说您想得很周到，不过咱大队不会把凌子送到劳改队吧？”陈明霞将了李有福一军。

“你以为那些被牢改的人都是大队送去的呀，只要有人检举，大队能挡得住他们抓人吗？你不记得李雨妹了，她当时若是临河铺里的人，我们还可以保，可惜她有单位，我们有什么办法呢？最后不还是得回去啊。”李有福说。

陈明霞联想起了她大伯子王金山，当初也是从临河铺被带走的，她有些担心了，“那必须按您说的办迁移手续？可是，可是我们办不来啊。”

李有福说：“如果办迁移难，我有一个想法不知道你同意不？”

“您有什么好办法啊？”陈明霞瞪着李有福，认真地听他往下讲。

李有福想了一下说：“我看雅兴和凌子是很好的一对，如果雅兴能娶她，那一切手续都全免了。再说，雅兴如果与凌子好上了，亲上加亲不是很好吗。”

陈明霞说：“这个倒值得考虑，不过我不知道他们年轻人是怎么想的，让我问问再说吧。”

李有福说：“那不着急，反正凌子可以参加临河铺正常的生产劳动，其他事情慢慢来吧。”

陈明霞回到家，屋里已经点上了煤油灯。王雅兴靠在椅子上津津有味地读着《欧阳海之歌》，这本书原本是他寄回来给小雅看的。在寄回来之前，他已经读过一遍。现在因为无聊，就又把这本书拿出来翻看。他已经养成城市里的生活习惯，来到乡下，他最害怕夜晚，农村的夜晚黑灯瞎火，又缺少文化生活，除了看书，还能干什么呢。

陈凌子坐在一旁纳鞋底，一双水灵灵的大眼睛始终离不开针线，那专心致志的样子比绣花还认真。陈明霞有些心疼她，凌子母亲走的早，两个姐姐在她还不到十岁的时候就出嫁了，她爹身体不怎么好，家里的活全都落在了她的身上。

看着凌子一针长一针短地纳着，陈明霞轻声说：“凌子，歇歇吧，家务活是干不完的，不用紧时间，别累坏了身体。”陈明霞语气中透出关爱和同情。

凌子抬起了头，好像不认识姑姑似的，轻轻笑了一下，又继续纳底子。王雅兴放下书，对凌子说：“听妈的话，歇歇吧。”

凌子把白洋线缠在鞋底上，放进了簸箩。然后，给陈明霞倒了杯水，双手递了过去，“大姑，您喝水。”

陈明霞接过水杯，放在桌子上，顺手把凌子拉到自己怀里，乖哟儿哟地疼了一阵子，然后说：“凌子，以后这就是你家，可用不着见外噢。”

凌子伏在陈明霞肩上，眼里充满了泪水，“大姑，我不见外。”

王雅兴嘿嘿地笑道：“妈，您对侄女比对我还亲呢，让我嫉妒的眼都红了。”

凌子连忙从姑姑怀里挣出来，破涕笑道：“大姑，二表哥都吃醋了，您去抱抱他吧。”

陈明霞瞅了儿子一眼，对凌子说：“他还没胡子白啊，人家像他这么大孩子都有了，谁像他，到现在连个对象都没有。”说着，又看了凌子一眼。

“大姑，这就是您的不是了，二表哥没有对象，你给他找一个呀。”凌子说。

“找？哪这么容易呀，你看他成天到晚大大咧咧的，谁家的姑娘能相中他呀。”陈明霞说。

“二表哥哪像您说的那样，人家斯斯文文的，长的又俊俏，只怕是二表哥眼眶子高吧？”凌子俏皮地说。

屋里的倭瓜花停住了鼾声，操起她破锣似的声音高声喊道：“明霞，现在都什么时间了还不去睡觉，有话不会明天再说呀。”

陈明霞给王雅兴使了个眼色，又转身对凌子说：“白天辛苦一天了，晚上早点睡吧。”

凌子忙去厨房烧水，陈明霞说：“你和雅兴又不用热水，我用热水自己烧就行了，去休息吧。”

凌子说：“早了我也睡不着，就让我烧吧。”凌子在锅里添上水，点起火烧了起来。

陈明霞来到厨房，对凌子说："今天为了你的事情我去找了李书记，他同意你到临河铺来，只不过手续暂时还办不了，李书记说了，你现在和咱临河铺的人一样待遇，你就放心地住下吧。"

凌子点点头，把一把一把的麦草送进锅腔子里，再用烧火棍不断在里面划拉着，呼呼啦啦的火苗烤得她满面通红。"不是说奶奶与李书记家有仇吗，他怎么能同意接收我呢？"凌子问。

"那都是过去的事情了，再说，与我们没什么相干，你不用担心这些。好了，水已经热了，你赶快回去洗洗休息。"陈明霞催促她说。

凌子点点头，"大姑，您自己洗吧，我回屋了。"

王雅兴见凌子烧好了洗脸水，在外面向她招手，凌子跟着二表哥到后院去了。

陈明霞洗漱毕，吹灭了堂屋里煤油灯，进到里屋，她想把李有福说的那些关于凌子办迁移的事情告诉倭瓜花，但听见她猪一样的打着鼾，只好把想说的话咽到了肚里。

陈明霞倒在床上翻来覆去睡不着，她想着李有福对她说的那些话，到底是诚意还是有意拖延她呢？那一年大伯子被人从临河铺抓走，李有福表面上也是很同情，谁敢说那件事不是他告的密呢？

陈明霞翻身吱吱啦啦的响声把倭瓜花从梦中吵醒了，她侧过身问："明霞，有什么心事啊？"

想起大伯子被抓走的那件事，陈明霞反倒不敢对倭瓜花说李有福对她说的话了，她担心倭瓜花会反对雅兴和凌子好，可自己又没有主心骨，不知道这件事该怎么办。犹豫了半晌说："没什么。"

倭瓜花翻身坐起来，靠在床头上，唠唠叨叨地说："明霞啊，这俩孩子都大了，孤男寡女的住在后院，我总觉得不放心，雅兴这孩子不听话，偏要追着凌子住到后边，我觉得明天还是让他们搬过来好，免得生出是非。"

陈明霞说："雅兴是担心一个女孩子住在后面害怕，他不愿意搬过来，我也没办法。"

"那你让凌子搬过来啊，我就不信雅兴一个人在后面能住多久。"倭瓜花有些不高兴地说。

陈明霞不想再说雅兴和凌子的事情了，她怕自己万一说漏了嘴，倭瓜花若是明确反对他们好，将会影响两个孩子感情的发展，“娘，睡下吧，明天的事情明天再说。我也困了。”

倭瓜花倒在床上就又打起了呼噜，陈明霞却是难以入眠，心里一直在考虑雅兴和凌子的事情。

第十一章　马立举开导尹书记　赵县长打趣马晓萍

全县农业学大寨先进典型表彰大会在锣鼓鞭炮声中召开了，火红的标语贴满了会场，全县近三百个大队中，临河铺粮食单产最高，总产量也名列前茅。马立举第一次作为个人先进典型披红戴绿地站到了领奖台上。对马立举来说，能够站上领奖台，受到县领导亲自颁发奖状，是他平生中所获得的最高荣誉。

马立举满面红光地站在主席台上，别提有多么兴奋了，他傻呵呵地咧着大嘴，一双耷拉下来三角眼怯怯地扫视着会场。看着记者拿着相机在眼前晃来晃去，此时此刻，他真希望烂眼猫能看见他站在领奖台上的样子，分享这美好的场景。正当他喜形于色的时候，赵县长走过来和他握了握手，在给他颁发奖状的时候，还特地向大家介绍了他的典型事迹。

马立举是个爱动脑筋的人，比起一般庄稼人，他接受新生事物算是比较快的。自从那次对化肥发表了一番错误言论让他丢了面子之后，他就开始认真探讨如何更合理地施用化肥。经过一段时间的田间实验，他在配方施肥以及不同作物不同肥料不同的需求方面摸索出了一套经验，使临河铺的粮食产量比往年提高了百分之十以上，他因此而感到骄傲。对一个大队来说，粮食产量提高百分之十，这是多大的贡献啊。

马立举捧着荣誉证书，面对台下黑压压的代表们，心里有说不出的激动。他马立举不是孬种，这辈子也为临河铺争了光，也算替那个不肖的儿子还了债。想起这几年的经历，马立举禁不住热泪盈眶，当介绍完他的先进事迹，他恭恭敬敬地给赵县长鞠了个躬。

人一旦有了追求，有了理想，精神状态就格外不一样，马立举过了人生中的大半辈子，一直在为经营个人的小家庭拼命奔波，这个小农意识非常浓厚的人直到儿子死后，才在李有福的开导下，渐渐地从自私自利的枷锁中解脱出来。

如今马立举成了全县农业学大寨的个人先进典型，不仅是临河铺的红人，也是全县人民学习的榜样，这种幸福的感觉，是有生以来最令他最自豪的。

生活的确是多姿多彩的，马立举想不到自己花甲之年的人了也能像年轻人活得一样精神，这迟到的幸福让他回味无穷。想起过去的那些年月，他深深认识到自私有多么可悲，私欲就是一副枷锁，它可以把人的思想禁锢在一个小圈子里，让人难以解脱。现在他站得高了，正像李有福说的那样，不能把自己局限在老婆孩娃热炕头的小圈子里，只有把集体当成大家庭，幸福的指数才会更高。跟着李有福干的这两年，他彻彻底底地明白了生命的意义。李有福这些年来为什么能全身心地投入大集体建设？为什么他从不计较个人得失，因为他对集体的发展有远大而崇高的理想。

农业学大寨大会的召开，对马立举是一个很大的促进。在这次大会期间，会议代表们还有幸到临河铺观摩了庄稼生长情况。看到临河铺人的管理模式和庄稼长势，代表们可谓开了眼界，一个个赞不绝口。马立举向大家介绍经验时，嘴里比吃了蜜还甜，这些劳动成果里毕竟倾注了他的心血，有他的一份功劳。

靠山大队的支部书记老尹凑到马立举身边问："老马啊，你们这庄稼是怎么种的啊，你看我们两家地边挨着地边，只是一条路相隔，庄稼的长势差距怎么那么大呢？您也该交流交流你们的种田经验啊。"

马立举眯缝着眼，那种得意的劲儿别提有多惬意了。他心里有数，种田不仅仅是要凭经验，更主要的还是要靠科学，要有发展的眼光。当周边大队还没有弄明白化肥是什么东西的时候，临河铺已经全面开始施用化肥了。

马立举问："你们大队每年买多少化肥啊？"

"化肥？就是可以做裤子那种尼龙袋子装的白色颗粒？"尹书记摇着头说："我们没有用过，那东西太贵，我们买不起。"

“要想粮食高产，就必须加大投资，种庄稼就像养孩子一样，没有油水孩子怎么能长得高、长得胖呢？”要是搁在以前，马立举是不会这样说这样掏心窝子话的，马立举之所以能把庄稼种好，那是经过他付出心血总结出来的经验。

尹书记从地里抓起一把土在手里捻着，“一亩地需要用多少呢？”

“那得看土地的厚薄，一般情况下，三亩地用一袋就够了。”马立举说。

“一袋化肥上三亩地？”尹书记有些不相信地问：“那能行？”

“您可别小看那一袋化肥，它起的作用可大着呢，不信你可以比一比，试一试。开始我也没有弄明白，就这么一袋尿素，比他妈的十几车土杂肥还管用。所以我建议您也用化肥。”马立举说。

尹书记深邃的目光投向了远方，把手中捻着碎土一点一点地撒向地里，叹息道：“赵县长在大会上也多次提到使用化肥，可一袋化肥十几块钱，抵上一个劳力十天的报酬，我们上哪能买得起啊。”

马立举立刻明白了，靠山大队太穷，经济底子薄，没有积蓄，怎能同临河铺相比呢。这些年来，临河铺在发展集体经济上是下了一番功夫的，就说到城里卖柴禾这件事，哪个大队干过啊？临河铺不一样的地方就是李有福敢想敢干，社员齐心协力。临河铺能有今天，也是经过全大队群众的这些年坚持不懈的努力，才创下了这份家业。

“尹书记啊，说句心里话，庄稼缺了化肥就像炒菜没有油盐，缺了味啊。”马立举毕竟是全县人民学习的榜样，既然别人来向他学习了，他就不厌其烦地把自己种田的经验说给别人听。

观摩的代表们开始上车了，尹书记手搭在马立举的肩上说：“老马，我们可是邻居，以后在种田方面您可要多多给我们指导指导啊。”

马立举喜欢听这样的话，“只要用得上，我老马愿效犬马之力。”二人说着笑着上了车。

临河铺的社员群众看着这么多的领导来参观大队，哪个不觉得荣耀，一个个大眼瞪小眼地看着观摩团的那些代表们。马晓萍最喜欢凑热闹，跟在那些代表身边，听他们都说些什么。

马晓萍双手背在身后，在观摩团蛇形的阵型旁停了下来，她觉得身为临河铺的人特别骄傲。那些代表们三人一队，五个一群交头接耳地议论着，无不赞叹临河铺庄稼长势好。这时，马立举和靠山大队的尹书记走过来了，他满面春风，向人们介绍着临河铺的情况。他前面刚走过去，后面有个知道他底细的人指着他脊背说："别看马立举现在神气的不得了，你们不知道吧，他的儿子就是头两年枪毙的那个马锦超。"

真是好处不出门，坏事传千里。这人也是出于嫉妒，哪壶不开提哪壶。马晓萍心里正琢磨着，一个身穿中山装的人走过来了，那人衣服看上去挺整洁的，和其他人明显不一样，在他左上兜里还挂着一支钢笔，一看就知道是个知识分子。那人的身后跟着一群人，他还不时地转过身对代表们比比画画地像演说一样地介绍道："临河铺的人民勤劳勇敢、热情纯朴，热爱集体，乐于奉献。他们不仅庄稼种的好，管理的水平也是一流的。看看这大田、这特渠，基本保证了旱能灌、涝能排的要求。再看看这宽阔的路，网状的林设计得多规范。还有呢，这些年临河铺群众的婚丧嫁娶，个人建房，儿童教育这样的大事，全都是集体出钱出力，这一点离共产主义的理想差不多远了。同志们哪，再往远看，北靠驼峰山，南临月牙河，整个临河铺就像是一幅水墨画，生活在这样的社会主义新农村有谁不觉得幸福呢？"

马晓萍觉得这人说话特别有水平，和过去高大龙对临河铺的描绘十分近似，她就凑上去说："这位同志讲得真好，其实临河铺还有你不知道的呢，咱临河铺有公共医疗室，社员群众和县里干部一样免费享受看病吃药。"

那人以为马晓萍也是参加会议的，听马晓萍这样说，打量了她一下问："你是临河铺的人？"

"是呀，我就是临河铺大队的。"马晓萍脸上红扑扑的，说话中充满了自豪。

那人又问道："你在临河铺是干什么的呀？"

"我是普通社员，种地的呗。"马晓萍随意地回答。

李有福不知从哪钻了出来，"赵县长，她是我们临河铺原大队长的女儿马晓萍。"

马晓萍听说眼前站的是县长，吓得转身就跑，被李有福喊住了，

“跑什么跑啊，县长又不是老虎，怕什么呀？”

马晓萍站住了，心里却是扑腾扑腾地跳，她转过身来，见赵县长正看着自己，忸怩地说：“对不起，我不知道您是县长啊。”说罢低下了头。

赵县长风趣地说：“小马啊，刚才不是挺大方的嘛，怎么突然害羞了呢？别拿我当县长好了，我和你们大家都是一样的，都是同志啊。”

马晓萍红着脸嘻嘻的笑道：“我就看您和别人不一样，不过没想到您是县长。”

赵县长问：“那你看我哪点和别人不一样呢？”

马晓萍想了想说：“您穿的整齐，兜里还别着一支笔，一看就知道是知识分子。”

“哈哈，小马挺逗的。”赵县长笑了笑接着说：“你看我是知识分子，那我看你在大队里一定是个活跃分子。”赵县长的话让大家都笑了起来。

李有福对马晓萍说：“赵县长都表扬你了，好了，干活去吧。”

马晓萍回到干活的那帮女人堆里，兴高采烈地说：“你们知道我刚才见到谁了吗？”

女人们一起摇头说：“不知道。”

马晓萍说：“我见到赵县长了，还和他说了几句话呢。”

“别吹了，赵县长认识你是谁呀，还和你说话呢。”小翠嘲笑道。

马晓萍认真地说：“谁吹了？不信你去问问李书记，他在一边看着呢。”

“那有什么了不起呀，又不是你当上了县长。”小翠说。

马晓萍瞅了小翠一眼，“有本事你去当县长啊。”说罢，噘着嘴干活去了。

第十二章　李狗子蹒跚学步　马二锁舍命救人

鬼不缠带着蹒跚学步的孙子在院子里转悠，孙子推开他的手，自己扶着葵花杆从这一棵走向另一棵，他站在孙子的旁边，看着他一步步地挪腾。孩子胳膊上裸露的那块猫咬的牙印，总是让鬼不缠心里难受，虽说孩子的伤痊愈了，但胳膊上却留下孩子嘴一样的疤痕。

鬼不缠给孙子取了个名叫狗子，取这样的名字包含两层意思，一是因为孩子曾经被猫咬了一口，他觉得有些不利，狗是可以避邪的；二是郭勇小时也叫大狗，人家现在当了官，所以叫狗子吉祥。然而，徐熙霞坚决不同意叫这样一个难听的名字，她也给孩子取了个名字叫李光耀，意思是将来能光耀门厅。

反正名字就是个称呼，鬼不缠也没有和媳妇较真，他叫他的狗子，媳妇叫媳妇的光耀，这可就难为了李云鹏。他听爹的也不是，听老婆的也不是，只好当着父亲的面叫儿子狗子，当着妻子的面叫儿子光耀，如果他们都在场，他就什么也不叫。

狗子在葵花杆里走累了，鬼不缠就把他抱起来，亲着他的面颊，一边逗他玩，一边教他叫爷爷。狗子被鬼不缠胡渣扎的哇哇乱叫，花喜鹊听见了，端着半瓷缸子凉开水出来，嗔怪道：“狗子爷，看把孩子渴的，也不知道给他喂些水。”

“出来之前不才喝的面水吗，这才多一会儿呀。”鬼不缠申辩道。

花喜鹊从鬼不缠手里接过孙子，给他饮了几口水，又说：“熙霞多长没回来了？”

“快一个月了吧。唉，不知道整天都在忙啥，孩子也不问了。”鬼不缠有些埋怨地说。

“爹妈都忙工作，可就苦了这孩子，别人家的孩子两岁了都还在吃奶，可怜咱家的狗子啊，才八个月就断了奶，天天喝面汤。”花喜鹊摇着孙子，心里难过地说。

鬼不缠接过花喜鹊手里的瓷缸子，一屁股坐在槐树下的凳子上，“听公社里的人说，咱媳妇可能要调到县里去，不知是真是假。虽说调到县里是件好事，可我担心熙霞到了城里会不会变心。”

花喜鹊瞅了丈夫一眼，说：“你是咸吃萝卜淡操心，人家李书记的老婆在县里工作那么多年，不照样还和李书记是一家人吗？你还是个男人呢，心比针眼还小。”

“她能和人家毛雪莹比吗？徐熙霞眼珠子一转就是一个主意，咱家云鹏是个死心眼，你还看不出来？”鬼不缠说。

狗子在花喜鹊怀里急了，双脚使劲地蹭她的肚皮。花喜鹊知道他想下来走路。便蹲下身子，把狗子放在鬼不缠对面两步远的地方，看着他一步步地走到鬼不缠怀里。

“咱儿子哪点死心眼了？我看他比你强得多。”花喜鹊说着，又对狗子拍了拍手，然后，伸开了双臂。

狗子在鬼不缠和花喜鹊之间来回地走着。鬼不缠说：“他比我强？我看未必，云鹏和你一样是个直肠子。”

花喜鹊说：“直肠子有什么不好？谁像你一样一肚子花花肠子，活了半辈子了，连人家马立举都不如。”

鬼不缠把狗子揽在怀里，不让他走了，狗子拨拉着鬼不缠的手拼命挣脱。鬼不缠说：“我就想问问，他马立举凭什么就能当县里的先进？我为集体贡献的少吗，为什么没有让我当先进啊？”

花喜鹊“嗤”地笑了一声，说：“人家马立举是全大队的农业技术顾问，去年，我们临河铺的粮食产量取得全县第一名的成绩，想一想人家的功劳多大啊，你算什么呀？”

鬼不缠说：“你也不用笑我，为大队挣钱，哪个比得上我呀。”

“钱钱钱，你都钻到钱眼里去了，我们选的是农业学大寨的先进典型，又不是比挣钱多少。”花喜鹊说。

“你说的不对，如果没有钱买那些生产资料，他马立举一个技术顾问顶个屁用。”鬼不缠心里有些不平。

花喜鹊见丈夫来了气，转了个弯说：“说真的，干别的你还行，但你不是种田的料。和马立举相比，人家走的是正道，你走的是邪道。”

鬼不缠说：“谁走的是邪道啊？常言说：农村活不用学。在咱临河铺，只要不是傻子哪个不会种田？但是说起做生意，那可不一定谁都能行。”

花喜鹊说：“是，就你行。这么聪明的人，干起农活来连人家一般的社员都比不上，还吹牛呢。”

鬼不缠拧着眉头说：“我不是不会，是不愿意干，懂吗？”

花喜鹊说：“什么？不愿意干，你是思想有问题。”

鬼不缠撇着嘴说：“还没说两句，就上纲上线，你不就是个大队干部吗，比我思想觉悟高是不是？”

狗子在鬼不缠怀里挣扎了半天，摆脱不了他的双手，急得叫了起来。花喜鹊忙伸出手把狗子接了过去。这时，李云鹏回来了，他从花喜鹊手中接过狗子，亲了两口说："狗子，你娘今晚上回来，咱去接她好吗？"

花喜鹊听说媳妇晚上回来，问道："你怎么知道他娘回来啊？"

李云鹏说："她刚刚给我打了个电话。"说着，李云鹏抱着狗子出了院门。过了一会儿，徐熙霞果然和李云鹏一块回来了。屋里已经点着了灯，鬼不缠坐在桌前翻着他那几本老年的旧账。花喜鹊在厨房里做饭，听到儿子和媳妇的声音，她把锅门前的火向里扒拉一下，伸出头向徐熙霞打了声招呼。

"娘在做饭啊？"徐熙霞把狗子交给李云鹏，来到厨房，"让我来烧锅吧。"

"去歇歇吧，我一个人就行。"花喜鹊对儿媳妇说。

这时，马锦堂从外面急急巴巴跑进院子，嘴里歇斯底里地叫道："云鹏，云鹏。"

"怎么了？"李云鹏见马锦堂慌慌张张的样子，急忙从屋里跑了出来。

"七队的队长马二锁不行了，刚刚从山上抬下来，高大龙去的时候说他已经没脉了。李书记让我来通知你一声，赶快过去。"马锦堂急呼呼地说。

临河铺的婚丧嫁娶是由大队负责操办，但这些具体事情现在是交由李云鹏负责的，队里死了人，他是最忙的一个，从做棺材到抬下地，一切都是由他安排，停尸的那三天，他是一刻也不得闲。尽管徐熙霞一个月只回来一次，他现在也不能在家陪她了。

"熙霞，队里出事了……"李云鹏话没说完就被徐熙霞打断了，"我都听见了。赶快去忙你的吧。"徐熙霞知道大队里是如何处理这些事情的。

自打李栓柱死后，临河铺的木工活都是由七队的木匠负责做。前些日子，马立举提议种小麦最好使用耧播，说耧播的庄稼易通风透光，不容易生病，相对比较好管理。李有福听取了他的建议，就把做耧这件工作交给了七队。这些天，马二锁抽空就和七队的年轻人上山伐木，他们要在麦播前完成这项工作。

马二锁是七队的老队长，平时做事很谨慎，当这么多年的小队长，队里从没有出过事情。这次灾祸发生的很偶然，下午，他和几个年轻人在上山放树，一棵大树眼看已经倾斜了，李树水发现大树倒向的地方有一张锯，他怕把锯压断了，所以就跑过去想把锯拿走，没想他的到裤脚被树根挂住了。千钧一发的时候，马二锁跑过去，用力推开了李树水，他却被压在了树下。

马二锁院子里挤满了人，哭声叫声乱作一团。李有福眼里噙着泪水，一边安排着马二锁的后事，一边安抚着他的老婆。马二锁是为大队的建设牺牲的，他不仅是因公殉职，更是舍己救人的英雄。李有福打算为他申请烈士称号，大队也准备为他树碑立传，让他的精神永远鼓励着临河铺的人民。

一阵惨不忍闻的叫声，撕裂了人们的心。“爹啊，您怎么就这样走了？就忍心丢下我们不管了啊……，爹呀……”马二锁的小女儿从学校回来，分开众人，趴在爹的身边嚎啕大哭起来，她把头一个劲地往地上撞，蓬松的头发上沾满了麦草和灰土。花喜鹊费了九牛二虎之力才把她拉起来，刚扶她到一边，她又挣脱开众人，重新跪在爹的身边，那撕心裂肺的哭声，让家里的亲人肝肠寸断。

李树水满脸是泪，听着马二锁家人的痛哭，心如刀绞。李树水心里清楚，如果不是马二锁在关键时刻救了他，现在躺在地上的就不是马二锁，而是他自己。他悔不该当时为了一张锯，造成了这样的悲惨后果。

临河铺处理红白喜事已经形成了套路，大队里分工明细，各负其责，他们仅用了两天的时间，把该做的事情都全部做完了，到了第三天，马二锁就入土为安了。人下葬了，但还有很多事情要做，李有福认为，马二锁舍己救人是一种精神，这种精神不仅值得临河铺人们学习，也值得全公社，甚至是全县乃至全中国的人民都应该向他学习。

李有福带着李云鹏整理的《关于马二锁英雄事迹的报告》来到公社，唐书记就把这件事情交给了彭和平负责。听说这方面的事情由彭和平分管，李有福心里凉了半截。踌躇了半晌，最后，他还是去找了彭副书记。

彭和平很客气，又是拿烟又是倒水，那种热情的劲儿，好像过去他们之间什么事情也没有发生过一样。“有福哇，我们都是老熟人了，到公社来也不来坐坐。我知道，你是无事不登三宝殿哪。有什么事情只管说。”彭和平打着哈哈说。

李有福也不客气，他接过烟，在彭和平的对面坐下了，从口袋里掏出一叠写好的材料递给他说：“彭书记，我是来向你汇报工作的。”

彭和平见李有福表情庄重，瞟了一眼他手里的材料问：“临河铺出什么事情了？”

“我们大队出了一位英雄。”李有福说着，把材料递给了彭和平，“马二锁为了救人，英勇的牺牲了，我们想把他的英雄事迹报告给公社。我想，他的事迹不仅是临河铺的光荣，也是咱公社的光荣，我希望公社能把马二锁的事迹报送到县里去。”

彭和平接过材料，看了一下标题，接着，从前到后很快地翻了一遍。他走到门口，把头伸向外面高声喊道：“小余，小余过来一下。

小余从隔壁办公室跑了过来，彭和平把马二锁的事迹材料递给他，让他把材料前面加上处理签。小余拿着材料走了。彭和平说：“对马二锁的事迹，公社一定会大张旗鼓地宣扬，而且尽可能的把他的英雄事迹报到县里去，如果能在报纸上发表，那就更好了。”

李有福了解彭和平，他是个无利不起早的人，没有好处的事情他从来都不做，李有福最不喜欢和这种人打交道。听彭和平说话比唱歌还动听，不知道他心里又再想什么。李有福半天没有说话。彭和平对李有福也是心照不宣，他被再次结合进领导班子之后，基本上就没有到过临河铺。

“最近听说令外甥提拔到省委组织部干部处了，呵呵，他真了不起呢，可算是为咱临河铺争光了。我早就说援朝不是一般的人，让我说对了吧。”彭和平絮絮叨叨地说，见李有福没有接茬，他又问：“援朝今年多大了，还没有三十岁吧？”

李有福点点头，“彭书记，要没什么事情，我就走了，马二锁的事迹就拜托您了。”李有福站起来就要走。

“哎，别、别忙着走哇。”彭和平拦住李有福说：“等小余把材料加了签，我再签上意见，盖上公社的公章后，我建议由你把马二锁的事迹送到县里。”

“我去县里？”李有福有些不解地问。

“嗯，是这样，宣传马二锁的事迹，公社这边就由我负责了。至于去县里汇报，你是代表公社的，毕竟你更了解马二锁生平事迹。再说，宣传部李部长也是你们临河铺的人哪。”

小余拿着加了处理签的材料，彭和平在上面签了字，让李有福去办公室盖章去了。

第十三章　陈凌子不堪寄人篱下　王小雅哀叹生活艰辛

陈凌子搬到了前院，反倒感觉有些局促不安。倭瓜花像是一魄鬼魂，她的影子如影随形地在她身边晃动，这令陈凌子有些难堪。这天早上，陈凌子洗完衣服，路上遇到王雅兴把衣服盆接过去，二人一路说笑回到家门口。王雅兴帮着凌子晾衣服，倭瓜花从窗户里露出半边脸，把王雅兴叫了进去。

倭瓜花板着脸说：“雅兴，洗衣服晾衣服都是女人的事情，你一个大男人围着女人转，不觉得没出息？”

王雅兴最不喜欢听奶奶的唠叨，他故意调气说：“这算什么呢，我还打算学纳底子作鞋呢。”

倭瓜花明白孙子是有意气她，就说：“你也不用气我，反正我也老了，活不了多久了，哪天腿一蹬眼一闭，再也不操你这份闲心。”

王雅兴见奶奶真的生了气，就说：“奶奶，凌子一个女孩子家，从起床到睡觉，一天到晚忙得不停，人家又不是咱家的丫头，这样使唤她，您不觉得有些过分了？”

说起丫头，倭瓜花一下子就想起了李月牙。那年李月牙才多大，她已经想不起来了。但她清楚地记得那年冬天，天气出奇得冷，月牙从河边洗衣服回来，手背上冻裂的血口子还流着血，她把李月牙叫道身边，不分青红皂白地用尺棍子狠狠地敲打她的手。现在想起那件事情，觉得自己确实很残忍。雅兴说凌子不是一个丫头，难道自己把凌子当丫头使唤了？

“雅兴，我没有怎样对凌子呀？”倭瓜花斜起三角眼说。

“这都新社会了，男女没有什么区别，咱家几口人事情，不能什么事情都靠凌子一个人干啊。人家也是大队的社员，白天出工就已经够辛苦的了，家里洗衣服、做饭，不能再都靠她了，时间长了会把她身体累坏的。”王雅兴说。

凌子在门前晾衣服，雅兴的话她全听见了，心里有些五味杂陈，除了充满了凄楚之感之外，还有些感动。其实，即使倭瓜花不使唤她，她也一样会这样操持家务。在老家时，她已经习惯这样做了，父亲虽是心疼女儿，但心有余而力不足，他不仅帮不了她，还没少让她操心。来到临河铺，大姑疼她，表哥待她也不错，这些已经让她觉得心里特别温暖了，她愿意接受这样生活。

凌子晾完了衣服，回到屋里还在回味雅兴刚才说的那些话。住在大姑家，她不怕干活，也不怕累，怕得就是寄人篱下，整天听着倭瓜花啰嗦。她心里清楚，在这个家里，大姑当不了家，表哥好像有什么心事，成天抱着书看，对家里的事情漠不关心。

“凌子，在干什么呀？”王雅兴站在门口喊道。

“二表哥，有事呀？”凌子正对着镜子梳头，一边问道。

“早上做的什么饭呀？我饿了。”王雅兴嘿嘿地笑道。

“馍呀，在锅里呢，大姑还没起床吧？”凌子说。

“她就喜欢赖床，咱们别等她了。”王雅兴说。

“这两天田里没什么活，别喊大姑了，让她歇歇。”凌子说。

王雅兴钻进厨房，掀开锅盖拿了个馍，出了厨房门，见凌子已经梳好了头。她这次梳的发型和过去的“革命”头完全不一样，左右各扎了一个羊角小辫，前面刘海稍作了修整，让细细弯弯的眉毛露了出来，看上去十分清秀。

王雅兴咬了一口馍，盯着凌子说：“凌子，你真好看。”

凌子的脸唰得一下红了，“二表哥，你奚落我干什么呀。”

“真的，临河铺没有谁比你长得好。”王雅兴嘴里咬着馍。

倭瓜花从屋里走出来，满脸不高兴的样子，对王雅兴说：“一大早的没一点正经，还有规矩没有？”倭瓜花本来就不愿看到雅兴和凌子在一起，又听到雅兴说那些话酸溜溜的话，心里不由升起一股无名之火，烧得她难受。

见倭瓜花含沙射影地指责雅兴，凌子知道是说给自己听的，但又不好搭茬，心里有些不舒服，她走进屋里，轻轻地把门掩上了。倭瓜花见凌子关上了门，知道她听懂了她的话，于是在门前指桑骂槐地训斥王雅兴。

凌子实在听不下去倭瓜花说的那些不中听的话，于是开了门，见王雅兴也正和奶奶绞嘴，就说："饭在锅里，饿了你们就先吃吧。"凌子带上门，刚走几步被王雅兴喊住了，"凌子，你要去哪？"

"下地干活。"凌子没好气地说。

"那也得吃过饭再去啊。"王雅兴说。

凌子转身就走，王雅兴赶上去拦住她道："凌子，和谁较劲呢？听话。吃了饭再去。"

王雅兴把凌子拉进屋里，安慰她说："奶奶年纪大了，怎么能和她计较呢，况且她又没有说你，赌什么气啊？"

凌子眼圈红了，"二表哥，若不是大姑和你，我就还回老家去，奶奶不喜欢我，见到我总和仇人似的。"

"不，凌子，奶奶一贯就是这样，妈妈和我早已习惯了，丢给她一只耳朵就行了，可千万别认真啊。"王雅兴说。

"我想和大姑说，还是回老家的好。"凌子说。

王雅兴有些着急了。这些天来，他已经习惯了和凌子在一起，假若凌子离开了临河铺，他真的会感觉孤独。"你可千万不能有这样的想法，我妈也肯定不会同意让你走。再说了，你走了，把我们丢下怎么办？"

凌子楞了一下，心想，表哥怎么说把他们丢下呢？自己原是来投靠大姑家的，又不是王家的什么人。她瞪起了眼说："二表哥，你也把我当作丫头使呀？过去我没来的时候，你们生活的不是很好吗？如果因为我来了，打破了你们家的宁静，我怎么担当的起呢？"

王雅兴要表达的和凌子说的是风牛马不相及的两回事。王雅兴本来想说的是他不舍得让凌子走，可因为一时着急，没头没脑地就乱说了一通。听凌子这么一说，忽然感觉自己说错了话，忙解释道："凌子呀，在临河铺，我和你一样孤独，有你在这里，我才觉得日子过得温馨些。”他偷偷看了凌子一眼，又说：“别想着走了，以后，我的衣服不让你洗了行吗？”

凌子听二表哥这样一说，扑哧一下笑了，没想到二表哥还这样单纯，说话竟像个孩子似的。“你喜欢让我留在这里呀？”

“那还用说？如果你走了，我也走，就是出去讨饭，也不在临河铺待了。”王雅兴认真地说。

凌子瞥了一下嘴，“骗谁呢？我没来临河铺之前，你不是在这里待的好好的嘛，你怎么没想起去讨饭呢？”

一句话把王雅兴堵得半天没有吭声。是呀，凌子没有来的那些日子，自己是怎么过来的连他自己也不清楚。不过，凌子来了以后，他才感觉生活有了滋味。

陈明霞起床了，梳洗后在门口喊道：“凌子，叫你表哥出来吃饭。”

李援朝破天荒地收到了王小雅的来信。尽管王小雅已经是别人的妻子，但他拿着她的信，心里仍然有些激动，他觉得王小雅没有完全忘记自己。扯开信封，王小雅秀气的笔迹展现在眼前。

援朝：

近来好吗？首先，向你说声对不起。曾几次提笔给你写信，皆为内心的自卑，写了一半就放下了……

感谢这些年来你给我的鼓励和帮助，只是我默默无闻地工作了几年才发现自己已经落伍了。看着过去的那些同学和好友，一个个都事业辉煌，唯独我还幽灵般的在异地他乡奔波，丝毫看不到自己的未来，觉得自己的理想离自己渐行渐远，变得越来越渺茫。

援朝，你没有体会过当工人的酸楚，每天八小时紧紧张张的工作，不敢有丝毫的懈怠，稍有不慎就有可能酿成难以弥补的后果。尤其是在身体不适的时候，就会觉得这八个小时比坐监狱还难熬。除了上班时间以外，每天要坐上三个小时的公交，一天的时光就这样匆匆地过去了。现在回头想想，来到厂里几年了，随着岁月的流逝，华发早生。除了虚度年华，耗费青春，什么收获也没有。

工作之余，别人都有自己的生活空间，而自己却是离群索居，这种孤独的生活，让人感到无聊之极。时常会想家，恨不能长双翅膀飞回临河铺去。可是，混到了这种地步，即使有机会回去，也感到无颜再见家乡的父老乡亲了。

懵懂的时代已经过去了，到了真正懂得思索的年龄，却变得更加迷茫。过去，为了那点微不足道的虚荣心，为了实现自己所谓的理想，自己付出了很多心血和汗水。可如今，不得不承认自己的意志已经变得消沉，甚至是颓废，对生活失去了信心。

援朝，本不该这样对你诉苦，可是，我实在是控制不了自己的心情。说句实话吧，除了你，我连诉说的对象都没有……

这么多的日子都没有给你写信，有许多话想说，只是心情不怎么好，不再写了，就此止笔。

王小雅

李援朝把王小雅的信反反复复看了几遍，从信中可以看出，王小雅的情绪很消极。她是不是遇到什么问题了？要不然，她怎么会给自己写这样的信？记得春天回临河铺时，陈明霞说王小雅已经结婚，她丈夫是个军人，难道他们婚姻出现了什么问题？

百思不得其解。李援朝摊开纸笺，郑重其事地给王小雅写了封回信。

王小雅同志：

你好。久违了。很高兴收到你的来信，看到你秀丽的笔迹，实在有些陌生的感觉。面对着纸笺，不知道对你说什么好，想来想去，还是叙些家乡的事情吧。

今年春天，桃花盛开的时节，我回了趟临河铺。那里山水依旧，田园依旧，只是往年的同学和朋友，几乎一个也见不到了，确实让我有物是人非的那种凄切的感觉。那天，邂逅遇见了陈阿姨，她看上去老了许多，头发也变得白了，看着她满脸的皱纹，觉得真是人生苦短啊。

据陈阿姨说，你在北京成了家，爱人是部队里的干部，生活幸福美满，当时我很为你感到高兴。但看了你的来信，觉得你的生活并不像陈阿姨说的那样甜美。人生的道路本来就不是一帆风顺的，也没有平坦的道路可供人们选择。生活如果真能让人选择的话，我觉得自己会选择富有挑战的路去走，因为，生活道路太平坦，会让人觉得平淡无奇，没有激情和磨砺。我喜欢的是五彩斑斓的生活，既有在大风大浪的拼搏奋斗的经历，又有风平浪静时的闲情逸致。人们常说：不经历风雨就见不到彩虹。这话很有哲理，在校读书的时候老师也常说：没有苦中苦，哪来甜中甜。我个人认为，人应该去适应新的环境，更应该主动去改变自己生活的环境。虽说会花费心血和汗水，但幸福迟早总会到来。

王小雅同志，我说这些可能都是废话，在学校的时候，你比我用功，也比我有水平，我只是给你一些建议和鼓励，希望你能认真对待自己，对待生活和工作，做一名毛泽东时代的好工人。

此致

敬礼

李援朝

9月7日

写完信，李援朝拿起来又细细地看了一回，然后，折叠好放在桌子上。李援朝觉得有些累，他斜倚着沙发，微闭起双眼静静地养神。王小雅有什么事情不能对丈夫说，而对远在千里之外的他诉苦呢？李援朝心静不下来，还在想着王小雅的那封信。他忽然坐了起来，又看了看给王小雅写的回信。随笔在信的内容下面加了两行字：小雅，是不是遇到了什么难处，如果有什么困难尽管告诉我，即使我帮不上忙，也可以给你出点主意。

第十四章　李银锁席间论道路　李有福酒后吐真情

为追认马二锁革命烈士的事情，李有福磨破了嘴，也慌断了腿，从公社到县里，从政府到县委，有关部门他跑遍了。最后在宣传部长李银锁的帮助下，事情终于有了结果。县政府下发了红头文件，号召全县人民向马二锁舍己救人的英雄事迹学习。县里还特地给马二锁的家属批了一百元的抚恤金。

李有福回临河铺之前，来到李银锁家看望李二婶，顺便感谢这些天李银锁给予的支持和帮助。

“二婶，在家吗？”李有福站在门前喊道。

“谁呀？”李二婶掀开内屋的门帘，惊喜地叫道：“是李书记呀，快进来坐。”李二婶从供桌下面拉出一张小桌子，倒了杯水放在桌上，“听说你到县里来几天了，怎么不来我家住呢？”

“二婶，我可是早就想着来看您了，可是这几天太忙了，不光是我忙，李部长也是慌得马不停蹄的。幸亏有他帮忙，要不然，这马二锁的烈士称号还真批不下来呢。”李有福把带来的糕点放在了桌子上。

“和二婶还见什么外，花钱干什么呀。”李二婶嗔怪道。

“没什么好买的，意思意思吧。”李有福哈哈地笑道。

李二婶对着李有福端详了半天，说：“岁月不饶人哪，你也有白头发了啊。”

李有福说：“都白了一半了。不过，二婶，您看上去还和原来一样，没有什么变化。”

李二婶啧啧地叹道：“老了，老了。呵呵，都快成了棺材瓤子了。”说起棺材，李二婶便问起了马二锁，“他是为了救人死的啊？”

李有福叹了声息，眼里浮现出一些凄楚的表情，说：“二锁是为了救李树水，被树压死的。生命真是脆弱，好好的一个小伙子，说死就死了。”

李二婶说：“是呀，过去的日子那么苦，他都熬过来了，如今日子刚好了些，他却走了，家里丢下老婆孩子，真够可怜的。”

李希英背着书包蹦蹦跳跳地回来了，见屋里来了客，她扔下书包就往外走。

“又要去哪耍，见了客人也不知道打声招呼。”李二婶指着李有福说：“这是李伯伯，从老家来的。”

李希英见李有福穿得又脏有旧，一个农村来的老头，她把两个小辫摇的拨浪鼓似的说：“我不认得他。”说罢，拔腿跑了。李二婶生气地说：“看看现在的孩子，一点礼貌都不懂。”

“她是最小的孩子吧？”李有福问。

“嗯，她叫希英，上小学三年级了。”李二婶说。

李有福把眼光投向了门外，听着外面孩子叽叽喳喳地闹着，他说：“现在的孩子差不多都是这样，我家的李娅也上小学三年级，说不定她和希英还是同学呢。”

“你女儿转到城关来上学了？”李二婶问。

“雪莹调到城里有两年了，孩子们都跟着她。”李有福说。

“调来两年多了？怎么就没有听银锁说过呢？我真是老了，他们什么事情都不告诉我。”李二婶有些生气地说。

正说着，李银锁下班回来了。李二婶站起来，说：“银锁，李书记的事情办完了，今天你们喝两杯吧。我去弄点小菜。”

李银锁说：“我也是这样想的。老李呀，这些天我们没有白忙活，事情总算有了结果。今天就喝两杯吧，庆祝一下，咱临河铺也出英雄了。”

李有福呵呵地笑道：“说真的，我今天就没有打算走。”

李二婶到后面菜园割了一把韭菜，摘了几个将要拉秧子笋瓜。她左右看看，没见到希英的影子，估计那孩子在树林后面玩水，就高声喊道：“希英，希英。”

李希英果然在池塘边挖泥，她从沟坎下爬上来，问：“奶奶，那人走了？”

李二婶瞪了她一眼，“什么那人那人的，他是你李伯伯，是临河铺大队的书记。”

“啊？这么说他是李娅的爸爸？”李希英有些惊奇地说。

“你认识李娅？”李二婶问。

“当然了，她是我们班的班长。”李希英接过二婶手里的菜。

“把泥巴坨扔了，去洗洗你那脏兮兮的手。”李二婶把手里的菜放在了地上。

李希英舍不得扔下她刚和好的泥巴，她走到后墙边，把泥巴坨放在了后窗台上，又去塘边洗了手，然后拿着奶奶摘好的菜回去了。

李希英开始烧火。李二婶忙着做菜。李银锁的爱人尤月琴下班回来，见来了客人，同李有福打了声招呼，就到厨房里帮忙。

不一会儿，李跃进也放学回来了，他们一起帮着二婶洗的洗，切的切，很快菜就炒了出来，一盘韭菜炒鸡蛋，一盘辣椒炒笋瓜。再配了两个咸菜盘，一碟咸鸭蛋，一碟咸蒜瓣，最后又做了一盆瓠子面鱼鸡蛋汤。

李二婶端上菜对李有福说："李书记，没什么好吃的，随便吧。"李有福拉着李二婶坐上席，二婶说："你们吃吧，我和她娘儿个下面条。你可别客气呀。"

李有福和李银锁虽说是一块长大的，但李银锁当兵之后，他们就没有怎么接触了。李银锁参加工作后，因为马春兰他们的三角关系，双方对过去的那些事情心照不宣，见面时总觉得有些尴尬。再后来，李银锁当了领导，他们见面的机会就更少了。这次给马二锁呈报烈士称号，二人才算是真正地凑到了一起，

李银锁倒上了酒，二人你一杯，我一杯地闷着头喝，谁也不说话。直到二两酒下肚，李有福话才慢慢地多了起来。"听说马春兰的丈夫得了重症，也不知道现在情况怎样？"

李银锁一手端着酒杯，一手拿着酒瓶，头上的明疤通红通红的，眼睛直直地盯着李有福。"是呀，我也只是听说，我和春兰没有联系过。我正想问你呢。"李银锁说。

"听说他爱人是'5·16'分子，'5·16'是干什么的呀？"李有福问。

"上面的事情我也搞不清，只知道那是反革命组织。"李银锁说二人又沉默了，李有福又喝了两杯酒，这时，李二婶端着汤上来了，"慢慢地喝啊，喝急了容易醉。"

"二婶您别忙乎了，过来坐坐吧。"李有福说。

"不忙，不忙了。"李二婶对李银锁说，"别让李书记喝醉了啊。"

李有福说："李部长，您说咱临河铺的人啊，怎么都是这个活法——不是永垂不朽，就是遗臭万年。"

李银锁听李有福话里有音，就问道："什么叫永垂不朽？什么又叫遗臭万年呢？"

李有福有些醉意了，他也不用人劝，一杯接一杯地喝着酒，两只眯缝着的眼睛看上去像是刚睡醒。"自打我有记忆以来，你父亲

算得上是革命的老前辈，为了我们能有今天，早早地献出了宝贵的生命。解放后，为了新中国的建设，为了咱临河铺的发展，马丰收、老驼背、马秋生、李栓柱还有马二锁先后走了。大跃进时，马世保的死让临河铺的人心里永远都不会忘记，李雨妹的死，背上了说不清的罪。还有王有财的死像谜一样解释不清。当然，也有王麻子、马锦超的死，那才叫遗臭万年。”

李银锁又给李有福倒了杯酒，“是呀，毛主席说，人总是要死的，但死的意义有所不同，有的比泰山还重，有的比鸿毛还轻。”

“有些人的死是很难用轻重来结论的。就马世保来说吧，对临河铺饿死人他是有一定的责任的，社员们永远也不会忘记他给临河铺带来的那些痛苦。当然，饿死人的责任也不全在他，公社有责任，我也有责任。但要是把全部罪名都归结在他的头上，那也太冤枉了。马世保是一个好人，一生正直，大公无私。活着的时候为党和人民的事业拼命地工作。只是思想太过幼稚，做事容易冲动罢了。”李有福端起杯和李银锁碰了一下，一饮而干。

李银锁把脖子一昂也喝了下去，“历史是人民创造的，正面人物也好，反面人物也好，功过自有评说。”

李有福吃了口菜，把筷子放在碟边上，擦了擦嘴边的油说：“无论是有功还是有过，我想都该给他们记上一笔，是他们用鲜血和生命写下了临河铺的历史。”李有福说话的表情有些激动。

“嗯，嗯。”李银锁喝的也有些多了，“反面人物写下的也是历史，能让我们记住历史教训。”

李有福忽然拧起眉头，两眼直盯着李银锁说：“马春兰的丈夫，一个身经百战的老革命，他为什么要参加‘5·16’呢？真是令人费解啊。”

李银锁想了想说：“可能和马世保一样，稀里糊涂地犯了错误。从中央到地方上面和下面是一个样，也许是站错队了。”

“那怎么可能呢，只要跟着毛主席的革命路线，就不会有错。”李有福说。

李银锁嘿嘿地笑道：“表面上都是站在毛主席的革命路线上。我问你，马世保是站在哪条路线上啊？我再问你，你说咱古县站在毛主席革命路线上的是‘造反派’，还是‘保皇派’啊？”

李有福被问住了，两派喊的都是革命口号，都是拥护毛主席的革命路线，他们就像真假美猴王一样，哪能分辨得出来啊，他摇了摇头说：“不知道。”

“路线是看不见摸不着的，只有跟着上面走，领导怎么说，就怎么干，就好比马世保虚报产量一样，公社要求他那样做，他就那样做了。结果呢，临河铺死了那么多人，你能说马世保是反革命，是有意伤害人民群众吗？”李有福把酒杯紧紧地端在手里，听着李银锁继续说：“还有，在咱古县，谁不清楚吴一鸣的为人啊，他怎么可能是走资本主义道路的当权派呢？”

李有福的位置毕竟和李银锁不一样，相对来说，他接触的世面要窄得多，对社会的了解，也肤浅一些。李有福所接触的基本上都是农民。李银锁接触的大多是知识分子，机关里的人经常读书看报，思想上比较活跃。因此，他二人在对社会的看法上有很大的距离。

李有福喝了杯子里酒，又说到了马春兰，“春兰真是命运多舛，到了如今这把年龄，又遇上这样闹心的事情，真让人担心。”

李银锁把酒杯往桌上一放，说：“当初就怨你，如果你娶了她，也不会有今天这些烦恼了。”

李有福瞪着一双血红的眼，争辩道：“当初怨你，她那么喜欢你，知道你还活着的时候，她到处寻你，你知道当她明白你在躲着她的时候，她有多伤心。她是为了你才离开临河铺的。”

“那时你们就已经谈婚论嫁了，我怎么能拆散你们呢？”李银锁说。

“那是因为我们不知道你还活着，听说你没有死，她就去找你了。”李有福说。

“可是我……你看看，我这三分像人，七分似鬼的样子，怎么能见她啊。”李银锁说。

“人家春兰知道你受了伤，也知道你落了残疾，可她并没有嫌弃你，是你把人家的心给伤了啊。”李有福说。

二人正争吵着，尤月琴提着暖水瓶进来了，笑着说：“你们吵什么呢？马春兰走了谁也不怨，就怨我。”

李有福知道他和李银锁说的话全被尤月琴听见了，不好意思地说："月琴，可别见怪哦，我们说的都是历史了。"

尤月琴给他俩每人倒了一杯水，见二人都已经有了醉意。她朝李银锁使了个眼神，李银锁却没有理会，她又从下面踩了他一脚，李银锁反过来抬头瞪了她一眼。尤月琴忙说："你们也说一些当前的事情，别把那些陈芝麻烂谷子的话题扒出来好不好？"

李有福又喝了一杯酒，尤月琴知道李有福醉了，她去把宣传部里的小郑找来，让他把李有福送了回去。

第十五章　陈明霞有心探凌子　李二婶怀旧思春兰

陈凌子决心要离开临河铺了。这天刚晴，社员们还不能下地劳动，陈凌子整理好了行李，来见大姑。见陈明霞在桌子前纳鞋底，二表哥不在家，就对陈明霞说："大姑我想回老家。"

陈明霞不介意地说："回去干什么呀，是讨衣服还是有什么需要办的事情，让雅兴去就行了。"

"不，大姑，我不想打扰你们的平静的生活，这次回去就不来了。"陈凌子沮丧地说。

"凌子，你这是说哪里的话，是不是谁惹你了？如果是雅兴，等他回来我找他算账。"陈明霞咬着牙关说。

"大姑，二表哥没有惹我，是我自己想回去。"陈凌子说。

"不行，你绝对不能回去，如果是因为户口的事情，我再去求求李书记。"陈明霞说。

"不用求他了，我已经决定了。"说着凌子回自己屋里去了，陈明霞也紧跟着凌子进了屋里，见凌子已经整理好了行李。

"凌子，你到底怎么了，难道非走不可？"陈明霞表情凝重，脸色变得阴沉下来。

凌子把父亲留下的那些金银首饰拿了出来，"大姑，这是我爷留下来，爹在病重时也没舍得花过一分，这也有您的一份，姑且都放在您这里吧。"说着，她将收拾好了的简单行李背在肩上。

陈明霞苦留不住，知道她决心已定，只得把那些值钱的东西收拾好，说："这些东西暂且放在我这里，替你保存着吧。想家了回去住上两天，然后，再回来。"

凌子点点头，"嗯，大姑，我走了。"

陈明霞说："等雅兴回来，让他送你。"

凌子说："不用了，到时您替我说一声。"

陈明霞见凌子执拗要走，泪流满面地送她出了门。陈凌子要去李书记那儿告个别，到了李书记家门口，屋里空无一人，她们又去了大队部，在路上碰上了李书记。他见陈凌子肩背行李，陈明霞跟在她的身边，问道："你们娘俩去哪儿啊？"

陈凌子迎上去说："李书记，我是来向您道别的，我要回老家了。在临河铺的这些日子里，给您添了不少麻烦，谢谢您了。"

"怎么？你要回老家？"李有福诧异地问。

"是的，我担心在这里待得太久，老家取消了我的户口，到时变成了黑人黑户就不好办了。"陈凌子说。

李有福嘿嘿地笑道："你这姑娘，心思还怪缜密呢。放心吧。前一阵子我在县里跑马二锁的事情时，顺便把你户口的问题也托人给办好了，这两天忙得还没顾上告诉你呢。"

"啊？什么呀，李书记？"陈凌子惊得目瞪口呆，看着李有福说话很平静的样子，知道他说的是真话，忽然眼泪就唰唰地流下来了。想不到李书记把她的事情这么放在心上。自从来到临河铺，李书记对她没少关照。而且临河铺大队里的人，也从没有把她当作外人看。她擦了擦眼说："李书记，谢谢您。"

"客气什么呀，从现在起你就是我们临河铺的人了，安心在咱临河铺扎根吧。如果老家还有什么没有搬来的，我派几个人去把东西搬过来就行了。"李有福说。

"谢谢，谢谢您。"陈凌子给李有福鞠了一躬。

"看你这孩子，还和我客气。"李有福又对陈明霞说，"把孩子带回去吧。"

陈明霞对李有福充满了感激之情，听到李有福和她说话，忙说："李书记，谢谢了。"

陈凌子看着李书记的背影，愣愣地站在了那里，她不知道现在该怎么办？她回不成老家了，她的户口已经落在了临河铺。可是，她实在是不愿意和倭瓜花同锅挖勺子。

陈明霞拉着凌子的手，说："好了凌子，户口也迁过来了，咱们回去吧。"

陈凌子踌躇了一下，不情愿地跟着陈明霞走了。一路上，陈凌子心情十分复杂，从今以后，老家那边将再也没有她的位置了。不管怎么说，她是在那里生长了十七年，她陈家的祖坟还在那儿。如今，她将要彻底的从那儿分离出来，她反而有些念念不舍的感觉了。

"大姑，我不想再回您那儿了。"陈凌子站住了。

"为什么呀，李书记不是说已经把你迁移的事情办好了吗？"陈明霞不解地问。

"我不想留在临河铺，我不喜欢和奶奶在一起生活。"陈凌子说。

"乖，是因为奶奶呀？"陈明霞也站住了，轻声说："傻孩子，你奶奶七十多岁的人了，还和她计较什么啊？"

"大姑，我知道你们已经习惯她了，但是我不行，我——不喜欢她。"陈凌子一脸抑郁神情。

陈明霞没料到陈凌子对倭瓜花有这么深的成见，她抓住她身上的背包带说："听话，咱先回去再说好吧？"

陈凌子顺从地跟在姑姑后面，低着头，一句话也不说。陈明霞回头看了陈凌子一眼，漫不经心地说："你不喜欢奶奶，回去后，你和雅兴还搬到后院去住，少和她见面不就行了啊。你爹临终前把你托付给我，你若是回去了，一个人住在老家，大姑怎么能放心的下呢。雅兴也会不高兴的。"

陈凌子把包袱往肩上耸了耸，脚步稍快了一些，赶上姑姑说："奶奶能同意吗？"

"管她哩，只要你和雅兴坚持，她有什么办法呢？"陈明霞说。

"大姑，我一个人住在后院就行了。"陈凌子说。

"怎么了，你也讨厌二表哥？"陈明霞故意问。

"不是。"陈凌子摇摇头，像有什么心思似的。

"那为什么啊？"陈明霞停下来，盯着侄女的脸。

“不为什么，怕奶奶不高兴。”陈凌子说。

“那你喜不喜欢你二表哥呢？”陈明霞问。

陈凌子的脸唰的一下红了，她不知道该如何回答姑姑的话。在她心里，二表哥就是二表哥，并没有别的。她心里喜欢二表哥，不是仅仅因为二表哥关心她，爱护她，更重要的是二表哥理解她，知道她想些什么，需要什么。而她呢，有什么话也只有对二表哥说。

“大姑，您别误会，我喜欢二表哥，不过……”

陈明霞打断了侄女的话，“喜欢就好，回去你们一块搬到后院去吧，省得你一个人害怕。”

再次回到王家大院，倭瓜花坐在门前正盯着她们。“怎么又回来了？”倭瓜花问。

“李书记把咱凌子的户口迁过来了，从现在起，凌子就是临河铺的人了。”陈明霞说。

“嗯，好。我就说嘛，在这里住得好好的，怎么想起了回老家。”倭瓜花有些不太满意地站了起来，自己到后面转悠去了。

陈凌子回到屋里放下肩上的行李。陈明霞站在家门口不时地向外面张望着，过了一会儿，王雅兴从外面回来了，陈明霞把他叫进了屋里。

“凌子要走你知道吗？”陈明霞问。

王雅兴有些吃惊。凌子曾经和他说过想离开临河铺的事情，以为她是随便说说，没想到她对这件事这么认真。“妈，您同意了？”

陈明霞说：“她真的要走我有什么办法呢？”

王雅兴急促地问：“她在哪，走了？”说着就要去凌子的房间。

陈明霞看出儿子着急的样子，故意拉住他说：“走了。”

“妈，您怎么让她走了，走了多一会儿了？我去追。”王雅兴说着就要往外跑。

陈明霞紧紧地拉住他说：“你听我把话说完嘛。凌子要去李书记那儿告别，结果被李书记给拦下了。李书记说，他把凌子的户口已经迁到了临河铺。所以，凌子没有走成。”

王雅兴松了一口气，“你怎么不早说啊？吓死我了。”

“凌子对你有那么重要吗？看把你急的汗都流出来了。”陈明霞把儿子脸上的汗用手拂去，又说：“如果她真的走了，你打算怎么办呢？”

“那我再去把她接过来。”王雅兴不假思索地说。

陈明霞听出来了，儿子喜欢凌子。她把凌子要走是因为奶奶的原因告诉儿子，并让他同凌子商量，从今天起，再搬回后院。

宣传部决定派人到临河铺整理马二锁同志的英雄事迹，李银锁也打算亲自到临河铺了解一下马二锁的家庭情况，顺便到多年没有回过的老家看看。

李二婶听说儿子要去临河铺，希望能同他一起去老家住上两天。这些年来，李二婶做梦想的都是老家里的事情。自从有了孙子，然后一个接一个地把他们看护大，自己却老了，腿脚也不灵了，想回趟老家还真有些不容易。

李银锁了解娘的心情，可是让老娘坐自行车回临河铺，他担心那么远的路，别把老娘骨头颠散了架。

“娘，您不能去，您走了，孩子们怎么办呢？”李银锁故意说是为了孩子。

“孩子们都这么大了，自己能照顾好自己，何况我在临河铺只住两天。”李二婶说。

“我担心路太远，坐自行车您受不了。”李银锁说。

李二婶犹豫了片刻，然后说：“我知道你不想带我一块去。你走你的吧，我自己会慢慢想办法。”李二婶生气了，赌气去了厨房。

李银锁见娘回老家心切，只好想办法让她回去一趟，满足她的欲求。李银锁来到自己的老单位县供销合作社，过去的那些老熟人几乎见不到了，碰面的全都是新面孔。不过供销社里的人几乎都认识他，而且不断地有人和他打招呼。李银锁找到了供销社的夏主任，打听最近有没有去刘塘公社送货的马车，希望能把他母亲带到临河铺去。

李银锁和母亲一前一后地来到了临河铺。李银锁忙自己的事情去了，李二婶开始打理自己那所老房子。除了房顶修缮过以外，里面几乎还是老样子，只是落满了灰尘。

李二婶拿起了扫把，打扫了屋子里的地，又把多年没有盖过的被子，抱到门前抖了抖上面的灰尘，然后，晾晒在门前的绳上。经过多年的风吹日晒，那绳子已经腐朽了，李二婶刚晾上的铺盖“哗”得一声掉在了地上。李二婶还没来得及弯腰，盖子被早被一个人从地上抱了起来，李二婶抬头一看，是个有点面熟的小媳妇，一时想不起是谁。

“二婶不认识我了？我是马晓萍。”马晓萍抱着被子嘻嘻地笑道。

“哦，是晓萍，我想起来了，我离开临河铺的时候，你还是一个小姑娘呢。”二婶也笑了。

“屋里还有绳吗？这条绳子已经不能用了。”马晓萍说。

李二婶从屋里翻了半天，又寻了一条细绳拴在树上，马晓萍把被子晾在了上面。“二婶，还有什么需要帮忙吗？”马晓萍说。

“谢谢，不用了。忙去吧。”二婶说

马晓萍走了，看着她的身影，李二婶就想起了那个天不怕地不怕的马世保。这些年过去了，恐怕马世保早已变成了黄土泥巴了。

李二婶坐了半天的马车，一路上的颠簸，她觉得腰酸腿痛。年龄不饶人啊，真是老了。李二婶搬个小椅子坐在了门边。面对屋里挂的多年前的落满了尘埃的年画，李二婶开始怀起旧来。她想起了很多往事……

阳光斜射进了屋里，李二婶眯起眼睛，看着长满荒草的门口，心里忽然想起了一件事情。她进到里屋，取出了她床下的一个旧木盒子。这个盒子破得不能再破了，四周已经散了架，是被用麻绳捆起来的。盒子的上面，落满了灰尘。李二婶拂去上面的尘土，轻轻地掀开盒盖，然后如数家珍地把她那一件件古董翻了一遍。这是她个人的刻意隐藏的东西，所以，没有搬到县城。

当她翻到了李银锁的阵亡通知书和部队留下来的那些遗物时，手不觉颤抖起来。那是一段多么让人难忘的记忆啊，看着那枚已经生了锈的花卡子，李二婶眼里充满泪水……

她情不自禁地想起了马春兰和李银锁定亲的那些日子。马春兰那时还是一个黄毛丫头。时间过得真快啊，一晃就是二十多年，马春兰至今还驻守在边疆，对于一个女人来说多么不容易呀。如今听说她丈夫出了问题，她也在反省，这让李二婶心疼不已。

第十六章　李银锁回乡祭亡灵　高大龙求助解困窘

李银锁带着政府补助的抚恤金亲自到了马二锁的家，两间茅草小房，一个破院落，参差不齐的院墙上稀稀落落地生长着几株毛狗子。屋内，供桌前放着一张简易的八仙桌和几个脏兮兮的条凳，铁锨、锄头、秧凳子、鞋子扔得乱七八糟。马二锁的家和普通群众没有什么区别，穷得连个像样的家具都没有。马二锁就这样走了，在这个世界上，他除了妻儿老小，什么也没有留下。看着他家这种凄凉的光景，李银锁心里非常难受。可不幸的事情已经发生了，他又有什么办法呢？

安抚了马二锁的遗孀，李银锁开始走门串户，认真收集马二锁的事迹。一个平凡的生产队长，一个解放前入党的农村干部，一个平时能以身作则，关键时刻能舍己救人的人，这是什么精神啊，这不正是雷锋精神的体现吗？

马二锁光荣的牺牲了，这不仅是他个人的光荣，也是临河铺的光荣。李银锁作为县里的宣传部长，他懂得该如何把宣传马二锁的事情做好，至少要在全县内大张旗鼓地宣扬马二锁的英雄事迹，让他的精神鼓舞着每一个活着的人。

李银锁在临河铺忙乎了一整天。晚上，李有福老早准备好了饭菜，一定要请李二婶娘俩在家里喝两盅。

李银锁看着桌子上已经放凉了的菜笑着说："有福哇，你这孤家寡人的日子可真难，不知道这么多年来你是怎样过来的？"

李有福把二婶推在上首坐下，自己坐在了李银锁的对面，一边倒酒一边说："早已经习惯了，过去李二婶在临河铺的时候，我总是去她那儿蹭饭，到现在还在想着二婶的好处呢。"

李二婶呵呵地笑道："那时也多亏了你，常来我家看望，要不然还不把我这个老太婆孤寂死啊。"

李银锁说："有福啊，今天咱们酒要喝好，可不能喝醉，你得把持住。"

李有福不好意思地挠挠头，说：“还说呢，那天在你家，我怎么就喝得像一滩烂泥，如何回去的我都不知道了，听雪莹说是你派人把我送回去的。不知道我有没有说不该说的话呀？”

李二婶说：“还说呢，你前面刚走，月琴就找银锁闹上了，说你们当着她的面就那样说，背地里还不知道都干了些什么事呢。我听了月琴的话很生气，批评了她一顿，说她不该这样说人家马春兰。”

李有福说：“是呀，可不能糟践人家，这都怪我不好，喝醉了乱说。”

李银锁说：“其实你也没有说什么，就说了一些当初我不该拒绝她，让她痛苦悲伤的话。”

李二婶说：“银锁也喝醉了，为了这事还骂了月琴。”

李有福他们仨边吃边叙话，花喜鹊挎着筐从外面进来了，“李书记怎么这么利索呀，你们怎么可就吃上了？我还说过来帮帮忙呢。”她咯咯地笑着，从筐里端出两只盘子，一盘红焖老公鸡，一盘炒鸡蛋。

李有福忙拉了个板凳过来，说：“喜鹊。你来的正好，我就想着二婶这么长时间没来，我这也没什么好吃的呢。”

“你们吃吧，我家饭也好了。”花喜鹊说着就要走。

李二婶说：“那哪行呢，快坐下，咱们很久没见了，陪我说说话。”

花喜鹊不好再推辞，挨着李有福身边坐下了，说：“本来说过来帮忙，就为了抓这只鸡，耽误许多时间。也不知道熟不熟呢？”

李有福先夹了一块鸡腿放在二婶碗里，然后，又夹了一块放在嘴里，嚼了嚼说：“嗯，熟了，熟了，真香。李部长，动动筷子啊。”

李银锁想了半天，没有想起花喜鹊是谁，他对李有福说：“有福，也不介绍介绍，这位是……”

李有福只顾啃鸡骨头，听李银锁这么一说，这才想起来，李银锁走了二十多年，他肯定不认识花喜鹊了。他把鸡骨头吐了出来，还没张嘴，就听二婶说：“你怎么不认识了，这不是李同豪家里的喜鹊嘛。”

“啊，啊，想起来了，我走的时候你还年轻得很呢。”李银锁说。

李有福介绍道：“喜鹊是我们大队的妇女主任，人家还是劳动模范哩。”

李二婶说：“难为你心这么细，以后有时间去县里，一定要去我家坐坐啊。”

李有福说：“二婶都忘记了，过去，你们家喂了一些老母鸡，下的鸡蛋您从不舍得吃，积攒起来，全为大队服务了。您养的老公鸡也全是上面来人吃的。现在，您也是县里的人了。哈哈……”

“还说呢，我真舍不得离开临河铺，每次做梦都是老家里的事。”说到这，李二婶脸色变得阴沉起来，“如今年老了，不能再像过去那样能为集体出力了。”

“二婶，我们欢迎您常来临河铺，大家都还想着您呢。”李有福说。

二婶听李有福这样一说，心情又变得好起来。“是呀，大队里从没有忘记我这个老婆子，这么多年来，哪年的新米、新面不是你们送去的呢。”

李有福一边给二婶夹菜，一边说：“二婶啊，您什么时候都是咱临河铺的人，我们永远也忘不了您老人家。”

大家吃着说着，气氛特别热烈，不知不觉就喝了半瓶酒。李银锁说：“酒就到此为止，咱们边说边吃好不？”

李有福说：“李部长，我家从来没有酒，这是才从喜鹊家拿来的。本来喜鹊非要让你们去他家吃饭，可我想，你们还从来没有在我这里吃过饭呢。虽然简单，但这是我的心意啊。常言道：酒逢知己千杯少，咱今天就放开量再喝两杯吧。”

李银锁也不好再说什么，又同李有福喝了几杯。李银锁说：“最近有吴一鸣的消息了，听说是到了行署，被结合到领导班子了。”

“真的呀？那可太好了。自从他回老家后，我一直在为他担心，如今恢复了职务那就好了。”李有福高兴地说。

花喜鹊见他们二人只顾喝酒，就低声问李有福：“李书记，吃什么饭呢？我去准备吧。”

李有福说：“面条我已经擀好了，一会儿下锅里就好了。”

花喜鹊到厨房一看，偷偷地笑了起来，李有福擀的面条比手指头还粗。她又想起桌子上李有福炒得那些菜，每盘都是黑糊糊的，看上去就没有食欲。花喜鹊把擀好的面条加了一点水，重新揉成了面坨，很快就把面条擀好了。然后，在锅里添了水，烧起锅来。

高大龙越来越忙，几乎快成了全脱产的医生了。过去，他只给大队里的社员群众看病，后来，和大队有亲戚关系的外人也被介绍到医疗室来。今天是这个人的七大姨，明天是那个人的八大舅，甚至几十里以外的人都来找他看病，他碍着面子又不好推脱，仅靠他和马晓萍采的那些药材，已经远远供不上使用的了，他只好请求李书记想办法。

其实，李有福早已经知道大队医疗室的情况，凡是来看病的都与大队社员有一定的亲情关系。临河铺看病的规则是大队社员可以免费就医，但没有规定对外看病这一项。外来就医的人也并不是才出现的现象，开始只是极个别的群众，后来渐渐形成了与大队社员有近亲关系的过来看病，再后来，发展成为只要与临河铺社员有关的亲朋好友，也过来找高大龙看病，时间长了，就形成眼下这种局面。

李有福来到对高大龙的医疗室，马晓萍在一边踩着药碾子，一对儿女在一旁玩耍。高大龙正在给患者换药，还有一个陌生人是马锦堂的外面来亲戚，他们坐在条凳子上等着。马晓萍见李有福来了，赶紧对正低着头的高大龙说："大龙，李书记来了。"

高大龙抬头看了李有福一眼，说："李书记，您稍等一下，我马上就好。"

"不急，你只管忙你的。"李有福坐在一旁的小凳子上，逗起两个孩子来。

高大龙包扎好病人的伤口，伸了一下腰，这才问道："李书记，有事吗？您没有那儿不舒服吧？"

李有福捋了捋袖子，亮出满是肌肉的胳膊，说："看，我好得很，结实的像快铁。"

"那您是……"高大龙疑惑地问道。

"我是来给你解决问题的。"李有福说。

高大龙伸开双手，做出个无奈的样子，"病人来了，总不能不给看啊。"

李有福点点头，说："要看，要看。村外的群众来这里看病，说明他们对你的信任嘛。遇到外面的亲朋好友，开个方子，也是为人民服务。至于中药不足的问题……我看这样吧，缺什么，你就让他们自己去药材买算了，我们大队经济上还没有能力对外开放。”

高大龙点点头，“我们自己采集的那些草药，能供得上大家用的，就给他们拾，其余的，就让他们自己去配药材吧。”

“行。这些日子你和晓萍也太辛苦了，除了下大田，抽空还要上山采药和泡制中药，眼看着这里的病人逐渐增多。这样吧，以后大队除了抢收抢种人手不够的时候，其余时间你们就不要下田干活了。你们一定要把这个医疗室经营好，它关乎到我们大队全体社员群众的身体健康。”李有福说。

高大龙还想说什么，张了张嘴，又把话咽回去了。李有福看出高大龙的心思，问：“大龙啊，还有什么困难吗？”

高大龙添了一下嘴唇，不好意思地说：“李书记，您能不能在大会上和群众们说一声，让他们平时……”李有福见高大龙说了句半截话，觉得有些奇怪，盯着他看了半天。高大龙接着又说：“医疗室是看病的场所，无论是病人还是医生都需要安静。同时，为了让社员们远离传染源，避免感染疾病，告诉他们没病最好不要到医疗室来。您也知道，我们这里现在成了俱乐部了，群众喜欢到这里来，我也不能赶他们走哇。”

李有福想了想说：“是呀，群众喜欢你这里，即使我在大会上说了，恐怕也无济于事。干脆这样吧，大队里抽时间在你这隔壁盖上一间大一点的房子，专供大家休闲，你看好不好。”

正说着，一个毛头小伙子闯了进来，见李书记在屋里，那青年忙躲到墙角去了。

“慌啥呢？”李有福问。

小伙子是第五生产队的，只见他脸憋得通红，结结巴巴地说：“我爹……我爹从梯子上摔下来了，想请高医生去看看。”

“现在怎么样？有多严重啊？”高大龙急着问。

“躺在地上，口吐白沫，已经不能说话了。”那小伙子说。

高大龙一边取出诊箱，一边说：“说不定是中风了才摔下来的，很危险。”

李有福说：“那咱们快去看看吧。”仨人一起出了屋，匆匆忙忙地奔第五生产队去了。

第十七章　王小雅回归临河铺　马晓萍戏虐鬼不缠

王小雅在厂里除了踏踏实实地工作，没有朋友，受了屈辱也无处倾诉。一个从乡下来的临时工，本来就很自卑，被那些年轻人讥讽嘲笑后，心情特别抑郁。烦躁的心情使她陷入了想入非非之中，不知道触动了她哪根神经，一时想起了千里之外的李援朝。在家时，王小雅无论遇到了什么麻烦，或心情不畅，李援朝总是千方百计地帮她，想办法排除她心中的抑郁。也许是鬼使神差，她突发了给李援朝写信的念头。按说给李援朝写信对王小雅来说已经是一件很意外的事情，可更奇怪的是她把信发出去以后，每天都要跑到传达室询问自己的信件。

就在她望眼欲穿的时候，李援朝回信了。王小雅拿着信，心里突突地跳，心中想着李援朝会在信中说些什么。她像幽灵一样躲到了那个废弃的厂房的角落里，一行一行地把信看完。

王小雅很吃惊，李援朝在信中说她母亲说她已经嫁了人，到底是怎么一回事呢？她想起去年端午节的时候，马春生给她介绍了个军官，她和那个军人仅见过一面，八字连一撇都没有就分手了，从哪里冒出她已经结婚的事由啊？真是让她莫名其妙。她不知道母亲为什么会对李援朝那样说，自己一个干干净净地大姑娘怎么就变成小媳妇了。是为了挣面子？还是不想让李援朝和她接触？王小雅不得而知。不过，不管母亲是什么目的，都让王小雅十分生气，埋怨母亲实在不该这样糟践自己的女儿。

王小雅在车间里，心神不定，一直在想着李援朝写给她的那封信。她实在不知道该对李援朝怎么解释自己的个人问题，说多了怕李援朝产生误会，不对他解释吧，又觉得心里压抑。王小雅想，母亲对外人说自己已经结婚了，那话是自己母亲亲口说的，让别人听起来不会怀疑有假。

王小雅不知道是怎样回宿舍的，她倒了杯水，晕晕乎乎地坐在桌子旁，眼光停留在信纸上，呆呆地坐了一个晚上。直到熄灯哨子响了，她才躺到了床上。

自从收到李援朝的信，王小雅变得心事重重，无精打采地复制着一成不变的生活。她对这种日复一日的把自己埋在机器的轰鸣声里感到厌倦。这哪里是在工作？简直是在煎熬青春。再这样下去，她会疯狂，会变成一个神经病。

同李援朝分开已经几年了，而且眼下还遥隔千里，和他联系有什么意义呢？他再也不能像过去那样帮助自己了。王小雅有些自嘲，即使过去那些日子里，她也从没有把李援朝放在心上，何况现在已经快形同陌路了。自从得知马春生和别的女孩好上了，王小雅也不清楚自己是怎样想的，李援朝的影子就渐渐地开始在她心里萌芽，就像老家里春天里种的丝瓜秧一样，从一个幼芽一点一点地长大，直到攀爬的满架子都是。随着时间的推移，王小雅心里长满了李援朝影子，那看不见摸不着的影子渐渐开始膨胀，直挤压的王小雅快要喘不过气来。那影子有时像是一只温柔的小猫，蜷缩在她心里；有时，那影子又像一条条小虫，蚕食着自己破碎的心。许多奇形怪状的影像，在王小雅心中挥之不去。她后悔当初不该故意疏远李援朝，现在静下心来想一想，真正喜欢自己的人莫过于他了。虽说这种想法对王小雅来说是个极大的讽刺，但她做不到不想他。

时过境迁。三年了，他有没有心上的人？他还能像过去那样喜欢自己吗？李援朝现在的生活对王小雅来说像谜一样，她并不知道他现在已经不是过去的那个李援朝了，人家已经冠有处级干部的头衔，是一个年轻、很有发展前途的领导干部。如果她知道这些，即便是吊死她，她也不会去考虑李援朝的那些事情了。

在临河铺的那些年，王小雅和李援朝之间完全有条件谈情说爱，可是，由于历史遗留下来的原因，他们之间缺少爱情的土壤，没有爱情的基础，也可以说他们之间几乎是完全不可能在一起的。尤其是李援朝母亲李月牙，过去受到王家的残酷虐待，那种非人性的伤害造成了不可弥补的后果。

她曾经对李援朝有所警惕，那是因为听了奶奶的话，担心李援朝接近她是为了报复。当然，奶奶的话并不完全没有道理，但事情发展的最终结局证明，李援朝的确是真心实意地对她，并不像奶奶所想的那样，李援朝不仅没有复仇的想法，而且对她还很好。

工作上的沉重压力和思想上的负担让王小雅变得情绪焦躁，反应问题越发变得迟钝。这天，在值班岗位上，她犯了一个极其低级的错误，造成了机械事故。虽说没有造成什么经济损失，但曾经追求过她的车间主任老赵，偏要对问题上纲上线，以开除她为要挟，企图逼迫她就范。王小雅被逼无奈，给厂里写了辞职信，卷起背包离开了北京。

回到临河铺，王小雅才知道李援朝已经是省里小有名气的领导干部了，她没有埋怨母亲欺骗李援朝的事情，只是后悔不该给李援朝写了那封信。从此，她把对李援朝的想法埋在了心里，对他再也没有什么幻想了。

王小雅回家的消息，让临河铺的父老乡亲们大跌眼镜，谁也没有想到在王雅兴之后，在外奔波了三年的王小雅也回到了家乡。王小雅的回归对陈明霞的心理产生了巨大的打击，女儿毕竟不是儿子，一年大似一年。在乡下，像她这样年龄的姑娘，即使不出嫁，也早已有了对象。女儿怎么办？回到临河铺自然就形成了高不成低不就的局面，在城市待了几年的人，看农村什么都不习惯，她看不上乡下人，可乡下人也看不上她。尽管王小雅的个人条件还可以，可是因为家庭政治上不景气，自然让外界看低了半截。

自从王小雅离开了家，陈明霞权当女儿嫁了出去，不再为她劳心费神了。想不到的是女儿居然放弃了大城市的优裕生活，又回到这穷乡僻壤，这怎能不让陈明霞为她着急呢。她还等着有朝一日倭瓜花不在了，去女儿家住上些日子享受享受城市里的生活呢。

陈明霞骂女儿不争气也好，恨铁不成钢也罢，再埋怨也无济于事，反正她已经回来了，就是骂个七天八夜又能怎样呢？

王小雅回到临河铺对陈凌子却是一件求之不得的大好事，有表姐作伴，她不再感到生活上压抑了。过去，尽管有二表哥作陪，但他毕竟是个男人，有什么心里话又不好对他说。如今表姐回来也住在了后院，同她住在一起，这让他心里非常踏实。虽说表姐大她几岁，但在女人方面，她们还是有共同语言的，她不再像过去那样感到寂寞了。

李援朝给王小雅寄的一本书被邮局退了回来，包裹的背面盖了个红戳，红戳下面写了一行钢笔字：此地查无此人。难道是自己写错了地址？李援朝仔细地对照了王小雅信封上的地址，一个字也没有错，怎么会查无此人呢？难道王小雅调动了工作？他想，王小雅安顿好新的工作后，一定会给他写信的，李援朝把那本书放在了抽屉里，耐心地等待着王小雅的信息。

扩建大队医疗室的计划开始实施了，马锦堂和其年轻的小伙子们抬着夯，哼呀嗨哟地夯着土墙，土墙在号子声中一点一点地起来了。鬼不缠手里拿着拨浪鼓，领着狗子在一旁看热闹，工程到了关键的地方，他还不断指手画脚地提着建议。马晓萍搬了张桌子放在门口大槐树下，桌面上冷着一盆白开水和几个杯子。

几个会木工手艺的社员在房屋的一侧开了工，拉锯的拉锯，凿孔的凿孔，有做三角梁的，有锯瓦板的，工地上人来人往，热闹非常。

马晓萍坐在树下的凳子上，高声叫道："锦堂，休息会儿吧，过来喝点水呀。"

打夯的那些人停了下来，马锦堂拽下顶在头上的衣服，擦了擦满身的臭汗，向马晓萍那边走了过去。他抄起碗，舀起一碗凉开水，仰起脖子咕嘟咕嘟的一饮而干。然后，他把碗往桌子上一放，一屁股坐在凳子上说："真他妈的舒服，都过来喝。"

其他的几个人也过来了，他们一边喝水一边说着闲话。鬼不缠凑了过来，对马锦堂打趣说："比和老婆睡觉还舒服啊？"

马晓萍骂道："没老没少的东西，都有孙子了，还老不正经。有种你对着媳妇说啊？在她面前怎么就蔫了，连个屁也不敢放。"

大家一起笑起来。马晓萍一句话戳到鬼不缠的疼处了，他把孙子抱起来说："马晓萍，干嘛总是和我过不去呢，明儿个我非找大龙告你一状，看你嘴还那么刻薄不？"

"去告啊。"马晓萍使了个眼神说："还等明天干嘛，他就在屋里呢。"

"你说我不敢啊，大龙，大龙。"鬼不缠抱着孙子进了医疗室了。

马锦堂看着鬼不缠的背影笑了笑，问马晓萍："盖这么大的医疗室，还准备置办病床啊？"

马晓萍眉毛往上一挑，不高兴地说："听谁说要置办病床了？盖这间大房子名义上是医疗室，其实是供大家休闲用的。李书记说了，大队里的人喜欢来医疗室坐，可是，目前这地方确实太小，人来多了，病号就没地方看病了。这间房子是为了大伙才盖的。"

马锦堂说："李书记考虑得可真周到，每逢雨雪天气，医疗室的的确确是挤得满当当的，如果多了这间房子，就轻松多了。"

鬼不缠拉着狗子从屋里出来了，满脸堆着笑说："马晓萍你等着吧，晚上有你的好看。"

马锦堂说："好看不好看你又看不到，有什么好幸灾乐祸的。"

鬼不缠怪声怪气地说："我要能看着就好了，即使挨不着，也可以饱饱眼福啊。"

"不要脸的东西。"马晓萍一边骂一边拾了根木椽子，挥起来追打鬼不缠。"我让你耍贫嘴，不看着狗子的面，我打死你赖渣皮。"

鬼不缠拉着狗子只顾跑，嘴里还不断地嘻嘻地笑着。

第十八章　马世轩自相矛盾　蓝叶萱心口如一

马世轩躺在床上翻来覆去，浑身像散了架，整个身骨都是疼的。尽管他身体很疲惫，却没有一点睡意。他悄悄地爬起了床，一个人坐在门口的磨盘上，烟一锅接一锅地抽。

一弯月牙斜挂在西边的天际，临河铺像是一副混沌不清的水墨画。在这片宁静空间，雾水轻轻地飘拂着，不知不觉，马世轩的衣服被露湿了，他的头发慢慢地粘在了头皮上。

天变得越来越黑，马世轩还在想白天那件事情。在给朋友帮忙时，乐队里的一个老伙计对他说，要给蓝叶萱介绍个男人。据说男方家庭条件不错，那人和蓝叶萱的年龄也相仿，他死了媳妇已经三年了。

马世轩心里很矛盾，蓝叶萱现在是她马家的顶梁柱。如果蓝叶萱走了，家里剩下的是老的老，小的小，他马家就等于塌了半边天。可是蓝叶萱只有三十多岁，难道让她守在马家过一辈子吗？对这样一个好媳妇，马世轩实在是不忍心耽误她的青春年华。可是，又舍不得让她离开，一想到她要走，心里就像猫抓的一样难受。

烟锅里的火忽明忽暗。马世轩觉得自己很自私，蓝叶萱已经为马家倾心尽力地干了这么多年，怎么能让她继续为马家操劳呢？可是，如果她真的走了，将会给马家遗留下许多问题。孩子们跟谁？留在马家固然好，蓝叶萱能舍得把他们留下吗？如果孩子跟了蓝叶萱，那么，他们就要跟着继父过日子，马世轩担心孩子们会受到虐待。

“老马，老马，半夜深更地跑哪去了？”马刘氏在屋里喊道。

马世轩灭了烟锅，慢腾腾地从磨盘上站起来，“叫什么呀，别把孩子们吵醒了。”马世轩摸索着进了屋里。

“你怎么了？是肚子坏了？”马刘氏担心地问。

“没有。”马世轩半搭理半敷衍地说。

马刘氏追问道：“那出去干什么呀？魂跑了是吧？”

马世轩靠在床头上，看着黑洞洞的屋子，不断地哀声叹息。马刘氏觉得丈夫有些蹊跷，从外面回来，就不断地长吁短叹，到底发生什么事情了？

“还不睡，坐在那干什么呀？”马刘氏有些烦躁地说。

“如果蓝叶萱再走一家，这些孩子怎么办呢？”马世轩说了句没头没尾的话让马刘氏感到莫名其妙。她翻了个身，在黑暗中看了看丈夫，“真是哪壶不开提哪壶，深更半夜的怎么问起这事了？”

“谷子奶，秋生已经走了几年了，咱不能老把蓝叶萱拴在咱家吧。人家还年轻，我琢磨着该让她走了。”马世轩说。

马刘氏一屁股坐了起来，“他爷，蓝草不能走哇，你看咱家，除了她还有一个顶事的人没有？”

“可是，我们也不能不替蓝草考虑一下，如果她不趁着年轻，再过几年人老珠黄了，还有人要吗？”马世轩说。

马刘氏沉默了片刻，问道：“那她走了，我们家咋办？”

马世轩说：“趁我们现在还能动弹，让她走吧。再过几年，我们干不动了，孩子们也长大了。现在虽说我们生活上有很多困难，但我们能克服。”

“你和她说了？”沉默了半晌，马刘氏问。

“没有，我想，这话你和她说比较合适。”马世轩说。

“这只是你的想法，她还不一定愿意离开这儿呢。我们待她像待自己亲生的一样，再说，还有三个孩子拉扯着啊。”马刘氏像是松了一口气。

“今儿个上午，老岳给蓝草提了一门亲事，我觉得还不错，等天亮了，你去问问蓝草，探探她的口气。”马世轩说。

马刘氏生气了，骂道：“那狗日的老岳，不是个东西，咋就想起咱家的蓝草了呢？我家里的事与他有什么关系，真是狗撵耗子。”

马世轩说：“他说这些也是为了蓝草好，给咱提个醒，要不然我还真下不了决心让她走呢。”

马刘氏说：“我说你怎么忽然想起说这些呢，原来是那个乌鸦嘴，他看着别人好过，心里就不舒坦。”

马世轩说：“别管人家怎么说，我觉得咱还是应该和蓝草谈一谈，你说呢？”

“要谈你去谈。”马刘氏翻了个身，面朝土墙再也不说话了。

好不容易熬到了天亮，马世轩头昏脑涨地爬起了床，他想去找蓝叶萱，听到屋里有轻轻的鼻息声，推测蓝叶萱他们肯定还没有睡醒。他知道蓝叶萱整天忙里忙外，从来都没有睡过好觉，他实在是有些同情她。为了大队，也为了马家，她已经是尽心竭力了。

公鸡叫了第三遍，马世轩坐在门前的磨盘上打了个盹，听到孩子们叽叽喳喳的嬉笑声，他知道蓝叶萱已经起床了，等着她把孩子们都穿好弄好，马刘氏也把早饭做好了。

马世轩把蓝叶萱叫到门前，把头天老岳说的那件事情对她说了。蓝叶萱只听了一半，就打断了他的话说：“爹，我知道您都是为了我好，可是我蓝叶萱不是喜欢享福的人。我说过，既然嫁到马家来，生是马家的人，死是马家的鬼，您就不要劝我了。”

马世轩听了儿媳妇的话，心里如同喝了麻辣汁，说不上是什么滋味，他感动，他忧伤，他觉得马家对不起蓝叶萱。看着蓝叶萱虔诚的样子，不觉鼻子酸酸的，眼泪差一点流了下来。媳妇已经把话说到这个地步了，还能怎样说呢？

“蓝草，你就把我和你婆婆当作亲爹娘，有什么话千万别放在心里。我虽然老了，可是我还能撑几年，即使你现在走了，我和你婆婆也能照顾好孩子们。”马世轩还是把心里想说的话说完了。

“爹，我嫁到马家以来，一直就把你们当作亲爹娘。咱们安心过日子吧，不要再为我的事情操心劳神，我觉得和你们在一起很幸福。”蓝叶萱搀着公公的手，把他扶进了屋里。

又过了一些日子，蓝叶萱的哥哥忽然来到临河铺大队，找蓝叶萱来了，这可是件稀奇的事情。自从蓝叶萱嫁到临河铺，这是他第一次来看她。本来，乡下的风俗就是嫁出去的女泼出去的水，没有特殊情况，娘家人是不会到她婆家来的。

蓝叶萱的哥哥蓝叶星没有到马家和她娘家人见面，他是在大队里见的蓝叶萱。蓝叶星说，是爹娘让他来的。前一阵子，她娘家一个在外地当工人的远亲，老婆被车碾死了，他想在家乡找一个能过日子的女人。那家人的条件很不错，虽说有三个孩子，老大已经结了婚分了家，老二学了技术，在厂里帮忙，也能自食其力。眼下，他身边就剩一个姑娘了。蓝叶星还说，娘希望蓝草后半生能找个好一点的家庭，老了身边好有个伴。

蓝叶萱明白爹娘的心思，她看了哥哥本子里夹的那个男人的照片，然后又塞到哥哥手里说：“哥，我在临河铺生活的很好，而且孩子慢慢地长大了。你回去告诉爹娘，让他们不要再为我操心了，我不想离开临河铺。”

蓝叶星看着妹妹的脸说：“是不是嫌他年纪大了？听娘说，他才四十多岁，还是厂里年轻的师傅呢。”

“不是。”蓝叶萱听到外面像是有人，伸头看了看，然后小声说：“你想想，现在马家就我们这几口人了，如果我再把孩子们带走，那他们的日子怎么过啊。春生当兵的时候，我答应过他，让他放心地走，家里一切都交给我。如果我不负责任地走了，怎么对得起他们啊。”

蓝叶星眉头皱了起来，说：“蓝草，你怎么这么死心眼哪，对马家你已经尽到责任了。今后，把马家的后代照顾好就是对他们的最好报答。”

蓝叶萱说：“我公公婆婆待我不薄，我不能在这个节骨眼上抛开他们不管。虽说他们现在尚能照顾好自己，我担心的是他们精神上承受不了这样的打击。”

蓝叶星生气了，“那你怎么不替咱爹娘想想？到了这把年纪，他们还在为你操心。蓝草啊，爹娘说的对，你现在年轻，还能为马家撑那么一阵子，可是以后怎么办？他们总是要走的，孩子们也有离开你的时候，你不能把一辈子的幸福都搭上了吧。”

蓝叶萱被劝得有些着急了，冲着哥哥说：“我的事，我自己能处理。你把我的意思转达给爹娘，就说这辈子我不会离开临河铺。”

蓝叶星知道妹妹的脾气，犟劲上来了，九头牛也拉不回来。“蓝草，我和爹娘没有逼你的意思，大家都是为了你好。这样吧，这张照片留在你这，你再仔细想一想，考虑成熟了再说好不好？”蓝叶星说。

蓝叶萱不想让爹娘伤心，哥大老远跑来也是为了自己好，不能让他太扫兴。于是对哥哥说：“哥，照片就不要留下了，这件事情让我考虑后再说。”

蓝叶星见妹妹给了个活话，忙说：“你可要快点想好，人家还等着回话呢。”

蓝叶萱说：“如果他着急的话，就让他另找对象算了。别耽误了人家的事情。”

蓝叶星听妹妹这样一说，赶紧改口说：“这是我心想的，不过你还是把这件事放在心上，千万别把爹娘的话放在一边。”

蓝叶萱笑了笑，说：“哥，谢谢你来看我。中午我做一顿你喜欢吃的鸡蛋汤泡油条好不好？”

“算了，我也不吃鸡蛋泡油条了，你记住我的话就行了。”蓝叶星说完就要走，忽然又想起来什么，他回过头说：“别忘了，想好了就告诉我。”

蓝叶萱说：“好，知道了。”

听着哥哥沓拉沓拉的脚步声，看着他腋下夹着那个旧本子，走起路来摇摇摆摆的样子，觉得哥也不像过去那样年轻了。蓝叶萱心里忽然产生一丝凄凉的感觉，常年和公公婆婆在一起，不知不觉，自己爹娘也到了风烛残年的年龄了，她想，最近一定要抽时间回娘家一趟。

第十九章　王小雅借题说心事　陈凌子因怨嗔姑母

王小雅习惯了城市紧张的生活，回到临河铺反倒不适应了，在家待了几天，整天躺在床上抱着小说看，觉得特别的无聊。过去的那些同学和玩伴们，走的走了，嫁的嫁了，一个个都有了自己生活的圈子，哪个也不像自己在外面干了半串子又回到了乡下，到了这个份上，她对自己所设计的生活蓝图，彻底失望了。

这天，王小雅在家里待急了，想出去排遣心中的郁闷，独自一人来到河边。一别三年，眼前的月牙河基本没有什么变化，水还是那么清，还是那么温顺地流淌着。河边的柳树似乎也看不出长大，只是树上的柳叶已经开始黄了，偶尔一阵风吹过，便有稀稀拉拉的几片树叶飘落下来。看着那枯黄的落叶，王小雅心向针锥似的难受，想起和马春生在河边的情景，想起他们在一起谈论《红楼梦》，那些好像已经是上辈子的事情了。

王小雅心中充满了悲戚之感，青春是多么的短暂啊。作为女人，青春就是希望，青春就是财富。一个没有希望的女人，一个将要失去青春的女人是多可怕啊。生活等待王小雅的将是什么呢？王小雅正处在人生的岔口上，她现在迷茫了。

马春生曾经对她说过，人生要有目光，要看得远一些。临河铺虽好，但是太小，我们不能把自己蜷缩在这个小圈子里做井底之蛙。现在看来，马春生的话有些道理，他正在为实现自己的理想而奋斗，而且也已经出人头地了。自己也奋斗过，不过自己毕竟是个女人，奋斗了几年，把美好的青春都搭进去了，如今孑然一身，带回来的除了屈辱还有什么呢？

从内心说，王小雅向往城市生活。在城市里，她这个年龄还不算大，她有文化，可以学一些技术。可是在农村，和那些社员在一起，她没有任何优势，甚至她连一个普通农村的姑娘都比不上。而且，从年龄这个角度上说，她已经算得上是老姑娘了。

王小雅现在没有事业，没有爱情，空虚得像一具皮囊。在她的生活里，似乎除了过去的那些美好的回忆，再没什么东西了。生活总是要往前行的，可是往前看，她什么也看不到，除了困惑、迷茫，剩下的就是消沉、颓丧了。

看着流去的月牙河，就像自己的青春一样在流淌，王小雅眼里噙满了泪水。

“表姐，你在看什么呀？”陈凌子站在王小雅的身后。

王小雅忙拭去眼中的泪，转过身，装着心情很好的样子说：“凌子，你怎么来了？”

“兴你来就不兴我来啊。”陈凌子咯咯地笑道，然后解释说：“大姑不放心你，让我出来看看。”

“又是她，就不能让人省省心。”王小雅嘟囔了一句。

“在看什么呢，那么入神？”陈凌子问。

“这清粼粼的月牙河，春流到夏，秋流到冬，什么时候能停息啊？”王小雅口不随心，似问似答地说。

陈凌子啧啧地说道：“你都想些什么呀，如果月牙河能枯竭，太阳还不打西边出哇。”

王小雅若有所思地说：“就像这日复一日，春去春回，花开花落一样，这东流的水也是生命不息的，在这块土地上它永远都不会干涸。只是这人若是老了，可就再也回不到青春了。”

陈凌子说：“表姐呀，人也是如此。从古至今，这一代接一代地繁衍下来，和那些周而复始的现象有什么不同呢？这一代老了、去了，新一代又产生了。”

王小雅满心惆怅，看着一脸稚气的陈凌子说：“日月星辰，山川河流是没有生命的东西，自然是永恒的。那些花呀、草呀、树呀、木呀，虽说也有生命，但它们都是没有思想没灵魂的，即使遭遇风刀霜剑，也只是那些多愁善感的人替它们哀婉感叹。唉，世上万事，唯有人能体会出这酸辣苦涩的味道。”

陈凌子听不懂王小雅的话，但听得出她是在感叹人生。她走上前去拉着王小雅的手说：“表姐，你说话像是老师在诵诗，真好听。”

王小雅说：“凌子，你还小，以后慢慢地就懂了。”

陈凌子摇摇头，突然问："表姐，你为什么反对大姑给你说婆家呢？是不是心有所属了啊？"

王小雅轻轻抚摸着陈凌子的手，她那天真无邪、无忧无虑的样子，让王小雅有些感动。"我曾经有过喜爱的人，但是，那人并不爱我；也曾有喜欢过我的人，可是，我却不喜欢他。"王小雅漫不经心地说。

听了表姐的话，陈凌子的脸变得绯红，觉得表姐把"爱"字说的那样响亮，却一点也不觉得害臊。

"那人不好吗，你为什么不喜欢他呢？"陈凌子羞赧地问。

王小雅想了想说："不太好说，这件事比较复杂。"

陈凌子嗤了一下鼻子，"骗人，不喜欢就是不喜欢，有什么不好说的呢，我看，那人不是长得丑，就是人品不好。"

王小雅笑笑，"都不是，是因为我们两家过去有些恩怨。"

"那他干嘛喜欢你呀？"陈凌子问。

"我也不清楚，所以……"

陈凌子插断表姐的话说："所以你就不喜欢他，对吗？"

"嗯。"王小雅点点头，又补充了一句："不过那人对我特别好。"

"你说的那人我认识吗？"陈凌子好奇地问道。

"也许你认识，李书记的外甥李援朝。"王小雅说。

"是李援朝？人家可是大官哪，这么好的条件，打着灯笼也难找，你怎么就放弃了？表姐你真是。"陈凌子替她惋惜地说。

"你认识他？"王小雅吃惊地问。

"不认识。"陈凌子头摇得拨浪鼓似的说："不过我听说过他。"

"你想想，过去他母亲是我奶奶的使唤丫头，这还没什么，关键是我爷爷、奶奶虐待过她……"

陈凌子忙打断表姐的话说："这些我都知道，听大姑讲过。可是，李书记人也很好啊，就说我迁来临河铺的事，全是他帮的忙。我推测李援朝人肯定不错。"

王小雅长叹了声，说："我和他走不到一块这都是命，没什么值得惋惜的。"

"表姐，李援朝现在不还没有娶亲吗，你就不能再考虑考虑这件事情？”陈凌子说。

王小雅摇摇头说：“不行了，晚了。我妈亲口告诉他说我已经结婚了。”

“什么？”陈凌子惊得直伸舌头，“我大姑真是这样说的啊？”

王小雅脸色变得有些难看，低下头说：“这是李援朝在信中告诉我的。”

“你们还通信？”陈凌子好奇地问。

“现在不通了，到现在我也没有给他回信，更没有告诉他我回临河铺的事情。”王小雅慢慢地平静下来。

“表姐，你太不够意思了，要我说，你现在给他回信还不迟，把没有结婚的事情说清楚不就行了？”陈凌子说。

“怎么好去向他解释呢？总不能说我妈是骗他的吧。即使这样说，人家会相信吗？”王小雅说。

“是呀，大姑就那样说了，这可怎么办呢？”陈凌子着急地说。

“那有什么怎么办的，我又没打算和他好，就这样算了吧。”王小雅轻描淡写地说。

“那怎么能行呢？人好，又喜欢你，即使大姑不喜欢这门亲事，也不该这样对待人家啊。”陈凌子明显对大姑不满。

一只喜鹊在对面河边的树头上喳喳地叫着。王小雅抬起头，下意识地看了看，陈凌子说：“这喜鹊是冲着咱们叫的呢，早报喜，晚报财。咱家说不定有什么喜事，走，回去吧。”

陈凌子孩子一样地欢蹦着，一路上不是捉蜻蜓，就是抓蝴蝶。王小雅却是满腹心事，步履蹒跚地跟在她的后面。

陈明霞不安地在屋里踱着步子，不时地向外张望着。自从女儿回到临河铺，她的心里便像长了草一样。女儿已经二十四五岁了，在临河铺，哪有这么大的姑娘还留在家里的呢。她不知道女儿心里怎样想，每次问她话的时候，女儿总是不乐意回答。

听到陈凌子的笑声，陈明霞忙出来，“小雅，一大早跑哪去了？”

王小雅没好气地看了母亲一眼，“能到哪里去呀？真是，还让凌子在后面跟着，烦不烦啊。”

“妈不是不放心嘛，看你吃了炮药似的。”陈明霞说。

王小雅径直到后院去了，陈明霞把凌子喊住，问道：“小雅怎么了？说话夹枪带棒的，谁惹她了啊？”

陈凌子说：“大姑，小雅生你的气。”

“为什么呀？是因为我让你跟着她吗？”陈明霞说。

“不是，是因为您说她嫁人了。”陈凌子故意说气话给陈明霞听。

“谁说小雅嫁人了？”陈明霞想不起来对李援朝说过的话。

“表姐说是李援朝告诉她的。”陈凌子说。

陈明霞这才想起她曾经对李援朝说过的话，没想到女儿还在和那人来往，心里像灌了辣椒水，火辣辣得难受。怪不得女儿给自己脸色看呢，原来李援朝把那些陈芝麻烂谷子的事情告诉她了。

“小雅是为这生的气呀？”陈明霞问。

“大姑，这件事放在谁身上不生气呢，表姐还是姑娘啊，外人知道了您这样说，人家会怎样想她呢？”陈凌子说。

陈明霞捶胸顿足地说：“这事都怪我，当时只是为了嘴上痛快，哪想到他们之间还联系呢。”

“大姑，您说这事可怎么办呢？就为了您这句话，表姐已经不再和李援朝通信了。”陈凌子有些哀怜，又有些嗔怪地对陈明霞说。

怎么办？陈明霞也没了主意，她知道李援朝现在已经是省里的大官了，如果他真的喜欢上了小雅，那可是件天大的好事，她再也不必为小雅这么操心着急。现在，陈明霞后悔透了，说出去的话犹如泼出去的水，她怎么能把这件事向李援朝解释清楚呢？正所谓覆水难收，陈明霞急得眼都红了。

“凌子，大姑不是故意的，那天见李援朝推着车子，眼珠子骨碌骨碌地往这边看，我知道他是为了小雅，所以我胡乱说了那句话……我可纯粹是为了小雅好哇。”陈明霞说。

陈凌子见姑母知道自己做错了，也不再说什么了。“大姑，我去看看表姐吧。”陈凌子丢下姑母到后院去了。

第二十章　马春兰探亲临河铺　陈凌子偶遇莫冬冬

马春兰的丈夫莫师长病故在劳改农场里。

接受部队的安排，马春兰转业到了地方工作，档案转回了地区行署，在吴一鸣的帮助下，马春兰被安排到了地区人民医院工作。由于受丈夫的拖累，她只享受部队的级别，地方上没有安排任何职务，她成了医院里的一名普通医生。这期间，马春兰带着冬冬、云云回到了老家临河铺。

女儿回来了，还带着外孙、外孙女，马世轩悲喜交集。虽说马家遭遇了不幸，儿子英年早逝，孙子横遭祸殃，如今女婿又撒手人寰，但马家人丁还算兴旺。

听说女婿已经过世，马刘氏不禁想到了儿子秋生和孙子小棒子，眼泪不住地往下流。面对痛哭流涕的母亲，马春兰一边安慰，一边对父亲说："爹，您看咱马家多幸福哇，有蓝草这个能干的媳妇，不仅把家里操持的很好，人家大队干部当得也不错呢。"

蓝叶萱说："姐，你就别夸我了，是你们争气，咱马家才有这么好。还有爹娘都这么大的年纪了，整天还帮我带孩子，要不然这里里外外的，我怎么能行呢。"

马春兰打开行李，拿出一套崭新的衣服递给蓝叶萱，"试试合身不，我估计你穿着差不多，这是的确良料子的。"

马春兰推辞说："姐，你留着自己穿吧，我们在农村穿不着这好料子的衣服。"

马世轩插话说："蓝草，你就接过来吧，姐又不是别人，给你买了就拿去穿吧。"

蓝叶萱接过衣服，不好意思地杵在那儿。马刘氏说："去，进屋里穿穿试试。"

蓝叶萱进屋里试衣服去了。马春兰把给孩子买的糕点、水果糖拿出来，先给小谷子姊妹仨，每人分一小包，然后，又把一大包递给了马世轩，说："爹，这些水果糖你们留着慢慢吃吧。"

那三个孩子高高兴兴地拿着各自的糖果，一边吃去了。云云拉着马刘氏的手，说："姥姥，过一年我就高中毕业了，到时候来伺候您和姥爷。"

马刘氏破涕为笑了，"乖，好。到时你下乡了，哪儿也不许去，就来姥姥身边，姥给你做好吃的。"

一家人欢天喜地围在一起，蓝草穿着新衣服出来说："姐，你看怎么样啊？"

马春兰说："人靠衣服马靠鞍，你们看咱家的蓝草多漂亮啊。"

蓝叶萱羞赧地笑了笑说："今天大家高兴，好不容易这么多人聚在一起，我去公社买点新鲜菜给姐姐和孩子们接接风。"

马春兰忙从口袋里拿出十元钱说："蓝草，花我的钱吧，我知道农村没钱。"说着就把钱往蓝叶萱手里塞，蓝叶萱推开马春兰的手，说："姐，我有钱。"

马春兰绷起了脸，说："都是一家人，客气什么呢。我每月工资八十多元呢，拿去吧。"

马刘氏愣了一下说："春兰，你的工资那么高啊，都赶上我们县长的了。蓝草，快把钱接过来呀。"

蓝叶萱不好意思地从马春兰手里接过钱，买菜去了。

马世轩接着说："是呀，吴一鸣在这里当书记的时候，工资也不过八十多块钱呢。"

马春兰说："提起吴书记呀，人家现在是地区行署副专员了，比县委书记还大呢。这次我分配工作，全是吴专员帮的忙。"

"你见吴书记了？他身体怎么样啊？"马世轩问。

马春兰说："身体好着呢，只是腰有点小毛病，说是前两年红卫兵让他做土飞机时伤着了。"

"嗯，身体好就好哇。吴书记是个好人，好人终归是有好报的。"马世轩拿出来烟，点上了火。

"什么吴书记啊，人家现在是专员，行署专员。"马春兰强调说。

乡下人对行署这个名称不怎么熟悉，记了几次也没记住，马世轩说："老了，没记性了，不过还好，没有糊涂。"

冬冬、云云和小谷子、小油菜、小豆子他们在一起玩，小豆子正拿着自己用老土泥巴做成的枪在冬冬面前炫耀。冬冬说：“小豆子真聪明，做的枪像真的一样。”

小豆子拿着枪在手里挥了挥，“我是和别人学的。”

“那你见过真枪没有啊？”冬冬问。

小豆子摇摇头，“没有。”

云云说：“他们上哪见过那东西，只有部队上的孩子才见过。”

“我是逗他们玩呢。”冬冬从桌子上拿起一本旧本子，撕下几张纸，对小豆子说：“你会叠枪不会？我给你叠一把纸枪玩。”

小豆子好奇地盯着冬冬，只见他熟练地叠了几个方块作为枪的部件，然后把几个连接在一起，成了枪体，再卷了个纸筒做枪杆。一只驳壳枪很快叠好了，小棒子高兴地接过来，在手里比划着，嘴里还不停地“乒啪”喊着。

云云也教小谷子、小油菜叠纸鹤、钱包之类的玩具。大人小孩挤满了一屋子，好不热闹。

马春兰拿出一沓钱递给马世轩说：“爹，也不知道您和娘喜欢什么，这些钱留着你们买衣服。”

马世轩说：“你留着自己用吧，冬冬都二十多岁了，说娶媳妇就该娶媳妇了。”

马春兰说：“还早呢，今年高中毕业了，我正合计着要他回临河铺插队参加劳动锻炼呢。”

马世轩说：“那好啊，就让他回来吧，咱临河铺的条件还不错。”

大家正说着话，蓝叶萱买菜回来了，她右胳膊挎着一大筐蔬菜，上面有一块肥得流油的头刀坐板，左手提着一条大草鱼。马春兰忙过去接着，蓝叶萱避开她说：“姐，你别碰了一身的腥味。”

马春兰说：“我在家也做饭，没事。”

马刘氏也过了帮忙，三个女人一起到厨房去了。

小谷子和小棒子边玩叠纸游戏，边吃着水果糖。小油菜带着冬冬、云云也出了门。马世轩在屋里喊道：“早点回来，别耽误吃饭啊。”

孩子们一起答道：“好。”

冬冬他们仨在临河铺闲逛，格外惹人瞩目，因为冬冬、云云不仅带着手表，而且穿着也和乡下人大不一样，加上喜欢炫耀的小谷子，遇到人就介绍这是她的表哥，那个是她的表姐，不出一个时辰，临河铺里的人都知道马春兰回来了。

到了中午时分，社员们放工了，一些年轻人便停下来问长问短的和冬冬搭讪。陈凌子喜欢热闹，也凑了过来，咦，这青年人长的真帅，高鼻梁上架着一副宽边眼镜，一双乌黑的卧蚕眉，声若洪钟，顾盼留情，一副书生的样子。再看那女的，细高挑的个，柳叶似的眉，面如粉黛，口如点唇，一弯一汪春水般的眼神，她被冬冬、云云他们吸引住了，看得她直发呆。

冬冬也看到了凌子，低声问小谷子："对面那个漂亮女孩是谁家的呀？"

小谷子看了陈凌子一眼说："那是倭瓜花的亲戚。"

陈凌子发现冬冬在打听自己，急忙转身挤到了人群中走了。冬冬看了看手腕上的表说："十二点多了，咱们也该回去吃饭了。"

一路上，小谷子把陈凌子的情况对冬冬、云云说了。云云说："哥，你对陈凌子那么感兴趣，怎么老是问她啊？"

冬冬不好意思了，说："那个陈凌子一看就不是临河铺里的人，她和别人不一样。"

云云说："一个鼻子，两只眼睛，什么地方不一样啊？我看是你的眼光不一样。"三人一路说笑回去了。

陈凌子见了冬冬之后，心里老是想着他。总觉得他的影子在眼前晃荡，尤其是她同冬冬眼光碰在一起的刹那，她觉得心里像揣了个兔子噗通噗通地跳。回到家后，也没有心思吃饭，一直再想刚刚遇到冬冬时的情景。

见了表姐，陈凌子问道："你知道临河铺有个叫马春兰的人吗？"

"知道啊，问这干嘛呀。"王小雅有些惊诧。

"她带着儿子、女儿回来了，一路上听人说，马春兰是军人，还参加过抗美援朝呢。"陈凌子说。

王小雅说："她丈夫还是当大官的呢，和我大伯父一样，也是犯了错被罢了官的人。"

陈凌子沉默了，低着头，神思恍惚，若有所思。过了一会儿，忽然问道："那他们的孩子会受影响吗？"

王小雅见表妹问得稀奇，就说："你问这些干嘛啊？"

陈凌子脸有些微红，掩饰道："随便问问。"

王小雅咯咯地笑起来，"别是喜欢上人家了吧？看你那羞答答的样子。"

陈凌子顿时脸变得像块红布，推搡着王小雅说："表姐真是，我连认都还不认识他，怎么会喜欢上人家呢。"

王小雅说："你可不能喜欢上别人，要不然，我哥怎么办呢？"

陈凌子被表姐一句话惊得失魂落魄，差点没有叫出声来，"你说什么呀，表姐？"

见陈凌子如此吃惊，王小雅忙嘻嘻地笑道："看你吓的，脸都变色了，难道心里真有表哥？"

陈凌子抱着表姐的脖子，说："今天太阳从西面出了，怎么老是拿我开心呢。"

这时，王雅兴来了，只听了句半截话就接腔说："谁拿表妹开心呀？"

陈凌子的脸又红了。王小雅赶紧岔开话题说："二哥来了，怎么偷听我们说话啊？"

"谁偷听你们说话了，我惹人嫌是吧？那我走了。"王雅兴装着要走的样子，陈凌子忙说："表姐随便说说，你怎么当真呢。"

"这还差不多。"王雅兴解嘲地笑了笑又说："你们猜我今天碰见谁了？"

王小雅和凌子一起摇头说："不知道。"

王雅兴说："小雅，你还记得马春兰吗？她带着儿女回来了。"

王小雅说："这临河铺真是小，外面来了个人，大队里的人全都知道了，刚才还有人在说这事呢。"

"谁说了？"王雅兴问道。

王小雅向陈凌子努了努嘴说："凌子刚才都碰见他们了。"

陈凌子赶紧点点头，"嗯，在放工的路上，我看见小谷子领着那两个人。"

“要是他们俩不走了多好，临河铺又多了两个城里来的人。”王雅兴不由自主地说。

“当然好啦，不光是你高兴，还有人比你更高兴的呢。”王雅兴扫了陈凌子一眼。

陈凌子赶紧低下头，佯装没有听懂。王雅兴问：“还有谁说过这样的话吗？”

王小雅故意对陈凌子说：“还用说，看都看得出来了。”

王雅兴知道是说陈凌子，于是嘿嘿笑道：“凌子，刚才小雅拿你开心就是为这事情啊？”

陈凌子红着脸，磕磕巴巴地说：“二表哥你给评评理，我根本就不认得那些人，只是路上碰了一面，表姐就拿我穷开心。”

“虽是素未平生，但一见钟情的人有啊，哈哈哈……”王雅兴笑道。

陈凌子起身就要走，“不和你说了，你们俩欺负人。”

王小雅忙把陈凌子拉住说：“好，好，不说了。我问你，那姑娘长得怎么样啊？”

陈凌子说：“很漂亮，像画上的人儿。”

王小雅眉头皱了一下说：“怪道你们对马春兰感兴趣呢，原来是因为她有一双漂亮的儿女呀。”

第二十一章　李云鹏进城遇尴尬　鬼不缠翻盖金镶玉

“徐熙霞有当官的命。”人们喜欢这样议论她。其实，持这种看法是片面的，机遇对徐熙霞只是一个方面，关键是她对工作兢兢业业，有强烈的事业心和责任心。除了勤劳，徐熙霞还有一个很大的长处，就是泼辣大胆，无论在什么样的场合，遇到什么重大的事情，她都敢直面对待，有勇于担当的精神，而且敢作敢为。从这点看，说徐熙霞天生就是一个官场上的人也有一半是对的。自从提拔当了公社干部，她心里就只有公社，一门的心思全用到了工作上，把家里的那些繁琐事情全抛到了九霄云外，就好像她是一个无牵无挂的孤家寡人一样。

调到县妇联会任了副主任，徐熙霞工作的干劲就更大了，即使是星期天，她也守在办公室里，有工作就处理工作，没有工作就看书学习，一连两个多月也不回临河铺一趟。这下可急坏了李云鹏，二十郎当岁的年轻人正处在青春期，几天不见就想得慌，何况徐熙霞进城以后，几十天没有回临河铺呢。她不回家，李云鹏只好放下男人的尊严，到城里去看她。

这是一个阴雨连绵的季节，李云鹏穿上一双军绿水旱鞋，打着一把油纸花伞到了县城。经过打听，找到了县妇联会办公的地方。徐熙霞在一个三人办公室里，其他二人坐对面，她坐在最外面那张桌子旁，面朝向北的窗子。来到县委办公大楼，李云鹏有些胆怯，鬼鬼祟祟地伸长脖子向办公室张望，见徐熙霞正襟危坐，在翻阅着文件。

“找谁？”里面的人看到了李云鹏。

“我找徐熙霞。”李云鹏心里怦怦地跳着。

徐熙霞听到外面有人找她，转过脸，见李云鹏在门外站着。她忙把文件收拾好，也不让李云鹏进屋，自己出了门，把李云鹏拉到一边嗔怪道：“你怎么不打个招呼就来了？”

“要了几次电话，都没有接通。”李云鹏有些不高兴地说。

“那也不能到这里来呀，你没看见单位有多忙吗？”徐熙霞说。

“忙，你就知道忙。孩子你还要不要？在机关上班的人多的是，哪个像你这样啊。”李云鹏越想越来气，大老远的从乡下赶到城关，走了十七八里的路，连口水没喝上不说，老婆还埋怨着，他差点没有吼了起来。

徐熙霞压低声音说：“我和别人不一样，我这不是刚来吗。常言说，新官上任三把火，我得烧一烧啊。再说，头三脚难踢。你这一来，直接影响到了我的工作。”

李云鹏说：“那也不能把家扔在一边不顾啊，我也有工作，好赖我也算是大队里的干部，你怎么就不为我想一想呢？”

徐熙霞见李云鹏心里有气，知道一时半时说不了他，就同办公室里的同志打了声招呼，然后，带着李云鹏回招待所去了。李云鹏跟在徐熙霞的后面，一路上撅着嘴一句话也不说。

徐熙霞刚调入县城，暂时还没有分配房子，组织部把她和另外一个女干部安排在政府招待所的同一个房间里。

这天偏不凑巧，同室的那个女干部感冒发烧，请了假没有去上班，正躺在床上看书。见屋里来了客人，只得勉强起身打个招呼。这种场面实在是尴尬，走了半天路的李云鹏进到屋里坐也不是，站也不是，正不知道怎样办。好在那位女同志很客气，听徐熙霞介绍李云鹏是她家的那口子，忙起了床，把房子让了出来，自己出去了。

徐熙霞对李云鹏说："你看，这影响多不好，把一个病号赶了出去，外人会怎样看咱们？"

李云鹏没好气地骂道："当他妈的啥干部，连个 XX 的地方都没有，还不如回家种地。"

徐熙霞让李云鹏坐在床边上，然后，倒了一杯水递给他说："住这里是暂时的，现在政府有困难，腾不出房子来，等过一段时间就好了。"

李云鹏喝了两口水，心情好了一些，他看了看这个约莫十来个平米的房间，两张单人床对面放着，中间有一张桌子，桌角左边有一摞书和一个笔筒，右边斜放着一个椭圆形的镜子，看起来这张桌子是多用的，学习、梳妆、吃饭都在这上面。进门的地方，有一个脸盆架，上面、下面放的都是盆，紧靠着脸盆架，有一个青砖支的台子，上面放着暖水瓶。

李云鹏问："那你们的换洗衣服放哪呢？"

徐熙霞笑了笑，轻轻地掀起耷拉下来的床单说："都在这里。"

李援朝伸头一看，还是在公社用的那个没有刷漆的白茬桐木箱子，两双换洗的鞋放在箱子的一边。"这也太简单了吧。"李援朝说。

"慢慢来，这只是暂时的，以后条件会好一些。"徐熙霞说着，拉开桌子上的抽屉，拿出一包吃了一半的饼干递给李云鹏，先吃一点垫垫坎。又问道："孩子好吗？你要是把孩子带来多好哇，也让我看一看长大了没有，真是想他了。"

"就知道想儿子，心里就没有老公？"李云鹏嚼着饼干，一说话，粉末喷了一桌子。

徐熙霞斜了他一眼，“你就不怕噎死了，吃着东西嘴还占不住。”

李云鹏喝了一口水，又看了看对面的床问：“她结婚没有啊？”

“噢，你问小余啊？人家还是姑娘呢，是大学生，外地分来的。”徐熙霞说。

“怪不得桌上堆这么多书呢，原来是大学生。那她有没有对象啊？”李云鹏问。

“问那么多干什么？你是九里沟地保啊。”徐熙霞不高兴地说。

李云鹏吃完了半包饼干，去脸盆架拿毛巾擦了嘴，顺手关上了门。徐熙霞说：“大热天的，关门干什么。”

李云鹏皮笑肉不笑地凑到徐熙霞身边，“干这种事，敞着门怎么能行。”说着就过去把徐熙霞抱在怀里。徐熙霞嘴里嚷着说不行，身体早就软了下来，半推半就地顺从了他。等完了事，徐熙霞一边提裤子一边骂道：“你这个不要脸的东西，大白天的，窗帘还没关呢。”

李云鹏嘻嘻地笑道：“那有什么关系，有谁这么无聊来看这种事情啊。”

徐熙霞刮了一下李云鹏的鼻子，“你的脸比城墙还厚。”

李云鹏带着徐熙霞一个月的工资回家了，鬼不缠听说徐熙霞长了工资，每月领四十多块钱，就对儿子说：“云鹏啊，你媳妇每月领那么多的钱，咱把房子修一修好不好？”

李云鹏说：“爹，咱这房子才没盖几年，哪用着修啊。”

鬼不缠说：“咱李家从来和别人不一样，不信问你娘，过去我们家怎么样。”

花喜鹊领着小狗子，瞟了一眼鬼不缠说：“还提那些干什么呢，过去，你不就是个挑担子的货郎……”

鬼不缠插断老婆的话，说：“从前，你娘哪下过地，爹照样让她有吃有穿。”

花喜鹊说：“虽然是那样，可那些年月总觉得心里不踏实，哪有现在好啊。谁也不靠，凭劳动吃饭，我才不想过那种寄生虫的生活呢。”

李云鹏说：“我娘觉悟高，哪像你那样自私，不然她怎么能当上大队干部呢。”

鬼不缠骂道："你这个不知好歹的东西，你们小的时候，若不是我搞点小自由，还不知道现在还有没有你呢。如今翅膀硬了，反倒说我自私。"

"爹，又没有说你别的，看你那模样，别生气啊。"李云鹏说。

"我没生气，只是想让你把钱拿点出来，咱们把房子改造改造。"鬼不缠又提起了房子。

李云鹏说："您想把房子改造成什么样啊？"

"我想在临河铺打造第一家金镶玉的屋顶。"鬼不缠说。

花喜鹊问："什么是金镶玉屋顶啊？"

鬼不缠见老婆搭茬了，兴致勃勃地说开了，"我走南闯北这么些年，真正喜欢的是'知天命'盖的那片房子，气魄啊，看着它比吃两碗红烧肉还过瘾。"

李云鹏说："您说说它怎么个气魄法，让我们大家听听。"

"人家那房子高大且不说，关键是它的顶部，中心是红瓦，四周是淮草，那红通通的瓦房，在太阳下面，特别显眼，几里地开外都能看得到。"鬼不缠说起房子来，眼睛闪着光，特别来劲。

李云鹏低下了头，"咱怎么能盖得起那样的房子啊，眼下住的这房子，若不是大队帮助，咱也盖不起呀。"

鬼不缠说："咱这房子的基础已经有了，虽说比不上人家的那样高大，但买些红瓦总是可以的，咱们在临河铺开个头，做个金镶玉的屋顶，你说行不行。"

李云鹏说："行倒是行，关键是咱大队以前没有人见过，金镶玉怎么个镶啊？需要多少瓦，你算计一下，我看看熙霞给的钱够不够用。"

鬼不缠听儿子同意了，高兴的差点没跳起来。"好。儿子，你就看我的吧。"

鬼不缠私下又找了"知天命"，先恭维他算命算得准，然后，又夸奖他房子盖得好，直到把"知天命"盖房子的技巧全部套出来之后，才回了家。

临河铺的第一家"金镶玉"房顶落成了，果然，这件事在当地非同凡响，引起了很多人的关注。除了本大队的社员群众，周围十里八里的人也有来看新房子的。

李有福赞美金镶玉屋顶好，他对鬼不缠说："好哇你个李同豪，看不出来，你还真有两把牙刷子。把这房顶做的太漂亮了。除了好看，还结实耐用。这房顶在咱临河铺可算是具有划时代的意义的了。从今往后，无论谁盖新房，都得盖成像你这样的，要不然就不允许盖。"

第二十二章　陈凌子春心萌动　莫云云遇难而退

冬冬、云云在家休息了两天，马春兰听父亲说水稻虫情严重，社员们这几天在集中捉虫，就让冬冬、云云下地去和社员群众一起捉虫，顺便体会一下群众生活的疾苦。云云说："妈，我们好不容易回来一趟，你就让我们和姥姥、姥爷亲热亲热，这么大热的天，下什么地呀？"

冬冬反对说："我赞成妈妈的意见，到生产第一线去感受一下劳动的快乐。"

云云说："我不去，我怕虫。"

马春兰说："云云，你和哥哥的思想境界有差距啊，你哥说的对，劳动虽然辛苦，但劳动是快乐的。越是天热，越能锻炼人的意志。你同哥哥一块去参加集体生产劳动，不要再犟嘴了。"

马世轩看着细皮嫩肉的外甥女说："你妈说得对，锻炼锻炼有好处。稻苞虫是生长在稻叶子上面的，下地时，带根柳条子，看看别人怎样做，一眼就学会了。"

吃罢早饭，冬冬穿了件苹果绿色的背心，云云头戴着一顶大草帽，他们每人拿了根柳条和社员们一起下地去了。渠外的水稻已经长得齐腰深，一片葱绿的景色，十分养眼。冬冬不断地感叹着乡间气息的甜美，偶尔还哼上两句歌曲。云云不太情愿地跟在冬冬的身后，她听说稻田里有吸血虫，有点儿害怕，心里打着鼓。

李有福见冬冬、云云也下地干活了，就走过去说："冬冬，为什么不戴上草帽啊？太阳毒着呢，像你这样没有下过地的人，一天下来就要脱皮。”

冬冬笑嘻嘻地说：“李书记，我不怕，就是要晒晒身上沾染的小资产阶级思想。”

到了田边，社员们一个个都捋起了裤腿下到田里去了。李有福也拿着根柳条，一边示范，一边对冬冬、云云说：“捉虫很简单，没有什么要领，就是用树条把虫苞子挑开，让虫掉到田里淹死就行了。不过，你们一定要记住我的话，干一会儿，就上来歇歇，把脚洗干净，免得沤烂了脚。”

冬冬、云云像其他人一样，下到田里，开始干起活来。冬冬觉得一切都很新鲜、很刺激，干活时两眼还不断地四下张望着。云云则把衣服袖子扎得紧紧的，聚精会神地把一个个虫苞子挑开。

稻田里的水有点烫脚，云云觉得脚丫子有些发痒，对冬冬说：“哥，李书记说，干一会儿就休息，免得沤坏了脚。”

冬冬看了田间其他干活的社员们，没有一个人休息。于是对云云说：“别人都在干活，等大家休息了，咱们再休息吧。”

兄妹俩继续干活，忽然间，云云惊叫起来，“哥，哥，你快过来，快呀，我腿上有一只马鳖。”

云云紧张得声音都变了，红通通的脸上挂满了汗珠。冬冬走过去抓住马鳖使劲往外拽，云云疼的直叫。李有福在一边喊道：“不要拽，用手拍拍就掉了。”

冬冬松开手，使劲地在妹妹的腿上拍了几个巴掌，那只吸饱了血的马鳖掉了。云云匆匆忙忙地跑到了田埂上，不敢再下田了。

云云洗净了脚，穿上凉鞋，翻过大堤来到月牙河边，她选择了一块干净的洗衣石，刚坐下，又龇牙咧嘴地站了起来，那石头太烫了，根本就无法坐。她用手不断地往洗衣石上撩水，然后，取下脖子上的毛巾把石头擦干，又晾了一会儿，这才慢慢地坐在上面。

太阳火辣辣的悬在头上，周围到处热浪滚滚，就连河边的风也是热风。汗不停地从云云的面颊上流下来，她松了松项下草帽的带子，转过身，把两只脚放到了河水里。咦，真舒服。想不到这河水是如此的凉爽，不比那秧田里的水烫死人。清泠泠的河水很快逼走了云云的暑气，她先洗了把脸，搓了毛巾，然后把两腿在河水里尽情地摆弄着，那美滋滋的感觉别提有多么的惬意。云云玩着水，早把稻田里捉虫的事忘了，直到大田那边的人在嘈杂声中过来了，她才想起干活的事情。

捕虫的社员们，翻过田埂直奔河边，好像事先安排好了似的，男人们都到了河湾处洗澡去了，大姑娘小媳妇们则争先恐后地抢占有利的地方，河边能坐人的石头早被人们一抢而光。

冬冬脸晒得通红，连胳膊也是红的。他没有和那些男人们一块去下河洗澡，见云云坐在河边的石头上，他也凑了过来。

云云让出了半边石头让冬冬坐，看着他胳膊上被稻叶划得一道道血痕，问："哥，看你这胳膊，疼吗？"

"不疼。"冬冬没有坐，他站在妹妹身边的水中，把头放在水里洗了洗，然后又洗胳膊。

云云把他拉在身边坐下说："歇会儿，等他们走了，我们就回家去，别再下田了。"

冬冬坐下了，双腿在水中扑腾着水说："废话，那不成了逃兵了。别人能干，我也能坚持。"

云云瞪了他一眼说："谁说你不能坚持了，我是说，咱们又不是社员，干一会儿，意思到就行了，和谁争强呢。"

冬冬把眼光转向不远处的女人堆里，一眼就看到陈凌子和王小雅也在戏水，便把眼光停留在凌子身上，心不在焉地对云云说："你要是感觉累就先回去吧。"

"哥，我不是怕累，我再也不敢下田了，我怕马鳖。"云云说。

"不光是你怕，谁不怕呢？关键是要学会坚持，要勇敢。"冬冬说。

对面的陈凌子也看到了冬冬他们，她对表姐说："你看，那就是从城里来的……"

王小雅往对面瞟了一眼说："少见多怪，谁没见过城里人哪。不过这兄妹俩看上去确实惹眼。"

"表姐，你在城市里待过，你要说惹眼，那肯定是不错了。"陈凌子说。

王小雅盯着表妹说："凌子，你在想些什么呀？错不错与我们有关系吗？"

陈凌子被表姐盯得有些不好意思了，低下头说："城里的人都喜欢穿颜色鲜艳的衣服是吧？不过，你和表哥怎么不喜欢穿大红大绿的啊？"

王小雅笑笑说："鬼丫头，观察生活还挺仔细呢。我们和他们不一样，我们是从农村出去的，所以回来后还要保持农村人的形象，这就叫入乡随俗。他们就不一样了，从小就在城市生活，是地地道道的城里人。"

陈凌子羡慕地说："城里人真好，想穿什么就穿什么，男人也能穿这样鲜艳的衣服，要是咱农村也能这样穿多好啊。"

王小雅说："农村人穿这也没什么不可以的。"

陈凌子说："农村人要这样穿，别人还不戳破他的脊梁骨才怪呢。"

王小雅突然压低声音对陈凌子说："你看，他们在看我们呢。"

陈凌子往对面一看，目光正好和冬冬交织在一起，她连忙把脸转向一边，心里突突地跳了起来。王小雅看出陈凌子的心思，偷偷问道："凌子，你喜欢那个叫冬冬的吗？"

陈凌子脸顿时变得像猪肝一样红，用手捣了一下表姐说："你胡说什么呀，我哪有哇。"

王小雅说："还骗我呢，你的那点小心思能糊弄了谁呢？"

陈凌子无语了，她把手放进水里轻轻地摆弄着。王小雅嘻嘻地笑着在她耳旁说："被我说中了吧。不过人家是城里人，只是回来探亲，过几天就走了，喜欢他又有什么用呢。"

王小雅这样一说，陈凌子感觉像喝了一碗冰水，心里凉冰冰的。她自己也不知道为什么，就见过冬冬两次，连话都没有搭上一句，怎么就把他放在心上了。

陈凌子停了一会儿才对表姐说："我只是看他行为比较奇怪，穿着打扮也和咱农村人不一样，怎么可能喜欢上他呢？"

王小雅说："仅有这种好奇心也就算了，可千万不能产生别的想法哦，要不然，得了病可了不得。"

陈凌子被表姐说的有些晕了，"得病，得什么病啊？"

王小雅咯咯地笑道："相思病呗。"说着用手指在陈凌子的鼻梁上刮了一下。

社员们陆续开始干活去了，云云把洗净的鞋放在石头上晾干，然后穿在脚上，一个人自由自在地回家去了。

马春兰很诧异，问女儿说："别人都在田里劳动，你怎么回来了？"

云云不乐意地回答道："妈，今天都把我吓死了，稻田里马鳖厉害得很，你看……"说着，云云捋起了裤脚，把腿上吸盘留下的痕迹给马春兰看。

马春兰淡淡地说："那有什么值得大惊小怪的，在农田干活，这是很经常的事，哪个人一天不被马鳖叮上好几次呢。"

云云皱着眉头说："跟你说也白说，你都没有看见，那东西吸在我腿上，哥拽都拽不掉，疼死我了，我再也不敢下田了，我害怕。"

马春兰说："知道为什么让你去参加劳动锻炼吗？就是因为你胆小、害怕吃苦。妈妈像你这么大的时候已经参加革命了，那是在枪林弹雨中生存，下稻田能和打仗相比吗？"

"妈，你怎么老是提你那时候的事情呀，那是什么年代，我们现在是什么年代呀。"云云顶撞道。

"无论什么年代，都不能忘记革命的本钱。冬冬就比你强，他也是年轻人，怎么就能坚持呢？"马春兰说。

云云嘴撅得可以挂个油瓶，"他是男同志，我怎么能和他比呀。"她强词夺理说。

马刘氏拿着纳的鞋底从里屋里出来搭话道："孩子害怕那是自然的，别说云云，我都下了大半辈子田了，看见马鳖还瘆得慌呢。孩子得慢慢适应，今天第一次干农活，能下田就不错了。"

云云坐在桌子旁，把脚翘在桌下面的横条上，轻轻地摇着。听姥姥这么一说，就紧跟着说："姥姥都说了，她还害怕呢。"

马春兰见母亲和云云一唱一和地说，心里更是来了气，说："娘，教育孩子可是件大事，你怎么老是护着孩子，这样娇惯她可不行。"

马刘氏一不小心，手被针扎了一下，马春兰走过去，见母亲挤出了一滴鲜血，问道："疼吧？都怪云云。"她又转身对女儿说："姥姥不是为了你，怎么能扎着手呢？"

云云说："妈，你讲不讲理呀，是你让姥姥生气了，怎么能怪我呢？"

马刘氏把纳鞋的线绕在底子上，走到云云身边说："让我看看，噢，还流着血呢，疼不疼呀？"

云云挤着流着血浆的伤口说："不疼了，不过痒得很。姥姥，她们说马鳖是寄生虫，能顺着血管钻到人的血管里，然后，在人体内繁殖后代，粗腿病就是因为马鳖造成的。是这样吗？"

马刘氏也弄不清这话是真是假，反正群众都这样说。她点点头说："是呀，那东西可能活了，你就是把它剁成七八段，它也死不了。"

"真的呀？太厉害了，那对它没办法吗？"云云好奇地问。

"有。你没听说过呀，马鳖那东西是'不怕干，不怕淹，就怕放牛娃猛一翻。"马刘氏说。

云云高兴了，拉着姥姥的手说："姥姥，怎么个猛一翻啊？"

这时，马世轩带着小谷子、小油菜和小豆子回来了，小谷子提着柳筐，里面是爷爷捞的田螺还有小鱼小虾。

云云走过去，看着筐里的田螺问："姥爷，弄这些东西干什么呀。"

马世轩说："没有吃过吧，你妈小时候最喜欢吃这些东西呢。"

马春兰也走过来，用手拿起一只大田螺兴奋地说："爹，怎么捞这么多呀，好久没有吃这东西了，太想吃了。"

马刘氏说："你爹昨晚里念叨了半夜，说你喜欢吃田螺，今天一亮，就带着小谷子他们去河边了。"

马春兰愧疚地马世轩说："爹，您这么大的年纪了，还在想着我喜欢吃什么，真是难为您了。"

云云说："妈，姥爷对你多好哇，你就不能对我好些吗？"

马春兰说："你这孩子，妈对你怎么不好了？要求严就是为你好。"

云云努努嘴，把眉毛扬得高高的说："还说对我好呢，我腿上流了那么多的血，你看都不看一眼，万一马鳖钻到腿里了怎么办？"

马春兰说："谁说马鳖能钻到腿里去呢，喝饱了血，它自己就掉了。别听她们胡说。"

云云说："姥姥也是这样说的。"

马春兰说："你姥姥没有文化，难道你也没有文化？"

云云说："我看见大队里就有粗腿的人，那怎么解释？"

马春兰说："那是血吸虫病，血吸虫不是马鳖你懂不懂？"

云云说："血吸虫就是吸血的，不是马鳖是什么？你见过血吸虫了吗？"

马春兰真没有见过血吸虫，只是听说过吸虫病，至于吸虫病是怎么一回事她自己也弄不清楚。马春兰还想说什么，这时，蓝叶萱和冬冬收工工回来了。

第二十三章　王小雅患难之中见真情
莫冬冬夜观牛郎织女星

从李苏信中得知王小雅回到临河铺的消息，这让李援朝吃了一惊，她不是已经结了婚定居北京了吗？为什么回临河铺？难道她离婚了？李援朝弄不清王小雅发生了什么状况，思来想去，他把上次退回去的那本小说从抽屉里拿了出来，没有撕去原包装，只是又多包了一层封面，重新写了地址，寄往临河铺。他想，王小雅收到这本书，一定会给他个说法。

临河铺人有一个习惯，就是夏天在田里干完活，男人们都要下河去洗洗澡，家里不是特别忙的女人，也都到河边去洗洗脸涮涮脚，除除身上的汗臭。这天，王小雅和那些姑娘们从河边上来，天色已经有些黑了，王小雅把草帽子拿在手里不断地摇着，陈凌子勾着王小雅的手往回走，王小雅推开陈凌子说："热死了，别老缠着人好不好？"

陈凌子这边松开了手，那边又去搭表姐的肩。王小雅急了，喝道："你都多大了呀，怎么还孩子气的？赶快把手放开。"

陈凌子嗲声嗲气地说："表姐，现在就数你最疼我了，就让我亲热亲热吧。"

王小雅拿开表妹的手说："你肯定是得了皮肤饥渴症，看来得赶紧给你找个好人家，嫁出去算了。"

陈凌子嘿嘿地笑道："哪有大麦不熟小麦熟的道理，要嫁也得等表姐先嫁呀。"

二人正说笑，花喜鹊从后面追了过来，"王小雅，大队部里有你一本书。”

“书？”王小雅楞了一下。

“邮局送过来的。”花喜鹊说。

在临河铺谁会给她寄书啊，难道是大哥？不会。要是大哥寄书一定是寄给二哥收。王小雅心里想着，加快了脚步。

陈凌子跟在后面俏皮地说：“慌什么呢，迟早还不是要收到的，又没谁抢你的。我猜肯定是什么相好的人寄来的。”

王小雅转身揪了表妹一把，“你天天都想些什么呀，回去我就告诉你大姑，让她打听着有没有合适的对象，给你寻个婆家，要不然，急出什么毛病了咋办？”

陈凌子知道表姐说的“什么病”指的是相思病，上前拉着表姐的手，道：“表姐，有好的，还是先考虑自己吧，俺还小着呢。”

王小雅说：“小什么呀，人小心可不小。”

陈凌子没有理会表姐，又说：“邮件会不会是李援朝寄来的吧？”

“胡说，他怎么知道我在临河铺呢，估计会是大哥寄来的。”说着就来到了大队部，王小雅进了办公室，拉开大队放置信件的抽屉，果然里面有一本书。王小雅一眼就看出是李援朝的笔迹，心里怦怦地跳了起来。

陈凌子已经看出表姐收到的不是一般人的东西，要不然她不会显得那样激动。“表姐，是谁寄来的呀？”陈凌子问。

王小雅有些不好意思地在表妹额头上摁了一下，“你个鬼灵精，算你说对了，这还真是李援朝寄来的东西。”

“赶快打开看看呀。”陈凌子急不可耐地催促着。

王小雅一点一点地撕开包装，只见里面还有一层封皮，陈凌子说：“什么宝贝呀，包了一层又一层的，这里面一定有秘密。”

王小雅站住了，看着封皮上写着她原来所在工厂的地名，下面又有一行字，此地查无此人。她明白这本书是寄到北京被退回去后，经过重新包装这才寄到这里的。王小雅有些感动了，这是她离开北京后收到的唯一包裹，无论李援朝是怎样想的，作为一个有地位的人在她落魄时还这样对她，实在是难得的很。王小雅鼻子酸酸的只想流眼泪。

“这本书寄到北京时，我已经离开那里了，这是他第一次邮递时写的地址。”王小雅指着封面上的字迹说。

“李援朝还真是一个用心的人，他怎么就知道你回临河铺了呢？”陈凌子好奇地问。

“是呀。我也不知道他是怎么知道的。”王小雅又撕开了第二层包装纸。

陈凌子凑上前问道：“什么书啊？”

“牛虻。”这是一本已经被人翻旧了的书，王小雅知道这是一本被称为“毒草”的禁书，许多年轻人都看过了。因为自己家庭的历史问题，她很想从别人那借来看看，但是担心自己的身世，没有敢向别人张嘴。

“流氓？还有这样的书啊。”陈凌子问。

“不是流氓，是牛虻。”王小雅解释说。

“噢，我知道了，你说的是牛虻虫，专叮牛血的那种大苍蝇。”陈凌子说。

“什么大苍蝇呀，这是一本外国的书，讲的是一个追求革命的爱国英雄。”王小雅说。

“你还没有看，怎么知道讲的是什么啊？”陈凌子好奇的问道。

王小雅把《牛虻》又装进了包封里面，心里琢磨着，李援朝心真细，还是几年前，她曾经问过他，能不能借到《牛虻》这本书，想不到他到现在他还把这件事记在心里。

陈凌子见表姐没有回答自己的话，又说：“这李援朝也真抠门，为什么不买一本新的，这本书这么旧了还往这里寄。”

王小雅说：“你不知道，这是本‘禁书’，市场上是买不到的，能找到这本旧书就已经很不错了。”

陈凌子吃惊地看着表姐，在她心里，看“禁书”就好像是反革命。“表姐，李援朝不是大官吗，怎么能做这种事情啊？”

王小雅说：“虽说是‘禁书’，可青年人都喜欢看，牛虻是一个像保尔一样的热血青年。”

陈凌子说：“我从没有听说过《牛虻》这本书，我们学校里的同学都喜欢看手抄本《三下南京》和《一双绣花鞋》那样的小说，特刺激。”

“不用说了，你一定读过手抄本《少女之心》。”王小雅说着瞅了表妹一眼。

陈凌子说：“没有。不过我们学校有人看过，后来有同学揭发了，那些看过书的人都受到了处分。”

说着话就到了家门口，王小雅说：“李援朝寄书这件事，除了你自己知道，千万不要对任何人说，包括二哥，知道吗？”

“为什么呀？”陈凌子疑惑地问。

“不让你说你就别说，听到没有？”王小雅把眼睛瞪得杏仁似的。

陈凌子瘪了瘪嘴说：“不说不就行了嘛，看你把眼睛瞪的，吓死人了。”

王小雅把书背在身后，和陈凌子悄悄地溜到到后院自己房间里去了。

冬冬干了两天田里的活，胳膊、背上晒脱了一层皮，睡觉时挨着席子就发烧流火的疼，他只好趴在床上休息。天气又闷又热，蚊子还不断地在耳边嗡嗡地飞。实在睡不着，他就把席子拉到院子里，一边摇着扇子，一边数着星星。

外面空气稍好一些，多少有点风，不那么闷了。冬冬坐在席子上，听着屋里也有扇扇子的声音，他知道母亲还没有睡着。远处隐隐约约地传来了雷声，他抬头看看天，满天的星星，没有一丝的云，银河已经偏移了，牛郎、织女星依然在两岸遥遥相望。冬冬全没有一点睡意，他想起小时候母亲给他讲的牛郎织女的故事。

一阵沙沙的脚步声，母亲手里拿把芭蕉扇从屋里出来了。“怎么还没睡呀？干了一天的活，你不困吗？”母亲轻轻地问。

冬冬说：“不困，妈，您怎么也没睡呀，是不是蚊虫咬得睡不着啊？”

马春兰说：“妈什么样的苦没有吃过，蚊虫对妈算不了什么，我担心的是你和云云。”

“妈，我和云云不就是来接受锻炼的吗，我能受得了，只是妹妹，这么热的天，她还把头蒙起来睡，也不怕捂坏了。”冬冬说。

“云云比不上你能吃苦，昨天，她把裤腿捋起了让我看，腿上全是蚊子叮的红点点和挠破的血痕。”马春兰说。

“她也算不错了，从小到大哪吃过苦哇。”冬冬说。

马春兰坐在席的角上，娘俩扇着扇子。马春兰问：“身上疼吗？看你晒得身上像碳一样黑，皮都脱了。明天休息一天就不要下田了。”

冬冬接过母亲的扇子，一边给母亲扇着，一边说：“用不着休息，虽然有点疼，不过再坚持两天就挺过去了。妈，你去休息吧。”

马春兰站起来，说：“别在外面待的太长了，虽说天气热，毕竟已经立过秋了，夜晚露水大，容易着凉。”

冬冬终于睡着了，而且睡得很熟，直到蝇子在他脸上不断地爬来爬去，他才从梦中睡醒。一阵冲人的酱豆味从厨房窜出来，刺激的他嗓眼直痒痒。原来马刘氏已经烙好了锅坎馍，正在炒辣椒酱。冬冬爬起来，卷起席子，把头伸进厨房里说：“姥姥，您炒得真香，我来帮您烧锅。”

“不用了，已经炒好了。”马刘氏满身是汗，把炒好的酱豆往碟子里铲。

冬冬把席子放进屋里，舀了瓢水洗净了手，来到厨房对姥姥说：“您怎么不叫我啊，这会儿别人该收工了吧。”冬冬说。

“这两天你都累坏了，歇歇吧，吃罢饭再去。”马刘氏说。

冬冬到屋里拉开饭桌，又帮着姥姥端菜盛饭。马刘氏说：“你去涮洗吧，这里我自己就行了。”

蓝叶萱从外面回来了，问：“冬冬，睡得怎么样啊？没见谁睡得这么沉过，大水淌跑了都不知道。

“舅母，您早上叫我了？”冬冬问。

“嗓子没喊破啊，你姥姥看你睡得香，说你太累了，所以我们就丢下你走了。”蓝叶萱说。

冬冬挠了挠头，“我睡的那么沉呀，怎么一点都不知道呢？”

蓝叶萱说：“今早，我们大田里的活结束了，剩下一些杂活也都已经分了，那些活你干不了，今天就在家里歇着，有合适的活再叫你。”

冬冬说：“什么活我干不了啊？我有的是力气。”

蓝叶萱说：“光有力气不行，他们干得都是技术活。像木工、瓦匠之类的。”

冬冬听说是技术活，只好不再说什么了。蓝叶萱洗梳毕，一家人坐在一块吃早饭，云云说：“舅母，别人都没有脱皮，我哥怎么就晒脱皮了？”

蓝叶萱说：“我们在太阳下晒习惯了，你哥没干过活，细皮嫩肉的哪能经得起伏天的太阳啊。”

“我说让他穿上长袖衣服下田，他偏不听，你看他这膀子晒烂了不说，黑的像个乌鱼，看着都让人恶心。”云云说。

蓝叶萱说：“过两天就好了，黑怕什么，健康啊。”

吃了饭，云云要去刷碗，被马刘氏挡住了。“去歇会儿吧，这厨房里热，一动就是一身汗。”

云云转过身对冬冬说：“舅母说田里没活了，今天你教我下棋好吗？”

冬冬说：“你不是不喜欢下棋吗，怎么突然想起下棋来了？”

“这里没有什么好玩的，我着急。你今天又不下地，就教教我好吧？”云云哀求道。

冬冬想了想说：“教你也行，不过有个条件，你要是答应了，我就教你。”

云云看了看哥哥问：“什么条件呀，该不会是让我洗衣服吧？”

“别管什么条件，先说答不答应，如果不答应，我现在就去河边钓鱼。”冬冬说着就要去拿鱼竿。

云云忙说：“答应，你说吧，我答应了。”

第二十四章　陈凌子月下散心　莫冬冬言不由衷

回到家里，王小雅把《牛虻》打开，从头到尾翻了好几遍，她几乎是一页一页的找，没有发现李援朝写的只言片语。她心里纳闷，既然他已经知道自己回老家了，为什么连问都不问一声呢？想到这些，王小雅不免有些自嘲，这种比普通关系还要淡漠的交往，他为什么要问这些呢？可是，自己也想不清楚，心里为什么会总想让他知道自己还没有结婚。

王小雅也有自己的尊严，并不是因为现在李援朝当了大官，或者说自己现在的处境很落魄，才对他产生了什么想法。虽是这样，心里还是免不了有些杂念，因为，李援朝是对她最好的男人之一。

王小雅对李援朝的看法一直很矛盾。不知道李援朝是真喜欢她，还是另有图谋。奶奶说李援朝心术不正，故意接近她是为了报复。母亲也让她离李援朝远点。所以，这些年来，她既感激李援朝对她的帮助，又对他保持着警惕。

如今又分开几年了，到底李援朝是怎么想的王小雅不清楚，会不会是因为他地位高了，故意做这些姿态给自己看，让自己后悔过去那些事？想到这些，她不知道该怎么给他回信。

晚上，王小雅洗了澡，老早就上了床，一边扇着芭蕉扇，一边对着油灯看那本翻得有些旧了的《牛虻》。陈凌子从外面进屋说："表姐，你就不怕热啊，外面月亮很好，咱们出去走走，凉凉风吧。"

王小雅看也没看表妹，懒懒地说："我今天累了，想歇一歇，你和二哥一块出去吧。"

陈凌子说："你不去就算了，怎么让我和他一块去呢？我才不呢，你要不去，我就自己去。"

王小雅说："那你别走远，就在家门口遛遛就行了。"

陈凌子心想，我又不是驴马，怎么就叫遛遛？哼，表姐一定是因为收到了李援朝的信，这会儿又开始思春了。不去也罢，一个人图个自在。她撅着嘴，踢踢踏踏地出门去了。

门外，月亮已经挂在了树梢，远处的大树和近处的房屋都是朦朦胧胧的，说看得见，也看得见；说看不清，又有些模糊。虽说是夜晚，但处处都能听见人们的话语声。陈凌子心里清楚，这些村子里面说话的一般都是中老年人，年轻人喜欢到麦场上去，那里没有遮挡，自然风要比扇扇子舒服得多，而且蚊子也相对少一些。陈凌子一直都想去那儿看看，可是表姐不让她去，现在，正好趁表姐不在，她可以去看看了。麦场在村子之外只有百步之遥，出了村口向南，翻过宅沟，穿过自留地就到了。

麦场里果然热闹，远远地就能听到青年人爽朗说笑，儿童们肆无忌惮的叫骂，还有婴儿哇哇的啼哭声。麦场上简直就是临河铺人的乐园。陈凌子来到麦场边，就听到有人和她打招呼："哟，是凌子呀，你怎么也来了？"

陈凌子一听就知道是马晓萍，她带着三个孩子正坐在席上玩耍。"屋里太热，出来走走。"陈凌子见孩子们正闹着马晓萍，又说："晓萍姐，大龙哥怎么没有来啊？"

"他呀，不喜欢这里人多。"说罢，马晓萍赶紧看了看周围的人，接着声音小了一些，说："我们不在这里过夜，大龙说，秋天的露水重，会使人生病。过一会，他就来接我们回去。"

陈凌子站在麦场的边上和马晓萍闲聊了几句，她注意到了麦场上凉风人群的分布。东面是小伙子，多是未成年的青少年。中间是她现在站的地方，这里是青年夫妇带孩子们的玩的地方，西边才是姑娘们待的去处。当然，那里也多是些十五岁以下的小姑娘，像陈凌子这样超过十七岁的女孩，几乎就没有了。陈凌子在麦场边转悠了半圈，觉得找不到说话的对象，就趁着月色沿着麦场边的大路往南边走去。

月光如水。脚下的路和月色一样是洁白的。远方的树，像是一朵朵大个儿的蘑菇，静静地站在那里纹丝不动。周边很寂静，听不到一点响声。只有远处的稻田里，偶尔传来一阵嘎嘎的蛙鸣。

月光是明亮的，也是朦胧的。周围的一切似乎能看得见，却又看不清。陈凌子漫步上了特渠，找了一个干净的地方坐了下来。眼光由近而远，最后停留在那片黑乎乎的村庄上。她的心好像被什么触动了一下，忽然想起表姐收到李援朝寄的书。她知道表姐今天不愿意出门，或许是在给他写信。陈凌子从没有认真考虑过个人的问题，因为表哥、表姐都大她几岁，眼下都还没有对象，相比来说，自己还小着呢。

陈凌子很单纯，她不像表姐那样有自己的想法，什么国家前途呀，个人命运呀，这些看不见摸不着的东西对陈凌子来说都是虚无缥缈的。她和别的农家少女一样，最多只是想，到了出嫁的年龄，找个好一点的婆家，为他们生儿育女传宗接代也就罢了。

一想起个人问题，陈凌子不免有些伤感，爹娘都去了，剩下她孤独一人背井离乡来投奔姑妈，而姑妈又是一个没有主见的人，大事小事全听那个老太婆的，看起来将来自己的终身大事肯定是由那老太婆决定。

陈凌子清楚姑妈是怎样想的。不过，她和表哥几乎是完全不可能的事情，虽说二表哥待她很好，她也喜欢二表哥，那毕竟是兄妹之间的感情。即使表哥也有那种想法，就那老太婆从中作梗，恐怕也成不了事。

陈凌子总想见到莫冬冬。不知道为什么，自从莫冬冬到了临河铺，她心情就开始好起来。过去她盼着收工，现在却盼着上工。在大田里劳动，哪怕是离他再远，只要能看上他一眼，心里就觉得美滋滋的。陈凌子对莫冬冬并没有什么非分之想，就像表姐说的那样，人家是城里人，来临河铺只是探亲，过不几天人家就走了。再说，城里人哪能看上自己这乡巴佬呢。

特渠那边隐隐约约传来了行人的脚步声，陈凌子抬起头，果然有人走过来了，深更半夜的，有谁像她一样傻乎乎地坐在水渠上想心事呢。脚步的声音越来越近，陈凌子有些紧张，她忙站了起来，打算赶紧离开。远处的人转过九十度的弯从河沿上了特渠，出现在陈凌子的视线内。陈凌子见过来的是两个人，而且听到有女人说话的声音，就放下心来。陈凌子抬步刚走两步，就听到一个男人问："是陈凌子姑娘吧？"

陈凌子站住了，对面讲话的人说的是普通话，声音是那样陌生。在乡下，人们是不喜欢用姑娘这样的字眼称呼的。又听对面女子咯咯地笑道："凌子，你怎么一个人在这里呀？"

陈凌子看清楚了，是莫冬冬和莫云云兄妹俩。虽说陈凌子和他们碰过几面，却从来没有和他们讲过话。她心里扑腾扑腾地跳起来，心想，啥事都这么巧啊，他们怎么也到这里来了呢。"屋里热，出来凉凉风。"陈凌子说。

莫云云又问："一个人出来不害怕吗？"

陈凌子摇摇头说："平时我和表姐一块，今天她不舒服，所以就一个人出来了。"

莫冬冬打趣道："今晚月色真好。一个美丽的姑娘，独自徜徉在月光下，多么富有诗情画意呀。”

陈凌子脸上有些发烧，好在是月光下，容易掩饰，她莞尔一笑问：“莫大哥，你说话比俺老师诵诗还好听。可俺这乡下土妹子，没你形容的那么好。你兄妹俩才和这美丽的夜色般配呢。”

“凌子你可真会说话。我哥常说，乡下的姑娘朴实无华，特别美丽，和城里的女孩相比，纯洁得像……”莫云云找不到词了，嘻嘻地笑了一下，接着说：“像月光一样。”

莫冬冬说：“凌子，你看上去不像是农村的姑娘，和临河铺的姑娘不一样。”

陈凌子有些惊讶，自己是一个地地道道的农村人，怎么就同她们不一样了呢？她好奇地问：“莫大哥，我哪里和她们不一样啊？只是我不是在临河铺长大的就是了。”

“我也说不上来，反正总觉得你吧，清新脱俗，有气质。”莫冬冬说。

陈凌子这会儿真想开溜，生怕自己说不好话，破坏了这美好的氛围。但她舍不得离开，好不容易碰上了这样的机会，怎么能说走就走呢。她心里矛盾，嘴上却说：“谢谢莫大哥的夸奖，其实，我们乡下人最羡慕城市里的人，你们兄妹俩来到临河铺，给我们带来了一道美丽的风景呢。”

莫冬冬信口诌道：“真的吗？那我们以后就住在这里不走了。”

陈凌子嗤了一下鼻子，“在这里盖上个金屋也留不住你们。”

莫云云嘻嘻地笑道：“你可别这样说，说不定我哥在这里讨了个媳妇，就一辈子在这里扎了根也说不定呢。”说完又瞟了哥哥一眼。

莫冬冬说：“好男儿志在四方，干革命工作没有挑拣，哪里需要哪里去，如果临河铺需要我，我也许就会留在这里不走了。”

陈凌子说：“莫大哥和我表姐像是一个老师调教出来的，说话一个调子，什么事业呀、工作呀、前途呀的，都是一些看不见摸不着的东西，不像我们农村人，干什么事情都是实实在在的。”

莫云云说：“凌子，我们俩对人生的认识一样，我最反对那些爱唱高调，好高骛远的人。”

莫冬冬瞪了妹妹一眼，“谁好高骛远，谁唱高调了？毛主席说，

‘广阔天地，大有作为’，他老人家号召我们知识青年上山下乡，难道我们不该响应？你没见北京、上海的知青都到我们东北支边了。”

陈凌子说：“我表姐也是城里的知青，高中毕业后下放到临河铺来的。”

莫云云说：“你说的是王小雅吧，听说他还在北京工作过几年，怎么又回来了呢？”

陈凌子也弄不清楚王小雅为什么回来，好像听她说过，城市里的人看不起乡下的人，表姐不喜欢和那些人生活在一起。

陈凌子说：“表姐不习惯那里的生活，有些恋家，所以就回来了。”

莫云云说：“我和哥哥在临河铺人生地不熟的，没有什么朋友，闲暇的时候，把你表姐也带过来我们一块玩，好不好？”

陈凌子试探性地说：“你们又住不了几天，我看还是算了吧。”

莫云云说：“那也难说，就说我哥吧，马上就要下放了，妈妈希望他到临河铺来，至少也要在这里待上两年。我呢，等高中毕业了，说不定也到这里锻炼，怎么会住不几天呢。”

陈凌子显得有些兴奋，感觉莫云云很好接触，不像莫冬冬，尽说些大道理，没滋没味的。

“那还有我表哥呢，他也是城里的人。”陈凌子说。

莫云云说：“多一个人不就更热闹了，一起玩吧。”

陈凌子问：“云云，你今年多大了？”

“十七了。”莫云云说。

“那你是几月生啊？我们是同年出生的人呢。”陈凌子说。

“噢，真巧啊。我是五月初九，你呢？”莫云云说。

“我还小你几个月呢，我是下半年的人。可看上去，你比我小多了，嘿嘿，农村人成天风里来雨里去的，不受老。”陈凌子有些自嘲地说。

莫冬冬说：“谁说的啊，你不仅年轻，还漂亮得很呢。”

陈凌子脸又红了。她知道莫冬冬也许说的是心里话，但是她还是有些生气，因为，这种话是不该在这样场合说的，尤其是莫冬冬和自己又不是很熟悉，这么无所顾忌的说话明摆着是看不起自己。在乡下，哪有男人当着姑娘的面夸她长得好的啊，即使是“那种特殊”

关系，也只能是在私下里才说的。

莫云云见陈凌子沉默无语，以为她是被哥哥夸得不好意思了，就说："说真的，咱临河铺的人就是长得好，比那天下出美女的地方苏杭差不哪儿去，也许是这月牙河的水特别养人吧。"

陈凌子踌躇了一下，说："我得走了，回去晚了表姐又该骂我了。"

莫云云说："那我说的话你别忘了，明天是农历十五了，月亮一定会比今天更圆、更亮，希望明晚你和你表哥、表姐一块上渠上凉风啊。"

"好，有闲空一定过来。"陈凌子说着，快步离开了特渠。

第二十五章　鬼不缠失手伤顽童　尹春花上门讨公道

说起来临河铺离县城并不是很远，可徐熙霞回一趟家真是不容易，除了利用工作之便，顺便到家看看，她从来没有专程回家住过一次，这使鬼不缠怀疑徐熙霞和云鹏的感情是不是出了问题。要不然，年轻人正是性欲旺盛的时候，她怎么能守得住闲着呢。

别看鬼不缠平时贫嘴饶舌能说会道，算计起事来一肚子花花肠子，但他有个致命的弱点，那就是害怕当官的。他活了这大半辈子，每当快要出人头地的时候，总是栽在那些当官的手里。他坎坷的经历，使他形成了自己的人生哲学，那就是远离当官的，千万不能同当官的产生任何瓜葛。他喜欢这样想，当官的惹不起，但躲得起。虽说鬼不缠现在老了，也谈不上这辈子还会有多大的出息，但不喜欢同当官的相往来，已经根深蒂固地扎在了脑子里，这辈子恐怕也改变不了了。

鬼不缠几乎和他那宝贝孙子形影不离。上次狗子被野猫咬伤，虽说媳妇没有更多地埋怨，但他却不能原谅自己，带孙子比过去带儿子要上心的多。鬼不缠曾经是李家的顶梁柱，在过去那些艰难的岁月里，他能把三个孩子拉扯成人实在是不容易，但他做到了。为了孩子好，老婆有吃有穿，他把县里的工作都辞掉了。可如今在这个家里，他是最没地位的人，除了带孩子和守着那个小小的家庭小卖部，他没有更多的事情可做。

鬼不缠听儿子说徐熙霞要来公社调研，顺便要抽空到家里看看，虽说不知道她什么时间到家，但他还是老早地带着孙子出来了，他知道他和云鹏的时间有多么宝贵，怕在家里耽误了他们的好时光，他还想再要个孙女呢。

鬼不缠来到村口，坐在那棵老槐树下的磨盘上，他寻思着，儿媳妇从这里经过时，可以顺便看看狗子。说实在的，几个月没见，他也想见儿媳妇一面。

狗子围在鬼不缠身边玩耍，嘴里不断爷爷长爷爷短地叫着。鬼不缠捡了根小树枝，让一只蚂蚁爬上去，然后在树枝来来回回地爬。“小狗子，认识这是什么吗？这是蚂蚁。”鬼不缠指指点点地教孙子认识小动物。

“蚂——蚁。”小狗子重复着爷爷的话，一边去夺爷爷手里的树枝。鬼不缠把手举在小狗子的头顶上，让小狗子去够。

这时马立举背着背箕子慢慢腾腾地过来了。“看你这爷孙俩真自在啊。”

鬼不缠见是马立举，扔掉了手里的树枝，挺直了腰说：“这里比家里凉快，屋里太闷了。”

马立举放下背箕子，也坐在磨盘边上，掏出烟袋点上。抽了两口说：“很少见云鹏媳妇回来，这带孩子的事交给你，她还真放得下心。”

鬼不缠心不在焉地逗着孙子。听马立举说起来儿媳妇，叹了声息说：“唉，别提了，当干部真不容易。小狗他娘忙得很，哪有时间问孩子的事情呀。就连我那婆娘也是，儿子也是，天天长在大队里，全家人就我不是干部，我不干谁干？”

鬼不缠说这话时面无表情，看不出是不满意还是有些得意，让马立举不知道怎样接话茬。

“是啊，临河铺哪个能比得上你呀，你是掉到蜜糖罐里了。”马立举恭维道。

鬼不缠心想，在临河铺这些普通社员群众当中，论家庭殷实，能和自己比的也就只有马立举。可自从马锦超出了事，那情况就大不一样了，他马家断了香火，马立举就是再牛，也是秋后的蚂蚱，怎么能和自己比呢。

“老马啊，其实你比我强，虽说我们俩在临河铺也算得上有出息的人，可你走的是正道，我走的是邪道，咱俩就这点不一样啊。”鬼不缠故意这样说，好像是在安慰对方。

马立举冷笑道：“这话怎么讲？”

鬼不缠说：“事情在那明摆着，为了大集体，我李同豪风霜雨露，求爹爹告奶奶地为大队挣钱，可以说，临河铺发展到今天，我也是功不可没。可我得到了什么好处？你在临河铺就不一样了，你是我们学大寨的先进代表，能批绿戴红地站在主席台上，让县长给你颁奖。这些我和你能比吗？”

马立举喜欢听这话，心想，鬼不缠还算有自知之明。他做的那些事，确实不能算是正经事，投机倒把，耍花招，钻空子，那才是鬼不缠的强项，狗肉哪能上得了席面啊。

马立举把烟袋往磨盘边磕了磕，说：“你不能这样比，你干的是商业，我干的是农业，县里表彰的是农业学大寨先进个人，你说我说得对吧。”

其实，鬼不缠根本不在乎这些，他只是随便说说。自从儿媳妇到城里当了官，鬼不缠在外面大不一样了，腰杆挺得直直的，说起话来可比以前有底气多了。

“你说的也是呀，猛虎喜欢的是山，蛟龙在乎的是水，如今你是如龙得水，我却是虎落平阳。嘿嘿，我要是那些年留在了城里，现在也是国家干部了。”说到这，鬼不缠又是摇头又是叹息。

马立举说：“在哪不一样啊，想想人这一生，食不过三餐，睡不过八尺，农民和干部有什么区别呢？”

“那区别可大着呢，县里干部下来了，咱们像接神一样，可我们农民要是到了县里，有谁搭理你呀？再说了，同样是吃饭，人家山珍海味，你是粗糠咽菜能一样吗？”鬼不缠一辈子也没有想到自己家里也出了个当大官的。每当和别人说起县城里的事，就好像他没有不知道的，能把别人忽悠得团团转。

鬼不缠忽悠别人还行，但是马立举不喜欢听他这一套。他听出鬼不缠在炫耀自己家里有当官的，似乎比他优越，马立举讥讽道："比吃比喝，那是资产阶级生活方式，共产党的干部从来不和别人比吃比穿，就说咱李书记吧，他什么时候也不比我们吃住得好。"

马立举一句话把鬼不缠给噎住了，本来鬼不缠和马立举就不是一路人，虽说他们的共同特点都是自私，但从来说不到一块去。正所谓话不投机半句多，鬼不缠抱起孙子，不高兴地走了。

鬼不缠不太喜欢回家，在外面他还可以忽悠别人，可是，在家里他就不是鬼不缠了，完完全全地是个小可怜。过去，老婆还听他的，自从花喜鹊担任大队干部后，慢慢地变得有了主意，他再也哄不住她了。儿子婚后翅膀也越来越硬，简直没有把他当一回事。现在他在家里没有什么话语权，即使说什么，也没有人拿他的话当根葱。在儿媳妇面前，他就更是无话可说，甚至还畏畏缩缩，连大声话都不敢说。

鬼不缠背着小狗子在村口转悠，两眼不断瞄着进村的大路，生怕疏忽大意，错过了与儿媳妇碰面的机会。鬼不缠只是想看一眼儿媳妇，也让她看看自己带孙子是多么上心、多么辛苦。

小谷子、小油菜在不远处的大树下玩捡石子，小谷子边捡，边数着："一根，豆根，豆芽子……"

吖吖背靠着小谷子，和嘎嘎在玩补锅，吖吖把捏好的泥锅往地上使劲一摔，锅底上炸开了一个大窟窿。嘎嘎从自己的泥陀上拽了一块，捏成薄饼，补在了吖吖炸破的锅底上。鬼不缠背着孙子走了过去，见小狗子喜欢孩子们，他就把小狗子放下来。小狗子使劲挣脱鬼不缠的手，走过去伸手去抓嘎嘎的泥陀，嘎嘎正玩得起劲，见小狗子过来抢他的泥陀，伸手把小狗子推坐在了地上。小狗子哇哇地哭起来，鬼不缠心疼地把孙子搂在怀里骂道："你个小龟孙，干嘛推小狗子啊？"

嘎嘎红着脸，争辩道："谁让他抢我的东西啊？"

鬼不缠看看周围，除了几个孩子，并没有其他人，就用指头狠狠地对嘎嘎额头上点了一下，嘎嘎被弄疼了，把泥巴坨往地上一扔，张着大嘴哭起来了。

吖吖气愤地指责鬼不缠说："你凭什么打我弟弟，他又不是趴你家锅台长大的。”

鬼不缠脸红着说：“吖吖，你凭良心说我打你弟弟没有，我不就是点他一下嘛。”

吖吖高声叫道：“你打了，你就是打了，你仗大欺小，我们又没惹你。”

鬼不缠走也不是，站在那里也不是。所处的地方正逢路口，一旦有人过来，看见一个老人和孩子在吵架，岂不把脸给丢尽了。万一要是被儿媳妇给碰上了，那面子往哪搁啊。三十六计，走为上计。鬼不缠抱起孙子，找了个理由说：“我不跟你这孩子一般见识，我去找你家大人去，你把我家的狗子推倒了我还没有找你算账呢。”说着，鬼不缠灰溜溜地走了。

鬼不缠来到家门口，碰上了儿子李云鹏，问：“熙霞回来了？”

李云鹏无精打采地说：“刚才打电话了，说这次顾不得回来了。”

鬼不缠说：“这狗子妈都快比得上大禹了，走到家门口都不回来一趟，我都怀疑这不是她的孩子。”说着把狗子放了下来。

“不来就不来吧。不就是个妇女干部嘛，有什么了不起的，将来官当大了还不知道怎么样呢？”李云鹏气鼓鼓地进屋里去了。

鬼不缠领着狗子刚进屋，就听到外面有叽叽喳喳的吵闹声，伸头往门外一看，不觉心里咯噔了一下，嘎嘎的娘尹春花一手牵着嘎嘎一手牵着吖吖来了。

尹春花老远就看到了鬼不缠露出的半张脸，见他躲进了屋里，她气冲冲地喊道：“鬼不缠，你也算是临河铺的爷们，怎么欺负起孩子来了？看看嘎嘎的头被你弄的。”

鬼不缠硬着头皮从屋里走了出来，皮笑肉不笑地说：“哦，是春花呀，我正要去你家呢。你家嘎嘎把小狗子推倒了，我还没有说他两句，吖吖就说我打孩子了。我就怕你误会，所以还没来得及去你那解释呢。你想想，我会打孩子吗？”

尹春花把嘎嘎拉到鬼不缠跟前，指着嘎嘎的额头说：“你看看，孩子的额头都破皮了，还用得着解释么？这不是你干的，难道是孩子自己弄的？”

鬼不缠看了看，嘎嘎的额头上果然破了皮，这要是让临河铺的人知道他打了孩子，出门怎么好意思见人呢。他装着吃惊的样子，说："春花啊，你弄错了吧，吖吖可是在场的，不信你问问她，我就轻轻地点了孩子一下，怎么就会破皮呢？这肯定不是我弄的。"

嘎嘎说："就是你弄的，就是你。"

鬼不缠正尴尬不知所云，李云鹏从屋里出来问："怎么了，爹？"

尹春花满脸怒气，拉过李云鹏说："正好你在家，你看看狗子爷把孩子头弄破了皮，这孩子才多大啊，你家老爷子手也太重了，你看看。"

李云鹏看了看嘎嘎的额头，转过身来对鬼不缠说："爹你也真是，怎么就把孩子头弄破皮了呢。"

鬼不缠自觉没理，低着头没有吱声。李云鹏又对尹春花说："春花姐，真是对不起，要不然，我带孩子去卫生室看看。"

鬼不缠趁儿子和尹春花说话的空，赶紧溜进屋里去了。

尹春花说："云鹏，你也是大队干部，你说说，这一个大老爷们儿，怎么就和几岁的小孩子过不去？听吖吖说，她和嘎嘎在完泥巴，又没有惹他，即使是嘎嘎推了狗子一下，那嘎嘎才几岁呀，他懂什么呢？"

"是呀，是呀。这都是我爹不好，你就高抬贵手原谅他吧，就算是看在我的面子上，你就息事宁人好吗？回去我再说说俺家老爷子。"李云鹏诚恳地道歉说。

尹春花想，既然李云鹏把话都说到这个份上了，还有什么可说的呢？万一把事情弄大，如果让李同喜知道了这件事情，那他不知道会做出什么样的事情来呢。

"这还像点人话。"尹春花带着吖吖、嘎嘎回去了。

第二十六章　王小雅写信寄惆怅　陈凌子赴约遭奚落

天气依然还是那么热。吃罢晚饭，陈凌子劝王小雅一块出去赏月，对表姐说："昨晚碰上莫云云兄妹了，她让我约你和表哥一块出去玩。我想你们都是在城里待过的人，肯定会有很多共同语言，所以就答应他们了。”

王小雅白了表妹一眼说：“让我去干什么呀，去给你当电灯泡？”

陈凌子拉着王小雅，不解地说：“当什么电灯泡啊？今天十五，外面月亮亮着呢。”

王小雅知道表妹没有弄明白自己的话，笑着说：“你喜欢他们，与我又没关系，自己去吧。不过我劝你，玩是玩，千万不要过分了啊。”

“表姐，你说什么呢？人家有那个意思约你，你给点面子好不好？”陈凌子摇着表姐的胳膊，撒娇地说。

“人家有哪个意思啊？凌子，你可不要陷进去了，才和人家见一面呢。”王小雅取笑道。

陈凌子知道自己说错了话，忙红着脸解释道：“我说莫云云想认识你，你别拒绝人家。怎么扯到什么‘才见一面’，你什么意思啊？”

王小雅说：“若没‘那个’意思，脸红什么呀？不是我说你，云云也好，冬冬也好，他们是来探亲的，住不几天就会离开，到时你怎么办啊？所以，我劝你千万不能陷进感情漩涡里去，就是这个意思，懂了吗？”

“表姐，你都想到哪去了？人家莫家兄妹才不像你想的那样呢。”陈凌子见表姐无动于衷，又装出一副可怜兮兮的样子哀求道：“走吧，表姐，我求你了。”

“你和二哥一块去吧，我这两天有些不舒服，浑身骨头都是软的，哪也不想去。”王小雅再次推脱道。

陈凌子撅着嘴，仍不死心，死缠硬磨地说：“心情不好，出去解解闷。外面月色可美了，空气又凉爽，兴许走上一圈，就百病消除了。”

王小雅说：“我哪像你心情那么好。去吧，去吧。别再惹我心烦了。”

陈凌子见表姐执意不肯出去，夜晚又不好喊着二表哥一块，只好独自一人出门了。

外面月色如水。透过窗户，王小雅看着陈凌子在月光下的背影，油然生出一种莫名其妙的心情，觉得表妹比自己活得轻松自在的多。她对着窗外长长地呼了一口气。

屋里实在是又闷又热，王小雅在小油灯微弱的光下，不断地摇着扇子。汗水不断地顺着脸颊往下流。她坚持看完了《牛虻》的最后几页，牛虻在刑场上面对死亡大义凛然，王小雅内心受到极大震撼。牛虻的形象和那弥漫着硝烟，断断续续的枪声，在她心中挥之不去。

王小雅合上书，想着《牛虻》最后的结局，总有一种意犹未尽的感觉。她又重新翻开书，拿起笔，在笔记本上抄下牛虻在刑场上的那个片段："牛虻晃了几下，随即恢复了平衡，一颗子弹打偏了，擦破了他的面颊，几滴鲜血落到白色的围巾上，另一颗子弹打在膝盖的上部。烟雾散去以后，士兵们看见他仍在微笑，正用那只残疾的手擦拭面颊上的鲜血……"

王小雅不忍心再抄看下去，觉得杀人的场面太残忍了。于是，她又翻开了另外一页，那是她曾经折叠过的地方。她又摇了一阵扇子，在笔记本上又摘抄了一段："我怕的是内心的那一片黑暗。那黑暗里没有哭泣之声，没有咬牙切齿之声，只有沉寂……永远是沉寂。"

王小雅抄完这段话，对着书本发呆，心情渐渐地变得沉重起来。她从北京回到临河铺，这段时间是正是她的人生低谷，精神世界几乎陷于崩溃的边缘。脱离了工作岗位，再次回到这偏僻的乡下，她的未来将会怎样呢？当初离开临河铺时，她怀揣着远大的理想，憧憬着美好的未来，满是希望地到了北京。在工作岗位上，她充满着热情与自信，踏踏实实地干着自己的工作，无私地奉献着自己的青春，力争把自己改造成一个真正的无产阶级革命战士。在她心中，工人阶级是最伟大、最崇高的阶级，她渴望着早日成为一名真正的无产阶级革命战士。可现实与理想的巨大反差却总是让她失望，周围的人们经常拿她开涮，把她当作取乐的工具，除了说一些低级趣味语言，他们的生活也庸俗无聊，没有一点工人阶级的崇高与自尊。这使她伤透了心。王小雅曾经试图和他们谈理想，却被看成是幼稚，遭到了无情的嘲笑。王小雅渐渐地变得木呆、迟钝，甚至开始怀疑自己的理想与追求。

王小雅发现自己走了神，她合上书和笔记本，放在桌头上，从抽屉里拿出李援朝的信。看着看着，她的眼睛湿润了，李援朝怎么这么了解自己呢？就在自己面对失望，觉得对世界上一切都心灰意冷的时候，他寄来了《牛虻》这本书。这不是一本简单的小说，这是一支强心剂，让她重新燃起了对生活的希望。

王小雅坐下来，铺开信纸开始给李援朝写回信。

援朝同志：

你好。感谢你在我内心最空虚的时候，给我寄来了希望。也感谢你在百忙之中还想到了我。

《牛虻》这部书，对我心灵的震撼太大了，它就像是一团烈火，彻底燃烧了我这个没有灵魂的躯壳，也重新点燃了我对生活的希冀，让我开始重新审视自己。

援朝同志，以前，我总觉得人生对我是不公正的。人们都有着五彩缤纷的生活，都有着个人的理想和追求，而我却是个例外。我是一个失败者，我的追求，我的憧憬，随着我离开北京，一切都化为了乌有。在迷茫之际，收到了你寄来的书，与牛虻相比，应该说，我的生活环境要比他好得多，这让我明白了一些道理，追求并不是为了自己的幸福，而是为了一个心中的理想。看了《牛虻》这部书，也让我认识到追求的过程和结果是一样的重要。

尽管我的热血开始沸腾，我依然对生活前景很迷茫。我实在找不准自己的位置，找不到自己要扮演的角色，我不是牛虻，不是保尔，也不是林道静，我感觉很难把自己融入社会，我能为社会做些什么呢？

过去，很少给你写信，因为我很自卑，总觉得我与这个社会是格格不入的。几年来，无论是干什么工作，无论是身处何处，我都会尽力去做自己的工作，做自己喜欢的事情。但是，总是事与愿违，现实是残酷的，我所付出的一切努力，都是枉费的，最终都是以失败而告终。

你的地位已经和过去不一样了，在家乡，几乎没有人不知道你。可我呢，只是一个默默无闻的农民。所以，给你写这封信时，内心非常忐忑，不知道写什么好。在这里，再次感谢你这么多年对我的关心和照顾，感谢你给我的鼓励和帮助。

王小雅草于即日

陈凌子回到家，王小雅已经把写给李援朝的信件折叠好放进了抽屉。

“玩得开心么？”王小雅问。

“他们问你为什么不出来玩。”陈凌子没有正面回答表姐的话。

“你怎么回答的呢？”王小雅又问。

“我说你身体不舒服。”陈凌子说。

王小雅点点头，“好了，赶快去洗洗澡，休息吧。”

陈凌子迟疑地停在屋里，说：“表姐，他们说你年轻轻的，身体又没有大毛病，为什么不出来走走，八成是有什么心病。”

王小雅拧着眉头，一脸生气的样子说：“他们才有心病呢。”

陈凌子说：“人家是好意问你，又没有什么恶意，看你那怪样子，恨不能咬人家一口。”

王小雅绷着脸，说：“你们玩自己的，议论我干什么呀？”

陈凌子说：“兴许冬冬喜欢上你了，他老是打听你的事情。”

“呸，亏你不怕酸掉了大牙，还冬冬、冬冬的叫着呢。想让我说他喜欢你是吧？我偏不说，气死你。”王小雅说。

“谁稀罕让你说呀！”陈凌子看了看桌子上，除了那本《牛虻》，好像没有写过信的迹象，轻轻地拉了一下王小雅的衣服，问道：“表姐，为什么不出去呀，在家里想什么呢？还在看那本《牛虻》？你也想想，人家现在是城里人，你可千万别得上了‘什么病’啊。”

王小雅知道陈凌子是在报复自己，骂道：“鬼妮子，看不出来你还挺有心计的呢。告诉你，我不像你那样，看见男人腿都挪不动了。”

“表姐，”陈凌子装着生气的样子，“你说话怎么那么难听呀，谁见了男人腿挪不动了？昨天不是别人约了我们嘛，你又不去，还让别人怪我没有把他们的好意传达到。”

王小雅见表妹一脸的稚气，止不住笑了起来，“看你那嘴脸，嘴撅得可以挂油壶了。对了，你还没有告诉我，这么长时间，你们都谈了些什么？”

“哪有多长的时间啊，我们差不多都是在走路，看月亮，并没有说什么话。”陈凌子说。

“呵呵，就走走路，看看月亮这些呀？我不信你们都是哑巴，什么都不说。”王小雅取笑道。

“表姐呀，我不知道过去你和李援朝见面都说些什么，不过，在他兄妹面前，我很少说话，只是听他们说些稀罕事。人家是城里的知识分子，我哪敢胡乱说话啊。”陈凌子说。

王小雅说：“这么说，你真是喜欢上莫冬冬了，在人家面前话都不敢说，这说明了什么呀？要不要我去帮你说说，让他留下来或把你带走？”

“你怎么老是取笑我呀，不和你说了。”陈凌子去箱子里找换洗衣服了。

王小雅故意问：“他又约我们明天赏月没有啊，如果约了，明天我一定和你一块去。”

陈凌子撅着嘴，腋下夹着找好的换洗衣服说：“人家明天都要走了，你不觉得现在说迟了吗？”

“明天他们真的要走哇，那你去不去送呢？”王小雅逗表妹说。

陈凌子半天没有吭声，心里在琢磨着表姐说的话。是不是应该去送送他们呢？想到这，陈凌子说：“你还真提醒了我，是不是该送他们呢，他都告诉我说要走了。”

“他？呵呵，莫冬冬吗？”王小雅一脸的坏笑。

陈凌子知道自己把他们说成他了，赶紧解释道：“我说的是莫云云，你别胡乱猜疑好不好？”

“别‘此地无银三百两了’，赶快去洗洗澡，明天穿件好看的衣服。”王小雅呵呵地笑道。

“表姐，人家跟你说的是心里话，你也取笑。”陈凌子瘪了一下嘴，去脸盆架拿了盆，悠哉悠哉的洗澡去了。

第二十七章　王小雅往事不堪回首　李援朝希冀弃旧图新

陈明霞对女儿的婚事十分着急，眼看着女儿的年龄一年比一年大，可女儿好像一点也不操心。在农村，像她这个年纪已经算是过了岗儿了，几乎没有提亲的人上门。陈明霞急于无奈，只好私下托人给女儿说婆家。陈明霞知道女儿眼眶子高，一般人她看不上眼，可自家的条件摆在那里，年龄大尚且不说，关键是她王家有复杂的社会历史问题。大伯父被定性为反革命分子。二伯父原是国民党上层长官，据说头些年在加拿大定了居，成了名副其实的叛国罪人。父亲又死得不明不白，不明真相的人说他是畏罪自杀，自绝与人民。像她这样的家庭条件，好一点的男孩谁希望娶这样一个家庭的女儿做媳妇呢。

女儿是高不成低不就，陈明霞这个做母亲的能不着急吗？这天，那个帮忙的媒人又来了，这次给陈明霞带了张照片，男方是普通农民家庭，虽然人长得貌不惊人，家庭状况也不好，不过那家人几代都是贫下中农，按媒人的话说，让他给毛主席当警卫都不用政审的。

陈明霞看了照片，那人皮肤黝黑，长相粗糙，有些眉毛胡子分不清的感觉，是个标准的农村汉子。媒人见陈明霞好像不怎么满意，便把照片又拿过去端详了片刻说："农村人，平时不怎么照相，看上去是有些不太顺眼，其实，人比照片好看多了，这孩子不上相。"

陈明霞说："话是这样说，我担心的是女儿看不上。上次你给介绍的那个，好像比这张照片上的人还好看些，我家小雅看了照片对我说，她的事情以后不让我操心，顺手就把照片扔到垃圾里了。"

那媒人脸色有些不好看，不满意地说："这样的男人已经是很难找了，不是说咱家小雅条件不好，关键是她年龄有些大了，再说……再说她还在外面混了几年，谁知道她在外面都干了些什么呢。"

陈明霞听媒人这样说，笑容立刻从脸上消失了，她想起自己对李援朝说的那些话，难道他把这件事对外人说了？要不然，媒人怎么会这样说自己女儿呢。

陈明霞拉长了脸，说："你是不是听外面有人说什么了？我女儿可是黄花大闺女，虽说年纪大了点，但我们家都是规矩人。"

媒人见陈明霞生了气，忙解释道："我没别的意思，只是因为小雅到了这么个年龄段还没有对象，男人们都会问她是不是有毛病，或是有没有其他什么原因。我也给他们解释了，但农村的情况你是了解的。"

陈明霞叹了一声息，把媒人手里的照片又拿过来，看了看说："那好吧，照片留下来我让小雅看看再说。"

"你也得好好地劝劝闺女了，如果她再这样任性下去，恐怕……"媒人摇了摇头，把话打住了。

送走了媒人，陈明霞把王小雅叫到屋里，拿出媒人留下来的照片说："小雅，不是妈着急，连媒人都替你着急了。现在像你这么个年龄段的人，不是结婚了，就是对上相了，你如果再这样下去，会越来越难找合适的人。女人最害怕的是什么呀？就是所谓的人老珠黄。你就听妈一句，找个合适的人家嫁了吧。"

王小雅一听这话就上了火，顶撞母亲说："媒人，哪个媒人？她着的哪门子急呀？用不着她替我焦虑，也用不着你操心。"

陈明霞说："人家也是好意啊，小雅，你就听妈的话，即使是放低身价也没什么，咱是找对象，又不是找电影明星。"

"妈，你都说的是什么话呀，婚姻是人生大事，怎么能敷衍呢？我的事不用你管，哪怕一辈子单身，我也有自己的选择标准，宁缺毋滥。"王小雅说。

陈明霞把手里的照片递给女儿，说："符不符合标准也得看看啊，这家人出身好，人老实……"

"人再好，跟我又没有关系。"没等陈明霞到话说完，王小雅就把照片推过去了，"我已经说过了，我的事情不需要别人操心，别枉费心机了好不好？"

陈明霞脸色发灰，把照片紧紧地攥在手里，又气又恼地说："你以为我怪想为你操心呀，不知好歹的东西。妈为了你心都快操碎了，就算是枉费心机，你也该替妈想一想，看一眼又该怎么了？又粘不住你。"

王小雅见母亲生气了，换了口气说："妈，我知道你是为我好，可是我不需要别人来主导我的人生。我是人，又不是牲畜，你想想，一个素未平生的陌生人，让我怎样去喜欢他呢？"

陈明霞硬把照片塞过去，"这不是让你先看看外表吗，如果自然条件过得去，咱再了解了解其他方面的情况，又不是说让你马上结婚。"

王小雅接过照片，敷衍地瞅了一眼，像是厕所里的蛆爬到了身上，心里直犯恶心。她把照片随便丢扔在了桌子上。“妈，在你的眼光里女儿就这么差？什么滥照片都拿给女儿看，你把女儿当成什么了，是卖不掉的烂柿子？”

陈明霞很委屈，心想，即使是这样的男人，以后恐怕也很难找到了，哪里有好男人能等到二十好几还没有结婚的呢。女儿一定是在城市里待得时间长了，眼下还没有适应这偏僻的乡村生活。临河铺怎么能和北京大城市比呢？别以为自身的条件有多么好，在这里，即使你是凤，也只能委屈成鸡了，只要跳不出农村，就只有接受眼前的事实。

“小雅，说句不中听的话，我们那辈子人，婚姻都是由父母做主，连对方是什么样子都没有见过。就说妈妈吧，婚前与你爸从未见过面，婚后，不也照样在一起生活了几十年嘛。如今是新社会了，倡导婚姻自由，但并不是让你不结婚啊，女大当嫁，这是我们多少代传下来的。眼下咱处的地方太小了，即使让你自由选择，那也该有合适的对象，你说是不是？”陈明霞不紧不慢地劝导着小雅。

王小雅理解母亲的一片苦心，只是不能接受她对婚姻的认识，虽然都是女人，由于代沟的原因，她不想和母亲继续争论下去。

“妈，你的想法我知道了，我再对你说一次，以后，不用为我的事情操心了，我自己的事情自己会处理好的。”王小雅语言虽然还算平和，但让陈明霞却感觉像下最后通牒似的。

看着母亲失望的样子，王小雅没有犹豫，还是转身走了，她不想听母亲再继续说下去。回到自己小屋，心里一直为那个又土又丑的老男人难受。为什么媒人会把这样一个人介绍给自己，而且母亲还坚持让自己看照片，难道自己的条件就只能配这样的男人？王小雅对着镜子，仔细端详着自己，发现面部眼角纹已经出来了，她不禁伤心起来。母亲说得对，女人的美丽是短暂的，错过了最美好的年华，就成了老树枯柴了。

王小雅的心情沉重起来。也许在外人看来，自己只能和照片上的那样的男人相匹配。那人的条件怎么能和李援朝比呢？什么都不说，光看外表这一点，和李援朝也有着天壤之别。想起李援朝，王小雅彻底地死心了，人家在步步高升，身价越来越高，而自己的青春却在渐渐流逝，好光景一天不如一天。她后悔当初不看好李援朝，甚至还把他当成个混混。那时她总喜欢拿李援朝与马春生比较，马春生除了老成持重，办事稳妥，而且还多才多艺。李援朝则是毛手毛脚，看上去很不成熟，谁也料不到他进步那么快，如今是位高权重，不得不让她刮目相看。

想起那些流逝的岁月，王小雅不觉暗自垂泪，往后的生活还有什么值得憧憬的呢？在她心中刚刚燃起的那些希望，全被母亲的一番话给搅得烟消云散了。

李援朝收到王小雅的信，心中纳闷，看了两回，百思不得其解。记得她母亲清清楚楚地说她已经结婚，可她在信中却只字未提自己结婚的事情。是离婚了还是失恋了，她为什么避开这些话题呢？王小雅在信中说，她现在是处在最空虚的时候，离开北京，一切的理想与抱负，都化成了乌有。是因为感情空虚吗？我给她带去的希望又是什么呢？

李援朝靠在床头的被子上，双手枕在头下，两眼毫无目的的在彩色的天花板下游荡。身边的收音机正播放着杨子荣打虎上山的那段《引来春色换人间》，这是李援朝最喜欢听的那段，平时他还喜欢哼上几句。现在他却没有一点心思听下去了，他不耐烦地关上了收音机，扔在了床边。想起前几天，部里的金部长给他提的那门亲事，他不知道还应不应该和那姑娘接触。当然，给他提亲已经不是第一次了，虽说他和女方也都见了面，但每次他都觉得不合适，金部长还奚落他，说他条件要求的太高。别看李援朝平时总是对人说自己找对象没有什么要求，可真正见到了姑娘又总觉得不合适。这次金部长介绍的那个姑娘，虽说看上去还不错，有工作，有文化，而且还是干部家庭，但他不知道为什么，自己打不起精神和她恋爱，甚至对那姑娘一点兴趣都没有。

金部长说李援朝心里肯定是已经有人了。有什么人，在哪呢？难道是王小雅？假如王小雅没有结婚，假如王小雅依然没有对象，假如两个家庭没有过去的恩恩怨怨……

李援朝不想再去思考那么多虚拟的问题，想得太多太复杂，头都变得大了。也许金部长说对了，自己心里就是有人了，他喜欢的就是王小雅。李援朝似乎恍然清醒了，现在想起来，这几年王小雅始终占据着他心中的位置。李援朝他不愿意被世俗偏见所左右，在城市里工作了这么长的时间，他的思想已经不再像过去那么简单了。只要自己喜欢谁，还想那么多乱七八糟的干什么？干脆对王小雅把该问的话问清楚就算了，没有必要猜谜一样地想来想去。劳神费心不说，别把美好的因缘错过去了。

李援朝爬起来，拿出纸笔开始给王小雅写信。虽然心里已经打了腹稿，真正拿起笔来，却又不知道怎样下笔。他翻出王小雅的来信，又看了一遍，然后在纸笺上写到：

小雅同志：

你好。近来忙吗？

收到你的来信，让我感到有些诧异，惊悉你现在对生活的态度是如此悲观。到底发生什么了？为什么要离开北京？“一切都化成乌有”指的是什么呀？

小雅同志，生活对我们每一个人来说都应该是公平的。由于际遇不同，人生会出现许多不同结果，事与愿违的事情也是经常发生的。我们不能因为生活中出现了挫折就灰心泄气，就丧失了信心。气馁，是生活中最可怕的敌人。理想，是每一个革命同志共有的追求。有些人成功了，有些人失败了，都是很正常的现象，没有奋斗就不会有成功，但奋斗了也不一定能实现理想。人生的结果很重要，但奋斗的过程更重要。古人云：有志者事竟成。当然，成大事者，不仅要靠毅力和意志，更重要的还要学会对马克思主义的思想灵活应用，不能太机械、太死板，否则，很难成大气候。

记得我们曾经在一起谈论过人生，探讨过理想，在我心里，你是一个有憧憬、有志向的热血青年，许多事情，我还是受到了你的启发，才有了今天的这些事业，虽说算不上成功，但是我奋斗了，我就会觉得人生无悔。

生活是缤纷多彩的，现实也是严酷无情的。人生就像大浪淘沙，我们眼睁睁地看到身边那些不能坚守信念的人，在社会的滚滚洪流中逐渐被遗弃、被淘汰……

小雅同志，当生活迷失方向的时候，千万不能丧失信念，否则，那是极其危险的。能够重新审视自己，重新点燃生活的希冀，我很钦佩你的勇气，也希望你能振作起来，找准自己的目标，走向一条新的追求之路。

我虽然现在有了一定的地位，但也是个普普通通的人，我还要感谢你的抬举呢。小雅同志，不要忘了我们在一起的那些年月，那时候没有什么不可以说的。如今，我们依然还像过去一样是好朋友，我并不像你想的那样，地位高了，人会变化，我们之间永远都是朋友。记着给我来信，无论有什么事情你尽管告诉我，只要我能帮的，我一定会尽力。

我现在的工作虽说很忙，但很充实，学习、生活也很好，不用惦记。

最后，顺祝身体健康，生活愉快。

李援朝

8月13日

第二十八章　王小雅喜从天降　陈凌子忧心忡忡

王小雅频繁地和李援朝通信往来，在李援朝的鼓励下，她的精神状态比以前好多了。李援朝希望她耐心在农村接受锻炼，一旦有招工指标时，他会想办法把她弄到省城工作。有了李援朝的允诺，王小雅心里踏实多了，她一边参加集体生产劳动，一边等待着机会，希望能早日离开临河铺，重新找回自己的生活。

这天，王小雅正和姑娘们在田间干活，李有福让人通知她去大队部，说城里来了两个干部，专程来调查她的个人情况。王小雅不知道发生了什么事情，心情特别紧张，她也顾不得梳洗打扮，径直到了大队部。城里来的人是县人事劳动局的，主要是来通知王小雅到县里办理参加工作的手续，顺便了解她在农村接受锻炼的情况。

听说是来招工的，王小雅很是诧异，好像天上掉了馅饼似的，她怎样也想不到会有人主动上门来找她。其实，她并不想到县城工作，她在等待李援朝把她弄到省城去。因此，她对人劳局来的同志说："谢谢你们的好意，把指标让给别人吧，我暂时还不想离开临河铺。"

那位带着厚厚的高度近视的眼镜的干部笑呵呵地说："王小雅同志，早就听说你是个高风亮节的人，今天一见果不其然，你有这么高的思想觉悟，的确是很了不起。不过我们这次是特招，奉县委领导指示，专门来招你回城的。"

王小雅懵了，自己在农村这么长一段时间，从未有人关心过自己的工作，如今说县里领导亲自安排来人招她回城，这让她觉得十分困惑。

"县领导亲自安排你们来的？"王小雅不解地问。

"难道你不知情？"戴眼镜的干部说。

王小雅说："我不认识县里的领导啊。请你们告诉他，就说我谢谢他了。工作的事情就免了。"

戴眼镜的干部说："你不想知道安排什么工作吗？那可不是一般人能去的地方。即使是县领导的孩子，恐怕也很难找到这样的地方工作。"

王小雅有些好奇地问："你说的那么神奇，是什么工作啊？"

另外一个干部补充说："这是特招指标，到县委机关，至于安排干什么，等去了你就知道了。"

"特招指标？县委机关？"王小雅犹豫了片刻说："县委我也不去。"

那个戴眼镜的干部急了，把手中的笔记本折起来，郑重地说："王小雅同志，你必须去，这是政治任务。如果实在不愿意到县委上班，去别的单位还可以调整，不过，你得去和县委周书记说。"

王小雅听说过县委周书记，是抓组织人事工作的，不过她从来也没有听说过她家里和这位周书记有什么瓜葛，他为什么帮自己这么大的忙呢？王小雅心里踌躇半天，认真地说："那让我考虑考虑行吗？"

"行，但是不能拖得太久，给你三天时间吧。"那戴眼镜的人掐着手指算了算，又说："周六以前，直接到人劳局办理手续。"

小雅回到家，问起母亲和奶奶，她们都觉得非常不可思议，家人从没有人认识那位县委的周书记，更没有谁和他打过交道。

小雅问："那去县城工作，我去还是不去呢？"

陈明霞高兴得眼泪都流出来了。王小雅是她最大的一块心病，每天只要一躺到床上，就会想起女儿的个人问题。日子飞一样地过，女儿的年龄也飞一样地长，她常常为女儿的事情发愁而失眠。在女儿的个人问题上，她从来不听她的话，说不上三言两语母女俩就会抬杠，眼看着女儿渐渐成了老姑娘，正愁得心里长草，头长白发的时候，女儿忽然工作有了着落，这对她来说，简直是天上掉了馅饼。

"傻妮子，怎么能不去呢？这是多好的机会呀，算是咱家烧了高香了。你明天就去，换件整齐的衣服。"陈明霞说着，又去屋里翻箱倒柜地拿出了二十元压箱底的钱递给女儿，"别忘了，到了县城，你一定要去周书记那儿看看，谢谢人家的关心，别让人家说咱不知好歹。这钱你拿着，第一次去见人家领导，也不能空着手啊，买两瓶好酒也是个意思。"

王小雅说："妈，我不认识周书记，我也不想上他那儿去，你都忘了姐姐的事情了？"

女儿的话揭痛了母亲的伤疤。想起大女儿，陈明霞至今心里还像针扎的一样疼。不过王小雅的情况应该另当别论，她同王雅倩当时的情形完全不同，丁淮玉纯属心怀不轨，如果不是雅倩喜欢上了大秃子，他们也不会把女儿拱手送给丁淮玉那个骗子。

陈明霞想了想说："小雅，你和雅倩的情况不同，她是因为丁淮玉看上了她，而你呢，和周书记素未平生，像你这样的女孩城里到处都能找到，他为什么到这偏僻的乡下来找你呢？"

"妈，那是因为乡下人好欺负呗。"王小雅说。

"那也不是，乡下人多着呢。"陈明霞见女儿没说话，又说："即使周书记有什么想法，那也比你独身主义强，如果人家没有成家，嫁给他也没有什么不可以的。"

王小雅听母亲这样一说，顿时来了气，撅着嘴说："妈，你说什么呢？把女儿当烂白菜呀？你要这样说，那我就不去县城了。"

陈明霞着了急，她知道女儿的性格，她要是说不去，那就是九头牛也拉不动她。"好，妈说的不对。不过，工作还是要去，以后和周书记在一起工作，熟悉了，再谢人家也不迟。”

王小雅说：“钱你还放回去吧，我不需要钱。”

陈明霞拉着女儿的手，说：“在家千日好，出门万事难，把钱带上，以防万一。”

王小雅知道母亲平时手头紧，一分钱都不舍得花，于是，她只留下了十元钱，装进了衣袋里。“妈，那我明天就去报到了。”

“去吧，去吧。这工作来之不易，你可千万要珍惜啊。”陈明霞生怕女儿大大咧咧的性格做出不该做的事情，再三地叮嘱女儿说。

“知道了，那我去准备了。”王小雅回自己房间去了。

自从马春兰带着冬冬、云云离开了临河铺，陈凌子像掉了魂一样，整天无精打采。听表姐说，要去县里报到上班，心里更是凄惶、失落。看着表姐在那儿收拾行李，就过去帮忙。

王小雅把凌子按在床边坐着，说：“用不着帮忙，我只简单地收拾两件换洗衣服，还不知道那边情况怎样呢。”

“表姐，你真幸福，有人喜欢你，又有了工作，让我都羡慕死了。”陈凌子说。

王小雅停下来，瞟了表妹一眼，“你才幸福呢，年轻又漂亮，我哪能比得了你呀？你看我眼角上都起了鸡爪纹，连上门提亲的人都没有了。”

陈凌子拱了拱嘴说：“你哪里老啊？临河铺找不到比你还漂亮的人了。人们不来登门提亲，那是有自知之明，谁能配得上表姐呀。”

“还是表妹会说话，不像你大姑，把我说得一无是处。”王小雅嘿嘿地笑道。

“对了，是李援朝给你找的工作吧？”陈凌子忽然问道。

“去，别胡说了，人家在省城忙得很，哪有时间问这些事情啊。”王小雅嘴上这样讲，心里也在犯嘀咕，难道真是李援朝做的工作？要不然，那个姓周的书记认识她是谁呢。不过，李援朝从没有提起在本县城给自己找工作的事情啊。

陈凌子说：“表姐，别骗人了，俺又没让你去找李援朝帮忙，怕什么呢。再说了，如果不是李援朝在背后做工作，你又认识谁呢？”

王小雅胡乱把衣服折叠了，放进背包里，说：“凌子，说真的，我也不知道是为什么，等我明天到了城里，估计就知道是怎么一回事了。”

陈明霞站在院子里喊道：“小雅、凌子吃饭了。”

王小雅一边答应着，一边对表妹说：“吃饭去，晚饭后咱们出去走走吧。”

陈凌子说：“你不打算给李援朝写封信问问，到底是不是他给你做的工作了？”

王小雅说：“等工作安顿好了再说吧。”

饭间，陈明霞对女儿说：“小雅，明天到城里让你二哥送你去，自己要准备的东西都收拾好了吧？”

“嗯，都收拾好了。”王小雅对雅兴说：“二哥，明天我自己去就行了，不用你送，我自己就行。”

陈明霞说：“你二哥必须去，我们好知道你到县里的情况。再说了，一个女孩家出门，我不放心。”

王小雅吃了一碗面条，丢下饭碗就出去了。陈凌子必须要等到大家都吃完饭，她刷过碗之后才能出门。陈明霞看出侄女有心事，就问：“凌子，你和小雅晚上准备干什么啊？”

陈凌子回答说：“大姑，我们没有想干什么。”

“还骗人，我看得出你着急得猫抓心似的，小雅在门口等着你吧？”陈明霞向外面瞟了一眼，天已经黑了下来。

陈凌子低着头，把饭碗端在手里，半天才说：“表姐明天就要走了，我想和表姐叙叙话，也没有什么特别的事情。”

“在屋里有多少话说不完，还想出去说是吧？”陈明霞说。

“表姐说外面空气好，我们想散散步。”陈凌子回道。

“别走得太远，早点回来，今天你别刷碗了，去吧。”陈明霞说。

“不，刷了碗再去不迟。”陈凌子说。

“你这孩子怎么不听话呢，叫你去就去吧。”陈明霞脸绷了起来。

陈凌子见大姑生了气，赶紧说：“那我走了。”说着，就放下了饭碗，急匆匆地出去了。

陈凌子挽着表姐的手，二人一路说着话出了王宅。夜幕已经拉开，天渐渐地黑了下来。清风悠悠地吹着，路边的杨柳树偶尔沙啦啦地响几声。王小雅心情特别好，新的生活即将开始，走起路来，步子显得特别欢快。陈凌子就不一样了，表姐要是走了，她又回到了过去那种孤独的生活，心情特别沉重。

“凌子，你喜欢二哥吗？”王小雅打破了沉寂问道。

“什么意思啊，表姐？”陈凌子站住了。

“你看不出来呀，我妈希望你和二哥好。”王小雅说。

陈凌子抬起头，像是数星星似的面对着天，眼泪在眼眶里打转。由于没有了父母，她个人的事情没人为她做主，虽然知道大姑喜欢她，可毕竟不是自己的亲爹娘，有话又不好对她说。她噙着泪，尽量地不让流下来，她长长地叹了声气，说：“问这些干什么呀？二表哥虽然好，可是……”

“可是什么呀？如果……”

陈凌子打断表姐的话，“没有如果，只有结果。我和二表哥是不可能的。奶奶不喜欢我，你没看出来？”

“你怎么这么糊涂啊，奶奶已经老了，她还能管那么多呀？”王小雅拉着表妹的手，两眼盯着她，轻声说：“只要你心里有二哥，我去和他说说好吗？”

陈凌子脸上有些发烧，忐忑不安地说：“别，你可千万别……”

“你心里是不是还有那个莫冬冬？”王小雅见陈凌子没有说话，又说道：“虽然那男孩不错，可咱不知道人家是怎么想的。要不然，我到马家去问问？”

陈凌子像被火烧了一样，浑身都不自在，松开王小雅的手说：“表姐，干嘛老是取笑我啊？人家是城里人，怎么能看上我这乡巴佬呢。”

王小雅笑道：“看来你是真喜欢上他了，咱去问一下马家，同意也好，不同意也好，反正又不犯法。”

陈凌子叹息了一声说：“表姐，俺还年轻，不着急。你还是为自己的事情多操些心吧。”

王小雅安慰表妹说：“凌子，我这次走了，也许将不再会回临河铺生活了，不把你的事情安排好，我不放心。你不喜欢二哥是吧？如果是这样，我就不再提这事了。不过我总觉得你们在一起还是比较合适的。”

陈凌子沉默了。夜风轻轻地吹着，纺织娘吱吱的叫声不断从庄稼地里传来。陈凌子心里很乱，在她心里，二表哥就是二表哥，尽管他对自己很好，可她从来也没有对他产生过那种想法，因为她知道和二表哥是不可能的。

陈凌子再次抬起了头，此时天上已经繁星满天了，月牙像个小船，西垂在远方的天边。

“凌子，如果不喜欢，那也没关系。”王小雅看不清楚表妹的表情，也弄不清她心里到底是怎样想的，看着表妹的满面愁容，轻轻地说：“如果不同意也没关系，就当我没有说好了。”

田野里十分静谧，风也渐渐地停了。陈凌子沉默了片刻，忽然问道，“你认为我和二表哥有可能吗？”

王小雅明白了，表妹是因为身份不一样，她是投亲过来的，在这个家里，平时的一言一行都是谨小慎微，每做一件事都要对王家的人察言观色，生怕做出什么让他们不高兴的事情来。因为奶奶不喜欢她，所以她才这样问。

“怎么不可能，如果你愿意的话，其他方面的事情交给我，我保证。”王小雅满有把握地说。

陈凌子心里十分矛盾，这件事情来得太突然，让她始料不及。看着表姐殷切的样子，陈凌子自己也拿不定主意。

“那好，若是暂时还不能决定，那你就想好了再说。”王小雅说。

第二十九章　王小雅机关受礼遇　蓝叶萱温情慰公公

王小雅还是第一次来到县委大院，进了大门，映入眼帘的是一条宽阔清洁的水泥路和两侧高大、一蓬蓬扇状的核桃树。透过核桃树往两边看，边有几栋青砖红瓦房，整齐的排列在左右两边。离大门五十米开外，迎面一堵高墙把水泥路拦腰切断，墙体正面，绘制着一副巨型梅花图案，图案右上侧，是画匠临摹毛泽东诗词咏梅的手迹。高墙被一圈水泥护栏围住，护栏内种有蔷薇、剑麻之类的花草。

转过高墙，水泥路继续向前延伸，路的两侧仍然是核桃树和一栋栋平房，路的尽头是一幢三层小楼，也是县委办公的地方。

王小雅找到县委大办公室，见办公室里工作的同志都在伏案工作，她拘谨地向靠近大门的同志说是来报到的，那人很热忱，把她带到了周书记的办公室。

坐在周书记的对面，王小雅窘态十足，她不知道该说什么好。想起母亲临来时的交代，她问了声周书记好。

周书记和气地笑了笑，说："听说你不愿意来县委工作，为什么呀？"周书记是个中年干部，口音像是北方人，语调很有特色，听上去很舒服。

王小雅不好意思地回答说："我是担心自己的文化水平不高，不能胜任县委的工作。"

"呵呵，不要谦虚嘛，援朝同志已经介绍过你的情况了，说你是高中文化，不仅接受过农村锻炼而且还当过工人，有着丰富的工作经验和文化素质。"周书记微笑着说。

王小雅现在明白了，果真是李援朝在背后做的工作。"干体力活还行，机关里是做脑力劳动的，我担心干不了。"王小雅说。

"万世开头难。先给你安排个角色试试，到共青团如何？"周书记征求她意见说。

"谢谢周书记，我服从分配，在哪都行。"王小雅在工厂时对领导就是这样说。

"呵呵，好爽快的姑娘。去团县委吧，那里是青年人喜欢工作的地方。"周书记说着，拿起了桌子上的电话摇了起来。"总机，给我接团县委……团县委么，杨书记在不？让他接电话……小杨啊，我是老周，王小雅同志一会儿去你那报到，你接待一下，尽可能地把她的工作、生活安排好。"

周书记放下电话，亲切地说："小王啊，去团县委找杨书记吧，工作有什么不顺心或不满意的地方，就来找我，不要客气哦。"

王小雅站起来，给周书记鞠了个躬，"谢谢周书记关心，以后还请您多多指教。"

团县委就在周书记办公室的上面，出了门转弯，上了楼梯再左转，走到西面尽头，就是团县委的办公室了。

年轻的杨书记也许听到了脚步声，已经迎出了门，热情大方地喊道："欢迎王小雅同志。"

办公室里的其他同志也站起来，一个个面带微笑地注视着王小雅，俨然她就是戏剧中的主人公。大家的热情，让王小雅感觉和在北京大不一样。还是老家的人亲切，一股暖意瞬间流遍王小雅的全身，她情绪有些激动，微笑着给大家鞠了个躬说："谢谢大家，初来乍到，希望大家多多关照。"

"小雅同志，我们单位办公工作条件有限，你就委屈一下坐在靠外面这张桌子办公。"杨书记说。

王小雅大致看了一下办公室的布局，这是一个一套二的房间，套间可能就是杨书记办公的地方。外屋共有三张桌子，靠窗子下面有两张对面放着，右边那张桌面上有块玻璃，玻璃的下面压着几张照片。她用的这张桌子，紧靠着那两张桌子的侧面，三个人刚好形成了个等腰三角形。

杨书记继续介绍道："这位是张青颖同志，团县委副书记。这位是我们单位的全拿，他叫庞智，档案员、打字员、通信员、保管员……只要是牵扯我们单位的具体工作，他什么都干。"

庞智腼腆地笑道："王小雅同志来了，我可就轻松多了，有人帮忙了啊。"

王小雅说："以后还请大家多指教。"

"坐吧，坐吧。"杨书记摆着手让大家坐下，王小雅屁股刚挨椅子，杨书记就喊她说："小雅同志，请到我办公室来一下。"

王小雅跟着杨书记进了套间。坐下来之后，杨书记问道："小雅同志有没有带行李来啊？"

"简单地带了一些换洗衣服之类的，放在招待所里了。"王小雅回答说。

"是这样，我们单位条件很差，暂时没有住的地方，周书记再三交待让想方设法也要给你找间房子，我考虑了一下，我们单位还有一间放东西的库房，不知道你愿意不愿意住那。"没等王小雅说话，杨书记又说："当然，只能用半间，那半间还要存放其他东西。"

王小雅说："怎么都行，我来是干工作的，又不是来享福的，能容下个人就可以了。”

杨书记点了点头，说：“那好，小庞，你带王小雅同志去看看，如果可以的话，你想办法把那间房子住人的和放东西的地方隔开，然后帮忙打扫干净。至于室内怎样安排，你就听王小雅同志的吧。”

王小雅跟着小庞下了楼，往左拐了个弯，就是她来时路过看到的地方，一排整齐的青砖红瓦房。庞智介绍说：“这一栋房子都是机关放东西的地方，没有住人，你不会害怕吧。”

王小雅摇摇头，“在县委大院里有什么可怕的啊，放心吧，我没事。”

“没事就好。”庞智叨叨咕咕地说：“我们这间库房挨着的是县委办公室的储藏室，那边一间是宣传部的，再往那边分别是统战部和总工会的。”说着，他打开了库房的门，屋里黑乎乎的，一股霉气混合着怪味迎面扑来，王小雅打了个喷嚏，赶紧捂住了鼻子。

“这是什么味呀，怎么这么难闻啊？”王小雅问道。

“这是印刷文件用的油墨，我已经闻习惯了这种气味，没有什么感觉。”庞智说。

进了屋里，庞智拉开了窗帘。屋里一片狼藉，到处都是灰尘，一些杂七杂八的东西扔得毫无章法。庞智不好意思地说：“这些天只顾忙别的去了，屋里也没有收捡过。”说着就要动手去拾掇。

王小雅笑了笑说：“不急慌，让我先看看怎样布局合理，再慢慢地清理也不迟。”

其实，屋里的东西并不太多，只是疏于收拾。那些宣传标语牌，油印机，铁锨、篮子、扫帚之类的东西全没有放置到该放的地方。如果整理好，用不了半间房子就足够存放的了。

庞智问：“怎样收拾好？”

王小雅说：“杨书记不是说了吗，咱们先想办法把房子隔开，然后再打扫，要不然拾掇了也没用。”

庞智问：“那怎样隔呢？”

“这样好不好，把这些东西整理好放在外面，我住在里面。”王小雅用手比划着说：“从这地方隔开，把门留在东面，你看行吗？”

庞智双手背在身后，说：“你只管指挥，活我干。”

王小雅觉得庞智特别有意思，有时说话像个老太婆，唠唠叨叨地没完，有时又像个孩子，没有一点主意。王小雅不了解机关里的情况，以为隔开房子就是从中间打一堵墙，她对庞智说："你去找个会砌墙的工人就行了，其他事情我自己都能干。"

庞智挠了挠头，"砌砖墙啊？这砖好弄……可这砌墙我还真不行呢。"

"那你的意思是……"王小雅问道。

"我想，用一根铁丝，两根洋钉，一块布就行了。"庞智看了看王小雅，又说："我的意思是从中间拉上个布幔子既简单，又轻便，也不用着门，布帘子想怎样拉都可以。反正你也是临时住在这里，将来等你换了房子，还省了再麻烦。"

王小雅想了想说："行，你看怎样方便就怎样吧，只要能住人就行了。"

庞智就地取材，在库房里翻出几枚大铁钉，剪了一截铁丝，在房子中间拉了起来。

王小雅说："你把铁丝都拉好了，布帘子还没挂上呢。"

庞智说："不打紧，等会儿买帘子时，再买几个夹子就行了。"

王小雅心想，这也太简单了。可自己初来乍到，又不好说别的，能将就将就吧，别给其他同志留下了不好的印象。但如果是用布帘子隔开，外面的杂物就不好放置了。

庞智看出了王小雅的心思，他说："把标语牌靠帘子放，这样就能挡住乱七八糟的东西不会越过来。重一些的东西，都靠着西墙放，这样可以节省地方，对屋里也不会有什么影响。"

王小雅点点头，说："可以放下就行了。"

按庞智的设计方案，二人整理好房间，打扫了卫生，等挂上帘子扯好电灯时，天都快黑了。庞智又去招待所把王小雅的行李搬到新布置的屋子里，一切收拾就绪，已经是夜色茫茫，华灯初上了。王小雅一定要请庞智吃顿便饭，却被庞智委婉拒绝了。

送走了庞智，王小雅觉得腰酸背痛，也没有心思去吃晚饭。她拿起脸盆和洗漱用具，到办公大楼下的水龙头胡乱洗了一通，然后，又接了一盆水，端回宿舍。简单地洗漱后，便躺在了床上，再也不想起来了。

临河铺里的人很久没有听到马世轩拉胡琴了。马春生离开家后，马家缺少了男人，剩下的都是一些老弱妇幼。虽说蓝叶萱很能干，但毕竟不是男人，有些活她是做不来的。本来大队里的那些事情就够蓝叶萱忙乎的了，回到家她也休息不了。马世轩能体谅儿媳妇的苦楚，为了避免让她操更多的心，他把家里的重体力劳动全部包揽了下来，硬撑着那渐渐衰老已经体力不支的身躯，把那些担水砍柴的活干完。

自从那年小棒子出了事，马世轩几乎没有再和乐队的老朋友聚过会，大部分的精力都放在了孩子们的身上，不敢有半点地懈怠。

秋天的雨总是那样多，那样连绵不断。牛毛似的细雨纷纷扬扬地在空中飘落，外面到处都是泥泞。社员们已经几天没有下地干活了，大队里的公事也少了许多，蓝叶萱一有空闲，便回来帮助料理家务，干完了活就带着孩子玩。忙惯了的马世轩猛然闲了下来，反倒觉得有些空虚无聊，便想起了尘封已久的胡琴。

马世轩这一辈子都喜欢拉那些缠绵悱恻的曲子。临河铺的人记得，马世轩最后一次拉胡琴是在为李云鹏结亲的那天，也是小棒子不在的时候，兴许是怕刺激到蓝叶萱的伤痛，他不再拉胡琴了。

马秋生去世的几年里，马家发生了许多事情，小棒子淹死了，女婿也不在了，马春生又离开了临河铺，这一系列的事情都让马世轩伤心不已。按照马世轩的秉性，他喜欢用琴声来发泄心中的悲哀和忧愁，但他没有，而且好几年都没有动他那把落满灰尘的胡琴了。

马世轩的琴声似乎已经被临河铺的人们遗忘，谁也想不到封存了这么久的胡琴如今被再次拉响，那哀怨断肠、如诉如泣的琴声居然又回荡在了临河铺的上空。

马世轩的心情很复杂，多年的忧伤积郁在胸，一直得不到发泄，眼看着自己已经渐渐地衰老了，身边却没有一个能指望住的人。虽说蓝叶萱尚在马家，但她毕竟是女人，而且是已经亡故了的儿子的媳妇。马世轩最害怕生病，他心里清楚，自己这个年龄的人就像是秋天的树叶，说不行就不行了。临河铺里的人都这么说，“一场秋雨一场寒”。人也是一样，过了花甲之年，就等于到了生命的秋天，再硬朗的身体也抵不住几场大病。上次病了一场，一直没有恢复元气，眼看着身体一天不如一天。儿子那么结实的一个汉子，说走就走了，自己还能坚持多久呢？

一段段哀怨缠绵的曲子，让蓝叶萱沉浸在了过去的回忆中，她理解公公，可谁能理解她此时的心境呢？一个年轻的寡妇，就这样守着一群老小，一天天地消磨时光。

马世轩结束了拉琴，刚把胡琴挂在墙上，蓝叶萱就进来了，“爹，您是不是遇到什么不顺心的事情了？”蓝叶萱问。

“没有。只是许久没有拉琴了，这连阴天，出不了门觉得心里烦闷，拉几声消遣消遣。”马世轩说。

蓝叶萱说：“爹，别瞒我了，有什么心事只管说，千万别把烦恼憋在心里，那样容易出毛病的。”

马世轩“嗯”了一声，半天才说了句：“我想让春生回来。”

蓝叶萱疑惑地看着公公，“春生在部队里干得好好的，让他回来干嘛啊？”

马世轩说：“还是回来好。你姐夫在部队上干了一辈子，身上枪眼不知道留下了多少，最后成了反革命，我不想让春生当什么军官，在家里虽说是面朝黄土背朝天，但活得踏实。”

蓝叶萱心里想，爹果真是老了，想问题有些偏执。她说：“爹，姐夫可能犯的是路线错误，你放心吧，春生不会。”

马世轩眉头拧成了一把，看了儿媳妇一眼说：“路线错误？他跟着毛主席打过江山，全国解放了，又抗美援朝过了鸭绿江，脑袋在裤腰带上拴着干革命，哪来的路线错误？”

蓝叶萱也弄不清什么是路线错误，只是听人们如此议论，她对公公解释不清。只好说：“等春生过年回来探家，听他说说部队里的情况再说。您说呢？”

马世轩掏出烟袋含在嘴里，两只眼睛无目标地四处兜游着。“我和你娘老了，身边只有你一个女人，还带着三个孩子……”

“爹，是我做得不好是吧？对我有什么意见您只管说，我会改的。”蓝叶萱说。

马世轩摇了摇头，没有说话。蓝叶萱又说：“春生在外面也是有家有当的人，即使转业了，恐怕也回不了临河铺，即使回来了又和在部队又有什么区别呢？”

马世轩说：“常言道，父母在不远游。养儿是为了防老，现在爹老了，我不想像王麻子那样，死了身边连一个送终的人都没有。”

“爹，您真自私。”蓝叶萱笑着说：“年轻人有自己的事业，自古忠孝不能两全。春生现在是在守家卫国，为国尽忠。家里有我们尽孝就行了，何必把儿女都霸在家里呢？”

马刘氏从后园摘菜回来，蓝叶萱忙去接过婆婆胳膊上的菜筐，又帮她解下满是雨水的蓑衣。马刘氏把鞋上的泥巴刮在门槛上，进到屋里说：“你公公就是心眼小，想不开，昨天夜里在床上翻腾了一夜。”她又转过来对马世轩说：“蓝草说得对，你就听听她的话吧。”

第三十章　陈凌子堆雪拔头筹　王小雅叹息人情冷

这年的冬季来的特别早，也特别的冷。临河铺第一场大雪就下了有一尺多厚，整个月牙河全被封冻了。顽皮的孩子们开起了雪仗，雪团扔的满天乱飞。那些喜爱热闹的年轻人，集中在高大龙的医疗室门前，有堆狮子的，有做雪人的，还有盖雪房子的，大家争相炫耀自己的作品做得好。王小雅和陈凌子也在那里凑热闹，陈凌子堆了一个大头娃娃，王小雅用桃核给娃娃做了两只眼睛，又借用高大龙的毛笔画了眉毛，看上去栩栩如生非常可爱，引来了许多人围观。大家一致称赞陈凌子的雪人做得最好。

马晓萍头包着花围巾，手里拿着铁锨，边铲门前的雪边高声喊道：“都来看看陈凌子的大头娃娃，你看那眉毛、那眼睛活灵活现，和真的一样，就连李云鹏的雪狮子都比不上。”

小谷子则不然，她喜欢那个雪狮子，看着那张牙舞爪，血口大张，一副虎视眈眈的样子，觉得很稀奇。她围着雪狮子转来转去，趁人们不注意的时候，就把小手放进了狮子的嘴里去摸它玻璃做的牙齿。

打完了雪仗的孩子们，这会儿都跑了过来，欣赏大人们玩的东西。看完之后，他们就在医疗室的后面踩出了一条亮晶晶的滑道，然后，一个接着一个在那条滑道上滑行。

王小雅已经两个多月没有收到李援朝的信了，开始，她以为李援朝工作忙，或是出差，或是参加学习去了。然而，又过了一月有余，仍无他的音信，王小雅开始着急了。李援朝到底怎么了，是不是发生了什么事情？一天又一天，王小雅由在办公室等信，变成了到邮局问信，她清楚地记得在这些日子里，自己已经给李援朝写了三封信了，结果是石沉大海，杳无回音。王小雅整天坐立不安，饭食不香，难道是他有了对象害怕她吃醋？即使有了对象，也不至于不给自己写封回信吧，哪怕是三言两语也行，免得让人心里不踏实。

王小雅等信已经成了习惯。过去，李援朝基本上每月会给她来三封信，虽说信中很少谈到感情问题，但双方这种交流方式的频率已经超过了一般人的正常交往。王小雅自己也搞不清楚为什么会这样焦虑，不就是两个多月没有收到一个普通朋友的来信嘛。

坐在办公室里，王小雅心里像长了草似的，早上打扫卫生时，不小心把墨水瓶碰倒了，弄得桌子和地上到处都是。倒水时，又把玻璃杯倒溢了，烫了自己的脚。她自己也不知道怎么了，反正是心神不宁。坐在办公室，她会不断地转过身向门外张望，有时抓耳挠腮，有时又呆若木鸡。

王小雅这些天做事总是神魂颠倒不在状态，庞哲打趣说："王小雅同志，在想什么呢，是不是有了心上人了？"

对这样敏感的问题，王小雅居然半天没有反应过来。过了半天，才冷冰冰地说了一句："可别胡说呀。"

见王小雅绷着脸，神情庄重，庞哲后悔不该和她开这样的玩笑，虽然平时王小雅性格开朗，是个很活泼、很容易接触的人，但庞哲没有想到她会给自己脸色看。他闭上了口，再也不敢说废话。

王小雅实在是挺不住了，她还是到妇联去找了李援朝的母亲。妇联就在团县委办公室的下面，虽然都在同一栋楼上办公，但她从没有去看过这位李主席、李阿姨。

王小雅怀着忐忑的心情敲了李月牙的办公室。门开了，李月牙见是王小雅，心里不免有些吃惊。她和王小雅早就认识，在一栋楼上办公也时常见面，二人心照不宣。但只有狭路相逢时，才相互打声招呼，平时很少说话。

“李主席，李姨。”王小雅第一次和李月牙正面接触，她有些拘束，紧张得不知道怎样称呼合适。

“小雅，有事吗？进来坐吧。”李月牙客气地说。

王小雅没有敢坐，远远地站在桌子对面问：“李姨，我想向您打听一下李援朝最近的情况，他最近怎么样。”

李月牙有些诧异，她怎么会关心起李援朝来了？自从李援朝来信说有人想坑害他之后，就连她自己也没有再收到儿子的来信，心里正着急，王小雅突然问起李援朝的事，让李月牙联想到这件事情与王小雅是不是有什么瓜葛。李月牙不清楚王小雅是出于关心，还是有意来看笑话的，便急着问：“找他有事啊？”

王小雅摇摇头说：“我只是想问问，好久没有他的信息了。”

“你和援朝有来往？”李月牙疑惑地问。

王小雅点点头，“我们过去经常通信，只是近两个多月再没有收到他的来信了。”

李月牙也是两个多月没有收到儿子的信了，心想，李援朝会不会和王小雅说了什么呢？于是问道：“小雅，援朝和你说了什么了吗？”

王小雅又摇了摇头，“没有。”

李月牙站起来拉王小雅坐下，轻声问道：“援朝经常和你通信，你们常常都谈些什么啊？”

“也没什么，平时基本上都是谈些学习方面的事情，有时交流一下读书心得或是感想。”王小雅说。

“有没有涉及过情感方面的事情呢？”李月牙一步一步地往深处问。

“没有，李援朝是省里的领导，思想觉悟高，从不说那些低级趣味的事情。”王小雅说。

“不，我不是那个意思。你知不知道援朝还没有对象啊？”李月牙问。

王小雅愣了一下，“那与我没有什么关系，我们之间只是纯粹的革命友谊。”

李月牙说："援朝也不小了，身边的同志给他介绍对象，他总是告诉人家说老家已经有女朋友了，可我到现在也不知道他的女朋友是谁，说的会不会是你呢？"

王小雅把头摇得像拨浪鼓一样，"不是，绝对不是，我们只是一般的同志关系。"

李月牙满腹狐疑，两眼紧盯着王小雅说："那我有些不太相信，你今年多大了？为什么到现在还没有说对象呢？援朝才两个月没有给你写信，你就着急了，你们的关系一定不一般。"

王小雅留了个心眼，故意说："我也听说李援朝说他有女朋友了，不过，我从没有问过他的朋友是哪里的人、是干什么的，因为毕竟这和我没有什么关系。李姨，请您相信我，我和李援朝之间真没有什么。"

"嗯。小雅呀，你们之间有没有什么都没关系，你们是成年人了，相信你们做事都会有自己的道理和原则。"李月牙拿了个杯子，要给王小雅倒水。

王小雅急忙把杯子接过来放在桌子上说："李姨，我楼上有水，您别忙了。"

李月牙坐下来，自己抿了口水，然后说："小雅，你可别误会李姨啊，我是想知道援朝是怎样想的，没有别的意思。因为，他对你说的话和对我说的话角度不一样，他给我来信除了问候，很少说些别的什么事情，也许，对你就不一样了。我想，你对援朝的了解，说不定比我了解的还多，所以，我问你这些话没有别的意思。"

见李月牙对自己没有敌意，王小雅心里放松了许多，对她解释道："虽说我和李援朝是一般同志关系，但我们有许多共同语言和爱好，过去又是同学和老乡，除了谈些学习、读书之类的事情之外，他常常说一些城里的新闻，我所谈的大都是家乡的发展变化，几乎不涉及个人的私事。"

李月牙知道从王小雅嘴里掏不出什么话来，换了一种口气，关切地问道："你个人生活是怎样安排的啊，一个人是做着吃，还是买着吃呢？"

李月牙问起生活上的事情来了，王小雅也清楚，李月牙根本没有打算告诉她关于李援朝的事情，她想问的话也已经问完了。王小雅想找个适当的借口离开，等待着李月牙把想问的话说完。

“我不习惯买着吃，喜欢自己做饭。”王小雅说。

李月牙说：“好习惯。我也是一个人做着吃，虽说麻烦了一些，但省钱。”

王小雅赞同地点点头。趁李月牙还没想起来说什么，她赶紧站了起来，“李姨，您工作忙，我就不打扰您了。李援朝不在家，有需要帮忙的地方，您就对我说一声，我空闲时间很多。”

李月牙说：“好，需要帮忙的时候，我一定叫你。”

出了李月牙的办公室，王小雅长长地出了一口气。从李月牙的口气里，她至少可以判断出李援朝没有什么问题，心里踏实了许多。在楼梯间，遇到了周书记，她想问好，可周书记就像没见她一样，昂着头匆匆地快步上楼去了。王小雅有些纳闷，周书记过去见着她老远就满面堆笑地打招呼，现在走到了对面却满面凝重，与过去那种热情相比，简直是判若两人。

走进自己的办公室，就听杨书记喊道：“小雅同志，到我这里来一下。”

“找我有事吗？”王小雅问。

杨书记低声问：“你没有碰到周书记吗？”

“刚刚在楼梯间碰上了，怎么了？”王小雅有些纳闷。

杨书记说：“刚才周书记来了，让我告诉你，省委来了两个外调的同志，叫你去县委办公室一趟，他们好像有事情要找你。”

“省委派来外调的？”王小雅头脑里立刻想到是李援朝把自己在省里的工作搞定了。

“嗯。你现在就过去吧。”杨书记说。

王小雅激动的心里扑通扑通地跳，出了门，连走带跑地到了县委办公室，站在门口，见里面还有几个陌生人在那里坐着，她踌躇地停在了门前。办公室里的小邵招呼她在隔壁办公室坐下，说：“你先等会儿，他们还在谈话，喊着你时再过来。”

谈话的人不断地进进出出，又走了几个人才轮到王小雅。进了大办公室，她看到那两个外调的同志神情很严肃。

“你是王小雅同志？”一个穿中山服的人操着外地的口音，用生硬的口气问道。另外一个人在笔记本上做着记录。

“是的。”王小雅点点头。

“你和李援朝什么关系？”那人又问。

王小雅有些糊涂了，工作调动的事情与这有什么关系呢。不过，王小雅曾听说过，在城市里，有许多夫妻两地分居的现象，县团级以上的领导干部，可以照顾家眷到同一个城市工作。王小雅心里犯了嘀咕，李援朝不会是为了方便自己工作调动，故意说与自己有什么关系吧？不过，那种关系可不是能随便乱说的啊。

看着那人表情严肃地盯着自己的眼神，王小雅说：“我们是同学、同乡，我和李援朝是一般的同志关系。”

“嗯。那你该知道李援朝抢枪的事情吧？说说看。”那人说。

王小雅惊得几乎发呆了。这让她联想到县里最近正在清理所谓的“三种人”，凡是“文革”期间参与造反派组织或是打砸抢的，都属于“三种人”的范畴，听说公社的姚文杰已经被停职了，难道他们是来调查李援朝“文革”期间参与抢枪的事情？其实，关于李援朝抢枪的经过，王小雅并不了解，但她知道李援朝曾经确实有过一把手枪。当时，他为了在临河铺炫耀，枪走了火，差点要了马锦超的命。她清楚地记得那支枪还是他同章小燕一起交给武装部的。

王小雅想起李援朝这些年对自己的帮助，她无论如何也不能把枪的事情说出去。于是，摇摇头说：“‘文革’期间我在农村，不清楚李援朝抢枪的事情。”

“你和李援朝既是同学又是同乡，而且关系又那么密切，怎么会不知道他是造反派头目并且参与了抢枪事件呢？”那人眼光犀利，透出一种煞气，盯得王小雅不敢抬头。

“‘文革’期间，我在农村，李援朝在城里，我们几乎没有来往。”王小雅解释说。

那人声音忽然变得低沉而有威严。“王小雅同志，听说你是个积极要求进步的青年，在单位表现很不错，党组织也正在考虑你的入党问题，现在是组织考验你的时候，希望你能积极配合。”

王小雅沉默了，她渴望入党，在和李援朝通信中，他经常鼓励自己多向组织靠拢，积极要求进步，她照着做了，向组织递交过入党申请，杨书记也和她谈过话，如果不出什么差错，凭她自己的感觉，自己很快就能入党。她想，省委派来的人是代表上级组织来的，对他们隐瞒李援朝的问题，那就是欺骗组织，是一件非常严重的事情，如果追究起来，别说入党了，恐怕连团员也保不住。但如果把自己了解的那些情况对他们说了，那将对李援朝产生什么样的后果呢？

“共产党是讲党性、讲原则的，如果你替他隐瞒错误，不仅会害了他，也害了你自己。李援朝的问题非常严重，即使你不说，我们也可以通过别人了解到，你考虑清楚。”那人又说。

王小雅摇了摇头说：“我希望自己不断进步，但对组织谈话要实事求是，说话是要负责任的。我不能捕风捉影，把道听途说的事情对组织说吧？”

负责记录的那位同志有些不耐烦地把笔记本折了起来，轻轻地抠弄着笔帽。

“好了，王小雅同志，今天我们就谈到这里。记住，我们问你的问题一定要注意保密。”

王小雅在笔录上签了字，出了办公室，感觉神情恍惚，踏上楼梯台阶，一阵眩晕袭来，她不得已扶住了楼梯栏杆。稍镇静了一会儿，又碰见周书记下楼，当他们的眼光相遇，王小雅明显看出他的眼神里充满了轻蔑和鄙视。她明白了，周书记过去对自己热情是因为李援朝官帽子的缘故。作为一个县委副书记，怎么眼皮子这么短浅啊，王小雅觉得人情真是太薄，太冷酷了。从这一点看，李援朝是没有人能比的，他是省城里的官员，还能体谅像她这样一个普通的小人物呢。

第三十一章　闻凶信李月牙失魂落魄
无计施李有福难抚其心

李月牙的消息太闭塞了，李援朝被隔离审查那么大的事，她居然比别人知道得都迟，还是高凤娇问起李援朝的事情，她才知道儿子已经没有自由了。

李月牙心急如焚，儿子被隔离了怎么办啊？她知道县里已经抓了几个造反派的头目，那些人基本上都是“文革”时期在县里叱咤风云的人物。而李援朝那时什么也算不上，只是跟在他们后面瞎起哄的一个十五六岁的孩子，李月牙根本就不会联想到儿子也与“三种人”有关系。听高凤娇说，省委来的人问起了“文革”时抢枪的事情，她这才恍然想起几年前那个夜晚儿子带着枪和子弹回家的情景。儿子说是借来玩玩的，第二天，他就在临河铺玩枪走火伤了人。从那以后他就躲出去了，再后来就在省城参加了工作。李月牙也搞不清楚儿子是否参加了抢枪事件，即使他没有参与抢枪，但私自携带枪支弹药也是犯罪啊。

事情就这样突然发生了，儿子被隔离审查，很有可能会从一个有前途的年轻官员变成阶下囚。面对眼前的状况，李月牙干着急，一点主意都没有了。她托人给李有福稍了封信，让他到城里来一趟。

李有福是个大队书记，对上面的农村政策还略知一二，至于什么是“三种人”他听都没有听说过。看着李月牙的情绪很不好，他只有安慰她，劝他不要着急，他也是无能为力。

李有福说：“只要援朝没有做过什么反党、反革命的事情，料想也不会有什么大事。”

李月牙可不是这样想的，从武装部抢枪是什么性质，她心里清楚，那可不是一般的问题。如果上纲上线，那就是反革命，与篡党夺权没有什么本质性的区别。

“哥，你在农村待惯了，不太了解城里的情况，援朝的事情可大可小，如果有人想背地撂黑砖，坑咱援朝，那可是要命的事情啊。”李月牙眉头紧锁着。

李有福想了想说：“援朝过去在公社有过对立面，不过，他们够不上去省城黑他呀，姚文杰那帮人已经是树倒猢狲散了，他的那些小走卒，能对李援朝有多大的威胁呢？”

李月牙说：“哥，你怎么不明白呢，简单地说，有心要坑援朝的人，只需寄一封检举信，就可能对他造成伤害。你想，在省城里，谁能知道援朝携带枪支的事情啊？何况这已经过了这么多年了啊。”

李有福摇头叹息道："往日的那些恩恩怨怨已经过去那么久了，我想他们不至于这样做吧。"

李月牙知道说这些关于派系斗争的事情哥哥不会理解，在农村就是种庄稼，混工分。在城里就不一样了，尤其是身在机关里的那些人，他们没有更多的事情去做，每天都在琢磨怎样对付人，好像除了搬弄是非，就没有什么好干的事情了。眼下不知道是哪些人占了上风，县里也正在清洗过去的对立面。

"哥，你不了解，虽然表面上看不见派系斗争了，其实，现在暗地里比过去斗争更残酷，县里已经有人被关进监狱了。"李月牙说。

李有福若有所思，他的确对城里的情况不怎么了解。不过，农村的状况也完全不像以前那样，过去，人们为了实现共产主义远大理想，可以忘我地工作，甚至能奉献自己生命。"你说的也是，人的思想的确不像过去那样单纯了，像马秋生那样全心全意干事业的人越来越少，而像姚文杰那样的投机分子却越来越多。"

李月牙面无表情，抬头看着挂在上方的毛主席像，叹了声息说："现在的人啊把理想看得淡了，有些人是纯粹为了往上爬，为了追求地位，坑人害人，使尽了阴谋诡计，还有些人打着阶级斗争的旗号，公报私仇，什么坏水都使得出来。"

李有福知道妹妹在想些什么，他也有过这方面的遭遇，于是安慰妹妹说："是啊，就说咱临河铺出来的人，除了李银锁以外，哪个没有受过诽谤遭到过陷害呢。不过，这些都是暂时的，现在他们都官复原职了。相信援朝也不会有什么事。"

李月牙说："我是担心援朝年轻，思想单纯，怕他受不了这种打击。"

李有福说："援朝没有你想的那样脆弱，你放心，我相信他能挺得住。"

李月牙好像想起了什么，忽然问道："你知道援朝与王小雅有过来往吗？"

李有福说："好像听说他们有通信往来，大队里有人议论，说王小雅的工作是援朝帮忙安排的。"

李月牙心里有些不安，难道王小雅真是援朝帮忙安排的工作？

难怪她这么关心援朝的事呢。儿大不由爷，这么大的事情他都瞒着自己。

“那你认为呢？”李月牙问。

“我哪里知道这些呀，援朝从未给我写过信，我看不出王小雅和援朝之间有什么瓜葛。”李有福说。

李月牙想，如果他们关系真的不错，在这种时候王小雅要是能去看看援朝，也许会对他有帮助，至少也是一种安慰。可是这话怎样对她说呢？

“嗯。”李月牙说：“我想去一趟省城，王小雅如果能陪我一起去就好了，不知道她是怎样想的。”

李有福说：“你可以把自己去省城的打算告诉她啊，看她怎样反应，如果她有去的想法，也许会答应同你一块去。”

李月牙点点头，“那我去问问吧，如果她不去的话，我想明天就走。”

李有福说：“好吧，我等着你的消息。”

在李月牙找王小雅谈话之前，王小雅已经做了决定，她无论如何也要去省城和李援朝见上一面，她认定李援朝是个好人，即使李援朝犯了错误，她也不会放弃他们之间的友情。这些年如果没有李援朝的鼓励，她不可能从迷茫的生活阴影中走出来；没有李援朝给她精神上的支持，她就不会焕发出第二次青春，也正是由于李援朝提供的帮助，她才有了今天的工作。

王小雅接到李月牙打来的电话，觉得很突然，她并不想见李月牙，知道她对王家的仇视。但是，考虑到和李援朝的关系，她还是去了李月牙的办公室。

这次李月牙见了王小雅显得特别亲切，又是倒水又是让坐，弄得王小雅有些不知所措。“李姨，您找我有什么事情吗？”王小雅问。

李月牙强作镇定，尽量地让自己在王小雅面前显得平静，她把水杯放在王小雅的面前，说：“小雅，前些天你不是向我打听李援朝的事情吗，我也是才知道，听说他出事了，现在正接受组织隔离审查，连通信也不允许了。”

王小雅低着头说：“他的事情我已经知道了。前天，省委派来的同志把我叫去问了话。”

“问你？问什么了？”李月牙感觉有些奇怪，急切地问。

王小雅踌躇一下，挠了挠头。她想起省委派来的同志对她说过，谈话的具体内容要保密，不得对外人讲，说是组织纪律。

李月牙见王小雅有些犹豫不决，忙说：“如果你有什么难言之隐就算了吧。”

王小雅想，李姨是李援朝的母亲，又是妇联主任，她应该不算是外人吧。王小雅是党外人士，根本不了解什么是组织纪律，更不懂保密原则。她担心李月牙误会自己，赶紧解释道：“省里来的同志说，谈话内容要保密，我不知道应不应该对你说。”

王小雅一句话把李月牙给怔住了。李月牙始终把王家的人看成是一窝贼，没有一个好东西。过去，每次见到王家的人，她就想会想到王麻子那个无恶不赦的恶人，想到倭瓜花那张充满罪恶的可怕嘴脸。她忽然怀疑王小雅会不会抱有什么不可告人的目的，或是想故意拉她下水？想到这，她不敢再问下去了。

“如果牵扯到机密，那就算了。”李月牙装作轻松的样子说。

“其实，也没有什么重要的，他们就是问我关于李援朝‘文革’期间抢枪的事情。”王小雅随口把谈话的内容告诉了李月牙。

李月牙抬眼看了看她，心想，刚才还说是要保密，怎么忽然就把事情说出来了呢，是不是想套自己的话啊？李月牙犹豫了片刻，还是继续问道：“你是怎么对他们说的呢？”

“我说不知道。我本来就不知道啊。”王小雅回答得很干脆。

王小雅说话时，表情淡定自然，不像是居心叵测的人。虽说她就这短短的一句话，却触动了李月牙的内心，甚至让她有些感动。她第一次发现，王麻子的家人并非都和王麻子、倭瓜花一样，她根本没有想到出身这样家庭的王小雅会这样单纯、善良。

“谢谢你告诉我这些。”李月牙转而愁云满面地说：“援朝被审查了，不知道会有什么结果，我很担心。”

“李姨，您不用太担心了，李援朝应该不会有什么大事。当初，他又不是什么造反派头目，一个十五六岁的学生懂什么呢。”王小雅说话时，语速很慢，神色依然显得很淡定。

“我打算去省城一趟，你有口信要捎么？”李月牙试探性地问道。

“李姨，你什么时候去呢？”王小雅抿了一口水，两眼紧紧地盯着李月牙。

“我想明天就走。”李月牙说。

“能带我一起去吗？我也想见见他。”王小雅突然显得有些焦躁，紧张地等待着李月牙的回答，好像怕被她拒绝似的。

李月牙看着她紧张的样子，松了口气说：“行呀，那你准备一下，明天能行吗？早上七点钟有趟车。”

“行，就七点吧，我去准备一下吧。”王小雅说着就要离开，李月牙又说：“明天早上我把车票买好等着你，你可别迟了呀。”

王小雅忙说：“车票的事您别管了，我去买。”

李月牙站起身来，说：“听李姨的话，七点前到候车室就行了。”

第三十二章　李月牙幡然醒悟　王小雅狱中示爱

第二天一早，李月牙就起了床，烙了张大饼，切成菱形装在了行囊里。又把李援朝留在家里的军用水壶灌满了开水背在身上，然后匆匆忙忙地到了车站。汽车站里人不多，很冷清，李月牙买了车票，来到候车室，王小雅已经在那里等待了。李月牙坐在王小雅的身边，见离发车的时间还早，便问：“还没吃饭吧？”

“没有，等您一起吃呢。”王小雅把身上的挎包取下来，递给李月牙说：“您等着，我去买几根油条。”

李月牙说：“不用了，我早上刚烙好的大饼还热着呢。”说着，她拿出烙饼，二人吃了起来。

李月牙吃了一块大饼，忽然问：“小雅，你和援朝只是一般同学关系，为什么对他这样关心呢？”

王小雅咽下口中尚未嚼烂的饼，噎得直伸脖子，李月牙把水壶递给她，“喝口水吧。”

王小雅喝了两口水，咽下了口中的大饼说：“李姨，我知道爷爷那辈人曾经做过许多对不起您的事情，作为您的儿子，李援朝没有记我们家的仇，他是个好人。”

李月牙接着又问：“仅是因为他不记仇吗？”

王小雅回答说：“不仅如此，他乐于助人，而且我觉得他是一个有事业、有理想的人。我很钦佩他。”

李月牙目不转睛地看着王小雅，说：“可他现在犯了错误，出了问题，你和他接触，就不怕影响你的进步？”

王小雅淡淡地一笑，轻轻地摇着头说：“怕什么呀，李援朝又不是反革命分子，无非犯过一些错误，谁又能保证自己是百分之百的正确呢？”王小雅说话时，脸上的表情很优雅，一对小小的梨涡很好看，笑得也很自然，一点也不矫揉造作。

李月牙不知不觉地对王小雅产生了好感，看着她也不觉得不顺眼了。“小雅，你这么好的条件，为什么不处个对象呢？”

也许，这话触到了王小雅的疼处，她脸上的笑意渐渐地消退了，一对黑眼珠子不断地转动着。“错过了青春年月，现在年纪大了，遇不上合适的，我也不想考虑个人的问题。”

“你才多大啊，怎么能这样说呢？小雅啊，男大当婚，女大当嫁，这是必须的。宣传部的吕干事人长得帅，又精明能干，你为什么要拒绝他啊？”李月牙在机关里听到别人闲说王小雅拒绝了吕干事的事情。

“我刚参加工作，什么也不懂，想先做好工作，其他的事情以后再说。”王小雅低下了头。

候车室里传来了通知上车的喇叭声，王小雅一手挽着自己的行李，一手提着李月牙的包裹排队上了车。班车在颠簸的路上行使，李月牙晕车，一路上不断呕吐，幸亏有王小雅的照顾。

二人一路奔波，从汽车到火车，再由火车乘汽车，经过来回的倒腾，终于到了省城。他们都是第一次到省城，好在王小雅在大城市待过，也算是见过一些世面。他们东询西问，好不容易找到了省委，却被门岗拒之门外。开始，门岗让他们打电话，通知亲属出来接人。后来听说是找李援朝的，那门岗干脆连电话也不让打了，说机关里没有这个人。李月牙对门岗把好话说尽，无奈那门岗像是木石做的，毫无表情地站在那里，对李月牙的苦苦哀求无动于衷。他们二人只好远远地站在省委大门前，碰见出来的人就打听李援朝的情况，还算是运气不错，她们问到了李援朝同一个办公室里的人，那人告诉她们，李援朝已经被送去劳教所了。二人又费尽周折，辗转找到了劳教所的地方，经打听，李援朝被定性为“三种人”，正在等待着宣判。

虽说李援朝暂时还不是犯人，但比见犯人还要困难的多，经过官方许多手续，过了一道道关卡，她们忙乎了三四天，才在一个犯人劳教的地方见到了李援朝。

那是在郊区的一个劳改农场里，李援朝和其他犯人一样，在挖塘泥，他同犯人的唯一区别是，没有穿囚服。李援朝又黑又瘦，满脸的胡渣子像是很久没有刮。见到母亲和王小雅一块来看他，一副很吃惊是样子问：“妈，王小雅？你们……”

李月牙见到儿子就控制不住了情绪，抓着他的胳膊就呜呜地哭了起来。李援朝用袖子给母亲擦着眼泪说：“妈，哭什么呀，儿子不是好好的吗。”

看着李月牙悲伤的样子，王小雅眼圈也红了，她扶着李月牙劝道：“李姨，别伤心了。”

李援朝让母亲坐在沟沿的草地上，看着他们二人问道：“妈，你怎么和王小雅一起来了？”

王小雅说：“听李姨说你出了点事，我就答应和她一起来看看你。”

李援朝眼中瞬间流露出一丝感动，但很快消失了。“谢谢你小雅，难为你这么大老远来看我。”

“说谢谢的应该是我才对。”王小雅打量着李援朝，仔细端详了半天，然后说：“这么多年没见，你变了很多，看上去成熟了。”

李援朝神色淡漠，自嘲地说：“是不是老了呀？”

王小雅故意装着轻松的样子说：“李姨，你说他能不老吗？满脸胡子，蓬头垢面，简直就像是一个老头呢。”

李月牙说：“你也是，怎么连胡子都不刮呢？小雅说的没错，看你这不修边幅的样子。”

王小雅又说：“我见他最后一面的时候，他才十五六岁，就是一个大孩子。转眼，这些年过去了，说真的，要是在大街上碰见他，我还真不敢认呢。”

李月牙心里有些难受，叹声息说：“这一路上多亏有小雅，我晕了一路的车，来到这里真不容易。”

李援朝说：“妈，您就不该来这里。”

王小雅不想让他们说这些令人伤心的话，她赶紧岔开了话题说：“援朝，我看了《牛虻》那本书后，感动得几天几夜都没有睡好觉。我觉得你说得对，人生道路没有平坦大道可走，但只要心中有了目标，无论遇到什么情况，内心都会是充实的。”

李援朝知道王小雅是什么意思，她是在勉励自己要坚持，因为，这后半句是自己在信上曾经勉励她的话。

“小雅，你进步了。放心吧，我不是一个经不起风雨的人。”李援朝瞅了一眼身边的看守，好在那人好像并不知道《牛虻》这部禁书，要不然，恐怕又要多一条罪状了。他转身对母亲说：“妈，也许我要在监狱待上三到五年，家里就你一个人我有些放心不下，如果遇到了什么困难，可以请小雅帮帮忙。”

王小雅说：“是呀，李姨你可不用见外，就当我是您的女儿吧。”

李月牙控制不住悲伤，眼泪又流了下来，她拉着王小雅的手说：“能有你这样的闺女，我就心满意足了。”

李月牙接过王小雅递给她的手绢，又说：“援朝，你说你已经有了对象，到底是真是假啊？”

李援朝苦笑道：“别问真假，即使有对象，我现在这样了，别人还能同意啊？”

王小雅说：“那也不一定，就看你对象是怎样看待这件事的。”

李月牙说：“小雅说得对，你能告诉我你的女朋友是谁吗？”

李援朝见母亲一定要寻根问底，就认真地说：“妈，我哪里有什么女朋友啊，我原想三十岁之前奔自己的事业，谁会想到能发生今天这破天荒的事情啊，要不然，也早让您抱上孙子了。”

李月牙又叹了声息，眼泪不自觉地流了下来。“娘一生坎坷，命途多舛，难说这辈子还能不能见到孙子呢。”

王小雅说：“李姨，你可不能这样想啊。”

李月牙说：“过了三年五年，援朝都三十多岁的人了，而且是蹲过大狱的人，有谁还愿意找他啊？”

看着李月牙伤心的样子，王小雅心里也很不是滋味。她能理解，一个高高在上的人物，忽地一下子被打到了十八层地狱，这种巨大的落差，是谁能接受得了呢？然而现实就是这样的残酷，摊上了谁，也不好过。王小雅想安慰李月牙，却找不到合适的语言。她看了看李援朝，以为他会对母亲说点什么，可他也沉默无语，那双无神的眼光正毫无目的在远方游弋，而且充满了忧虑。

从李月牙的角度想，王小雅觉得她的话不无道理，过去李援朝那么好的条件都没有找好对象，现在没有了官位不说，又蹲了大牢，再劳改三年五年，谁还找像他这样的人啊。她不理解的是李援朝为什么到了谈婚论嫁的年龄，居然没有女朋友，难道真是像他自己说的那样是为了奔事业？王小雅猜不透李援朝到底打的是什么主意，但有一点她心里清楚，李援朝肯定是喜欢自己的，要不然，她曾经那样拒绝过他，甚至还掴过他一巴掌，换着谁能受得了这样的屈辱呢？然而，李援朝却从没有对她计较过，一如既往地帮助她、关心她，尤其是在她人生陷入低谷、最落魄的时候，那时李援朝已经是处级干部了，还对她那样殷勤，这里除了真情实感，一般人是做不到的。李援朝对自己确实是好得不能再好了，认识他这样的人，是自己这辈子修来的福分，在这个世界上，哪里还能找到对自己这样好的男人啊？想到这些，王小雅鼓起勇气对李月牙说：“李姨，如果您不介意，我愿意等着李援朝出来。”

李月牙被王小雅的话给震呆了，神情忽然变得异常，张着嘴巴，似想说话，但又没有说，两眼直勾勾地盯着王小雅，像是从来不认识王小雅似的。看了半天，猛地拉过王小雅的胳膊，一把将她抱在怀里，哇哇地嚎啕大哭起来。

李援朝见母亲失去了理智，发疯似的搂着王小雅，忙走上前去，从王小雅身上掰开母亲的手，小声说：“妈，这是干什么呢？你看看这里是什么地方啊。”

李月牙醒悟过来，旋即收回了手，却止不住断断续续地抽泣，不时地用王小雅的手绢擦着眼泪。

李援朝对王小雅说：“谢谢你，小雅。在这种场合听到你说这话，实在是让我感动不已。可是，现在已经不是过去了。我是喜欢过你，但不是现在，希望你取消这种念头。在我眼里，你永远是美好善良的，不要因为同情我，而沦落为一个囚徒的爱人。”

王小雅昂起了头，目光从容而镇定，她真诚地说：“援朝，你记住，什么时候你都不是囚徒！在我眼里，你是一个勇敢的追求者。不管你是当官，还是坐班房子，我都喜欢你。因为你有远大的理想，你有一颗慈爱的心。”

李月牙对他们俩说的这些话困惑不解，她弄不清楚儿子和王小雅到底是什么关系，糊里糊涂地听着他们之间的对话。

李援朝说：“小雅，接受现实吧，我是一个失败者，我真的不配和你谈论这些。你的条件很好，回去找个合适的对象，成个家吧。”

王小雅有些生气了，“难道你不曾喜欢过我，不曾爱过我吗？我不介意你现在的处境，我只相信我们还会有将来……”

看守走了过来，高声叫道：“好了，到时间了。”

李援朝站起来，抓住李月牙的手说：“妈，您多保重。”又转身对王小雅说：“小雅，放弃你的那些想法吧，我很感激你！”

“快走，磨蹭什么呀。”那看守催促道。

王小雅追上去几步说：“援朝，坚持，我相信你！”

第三十三章　李云鹏大胆提建议　李有福保守遭质疑

临河铺似乎永远都是一派繁忙的景象，这种无休止的劳动对年轻人来说，如同一根无形的绳索，把他们紧紧地困在了大田里。一年四季面朝黄土背朝天，日出而作，日入而息，除了雨雪天气不能出勤外，他们不得不随大流，跟着老庄稼把式学着做各种不同的活计。中老年人就不同了，他们已经习惯了出勤，离开了劳动场合反倒觉得无聊。大集体生产的好处是社员们干活时比较集中，或三个一伙，或五个一群，说得来的人们聚在一起，唠唠家常，开个玩笑，甚至男女之间打情骂俏也是常有的，生产中添加了这些调味剂，把劳动过程修饰得富有情味，使他们干起活来有滋有味，并不觉得枯燥、乏味。

这年的腊月，天气酷冷，惨烈的西北风刮得人们睁不开眼。一连几天，临河铺的劳力都集中在大坝上维修堤坝。按说这里没有太多的土方工程，抽出三五个劳力，用不了几天就可以完成，没有必要把全大队的劳力都集中到大坝上磨洋工。休息的时候，李云鹏见李有福手拄着铁锨在听那些人们开玩笑，就走过去对他说："李书记，你也喜欢听他们穷开心啊？"

李有福把铁锨扔在地上，双手放进袖筒里嘿嘿地笑道："你没听老七说的鬼八卦，那些奇闻怪事，让人把肚子都笑破了。"

李云鹏瞟了老七一眼说："临河铺除了他，还有谁？鬼话连篇，没有一句正经话。"说到这里，忽然就联想到了自己的父亲，不好意思地又补充了一句："比我爹的八卦还多，我都懒得听他的了。"

李有福见话不投机，他还要保持自己的尊严，便郑重其事地问："找我有什么事吧？"

李云鹏直言不讳地说："李书记，这么大冷的天，地冻得比铁还硬，我认为现在不是干这活的时候。"

李有福瞪了李云鹏一眼，反问道："那依你说什么时候是干这话的时候呢？"

李云鹏拿起李有福扔在地上的铁锨，在手上吐了一些唾液搓了搓，然后狠狠地向地面剁去，一连剁了几锨，地皮被剁得当当响，每一锨下去，地表层只留下一道浅浅的痕迹。李云鹏把铁锨放下来，搓着被震得发麻的手说："这土冻得太结实了，现在干这种活要比平时多用十倍的工。要我说，等化了冻再干这些能省许多劳动力。其实，这大堤上需要的土方没有多少，等晴好的日子，集中三两天的时间就完成了，何必把这么多的人都弄到大堤上受洋罪呢？"

李有福有些不高兴了，从李云鹏手里接过铁锨，说："云鹏，你这话虽是有些道理，不过，化冻以后还有别的活要干。现在是农闲，不干这些，让社员们干什么呢？再说，这是合理利用冬季农闲时间啊。"

李云鹏笑笑说："为什么要让社员每天都得有事情干呢？没有活了，可以让大家休息休息，社员们一年四季面朝黄土背朝天够辛苦的了，不能给他们留些空闲时间，让他们做点别的事情吗？"

那边休息的社员们有些冷了，他们自觉地抄起家伙开始干活。

李有福看了看那些群众，神情变得严肃起来。“你看群众们的劳动积极性有多高，休息时间还没结束就开始干活了。咱们这些做干部的，不仅要学会调动他们的积极性，更要带个好头，可不能在背后发牢骚，说些拉后腿话啊。”

李云鹏的脸色也变了，他接受不了李有福的这种说法，不满地说：“李书记，我对你这话有意见。我什么时候发牢骚、拉后腿了？我是为大家好，也希望你能民主一点。”

“云鹏，你这不是发牢骚是干什么？说的是为大家好，其实也是为自己。”李有福面对着那些挥舞着铁锨干得正起劲的社员，低声对李云鹏说：“你当大队干部也有一段时间了，对农村工作难道还不了解，我们做大队干部的是要使社员们养成良好的自觉劳动的习惯，如果平时不对他们严格要求，经常松懈管理，让他们马放南山，那么到了需要用人的时候再想招之即来就没那么容易了，所以不能让我们的社员产生松散懒惰的思想。”

李云鹏明白李有福为什么要这样做了，他是为了让社员们时刻绷紧集体主义思想这根弦。多少年来，临河铺传承下来的农业生产方式并没有太大的改变，但由于社会体制发生了巨大的变化，大队里现在的集体所有制和过去一家一户小农经济有着根本的区别。如果李有福不把大队社员的思想禁锢在一个模式内，他将很难管控大队的局面。

“李书记，我认为这不是最好的领导方法。这样下去，会使临河铺社员思想变得僵化呆板，对我们发展经济极为不利。”李云鹏说。

李有福的权威受到了挑战，这些年轻人说话越来越不知道收敛，已经到了指手画脚的地步。李有福讨厌用这种腔调和他说话，他眼皮耷拉下来，带着嘲弄的口吻说：“那我听听你的高见。”

李云鹏像是没有听出李有福的话音，他继续按照自己的思路说：“毛主席教导我们，‘以粮为纲，全面发展’，作为大队里的领导，不仅要让群众种好粮食，还要考虑到副业生产，不能有事无事地把社员都弄到地里，这样会浪费人力资源。我认为农闲的时间也让他们腾出些空闲干点别的。”

李有福面容变得严肃而冷峻。“让群众都放弃大集体的事业，大家都回去搞小自由？”

“什么叫小自由啊，到目前为止，咱临河铺还是延续了几千年来的生产方式，我们所处的环境基本是半封闭的、自给自足的状态，大到盖房子置家具，小到纺线织布、纳底子做鞋，哪一项不是靠我们自己？再这样下去，咱大队里的木匠、铁匠、泥匠全都会消失，更别说狩猎、打鱼的了，临河铺将会变得僵化，没有活力。”李云鹏完全反对李有福的说法。

“你是说我们临河铺没有发展？我可以这样说，咱临河铺在全县都是响当当的先进大队，什么叫延续几千年的生产方式啊，这是一种不负责任的说法。”李有福脸色依然很冷峻。

李云鹏明白自己说的这些话对李书记来说有些大不恭的意味，李有福作为大队书记又是长辈，肯定接受不了。李云鹏想法代表了新一代的思潮，青年人有对未来的向往和追求，对美好生活的期待与憧憬，他们的思想同李有福对大队这种呆板保守的管理方式是格格不入的。他们反对几千年不变的耕作方式，希望有更多的空间和自由。尽管大队里的那些劳动制度制约着年轻人的行为，却很难束缚住他们的思想。

“李书记，说句不该说的话，自从李栓柱走了以后，咱临河铺还有一个像样的木工吗？现在，这么大的临河铺连一个规矩的棺材都做不出来，你不觉得咱临河铺太缺少人才了吗？再拿种田来说，为什么全大队那么多社员，真正能算得上好庄稼把式的只有马立举一人，其他社员不也是在没日没夜地守在地里干活吗？掌握生产技术对我们非常重要，这就要求我们还要不断地学习，更新知识。我反对因循守旧固步自封，把人们禁锢在无休止的劳动中的这种做法。”李云鹏毕竟是高中毕业生，他要比李有福的理论水平高得多。

“那要都像你爹那样去挑货郎担，地交给谁来种？”李有福把话直接捅到了李云鹏的软肋，因为鬼不缠根本不懂种庄稼，即使下田干活也只是摆摆样子。

“李书记，您不能这样比，人们说，三百六十行，行行出状元，我爹为临河铺也没有少出力流汗，前些年大队遇到困难的时候，你不也亲自点将，让他出马吗？说句实话，就我爹干的那活，在临河铺您还真找不到其他人能干得了的。”李云鹏话说得也很苛刻。

李有福知道自己说得不怎么恰当，引起了李云鹏的不满。虽说鬼不缠对农业一窍不通，但他一直还是肯定鬼不缠的能力的。

“我只是打个比方，说你爹种田不行，并没有说他干别的不行呀。”李有福解释道。

李云鹏很尊重李有福，在他心里，李有福并不是那种因循守旧的人。他也只是因为一时的激动，才说出这些过激话。在过去的那些年月里，李有福为了临河铺群众能有吃的，他顶住上面的压力，不怕扣帽子、打棍子，无论是搞副业还是小自由，什么事情他都干过。再说，李有福对他家也算是够体贴的了，在最困难的那几年，他家能开上小卖铺，全靠李有福的支持。母亲和他现在都是大队里的骨干，这也离不开李有福的提携，尤其是他把徐熙霞推上了新干部岗位，吃上了商品粮，这些，李云鹏是不会忘记的。

李云鹏能够理解李有福暂时接受不了他的意见，说多了反而无益，于是笑了笑说：“李书记，您是长辈，我说的这些只不过是向您提个建议，并没有别的意思，希望您能考虑，我也干活去了。”

王小雅离开临河铺之后，陈凌子非常失落，过去她和王小雅形影不离，上工她们一起去，放工她们一起回，晚上，还有个说心里话的。现在，她却孑然一身，上地下地形单影只。王小雅走后就回来过一趟，是来取被子衣服的，而且只在家里过了一夜，第二天就匆匆地走了，陈凌子有许多心里话都还没有顾得上和表姐说。

陈凌子盼着大队里能放两天假，她想去城里看看表姐，顺便买些衣服之类的生活用品。大队里把所有能干的活几乎全干完了，劳力们在维修大坝，妇女们的活一天比一天简单，有时去大队应个卯，转上两圈，就可以回去了。尽管如此，大队里仍然没有要放假的迹象，陈凌子不得已，只好去找李有福请了两天假。

回到家里，陈凌子帮着烧锅，陈明霞忙着做饭，二人在厨房里围着锅台转。陈明霞听说侄女要去城里，有些不放心，一个女孩要走十几里的路不说，关键是她几乎没有去过县城，担心她摸迷了路。

“凌子，我让你二表哥也请两天假，和你一块去城里，你一个人出门我不放心。”陈明霞对侄女说。

“不用了，大姑，我能行的。”陈凌子敷衍说。她不想和表哥一块去，是因为她还有一些私事要办，和表哥一起有些不方便。

“那怎么能行呢？反正大队里也没有多少事情可忙的了，顺便让他去趟城里买些过年的用品。”陈明霞说。

“需要买什么您告诉我，我捎回来就行了，真的用不着他去。”陈凌子说。

“你二表哥又不是别人，怕什么呢？”陈明霞以为侄女是怕外人说闲话才拒绝的。又说：“万一你表姐没有时间带你出去玩，让他带着你去转转，你二表哥在县城里长大的，那里他熟悉得很。”

“大姑，我想在表姐那里住两天，表哥去了就不方便了。您别让他去了好不好？”陈凌子听王小雅说，城里的银行可以把银元兑换成人民币，陈凌子私下已经拿了一些袁大头准备去银行换钱，然后再买些衣服和日用品之类的东西，她不想让大姑家里人知道自己去换钱的事情，如果二表哥去了城里，她就露馅了。

陈明霞想，侄女说的也是，若是她一个人到了县城，小雅那里还好应付；要是雅兴也去了，这大冷的天让他住在哪呀。“那就让二表哥把你送到城里，过两天他再去接你吧。”陈明霞说。

陈凌子没说的了，如果只是送她去，她还巴不得的呢，路上有个人作伴当然比一个人去好得多。于是对陈明霞说：“谢谢大姑，只是那样太辛苦二表哥了，让我心里过意不去。”

“都是一家人，还用得着客气嘛。”陈明霞说。

第三十四章　陈凌子痛说伤心事　王雅兴失口浑比喻

第二天，陈明霞拾了半篮子鸡蛋，让王雅兴带上。陈凌子斜背着表姐送给她的绿挎包，用围巾裹紧了头和耳朵，跟着二表哥一起上路了。自从王小雅问了陈凌子是否喜欢雅兴以后，陈凌子遇到王雅兴时，心里不免有些仓皇，对男女之间的事情她特别敏感，或许是害臊的原因，见了二表哥时，说话也不那么自然了，千方百计地躲着他。王雅兴察觉到陈凌子对他的态度发生了变化，以为陈凌子是不喜欢他才故意冷落他的，但又不好问她，和她在一起不免觉得有些别扭。

一路上，表哥在前，表妹在后，他们俩像是商量好的，二人始终保持着一定的距离。走过了公社，王雅兴才放慢了脚步，等着陈凌子追了上来，他才关心地问道：“凌子，你冷吗？”

陈凌子把围巾从头上解了下来，围在了脖子上。“不冷，这会儿走路走得暖和了。”陈凌子说。

路上很少遇到行人，空旷的原野上，散发着土壤的气息。天空中，时而一阵大雁飞过，留下一串嘎嘎的叫声。他们又走了一段路，谁也没有说话。或许是天冷的原因，路上除了他们俩，几乎没有碰到什么行人。

王雅兴终于又开了口：“凌子，你讨厌二表哥吗？”

陈凌子愣了一下，但很快恢复了平静。她对王雅兴莞尔一笑说：“二表哥，你对我这么好，我怎么会讨厌你呢？”

“那为什么要躲着我啊？”王雅兴半开玩笑地说。

陈凌子说：“哪里有啊，我是怕让别人看见了，背地里说闲话。”

王雅兴说：“你别糊弄表哥了，在我们家里，哪有什么别人啊？”

陈凌子放慢了脚步，神情显得有些沮丧。“我不就是外人嘛。”

王雅兴明白表妹的意思了，“凌子，我们家里没有谁把你当作外人，你为什么一定要这样说呢？”

陈凌子叹了声息，没有说话。王雅兴感觉到表妹好像有什么难以言表的苦衷，又说道：“是不是听不惯奶奶说那些话呀？其实你大可不必计较奶奶的话，一般老年人都是那样，他们什么也看不惯，说话不经过头脑，想到哪说到哪。”王雅兴见陈凌子依然没有搭茬，他把胳膊上挎的鸡蛋篮子换到另一边的手臂，向她身边靠了靠说：“可她毕竟是奶奶呀，就连我们也是扔一只耳朵给她，随他怎么说，我们只当没听见。”

陈凌子说：“那是当然，你是她的孙子，她疼你还来不及呢，即使啰嗦得再多，也是为了你好。我就不一样了，我是外姓人，是投亲来的，怎么能和你相比呢？”

“凌子妹妹，这样说就有些见外了。我妈、小雅和我，哪个把你当成外人了？说心里话，我对你和对小雅可是一样看待的呀。”王雅兴说的是真心话。

陈凌子眼圈红了，冷风一吹，眼泪就流了出来。她赶紧用围巾擦去了脸上的泪。

“二表哥，你将来是怎么打算的呢，真的要在临河铺干一辈子？”陈凌子避开了刚才的话题转而问起了表哥的将来。

陈凌子的话触到了王雅兴心痛的地方，他做梦都想着要离开农村，只是家庭已经衰落到了如此地步，他靠什么能离开农村呢？在北京辛辛苦苦地干了几年，最后还是被清退了回来。王雅兴沉浸在痛苦的思索中。短暂的沉默后，他叹了口气说：“我每时每刻都在想着离开农村，说真的，我不是害怕吃苦，只是因为不习惯农村生活。”

见表哥忧伤的样子，陈凌子安慰道：“农村也不错，习惯就好了。”

王雅兴无奈地笑了笑：“现实就是这样，想的再多又有什么用呢，听天由命吧。”

太阳出了山头，天气好像忽然变得暖和了。古人云：长路无轻物。王雅兴挎着鸡蛋走了这么远的路，胳膊早已经累得又酸又痛了，他不断地左右轮换着，头上早已沁出了点点汗珠，散发着缕缕白色的雾气。

“让我来挎一会儿吧。”陈凌子要去接放鸡蛋篮子。

“不用，我不累。”王雅兴推开了她的手，把篮子换了边，继续往前走。

“你都出汗了。”陈凌子说。

“出点汗有什么关系，在大队劳动哪天不出汗啊。”王雅兴擦了擦额头上的汗，问：“凌子，你喜欢临河铺吗？”

“喜欢。”陈凌子不假思索地说：“临河铺大队比我们老家好多了，这里的人很善良，也很热忱，不像我们老家的人那样冷漠。”

“为什么这样说呢？”王雅兴问。

陈凌子想起老家的情形，脸色变得阴沉起来。“我爹是个热心肠的人，身体好的那些时候，那些远亲近邻，谁的忙他都帮过。可是在他病重期间，就是因为出身不好，很少有人看过他。后来我爹起不了床了，里里外外就我一个人照顾，那些自家亲戚也再没有一个登门的了。我爹心里的苦楚我清楚，他觉得人情太薄了，亲人尚且如此，其他外人就不用说了。这就是我爹要我投奔大姑的苦衷。爹活着的时后，再苦再累，我都能承受，最让我害怕的是不定哪天爹爹就闭眼了，我一个女孩家不知道该怎样办。我爹最后的那些日子，你想象不了我是怎样过来的。”

看着陈凌子伤心地落下了眼泪，王雅兴说：“你一个女孩家，真得很不容易，为什么不早些来找我们呢？”

“爹说，害怕连累了你们，不到万不得已，他是不会让我来的。”陈凌子不断地擦着眼泪。

二人又都缄口无言了，也许是陈凌子对这些往事特别敏感，她完全沉浸在了痛苦的回忆中。又走过了长长的一段路，王雅兴打破了沉默说：“你说说临河铺的人哪里好？”

陈凌子想了想，接着说：“临河铺这里的人就大不一样了，据我看到的大队里不论哪家出了大事，人们都会全力以赴，热心帮忙。就说李书记吧，虽说人家是干部，但他平易近人，是个热心肠的主。无论哪家有了事，他都亲自出面关照，给人以温暖的感觉。”

看着陈凌子天真无邪的样子，王雅兴信口说：“如果哪一天把你嫁出临河铺怎么办？”

陈凌子晃着两个小辫子，悠然自得地说：“我才不嫁人呢，也不想离开临河铺。”

“那如果真的有一天二表哥也走了，就剩下你和大姑还有奶奶怎么办呢？”王雅兴试探着问道。

“那，那我就和大姑在一起，侍候她一辈子。”陈凌子说。

“那哪儿成啊，男大当婚，女大当嫁，咱临河铺从没有独身主义的人。”王雅兴说。

“就当我是例外吧，反正我也不是真正意义上的临河铺的人。”陈凌子说。

王雅兴又换了挎篮子的胳膊，指着前方不远处的一棵大槐树说：“过了那大槐树，离县城还有三里地，再坚持一会儿就到了。”

陈凌子听说马上就能见到表姐，立刻兴奋起来，那些悲伤的情绪很快变得烟消云散了。“二表哥，表姐说单位工作忙，不知道有没有时间陪着我们玩？”陈凌子问。

“我没有在机关待过，要是在我原来的工作单位，上班的时间肯定是不能出去玩，不过八小时以外是轻松自由的。”王雅兴说。

陈凌子掰着手算着，“早上六点到八点……”

王雅兴说：“机关早上不上班，一般情况是上午八点到十二点，下午大概是两点到六点，其他时间是自己安排的。”

陈凌子把嘴撅起来说：“那除了做饭、吃饭，洗洗弄弄，哪还有什么时间啊。”

王雅兴说：“晚上时间长啊，吃了晚饭不就没事了，可以去看电影、看戏，也可以去逛马路。”

“看电影？”陈凌子看过一次电影，那是他父亲还没有生病的时候，他们听说相邻公社放电影，父亲便带着她走了十几里路，才到了放电影的地方。记得那天看电影的人非常多，陈凌子从来没有见过那么多的人。她和父亲被人流挤到离银幕很远的地方，她没有看明白电影演的都是什么内容，只是看到了人可以在银幕上走，觉得非常神奇。

王雅兴看着陈凌子出神的样子，猜不出她是喜欢还是不喜欢，于是问：“是呀，你喜欢吗？”

陈凌子以为县城里放电影和农村一个样，摇摇头说：“我已经看过电影了，不就是人可以在银幕上走吗。”

“你看的是什么电影啊？”王雅兴问。

“不就是电影吗，难道还有不一样的电影？”陈凌子迷惑不解地说。

“当然了，电影有打仗的，有生活的，还有儿童类的，也有纪录片。”王雅兴说。

什么是电影啊，无非是让人们看个稀奇。陈凌子以为全天下的电影都一样，就是她曾经看过的那场。听表哥刚才这么一说，她才有所领悟。“我看过打仗的电影了，其他电影没有看过。”陈凌子摇摇头说。

王雅兴知道表妹对电影的概念还弄不清楚，于是又说：“打仗的电影也有很多，有国产片，有外国片，还有动画片。”

“嗯。”陈凌子不想听这些关于电影的事情，她问道：“逛马路是干什么呀？”

“逛马路从广义上说，就是在马路上散步，从狭义上说，是指青年男女谈恋爱。”王雅兴解释道。

听表哥这么一说，自己和表哥一起边走边说话，这不就是他说的逛马路吗？陈凌子顿觉热血上冲，脸上火辣辣地发烧，本来红扑扑的面颊，羞得像涂了一层彩，一直红到了耳朵根。

“城里的人真浪漫，怪不得你也想回城呢。”陈凌子掩饰着内心的波动，故意把脸扭向一边打岔道。

王雅兴并没有发现陈凌子表情的变化，笑了笑继续说：“我在城里长大，早已习惯了城里的生活。你知道城里同农村最大的区别是什么吗？”

陈凌子摇摇头，“不知道。”

“城里同农村最大的区别在于文化生活上的差异。农村人为了糊口，除了生产劳动之外，他们不懂得什么是精神生活，从一定意义上说，生活只是为了能够活着。”

“生活不就是为了活着吗？”陈凌子不解地问。

王雅兴也不知道怎样对表妹解释“生活”与“活着”的区别，他给陈凌子打了个简单的比方。“活着是指包括那些低等动物在内，只要有满足生长需要的物质条件就行了。而生活是对高级动物来说的，指除了满足生长所需要的物质条件以外，还必须有精神方面的生活，比如：看电影、听戏等，当然，像逛马路这类事情，都属于精神生活范畴。”

陈凌子听明白了，生气地说：“二表哥，你这是把我们乡下人比作畜生了吧？”

王雅兴没有料到陈凌子会这样想，他压根没有贬低乡下人的意思，只是为了解释清楚那两个抽象的词语，忽略了表妹的感受。他知道自己比喻得不恰当，还想解释，一时找不到合适的语言。

离县城近了，赶集的人也渐渐多了起来。王雅兴不好再细说什么“活着”与“生活”这个话题了，他对凌子淡淡地笑了一下说：“没那个意思，你在城里住几天，感受一下就知道了。”

这时，路过一所学校，一队中学生唱着歌从城门里走了出来，走在前面的那位学生还打着一面小红旗。从他们跟前走过，陈凌子才看到这些男男女女的学生们有的扛着铁锹，有的提着土坯模子，还有的拿着钢丝做的弓。

陈凌子问："他们那些工具是干什么用的啊？"

"这是学校为了勤工俭学，让学生去郊外脱坯，那些工具是脱坯用的模具。"

陈凌子在乡下读书时，也干过诸如此类的活，但从来没有见过脱坯的。"二表哥，你也脱过坯？"

"没有，我们那时从事的劳动，主要是挖防空洞。"

"防空洞？"陈凌子好像听说过城里人为了防原子武器，到处都挖了地洞。她又问道："是不是和老鼠洞一样，可以钻进人的呀？"

"就和大队里的红薯窖差不多。"王雅兴说。

二人说着话来到了县委门口，看大门的老头拦住了他俩的去路，问道："你们找谁？"

王雅兴说："找我妹妹王小雅。"

"她在哪个部门上班啊？"

"团县委。"

那老头指指点点地告诉他们去团县委办公的地方如何走，然后，放他们进去了。陈凌子一路走一路看，走到路中间那副巨大的壁画下面，她停下来，昂着头端详了半天，又绕着壁画转了一周，见后面的路还有那么长，不禁赞叹道："这院子可真大啊。"

"这是县委领导办公的地方，当然和其他地方不一样了。"王雅兴说。

陈凌子从没有见过楼房，听说王小雅在楼上办公，高兴得不得了。"表姐真有福气，这里可比临河铺好得多。"

来到办公大楼下面，王雅兴说："你在下面等着，我去找王小雅。"

陈凌子接过装鸡蛋的篮子，心里疙疙瘩瘩的很不舒服，她多想和二表哥一起到大楼上看看啊，不知道为什么二表哥让她在下面等着，她又不好多问。陈凌子把鸡蛋篮子放在地上，撅着嘴等待着表姐下楼。这时楼上下来两个女人，一个提着水壶，一个拿着拖把。

提水壶的人说："今天真冷，半上午了，水管还没开冻。"

拿拖把的人说："如果不用热水烫，估计今天是开不了冻了。"

他们来到路边的水池旁，提水壶的人用壶里的热水顺着水管龙头来回地浇，不一会水流出来了，拿拖把的人在池子里涮着拖把，口中振振有词地说："李援朝如果被判了刑，李主席就惨了，她为了这个儿子，这么多年都没有改嫁。原想等儿子成了家，老了退了休去和儿子一起过，想不到无端飞来了横祸。"

提水壶的人灌满了凉水，把壶盖盖上说："听说王小雅是李援朝的女朋友，不知道是真是假。"

"是真是假又该怎样，别说只是朋友，即使夫妻之间也是'大难来临各自飞'，何况还不是夫妻呢。"拿拖把的人涮干净了拖把，和提水壶的人一块上楼去了。

陈凌子愣了神，难道李援朝出了事？

第三十五章　王小雅办公心猿意马　陈凌子赶集少见多怪

王小雅刻蜡版又掉字了，这次居然是刻少了一个自然段。看着眼前那张密密麻麻的蜡纸已经快完成了，她不得不停下笔来。她集中不了精力，手上在刻字，可心里总在想李援朝的事情。她把刻得半半截截的蜡纸握成一团扔进了纸篓，再拿出一张蜡纸放在蜡版上。庞智急等着油印，见王小雅手冻得通红，他帮不上忙，也不好说什么，只是在一旁抓耳挠腮。

去省城看过李援朝之后，王小雅心情变得忧郁起来，常常心神不定，做什么事情都集中不了精力，思想老是开小差。这些天来，她脸也变得黄了，人也显得瘦了，一点也打不起精神。庞智看出王小雅心中有事，在一旁安慰她说："小雅，看你的手都冻肿了，是不是太累呀，休息休息再刻吧。"

王小雅对工作的态度从来就是一丝不苟，对自己分内的工作就是不睡觉也要完成，这是她在工厂时就已经养成的良好习惯。她摇了摇头，苦笑了一下说："对不起，小庞，又要连累你加夜班了。"

其实庞智并不比王小雅小，虽是同一年的人，庞智还早出生几个月。王小雅之所以叫他小庞，是因为大家都这样叫他，她也就随大流喊他小庞。门咚咚地响了两声，庞智喊了声“请进”。

门开了，王雅兴站在门口问道：“请问王小雅在这里上班吗？”

王小雅扭头一看，二哥站在门口，忙对庞智说：“我二哥来了，杨书记要是问起我，你替我说一声，我先出去会儿。”

王小雅刚出楼梯间，就听到陈凌子清脆的叫声，“表姐，我能上去看看吗？”

王小雅快走到陈凌子跟前说：“凌子，你怎么也来了？”

陈凌子说：“表姐不欢迎我来啊。”

“我正想你呢，鬼丫头片子。”王小雅拉着凌子的手，又说：“等吃了饭我专门带你过来看看，现在是上班时间，上楼影响不好。”

陈凌子说：“刚才还在和二表哥说，你这里真好，地方又大又干净，怪不得都想进城呢。”

王雅兴笑了笑没有说话，王小雅不明白陈凌子为什么说“怪不得都想进城”这句话，她对表妹说：“凌子，喜欢这里，就多住两天，表姐带你好好地玩玩。”

“嗯。”陈凌子点点头，“你几点下班啊？”

王小雅看了看手腕上的表，“现在还不到下班时间，不过，我已经和同事打过招呼，上午可以不去办公室了，下午两点钟再去。”

陈凌子高兴地快要跳起来了，提起鸡蛋篮子说：“表姐，现在回去吗？”

“嗯。凌子，带这么多鸡蛋干什么啊？”王小雅看着篮子里的鸡蛋说。

王雅兴说：“妈让我给你带的。”

王小雅说：“妈也真是，县城里什么买不到啊，亏着还在城里待那么多年呢。”

陈凌子高兴地挽着王小雅的手，“表姐，我真想你。自打你离开临河铺以后，我一个人太孤独了。”

“还有二哥、大姑他们呢，你怎么会孤独啊？”王小雅问。

陈凌子努了努嘴说：“大姑年纪大了，二表哥又是个男的。”

王小雅故意逗陈凌子说："我在北京的时候，你和二表哥不是很好吗？如今我走了，你就当我没有回过临河铺就行了。"

"可是我已经习惯依赖你了，离开你，我就没有了主心骨。"

说着话，他们已经来到王小雅的寝室。打开门，屋里清冷清冷的，一股油墨味冲得陈凌子只打喷嚏。"这是什么气味那么难闻啊？"

王雅兴接着说："你这里怎么那么凌乱，像个拾破烂的地方。"

王小雅笑了笑说："已经很不错了，比我先来的人还在住集体宿舍呢。"

陈凌子忙着拉开门帘子，屋里空空如也，除了一张床，还有一个简易的书桌。桌面上，左边放的是一摞整整齐齐的图书，中间立着一个椭圆形的小镜子，右桌角是一个笔筒，里面放有几只笔。

"这里还像是个人住的地方。"陈凌子看了一圈，也没有见到锅灶炊具那些厨房用的东西，"你吃饭怎么办啊？"

"当然是自己做喽。"王小雅一边给他们倒水，一边对王雅兴说："二哥，你在这里休息一会儿，我和凌子去街上买点菜很快就回来。"

王雅兴说："你们去吧，可要快点回来噢，吃了饭我还要回去呢。"

王小雅说："慌什么呀，很长没来城里了，你也在这里住两天吧。"

王雅兴说："妈说了，在你这里住不方便，让我明天再过来接凌子。"

王小雅说："没关系，晚上你去我同事庞智那里挤一宿，如果明天我抽不出时间陪你们，你就带凌子去玩玩。"

王小雅拿上肉票，把酱油瓶装在了菜篮子里，怕被人看见上班时间去买菜，她让凌子提着菜篮子，二人一前一后出了县委大门。大街上很热闹，王小雅叫住一个卖糖瓜子的小孩，买了两个糖瓜子（糖稀做的糯米糖），每人一个。陈凌子问："怎么没有二表哥的呀？"

王小雅故意绷起脸说："你倒是很关心他呀。"

"人家也累了半天了，咱们不能把他忘了啊。"陈凌子不平地说。

王小雅说："不用给他买，他不喜欢吃这些乱七八糟的东西。"

"嗯。"陈凌子嘴里咬着糖瓜子，拉了半尺长也没有咬断，口水都滴下来了，她嘻嘻地笑道："这东西怎么像池塘里的蚂蟥啊，拉这么长还没有断。”

陈凌子说得王小雅想呕吐，“你比什么不好，偏说那些让人反胃的东西，真恶心。”

“本来就是嘛。”陈凌子留着心，一路上左看看、右看看，把商店、银行的地方全都找到了。

到了食品公司的猪肉店面，已是中午时分，买肉排队的人不是很多，王小雅排到窗口时，猪肉只剩下瘦肉和五花肉，猪杂碎之类的东西早已卖完。王小雅割了半斤五花肉，又在市场上买了二斤萝卜，一把葱，两块姜，灌了一瓶酱油，然后，她们回去了。

王小雅没有专用厨房，卧室外面除了那些杂七杂八的东西之外，墙角里还放了一个简易的煤炉和一些干煤块，炉灶是用三块半红瓦箍成的。一个树根横截面做成的切菜板，放在炉灶的另一侧。

王小雅把火炉捅开，炉灰飞得到处都是，大概是煤里面掺有烟煤，炉中还有一些地方冒着绿火，散发着黑烟。

陈凌子帮着洗菜，洗菜的地方就在县委办公大楼下面的那个水泥池子里。陈凌子一边洗菜，一边看着那些从楼上走下来的下班的人们，看到那个提水壶的女人，便联想起她说的那些关于李援朝可能被判刑的话，难道李援朝真的出了什么事情了？

水管里流出的水刺骨得冷，陈凌子洗完菜，手被冻得通红。她把洗净的菜放在篮子里，头脑里一直在想李援朝的事情。

王小雅已经把切好的肉放进了锅里，煤炉里也燃起了火苗，屋里稍微暖和了一些。陈凌子把洗好的菜放在刀板上，掀开内门帘，见王雅兴兄妹俩正坐在床边说话。王雅兴见表妹进来了，忙起身拉她坐在床上，自己把桌子前的凳子挪到床对面坐下了。

“表姐，你听说李援朝的事情了吗？”陈凌子问。

当着王雅兴的面，王小雅不好说什么，故作无所谓的样子，摇摇头说：“不知道，你问他干什么呀？”

陈凌子一点也没有注意到王小雅的表情，只管把在水池子旁听到那些话对王小雅说了。

王雅兴问陈凌子道：“你也认识李援朝？”

陈凌子摇摇头说：“不认识。”

提起李援朝，王雅兴就想起了父亲死得不明不白，当时，他就怀疑和李援朝有关，只是没有证据。于是咬牙切齿地说："提他干什么，李援朝本来就不是什么好人，判刑也应该。"

陈凌子看了看王小雅，见她脸色不怎么好，什么话也不说，于是问王雅兴："为什么说他不是好人啊？"

王雅兴说："你不了解情况，和你说这些你也不知道。"

王小雅不想听他们说下去了，走过去把门帘子挂了起来。然后，调了调炉中的火，开始切刀板上放的萝卜。

陈凌子伸头看了看表姐，转过来对王雅兴说："我怎么不知道呢，刚来临河铺时，就听大姑说过关于和李援朝有家仇的事情，还听说，过去李援朝的母亲给爷奶做过丫头。"

王雅兴说："妈妈也真是，和你说这些陈芝麻烂谷子的事情干什么呀。"

王小雅一直没有插话，在帘子外听着他们俩你一言、我一语地说着。她切好萝卜，放进了炖肉的锅里，不一会儿，炖肉的香味满屋都是。陈凌子走了出来，"表姐，肉炖好了没有啊？"说着，她拿起筷子夹了一块肥肉放在嘴里，边嚼边说："熟了，真香。"

王小雅点着陈凌子的额头说："馋猫，多久没有吃肉了啊？"

陈凌子嘻嘻地笑道："我都忘记了肉是什么滋味了。"

王雅兴在里面接话说："你知道，我们家里没有肉票，即使有钱也吃不上肉啊。"

王小雅这才想起全县的猪肉已经由食品公司统一宰杀，统一供应了，没有肉票就买不到肉。

"我这里还有一些肉票。二哥，明天，我给家里买点肉你给带回去吧。"她对王雅兴说。

做好了饭，三个人美美地吃了一顿。放下饭碗，王小雅已经到了上班时间，她对王雅兴说："二哥，下午你带凌子上街玩玩，我要上班就不陪你们了。晚上，我们看电影。"

王小雅上班去了。陈凌子见表姐已经走远，就说："二表哥，上午你累了，在家好好地休息休息，我一个人出去走走。"

王雅兴说："那怎么行呢，万一你走丢了，我可负不起责任。"

陈凌子说："你也太小瞧我了，放心吧，我不会走丢的。"

王雅兴见表妹不想和他一块上街，只好作罢，一个人躺在床上，拿起桌子上的书自己翻看起来。陈凌子背上挎包，像飞出笼子的鸟，快步到了街上，先去银行兑换了二十块银元，然后，到商店买了两块花布料和一些生活用品。办完了想要做的事，就一个人在街上悠闲地逛了起来。

王小雅刻完了两张蜡纸，出来透透气，顺便回屋看看炉火，见表妹不在家，只有二哥在床上躺着，问道："凌子呢？"

王雅兴说："上街去了。"

"你没有同她一块啊？"

"没有，她想自己一个人出去走走。"

王小雅看了看煤火，顺便用煤锥把炉火口捅大了一些，"你和凌子处的怎么样啊？"

"和往常一样。你走以后，她好像有什么心事，看上去没有过去开朗了。"王雅兴说。

"哥，我觉得凌子挺好的。你也这么大的年龄了，抽时间我再和凌子谈谈，如果她同意，让妈把你们的事情办了算了，免得夜长梦多。"王小雅说。

"还是算了吧。凌子还小，她比我年龄小得太多了。"王雅兴低着头，显得有些不自信。

"哥，这婚姻不干年龄大小的事情，只要双方情投意合，才是最重要的。"王小雅说。

"谁知道凌子是咋想的呢，如果她不愿意，你捅破了这层窗户纸，那我们以后生活在同一屋檐下，会感到别扭的。"王雅兴叹息道。

"这些你就不用管了，只要你没有意见，剩下的事情就交给我和妈妈。"王小雅看着哥哥妄自菲薄的样子，觉得他有些可怜。

王雅兴抬起头说："还有一个问题，奶奶不喜欢凌子，恐怕她不会同意。"

"这我知道，奶奶毕竟年纪大了，有些事情不能听她的。"王小雅说。

正说着话，陈凌子兴冲冲地回来了，"表姐，你下班了啊？"

“没有，我是怕炉火灭了，回来看看。”王小雅问：“晚上吃面条好吗？这里还有肉汤。”

陈凌子说：“当然好啊，我最喜欢吃面条了。可是擀面条……你的面板放在哪里啊？”

“平时我就在切菜板上擀。”说着，王小雅从面布袋里拿出一根约一尺长的擀面杖，“凌子，那擀面条的任务就交给你了，我六点钟下班。”

陈凌子质疑道：“这就是擀面杖啊，这也太短了吧。”

王雅兴说：“可以分几次擀呀，晚上看电影，吃饭要早一些，别耽误了啊。”

第三十六章　陈凌子难决终身事　倭瓜花闻言失魂魄

王小雅晚上要加班刻蜡版，抽不出时间看电影，她请庞智帮忙买了两张电影票，交给了王雅兴，让他和陈凌子一起去。陈凌子从没逛过夜市，她和表哥来到了电影院门口，见许多摆摊的，围在影院的大门口两侧，大多数卖的是花生瓜子、果糖香烟之类的小商品，也有个别卖汽水和小孩玩具的。

王雅兴买了两包葵花子，递给了陈凌子一包。陈凌子嗑着瓜子，和表哥排在队伍的后面。陈凌子不断地东张西望，她问王雅兴：“电影院里面是什么样子啊？”

王雅兴看了看身边的人，怕别人瞧不起她，故意说道：“大城市里的电影院像是大楼一样，里面的椅子排列的十分整齐，前面低后面高，和楼梯差不多，不论个子高矮，都能看得到。”王雅兴说。

“那得多大的房子啊？”陈凌子有些惊奇。

“有的是还两层呢，在城市里，无论下雨下雪都不误放电影。”说话间，他们来到了入口处，王雅兴把电影票交给了守门的人，二人进了影院。“我们这小县城的电影院不能和城市里比，这是露天的，说简单一点，就是在地上圈了一个大院子，放上一些凳子。”

陈凌子说：“对呀，顾名思义，电影院不就是放电影的院子吗？

室内放电影应该叫电影室或是电影楼才对。”

王雅兴笑道：“凌子，你说得还真不错，电影院过去都是露天的，城市电影院也是从露天发展到室内的，所以，人们已经习惯了称电影院。”

走过影院内一段瓶颈般的小道，里面豁然开朗了，一副大银幕挂在影院尽头的两根高高的木柱子上。银幕下方，一排排水泥凳子把院子挤得满满的。先来的人们已经把中间那些好位置给占上了。王雅兴有点近视，找了个靠前一点的位置，他们坐了下来。

陈凌子觉得这里的一切都很新奇。放映机在对着银幕矫正光束，银幕下不断有人站起来用手编一些造型投放在荧幕上。那震耳欲聋的高音喇叭，不停地播放着革命歌曲，压住了人群的喧嚣声。

“《地道战》是什么意思？”陈凌子问。

“《地道战》是一部战斗故事片，是打日本鬼子的电影，非常好看，我都看过好几遍了。”王雅兴说。

陈凌子迫不及待地说：“怎么还不开始呢，我都等不及了。”

坐在他们身后的两个青年不断地向前面吐着瓜子皮，说些难以入耳的脏话，得意时，还不断地发出阵阵狂笑。这让陈凌子很反感，她转身瞅了他们一眼，想不到他们不仅没有收敛，反而将双脚踩在陈凌子坐的水泥凳子的后面，那人一脸的坏笑，盯着陈凌子说：“哟，小妮子还真水灵呢。”

遇到了街上的地痞流氓，真是有些煞风景，王雅兴清楚自己在城里没有什么背景，不想同他们惹是非，于是，拉起陈凌子就走。陈凌子莫名其妙地跟着他离开了座位。

“怎么了，二表哥。”陈凌子跟在王雅兴后面问。

王雅兴低声说：“遇到流氓了，咱们换个地方坐。”

“二表哥，这是公共场所，他们还能把我们吃了啊？”陈凌子不满地说。

王雅兴说：“你不了解他们，这些流氓什么坏事都干，他们可不管什么场所。”

陈凌子的情绪变得有些紧张，“那咱们不看了，回去吧。”

王雅兴说：“换个地方坐，我们不惹他们就行了。”

后面那两个流氓见他们起身要走，寻衅道："别走哇，小妮子，陪我们玩玩啊。"其中一个流氓伸手拉住了陈凌子的衣服，王雅兴见流氓对陈凌子动手动脚，气得脸红得像猪肝一样，他一把抓住流氓的手腕，叫道："公共场所，你放尊重点。"那流氓松了陈凌子，回手给了王雅兴一拳，恶狠狠地说："想英雄救美呀，也不看老子是谁。"

王雅兴没搭理他，拉着陈凌子就走，那流氓还不罢手，又拽住了陈凌子，"别和那个窝囊废黏在一起了，跟我们走吧，哈哈……。"

那流氓出言不逊和淫邪的笑声，激起了王雅兴的愤怒，他怒喝道："别欺人太甚，赶快把手松开。"

"我就不松，你怎么着我？"那流氓斜瞪着一双贼眼，一副和王雅兴决斗的样子，"有种坐在这里别走。"

后排的人看不下去了，一个老同志叫道："欺负一个女孩算什么本事，不想看电影就滚出去，别在这里捣乱。"

"好，你有种。只可惜你老了，不中用了。哈哈哈……少瞎掺和，小心你的小命。"另一个流氓威胁说。

"我老了么？"那老同志站了起来，抓住流氓的手腕，一使劲把那流氓的胳膊背了过去，"就你这熊样，流氓你都不够资格当。"

那流氓拼命挣扎，却被那老同志钳子一样的手紧紧抓住，动弹不得，拽陈凌子的那个流氓见同伙被人给控制住了，松开了陈凌子来帮助同伙，王雅兴从后面抓住他的衣领，向后猛一拉，那家伙站立不稳，倒在了前排的水泥凳子上。

看电影的人们见两个流氓被打败了，大家一起起哄，你一脚他一拳的把两个流氓痛打了一顿。王雅兴趁场面混乱，拉着陈凌子走了。

王雅兴在边缘的地方找了两个座位，他们重新坐了下来，电影在一片混乱中开始播映了。虽说他们坐的位置有点偏，但陈凌子却不觉得难受，她看得入了迷，早把刚刚遇到的不快抛到了九霄云外。看到老村长牺牲，伤心得直流眼泪；假武工队进了村，她紧张得心怦怦乱跳；武工队打了胜仗，她兴奋得像孩子一样直嚷嚷，她的情感完全投入到影片之中了。

王雅兴就不同了，他没有心思看电影，想起被流氓侮辱的事，觉得很没面子。其实，并不是因为他害怕流氓，他是担心陈凌子受到了惊吓。看着陈凌子全神贯注的样子，他心里多少有点安慰。

看完电影，陈凌子意犹未尽，一路上口中滔滔不绝谈她的感想。见王雅兴兴趣索然，没有说一句赞赏或是批评的话，以为是自己少见多怪，便缄口无言了。

王雅兴见表妹的话戛然而止，便问道："怎么不说了？"

陈凌子不高兴地说："说完了。"

王雅兴一直把陈凌子送到县委大院，才去庞智那里找休息的地方。陈凌子回到王小雅的寝室，门虚掩着，她轻轻地推开门，见表姐已经洗漱过，躺在床上正翻着一本书。

"电影好看吗？炉子上面的壶里有温水。"王小雅放下书说。

"好看。"陈凌子边把门闩上，边说："城里真好，夜晚连马路上也是亮堂堂的，不像农村，到了晚上到处黑灯瞎火，没有一处好玩的地方。"

"那就在城里多住两天，玩够了再回去。"王小雅说。

"不行，我就请了两天假。"陈凌子漱了口，把壶里的温水倒进了洗脸盆。

"这次不行，那就下次吧，记着再来时多请几天假。"王小雅说。

陈凌子洗罢脸，把脚放进了水盆里，问道："表姐，李援朝到底怎么了，你不会是真的不知情吧？"

王小雅说："你操他的心干什么呀？别听外人瞎说，他很好，什么事情也没有。"

陈凌子瘪了瘪嘴说："别骗人了，我知道你是不想告诉我。"

"那你就别问了。对了，你和二哥一块看电影都叙了些什么话啊？"王小雅说。

"只顾看电影，什么也没叙。"陈凌子说。

"骗人，你们一块逛马路就没有说话？我才不信呢。"王小雅说。

听说"逛马路"这几个字，陈凌子立刻变得面红耳赤，"表姐，你说什么呢？"

"看看，脸红了吧，我又没有说你什么呀。"王小雅嘻嘻地笑道。

陈凌子擦干脚，把闩上的门重新打开，倒了洗脚水，又去水龙头那里接了一壶水，放在了炉子上。

“表姐，我们是去看电影，哪里是‘逛马路’哇。”陈凌子说。

“从这里到电影院那么远，你们是飞到电影院的啊？还说没有逛马路呢。”王小雅说。

陈凌子挤到表姐床上，对她辩解道：“二表哥说，城里人谈恋爱才叫‘逛马路’，我们可没有‘逛马路’。”

“哟，没想到二哥还挺大方的呢，连‘逛马路’都对你说了，你还不承认呢？”王小雅奚落她说。

陈凌子急得满面通红，不知道该怎样对表姐解释。王小雅接着说：“表妹，二哥对你真的不错，你不是也喜欢二哥嘛。要我说，你们也到了谈婚论嫁的年龄了，等我有时间回去，把你和二哥的事情对我妈说说，到了春天就把喜事给办了，你说好不好？”

陈凌子急得直摇头，“表姐你胡说什么呢，我和表哥真的没有什么。”

“我并没说你们有什么啊，我的意思是你和二哥很般配。”王小雅见表妹脸上表情复杂，接着说：“你是不是嫌二哥年龄大了呀？”

“不是，我……”陈凌子结结巴巴地说。

“那就是说你心里有人了，真是那个姓莫的吗？”王小雅追着问。

“表姐，你别拿我开涮了好不好，人家是城里人，哪里看得上我呀？”陈凌子说。

“那你是看不上二哥了？”

陈凌子急得直挠头，解释道：“不是，表姐我实话对你说了吧，爹临终前，把我托付给了大姑，我的终身大事需是大姑才能做得了主。所以……”

王小雅说：“别管我妈怎样想，我只问你心里有没有二哥？”

陈凌子坚持说：“爹娘不在，我一切都听大姑的，自己怎么敢胡思乱想呢？”

王小雅心想，这鬼妮子还真有心计呢，知道自己当不了家，她肯定是想让母亲出来说话。既然她这样说了，肯定是同意和二哥的事情。于是说：“你说的也是，这件事必须让我母亲来说才好。”

他姐妹俩叙话到了鸡叫才入睡。早上，王小雅还要上班，不敢睡懒觉，打了个鸡皮眼，就起床了。她去排队买了一斤五花肉，顺便带了几根油条回来。碰见王雅兴在县委大院里转悠，问道："外面这么冷，你怎么不到屋里呀？"

王雅兴说："凌子还在睡着呢，我怕吵醒了她，就在这里转转。"

二人回到屋里，王小雅搅了面汤，听到里面陈凌子穿衣服窸窸窣窣的声音，王小雅问："起来了，凌子？"

陈凌子在里面埋怨道："表姐，你起床怎么不叫我啊？"

"你又没什么事情，起早干什么？我是因为要上班。"王小雅说。

陈凌子慌着洗漱、梳头，吃罢饭，已经快八点了，王小雅说："二哥，我去上班了，上午，你带凌子去逛逛市场，吃了午饭再回去。"

陈凌子的事情已经办妥了，街上她也去过两趟，不想再给王小雅添麻烦。"表姐，你工作忙，不打扰你了，我们上午就走。"陈凌子说。

"不想再玩玩了？"

"下次吧，到时多请几天假，你别嫌我烦就行了。"

王雅兴带上五花肉，陈凌子背上挎包上了回家的路。一路上，二人各想着心事，很少说话。

陈明霞惦记着王雅兴夜晚没有回家，心里着急，她拿着鞋底子坐在门前晒暖，两眼不断地对着路口张望。见王雅兴和陈凌子一前一后地回来了，忙起身，把鞋底放进屋里准备去做饭。

倭瓜花说："我们俩的饭还不简单啊，做这么早干什么呀？"

"王雅兴他们回来了，我怕他们还没有吃早饭，所以午饭做早一些。"陈明霞说。

"妈，我们回来了。"还没进门，王雅兴就喊了起来。

陈明霞从厨房里伸出头说："进屋里歇歇吧，我现在做饭。"

陈凌子说："大姑，做这么早啊，等会儿我做吧。"

"我怕你们没有吃早饭，又走了这么远的路，该饿了。"陈明霞说。

"妈，我们吃过了。你别忙，先过来坐会儿。"王雅兴说。

倭瓜花从屋里出来，见先前陈明霞晒暖的凳子还放在门前，于是她坐在那里，听娘几个说话。

"大姑，您别急，等会儿饭我做。"陈凌子挽着陈明霞的胳膊出了厨房。

“你表姐那里怎么样啊？”陈明霞急着问。

“嗯哪，她那里真好，你不知道有多大的一个院子，又干净又好看，她办公的地方是一座大楼，有电灯，还有自来水……”陈凌子唠唠叨叨不断地赞叹着。

王雅兴拿出带回来的五花肉说：“妈，这是小雅让带回来的。”

“这个小雅，往家里带这干什么呀，唉，真是的。”陈明霞说。

陈凌子打开挎包，拿出一块布料，递给陈明霞，“大姑，你看这颜色好看不？”

陈明霞接过来，仔细摸了摸，“好看，手感也不错，哪来的呀？”

“大姑，这是给您买的。”陈凌子说。

陈明霞惊讶地问：“是你买的？哪来的钱呀？”

陈凌子说：“别问这么多，反正不是偷来的。”

倭瓜花在门口听凌子说她给陈明霞买了衣服，却没有自己的，本来就有些讨厌陈凌子，现在更是满肚子的醋意。待陈凌子去了后院，倭瓜花埋怨陈明霞说：“你不该让雅兴同陈凌子一块进城，一男一女像什么话啊。”

陈明霞说：“他们是亲戚，有什么呀？”

“孩子们都大了，男女之间应该保持一定的距离，免得生出什么事端来。”倭瓜花那双三角眼斜视着陈明霞，继续说：“前几天有人来给凌子提亲，你怎么和人家说的呢？”

陈明霞心里早就有让凌子嫁给雅兴的想法，但倭瓜花不喜欢凌子，所以她一直憋在心里没有说。现在既然婆婆提到了陈凌子的事，她趁机说：“我怎么可能答应呢，肥水不流外人田，我家儿子还没有媳妇呢，反正雅兴也喜欢凌子，我打算让凌子嫁给雅兴。”

陈明霞嫁到王家这么多年，对婆婆从来都是逆来顺受，连一句大声话都没敢对她说过。倭瓜花没想到陈明霞竟然自做主张，连征求自己的意见都没有，就当家把孙子的婚事给订了。她气得浑身发抖，刚想站起来，只觉得头昏目眩，向后一仰，扑通一声摔倒了，陈明霞过来看时，倭瓜花已经不省人事了。

第三十七章　倭瓜花不识好人心　陈凌子路遇马晓萍

陈明霞见倭瓜花们昏迷不醒，急忙把王雅兴叫了过来，催促道："赶快去请高大龙。"见王雅兴手足无措地愣在那里，她又喊道："快去呀。"

陈凌子听大姑的声音都变了，不清楚发生了什么事情，跑过来一看，见倭瓜花躺在地上，翻着一双白眼珠子。她把伸手过在她鼻孔下面试了试，说："大姑别急，她还有气。"

过一会儿，高大龙背着出诊箱，急急忙忙地赶过来了，见了倭瓜花的状况，迅速掏出银针，扎在了倭瓜花的人中穴上，见她半天没有反应。高大龙说："看样子她很危险。"

"怎么办啊？"陈明霞吓得牙齿叩得吱吱响。

"现在没有什么好的办法，最好先去别动她。"高大龙又对王雅兴说："找床被子给她盖上，如果一会半会儿醒不过来，那就要送医院急救了。"

"送医院？她这么个样子怎么送医院呢？"陈明霞焦急地问。

"我那里有副简易担架，抬着去比较安全。"高大龙说。

"可是上哪找这么多的人帮着抬呀？"陈明霞问。

"大姑，您别着急，我这就去找人帮忙。"陈凌子一阵风似的跑了。

陈凌子找了李有福，把倭瓜花的情况对他说了，李有福没说别的，派了几个年轻小伙子，跟着陈凌子帮忙去了。

倭瓜花被送进县城的时候，路灯已经亮了。冬季的天很短，虽说只是六点多钟，天就黑了下来。进了医院，除了值班医生，其他医生都下班了。王雅兴慌前忙后，也顾不得招呼那几个帮忙抬担架的年轻人，等办完了入院手续，再找他们，那些人已经连夜赶回去了。

陈明霞坐在病房里，看着倭瓜花死人般的面孔，失魂落魄，心中六神无主。陈凌子见大姑没有主意，便说："大姑，表姐在县城工作，应该有些熟人，我去把她找来吧。"

陈明霞这才想起小雅，她对陈凌子说：“你去吧，外面天黑，可别迷了路哇。”

陈凌子走了。王雅兴找来了值班医生。医生姓胡，是个年轻人，好像没有多少临床经验。看到病人的模样，他也非常紧张，拿着听诊器，东听听，西听听，忙碌了半天，说：“病人不行了，建议你们把她抬回去吧。”

听医生这样说，陈明霞吓得直流眼泪，哀求道：“医生同志，请您帮帮忙，救救她吧。”

胡医生看着陈明霞那张哭丧似的脸，虽然想帮忙，可他不知道还能为病人做些什么。他摇着头说：“她的情况你们也看到了，像她这样的病人，我们确实是无能为力。”

陈明霞拉住胡医生的胳膊，“总不能让她等着死呀，您能想想办法吗？”

胡医生把听诊器从脖子上拿下来，装进了白大褂的口袋里。“你认识孙院长吗？他是县里的外科权威，要不然，你看看能否把他请来。”

陈明霞一个妇道人家，没见过什么世面，更没有独立处理问题的能力，听说要找院长，她又是摇头又是叹气地说：“不认识，您是菩萨心肠，发发慈悲，帮我们去请他来好吗？”

胡医生拉下了脸，不高兴地说：“现在是下班时间，我去算什么呀？你要不去就算了，依我看，病人熬不过今天夜晚。”胡医生拍拍屁股出去了。

陈凌子找来了王小雅，见陈明霞正坐在病床边哭泣，王小雅说：“妈，医生怎么说的呀？”

陈明霞擦着泪，把胡医生说的话重复了一遍。王小雅说：“您别紧张，我看奶奶不要紧，她肯定是摔晕了，我去请孙院长，看他能否给面子。”

王小雅还真把孙院长给请来了，经初步诊断，孙院长怀疑倭瓜花可能是脑外伤引起了严重的硬膜下血肿，这种情况很危险。他开了方子，让护士给她打上了点滴。孙院长对王小雅说：“县医院的条件有限，没有开颅技术，如果过了两三天还是这样的话，你们就准备后事吧。”

一家人在病房守了半夜，王小雅让二哥和母亲先去休息，她和陈凌子在医院看护。按照孙院长的交代，陈凌子不断地帮助倭瓜花按摩四肢，用温水给她擦身，到天快亮的时候，倭瓜花居然有些动静了。王小雅叫醒了值班的胡医生，胡医生一脸的不高兴，见是两个姑娘在陪护，也没好发牢骚，他在病床前站了一会儿说：“继续观察观察，也许她还有希望。”

王小雅让陈凌子在对面的裸床上躺一会儿，陈凌子说：“明天你还要上班，如果不怕冷，你就躺一会儿吧，我身体好，陪夜能行。”

王小雅见表妹坚持守夜，她就在那张钢丝床上躺下了。不一会，她就睡着了。陈凌子听着表姐均匀的呼吸声，哈欠一个接着一个，白天走了几十里的路，又跟着忙了大半夜，她实在是坚持不住，终于趴在倭瓜花的病床边睡着了。

天一亮，王小雅就醒了，看着表妹像只猫一样蜷缩在倭瓜花的床前，她刚一动身，陈凌子就醒了。她揉着惺忪的眼问：“我怎么也睡着了？”

王小雅说：“你太累了，回去换二哥过来，你在家休息一会吧。”

陈凌子说：“不，你要上班，还是你回去，我在这里陪着奶奶。”

王小雅知道表妹的个性，她要是说不回去，你就是用九头牛也拉不动她。她只好同意自己先回去。“凌子，等二哥来换你，你一定要在家里休息会儿。”王小雅说。

陈凌子到盥洗间简单地梳洗了一下，然后，接了一盆温水，从头到脚地给倭瓜花擦洗。

倭瓜花醒了。她睁开眼，见陈凌子正在给自己做按摩。现在她心里什么都清楚，就是不想说话，她不愿意看见陈凌子，又把眼睛闭上了。

陈凌子每天要给倭瓜花擦几遍身子，做全身按摩。倭瓜花恢复得很快，除了一条腿不能动弹以外，其他方面都基本上正常了。这天，她趁陈凌子出去打开水，对陈明霞说：“明霞，我不想让陈凌子当陪护，也不希望见到她。”

陈明霞说："妈，这些天来全靠凌子帮忙，她护理得很细心。"

倭瓜花说："我不需要，她在我眼前，我的病永远都恢复不了。"

陈凌子提水来到门口，倭瓜花的话她全听见了。她把暖瓶放在墙角说："奶奶，放心吧，等您好了我会走的。"

倭瓜花的冷漠无情，让陈凌子非常伤心，觉得她没有半点人情味，对这些天的精心护理，她不仅没有说声谢谢，而且还说这样绝情的话。陈凌子受不了倭瓜花的歧视，她告别了大姑和表姐，自己一人回临河铺去了。伤心了一阵子后，她决定要离开王家，可老家那边的户口已经迁过来了，她自己独身一人能到哪里去呢？

这是一个阳光明媚的上午，妇女们干完了活，在回家的路上，她们嘻嘻哈哈地开着玩笑。马晓萍见陈凌子愁眉不展，一个人跟在人群的后面，于是，她停了下来，等陈凌子走到跟前，对她说："凌子，怎么了？无精打采的。"

陈凌子笑了笑说："没有哇，我很好。"

"骗谁呢，看你一脸不高兴的样子，是不是有对象了啊？在想人是吧，哈哈哈……"马晓萍直截了当地取笑说。

陈凌子了解马晓萍的个性，她漫不经心地摇着头说："没有。"

"真的没有？凌子呀，干脆给我做弟媳吧。"马晓萍说话一向是直来直去，不经大脑思考，想到哪说到哪。

陈凌子像被什么触动了似的，忽然停在那里，呆呆地看着马晓萍，她粉红的脸在阳光的背影下显得表情呆滞，眼光彷徨。陈凌子的神情让马晓萍吓了一跳，陈凌子怎么了？她以为陈凌子生了气，不敢再说下去了。

陈凌子离开医院后，就彻底放弃了做王家媳妇的念头，想起在王家寄人篱下，常常受倭瓜花窝囊气的那些日子，她巴不得赶紧离开王家大院，找到一个适合自己生活的环境。在王家生活的这段日子里，尽管大姑和表哥待她不错，可他们并不理解她的心情，而且大姑在倭瓜花面前也是忍气吞声，没有一点主见。何必要吊死在王家这棵树上呢？既然马晓萍亲口向自己提了亲，也没有什么可推托的，马晓禾也是一个挺不错的男人。

迟疑了许久，陈凌子忽然问道："你说什么啊？"她像是没有听明白马晓萍的话似的，两眼紧紧地盯住对方。

看着陈凌子凝重的神色，马晓萍以为自己话说的太唐突，忙改口说："我随便说说，你可别生气，就当我没有说。"

陈凌子又问："是马晓禾的意思吗？"

"嗯。"马晓萍答应着，忽又改口说："不，不是。"

"到底是，还是不是啊？"陈凌子追问道。

马晓萍见陈凌子刨根寻底的问马晓禾，这才想到陈凌子或许有同意的意思，忙答道："是，他怕羞。"

马晓禾的确是说过喜欢陈凌子的话，他希望姐夫高大龙出面帮助撮合。高大龙听说陈明霞有意让侄女做王雅兴的媳妇，所以没敢去向王家提亲。

"那为什么不去家里提亲？"陈凌子问。

马晓萍想了想说："不知道你那边是谁当家，怕是说错了话，所以没有去。"

"当然是大姑当家了，我和那老奶奶又没有什么血缘关系。"陈凌子说。

马晓萍有些激动，她高兴的抓住陈凌子的手，"这么说你同意了？那晚上我就让大龙去你大姑那里提亲。"

"不，不是让高医生，你得让李书记出面，否则，一切免谈。"陈凌子说。

李有福同王家的恩怨，临河铺没有人不知道，让李有福去王家提亲，这是逼鸭子上架，恐怕不是件容易的事。可陈凌子明确提出了必须由李有福出面她才答应这门亲事。

"如果不行那就算了。"陈凌子见马晓萍有些犹豫，说着就要走。

马晓萍急忙拽住她说："凌子，你放心，我一定让李书记去提亲。"

陈凌子说："你不要担心，只要你诚心去找李书记，他一定会去。因为他要见的是我大姑，不是去找那个老奶奶。另外，你还要对他说清楚，我不是王家人，我是临河铺的人。"

马晓萍急急地回到家里，把路上遇见陈凌子的经过和高大龙说了。高大龙虽是替马晓禾高兴，可让李有福去提亲，确实有些不合适，人家毕竟是书记，又是王家的仇人，他实在是不知道怎样开口对李有福说。

“一定非得李书记去提亲吗？”高大龙问。

马晓萍说：“那是一定的，如果李书记不去，陈凌子就不会同意这门亲事。”

高大龙叹了声息，一边捻着药，一边思索着。

“你说话呀，怎么像个木头似的？人家凌子答应了，咱还不趁热打铁啊。”马晓萍催促道。

“我在想怎样对李书记说，你以为向李书记开口就这么容易啊？”高大龙说。

“看你个窝囊废样，你不去找他算了，我去。我不信李书记就不给我个面子。”没等高大龙说话，马晓萍拔腿就走了。

见了李有福，马晓萍也没有客套，也不坐，直奔主题说：“李书记，我想请您帮个忙。”

李有福笑呵呵地说：“你可是稀客呀，有什么需要帮的，你只管说，只有我能办得到。”

马晓萍说：“真的？”

李有福说：“你啥时见我说过假话了？”

马晓萍说：“我刚刚在路上碰见陈凌子了，我想让她做我的弟媳，她也答应了，只是有个条件，就是必须请您去和她大姑提亲，所以我只能来求您了。”

李有福哈哈大笑起来，爽朗地说：“好事，好事呀，我当什么难事呢。放心吧，这件事就包在我身上了。”

马晓萍说：“到时请您吃喜糖。”

“那还用说，谁家的喜糖能不请我吃呀。只管回去，等着我的消息。”李有福说。

“李书记，我怕夜长梦多，还是请您快点去，免得节外生枝啊。”马晓萍说。

“我今天就去行吗？看你急得猴似的。”李有福说。

“那好，这事就拜托您了。”出了门，马晓萍高兴得像个孩子，直奔娘家找马晓禾去了。

第三十八章　李有福意外碰钉子　陈凌子信守承诺语

李有福很少到王家来，走到大门前犹豫了一下才轻轻地敲了几下门。陈明霞见是李书记，忙把他迎进屋里。

“您可是稀客啊。”陈明霞一边倒茶一边让座。

李有福坐下来开门见山地说：“别忙乎了，我是来做媒人的，说了话就走。”

“媒人？”陈明霞提着暖瓶愣在那里，“给谁提亲啊？”

李有福说：“是这样的，听说你家凌子姑娘和马晓禾好上了，想让我出面来说句话，听听你的意见。”

陈明霞满面羞惭地说：“李书记，您恐怕是弄错了吧？我们家的情况您也了解，凌子和雅兴两小无猜，情投意合，我有意娶她当儿媳妇，只是还没有和陈凌子把话说开。”

陈明霞这番话把李有福说得直瞪眼，明明是马晓萍说他们双方已经说好了，怎么陈明霞怎么会说让凌子做儿媳妇呢？他感觉自己实在是有些鲁莽，竟然相信马晓萍那个冒失鬼的话。可是既然来了，也得把话说清楚，免得瞎来一趟。李有福欠了欠身子说：“凌子恐怕不是这样想的吧。我听说她私下已经答应了马家，愿意做马家的媳妇，我来只是做做表面文章，让他们的关系能更健康地发展。”

陈明霞为了把话说的委婉、谦恭，她满脸堆笑地说：“谢谢李书记对我们家凌子的关心。不过您说的那些事，我想肯定是弄错了，凌子从没有同马晓禾有过任何交往。”

李有福说：“这事我可不能胡乱瞎扯，真是陈凌子亲口允诺马家的，她还专门提出要我出面当介绍人，这怎么可能错呢？”

陈明霞见李有福很认真，如果只是望风扑影的事情，李有福肯定不会专程来说媒，兴许是陈凌子赌气真的说了什么话。陈明霞笑了笑，说：“陈凌子还是一个孩子，可能她是因为这两天和老太太赌气故意这样说的，您可别把这事当真啊。”

李有福没想到在陈明霞这里碰了个软钉子。他后悔事先没有先见陈凌子一面，只是听了马晓萍的一面之词。眼下话都被陈明霞堵住了，李有福也不好再说什么，在了解陈凌子的真实想法之前，对这件事情必须慎重，因为他在大队里的身份不同。再说，如果陈明霞真有让凌子做儿媳妇的打算，他说多了反而会事与愿违。

送走了李书记，陈明霞便把凌子叫到跟前，问："凌子，你和马晓禾说什么了？李书记刚刚来了，说是要给你提亲，到底是怎么一回事啊？"

陈凌子低着头说："上午放工回来，路上遇到了马晓萍，她要我做她的弟媳，我答应了。"

"你怎么这么糊涂啊，你嫁给马晓禾了，那你二表哥咋办？你是不是不喜欢他你才这样做的决定啊？"陈明霞急红了眼。

"大姑，我不想再让您为难了。在医院里，听见您和奶奶说的那些话，我心都碎了。我怎样待她？在她病重期间，我一心一意地看护她，辛苦劳累就不说了，可是她呢？不仅不领情，看着我像是滴了鼻子醋似的。万一她哪天去了，王家的人还不埋怨是我引起的啊。所以索性找个人家离开这里算了。"陈凌子把心里的痛楚讲了出来。

一席话说的陈明霞心里像打翻了五味瓶，酸辣苦涩一齐涌向心头。作为大姑，她完全没有考虑到侄女的切身感受，没有替侄女操过心。现在，她还有什么理由可以埋怨侄女的呢？陈明霞能理解侄女的苦衷，在王家她也不是吃闲饭，除了挣工分，大部分的家务都是她做的，她又不是丫环，凭什么受老婆子的气呢？

"凌子，对不起。来我们家后，大姑对你关心的很不够，实在是委屈你了。可你要原谅大姑，因为老太太是长辈，有些事情我不好和她顶牛哇。"陈明霞显得有些愧疚。

"我知道您已经习惯了逆来顺受的生活，可我不行，我也没有理由给老奶奶当奴仆。"陈凌子抬起头看着大姑，平静地说："所以，我决定离开王家。"

陈明霞见侄女已经铁了心要走，眼圈红了。"凌子，都怪大姑不好。可是你也替大姑想想，我实在是没有办法啊。你知道老奶奶是为什么摔倒的吗？就是因为我对她提了你和雅兴的事情，她生气了才摔倒的。”

陈凌子眼中噙满了泪水，她明白大姑的苦心，可大姑太软弱，当不了家。“大姑，我没有怨你的意思，只是觉得对不起您和二表哥……”说着，眼泪哗哗地流了下来。

陈明霞眼里溢满了泪水，她用手背抹了一下眼角说：“凌子，关于你和马晓禾的事情，我已经回绝了李书记。希望你再慎重地考虑一下。如果你喜欢雅兴，就给他一个机会。至于老奶奶那边我再去说说看。”

陈凌子没有犹豫，她迅速擦干了眼泪，说：“算了，不管喜欢不喜欢，他都是我的二表哥，什么时候都是我的亲人。马家的事情我已经答应了，如果反悔，以后如何在临河铺待下去啊？”

陈明霞说：“如果你真要嫁到马家，大姑希望你不是为了和我们赌气。结婚是人生大事，千万要认真考虑，切不可草率行事呀。”

“我已经想好了，大姑您就放心吧。”陈凌子说。

陈明霞了解侄女的个性，她既然已经这样说，肯定是不会改变了。她叹息道：“你既然已经做了决定，大姑也不好勉强你，你好自为之吧。”

倭瓜花的病情基本稳定了，只是落下了半身不遂的后遗症，生活完全不能自理。自从倭瓜花说不愿见到陈凌子，她的生活就全靠陈明霞照顾。倭瓜花身高体胖，陈明霞也是五十多岁的人，又没有干过重体力劳动，每次扶她起来都要使出浑身解数，不几天，陈明霞的腰就累伤了，再也扶不起老婆子来。

倭瓜花迫于无奈，提出想让陈凌子帮忙，陈明霞这才把陈凌子准备嫁给马晓禾的事情对婆婆说了。倭瓜花觉得这事太突然，埋怨陈明霞不该把陈凌子许给马晓禾。

陈明霞对婆婆的话十分不满，赌气说：“住院的时候，凌子为了照顾您，辛辛苦苦地守了那么多夜晚，帮你洗，帮你倒，还不断地为你按摩。可是你清醒后，没给她好脸不说，还说了那些话让她伤心的话，她受不了了，是她自己决定要嫁马晓禾的。”

听陈明霞如是说，倭瓜花也明白自己对凌子有些太过分了，她着急地问：“你现在腰伤了，凌子又不帮忙，我可怎么办啊？”

“还有您的孙子呢，以后就让雅兴过来帮您吧。”陈明霞说。

“那可不行，一个男人怎么能做这些事情啊，你还是想别的办法吧。”倭瓜花说。

“我一个妇道人家能想出什么办法呢？凌子是多好的一个孩子，她又不欠我们什么，可是您硬是要把人家逼走，让我怎么办？”这回轮着陈明霞埋怨婆婆了。

“明霞，我是替孩子们着想啊，眼下我们家的情况你也知道，他大伯有政治问题，银山又是国民党特务，如果让孩子再找一个出身不好的人，我们家就被别人看成土匪窝了。”倭瓜花说。

陈明霞听婆婆这样说，心里非常生气，她不满地说：“凌子怎么了？一个孩子家即使是地主成分，那又该怎样？难到我们家成分就比她好吗？李书记把她户口迁移过来的时候，也没刻意在大队说她是地主成分，更没有因为她是地主出身，少给她一个工分吧。”

倭瓜花被陈明霞说得无言以对，靠在床头上，两只死鱼般的眼珠子，充满了忧虑。她觉得儿媳妇从来没有对她说过这样的过头话，只因现在成了累赘，已经没有能力控制这个家了。久病床前无孝子，何况陈明霞还是个媳妇呢？倭瓜花心里明白，儿子死了，金山、银山都不在身边，自己到了这种地步，说不定陈明霞内心巴不得她赶快死呢。

沉默了许久，倭瓜花终于说话了。“明霞，我都是为了雅兴好，并没有说凌子的不是呀。”她口气明显变得软了下来。

“可是，凌子多好的一个孩子啊，是您硬把她给逼走了。”陈明霞脸色异常难看，除了对婆婆的埋怨，她还十分伤心。

倭瓜花又语塞了，若是在过去，陈明霞说这样的话，她早就上火了。一个陈凌子走了有什么了不起，她没来时，我们不照样过得很好嘛。可是，现在不一样了，她一切都要靠陈明霞，生怕她尥蹄子，把自己撇在了一边。倭瓜花忍气吞声，停了一会，才嘟哝说：“凌子要走，也不能全怪我啊。”

陈明霞脸上能拧得出水，她不想跟婆婆争辩谁是谁非。可眼下家里的状况是倭瓜花躺在床上，身边时刻离不开一个人伺候。陈凌子自从答应嫁给马晓禾，既不见倭瓜花的面，又躲着王雅兴，除了帮着做三顿饭以外，几乎不再过问其他事情。最让她心里纠结的是儿子王雅兴，听说表妹要嫁人，变的烦躁、抑郁，不思茶饭，成天躲在屋里不想见人。

“我真是活得倦了，明天我去小雅那里住几天，眼不见心不烦，你们爱咋着咋着吧。”陈明霞垂下眼皮说。

本来陈明霞只是说赌生气的话，倭瓜花给当真了，以为陈明霞是想摆脱她，她使劲地翻了翻身，直挺挺地躺在床上。“我老了，成了你们的累赘是吧？你要走也行，把雅兴带上。给我留包老鼠药就行了。”倭瓜花赌气地闭上了眼睛。

陈明霞气也不是，恼也不成。她恨倭瓜花太强势，也后悔自己太没有主见，如今造成这种难以收拾的局面，她能怪谁呢？

李有福把陈凌子叫到了大队部。坐在李有福的对面，陈凌子拘束地低着头。李有福问：“凌子，听说你打算嫁给马晓禾，是真的还是开玩笑啊？”

陈凌子说：“李书记，这种事情怎么能开玩笑啊，我是认真的。”

李有福又说：“我和你大姑说，她说你和雅兴青梅竹马、情投意合这怎么说呢？”

陈凌子说：“雅兴是我表哥，我们之间是亲情关系。大姑对我也很好，不过她什么时候也没有提过我和表哥之间的事情啊。”

“可是，你大姑不同意你和小禾的婚事，你怎么想？”李有福问。

陈凌子说：“现在不是提倡婚姻自主嘛，我想如果大姑不同意，那我就自己做主。”

李有福又问：“听你大姑说，之前你和雅兴奶奶生了气，你是故意赌气这样做的，是吗？”

“赌气的成分也有，不过，我可以接受马晓禾。”陈凌子说。

李有福见陈凌子说话很勉强，于是，意味深长地说：“凌子呀，婚姻可是人生中的大事，千万马虎不得，不能因为一时赌气，做出终身后悔的事情来。这件事你再想想，考虑成熟了，我再去你大姑那里做工作，你看成吗？”

陈凌子说：“李书记，我爹说过，君子一言，快马一鞭。既然答应人家了，绝无反悔的道理。”

李有福重新审视着面前这位看上去很腼腆的姑娘，没想到她小小的年龄却是一个有主见、敢说敢为的人。李有福点点头说："晓禾那孩子不错，我也曾经为他物色过对象，可那孩子眼光高，一般的姑娘他还看不中。既然他喜欢你，你也同意，那我就为你们祝福了。"

第三十九章　陈凌子改换门庭　倭瓜花悔之莫及

这一年的春天来的特别早，还没出农历二月，桃树居然打了花苞。马晓禾的婚事在高大龙的操持下，一切准备就绪。

陈明霞为侄女准备了一份嫁妆，两床三新的棉被，一个脸盆和一面镜子。李有福派人帮马晓禾把家里的房子整修一新。

就在阴历三月初，陈凌子和马晓禾登了记，婚礼在李有福的主持下，办得也算是风光体面，从此，陈凌子在临河铺有了自己真正意义上的家，王家成了她的娘家。

陈凌子嫁到了马家以后，倭瓜花的肠子都悔青了。那是到了给王雅兴提亲的时候，她才知道自家的短处。王雅兴虽说不是地主成分，可家里那些复杂的社会关系比地主成分还可怕，大伯是现行反革命分子，说不定哪一天就会被枪毙，二伯是叛逃国外的特务分子，有许多说不清道不明的历史，父亲又是那样死的，哪家的姑娘愿意嫁到这样一个家庭呀？别说在临河铺，就是打着灯笼在整个刘塘镇也找不到像陈凌子这样的姑娘。

听着陈明霞整天喋喋不休的唠叨，看着她无休止的忙碌，倭瓜花明白了，家里少了陈凌子，单靠陈明霞一人持家确实是力不从心。她躺在床上，唉声叹气，每天念叨的都是王雅兴的婚事，希望能尽快给他找个对象结婚生子，为王家传宗接代。陈明霞托亲戚靠朋友寻遍了远乡近邻，好姑娘多得是，可没人愿意找王雅兴这样的家庭。

王雅兴对自己倒是很自信，没有看中的人，他宁肯不娶也不愿意找对不上眼光的姑娘。虽说他王家现在的条件不怎么样，不说那些令人生畏的社会关系，他自身也面临非农非城的窘境，只要一提对象，他就拿陈凌子作比较。他没考虑到农村的姑娘要找的是出身好、能干活的男人，像他这样的小白脸，肩不能担、手不能提的谁稀罕呢？

王小雅很少回临河铺，当她知道陈凌子结婚的消息时，已经是正月十五贴对联——晚了半月了。听说凌子嫁给了马晓禾的时候，她惊得差点没把舌头吐出来，感觉那纯粹是天方夜谭。王小雅了解陈凌子，除了欣赏莫冬冬以外，她唯一喜欢的人就是雅兴。上次她和雅兴一起到城里来的时候，还那么亲热，怎么会突然变了卦，嫁到马家去了呢？直到后来，王小雅才从雅兴那里知道陈凌子嫁给马晓禾的缘由。

其实，团县委的工作并不是那么忙，只因王小雅工作认真，县委办公室经常把她抽去帮忙，不是去印刷厂校对材料，就是帮县委办公室打印文件。县委办公室里的事情很多，她经常跟着办公室里的同志一起加班加点地工作，有时连星期天都顾不上休息。因此，知道凌子结婚的消息本身就已经迟了，当时，正逢年初，工作忙碌不好请假，所以一拖再拖，直到县里开完三级干部会以后，才抽出时间回家看看。

王小雅买了一块五花猪肉，带了二斤红糖，乘坐供销社下乡送货的马车到了刘塘公社，又步行几公里的土路，回到了临河铺。自倭瓜花病倒以来，王家人很久没有这么高兴了，王小雅的到来，给家里平添了一些喜庆的色彩。大家都聚到倭瓜花的卧室里，陈明霞把她扶起来靠在床头上，一家人坐在一起，听着王小雅从县城带回来的新闻。

太阳像是一部巨大的投影机，透过玻璃窗把阳光斜射进屋里。黑暗和光明形成了鲜明的对比，从窗子透进的那束射线中，可以清晰地看见无数个微粒在空中跳跃，充满着不定的因素。倭瓜花躺在靠北面墙角的黑暗处，听到小雅讲了许多过去闻所未闻的故事，忽然想起雅兴的事情，她问：“小雅，你在城里见多识广，能不能给你二哥介绍个对象啊？”

王小雅心里清楚，二哥现在其实就是一个不称职的农民。在农村，他甚至连一个普通的农民都比不上，再加臭名昭著的爷奶给人们留下的印象和王家复杂的社会关系，别说在县城里，即使在乡下也很难找个像样的姑娘。她在到城里工作之前，也和雅兴的境况差不多，当时，那些媒人没有给她介绍个瞎眼瘸腿的对象，就已经算是不错了。

“奶奶，”提起二哥的事，王小雅心里就不舒服。虽是对奶奶把凌子逼走很不满，但看着她现在躺在床上的那种可怜的样子，把满腹牢骚都咽进了肚里。她轻描淡写地说：“凌子那么好的姑娘您都看不中，即使我有熟悉的女孩，也不敢介绍，您的眼光太高了。”

王小雅的话触到了倭瓜花的疼处。这些日子，陈明霞一直在报怨她把雅兴和凌子这对鸳鸯给拆散了。凌子走后，雅兴虽说没有说她什么，但看得出来，他心里对自己也是非常失望。

听王小雅提起凌子，倭瓜花比吃了一个苍蝇心里还难受，她眨吧着眼睛说：“别尽说些令人丧气的话，我就不信离开了陈凌子，雅兴就找不到一个好姑娘。”

“我不是说二哥自身条件不好，他有文化、长得帅、人品又好，无奈我们王家的名声太差，您还不清楚，局外人把我们当成一堆臭狗屎。”王小雅看了奶奶一眼，接着说：“现在的人讲得是实惠，你想想，哪个姑娘愿意把一朵鲜花插在牛粪上啊？”

王雅兴实在不想再听他们说陈凌子的事情，站起身，悄悄地出去了。陈明霞听着倭瓜花和王小雅说的那些话，心里也是堵得慌，她说：“小雅，你陪着奶奶坐会儿，我去做饭了。”

一家人不欢而散。看着陈明霞的背影，倭瓜花心情十分沮丧。走就走吧，反正凌子已经嫁人了，哪里能买到后悔药呢？倭瓜花知道大家都在埋怨她，无可奈何地叹了声息。见小雅仍一动不动地坐在床对面的窗口旁，她把眼光移到她的身上。一缕阳光正照在她乌黑的头发上，逆光中，她清瘦的面庞显得格外玲珑秀丽。

“小雅，他们都嫌我是个废人。唉，还是你对奶奶好，过来让奶奶看看你。”

王小雅坐到了倭瓜花的床前，抚摸着奶奶的手说：“乡下的条件还是太差了，哪一天我分了房子，一定接您去城里住一段时间。”

倭瓜花拉着小雅的手说：“先别说接我去住的话，我问你，有人给你提亲没有？”

王小雅说：“有哇，还不少人提呢，只是我现在不想考虑那事。”

倭瓜花把头歪在了枕头上，看上去很疲惫的样子，轻声对孙女说："小雅啊，奶奶的日子不长了，多么想能在有生之年看到你和雅兴都有了自己的家啊。"说完，她又看了看小雅，眼中充满了期盼的神色。

"奶，您身体还好着呢，以后千万别说这些不吉利的话，我和二哥都会有自己的家，您放心吧。"王小雅说。

"怎么能放得下心呢，为了凌子，你母亲和雅兴都生我的气。现在可好了，凌子走了，咱王家居然找不到一个能比凌子好的姑娘，奶奶心里难受啊。"倭瓜花有些愧疚地说。

"奶奶，那是他们缘分未到，走就走吧，后悔又有什么用呢？只是希望二哥的命好，将来能再遇到一个像凌子那样的姑娘。"王小雅说。

"你是不是也怨奶奶呀？"倭瓜花那双三角眼垂了下来。

王小雅突然对奶奶的语调感到生疏了，看着奶奶满脸的愁容，这时她才注意到，奶奶已经不是过去那个强势的奶奶了，说话时，没有了底气，而且还总是带着一种乞求谅解的语气，她的眼光变得比以前柔和、慈祥。王小雅从她的话中，听得出她的反悔，以及渴望能得到别人的理解。

王小雅摇摇头说："奶奶，我没有埋怨您的意思，虽然对凌子嫁人的事情感到有些懊悔，但事已至此，以后就别再提她了。"

"表姐，表姐回来了？"陈凌子在门口喊道。

王小雅赶紧走了出来，"凌子，恭喜你了。你也真是，结婚为什么不能等到表姐来呀？"

陈凌子嘻嘻地说："不是怕影响你的工作嘛。"

"你这鬼妮子，尽会耍嘴皮子，我知道你是等不及了。"王小雅戏虐道。

"表姐，看你……"陈凌子拉住王小雅的手，拿出一副撒娇的样子。

王小雅收起了笑脸，认真地说："凌子，真是对不起，没能亲自把你送出王家，姐姐很遗憾。知道你结婚的消息时，回门的日子都已经过去了。"

"客气什么呢，你送的礼物我都收到了，还没请你吃喜糖呢。"

陈凌子说。

“进屋里坐。”王小雅把陈凌子拉进屋里，边说边去倒水，陈凌子把暖水瓶接在手中说：“表姐，你怎么把我当成外人了？”她把暖瓶放下又说：“表姐，这些天没见，想死你了。”

王小雅用指头摁了一下凌子的额头，“骗谁呢，有了心上人了，哪里还装得下表姐呀。”

陈凌子说：“什么心上人哪，比形同陌路差不了多少。哪里能比得上李援朝对你那样好啊。对了，他现在怎么样了？”

问到李援朝，王小雅心情变得陡然阴沉起来。“怎么说呢？好像不太乐观，听天由命吧。”

“那你打算怎么办？“陈凌子问。

“我能怎么办呢？过去他对我这么好，如今出了事，我不能没有良心啊。我决定等着他，无论他的将来会是怎样。”王小雅说。

“表姐，我真佩服你。”陈凌子说。

人们喜欢说老年人是贼聋子。王小雅在和奶奶说话时，总是把嗓门提得高高的，可奶奶还总是说听不清楚。所以她在和凌子说话的时候，并没有注意套间里面的奶奶，哪曾想到倭瓜花在里面，把王小雅和陈凌子的话全听到了。

陈凌子一走，倭瓜花就把王小雅叫到了屋里，神色严肃地问：“小雅，你和李援朝有什么瓜葛啊？”

王小雅轻描淡写地说：“你怎么想起问他来了，我和他能有什么瓜葛啊。”

“还骗我，你和凌子的话我都听到了，是真的吗？”倭瓜花急切地问。

“听到了，还问什么呢。是，是真的。”王小雅说。

“那怎么能行呢？你都忘记我们两家的恩怨了，李援朝绝对不行。”倭瓜花的声音颤抖起来。

“奶奶，别管那么多好吗？您都忘了陈凌子的事情了，若不是您管得太宽，二哥也不至于到现在还没有对象。”王小雅说话的腔调明显带着埋怨。

倭瓜花听到孙女再一次提起了凌子，心里十分难过。过去，她在这个家里就是一家之主，说话哪个不听？谁又敢在她面前说些不是呢？如今是怎么了，连平时这个温顺贤淑的孙女也开始埋怨自己了，难道自己真是一个老废人了吗？倭瓜花对陈凌子嫁人的事情本来就很窝火，陈明霞常常拿这说事，明摆着是对自己不满。雅兴整天像蔫了的茄子，嘴上没有说，心里肯定也是充满了怨恨。现在王小雅居然也在埋怨她，倭瓜花实在是受不住了，心里火烧般的难受，一股血气只冲她的头顶，她指着王小雅，颤颤抖抖地说："你，你……我……"倭瓜花觉得天旋地转，话没说出来，就歪倒在床上了。

"奶奶，奶奶。"王小雅歇斯底里地喊叫，惊动了厨房里正在做饭的陈明霞，她急忙跑过来问："怎么了？"

倭瓜花两腿不断地搐动着，涎水顺着口角往下流。陈明霞见倭瓜花已经不省人事，忙进屋里拿出纳底子的大针，一边在婆婆的人中上捻扎，一边让小雅去请高大龙。

王雅兴在后院的厢房里，听到母亲的喊声，急忙跑了过来，见倭瓜花还在抽搐着，他走到她面前大声地叫着："奶奶，奶奶。"

倭瓜花眼睛似乎是有意识地睁了一下，王雅兴又连续喊了几声，倭瓜花眼已经紧紧地闭上了，再也没有一点反应。

倭瓜花经陈明霞扎了一针，腿渐渐地停止了抽搐，呼吸也基本上恢复了平稳。陈明霞拿过毛巾，轻轻地擦着倭瓜花扎针时人中流出的血迹和嘴边的口水。倭瓜花像死人一样，弓着身子一动不动地斜躺在床边，她灰色的脸上，除了皱纹，看不出一丝的痛苦。

王雅兴轻轻地把倭瓜花身体顺直，揉着她那只不能动弹的腿问："奶奶的病发了？"

"嗯。小雅已经去找高大龙去了。"陈明霞说。

"是不是还要送到县医院去啊？"王雅兴看着母亲又说："凌子也走了，到了医院，谁照顾奶奶呢？"

"不知道，也许在家里挂几天吊针就会好，不过，等高大龙来了，看他怎么说。"经过上次的经验，陈明霞料想不会有什么大事，她坐在床边，不断地向门外张望着。

不一会儿，王小雅急急忙忙地回来说："高大龙去城里了，估计傍晚上才能回来。"

陈明霞没了主意，看着躺在床上奄奄一息的婆婆，她不知道该怎么办了。

王雅兴说："妈，咱别干着急了，不管是送奶奶去医院，还是等高医生回来，反正我们要吃饭。我在这里守着奶奶，你和小雅赶紧去做饭，等吃了饭再做决定。"

第四十章　呜呼哀哉倭瓜花谢世　千里奔丧王金山忏悔

高大龙回到临河铺太阳已经落山了。听马晓萍说王小雅来找过他，也来不及歇息，背着出诊箱匆忙来到王宅。

陈明霞和王雅兴默默地守在倭瓜花身边，正一筹莫展，见到高大龙像是见到了救星，把倭瓜花发病的情况进行了描述。高大龙给倭瓜花诊了脉，又翻开眼皮看了看，然后摇着头说："这次恐怕送县城也无济于事了。"

"那怎么办啊？不能在这里等着死呀？"陈明霞焦急地说。

"当然，到县医院靠打针补充营养，可能还可以多活几天。如果你们愿意去县城医院就医，可去我那里讨付担架，你们看着办吧。"高大龙收起了出诊箱，对王雅兴说："有什么事情需要帮忙，只管说一声，我们也算是亲戚了，千万不要客气。"

高大龙正准备走，陈凌子来了，见屋里气氛沉重，知道倭瓜花病得不轻。"表姐呢？"陈凌子左右看了看问。

"她得上班，回县城去了。"王雅兴说。

她又问高大龙："奶奶病情严重吗？"

"高大龙点点头，最多也就是三两天的事情了。"高大龙小声说。

"治不了吗？"陈凌子问。

"要么去县城，要么就只有等。"高大龙说。

"如果还有一点希望，即使是死马当成活马医，也要试一试呀。"陈凌子说。

"当然，如果有一线生机，我们也不能放弃。只是她已经不行了，往县城送也是枉然，其结果是人财两空。"高大龙声音低得几乎只能陈凌子一人能听到。

陈凌子犹豫了片刻，转而对大姑说："大姑，表姐走了，夜晚这里怎么办啊？"

陈明霞两眼挂着泪花，啜泣道："能怎么办呢，反正有我和你二表哥。"

陈凌子说："您都五十多岁了，能熬得住吗？干脆还是我来算了。"

陈明霞说："那怎么行呢，你已经出嫁了，在这里守夜不合适。"

陈凌子坚持说："今晚我来陪你，我伺候病床上的父亲好几年，多少有些经验。白天由二表哥照看，如果奶奶真是不行了，你除了做饭，还要腾出时间处理别的事情呢。"

高大龙见陈明霞和王雅兴都没有主心骨，王小雅又不在家，到了这个时刻，都是六神无主，一个个傻了脸，大眼瞪小眼不知道该做什么。既然自己和陈凌子粘上了亲戚，帮忙也是义不容辞的。他干脆当家说："这样吧，雅兴，你去草垛拽些麦草铺在床面前。按临河铺的规矩，老人到了这种时候，就该挪下床了。今晚让晓禾也过来吧，他同凌子一块值夜。明天要去通知家人至亲，如果他们来得及时，或许还能见上最后一面。"

陈明霞还在犹豫，见雅兴已经把麦草铺在了地上，三个人把倭瓜花从床上抬了下来。陈明霞说："怎么好意思麻烦人家晓禾呢，还是我自己守夜吧。"说这话时，她自己心里也在打鼓，陪着一个快要死的人过夜，她实在是有些害怕。

高大龙说："到了这个时候就别说那些麻烦人的事情了，活在世上，谁没有需要帮助的时候呢？就这样吧，我去找他过来。"高大龙背着出诊箱走了。

陈凌子和马晓禾守夜，到天快亮的时候，陈凌子见倭瓜花脸色异常，去她脸上摸了摸，已经没有体温了。陈凌子急忙叫醒了马晓禾，又去把大姑和表哥喊起来。

陈明霞见婆婆已去，哇哇地大哭起来。陈凌子劝了半天，她才止住了哭泣，这时，才想起来安排王雅兴去城里给大伯发电报，顺便从城里置办寿衣之类的东西。

夜色已散尽，王雅兴忙着到县城去了。王家就剩下陈明霞、陈凌子和马晓禾三人。陈凌子想，临河铺办丧事的时候，一般情况下，都是由李书记安排大队里那帮人帮忙，从做棺材到送下地，都是一条龙进行的。如今倭瓜花死了，李有福会不会像对待其他人那样对待一个过去的仇人呢？

“大姑，奶奶的后事如何安排，我想还是去征求一下李书记的意见，您说呢？”陈凌子说。

陈明霞踌躇了片刻，说：“你奶奶与李书记过去的那些恩怨，我实在是不好意思见他。”

“李书记是个好人，对已经死去了的人，我想他不会计较过去那些恩怨。”陈凌子见大姑犹豫不决，又说：“要不然，我去找他问问。”

陈明霞想了想说：“我若不去，从礼节上说不过去，可我实在是害怕他不给面子啊。”

“那我去吧，反正作为晚辈也没有什么面子可言。”陈凌子说完，去找李书记去了。

李有福早晨起来，就听说倭瓜花死了。临河铺死了人，对大队来说是一件大事，一般情况下，李有福都会亲自去慰问一下死者亲属，安排大队处理好死者的后事。可倭瓜花这样一个人，在李有福的心里就像是一个臭虫，如今她人已经死了，即使是臭虫，他也得去看看，因为牵扯着临河铺大队公平待人的问题。

李有福心里很矛盾，若是去了，又说些什么呢？他还不知道王家是不是已有自己的安排。李有福洗了脸，准备去找蓝叶萱商量倭瓜花的事，刚出门，就碰到了陈凌子。

“李书记，我正要找您呢？”陈凌子急促地说。

“是关于雅兴奶奶的事情吧？”李有福问。

“是。您已经知道了呀，我大姑因为太伤心，两眼肿得核桃似的，我没让她来，您可别见怪呀。”陈凌子说。

“小小的年纪，学会客套了。”李有福说。

陈凌子听出李书记说话的口吻有些不满，急忙解释道：“大姑是真的说要来见您的。”

李有福说：“谁来都一样，何必那么认真呢？凌子，我问你，他们准备怎样安排雅兴奶的后事呀，是让大队帮忙处理，还是自家另有打算啊？”

陈凌子楞了一下说：“李书记，我大姑家的情况您也了解，他们哪有能力处理这么大一摊子的事情啊，还是想得到大队的帮助。”

李有福说：“我是怕他们嫌大队使用的材料不够好，如果愿意享受大队的福利，你回去告诉你大姑，让她准备好寿衣和炮仗之类的东西，棺材和抬棺下地这一系列事情，就由大队负责好了。”

陈凌子给李有福鞠了一躬说：“李书记，我替大姑谢谢您，我这就去告诉她了。”

“去吧，我抽出时间再去看看你大姑，让她别太伤心了。”李有福说。

陈凌子回去把李有福的话对陈明霞说了，陈明霞自是感激不尽，有了大队帮助，她心理上的压力减少了许多。陈凌子根据她父亲死时办理丧事的经验，把需要准备的物品列了一个清单，交给马晓禾办理去了。

倭瓜花的后事办理的还算顺利，整个过程陈明霞都很满意。不过，她心中也有忧虑的地方，当时她没有主张把倭瓜花和王麻子葬在一起，担心将来大伯子回来会不会埋怨她。陈明霞迷信，没有把他们葬在一起，她有自己的考量，她想的是不能让婆婆到了阴间再和公公弄到一起祸害别人，这也算是对李有福恩情的一种报答。

王金山回到临河铺，已经到了倭瓜花烧头七的日子了。面对着母亲的新坟，王金山满眼是泪，他把纸钱一张张的放在火堆上，心里默默地念叨着：妈，儿子回来了看您了，活着的时候，儿子没能在身边侍候您，过世的时候，儿子又没有为您送终。从今天起，儿子在这里陪您三天，如果您在天有灵，一定不要责怪儿子，儿子也有自己的苦衷啊。

王金山作为王家的长子，父亲去世时他不在身边，如今母亲离世了，他又姗姗来迟，怎么能不觉得愧疚呢？他苦苦地思索着，母亲在弥留之际，没有一个子女在她身边为她送终，她会怎样想，内心一定会痛苦不堪。当然，没能为老娘送终，这并不是他的过错，人在政界，身不由己。话虽这样说，但作为长子，他仍不能原谅自己。

王金山坚持一定要守孝三天，王雅致、王雅兴兄弟俩只好陪着大伯父在坟前守了三日。三日之后，王金山拜见的第一个人就是李有福。

李有福对王金山并没有多深的印象，也许走在大街上碰破头，他也认不清他。但有一件事情让李有福记忆犹新，那就是临河铺在最艰难的时候，王金山为临河铺捐了三百元钱。当时，那三百元钱算得上是个天文数字，挽救了临河铺不少人的性命，也就是从那时起，李有福才发现王家也并不都是无恶不作的坏人。

王金山来到李有福的家门口，咳嗽了两声，没有人应。虽说大门敞着，屋里似乎没有人。王金山听说李有福老婆和孩子都在城里，所以也不忌讳，直接进了屋里。屋内光线很暗，他环顾四周，除了脏乱、破旧以外，还一贫如洗。满屋找不到一件像样的家具，甚至连一个合适坐的地方都没有。他从供桌下面拉出一条长凳，坐了下来，这时才看清楚屋内像是垃圾场，桌面上厚厚的一层灰尘。

王金山坐了一会儿，不知道李有福什么时间能回来，他没有心思继续等下去，看着屋里邋遢成这样，也许，李有福就不会在自己家里吃饭。王金山出了门，站在院子里，四处张望着，一阵冷风袭来，他禁不住打了个寒战。心中暗自寻思，李有福把临河铺搞得真是不错，不愧是县里的农业学习的模范大队，他走过这么多的地方，能比上临河铺大队农业基本建设的还真不多。为大队做了那么多的工作，如今，他的经济状况连一个普通的老百姓都比不上，这样的基层干部真是值得钦佩。

在大队部的门口，王金山遇到了李有福。如果不是在这特定的环境里，他肯定也认不出他。一个黑脸膛的汉子，半白的头发，胡渣长得满面都是，看上去哪像是一个大队支部书记，简直就是个假李逵。

“李书记，你好。”王金山说的是普通话。

李有福愣了一下，“你，您是王部长吧？”

“王金山。”王金山谦逊地点了点头。

李有福说：“请到屋里坐，有什么事情需要帮忙的吗？您说吧。”

王金山听出李有福并没有想让他到屋里坐的意思，于是，笑了笑说："需要帮助的，你已经都帮了，我是特地来谢谢你的。"

李有福说："不用客气，这些都是我们应该做的，只要是临河铺大队的社员，为他们服务是我们大队干部的义务和责任。"

王金山见李有福说得都是一些官腔，话不投机，于是，他也没有进屋坐，说了一些感激的话就告辞了。

第四十一章　李援朝判处徒刑　王金山平反昭雪

当李月牙把李援朝判了七年刑的消息告诉王小雅，她几乎晕厥了，怎么也想不到李援朝会被判这么长的时间。这漫长的七年让她怎么等啊？待李援朝出狱，她已经三十多岁了。

李月牙满眼泪花，抚摸着王小雅的手说："小雅，为了援朝，你耽误了这么多的青春年华，我替他谢谢你了。从现在起，你放弃援朝吧，不要为了一个不值得爱的人这样等下去。"

王小雅不断地抽泣，她把湿漉漉的手帕攥在手里，咬着嘴唇说："李姨，我喜欢援朝，不管他坐多长，我都会等他。"

李月牙的眼泪顺着面颊流了下来。"孩子，听李姨的话，忘了他吧……"她嗓子眼哽咽得说不下去了。

"不，不。"王小雅摇着头，啜泣着说："我，我心里放不下他……呜呜……"

李月牙擦干了眼泪，见王小雅低着头，手帕捂在脸上，她站起来，转身面对着糊满报纸的墙说："我知道你并不喜欢援朝，如果只是同情他，我劝你还是离开他好。"

王小雅停住了抽泣，拿开捂在脸上的手帕，惊讶地盯着李月牙后背，听着李月牙继续说："你知道援朝的父亲是怎样离开我的吗？那是因为当时我是一个农妇。我们之间生活的环境差别太大了，这是我们离异的原因。现在援朝怎么样？他连一个普通的农民都不如。你千万不要犯同样的错误，一失足成千古恨啊。"

王小雅说："我不那么想，虽说他现在是一个犯人，但他不是一个普通的犯人。我相信，他没有罪。他是一个无论遇到什么情况，都不会放弃自己追求的人。我和他有共同的理想。”

李月牙摇摇头说：“理想是什么？那是你们年轻人的无知和冲动。你大伯有理想吧，战火硝烟中奋斗了大半辈子，如今不也扣上了反革命的帽子，被强迫劳动吗？你二伯也有理想，抛家舍业，离乡背井，如今落得个有国不能投，有家不能归的海外游子。再看看援朝，奋斗了这些多年，其结果呢？如今成了犯人，连我都受牵连。”

李月牙说到这里忽然把话停了下来，她清楚不应该对年轻人灌输这些颓废的话，尤其是自己作为一个单位尚未免职的领导干部。

李月牙也有过年轻的时候，不过，她的青春是残缺不全的。那时候她不懂什么是理想，除了仇恨，觉得活着只是为了哥哥。后来参加了工作，她在跌宕起伏的人生中领略到了一些做人的道理，可以说这些道理对她来说，是比所谓的理想更深层次的东西，但这些从复杂生活得出的经验只是个人体验，并不是什么真理，只能放在心里，是不能上升到言语表述的，这一点她心里非常清楚。

“小雅，”李月牙接着往下说：“你还年轻，要为自己的将来想一想，现在回头还来得及。”

王小雅心里渐渐地平静了下来，不再抽泣。李援朝被判得这么重，王小雅内心很难接受。但她知道，李月牙作为母亲，一定比她还更难接受这种现实。她很钦佩李月牙的宽厚情怀，到了这个节骨眼上，还劝自己离开她的儿子，这让她很感激。王小雅走到李月牙的身后，轻轻地拉住她的棉衣说：“李姨，我知道你说这些话都是为了我好，你放心，我喜欢李援朝也并不是因为他当初是领导，我是喜欢他这个人。”

李月牙转过身来，盯着王小雅看了许久才说：“那为什么当初不说，到了这个节骨眼才说呢？”

王小雅说：“当初，他是省城里的领导干部，我是农村的社员，即使没有门第观念，那也是不可能的呀。”

李月牙说：“我说的是他在去省城之前，你们为什么没有明确这层关系呢？”

王小雅沉默了，她扶着李月牙坐了下来，然后，给她倒上一杯水，坐在了李月牙的对面。

“李姨，你知道我们两家过去的那些恩怨，我担心这会是一种孽缘，即使我们俩当初好上了，您会同意吗？我们家又会有怎么样的想法呢？这就是我当时拒绝他的原因。”

李月牙啜了一口水，“这些我能理解，你不觉得现在仍然还存在着家庭问题吗，即使我不反对，可你家呢？他们会同意让你等着一个七年劳教的犯人？”

王小雅从没有向家里表明过关于自己和李援朝之间的事情，倭瓜花就是听说了自己和李援朝的事，才被气死的。如果是李援朝没出事之前，或许对家里还好说，现在这种状况，她确实说服不了家人同意她去等这个七年之后才能出来的犯人。

“事已至此，只有听之任之了。再说，我奶奶已经过世了……”说到奶奶，王小雅眼泪又出来了。

“七年，小雅。只是太委屈你了。”李月牙说。

“我会坚持的。”王小雅告别了李月牙，回去后，饭茶不思，夜夜做噩梦，几天下来瘦了一圈。

这天下午，王小雅正在刻蜡版，县委通信员过来说周书记让她去他办公室一趟。王小雅听说是周书记叫她，心里怦怦乱跳，想起最近李援朝的母亲已经被停职反省了，不知道周书记是不是因为李援朝的事情找自己。

王小雅紧张地敲开了周书记的门。周书记让她坐在对面，然后客气地说：“小雅同志，近段辛苦了。”周书记说着话，又从茶盘里拿了个水杯，要给她倒水，王小雅见周书记这么殷勤，慌得忙把水瓶接过来，心里像是长了草似的，等待着周书记的下文。

周书记接着说：“你在团县委工作的这些日子里，同志们反映很好，组织上想把你调到县委办公室工作，你有什么想法呀？”

王小雅没有心理准备，被突然传来的好消息给弄晕了。县委办公室是全县的政治中心，是锻炼干部的熔炉，哪个年轻人不想去那里接受考验呀。不过她不知道周书记葫芦里究竟卖的是什么药。自从李援朝出了事，他从来没有给过她好脸看，今天好像太阳从西边出来了，他的过分热情让王小雅感觉有些意外。

“周书记，我能行吗？”王小雅吞吞吐吐地回答道。

"怎么不行？年轻人就要多压担子，不然怎么能进步呢？"周书记喝了一口茶又说："小雅同志，生活上和工作上有什么需求没有呀？"

王小雅说："谢谢领导的关心，我很好，没什么需求的。"

周书记微笑着说："很好，我就欣赏青年人的吃苦精神。不过，县委办公室的工作可要比原来的工作更繁忙、更重要，考虑到你的生活和工作问题，组织上决定给你腾一间房子，你去通信员那里拿钥匙去。"

"我在那里住已经习惯了，房子就让给比我更需要的同志住吧。"王小雅客气地说。

周书记站起来，带着很关心的样子说："组织已经决定了，去吧，以后工作可要加倍努力，不要辜负组织上对你的希望噢。"

过了几天，王小雅收到大伯父的来信，信上说他平反了，而且还恢复了副部级领导职务。

日子过得飞快，转眼到了倭瓜花的周年忌日。这天，县里来电话通知大队，说有中央首长要到临河铺视察工作，让他们做好接待准备。听说来的是中央首长，慌得李有福和一帮大队干部一个个马不停蹄地忙了起来，又是打扫卫生，又是准备汇报材料，还让人专门去公社买了些菜。到了半晌午，王金山带着王小雅、司机和警卫员，开着一辆北京吉普来了。陪同的有县委周副书记和一些部门的有关领导。在两辆小车的后面，跟着一辆带着铧犁的崭新的手扶拖拉机。

李有福和大队的干部们，把客人迎进了大队部。来的中央领导不是别人，是临河铺出去的人王金山，他已经恢复了原来的副部长职务。

周书记介绍说："王部长非常关心咱临河铺大队的农业生产，他用停职期间补发的工资为咱大队买了一辆手扶拖拉机，来支援咱们的农业生产建设。"

人们一起鼓起了掌。在古县，除了那些军队和地方的农场才拥有农业机械设备，就连临河铺这样比较富裕的大队，也不敢想能有一台手扶拖拉机。李有福呆呆地对着那台崭新的手扶拖拉机和那银光闪闪的铧犁发愣，一台手扶拖拉机需要多少钱啊？李有福被感动了，他走上前去，紧紧地抓住王金山的手，说：“谢谢您的支持，我们一定会更加努力的。”

简单的赠送仪式完毕，王部长要去给他父母亲扫墓，除了自家亲属，他坚决拒绝外人陪同。周副书记说：“王部长，别人就不用去了，我也是第一次到临河铺来，让我去看看吧。再说，您那车上也坐不下亲属，我车上还可以带上两个。”

王部长不好再拒绝，就带着临河铺的亲属们和周书记先去了他父亲的墓地。王部长离家时还是十几岁的毛头娃娃，转眼已经四十多年了。他不太懂家乡的祭祀规矩，只是在父亲的坟边走了一圈，然后对着父亲的坟茔鞠了几躬。陈明霞、王雅兴、王小雅磕了头，随后陈凌子和马晓禾也跟着磕了头，祭祀活动就这样草草地收了场。周书记没料到王部长扫墓这样简单，他准备的东西还没有派上用场，他赶紧让司机从车后备箱拿出他事先准备好的纸炮香火，让王小雅把东西摆在坟台上，周书记亲自点上香，烧了纸，又让司机放了炮，他像是对自己考妣一样，五体投地，磕了三个响头。

随后，王部长又去了母亲的坟地，照父亲坟前的样子进行了祭祀，只是苦了周书记，他没有想到王部长的父母是分葬的，他只准备了一份纸炮香火，只好尴尬地跟在亲属后面磕了头。

王部长没有在大队吃饭，说他回来的时间非常有限，想和家人在一块聚聚。李有福只好亲自把准备的两瓶张弓大曲送到了王家。王部长说：“李书记，你们不必这么客气，我是临河铺的人，出去了这么多年，很少关心家乡的生产建设，能为家乡做点事情是应该的。”

李有福再次对王金山表示感谢说：“王部长，您没有忘记临河铺，家乡的人民也没有忘记您，在最困难的时候，您还想着我们，让我们很感动。今天，您的这份礼太重了，我代表全大队社员向你表示衷心地感谢。”

王部长听得出李有福是发自肺腑言语，他请李有福坐下来，说：“我很长时间没有吃家乡的饭了，今天，你就留下来陪我吃顿饭吧。”

李有福不好再推辞，便笑了笑，说：“我早就闻到了厨房里散发出来的菜香，就怕您不肯留我呢。”

六菜一汤很快端上桌了：四个热菜是腊肉炒大蒜、鸡蛋炖小葱、虾皮萝卜丝、油炒花生米；还有两个凉菜，一个是咸鸭蛋，一盘是萝卜块；加上一盆紫菜鸡蛋汤。

王金山让家里人都上席，陈明霞、王雅兴、王小雅、陈凌子和马晓禾加上王金山和李有福一共七个人，按当地规矩坐下了，王金山和李有福推让了半天，最后王金山年长一些，坐在了上席，李有福紧靠着王金山坐下了，王雅兴、王小雅和陈凌子、马晓禾分别坐在两边，陈明霞一人坐在了对席。

王雅兴倒好了酒。李有福抢先说："王部长今天来到临河铺，本应该我来做东，可王部长希望和家人多聚聚，我就不强人所难了。今天我代表临河铺全体社员，先给王部长敬一杯酒，谢谢您这么多年对老家的关心。"说着，李有福把一杯酒喝了下去。

王金山端起酒杯说："有福，今天是家宴，你叫我老王就行了，我也不懂得家乡的酒规，这第一杯酒我是要喝的。不过，被关押了这么多年，我胃病很严重，已经许久不喝酒了。今天高兴，也开开戒。"王金山也爽爽快快地把酒喝了。

第四十二章　三杯热酒冰释前嫌　一顿便饭感恩戴德

酒过三巡，陈凌子说："李书记，您是我见过的最好的干部了，我敬你一杯酒，谢谢您接纳我到临河铺来。"

李有福一杯酒刚下肚，王小雅又端起了杯，说："大伯说今天不叫官称，我就叫您一声李叔，谢谢的话我就不说了，喝了这杯酒，一切尽在不言中。"

李有福喝了酒，忙说："别把酒头对着我，王部长是北京来的客人，应该敬他才是。"

马晓禾端起了杯子对王金山说："大伯，您千里迢迢的回来，一路辛苦了，晚辈敬您一杯，算是给您洗尘接风。我喝了，您随意。"

王雅兴见大家都在敬酒，他把酒杯端在手里犹豫着，不知道应该先敬谁。李有福见王雅兴准备敬酒，忙说："敬你大伯，让他把那半盏酒喝了呀。”

王雅兴端着杯子对王金山说：“大伯，我先敬您了。”

王金山看了看雅兴，批评他说：“你还是那样，说话做事不干脆，以后要多点男人气。”

陈明霞这才开口替雅兴解释道：“从北京回来后，他一直很悲观，在外面几乎就不说话，我看他像是得了抑郁症。”

李有福说：“雅兴忠厚、老实，在大队表现很好。”

大家吃着说着，不知不觉把两瓶酒喝完了。吃了饭，年轻人都退席了，陈明霞忙着收拾碗筷，李有福已经喝得有些醉意，他眯缝着眼对王金山说：“王部长，谢谢你的款待，明天我能请你吃顿便饭吗？”

王金山考虑了一下说：“今天我们已经了见面，农村的情况我了解，最好别搞得太张扬，就当我是回来探家的一般百姓吧。”

李有福说：“您是稀客，又是领导，既然您这样说，我就恭敬不如从命了。”

王金山又说：“有福啊，我还有一件事情想对你说，就是请你原谅过去我父母给你家造成的那些苦难，虽说让你忘却这件事情很困难，但我看得出你是一个宽宏大量的人，所以我才这样说。”

李有福叹了声息，说：“事情都过去几十年了，老人们也都过世了，还和谁计较呢？再说你一个部级干部能亲自对我说这些，我已经很感动了，就当过去什么事情都没发生吧。”

“那好，就这么说了，我们两家的恩怨从此一笔勾销。”王金山呵呵地笑道。

李有福说：“孩子们早就不计较这些了，我外甥援朝就和小雅关系很好，据说他们来往还很频繁呢。”

“是吗？我没听小雅说过。”王金山说。

提到李援朝，李有福这才发现自己酒喝大了，他实在不知道自己怎么会在王金山面前提起这件事情。如果王金山知道李援朝现在的状况，他肯定会反对他们继续交往，这不是哪壶不开提哪壶嘛。

李有福站起来趔趔趄趄地说：“王部长，今天我喝大了，如果有什么说的不对，你可别往心里去呀。”

王金山也站了起来，摇着头说："酒桌上的话没有对错，只要心情好，就都是对的。"

李有福嘿嘿地干笑了两声，歪歪揣揣地走了，王金山把他送到了大门口，李有福再三阻止，王金山才停下脚步。

回到屋里，王金山把小雅叫到跟前，王小雅把同李援朝的关系和他的相关情况对王金山说了。王金山对李援朝一个劲地惋惜，"多好的一个青年啊，即使过去有过错误，那处理得也太严重了，何况当时他还是一个十五六岁的孩子，懂得什么呢？"

王小雅说："虽说他被判刑了，我总认为他是一个有理想、有抱负的好青年。"

王金山没有反对王小雅的观点，"应该说，李援朝是一个不错的年轻人，不过你要等他……七年啊，你不会后悔？"

王小雅坚定地说："我喜欢这样的人，不会后悔。"

王金山点点头。"什么事情都是辩证的。在没有盖棺定论之前，谁是谁非还很难说，大伯的经历你也知道，人生没有平凡的道路可走，将来的事情谁知道会是怎么样呢？"

王小雅听出大伯的意思，"大伯，无论援朝将来会怎么样，我不在乎，只在乎他心里有我。"

李有福出了王宅，肚子里的酒不住地往上翻，想着王金山在酒桌上说的那些话，说不出心中的酸甜苦辣。冷风吹得他酒意早已醒了一半，不远处的一棵大树上，一只老鸹正对着他呱呱地叫着。难道同王家的那段冤仇就此了结？不知道在九泉之下的父母会怎样想啊，李有福想到王金山千里迢迢地过来给父母扫墓，而自己离父母这么近，居然很久没有去墓地看看了，他一步一颠地来到了山脚下那块墓地，父母坟头上长的野草已经干枯了，他吭哧吭哧地把那些野草连根拔下来，扔到了一边，然后面对着坟茔说："爹，娘，儿子不孝，这么久没来看您们了。"

李有福在坟茔旁边坐了下来，翻来覆去琢磨着王金山说的那些道歉的话。人家一个部级干部向他一个大队书记真心实意地陪了不是，他还能怎么说呢？母亲已经去世那么多年了，如今王麻子、倭瓜花也已经作古。常言道，冤有头债有主，恶人不在了，他总不能把那些仇恨记在他的后代身上吧。

李有福被坟前的野风吹得浑身发冷，酒劲也过了，抬头看看天，依旧是薄薄的云。冬季的天短，过了五点，天就有些暗了。李有福爬起来，拍拍屁股上的尘土，一个人彳亍而行，回到家时，天已经黑了下来。

马晓禾坐在李有福的家门口，见李有福慢慢腾腾地回来，他迎上去说：“李书记，您去哪了，让我找得好苦。”

“有事吗？”李有福问。

“凌子让我来请你到家里吃顿饭。”马晓禾木纳地说。

“请我？有什么喜事啊？”

“凌子说，我们成了家多亏了您，就是想谢谢您。”马晓禾说。

李有福说：“心意我领了，饭我就不去吃了。”

“那怎么能行呢？凌子做了几道菜，想让您品尝品尝，虽说没什么好吃的，但有我们的心意啊。”马晓禾说。

李有福笑了笑问：“请的还有谁呀？”

“谁也没有，凌子说让我姐夫来陪您。”马晓禾说。

“呵呵，一句一个凌子的，看来你还真听凌子的话呢。回去告诉她，替我谢谢她，饭我就不去吃了。”李有福说。

“李书记，您要是不去，我怎么和凌子交代呢？”马晓禾有些失望地说。

正说着话，忽听有人喊马晓禾，马晓禾应声未落，就听陈凌子埋怨道：“你真是个坐断板凳腿的人，让你请客，你一走就没影了。”陈凌子风风火火地过来了，见李有福正在和马晓禾说话，又把话打住了。

马晓禾说：“李书记不愿意去，我这不是在劝他嘛。”

李有福啧啧地说道：“哪个说我不愿意去了？只是不合适去，帮助大队社员做事都是我们这些干部应该的，如果帮了忙就要吃请喝，那不坏了大队里的规矩了。”

陈凌子说：“又没什么好吃的，我只是想表达一下心意。临河铺的规矩我知道。如果不是今天喝了两杯酒壮胆，打死我也不敢请您。”

李有福呵呵地笑道："我那么可怕呀？听凌子这么说，看来我是非去不可了。不过有言在先，吃顿便饭，滴酒不沾。"

陈凌子高兴地说："谢谢您肯给面子，我还正愁没有酒呢，不喝正好。"

王金山在临河铺住了两天，这天要走了，对陈明霞说："小雅的事你还是认真考虑考虑，我觉得小雅做得对，李援朝虽然被判了刑，那孩子不是因为不正混，既然小雅喜欢他，你就别阻拦她了。"

陈明霞说："不是我反对这门亲事，主要是我们两家结亲本来就有诸多不宜，现在他又处在这种状况，等他出来了，小雅也老了。"

王金山说："农村人结婚早，城里三十岁没结婚的人多得是，她哪里就老了？至于和李家过去的那些恩恩怨怨，都已经成为历史。再说，李有福也是一个通情达理的人，没有什么值得顾忌的。"

陈明霞点点头。"现在我最担心的是雅兴，看他成天愁眉苦脸的样子，总不能一辈子当社员吧？"

王金山说："当社员也没什么不好，中国七亿人口，六亿多都是社员。只要好好干，在哪都行。"

"大哥，我们家始终都不是农民，就算雅兴是下放的知青，如今也该回城了。你能想想办法给雅兴找个工作吗？"陈明霞恳求说。

"进城不难，只是现在哪有适合他做的工作呢？我回去问一下他过去所在的工作单位，看看能否恢复他的工作。"王金山说。

"还有一件事你得帮我，我在学校工作了这么些年，又没有犯错误。单位一直没有通知我上班，我去学校好几次，领导都说让我等着，我怕他们是在搪塞我，你同周书记说说好吧，现在老奶奶也走了，我不能总闲着呀。"陈明霞不好意思地说。

"学校也太不像话了，凭什么不让你上班呢？这话我一定对周书记说。"王金山有些生气地说。

王小雅给大伯准备了一些土特产，无非是花生、小磨香油之类的东西。王金山又交代她说："在县城工作要谦逊、谨慎，不要因为大伯是当大官的就忘乎所以。"

王小雅说："放心吧大伯，我是经过艰苦锻炼和考验的，也是有理想、有抱负的青年，相信我会干好工作的。"

王金山又让雅兴去把陈凌子和马晓禾叫了过来，问了他们有什么想法。陈凌子说："我喜欢临河铺，愿意一辈子做一个普通社员，我希望能当上一名女拖拉机手。"

马晓禾说："我的理想是做一名教师，我喜欢和孩子们打交道。"

王金山笑道："你们俩的想法该调换一下，我认为凌子当老师比较好，你去开拖拉机才对。行了，你们的理想我尽可能地帮你们实现。"

一切准备就绪，王金山要离开临河铺了，他去向李有福道别，顺便把陈凌子和马晓禾的想法对李有福说了。李有福说："他们俩的表现都很好，什么工作交给他们我都放心，只要他们愿意干，我支持。"

王金山又说："临河铺农业生产搞得很不错，不过，你也抽空把自己的家里拾掇拾掇，必须的家具要有几样，一个人也是要生活的，别太对不起自己了。"

李有福知道是说他屋里邋遢，有些不好意思地说："习惯了，既然领导提出批评，今后一定要改一改。"

王金山谢了李有福，带着王小雅回县城去了。

第四十三章　马世轩沉迷三国演义　李有福感叹人间冷暖

马春兰从市里带回来一部黑白电视机，这在临河铺是件天大的事情，临河铺的人祖祖辈辈也没有见过这种新玩意，左邻右舍的群众没事就来马世轩家看电视，弄得马家没有一天安定的日子。时间长了，马世轩感到生活很不方便，于是，干脆挪出一张大桌子，搬几个凳子放在院子里，把电视机搬出来供大家观看。马刘氏对此心里很烦闷，经常发些牢骚，遇到这种情况，马世轩总会劝老婆宽容一些，少说那些不中听的话。由于临河铺离转播塔太远，电视效果极差，屏幕上的信号花花搭搭的，还经常没有图像，尽管如此，到了晚上，门前还是聚集了许多看电视的人。

马世轩也是个电视迷，他最喜欢看的是刚上映的电视连续剧《三国演义》，尤其是喜欢听《滚滚长江东逝水》那首曲子，杨洪基深沉而雄浑的嗓音，总是令他如醉如痴。几集下来，马世轩就会哼那个调子了。如果说马世轩喜欢《三国演义》中的主题曲，他更喜欢那首歌的词，这和他的人生哲学是分不开的。马世轩一生有过追求，他的理想是能有碗饭吃，把几个孩子拉扯大，做到他尽父亲的责任。他从没想过去做个叱咤风云的政界人物或是腰缠万贯的商人，他习惯了平平淡淡的生活。但人生并不随其所愿，从马春兰的叛逆到马秋生的离世，马世轩的平静生活被彻底的搅乱，他慢慢地变得沉默寡言。他不能理解年轻人的理想和抱负，看着青年一代的奋起，在生与死的边缘拼搏，他和这些孩子们的思想距离逐渐拉大，越来越无法沟通。

一曲《滚滚长江东逝水》，让马世轩立刻就会联想到春兰和莫师长，他们也曾冒着枪林弹雨，驰骋在沙场上。儿子秋生虽然没有上过战场，但为了大集体，他流尽了最后一滴血。还会想起马世保那些亡故的人……

“是非成败转头空，青山依旧在，几度夕阳红。”人生如同滚滚东逝的水，如今自己也老了，看着眼前青山依旧，物是人非，他深深地感叹着人世间的悲欢离合。

马世轩没能看完这部电视剧就病倒了，或许是因为秋后的夜晚天气清凉，寒露侵入肌体引起了内寒，一连几天，高烧不退。高大龙开了一些中药，吃了几服没有一点效果，而且不断的咳嗽引起了肺炎。人们常说：老年人伤风感冒都是大病，蓝叶萱不敢怠慢，她一边把老人家送到医院，一边发电报把春兰和春生都叫了回来。马世轩住了一段时间的医院，挂了几天的吊针，烧是退下来了，只是身体变得很虚，一直起不了床。

这天，李有福来看马世轩，见他躺在床上，面黄肌瘦，大不如以前。“长辈的，现在感觉怎么样啊？”李有福问候道。

“好是好了一些。不过，年龄不饶人啊。”马世轩双手使劲撑着床，努力使自己坐起来，李有福忙帮他靠在了床头上。马世轩显得很虚弱，喘着粗气。

“前些日子还在听您哼着歌呢，怎么说病就病了，听蓝叶萱说您病得厉害，我还不相信呢。”李有福环顾周围，问道：“听说春兰、春生都回来了？”

“都回来了，春生去大龙那儿捡药了。春兰呢？”马世轩问蓝叶萱。

“在后园摘菜，我去叫她。”说着，蓝叶萱出去了。

没过一会儿，春兰满手泥土，端着一盆青菜从后园过来了。“哟，李书记呀，我就说抽空去看你呢。你先坐，我去洗洗手。”

李有福说：“只管忙你的，我和长辈的在唠嗑呢。”

马世轩说：“我这病都是因为看《三国演义》，在庭院里待长了，凉了风，着了寒气，烧退尽了，就会慢慢好起来。”

“呵呵，咱村的人都是《三国演义》迷，自从您病了，没有人开电视了，把那些人给急得哟，天天抱着个收音机听。”李有福说。

马春兰洗了手，听他们正在谈论《三国演义》，接着话茬说：“全国到处都一样，我也是《三国》迷。”

马世轩叹了口气说：“这部电视剧拍得真好。那天，看到周瑜死了，我难过的半夜都没有睡着。一个难得的人才，说死就死了。我想，他如果只是一个普通的人，相信他一辈子能活得很好，怎么也不会被人活活地给气死。”

“人争一口气，佛争一炷香。周瑜是何等人，败在诸葛亮手里，他不气死才怪呢？”李有福说。

“是啊，古人云：成者王侯败者寇。历史就是这样，我就是弄不明白《三国》故事中谁是谁非。”马春兰说。

马世轩说：“那首主题曲唱得好，世上哪里有什么是非成败啊，到头来都是一场空。”

马春兰似乎悟出来一些道理，叹息道：“一看到三国英雄们驰骋战场，我就会想起老莫，在战场上他也算得上是一位英雄，大小军功立过数十次。谁也想不到离开了战场，他变成了一只弱不禁风的小猫，说没就没了。”

李有福说：“毛主席这么伟大，也活不了一万年呀，但他的丰功伟绩是可以传颂万代的。”

马世轩说：“三皇五帝到如今，几千年他们留下来了什么？秦始皇统一了中国，后代又是怎样评价他的呢？人生一世，不如做渔夫、樵夫，我倒喜欢一壶浊酒那种无拘无束的潇洒，自由自在的生活一辈子。”

李有福说：“您说的也是。只是人们对生活的理解和追求不一样，所以才会产生出不同类型的人，比如三国时的刘备、曹操、孙权等，才会出现三国鼎立的局面。如果世上的人想得都一样的话，哪里还存在好人、坏人呢，国家也就不需要有军队和警察了。就像您说的那样，全社会是一个大家庭，人们和睦共处，共同享受生活多好啊。”

马春兰笑了笑，说：“哪里有世外桃源呀？爹是在空想社会主义呢。俗话说，人上一百，形形色色，我们干革命，就是为了正义。”

马世轩尖锐地驳斥道：“什么为了正义啊？什么是正义？什么是邪恶？干了这么多年，你不就是为了混个红本本、吃皇粮嘛。”

马春兰皱着眉头说：“爹，到了现在，您的思想怎么还是这样顽固啊？如果说仅仅是为了吃皇粮，李书记从解放前到现在，干了几十年的革命，他为的是什么？你再看看，村里哪家不比他生活富裕呀。”

“哪能这样比呢，同样是干革命工作，有人到了中央，当了大干部，有人连村支书还没有当上呢。”马世轩说。

李有福附和着说：“革命工作三百六十行，哪一项都需要人干，没有值得挑肥拣瘦的地方。干革命是为了人民群众能更好的生活，不能总想着自己的得与失。”

“如果是毛主席的时代，你这样说，人们都会相信。虽说我老了，跟不上形势了，但我还有眼睛，有耳朵，没有生活在真空里。”马世轩觉得话说得有些像抬杠似的，笑了笑，又说：“都是老人了，没有必要打那些官腔。”

马世轩这句话把李有福说得哑口无言。马春兰接着说：“要说我们这些人，幸福指数最高的还数李书记呢。”

李有福问：“这话怎么说呢？”

马春兰说：“我们这一代人，只要是在城里工作过的，大都经历了狂风暴雨的洗涤，有些人从人生的巅峰一下子跌倒了谷底，经得起考验的慢慢地从谷底爬了起来，经不起打击的，从此就消失的无影无踪。”

李有福点点头说：“是呀，像莫师长、李雨妹还有李援朝他们，蒙受的打击太大了，死的死了，判的判了，比起他们，农村受到的冲击相对来说是小得多。”

马春兰又说：“还有像吴书记、王部长、郭勇、月牙等人，虽说后来都官复原职了，但人生中最黄金的时光却在最糟糕的环境中流逝了。如今到了这把年纪，虽说退休了国家给了不错的生活待遇，可是精神生活非常空虚。忙惯了的人忽而闲了下来，整天守在家里无所事事，急得就想跳楼。相比起来，你现在依然活得还很充实啊。”

李有福做了个无奈的动作，表情显得僵硬、滑稽，他苦笑了一下说：“你不知道我的痛处。这些年来，我是在孩子们的指责中度过的，他们埋怨我没有能力为他们安排工作，嘲笑我干了一辈子还是个泥腿子。他们找对象都因为我是农村人，对方的条件打了折扣。唉，谁知道现在的年轻人都是怎样想的呢？哪讲什么爱情，全是看对方家庭的政治、经济背景。”

马世轩说：“那时的人和现在的人追求不一样，刚解放时，谁穷谁光荣，八辈子是贫下中农的，吃得最开。现在不一样了，人再好，没有权，没有钱，狗屎都不如。”

李有福叹声息，继续诉说他家中那本难念的经。“我家的李刚、李强先后都下了岗，他们埋怨我这个当爹的没能力给他们找到一个铁饭碗。李刚被老婆甩了，独自到南方打工，把孩子留给了雪莹，李强的媳妇也带着孩子住在雪莹那里，你想想就雪莹退休后那几个钱，哪里够用？所以，我想了，即使我将来老死乡下，也不再敢有回城的念头。”

马春兰有些同情地说：“你这辈子都是孤独的命，年轻时和嫂子两地分居，现在，嫂子退休了，她又有孙子们牵扯着。唉，怎么说呢？”

马世轩说：“是啊，即使李书记家经济条件允许，也未必会到城里生活。前年，我在春兰那里住了几天，差一点就把我憋闷死了，我也不是享福的命。”

马春兰笑道："还说呢，在我那住了不到一个星期，生怕让您急出什么病来。"

李有福说："真让我到城里享福恐怕我也习惯不了，一辈子都这样了，如果不是孩子们，我的确生活得很幸福。因为我没有什么过多的奢求，看着别人幸福了，我就幸福。"

马春兰说："在城里，啃老族很多。现在的年轻人，哪像我们那时啊，他们缺少打拼精神，而且还贪图生活享受，比吃比喝，我都看不惯。相比我们那个年代，再艰苦的生活，我们都能挺过来。唉，现在真是世道变了。"

马世轩说："自古都是打江山容易，守江山难。靠现在这帮年轻人，迟早要把上一代人创造的财富败光。"

马春兰说："当然。不过现在的年轻人也不全都是败家子，上进的青年也很多，只是这一代人和上一代人追求的不同，他们是拜金主义，崇拜金钱，没有远大的理想，把人生的目标定位在挣钱多少上。"

马世轩把头歪靠在枕头上，没有接话。马春兰又说："还有一些人，他们喜欢享乐，我最看不惯的是那些人有了钱，他们把大把大把的钱挥霍在讲排场上，有些人甚至沾染上社会上一些不良习气，吃喝嫖赌什么事情都干。"

李有福摇着头说："还说呢，靠山村的尹家姑娘就很富裕，家里盖起了小楼，每次回来，开着汽车到处兜风。听说她们钱来路不正，说是被款爷包养的小三，我都为她们害臊，可她们在人们面前还觉得挺光彩的，到处张扬，一点也不觉得难为情。"

马世轩说："世风日下，看不惯有什么用。过去是笑娼不笑贫，如今是笑贫不笑娼。毛主席那个年代，中国的妓女全被改造成自食其力的人了，可是现在呢？全反过来了。"

李有福看了看墙上挂的石英钟说："只顾和你们说话，把大桥办约我去商量事情忘了，估计他们该等急了。"

马春兰问："大桥办约你？"

李有福说："你还不知道吧，月牙河要建大桥了，公路就从我们村边过，据说引桥要占咱村的不少土地，所以他们约我去协调土地的有关事宜。”

马春兰说：“那是好事啊，以后，我们临河铺的人出行就更方便了。”

李有福说：“是呀，国家规划的铁路也将从我们这里路过，县里还打算在我们这里建一个码头，到时就公铁水一体化了，那时咱临河铺就不再是穷乡僻壤了。”

第四十四章　分土地李有福黯然神伤
盼经商鬼不缠喜出望外

县里开完三级干部会，李有福对上级会议精神产生了疑虑，经过几年土地联产承包责任制，社员们刚适应，现在，上面又要求把土地承包到户。政府是怎么考虑的，他弄不清楚，但分地到户，这明显是要倒退到二十年前的单干，如果这样做，他苦心经营了二十多年的临河铺大集体怎么办？是干社会主义还是复辟资本主义他拿不准，反正，分地到户他接受不了。

陈凌子开着手扶拖拉机，无忧无虑地在坑洼不平的大路上狂奔。她的短发在冷风飘起，尽管两只耳朵冻得通红，她丝毫不在意，似乎全没有感到丝毫的冷。拖拉机冒着黑烟，那突突突的声音引来无数人好奇的眼光。在乡下，本来手扶拖拉机就少见，更何况是个漂亮的女司机，威风凛凛地开着车在狂奔。李有福蜷缩在车厢里，棉袄紧紧地裹在身上，与驾驶员陈凌子相比，他们之间形成了很大的反差。李有福背靠着拖拉机车厢的前挡板，一条旧围脖斜包在头上，完全像是一个败下阵了的伤兵。

坎坷的土路颠簸得李有福的腰酸屁股疼，他转身喊道：“傻丫头，开慢点。”陈凌子只顾奔跑，风声和机器的轰鸣，淹没了李有福说的话。路边的杨树从李有福身边呼呼掠过，拖拉机后面尘土飞扬，麦地在李有福眼中像是在打转转，晃得他头晕眼花只想恶心。他转过脸，眼光停留在远方的灌溉大渠上。李有福眼里看到的是大渠，心中想的却是分地，他内心十分复杂。眼前这条大渠贯通着几个大队，是社员们用了无数个日夜，花费了许多心血建起来的，报废了太可惜，不报废吧，它占了那么多的耕地，而且，分了地就再也派不上用场了。

想着县长批评他的那些话，李有福心里很不是滋味。分地容易，生产工具怎么分呢？手扶拖拉机总不能砸成碎铁吧，还有那些只有集体才能使用的大型农具，像水车、鼓风机、牛车等，分到一家一户的用不上，放在大队部沤烂了多可惜啊……

李有福心灰意冷，迎着风的后脊背被冷风吹得透心的凉。去年临河铺才把大队改称村，过了三个月，政府又要把土地承包到户，临河铺还要他这个支部书记有个屁用？把土地分了，村里除了向社员征收三提五统，还有什么工作可做呢？

拖拉机拐了个小弯，在一个水塘前停了下来，陈凌子下了车，提着小水桶去水塘灌水，"冷吗，李书记？"陈凌子边走边问。

李有福没听清楚她说什么，他把围脖拨拉开，露出耳朵，瞪着眼说："你想颠死我呀，我都快散了架了，跑那么快干嘛啊？"

"您不是常说多拉快跑嘛。"陈凌子呵呵地笑着，一边把桶里的水灌到冒着热气的拖拉机水箱里。

李有福看着陈凌子兴致勃勃的样子，心想，以后土地承包到户了，这拖拉机怎么办？如果让她离开心爱的拖拉机，她会是怎样的心情呢？

李有福问："这手扶拖拉机你开了几年了？"

"问这干什么，快六年了呀，早就出师了。不过这拖拉机也老的快掉牙了，您不是说要换个四轮的吗，什么时候换呀？"陈凌子说。

"嗯，嗯……"李有福敷衍着，心里想，就连这破手扶拖拉机也就要停转了，还想什么四轮呢。

车子上了大路，没走多远就赶上前面走的靠山大队书记老尹了，李有福让陈凌子把车子停了下来。"老伙计，让你等着我们一起走，你偏不，别看我们的车破，还是比你两条腿快，上车吧。"

尹书记爬上车，李有福对陈凌子说："天冷，别跑得太快了。"

"嗯。"陈凌子挂上了档，车子开动了。

尹书记说："老李呀，你真能抗。今天李县长又批评那些没有按县政府要求承包到户的村了，下一步你打算怎么办？"靠山村是全公社最先实行联产责任制的村，也是第一个把土地承包下去的先进典型。

李有福说："你们搞联产责任制已经好几年了，土地承包了到底怎么样啊，也介绍介绍经验。"

尹书记叹息道："怎么说呢，群众的生产积极性是调动上去了，可是人们的思想素质却下来了。许多群众与村委会离心离德，上面的政策很难贯彻下去，现在群众大会都开不起来，这些尚且不说，最令人痛心的是群众见到村干部像是见了仇人。"

"那是为什么呀？村委会是为群众服务的，干群关系怎么会搞得那么僵呢？"李有福问。

"土地承包到了户，家家户户各自为政，他们与村里基本脱离了关系，除了遇到邻里纠纷和一些解决不了的问题才找村干部。"尹书记说。

"那你们大队……哦，你们村的计划生育工作好开展吗？"李有福总是喜欢把"村"说成是"大队"，一时半会改不过来。

"别提了，说起计划生育我就有气，那工作实在是难搞啊。"尹书记掏出烟，递一支给李有福，他擦了几根火柴也没有点着。李有福用棉袄遮住风，点上了烟，递给尹书记。尹书记对着了火，抽了一口继续说："村里生三胎比较普遍，那些没有生儿子的，唉，怎么说呢？有的已经是第四、第五胎了，如今还要生，那东西长在他们身上，你能把他们阉了？乡计生所也不断下来人，不是牵牲口就是扒房子，有的人被强行结扎了。群众把对上面的气都撒在我们村干部身上，乡里还埋怨我们工作被动，我都不想干了。"

李有福听着尹书记的牢骚，心想，如果临河铺把土地分到了户，将来会不会也像靠山村那样呢？现在临河铺之所以比其他村的计划生育工作做得好，主要得益于吃大锅饭，政策宣传到位，相对来说，群众的思想工作也比较容易做。他担心将来土地分到户了，群众就会像一盘散沙，到那时，计划生育工作肯定是不好做了。

"是啊，有一利必有一弊。现在群众种粮的积极性提高了，不用村干部再操心，他们会尽全力照护好自家的田地，可问题是他们不再关心集体了。这样下去农村的基层组织也会瘫痪啊。"李有福不无担心地说。

"你回去打算怎么办呢？"尹书记问。

“分。乡长已经找我谈过几次，再不分就要办我的学习班了。”李有福满腹牢骚地说。

“是呀，何苦再坚持呢？全县没有几个村的土地还没有承包分下去的。听县长说，就那几个村拖了全县的后腿。不过你们村一直是县里的农业先进单位，可不能因为分地迟成了后进村啊。”尹书记说。

说着，拖拉机已经到了三岔路口，陈凌子停了车，尹书记先下去了，“欢迎在空闲时候到我们那里指导。”尹书记说。

李有福苦笑了一下，“有机会去。”

告别了尹书记，李有福心理的负担更重了。分田不仅仅是他这个当书记的想不通，他做过调查，在临河铺，绝大部分群众都不想单干。可是，现在不分肯定是不行了，乡里对他盯得很紧，散会时乡党委书记还专门找他谈了话，要他跟上形势，千万别掉队了。既然分田是迟早的事情，早一天比晚一天要好。这次李有福彻底下了决心，回去一定要把田分下去。

听说要分田到户，鬼不缠一家三口的观点大相径庭，他对老婆说：“大队早就应该单干了，这次李书记算是做出了明智的决定。”

花喜鹊不满意地说：“为什么？我看大集体比单干好。”

鬼不缠说：“谁稀罕吃那大锅饭，若是早单干了，我们早就不会是现在这样了。”

花喜鹊明白丈夫想些什么，“我看你是钻到钱眼里去了，又想干你那老营生是吧？”

鬼不缠嘿嘿地笑道：“人为财死，鸟为食亡。现在不分什么黑猫白猫，能抓住老鼠才是好猫呢。”

花喜鹊嗤了一下鼻子骂道：“你是什么猫啊，我看你就是一只喜欢偷吃腥鱼的花猫。心里成天想的不知道是什么，大家都在为分地发愁，你倒好，还高兴起来了呢。”

鬼不缠说：“别哪壶不开提哪壶，过去我做过错事，可是早已经改过自新了。”

花喜鹊冷冷的说：“那今后想干什么？还挑货郎担啊？”

“你太没眼光了，那小生意能挣几个钱？如今的生意就摆在我们面前，你看着吧，不过三年，我一定让临河铺的人对我另眼相看。”

鬼不缠自信地说。

“别吹牛了哈，和你生活了大半辈子，也没见你混出个什么人模狗样，现在都老了，还有什么大出息呀。”花喜鹊轻蔑地说。

鬼不缠把大腿一拍说：“你信不信，最多三年我就能让生意红火起来。”

“那你打算做什么？”花喜鹊谈谈地问。

“经营种子、化肥、农药这些农业生产资料。”鬼不缠说。

花喜鹊说：“算了吧，别尽想那些不沾边的事情了，就凭你？卖给谁啊？”

“土地分到户了，哪家种地少得了这些东西？”鬼不缠说。

“都去卖化肥农药，人家生产公司还不去喝西北风呀。”花喜鹊嘲讽道。

“螃蟹横行，各有路径。他们卖他们的，咱卖咱的，关键是看谁会卖。”鬼不缠说。

“也不知道你有多大的能耐，人家生产公司是国家的，人有人，钱有钱，你能比得了？除了会吹。”花喜鹊说。

李云鹏担着一挑水在厨房门口就听到父母正在抬杠，他把水捅往厨房里一搁，说：“爹，您也不想想，生产公司从县里到乡里，到处都有他们设的点，锥扎无孔，水泼不进，您就别想好事了。”

鬼不缠说：“你们也不看国家的形势，私有制是大势所趋。知道我们村为什么要分田到户吗？那是因为吃的是大锅饭。靠山村没分地之前怎么样，饭都吃不饱。现在怎么样，至少能填饱肚子了。”

花喜鹊说：“那和你做生意有什么关系呀？”

鬼不缠狡黠地嘿嘿笑道：“当然有关系了，那就是大锅饭吃不得，集体的生意怎么能和私人的生意比呢，生产公司迟早要垮，这和我们分田到户的情况是一样的，大锅饭缺乏竞争力。”

李云鹏说：“经营生产资料是需一定的资本的，你哪里弄那些钱进货啊？”

鬼不缠说：“你个傻屌，没有钱还没有面子呀，就凭你爹这张老脸还愁赊不到货？现在关键的是要搞到经营许可证。云鹏，你赶紧去趟县城，让你那婆娘帮我们弄个经营农业生产资料的营业执照。”

从心里说，李云鹏是不愿意看到村里分田到户的。不过从另一个角度，他倒希望自己能从无休止的劳动中解脱出来。听父亲这么一说，觉得有些道理，于是勉强答应说：“熙霞也不一定认识工商局里的人，我去问问再说。”

别看鬼不缠平时吊儿郎当，真的干起事情来却是雷厉风行。营业执照还没办好，他就先找到了李有福。

“李书记，这土地分了，那手扶拖拉机您打算怎样分呢？”鬼不缠问。

“没法分，放在村里还是集体的财产。”李有福说。

“那多可惜啊，机械那东西长远不用，生了锈就成了一堆废铁。”鬼不缠说。

“谁说长远不用了，以后还利用它为村里群众服务呢，哪家用得着了，可以向村里借，这样不好吗？”李有福说。

鬼不缠摇摇头：“您这种想法太不实际了，全大队就凌子一个人会开手扶，难道您让她在村里闲着等着别人用吗？”

“这，这……对，你说的也是个问题。那你想怎么样呢？”李有福反问道。

“我想，如果您同意，我把手扶给租了，每年交给村里一些租赁费不好吗。另外，村里人需要用的时候，我连人带车无偿地去帮忙，您看行不行呀？”鬼不缠说。

“这倒是个主意，不过这可是村里的大事，我一个人说得不算，需要村里开会研究通过。”李有福说。

鬼不缠见李有福答应了他的请求，高兴地说：“那我先谢谢您了，您可别把这事给忘了呀。”

“放心吧，不过我可不能给你保证。”

第四十五章　李援朝借酒发誓　鬼不缠自取其辱

蹲了六年大狱，李援朝因在狱中表现良好，提前一年被假释了。出了狱，蓬头垢面，胡子拉碴，像是个几十岁的老头。他原本不想再回古县，自觉得无言面见家乡父老，可是在狱中这些年，每年王小雅都会来看他，鼓励他勇敢地面对现实，甚至把他曾经鼓励过她的那些话，又反过来用到自己的身上，现在出了狱总不能把小雅一个人撇下吧。

他没有让警方通知家里人来接狱。离开六年劳改的地方，他不知道何去何从，一个人晃荡在大街上。

尽管李援朝表面看上去一副无所顾忌的样子，实际上他内心伤得很深。沮丧、悲观失望让他不想活的念头都有过。可是一想起孤身一人的母亲，想起王小雅这些年来的等待与期盼，他必须活下去，而且还要好好地活着。

剃了头，刮净了脸上的胡子，最后，他还是鼓起勇气回家了。家里除了房子更加破旧，似乎没有什么变化。一阵油香味从厨房飘出来，他怯怯地伸头向厨房看去，母亲正在低着头做饭。

“娘，我回来了。”李援朝冷不丁地出现在母亲的面前。

李援朝还是和过去一样，除了脸上多了些皱纹，皮肤变的比过去粗糙，他依然神情自如，好像根本没有蹲过监狱似的。

“援朝？”李月牙先是一惊，然后，丢下手中的活计，也顾不得洗手，紧紧地抓住了儿子的双臂，像是怕他跑了似的，“你，你回来了？”紧接着她的眼泪就止不住地流了下来。

李援朝把母亲扶进堂屋，盯着她仔细看了看说：“娘，别伤心，我这不是好好的吗。”

李月牙赶紧擦了擦眼泪，孩子似的脸上又露出了欣喜的笑容。“援朝，小雅打听到你要提起出狱的消息，我们准备去接你出来，没想到你这么快就回来了。”她忽然想起了厨房里炉火上的油锅，忙把儿子按在椅子上，说：“我在做你喜欢吃的东西，你先坐下休息，等会儿就做好了。”

李月牙匆匆返回厨房，锅上的油已经冒烟了，她急忙把泡好的花生米放进了锅里，油锅顿时沸腾起来。

李援朝也来到厨房，闻锅里的油香味儿，跟馋嘴猫似的，拿起筷子从油锅里捞出一粒就往嘴里放。“没熟呢，看你急的，还像小时那样紧嘴。”李月牙说。

“嗯，好烫。”李援朝嘴里咕哝着说：“呵呵，牙也给烫掉了。”

“你也等凉了再吃。”李月牙心疼地看了儿子一眼，又说：“小雅过会儿该来了，她排队买排骨去了。”

“小雅，她知道我今天出来？”李援朝问。

“她只是听说你要出来，可没有确切的消息。”李月牙不断地用捞笊子在锅里搅动着。

娘俩正说话，王小雅提着一块排骨来到了门口。“小雅，你看谁来了？”李月牙喊道。

“援朝？”王小雅吃惊地打量着他问：“什么时候回来的？”

“刚到一会儿。”李援朝接过王小雅手中的排骨，顺手放在厨桌上，看着她红扑扑的脸，轻声说：“这些日子辛苦你了，小雅。”

李月牙一边翻着花生，一边说：“援朝，你和小雅到屋里去吧，这里用不着帮忙。”

李援朝拉着王小雅要走，王小雅说：“你先去歇会儿，我在这里帮帮李姨。”

李月牙放下捞笊子，推着王小雅说：“去吧，去吧，这里我一个人就行。”

王小雅只好跟着李援朝离开了厨房。进了堂屋，李援朝忙着去倒水。王小雅说：“别忙了，刚回来，好好歇息两天吧。”

二人相对着坐了下来，许久，李援朝才说：“小雅，临出狱时，我考虑再三，本是不想回来的，可是，想起你和母亲，我咬着牙，还是回来了……”

王小雅惊异的看着李援朝，听他继续说。“我是一个做过劳改的人，如今，没有了工作，没有了理想与事业，我配不上你对我的爱，希望你能理解我说的这些。”

王小雅站了起来，两眼只盯着李援朝，伤心地说：“你把我看成什么人了，我是那种喜欢攀高枝的人么？”

听王小雅的口气，李援朝知道她生气了，忙解释道：“不，小雅，我不是这个意思，人的一生很长，我希望你有合适的选择。”

王小雅向李援朝身边靠了靠，说：“援朝，什么是合适？我以为，喜欢上的那个人，就是最合适的。”

“小雅，你听我说好不好？你现在是一个机关干部，和我在一起，会影响你的政治进步，会让同事们说三道四，还会有许多社会上的压力，我不希望为了我，让你承受这些不该承受的精神压力。”李援朝恳切地说。

王小雅眼圈红了，“我的工作是你给的，我的干部身份也是你给的。这些年来，你是我的精神支柱，和你在一起我不会有任何压力，你只管放心。”

李援朝见王小雅很伤心，眼泪不住地在流，他走过去，把她轻轻地揽在怀里，王小雅温顺地把头伏在李援朝的肩上，低声抽泣起来。

“对不起，小雅。”李援朝的声音像蚊子一样弱。

王小雅把眼泪擦在李援朝的肩上，然后，轻轻地推开他，扶他坐在椅子上说：“没什么对不起的，是我愿意。”

李援朝从上到下看了王小雅几遍，说：“小雅，你还是这样年轻漂亮。”

王小雅眼圈有些红肿，眨巴着眼说：“老了。”她走到桌子前，对着镜子捋了捋被吹得有些乱了的头发，又说：“脸上全是皱纹了。”

李援朝叹了声息，说：“为了我，你受苦了。这么多年给我精神上的支持，给母亲这么多的安慰，让我怎样感谢你呢？”

王小雅面对着镜子，揉着红肿的眼说：“我不需要你感谢什么，只要你打起精神，能坚强地站起来我就满足了。”

李援朝站起来，走到王小雅身后，看着镜子里他俩的身影，他把手轻轻地搭在王小雅的肩膀上说：“放心吧，只要我还活着，就一定要争口气，绝对不会让你失望。”

王小雅转过身来，看着李援朝火辣辣的眼睛，把他的手从肩上拿下来，紧握着说：“我相信你。”

李月牙端着热腾腾的花生进来了，“小雅，尝尝我做的鱼皮花生怎么样。”

王小雅说：“李姨，这又不是第一回吃，还用问吗？”

李月牙笑着说：“我说的是今天做的。你们俩都喜欢吃，来坐在这吧。”

王小雅和李援朝挨着坐下了，李月牙又说：“今天对我们来说是件大喜事，我们弄杯酒喝好吧？一是庆祝一下，二是给援朝洗洗尘。”

“家里有酒吗？”李援朝问。

“有，都是你以前过年时带回来的，如今放了这么多年，一定很好喝了。”说着，李月牙就去床下翻酒。

厨房里飘出了一阵阵肉香，王小雅忙去厨房里铲了铲锅里的排骨，又添了半瓢水。李月牙拿了几个鸡蛋进了厨房，“坛子里还有咸鸭蛋和咸蒜瓣，四个菜行了吧？”李月牙问。

“行，哪能吃得完呢。”王小雅说。

李月牙把鸡蛋放在锅台上，“小雅，现在援朝出来了，工作的事情基本上也有了眉目，我看你们就抽个空去把证领了，你看怎样？”

王小雅点点头，问：“把援朝安排到哪个单位了？”

“供销社。先干一段再说。”李月牙说。

“能安排到这样的单位已经很不错了，在哪儿工作都不重要，关键是靠自己干。”王小雅不紧不慢地把鸡蛋打在碗里，然后用筷子不断地搅动着。

李月牙剥了一把小葱，洗干净，放在了刀板上。王小雅拿起刀吱吱地切了起来，葱味冲得她直流眼泪。切好了小葱，她把放进了鸡蛋碗里，又搅了一阵子。

李月牙把炖好的排骨盛了一大碗，端走了。王小雅涮了锅，倒上油，炒了一盘鸡蛋。四个菜很快准备好了。三个人围在桌前，李援朝给每人倒了一杯酒，李月牙端起酒杯说：“今天是个大喜日子，为援朝回家咱们干一杯。”

三人把杯子碰在了一起，李援朝一仰头把酒喝干了，李月牙和王小雅象征性地喝了半杯。李援朝把自己杯子里倒满酒，又给他俩杯里添了一些，然后举起杯说：“小雅，你和我娘是我这一生最敬重的两个女人，也是我最对不起的女人。从今以后，我会竭尽全力来报答你们对我的恩情，我敬你们喝下这杯酒。”

两杯酒下肚，王小雅脸上起了红晕，见李援朝郑重地起誓的样子，她微笑着说：“发誓有什么用？誓言约束不了人。”

李援朝知道她引用的是《牛虻》小说里的句子，便回了一句：“不管我活着，还是我死去，我都是一只牛虻……”

李月牙听不明白他们之间说的是什么，打断了儿子的话说：“援朝，今天是大喜事，说点吉利的话好不好？什么死呀活呀的啊。”

李援朝说：“好，不说了。我给你们讲一个笑话吧。我的一个狱友，被捕前，他在检察院里工作。有天一个狱警问他，你是干什么的。他回答说，我在检察院工作。那狱警好像明白了，点点头说，噢，你是医生。狱友强调说，我不告诉你我是检察院的吗？狱警说，检察院不就是检查身体的吗？”

王小雅笑弯了腰，差点把饭喷了出来。她擦着眼泪咯咯地笑个不停。“他还是干公安的呢，怎么连检查院都不知道啊？”

李援朝说：“那家伙除了会打人，什么都不知道。”

李月牙说：“素质那么低，这样的社会渣子怎么能混进公安部门了？”

三个人你一句，我一句，边说话边吃喝，不经意间，居然把一瓶酒喝完了。李援朝送回了王小雅，回来便醉得不省人事了。

过了几天，李援朝和王小雅不声不响地办了结婚登记手续。

临河铺的土地很快承包到户了。陈凌子对土地承包责任制后失去了“工作”非常失望，手扶拖拉机是集体的财产，从此以后，她不再是村里的拖拉机手了。这两天，她的心情特别惆怅，没事时就坐在村部门口，面对着手扶拖拉机发呆。

陈凌子打开工具箱，拿出板子，认真地把拖拉机上的每一个螺丝都紧了一遍。像以前一样，她对拖拉机进行全面保养，紧完螺丝，又把拖拉机擦得干干净净。

鬼不缠迈着四方步过来了，老远就打招呼说：“哟，凌子，那么勤快呀，手扶拖拉机都交村里了，还这么爱惜，李书记当初把手扶拖拉机交给你真没错。”

在临河铺，陈凌子最讨厌的人就是鬼不缠，她看不惯他的自私和低级趣味。鬼不缠在手扶拖拉机上摸过来摸过去，像是摆弄自己的东西似的。陈凌子有些烦他，拿起摇把呼哧呼哧地摇响了发动机，挂上挡就走了。鬼不缠吓了一跳，在后面喊道：“这是集体的东西，你有什么权力开走啊？”

陈凌子没有搭理他，一加油门手扶冲出了村部。拖拉机在大路上疾驰了一阵子，陈凌子约摸着已经摆脱了鬼不缠，一个急刹车，把车子停在了大路边。她不知道自己要干什么，也不知道往哪里去，她茫然地张望着远方的田野，直到听见后面有人说话，她才听出是鬼不缠跟来了。她头也不回，又挂上挡，沿着田间大路慢慢地走了。一路上，看到路两边的土地被分割的一块一块的，她心里憋屈得慌，真想大哭一场。这临河铺的土地上遍布着她和她心爱的手扶的足迹，哪一块土地没经过她犁耙呀。

陈凌子围着临河铺的土地转了一周，回到村部，见鬼不缠正坐在村部门口翘首等着她回来。她把拖拉机停好，没好气地瞪了鬼不缠一眼。

鬼不缠站起来说："哎，我说凌子，现在村里的手扶拖拉机又不归你管了，你凭什么把它开走啊？"

陈凌子没有搭理他，把摇把放进工具箱里，锁好，取下钥匙转身就走。鬼不缠拦住她说："陈凌子，你还真当你是村里的拖拉机手哇，现在分田到户了，拖拉机是集体的财产，把钥匙交出来。"

陈凌子蔑视地说："交给你？你算是哪根葱啊。这拖拉机从来都是集体的，哪一天我也没有把它当成自己的。不过李书记把它交给我，掌管钥匙的权力就在我手里。你眼红了吧？去找李书记呀。"

鬼不缠急了，想不到这个平时话不多的妮子说话这么戗。"告诉你，你以为我没有找李书记啊，这手扶拖拉机我已经承包了，你现在必须把钥匙交出来。"

陈凌子冷笑道："临河铺这么多口人，咋轮到你承包了，数一百个人也算不上你，这拖拉机我还承包了呢。"

鬼不缠说："承包拖拉机是我先提出来的，你趁早打消这种念头。"

陈凌子拿着钥匙在手里摇了摇说："什么你先提出来的呀，这拖拉机我都开了六年多了，再先，也没有我先。"陈凌子拿着钥匙转身走了。

鬼不缠在后面叫道："陈凌子，你不交钥匙，看我不砸了工具箱。"

"你砸呀，只管砸，我就看你有多大的本事。"陈凌子头也不回地走了。还没走几步，就听到后面嘭嘭的响声，她回头一看，鬼不缠果真拿了块石头在砸工具箱。陈凌子又转回来喝道："李同豪，你要干什么？这是破坏公共财物，你再砸一下我就对你不客气。"

鬼不缠皮笑肉不笑地说："不客气？你怎么着我呀？我砸了，你去告我去。"说着，他又举起石头，刚要砸下去，手被后面的人抓住了，鬼不缠转身一看，吓了一跳，李同喜一手抓住他的胳膊，一只手拿根扁担。

"你要干什么？"鬼不缠知道李同喜是个天不怕地不怕的人，好事丑事都能干得出来，他不情愿地把石头扔在地上。

李同喜义正辞严地说："我要干什么？我告诉你，破坏公务财产是要犯罪的，你知不知道？"

陈凌子摸着被砸扁了的工具箱，心疼得直流眼泪，她拿出毛巾擦拭着工具箱上面的碎石，嘴里骂道："厚颜无耻的东西，工具箱又没惹你，不看花喜鹊的面，我骂你祖宗八辈。"

鬼不缠没有搭理陈凌子，他摇头晃脑地对李同喜说："我劝你少管闲事，我又没惹你。"

"你没惹我，你当我不知道啊，你一个老爷们打了我的孩子，我还没有跟你算账呢。有种今天我们俩打一架，比试比试，怎么样？"李同喜把扁担扔在地上，"有陈凌子给我们做个见证，我只让你一只手，别说我是欺负老人。"

鬼不缠见李同喜动起真格的来了，他了解李同喜的个性，那九牛也拉不动的臭脾气要是上来了，老天也拦不住。好汉不吃眼前亏，他拍了拍手上的灰就走，见没有人跟着他，转过身说："李同喜，我不和你一般见识，有种走着看。"

"怎么着？你说哪一天，在什么地方，我奉陪到底。"李同喜呵呵地笑着，"就你这熊样的，还敢出言不逊，我告诉你，小心哪一天我黑了你。"

鬼不缠自讨没趣，这年头穿鞋的怕赤脚的，他惹不起李同喜，又担心陈凌子去李书记那提出承包手扶拖拉机的事情，她要是承包，那可是近水楼台，他急急忙忙去找李书记问他承包的事情去了。

第四十六章　李援朝重整旗鼓　鬼不缠负荆谢罪

李援朝在县供销社上班了，他被分到供销社的二级机构农业生产资料管理公司。李援朝非常珍惜这份工作，初上班，他的热情很高，专拣那些苦累的工作干。这天，公司来了一车货，领导让把这批货分别送到乡镇去，单位的职工都不愿意去，李援朝就自告奋勇，主动要押车送货。

领导把货物清单交给了李援朝，刚离开，单位一个叫罗夏的人，张口就骂开了，“就你逞屌能，劳改过的就是不一样，以后，这些活你就包着算了。”

旁边的那些人也冷言冷语地附和着，说些难听的话。李援朝心里委屈，本想和他理论一番，见身边那些人都在用冷漠的眼光看着自己，从他们的眼神中，他看到的是嘲笑和蔑视，好像自己真是做错了什么似的。

李援朝把气咽进了肚里，在狱中待了几年，他的性格已经被磨得没有棱角了。他忍气吞声地压着车下乡去了，单位里没有一个人愿意和他一块下乡。一车农资分别卸到全县十几个乡，一直到夜晚才卸完。由于没有押车送货经验，最后，还少了一袋化肥。按照单位的规定，他不得不赔了一袋化肥钱。

李援朝就这样开始了他下乡工作的生涯。刚开始，单位有些同志看不起他，认为他是作过奸犯过科的人，常常讽刺挖苦他，对他恶意中伤。但李援朝总是装着不在乎的样子，从不和别人计较。时间长了，人们见他工作吃苦耐劳，遇着好处就躲得远远的，而且他对谁都是一副热心肠的样子，从不计较个人恩怨，又没有坏心眼，慢慢地就把他的“劣迹”给忘记了。

李援朝在狱中的那些日子里，不能说他没有收获，那种特殊的环境把他打磨得很老练，加上他在组织部门待过那么长的时间，他能应对任何环境。领导见他勤快又会办事，于是，外出进货时经常把他带在身边。

单位里的人习惯了过安逸的生活，一听说下乡送货，就会皱起眉头，李援朝好说话，谁让他去，他都愿意，就这样，他几乎把全单位下乡的任务全给包揽下了。由于他工作热忱高，又平易近人，很快就和乡下那些点上的人们混熟了。虽然工作很辛苦，李援朝倒觉得生活充实起来，他不再沮丧，也不悲观，始终坚信自己是有能力干出一番事业来的。

李援朝没有想到他的机会来得这么快。由于公司经营不良，很快陷入了破产边缘，工资也发不下去了，单位里人浮于事，吃饭的多，干活的少，单位没有办法维持下去，领导实在是没有办法解决这么多人的吃饭问题，所以，就只有裁员这一条路了。

听说要裁员，李援朝第一个自告奋勇请求停薪留职，尽管领导再三想把他留下，他还是拒绝了领导的好意。就这样，他开始白手起家，做起了自己的生意。

李援朝费了九牛二虎之力，办了经营许可证，租好了门面，万事俱备，只欠资金。上哪里弄那么多钱去进货呢？亲朋好友该找的都找了，该借的也都借了，可那只是滴水车薪，他只好去找过去生产公司里的领导，请求帮他们卖货。

生产公司常经理是个非常精明的人，李援朝跟着他干了那么长一段时间，他了解他，愿意帮助李援朝把生意做起来，但有一个条件，那就是利益均摊。

李援朝的人脉不错，经过那段日子同上上下下的流通渠道的人员打交道，他的进货渠道和出货渠道是很畅通的，和公司合作不足一年，他居然捞得了第一桶金。

李援朝的生意开始渐渐红火起来，凭他一个人是照顾不过来了，他请王雅兴到公司帮忙，就是这样，他们还是忙得不可开交。

这天，临河铺的鬼不缠突然来了，他站在李援朝公司的门市部门前东张西望，看着屋里堆满了花色多样、品种齐全的商品，再看那熙熙攘攘的买货人群，心里有谱了。李援朝不是一般人，如果能靠上他，将来自己一定也会生意兴隆。看了一会儿，趁李援朝有了闲空，忙凑上去说：“援朝啊，我就知道你是一个干大事的人，呵呵，被我说着了吧，你果然有魄力，开这么大一个门市部。”

见是老家来的人，李援朝忙招呼坐，递过去一瓶汽水，说：“对不起，我们这里没有茶，您就将就着喝吧。”

鬼不缠接过汽水，这洋玩意他还真没有喝过，打开瓶子喝了两口，汽水冲得他直打隔。“呵呵，好东西，喝着真舒服。”鬼不缠摇头晃脑地说。

“您可是稀客呀，怎么有时间到这来了？”李援朝客气地递了一支烟过去。

“我……无事不登三宝殿啊，见你这么忙，也没有时间同我闲聊，我就打开窗户说亮话吧，可以从你这里进货吗？当然，我不是全赊账，可以付一半的货款给你，怎么样？”鬼不缠盯着李援朝问。

李援朝想了想说：“叔啊，您也知道，我没干多长时间，流动资金不怎么宽裕。付一半款可以，只是，你得尽快地把回笼的资金给我送来，别耽误我进货行吗？”

“行。”鬼不缠有些兴奋，“援朝，那我回去准备货款了，明天就来提货。”

“噢，那明天过来吧。”李援朝很欣赏鬼不缠的办事作风，平时他磨磨叽叽的，真正干起正事来，三言两语，言简意赅。

中午，王小雅给李援朝和王雅兴送饭，听说李援朝同意只收取鬼不缠百分之五十的货款，不无担心地说：“鬼不缠这个人不稳当，和他打交道需要谨慎啊。”

李援朝说：“别看鬼不缠这人平时吊儿郎当，喜欢占小便宜，但在经济上他谨小慎微，出不了大事。而且，在做生意方面，他是一把好手。我相信他。”

王雅兴对李援朝的话也是半信半疑，他觉得鬼不缠不可靠。他说：“换了别人，我不敢说，但鬼不缠这个人在临河铺是出了名的铁算盘，我担心他会不会赖账。”

李援朝说：“我是做组织工作的，看人还是有准头的，如果不信，不出一个月便可见分晓。”

王小雅虽然不信，但李援朝已经决定了的事情，她也没有反对。

鬼不缠回到家，第一件事就是找李有福，虽然他不知道村里同不同意他承租手扶拖拉机的事情，但他想先借用两天。

李有福见鬼不缠火急火燎地要借车，便说道："同豪，这开手扶拖拉机是要有技术的，即使拖拉机在闲着，我也不能把它随便借给你，万一出了事怎么办，这件事绝对不可以，我不仅是对村里负责，也是对你个人负责。"

鬼不缠有些不高兴，他撇了撇嘴说："那要多点儿技术呀，当初凌子不也是没怎么学就上车了吗？"

李有福说："那可不一样，她开始时是在地里倒腾，你这是进城，万一出了点事，你这一辈子都完了。"

鬼不缠知道李有福的脾气，如果他说不行了，那肯定是不行。可他还是央求道："李书记我实在是有点事急需要用车，您能不能行个方便，哪怕是请凌子帮我也行啊。"

"什么事情那样着急啊？"李有福问。

鬼不缠说："我在援朝那里订了一些化肥之类的农用生产资料，同他讲好了的明天去拉货，如果和他第一次打交道就失约，那不显得我李同豪言而无信吗？做生意的人最忌讳的就是说了做不到。"

李有福想了想说："要不然，你去找陈凌子，如果她愿意帮你，我就同意你用车，如果她不愿意，那我就没办法了。"

"陈凌子？"李同豪想起和陈凌子那天斗嘴的事，忙摇着头说："除了陈凌子，换个人不行吗？"

"不行。除了她，谁也不行。"李有福说话没有一点余地。

"那您能不能帮我说句话呀？只要她愿意帮忙，我不会亏待她的。"鬼不缠眼巴巴地盯着李有福。

"帮不帮忙，那是你们之间的事情，我可说不了。"李有福说。

鬼不缠摊开两手，显得很无奈的样子，"李书记您也知道，为了承租手扶拖拉机的事情，我和陈凌子闹得很僵。陈凌子您是了解的，她那个性，比驴都犟。"

李有福说："听听你说的话，想用人家帮忙，还把人说成了那样，我若是陈凌子也不会帮你。"

"不，不，我没有别的意思，我是说她性格倔。"鬼不缠解释道。

"那我去找她，她性格就不倔了？"李有福反问道。

"您就不一样了，您是书记，她听您的。"鬼不缠说。

“这和书记有什么关系呢？我说同豪啊，大家都是一个村的，又是乡邻乡亲，你就不能和大家相处得好一些吗？上次你打了同喜的孩子，人家告到了我这里，前天你又去砸车，不是我批评你，做生意也要有个人脉呀，你说是不是？”李有福说。

“是是是，李书记您说的都对，下次我一定改，只是车的事情您还是得帮帮我，时间不等人啊。”鬼不缠死缠住李有福不放。

“现在请人出工可都是自己的事情，不是过去大队里记工分。你打算怎样用人家？你得说清楚啊。”李有福说。

鬼不缠听李有福松了口子，高兴得裂开了大嘴，急忙应道：“按县里最高点工的工资，如果嫌少，还可以再加一点，怎么样？”

“那得看人家愿不愿意了，钱不是主要的，关键是她有没有心去。”李有福说。

“李书记，我就全拜托您了，她要多少，您就看着办吧。”鬼不缠说。

“同豪啊，我还是要说说你，以后做生意，和气才能生财。凌子那里我可以去说，你也得去找人家道歉，你想想，人家就为了你那几个臭钱，放下面子去帮你啊？”李有福说。

“李书记，您说的话我都记住了，我马上就去凌子那里……”鬼不缠话说到这里忽然停下了，他想了想说：“不行，凌子那里我不能先去，若是被拒绝了，那不就做成夹生饭了，还是得你先去说。”

李有福应允了鬼不缠，他欢天喜地地走了。李有福让人把陈凌子找到大队部，把鬼不缠想让她帮忙的事情说了。陈凌子说：“别说给我工资，他就是给我个金娃娃我都不帮他，他这人太自私了，他愿意找谁都行，反正我是不会去的。”

李有福说：“凌子呀，李同豪说他非常后悔那天做的事情，本打算去你那儿道歉，又觉得自己是长辈的张不开嘴，他对我都说过几回了，想请求得到你的原谅。我想呢，既然人家已经认识到错误了，如果不给他一个改过的机会，也有些绝情。你就看着我的面子，原谅他一次吧。”

陈凌子犹豫了一下，不情愿地说：“李书记，既然您这样说了，我也无话可说，那明天我就帮他一回，钱的事情就算了。”

听说陈凌子答应帮忙，又不要钱，鬼不缠高兴得孩子似的，从柜台上拿了一斤红糖，二斤糕点，亲自跑到陈凌子家去谢罪，陈凌子原本就是不喜欢计较的人，这些天她没有摸车，手痒痒，心里也正想开车去兜兜风，所以就应承了下来。

第二天，鬼不缠带着陈凌子去了县城，一天跑了三趟。

鬼不缠做生意还是言而有信的，正像李援朝估计的那样，果真没出一个月，他就把所欠的款给送来了。从此，鬼不缠和李援朝互惠互利，结成了生意上的伙伴。

第四十七章　李有福感旧之哀　洪医生胡作非为

自从土地分到了户，李有福整日郁郁不乐，多少年来的生活习惯被完全打乱了。过去，他每天都有干不完的工作，可是现在除了自己那几亩地要自己打理，他几乎没有什么可干的事情了。村部渐渐冷落起来，变得门可罗雀。李有福若是过一两天不去村部，屋里就会挂满了蜘蛛网。其他干部没有谁像李有福那样，他们都有自己的家，都有自己的事情要做，村里没有公事的时候，他们是不会到村部的。只有李有福是孤家寡人，常常一个人来到这冷冷清清的村部。

李有福看什么都不顺眼，过去那一望无际的小麦或是稻田，看上去是多么的气魄、宏大，让人觉得多舒服、多养眼啊。如今，村里的土地变成了一绺绺、一块块，东一片高粱，西一片芝麻，南一片玉米，北一片地瓜，高矮参差不齐，乱糟糟得像个荒草地，看着这些心里就难受。

从长满野草的大渠上下来，过去那条笔直的田间大路不知道什么时候已经被两边的土地拥有者蚕食得像一条找娘的蚯蚓，又弯又窄。李有福有些恼火，这些群众太不像话了，怎么能把集体的土地变为己有呢？正想着，李同水背着背箕子过来了，李有福问：“同水，这是你家的地吗？”

“是呀，李书记，您怎么走到这来了？”李同水笑呵呵地说。

李有福脸色有些严肃，“同水呀，你看看这像话吗？好好的一条路被弄成这样，你不觉得惭愧？”

“李书记，你看，”李同水指着前面说：“他们比我占的土地多呢，再说了，村里大车又用不上了，要这么宽的路干什么，这不是浪费土地资源嘛。”

李有福看着前面越来越窄的路无语了，靠路两边的土地基本都被群众蚕食了一半，稍自觉一些的人，占得少，不自觉的人占得多。像李同水这样的，占用的土地还算是少的。李有福叹声气，摇着头走了，心里还在琢磨着，这临河铺的群众什么时候也变得这么自私了？

从地里转到村部，推开门，屋里散发出一股酸酸的霉气，从暗淡的光线中，李有福看到墙上那些发黄了的规章制度。这些制度虽然还贴在墙上，其实，它对群众已经没有什么约束力了。想想过去，又看看眼前，心里免不了惆怅万分，那种感觉像是空气中散发出的霉气一样酸酸的，让人有不想呼吸的难受。一想起过去大队部里热热闹闹的情景，他就会显得很失落。过去，陈凌子常常会把大队部打扫的干干净净，现在，办公室的桌面上落了厚厚的一层灰尘，却无人问津，仿佛一切都应该是这样。再看墙上那些计划生育统计表，有几处是新改了的数字，看了两遍，心里犹如猫抓的一样，计划生育已经超标了。

李有福习惯的大集体生活已经是烟消雾散了，失去了大集体，他似乎没有了家，也没有了精神，整天像一个孤魂野鬼，毫无目的的四处晃荡。过去，他还经常管管那些不合规矩的杂乱现象，后来，见谁也没有把他的话放在心上，看着他们表面上唯唯诺诺，其实，他说了也是白说，时间长了，他渐渐地就失去了信心。

李有福无精打采地走在田间的路上，偶尔会遇上一两个在地里做活的群众，他们会对他热情地打声招呼。

淡淡的天，淡淡的云，云朵下几个骑自行车的人远远地过来了。李有福看着那帮人，心里特别的烦躁。他知道那些人是乡里计划生育指导所的人，他们把临河铺第五村民组作为计划生育的点，有事无事地就会来一趟，村里的那些微不足道的积蓄已经被他们吃完了。现在临河铺的计划生育工作开始让李有福头疼了，大集体的时候，他的话在群众中还有一定的分量，可现在，谁还听他的呢？虽然群众不和他硬碰硬地对着干，但他们表面一套，背地一套，让李有福拿他们根本没办法。李有福生在农村，长在农村，他知道体恤民情。农村的情况就是那样，生了十个闺女也没用，一个个长大了都会嫁出去。嫁出去的女，是泼出去的水，只有养儿才能防老。虽说临河铺的情况要好得多，五保户还有个照应，虽说村里有他们的吃穿，可有个病有个灾的，谁有工夫去照顾他们呢？所以，李有福对那些没有儿子的农户也只是停留在嘴头上喊喊，并没有采取任何措施。

“嗨。李书记你好。”计生所的刘所长站在路口打招呼说。

“好，好。”李有福嘴上应着，心里在想，你们今天千万别在村里吃饭了，再吃，就要去赊账了。

“呵呵，你真悠闲自在，这里的空气多好啊，呵呵，秀色可餐。”刘所长找着话说。

“今天又有什么任务啊？”李有福问。

“计生工作都是老一套，没什么新鲜的玩意。”刘所长说。

李有福心里咯噔了一下。说是秋季计划生育高潮，如果没有具体的任务，下来就是找地方打牌，找饭局。现在的情况到处都是一样，计生工作也是人到哪，吃到哪。他早就听说靠山村被上面来人吃得连赊账都找不到地方了。

临河铺可不能像靠山村那样，反正靠山村已经到了山穷水尽的地步，照尹书记的话说，他们是半门女人走黑路，破罐子破摔。只要能欠账，他们哪里都敢吃，反正是集体的账。

李有福可不敢这样想，大集体的积蓄是老百姓的血汗钱，是通过“三提五统”一家一户收上来的，那是专款专用。到目前为止临河铺还没有欠过一分钱的外债呢。

“刘所长，你们先到大队部歇一会儿。今天我有些私事，要到山里去一趟。我让计生专干来协助你们工作。”李有福说着就要溜。

“嗯，有事你忙吧，有人招呼着就行了。”刘所长有些不悦地说。李有福像是漏网的鱼，急急忙忙地走了。

“老滑头，耍什么花样啊，不想留我们也就算了，还找什么理由。”

刘所长看着李有福的背影骂道。

“那今天怎么办？”一个计生专干问。

“不管他，我们今天到第五村民组，一定要给他弄点颜色看，要不然，还把我们当作软柿子呢。”刘所长冷冷地说

刘所长没有去村部，他带着计生所的人直接到了临河铺第五村民小组，挨家挨户盘查着该村民小组的育龄妇女。第五村民组长李树才不在家，计生小组的人们停在李树才的门口，刚好遇见从外面回来的李树才的儿媳王玉梅，计生小组的人见是个年轻妇女，还带着三岁的孩子。便把她拦了下来，一帮人把她带到临时检查的房间里，经过再三询问，王玉梅咬定说自己只有一个女孩。县计生所的人不相信，根据他们的计生工作的经验，在农村，一般情况下第一胎是女孩的妇女，不出三年一定会要第二胎。他们对王玉梅例行检查，计生所的人把她从上到下摸了一遍又一遍，没有任何怀孕迹象。

刘所长说：“她身体又没毛病，一定是生了第二胎，如果是这样，那孩子还应该在哺乳期。”

计生所的人认定王玉梅已经生了第二胎。他们又揭开王玉梅的上衣，摸她的乳房，挤她的乳头，做计生工作的洪医生没有经验，在挤奶的过程中，她用力过大，把王玉梅的乳头给挤出血来。疼得王玉梅又哭又喊，把三岁娃娃也吓得哇哇大叫。

王玉梅的公婆翠花从地里回来，见媳妇满眼是泪，问她怎么了，王玉梅把乡计生所虐待她的过程说了一遍。翠花掀开衣服一看，见媳妇的乳房又红又肿，那翠花是出了名的泼妇，她出了门，破口大骂计生所里的人是畜生，又让人把丈夫李树才找了回来。

“他爹，咱在临河铺这么多年来，从来没有受过这样窝囊气，他们欺负上门了，你让我们以后怎样活呀？你必须找他们讨个说法。”翠花气愤地说。

李树才到村委会没找到李有福，他又去找了村长蓝叶萱。李树才把计生所虐待王玉梅的情况讲给蓝叶萱听。蓝叶萱听了也很气愤，说：“计生所这样做实在是太过分了，等李书记回来，让他去找计生所的领导反映情况，你对翠花说，让她别生气了。”

李树才说：“那不行，若是村里说不了他们，我要亲自找他们

讨说法，你们怎样做我不管，但要是欺负到我二秃子的头上，那是绝对不行的。我们乡下人再好欺负，也受不了这样的侮辱。”

蓝叶萱想起她最近在乡里看到的一副计生工作的标语，“宁添一座坟，不添一口人。”她也常听计生工作者的那些顺口溜，诸如“上吊不解绳，喝药不抢瓶，跳水不救人，上告不开门”等，她了解目前计划生育工作的形势有多严峻，像对王玉梅这样的做法，对他们来说只是小菜一碟，于是劝他说：“计生所里来到咱村，是为了工作，你就体谅体谅他们难处，他们与咱又不是有个人恩怨，你就息息怒，别计较得了。”

李树才理解村里的难处，别说村委会主任了，就是李书记在，拿他们又有什么办法呢？可他这个当事人受不了这份窝囊气。回到家里他长吁短叹地把蓝叶萱说的话对翠花说了。翠花哭道：“你没问蓝叶萱还让我们活不？这件事情必须讨个说法，不给我们一个交待我找他们拼命。”

李树才的儿子中午从地里干活回来，听说计生所的人对媳妇做的那些事情，拿着菜刀就要去找他们算账。李树才费了好大的劲才把他拦下来，他对儿子说：“海平啊，你也快三十岁的人了，办事怎么还这么莽撞。玉梅这件事情，我们一定要向他们讨说法，不过做事一定要有理有节，千万不能让人家抓住我们的把柄了。”

李海平说：“爹，那你说怎么办？”

李树才想了想说：“反正爹也豁上了，你去把村民组里李姓的那些年轻猛子都给我叫过来，我有话对他们说。”

李海平不知道爹是怎样打算的，喊来了十来个堂兄堂弟。李树才对他们说：“乡计生所的人畜生都不如，村里顺着他们，对他们向来是逆来顺受，我李树才不怕他们。今天我是不能再忍了，就是我这个村民组长不当，也要同他们干一场，灭灭他们的嚣张气焰，省得他们到处坑人害人。”

这些年轻人们早就对计生所里人的所作所为恨之入骨，那些人到村里来不问三七二十一，不是牵牲口，就是挖粮食，有的甚至推墙揭瓦。大家听李树才这样一说，觉得这下有了靠山，一个个摩拳擦掌地跟着说：“既然您这样说了，要我们怎么干我们就怎么干。”

“我看得给他们个下马威，要不然，他们还不知道会做出什么样的事情呢。”李树才见大家一个个竖起了耳朵听他说，他向外面看了看，然后，声音放低了，说：“大家听好了，这件事情一定要保密，不能让计生所的人有所觉察。今天咱们一定要杀杀他们的威风，给大家伙们出出气。”

李树才按着自己的想法，对这帮年轻人们做了布局，为了避免计生小组的人产生怀疑，让他们分头回去做好准备。一切安排就绪，李树才怕牵扯到了村里的干部，又去找了蓝叶萱，要她对李有福说，自己已经辞职不干了。

蓝叶萱见李树才脸色不对，现在提出辞职一定是有什么想法。

“为什么要辞职呢？”蓝叶萱问。

“我不想连累村里，我一定要找他们讨说法。”李树才粗声粗气地说。

蓝叶萱想，李树才说是怕连累村里，干什么事情能连累到村里呢？看着李树才冲动的样子，她明白了，李树才一定是想用特殊的方式来解决问题。蓝叶萱想劝他，但在计生小组那里，她不能替王玉梅说一句话，即使说了也起不到什么作用事情也做不了。不劝他吧，万一真出了什么事情，以后村里的工作会更加难做。

“关于辞职的事情，等李书记回来再说。至于去找他们讨说法，我劝你还是好自为之。”蓝叶萱左右为难，但考虑到临河铺人的尊严，她不疼不痒地劝了一句。

第四十八章　李树才大打出手　洪医生鬼哭狼嚎

吃罢午饭，计生所的那些人一个个喝得醉醺醺的推着自行车刚到第五村民组，忽见一帮年轻人拿着铁锹、扁担，一窝蜂似的冲了过来。看着这些人来者不善，反应快的拔腿跑，反应慢的丢下车子就溜，刘所长一看势头不好，知道要出事了。别人能跑，可他作为领队的，即使知道要挨打，也得顶上去。他把自行车扎了下来，壮着胆对下属说：“你们都给我站住，我看他们能怎样？”

一些人被刘所长的话震住了，拿着“武器”远远地停了下来，一些要跑的计生所的人也站住了。

李海平满脸杀气地问：“你是什么人？”

“我是所长。”刘所长见他把那些气势汹汹的人给镇住了，他有了些底气，“你们想干什么，造反啊？

李海平不由分说，冲过去一扁担就把刘所长打翻在地，“狗屁所长，找的就是你。”那些人见李海平把所长打倒了，一哄而上，见人就打。计生所里那些胆大的还想还手，胆小的吓得在一边哆嗦。

正所谓好手不如双拳。计生所的人少，又手无寸铁，早被五村的青年打得落荒而逃，人们打着骂着，刘所长和洪医生是他们重点发泄的对象。一个瘦猴一样的青年指着洪医生骂道：“臭婆娘，你害过多少人，今天我非打死你这个母夜叉。”洪医生抱着头，只顾求饶。五村的那些人大打出手，可怜了那些没跑掉的，一个个被打得连滚带爬，恨不能钻到地底下去。

正当李海平一帮痛打计生所干部的时候，蓝叶萱带着几个大队干部赶了过来，驱走了五村的那帮青年。挨了打的计生所干部一个个若丧家之犬，鼻青脸肿，再看看身上，也是青一块紫一块的。刘所长的头还被打了个血口子。洪医生就更惨，躺在地上已经爬不起来了。

临河铺群众打计生工作者事件在全县引起了轩然大波，造成了极坏的影响，县公安局局长王明亮亲自带领一干警察过来抓捕肇事者。李树才反剪着双手，他把所有的罪过全都揽在自己身上。

“我是主谋，人也是我打的，要抓就抓我吧。”李树才说。

“你肯定是跑不掉的，我问你，参与打人的还有那些人，他们都去了哪儿？”公安局里的人问。

“不知道，有本事你们去抓，问我干什么。”李树才不卑不亢地说。

王明亮走了过来，他是临河铺的老熟人，看着李树才赌气的样子问：“树才，你都是村里的老干部了，为什么要打人呢？”

李树才见是王局长，这才慢声细语地说：“王局长，你去听听刘所长怎样说吧，我们也不是无缘无故地打他们，请您听听群众的呼声。我们村对计生工作什么时候没有支持？可他们是怎样对群众的？比土匪也差不到哪里去。”

李有福请求王局长暂时把李树才留下，王明亮没有同意，公安局还是把李树才带走了。

彭和平听说临河铺出了大事，打人的那些青年全都跑了，这对他来说是一个喜讯。他父亲疤瘌眼在广州混出了头，现在那边需要人手，想让他帮助招一些工人。可是，他在乡里名声不好，尽管做了许多工作，这里的群众没有人信任他，所以很难招揽到农民工。

彭和平来到临河铺五村，李树才被带走了，除了翠花，他还能找谁呢？虽说他和翠花是熟人，但他知道翠花的个性，知道很难从她那里打开缺口。

彭和平在五村转了转，人们对五村里发生的事情，个个守口如瓶，青年们都跑到哪去了，谁都不知道。彭和平什么也打听不出来，只好硬着头皮去了李树才家。

“你来干什么？”翠花守在门口问道。

“翠花，我就不能来你这坐坐吗？”彭和平厚着脸皮说。

“有什么事情只管说，我没有时间和你废话。”翠花一脸的不高兴的样子地说。

彭和平四下看看没有人，向翠花跟前凑了两步说：“翠花啊，听说你儿子打了人，现在跑了是吧？”

翠花斜了他一眼，轻蔑地说：“是，怎么了？你去抓他呀。”

彭和平啧啧地说：“看你说的，我现在是什么呀，一个靠边站了没用的人。”

翠花冷笑道：“你找那些参与打架的人，去告他们，然后立功，好官复原位呀。”

彭和平说：“我真是好心被当成了驴肝肺，我是来帮你的，谁说一句假话，天打五雷轰。”

翠花正为儿子和那帮参与打架的人发愁，见彭和平很认真的样子，她放下脸问道：“你能帮我什么？”

彭和平说：“我在广州那边有个朋友，他开了一家大工厂，现在需要招工人，我想咱们都是乡里乡亲的，又知根知底，何必让肥水流到外人田呢？所以，想来帮帮你们。”

翠花说："你说得可靠吗？"

"绝对可靠，如果不信，我可以拿我的人头做担保。"彭和平说。

"你说说，那边都做什么工作呢？"翠花问。

"绝对是技术活，而且工资还不低，最少每月也有一两千元的收入，一年以后技术熟练了，能挣两千元以上呢。"彭和平说。

翠花说："不成，他们都是农民，哪有什么技术啊。"

彭和平说："技术不都是学的呀，到了那里，还要接受培训，半个月学习以后才能上岗呢。"

"你可不能骗人啊。"翠花还是有些不太相信。

"放心吧，我又不是外人，出了什么事情，你只管拿我是问。"彭和平说。

翠花虽然心里有些打鼓，但想到那十来个人整天在外面东藏西躲也不是常法，如果他们愿意，干脆就让他们出去闯闯。翠花暗地里通知李海平，把彭和平的话对他们说了，李海平带着那些青年偷偷地南下广州去了。

为了五村的事，这几天李有福忙得焦头烂额，县里、乡里不断来人，公安局里还留下几个人驻守在临河铺，一定要让村里把人交出来。李有福上哪交人啊，别说他不知道，即使知道他也不能这样做。

李有福来到翠花家，见院子里一片狼藉，摘得半半截截的花生秧扔得满地都是，残败的丝瓜藤条挂在墙上，还有一些歪八扭四的纽儿，带着死不蔫秋的黄花在拼命地生长，看上去，到处都是的肃杀景象。翠花正在院子里晾衣服，见李有福来了，忙招呼进屋坐。

"翠花，在忙什么呢？"李有福问。

翠花叹声息，"忙什么？我都愁死了，哪有心情做什么啊。"

李有福拉了个小凳子坐下，一边帮她摘花生一边问："海平还没有回来呀？"

翠花赌气说："死到外面才干净呢，回来干什么，受窝囊气呀？"

李有福理解她的心情，他剥了一粒花生米放到嘴里，咯吱咯吱地嚼着，"计生所那些人做得虽然不对，不过我们也不该打人哪。我已经去公安局几趟了，王局长都找了好几次，可他说这是大案，如果找不出参与打人的人，恐怕一时半时不会放李树才出来。"

“坐就坐吧，我们有什么办法呢？”翠花无奈地说。

“办法倒是有，公安局抓我们的人，我们不能告计生所啊？他们又不是没用错。”李有福说。

翠花说：“告谁啊？自古道：衙门八字朝南开，有理没钱别进来。我一个乡下妇女，连写张状纸的钱都拿不出，凭什么去告啊？”

“那也得找他们去说说理，咱也不是平白无故地打人。”李有福不紧不慢地说。

翠花听李有福这样说，心里多少好受一点，毕竟李有福是村里的父母官，没有把胳膊肘全朝外拐。她勉强笑了笑说：“算了，没有用。他们是吃皇粮的人，我们惹不起，自认倒霉就算了。

李有福说：“翠花啊，家里男人都走了，有什么事情需要帮忙，你就说一声啊。”

翠花眼圈湿润了，“李书记，别人家的麦子都种上了，我家的地到现在都还没有犁。人误地一时，地误人一年哪。我担心一旦变了天，我家的麦子就不能按时节下种了。”

李有福把手里的花生秧放在地上，问：“麦种备齐了没有呢？”

“麦种是去年留好的，只是地没有备好，肥料也没有拉回来。”翠花说。

李有福站起来说：“翠花，你放心吧，这两天我就抽空帮你把麦子种上。”

第二天一早，李有福套好了耕牛，亲自把翠花家的地犁了，一直到太阳落才把地整出来。过了一天，他又去鬼不缠家赊了几袋化肥撒在翠花家的地里，然后又把地耙了两遍。他用了三天时间，才算把她家的麦子给种上。

翠花很感动，这天晚上，她炒了几个菜，把屋里喝剩下的半瓶酒拿出来，一定要请李有福吃顿饭。

“李书记，您累了几天，连我家一口水都没喝上，今天无论如何也不能走了，我请个长辈的来陪您。”翠花说。

李有福浑身上下脏兮兮的，散发着一股子汗臭味，他把播剩下的麦种放在院子里，笑呵呵地说：“翠花，你就别麻烦了，我回去蒸锅红薯，连明早的饭都有了。”

“那我怎么过意得去呢？”翠花强拉李有福坐下来，然后，端出一盆水，把毛巾放进去，“快来洗洗吧。”

李有福拗不过翠花，只好洗了脸，勉强坐下了。“海平媳妇呢？”李有福问。

“带着孩子回娘家去了，他爷俩都不在，家里连个爷们都没有，她害怕那些人回来报复，就走了。”翠花说。

听说海平媳妇不在，家里只有翠花一个妇人，李有福忙说：“翠花啊，你知道我很少在群众家里吃饭，我年纪也大了，干了几天活，腰酸背痛，想回去休息。你的好意我领了，等哪天树才回来，我来给他接风，一定不走了。”

翠花听出李有福的意思，她说：“不在这也行，反正菜已经炒了，要不然，您就带着回去吃吧。”

李有福像被蜂子蜇了似的，忙摆着手说：“不行，不行，那像什么话啊。”说着，站起身就要走。

翠花生气了，她拽住李有福的衣服说：“李书记，你看不起我们是吧？菜里没毒。”

李有福见翠花动了气，盛情难却，他只好同意留下来。翠花请来了李汉银老汉来陪客。两杯酒下肚，李汉银说：“翠花家里的事情我听说了，好好的一个家，就为了这件事情折腾成这样，幸亏您过来帮帮，要不然她家的麦子都种不上。”

李有福低着头只管吃菜喝酒。李汉银又说：“计划生育也得讲道理啊，他们那样做，实在是太过分了，别说树才，让谁也接受不了。”

李有福把筷子放在了盘子边，心里七上八下的，他作为临河铺的支部书记能怎么说呢。计划生育工作是国家的百年大计，是基本国策，这些道理他懂。可群众也有群众的难处，现阶段国家对农村缺少老年生活保障政策，不像城里干部，老了有退休金，病了有公费医疗。可农民老了怎么办？靠谁来养呢？李有福一贯是本位主义思想严重，眼光只看到临河铺的这些群众，用他自己的话说，他只是一个村支书，他的眼光再远，也只能看完临河铺，至于国家大事，那不是他能管的。

人老了也就絮叨了，李汉银借着酒劲不断地发着牢骚，李有福很少搭茬，好不容易吃完了饭，他就对翠花说了一句话，让她多保重，然后，就歪歪哒哒地走了。

第四十九章　胡解放独断专行　李有福心灰意冷

李有福帮翠花干活以及在她家吃饭的事情很快在第五村民组传开了，那些参与打架的家庭，把这件事理解为李书记是在暗暗地支持他们，变得有恃无恐起来，到处炫耀他们打人的经过，并对外张扬说，如果计生所的人再敢进临河铺，一定打他个腿断胳膊折。

刘唐镇刚上任的年轻书记胡解放听了计生所的汇报，气得吹胡子瞪眼睛地把李有福找去谈话。他阴沉着脸，毫不留情面地批评说："临河铺出了这么大的事情也不向乡里汇报，群众打了人不说，听反映，说你还背地里支持打计生干部的群众，你到底是怎么想的啊？"

李有福见过的领导太多了，当然，做了这么多年的大队书记，组织原则还是有的，要不然，面对眼前这个没有礼貌的年轻乡党委书记，他一定会让他很尴尬。

"胡书记，大队出了事，群众思想很不稳定，我这不是在做他们的思想工作嘛。"李有福解释说。

"你哪里是做群众的思想工作？你分明就是鼓动群众和乡里对着干。临河铺群众都已经传出话了，说是你说的，乡计生干部再敢进临河铺，一定打断他的腿。"胡书记指头在桌子上敲得当当响，"你是一个村的支部书记呀，这么干，还要不要乡党委了？"

李有福也生气了。心想，作为镇里的一把手，怎么能偏听偏信，不分青红皂白的随便乱说呢？既然说我向着群众，那我就把向群众的理由说说。

李有福压住了火气，心平气和地说："胡书记，不是我向着群众说话，乡计生干部做得确实有些过分了，怎么能把人家一个小媳妇奶子挤出血呢？换个角度想，如果是你的家人遇到这种情况，你会怎么想？"

"那也不能打人哪，有意见可以向上级反映，打人犯法知道吗？

可你这个支部书记当得好，听说你还去县公安局找王局长替李树才求情，又去帮他家种麦，你到底是怎么想的，当真要和乡党委对着干啊？”胡书记质问道。

李有福坐不住了，真是官大一级压死人。他受不了一个年轻的上级这样武断对他说话。他气愤地说：“李树才又没有杀人，在农村打架斗殴不是常有的事情吗？村里出了问题，我们总是要想办法解决的，把人关起来就能解决问题了？做干部的要对群众有耐心，真的把矛盾激化了，以后村里工作怎么做？”

胡书记讥笑道：“这么说你还有理了？现在全县都知道你们临河铺群众殴打计生干部的事，我们乡也因此出了大名了。”

李有福一肚子委屈，镇里的领导只会指手画脚的批评人，哪像过去的干部作风那样过硬啊，不深入群众，不进行调查研究，出了事捕风捉影，不问青红皂白地乱发火。村里有责任，难道乡里就没责任了？

“出名了好，说明你胡书记有能耐。”李有福没好气地讥讽一句。

胡书记受了刺激，气得火冒三丈，一拍屁股站了起来。“李有福，你这是什么态度？你还想不想干了？”

胡书记的火气太盛，令李有福实在无法接受，他经过了多少任党委书记，像这样工作方法简单，张口就爆粗的领导他还是第一次遇到。其实，胡书记对他这个老支部书记还算是留情面的，换了别人，他早就骂爹骂娘了。乡下基层干部都看不惯，见他就躲得远远的。李有福也早听说他是买通了县里的周书记，才被提拔来当书记的。上次为了临河铺土地承包到户的事情，他曾经和李有福较量过。

“你以为我愿意为你这样的人干吗？告诉你，我在临河铺当了二三十年的支部书记，我在这里打天下的时候，你连裤衩还没穿呢。如果不是为了临河铺的父老乡亲，我早就不操这份心了。”李有福轻蔑地说。

胡书记见李有福一副不温不火的样子，恨不能咬他一口。不过，他清楚李有福这个村支部书记在县里的分量，他不仅是老资格，而且临河铺是全县的老先进集体。全县村一级的领导班子几乎都存在瘫痪和半瘫痪的问题，相比之下，临河铺算得上是比较好的班子了，如果李有福真的不干了，恐怕临河铺的领导班子也要瘫痪。

“别总拿过去说事，毛主席说，不要吃老本，要立新功。咱总不能躺在功劳簿上睡大觉吧。”胡书记口气缓和了一些。

李有福说不想干也是真心话，参加革命几十年，他是奔着自己的革命理想干的，在过去那些艰苦岁月里，即使是遇到了再大的困难，他也从来没有失望过。可眼下的情景不同，面对临河铺的前途他非常迷茫，几乎找不到了方向。过去群众遇到什么困苦，他可以帮，现在他成了实实在在的孤家寡人，除了指派自己，还能依靠谁呢？

“胡书记，现在基层的工作不像过去那样好做，人的思想乱了，没有谁还热心为集体着想，过去那些大道理已经行不通了。人们都在挖空心思地想着挣钱，当个人的利益和村里集体的利益产生了矛盾时，工作自然就被动了。村干部过去对群众做的是什么工作啊？那是一心一意地做奉献，现在干的工作却是完完全全地向群众索取。就说‘三提五统’吧，我们村干部要挨家挨户地从他们茓子里挖粮食，这怎么能和大集体那时踊跃交公粮相比呢？再说第五村民组的情况吧，李树才被县里带走了，那些参与打人的年轻人跑了，整个五村人心浮躁、一片混乱。眼下正是秋耕大忙的时候，咱不能眼睁睁地看着群众生产受到损失吧？村民组没有了李树才，翠花是他们的主心骨，如果把她安顿好了，就有希望安抚好群众的情绪。靠打压、威慑不仅达不到目的，而且会脱离群众。”李有福耐心地解释着。

胡书记没有多少农村工作经验，被李有福一通话给说住了，但心里仍然不服气，他掂起暖水瓶给李有福杯里添了一些水，然后问道：“那依你说，打人的事情该怎么处理？”

“要我说，乡计生所的同志工作粗暴是引起殴斗的主要原因，要让计生所长向受害群众检讨错误。其次，要做好群众的思想工作，教育他们奉公守法，让他们认识到殴打国家工作人员问题的严重性。剩下的才是打罚，当然，打罚也是象征性的，不能太过了，要让群众心服口服才行。”李有福说。

“你这是胳膊肘子往里拐，计生所里的同志能答应吗？”胡书记瞪着眼说。

“答不答应那是你们的事情了。还有，胡书记，我对你个人有意见，希望以后少一些官僚主义作风，对基层群众不要耍态度。”李有福简单地说完，没等胡书记说话，站起身来又说：“如果没有别的，我走了。”

就在李有福抬腿要走的时候，胡书记忽然明白过来了，自己原本是找李有福谈话的，现在却反过来成了李有福和他谈话了，如果让李有福占了上风，将来工作怎么做？他使劲拍了拍桌子喊道：“站住，李有福，你也太狂妄了，现在是你提意见的时候吗？别以为你资格老，我管不了你。回去好好的反省反省，写出深刻的检讨。”

“检讨我就不用写了，你该怎么办就怎么办吧。”说罢，李有福转身就走。

这下可把胡书记气坏了，他指着李有福说：“走，你只管走，我就不信治不了你！”

李有福从乡里出来憋了一肚子的气，一路走，一路想，自己现在哪里像个支部书记，完全就是一个管家婆。除了村里的农业生产以外，他什么啰哩啰嗦的事情都要管，从担任农会主席到现在的村长，三十多年来李有福干工作都是有目标的，他是一心一意地想把生产搞上去，把大家搞富裕。现在大集体没有了，他整天做的都是那些他不愿意做的工作，两面受气不说，关键是他没有心思再这样干下去。

每当李有福失望的时候，他总会想起吴一鸣，想起他说过的那些话：干工作不能太本位主义，不要把自己局限在一个小圈子里，要把眼光看到全中国，甚至全世界。李有福毕竟是一个小小的村支部书记，不是一个大人物，能把眼前的工作做到极致，他就觉得很满足了。在相当长的一段时间里，临河铺一直是全县的先进集体，是县里树立的典范，也因此，李有福在全县是小有名气支部书记。自从土地到户以后，临河铺村的情况就大变样了，也许是过去管束得太紧，忽然松弛了，无政府主义思潮便泛滥起来，群众各打各的小算盘，还有谁听他的呀。在临河铺，过去计生工作很好抓，只要开个会，把精神传达下去，群众就会自觉遵守。可是现在他能管得了谁呢？李有福感觉到上面压力大，下面抵触的情绪也很大，他处在中间左也不是，右也不行，双方的压力快把他挤成薄饼了。如果是为社会主义建设，再痛苦再艰难他都能顶得住，可现在他是在为谁服务连他自己都搞不清楚了。

李有福对胡书记非常失望，对临河铺的群众也快失去了信心。回到村里，他简单地开了一个支部碰头会，把工作交给了蓝叶萱，准备回县城操办小儿子的婚事。这之前，毛雪莹已经打了几次电话，催他请几天假，说小儿子李刚的婚期就要到了，再不能像大儿子结婚时那样简单。李强结婚的时候，他没有回去，到现在大儿子提起这件事，心里还是疙疙瘩瘩的。

自从接到毛雪莹的电话，乡里正赶上秋季计划生育高潮，李有福一直忙得脱不开身，现在他下决心要回城去了。正当李有福准备好回县城的时候，镇党委秘书李向明突然来了，说他要住临河铺，希望李有福配合他调查第五村民组的问题。

李有福回家的心意已决，他婉拒了李向明，并在镇党委免他的职务之前，开了个支部委员会。会上，他把所有工作都交给了蓝叶萱负责。

散会之前，李有福说："我已经把工作交待完了，希望大家支持蓝叶萱的工作。叶萱同志若见到胡书记，就说我老了，既没有开拓精神，也没有工作能力，让他选个能干的接班吧。"

蓝叶萱说："那怎么行呀，生气归生气，工作该干还得干，咱临河铺怎么能离开您呢？您先回城把家里孩子的婚事办好，这里您就放心吧。"

李有福说："叶萱，你了解我，我真是老了。本来我该去乡里请辞的，可我不愿意看见胡书记那张脸，请你代劳了。"

蓝叶萱环顾左右，说："您让大家说行不行好吧。"

与会的人一起说："李书记，临河铺离开您真的不行。您不能丢下咱临河铺的父老乡亲不管，您不干了，我们就没有主心骨了。"

李有福显露出一副很诚恳的样子对大家说："同志们，我离开支部了，但我不会离开临河铺，这里是我的家，就是将来老了，骨头也会留在这里。我走后，希望你们班子能协作好，把咱临河铺的工作做好。"

鬼不缠的生意越做越大，过去那一间小卖铺已经不够用了，他想找李有福帮帮忙，把房子扩大一些。忽然听说李有福撒手不干了，他立即把儿子叫到跟前说："云鹏，机会来了，李书记如果不干了，书记肯定是蓝叶萱的。一个娘们能干什么呢？你得去乡里做做工作，争取先捞个村长干。听说胡书记喜欢抽烟，你从柜子拿两条烟给他送去。"

"爹，我才不去呢，送礼的事情我可干不来。"李云鹏顶了父亲一句。

"啧啧，你懂个屁，不送礼你一辈子就这么长了？"鬼不缠说。

"那我也不去，这种低三下四的事，要干你去。"李云鹏扭头就走。鬼不缠气得脸都变了颜色，"你个不识好歹的兔崽子，不去算了，我去。"

李有福离开临河铺后，蓝叶萱把班子成员召集到了一起，对大家说："咱临河铺，多少年来都是遇到了大事，大家一起帮忙凑份子捧场，如今李书记娶儿媳妇，我们也该帮衬帮衬，你们说咱们能为他做点什么呢？"

花喜鹊接着说："是呀，李书记大儿子结婚时，我们大家都不知情，这次可不能再不管不问了。"

李云鹏眨巴着眼思考着，村干部除了李有福，就他是年轻男人了，不用说，遇到具体的事情，该由他出来承办，见花喜鹊两眼一直盯着他，忙说："娘，现在不是大集体的时候了，用人不像过去那么容易，尤其是那些有手艺的人，整天都在忙着挣钱。蓝村长，你说怎么办呢？"

蓝叶萱说："李书记成天为我们大家着想，咱村里哪家没有接受过他的好处呢？就连最普通的群众，家里遇到了大事，他没有说不出面的。我琢磨着，他家里有了事，咱们大家也应该尽尽自己的心吧。"

李云鹏说："蓝村长说的是。这样吧，我去找村里那些会木工手艺的人商量商量，看看他们能不能抽出一些时间，咱给李书记做些家具什么的，你们说怎么样？"

花喜鹊说："那是最好不过了，请人干活，由大家支付工钱，也算是我们的一点心意。"

“好，云鹏就负责具体办理这些事情，有什么需要我支持的，只管说就行了。”蓝叶萱说。

第五十章　行贿赂鬼不缠顺水顺风　送家具蓝叶萱途遇故障

鬼不缠到镇里找胡书记，在大院里转悠了大半天，胡书记总算接见了他。鬼不缠进了办公室，急忙把报纸卷好的两条烟放在了他的桌角上。

“嗨，你这是干什么呀？”胡书记装着很生气的样子嚷道。

鬼不缠忙小声说：“胡书记，这一点小小的意思，你就笑纳吧。”

胡书记没有让他坐，一手端着茶杯，一手把烟放进抽屉里，问：“有什么事情你说吧。”

“没什么大事，我是临河铺的，李云鹏是我的儿子。”鬼不缠以为李云鹏是村里干部，胡书记一定认识他，接着说：“他是村里的年轻干部，我来的意思是想请您对他多培养，多教育。”鬼不缠嘿嘿地笑着，说一句看一下胡书记的脸色。

“嗯，好啊，年轻人有上进心就行。我知道了。”胡书记拿过桌面上的报纸，两只眼睛骨碌了一下，迅速转到报纸的大标题上。

鬼不缠知道胡书记有赶他走的意思，忙举了一躬说：“那您忙，我走了。”出了门，鬼不缠唧唧咕咕地骂道：“温什么大蛋，谁又不是没见过当官的。”

回到家，鬼不缠又饥又渴。见屋里没有人，就溜进厨房，掀开锅，里面空空的。抬眼看到笊头子里面有几个剩馍，伸手抓起一个，刚咬上一口，便被噎得直伸脖子。他赶紧从筷笼子里抽出一双筷子，对着锅台使劲地捣，直到觉得喉咙里的馍咽下去了，这才舀了半瓢水咕噜咕噜喝了几口。

吃饱喝足了，鬼不缠擦了擦嘴角上的馍渣，慢腾腾出了厨房。狗子呢？他四下看了看，没见到一个人影儿。他知道这几天老婆和儿子都在为李有福娶儿媳的事情忙着，想到李有福平时对他家的好处，心中暗想，我李同豪再自私，也不是一个无情无义的人。他觉得自己也该为李有福办喜事出点力，于是便迈着四方步到大队部去帮忙了。

临河铺的几个年轻木工，不外乎是李同山家里老大、老三，马世青家老二、老五，还有李云波等，再加上几个干杂活的，算起来也有十来个人，他们经过一个多星期的忙碌，总算是做好了一套完整的家具，包括大、小立柜各一个，一条榆木条儿，一张八仙桌和几把椅子。

大功基本告成，李同山家里的老大又把做好的家具仔细地检查了一番，然后掏出烟，给每人发了一支。看着大伙说："今天总算是大功告成了，老三，去把蓝村长找来，等来验收后，我们就可以回去了。"

大家围了过来，老三擦着汗说："歇一会我就去。"

李同山家里的老大抽了两口烟又说："这些天，为了李书记儿子结婚，我们来帮忙，换了别人我是不会来的。那天李云鹏到我家找我的时候，我和老三正在忙着给别人做家具，我们把活才停了，来这里帮忙，现在家里还有一大堆的活等着我们呢。"

马世清家的老五接茬说："谁说不是呢，如果这次不是为李书记，我是不会来的。唉，李书记为我们村里人操了半辈子的心，如果不来，觉得心里真是过意不去。"

李云波深深地抽了一口烟，那烟好像是怕没有吸到肺里就会被浪费掉似的，好半天，他才轻轻地吐出一股淡淡的烟雾。"老大，恐怕咱们这是最后一次在一起合作了。听说不少五村的人都去南方当了工人，每月一两千元的工资，比待在家里强多了。"李云波说。

"你也想去打工？"李同山家里的老大惊奇地问。

李云波在他耳边悄悄地说："你还记得乡里那个姚文杰吗？听说他在广州那边有亲戚，镇里好多人都是他介绍去找的工作。他说，像我们这样有手艺的人，在南方可吃得开了。"

马世清家的老二说："我也听说了，不知道是真是假，我也想出去闯闯，在家都待腻了。"

李同山家的老三说："云波，你再去打听打听，如果是真的，我们搭伙一起去，在外面也好有个照应。”

李云波说：“那还有假，每天都有许多人在镇里开证明呢。”

“如果是真的，那我们也去。”李同山家里的老三说。

大家正商议着，见鬼不缠来过来了，他像是监工的一样，把做好的家具一件一件地都仔细瞅了一遍，虽说他不是木匠，但对外观质量还是挺内行的，他用手在柜面上摸了一把，指指点点地说：“质量还是不错，功夫是下到了，只是这柜面、箱面还需用细沙纸再打磨一遍，方显得功夫到家。”

几个木工又用了一天的时间，把家具打磨的油光锃亮，然后，涂上了厚厚的一层桐油，这才交给蓝叶萱验收。

这是一个风和日丽的日子，陈凌子驾着手扶拖拉机，上面载着一套崭新的家具，向县城驶去。蓝叶萱和李云鹏勉强坐在拖拉机两边，他们负责把车上的家具送往李书记家里。

秋高气爽，一阵阵南飞的大雁嘎嘎地从头顶上掠过。蓝叶萱迎着初生的阳光，心情好的不得了。很久没有进城了，今天，她带着临河铺群众的心意去给李有福道喜，顺便还要给小叔子马春生寄封信。

拖拉机在半路上突然抛了锚，这可急坏了陈凌子，弄得她满手是油，也没找出问题出在哪。这辆拖拉机太陈旧了，本来许多地方都有问题，加上长远不用，陈凌子也摸不准它的性情了。

李云鹏在读高中时，学过工业基础知识课，多少懂得一些柴油机理论，他下车来帮助排查机械故障，两个人拨弄来拨弄去，急坏了蓝叶萱。最后，还是陈凌子发现拖拉机高压油管一端的凸头与喷油器出油阀接连处出现了漏油，虽然只是小毛病，可没有配件更换，停在半路上也不是办法啊。蓝叶萱急得抓耳挠腮，又帮不上忙。李云鹏在工具箱里翻了半天，找出了一个铝垫子，他把垫子夹在凸头与喷油器之间，想不到还真把漏油的地方给堵住了。

发动机又能启动了，陈凌子高兴的拍了李云鹏一下，说：“真有你的，如果不是你，我还真没办法呢。”

“可这也只能解决燃眉之急，到了县城还是得去修。”李云鹏说。

陈凌子到沟边洗了沾满油污的手，拖拉机重新上了路，一直开到了李有福的家门口。听到柴油机突突的声音，李有福伸出头来一看，见是蓝叶萱他们三人，而且车上还装着一套刚做好的家具。

“这是干什么呀，来不就来了吗，怎么还带这么一大堆家具啊？”李有福说。

蓝叶萱呵呵地笑道：“李书记，您也不能搞特殊化呀，村里群众享受的，您也应该享受，我这带来的是全村群众的一点心意，您看放到哪里合适。“

陈凌子满身的柴油味，一边解着绳子一边说：“李书记，婚礼准备得怎么样了？到时别忘了请我们吃喜糖啊。”

毛雪莹和李刚从外面回来，正碰上李云鹏和陈凌子正在卸家具，赶紧过去帮忙。毛雪莹说：“叶萱，难得你想的这么周到，这套家具做得太漂亮了，多少钱呀？”

“提什么钱哪，这是全村人的一点心意。辛苦的是李云鹏和那些青年木工们，活都是他们干的。”蓝叶萱说。

李有福倒了几杯水，把他们请到了屋里。李有福问：“镇里对李树才是怎样处理的啊？”

蓝叶萱说：“让村里免去他的村民组长，写悔过书。”

“免了没有呢？过去五村干得还是不错的，李树才人老实又能干，群众基层比较深厚。”李有福说。

“还是等您回去再说吧。”蓝叶萱说。

“我又不是书记了，等我干什么啊？”李有福说。

“乡里又没有免您的职务，你不是书记，那谁是啊？”蓝叶萱呵呵地笑道。

“叶萱，我都出来半个多月了，在城里待习惯了，就不想再回去操那个闲心了。”李有福说。

蓝叶萱是了解李有福的，和他在一起工作了这么长的时间，知道他心里装的都是什么。她盯着李有福看了半天，摇着头说：“李书记，您能骗得了谁呢？我看，离开了临河铺的群众，您一天心里都不会安顿。”

“那是过去，人是会变的吗。过了半辈子的苦行僧生活，现在老了，也觉得疲惫了，就想在家里享享老婆的福。”李有福说。

毛雪莹在外面问："有福，你看把家具放在哪里合适呢？"

李有福说："就先放在外面，等屋里收拾好了再放进来。"

蓝叶萱忙站起来说："李书记，我们不打扰您了，好好的准备准备吧，到时我们可是要来喝喜酒的。"

李有福把蓝叶萱按在椅子上，说："叶萱，你客气什么呀，雪莹现在调到侨办当主任了，工作很清闲。刚好，今天又是星期天，你们无论如何也不能走，让她弄几个菜，咱们喝两杯。"

蓝叶萱看了看李云鹏和陈凌子，李云鹏说："看我干什么呀，走不走你就决定吧。"陈凌子也点头说："村长，我们听你的。"

蓝叶萱说："好，既然大家都没意见，那咱们晌午就不走了。"

陈凌子说："你们坐，我去厨房帮忙。"

毛雪莹在厨房准备菜，见陈凌子进来了，客气道："去屋里坐吧，开了一路车，累了，去休息一会儿。"

陈凌子说："不累，我干什么呀？"

毛雪莹笑道："你什么也不用干，一身的柴油味，别把菜染上气味了。"

陈凌子拽起褂襟子闻了闻，"没有油味啊。"

毛雪莹说："你习惯了柴油气味，对柴油已经不敏感了。"

陈凌子说："其实，柴油味很好闻，几天闻不到，我就觉得缺点什么。"

毛雪莹笑了笑说："临河铺的人都是这个德行，李有福几天不回临河铺，就会跟没魂似的。呵呵，你们的这些心思全都一样，简直让我弄不明白。"

陈凌子说："我可不敢和李书记比呀，他想的都是大事，我干得都是鸡毛蒜皮的小事，怎么能一样呢。"

毛雪莹哈哈地笑了起来，"一个小小的临河铺能有什么大事呢？充其量也就是地不过千亩，人不过千口。真是笑死人了。"

陈凌子见毛雪莹笑得合不拢嘴的样子，认真地说："毛姨，您可别小看了临河铺，听说从临河铺出去了很多大人物呢。"

一句话提醒了毛雪莹，她说："你不说我还真忘了一件大事呢，走，到屋里说。"

毛雪莹拉着陈凌子从厨房出来，进了堂屋，对李有福说：“有件事忘了告诉你，昨天地区来了个通知，说有个叫王银山的华裔加拿大人最近要到临河铺探家，是不是王……”她想问是不是王麻子的二儿子，见屋里人多，到了嘴边的话又咽了回去。

“是他？王银山过去曾经是国民党的高级干部，解放初跟随蒋介石到了台湾，听说后来移居到了加拿大。”李有福知道毛雪莹想问的是什么。

毛雪莹不满意地说：“统战，统战，统个什么站喔。我思想保守，不适宜做统战工作。县里要求我们做好接待工作，你说说，如今什么狐群狗党都成了香饽饽了，过去那些人分明是共产党的敌人。”

“也要求村里接待吗？”李有福问。

“村里是他探家的目的地，县里领导说，他几十年没有回乡了，村里不仅要接待，还要搞个接待仪式，而且要隆重一些。”毛雪莹说。

李有福转过身对蓝叶萱说：“听到没有，回去你们还要做好接待贵宾的准备，这一切都有你负责了。”

蓝叶萱说：“您只管放心把孩子的事情办好，村里的事情有云鹏我们几个就行了。”

毛雪莹去厨房了，陈凌子跟屁虫似的进了厨房，问：“毛姨，您刚刚说的是王雅兴的二伯父要回来了吗？”

毛雪莹这才想起陈凌子和王银山有亲戚，她微笑着说：“对，是他。你们还有亲戚呢。”

“什么亲戚呀？还没拐八十个弯呢。”陈凌子也笑了，问道：“他在加拿大干什么呀？”

“商人。过去曾经是国民党的大官，后来跟蒋介石一块到了台湾，再后来听说解放军要解放台湾，他就移居加拿大了。”毛雪莹一边准备菜，一边说。

陈凌子说：“我爹在世时常说‘三十年河东，四十年河西，’这话果然有道理。过去，他是共产党的敌人，如今成了共产党的贵宾。再说雅兴大伯，前阵子还是隐藏很深的阶级敌人，如今摇身一变又成了副部长，怎么说变就变了呢？”

“鬼妮子，知道的还真不少。”毛雪莹放下说菜刀，慢慢地解释道：“过去是以阶级斗争为纲，现在转变为以经济建设为中心了，跟你说这些你也不懂，反正是组织上说他是好人，就是好人，组织上说他是坏蛋，那就是坏蛋。”

陈凌子对毛雪莹说的这些是真得不懂，心想，组织上怎么那么厉害，想怎样说就怎样说。她拿起菜刀咯哧咯哧地切菜，再也不问了。

第五十一章　李有福矜功负气　花喜鹊雪中送炭

李刚带着媳妇和儿子回来过星期天，见屋里来了客人，门前还摆放着一大堆家具，心里立刻明白了，这是爹托临河铺人给弟弟结婚准备的家具。李刚的媳妇杨西萍铁青着脸，一句话没说抱起孩子转身就要走。

李刚拉住她说：“急着走干什么呀？”

杨西萍气鼓鼓地说：“你没看到？爹偏心，我们结婚的时候什么家具也没有，到现在屋里还和办公室似的空落落的什么也没有。他倒好，媳妇还没娶进门，家具都准备齐了。”

李刚说：“你怎么知道是给弟弟准备的？等弄清情况再说，现在咱们还不知道爹是怎样想的。先到厨房去看看。”

毛雪莹看到儿子回来了，忙从厨房里走出来，手上的水在衣裳上擦了擦，伸手去抱孙子，杨西萍不情愿地把孩子递给她，问：“妈，家里来客了？”

毛雪莹说：“嗯，你来的正好，过来帮帮忙，你看凌子人家是客人，现在还在厨房帮忙呢。”

杨西萍冲着她说：“我们来的还真是时候，好事轮不到，干活的事情倒是赶上了。”

毛雪莹知道杨西萍说的是什么意思，忙把她拉到一边说：“这是你爹临河铺里的人，听说强子结婚，送来了一套家具，我都不知道该收不该收。”

“那你让李强他们来干活啊，这是他们的客人，与我们有什么关系。我们马上就走。”杨西萍撅着嘴。

李刚拉了媳妇一把说："西萍，你说什么呀？既然来了，就留下来吧，孩子交给我，你去帮帮妈。"

陈凌子从厨房伸出头来，见毛雪莹抱着孩子，忙走出来逗着孩子说："哟，好白的胖小子，长得可真帅。来，让阿姨抱抱。"

陈凌子伸出了手，那孩子赶紧把头转了过去，趴在了毛雪莹的肩上。陈凌子硬把他从毛雪莹的怀里接了过来："来来，让阿姨疼疼。"

那孩子无奈地蹬蹭着陈凌子，陈凌子把他抱到手扶拖拉机跟前说："看，这是拖拉机，将来长大了，当个拖拉机手好不好呀？"

杨西萍不高兴地说："干什么不好，当什么拖拉机手啊。"

陈凌子听她这样说，比亵渎了心目中的神灵还难受，在她心中，司机的职业是多么的崇高无尚啊，没想到杨西萍居然这样贬低这份职业。陈凌子想带着孩子离开拖拉机，可那孩子哭闹着抓住拖拉机的扶手就是不走，杨西萍过来把那孩子连拖带拽地从陈凌子手里夺走了。

陈凌子觉得有些尴尬，见杨西萍直接去了厨房，她不知道自己去厨房还是不去，怔怔地站了一会儿，然后，回到了屋里。蓝叶萱见陈凌子脸色不好，猜测到可能遇到了不愉快的事情，当着李有福的面，又不好问，于是说："还在想拖拉机的故障啊？"

陈凌子赶紧说："嗯，担心路上再出什么问题，是不是得去找个地方修修啊？"

"拖拉机坏了？"李有福问。

"嗯。路上油管漏油，还是李云鹏想个临时的办法，如果不彻底解决，害怕路上再出了问题。"陈凌子说。

李有福赶紧掏出一些钱，递给陈凌子说："赶紧去修，别误了吃饭就行了。"

蓝叶萱说："从我这里拿钱吧，李书记现在正等着用钱呢。"

李云鹏从蓝叶萱手中接过钱说："我和凌子一块去，你们先说着话儿，我们很快就回来了。"

李云鹏拉着陈凌子走了，一路上陈凌子埋怨说："真不该在这里吃饭，你看李书记媳妇那脸色，见了我们像是见了仇人似的，拽什么拽啊，要不是看在李书记的面子上，我立马就走。"

李云鹏说：“你还没看出来啊，李书记媳妇在生我们的气呢。你想，他们结婚时，咱临河铺谁也没来，赶到老二结婚，村里不仅来了人，还送了一套家具，她能不生气呀。”

“那也不是我们的错呀，他们结婚时，我们又不知道。你看她那样子，在我们面前摆什么谱啊？”陈凌子说。

“她对你说什么了？”李云鹏问。

陈凌子把刚才杨西萍说的那些呛人的话讲给李云鹏听，李云鹏淡淡地笑了笑，说：“别和她一般见识，咱来是看着李书记的份上，不理她就算了，何必自己挠气生呢。”

陈凌子说：“我就看不惯这种小气鬼，还城里人呢，连我们乡下人都比不上。”

来到拖拉机配件门市部，买了配件，李云鹏帮着陈凌子把管子换上，二人又到街上逛了一圈，回到李书记家时，饭菜已经端上桌了。

在李书记再三劝说下，李云鹏喝了两杯酒就再也不喝了。李有福发觉酒桌上气氛不太对，也没有再让，大家吃了饭就走了。

送走了蓝叶萱一行，李有福把儿子和媳妇叫到跟前问：“你们说了什么呀？他们第一次来家里吃饭，看让你们给搅和的成什么样子了？”

杨西萍说：“爸，他们也太狗眼看人低了，李刚也不是傻子，我们结婚的时候，村里连个人影都没见着。强子倒好，媳妇没娶，家具都送上门了。这不是分明看不起我们刚子吗？”

李有福一听，立即明白发生什么事情了，张口骂道：“你们这些兔崽子，即使心里有气，那也得等人家走了再说啊，这样做，把我们李家人的面子都丢尽了。”

毛雪莹听丈夫发火了，忙从厨房里跑了过来，把儿子和媳妇推了出去，回头对李有福说：“他爹，你也真是，对孩子发什么火呢？”

“村里人来一趟不容易，怎么能给人家脸色看呢？”李有福怒气未息。

毛雪莹劝道：“消消气，强子说了，这些家具如果刚子想要，就给他算了。”

李有福说：“那怎么能行呢？那些家具是人家送给强子的结婚

礼物，即使强子这么说，我们做家长的也应该主持公道。至于刚子，我们给他一点补偿吧。”

“补偿？说得简单，你拿什么补偿啊？算算你一年除了弄点粮食回来，还有什么？一家几口人全靠我这点微不足道的工资，这些年能糊住口就不错了，哪来还有结余呢？”毛雪莹说。

李有福吧嗒吧嗒嘴，说：“想想办法啊。”

“我是会偷还是会抢啊？要想，你去想办法吧。”毛雪莹冲了丈夫一句。

“我能想什么办法，农民的经济状况你又不是不了解。”李有福淡淡地说。

毛雪莹说：“还好意思说，你从来都没有为家里考虑过。县里像你这么大年纪的同志退的退了，离的离了，他们还能在家里帮帮领孙子，可你现在还在面朝黄土背朝天的种庄稼，你就不为自己想想，将来老了怎么办？吴书记曾经劝过你几次，让你回城里工作，你偏不，现在到了这个年纪，哪里还有你待的地方？我都替你着急。”

李有福说：“你是怕我老了，将来成了你的累赘是吧？”

毛雪莹赌气说：“你说对了，我就是这样想的。再过两年你也老了，活干不动了，连个公费医疗都没有，再有个小病缠身，到时谁照顾你？谁给你掏钱治病？”

“你怎么越来越俗气了，对我提什么钱，钱就那么重要吗？”李有福也有些上火了。

“是谁先提钱的啊？你说要给刚子一些补偿，是我说的吗？我俗气，就你不食人间烟火。”毛雪莹生气了。

李有福本来就有气，被毛雪莹这么一说，更是火上加油。“我知道，你们都嫌我。放心吧，就是我将来老了，也不会回县城来。”李有福一气之下离开县城回临河铺去了。

在县城待了一段时间的李有福，回临河铺后，第一次觉得那破旧的小屋一个人实在是太冷清了，连个说话的人都没有，他不由得心中惆怅万分。也许是自己老了，他从来没有这么失落过。躺在黑乎乎的床上，怎么也睡不着，他极力反省自己，思索着自己是不是该改变过去的路子了。现在已经不再提阶级斗争，连王银山这样的人都受到政府的高规格接待，原因是什么呢？想来想去，他终于明白了，政府把经济工作作为发展的重点，王银山是一个商人，政府看中的是他腰里的钱。人的思想观念真的是转变了，连普通老百姓都知道黑猫白猫抓住老鼠才是好猫的道理，自己活了大半辈子，怎么会越活越糊涂呢？

李有福披上衣服，开了门，凉风一吹，他不禁颤抖了一下，赶紧把扣子给扣上。看着满天的星斗，不禁想起白天毛雪莹说的那些话，虽说她说得有些太直白，但似乎不无道理。自己革了大半辈子的命，到了这个关头，前途将何去何从？如今别人思想都转弯了，自己为什么一定要固守着过去的那一套呢？上面说了，要让一部分人先富起来，自己是个老党员，也该带个头哇。可是，致富是那么容易吗？农村就那一亩三分地，除了能种上金子，要不然，靠什么致富呢？

一串串的问号搅得李有福头疼脑涨。大集体的时候，搞了几十年的经济建设，农村怎么样呢？虽然解决了温饱，但还是甩不掉贫穷落后的帽子，村民们就医、孩子们上学都是非常沉重的负担。看起来，发展经济的确是摆在眼前的大事。仅仅依靠粮食生产，产量再高，充其量也只能维持温饱，要想发达，就必须另辟蹊径，把发展经济作物作为重点，大概应该比种粮有前途。李有福想起了过去知青们搞的猫爪草野生转家植的项目，青年们走后，那些他们开垦的地块已经荒芜，这些年虽说没有人管问，猫爪草却是在不断繁衍，到了五月，村民们会成群结对地去那里挖猫爪，家家户户都能换些吃盐的钱。

如果把猫爪草植入大田会怎么样呢？李有福初步计算了一下，青年们开的那块荒地不过一亩，全村每年卖出的猫爪成药，不低于两千元，也就是说，一亩猫爪草的产值相当于种粮的十倍以上，这意味着种猫爪很有前途。但是，真正意义上的把猫爪草转为家植，还尚需进一步试验。他决定先在自己的土地上种半亩地猫爪草试一试，如果可行的话，将来最好能把临河铺发展成为一个猫爪草生产基地。

李有福混混屯屯地睡了一夜，一大早起来，他就扛着铁锹，掂了个小筐来到了那块长有猫爪草的荒地。他一锹一锹地翻着疏松的土，那里已经是被翻过多遍的土地了，稍大一点的猫爪草根，都已被挖走，只剩下那些小而烂的了。

“哈哈，李书记您也想发财啊，人家都是春天里挖，现在哪里还有哇。”花喜鹊在路边笑道。

“是啊，挖了一早上，就挖这么点。”李有福把筐晃了晃，里面的猫爪草根只有豌豆大小，连筐底子也盖不住。

花喜鹊走过来看了看说：“要这么小的干嘛，药材不收。”

李有福说：“我是挖一些草根做种子，打算在自己地里种上半亩，看看明年春天情况怎么样。”

花喜鹊说：“您还真敢想。既然要种，我家里还有一些晒干了的猫爪没有卖，那个死鬼说，冬天卖才值钱，我给您拿来当种子吧。”

“那太好了，不过你得要钱，不然的话，我就不要。”李有福说。

“李书记，啥时候您也把钱看大了啊，几斤猫爪不值什么，中午我让云鹏给您送过去。”花喜鹊说。

李有福说：“那我可得谢谢你了，我去你那里拿吧。”

第五十二章　王银山万里探故土　李有福百般诉无奈

王银山在行署吴专员、县政府齐县长以及乡里的胡书记陪同下来到临河铺，在村口受到了蓝叶萱的和村里群众的热烈欢迎。吴专员四下看了一圈，也没见到李有福的影子。他知道李有福和王家过去的那些恩怨，心里嘀咕道，这李有福也太固执，解放已经三十多年了，对过去那些事情还耿耿于怀，缺少了男子汉的气度。趁大家不在意的时候，吴专员悄悄问蓝叶萱：“李有福为什么没来啊？”

蓝叶萱低声说：“李书记已经辞职不干了，在家里种猫爪草呢。”

吴一鸣感到有些惊奇，他非常了解李有福，如果不是遇到特殊情况，他是不会辞职的。“为什么呀？”吴专员问。

“因为……因为……”蓝叶萱结结巴巴，不知道该怎样回答好。

“是犯错误了？”吴专员见蓝叶萱说话吞吐，觉得好像有什么隐情。

这时，胡书记走了过来，“吴书记，听说解放前您在这里闹过革命，一定对这里感情很深吧，有空也来指导指导我们的工作啊。”

吴一鸣笑了笑说：“是啊，这里是我的老根据地。小胡啊，你先陪着王先生走走转转，我去看看李有福。”

胡书记心里咯噔了一下，心想，这下坏了，李有福肯定会在上级领导面前抹自己的烂药。他忙说：“吴专员，您别着急，我这就去把李有福找来。”

蓝叶萱说：“胡书记，您陪着客人，我去吧。”

胡书记嘿嘿地笑道：“这里你是东道主，还是由你给他们介绍村里的情况，我去找他吧。”

蓝叶萱找了个青年人陪着胡书记来到李有福承包的地边，只见李有福衣服挂在树杈上，一个人在地里种猫爪草。胡书记老远就喊道：“李书记，在忙啊。”

李有福放下手里的活计站起来，应道：“噢，是胡书记来了。”

“现在这个季节能种什么啊？”胡书记装腔作势地问。

“想着种呗。”李有福丢下锄头，来到地边，“有什么事吗？”

“呵呵，没有事我就不能来吗？老李呀，还在为上次的事情和我斗气啊？”胡书记装着若无其事的样子。

李有福说：“胡书记，我老了，已经不干支部书记了，希望您能镇里多支持，让蓝叶萱干起来吧。”

“看您说的，您是老革命了，工作经验丰富，哪个能比得了啊？难道一定得让我亲自来请，您才肯给面子啊。”胡书记说话显得很不见外的样子。

李有福没有搭茬，问道：“你找我是不是有什么事情啊？”

胡书记这才很郑重地说：“王银山先生从加拿大回来了，刚刚来到了村里，您是临河铺的书记，不去看看恐怕影响不好吧。”

李有福说：“不是有蓝叶萱他们陪着吗？我有什么重要的啊。”

胡书记故意把脸绷起来说：“李有福同志，我知道解放前你们之间的那些恩怨，咱不能因私废公，该接待还是要接待的啊。”

李有福想了想，自己不去也有些说不过去，毕竟他还没有被免职。于是，他别别扭扭地跟在胡书记的身后，老远就见一帮人指指画画地说得很热闹。猛然间，他发现吴专员也在人群中，心情立刻变得好了起来，他做梦都想见见吴一鸣，没想到他还会到这个偏僻的地方来。

李有福快步走上前去，“吴专员。”他忘记了还有王银山和县里的领导，径直和吴一鸣打了声招呼。吴一鸣赶紧迎了上来介绍道：“有福哇，王先生你该认识吧？”

王银山身穿一套浅色西装，一条鲜艳的领带垂到腰间，头上一顶灰色礼帽，脚蹬一双白色皮鞋，看上去也就是四十来岁。王银山忙走到李有福跟前，脱下帽子，很有礼貌地说：“在下王银山。久违了。呵呵，虽说几十年没有见面了，但应该说我们是老熟人。”

王银山脱下帽子，李有福才发现，他虽是穿戴年轻，也已是满头白发，和三十四年前相比，他几乎认不出他来。李有福迅速打量了他一眼说：“是，是。我们是老熟人，只是多年没有见面了。你变化还不算大，我可是名副其实的老头子了。”

“彼此，彼此。我也是老朽一个，岁月不饶人哪。没想到在有生之年还能回到家乡看看，真是感谢上苍眷顾，给了我这次机会。”王银山环顾左右，见一帮孩童远远的跟在身后，不由得触景生情，说：“少小离家老大回，乡音未改鬓毛衰。儿童相见不相识，笑问客从何处来。”王银山感慨万千，老泪纵横。

一行人一块到了王家的宅子。王银山颇有感触，老家一切如故，除了那些落光了叶子而且已经即将垂死的桃树，剩下的就是那个几乎见不到人影的大杂院。王银山离开临河铺的时候，家里多热闹啊，如今却是门可罗雀，十分凄凉。王小雅跟在伯父的身边，把一间一间已经多年没有人住的房门给他打开，讲着曾经过去的那些往事。

客人和领导陪着王银山走在前面，胡书记前后不离地紧跟着李有福，不断地小声和李有福交流着：“你还认识王先生？”

“认不清了。童年的时候，我和王银山在一起玩过，那时他是王家二少爷，我在高家放羊。那是四十多年前的事情了。”李有福说。

胡书记又问：“听说你妹妹在他家当过丫鬟，是吗？”

“是呀，我和妹妹都是抵债被强行逼到王家的，后来，我又被王家转卖给了高家。不过，听妹妹说，王银山人还不错。”李有福说。

胡书记看着走在前面的王银山说："王先生为人挺谦和的，他在加拿大有很大的家业呢。据说他到了台湾后，很受蒋介石的器重，但为了在大陆上的家不受牵连，他弃政从商了。"

"嗯。"李有福待理不理地应酬着。眼看着别人一个个都混得人模人样，心里就觉得不平衡。就说这王家的人吧，无论是共产党还是国民党，都混得出人头地，而自己这辈子越混越没有出息，连村里这个支部书记也是一个空架子。人往高处走，水往低处流，他明显感觉到自己已经在走下坡路了，年龄不饶人，还会有什么将来呢？

李有福越想心里越难受，自己拼命干了四十多年，社会主义、共产主义的希望到底在哪呢？过去的那些理想和憧憬，在他心里渐渐地变得迷茫。尤其是过去曾经提出的那些空洞的口号在群众中渐渐地失去了号召力。村里的人都在想方设法地拼命地挣钱，没有谁还在考虑社会主义建设，如今他落得个没人搭理的孤家寡人。

他在家里的情况也并不比在村里好，老婆和孩子从没有把他放在眼里，甚至还看不起他这个乡巴佬，这令他十分懊丧。

吴书记让县里齐书记应酬王银山，他想和李有福叙叙旧，二人来到了李有福的家。进了门，屋里黑乎乎的，散发着一股难闻的气味。李有福忙着要去烧水，吴一鸣把他拦住了。

吴一鸣笑道："不必了，坐会儿就走。你生活还是这样简单啊？"

李有福用袖子擦了擦椅子，请吴书记坐下。自己走到水缸前，抓起水瓢舀了半瓢水，咕咕咚咚地喝了下去。

吴一鸣说："这天气很快就变冷了，也得注意一下身体了。你还以为你年轻是不是啊？哈哈，头发都白了一半了。"

李有福大大咧咧地说："喝凉水习惯了，即使是冬天我也是喝凉水。"

吴一鸣站起身来，伸头往里屋看了一眼，摇着头说："有福哇，我真没想到你现在还是这样，好像是刚解放那时啊。"

李有福不好意思地笑了笑，岔开话题说："吴专员您是稀客，这些年没见面了，我真得很想您，也想念过去的那些日子。"

"是呀，经过这么多年的折腾，我这也是刚安顿下来，这次回来，就是想了解一下农村的发展情况。"吴一鸣说。

听说吴专员要了解农村的情况，这个话题对李有福来说，他有发不完的感慨，尤其是改革开放这些年农村的巨大变化。他先说党的政策带来的好处，群众渐渐地富了起来，基本解决了温饱问题。接着他又说，政策是好，只是人的思想变得复杂了。许多人为了发家致富，假公济私损人利己，干群关系也越来越难处理等。

吴一鸣感觉李有福对现行的农村政策充满了疑虑，语言中带有明显的情绪，于是劝导说："看来你思想上的弯还没有转变过来，旧的观念应该变一变了。我国目前的状况已经由阶级斗争转变为发展经济，村支部的重心工作也已经发生了根本性变化。作为村一级的人民政府，眼下主要是要做好基层群众的服务工作。"

"吴专员，我们过去发展生产不也是发展经济吗，大集体人多力量大，集体积蓄多了，才能对国家多做贡献，为什么一定要搞单干呢？我们革了这么几十年的命，现在又要走回头路，我实在是弄不懂。"李有福说。

"眼下是要让一部分人先富起来，然后带动更多的群众逐步走向富裕，这才是我们当前要做的。"吴一鸣说。

李有福不满意地说："富裕？一部分人怎样先富起来？过去地主、富农靠剥削别人富裕了，他们带动贫农富了吗？不仅没有，他们恨不能喝人民的血。"

"你怎么能拿旧社会和现在相比呢？现在农民至少都有自己的土地，都有发展致富的基础。"吴一鸣严肃地说。

"那如果一部分人先富起来，一部分人不就贫穷了吗？比方说，一百斤糖，个别人吃了九十斤，其他人还有吃的吗？"

吴一鸣说："你就会钻牛角尖，其他人就不会创造更多的财富吗？为什么就只有一百斤糖，我们就不能把一百斤糖变成一千斤、一万斤吗？"

李有福脖子上的青筋不停地跳动着，他对吴一鸣的话并不信服，又举例子说："靠山村的尹氏姐妹富了，开上了汽车，盖上了楼房，难道让村里人都去学她们致富，靠卖屁股赚钱？"

吴一鸣有些生气地说："你怎么尽找些反面的例子说事情呢？

改革的浪潮滚滚向前，鱼龙混杂、泥沙俱下的现象在所难免，我们应当看到社会发展的主流，我们要靠勤劳致富。”

“靠勤劳致富谈何容易啊，解放三十多年了，这些年来，我们面朝黄土背朝天，一滴汗珠落地八瓣，不能说不勤劳吧？就算是年年都风调雨顺，收入的粮食能卖多少钱呢？除了地里能长出金子，不然怎么致富呢？”李有福说。

“有福哇，我们不能眼光只看到临河铺，只看到眼前的利益，中国大得很，百业之中，农业是发展的基础。目前，国家的农村政策正在不断调整，往后会慢慢地好起来的。”吴一鸣说。

“恐怕我是等不到那一天了。对眼下的农村工作，您没有体会。我在村里就像是个活阎王，群众见了，都躲得远远的。乡里的领导对下面的工作又不理解，村里工作以后还怎么干？”李有福满腹牢骚。

“你的群众思想工作不是做得很好吗？这么多年来，哪个村能比上临河铺呢。现在怎么了？”吴一鸣有些不理解。

“为了发家致富，群众都奔钱去了。村部里的几项主要工作，除了计划生育就是向群众要好处。计划生育工作，就像是挖人家的祖坟，农村几千年来的封建意识您是明白的，哪个愿意当绝户头啊。再就是村里要向群众‘三提五统’，这是从群众腰里掏钱，他们能没意见吗？你想，我们村干部对群众的服务由过去的办好事转变成单纯地提取他们的收入，哪个不躲着啊。”李有福说。

吴一鸣沉默了，他对农村的情况是非常了解的。这些年来，农村政策不稳定，群众有群众的难处，尤其是对计划生育工作抵触情绪非常大。延续香火，养子防老是农村几千年来的传统，没有儿子，他们老了靠谁？这的的确确是个实际问题，虽说农村有五保，可是，有政策却兑现不了。再说了，即使能兑现，那有了病，有了灾，谁能像儿子在身边一样侍候他们啊。

“我能理解农村工作的难处，但想想过去，那么艰苦的条件，咱们都挺过来了，这点困难对我们来说又算得了什么呢？”吴一鸣说。

“只要心里有追求，什么苦，什么困难我都不怕，可是没有了奋斗目标这才是最可怕的。临河铺的将来何去何从，这最令人担心。您来时可能也看到了，村里的道路越变越窄，农田里水旱兼作，高高矮矮参差不齐，荒废的大渠长满了荒草，看上去就会让人心里发凉。这还有什么奔头？吴书记，我已经向乡里请求辞职了，我实在是不能胜任村里的工作。现在，群众和村里的干部离心离德，乡里又不分青红皂白，只管下死命令，把干群关系逼到了死角。村里的工作不是我不愿意干，我实实在在是力不从心了。”李有福语言中充满着情绪，每句话都带着怨言。

吴一鸣心情沉重，一个解放前参加工作的基层老干部，一个能把生死置之度外的老革命竟然说出这样的话，可见他有多么的失望。

“有福啊，你的心情可以理解，牢骚可以发，但是工作上不能有情绪，你要相信党，相信上面的政策。中央对农村的政策是全国性的，也许某些方面并不适应咱临河铺。老邓也说，现在是摸着石头过河，制定政策也难免有一定的局限性。眼下，咱的思维不能局限在过去的那些窠臼里，应该适应新的形势，这才是当前要做好的。”吴一鸣说。

李有福的脸色非常难看，但他还是勉强地笑了笑，一脸无奈地说：“我现在是孤家寡人一个，别说村里工作了，我连自己怎样生活的信心都没有了。”

“怎么了，雪莹也给你气受了？”吴一鸣问。

“何止是受气，一家人全都怪我对家庭没有责任感。想想也是，孩子都是跟着雪莹长大的，对我也没有什么特殊感情。如果和村里的群众再疏远了，我活得还有什么意义？”李有福叹息道。

二人正说着话，就听外面有人喊：“李书记在家吗？”

第五十三章　彭和平唆使鬼不缠　李云鹏诈唬李树才

胡解放找了李有福半天，终于在家里找到了他，见吴专员在座，忙谦恭地退了出来。“噢，不知道吴专员也在，你们有事，我先走了。”

吴一鸣说：“没什么，进来坐吧。”

胡解放整了整衣服，进到屋里，四下看了看说：“这房子有多少年了？又潮又暗的，也该盖间新房子住了。”

吴一鸣说："这还是解放前盖的，是有些年月了。"

"李书记呀，你平时把心思都放在了别人身上，也该关心一下自己，别把自己整得像要饭的似的。"胡解放故作关心的样子，说给吴一鸣听。

李有福趁机说："我住得好歹没关系，关键是群众生活需要改善。这些年来，村里一直在考虑办电的问题。大家省吃俭用，每年都要积累一部分资金作为办电基金，村里即使在最困难的时候，也没有动用这部分钱。可是物价飞涨，所积累的资金，离办电需要的花费越来越大，村里对群众的承诺无法兑现。希望乡里能给些支持，我们再号召群众积点资，争取让群众能早日点上电灯。"

胡书记击了一下掌说："好哇，我们想到一块去了。刚才我和王先生还在谈，建设现代化农业离不开电。王先生说愿意为临河铺提供部分资金，帮助村里开通线路，主线由王先生和村里共同出钱，分线由群众自己负担，这不就好了嘛。"

李有福一听说办电，立即来了精神，"什么时候开工？"李有福着急地问。

"说干就干，我回去就给电业局打报告，争取年前让群众点上电灯。"胡解放满有把握地说。

吴一鸣说："办电是好事，但用电安全一定要提前做好宣传，让群众知道电的危险，懂得如何用电。小胡啊，既然办电的条件成熟了，你就抓紧办，可别让群众失望哦。"

胡解放说："吴专员您就放心吧，下次您再来临河铺，一定不会让您摸黑了。"

"我相信你的能力。"吴一鸣点点头，站起来又说："走，我们去看看王先生。

王银山在齐县长等人的陪同下，祭祖完毕，已经回到了村部。因父母亡故，他离开家乡的时间太久了，在村里也没有什么至亲好友，在家乡转了转，就同吴书记一起回城里了。

马晓禾为了要超生孩子，又和陈凌子生气了。陈凌子说："李书记待咱们不薄，我身为村里的计生专干，得做好表率作用。前些日子，李书记为了李海平闹计划生育的事情，气得差一点就不干了。

现在五队的事情还没有解决好，在这关口你让我怎么向他开口呢？”

“人家的事咱管不着。”马晓禾一脸怒气，指指点点地对陈凌子嚷道：“你说说，生一个是妞，又生一个还是妞，你就不能争口气给马家生个男孩呀？”

陈凌子不满意地回道：“计生杂志上说了，生男生女是由男人染色体决定的，你不争气不能怪别人啊？”

马晓禾咽了口唾沫，“胡说八道，孩子是你生的，怎么怨我了？”

陈凌子说：“你得相信科学，杂志上就是这么说的，种瓜得瓜，种豆得豆。”

马晓禾哼哼唧唧地说：“别人生仨妞了不照样在生嘛，怎么轮到我们就不能生了呢？”

“说别人干什么？反正咱可不能破坏计划生育政策。”陈凌子说。

“你懂个屁，不就是个计生专干吗，咱不干了。”马晓禾气急败坏地说。

“你怎么不讲道理呢？即使不是计生专干，咱也得按政策办事。”陈凌子坚持道。

马晓禾哪能听进老婆的话，不由分说，一把抱住陈凌子把她扔在床上，霸王硬上弓。陈凌子挣扎道：“你，你要干什么？”

“我要你给我生儿子。”马晓禾气喘吁吁，一边把陈凌子按在床上，一边解她的衣服。

陈凌子使劲地抓住裤子不放手，“不行，你得听我的，要不然，你带上那个。”

“带个球啊。”马晓禾一使劲把陈凌子的裤子拽了下来，然后把她按在床上，任凭陈凌子撕扯反抗，他把她压在下面，强行进入了她的身体。

鬼不缠原以为李有福从此就不干了，没想到他这么快又回到了岗位上，他挖空心思想让儿子接替支部书记的如意算盘彻底落了空，心情不免有些烦躁，不是冲着老婆发火，就是骂儿子不争气。正是初冬时节，商铺里没有多少生意，在屋里待着觉得憋得慌，他披着小袄，一个人无精打采地在外面转悠。

离村口不远，鬼不缠见彭和平骑个自行车，晃晃荡荡地过来了。

见到鬼不缠他下了车子，问道："老李，近来生意如何啊？"

鬼不缠待理不理地说："闲得像鬼一样，哪有什么生意？"

彭和平把车子扎了下来，凑到鬼不缠耳边说："你儿子那么优秀，你让他在村里当什么干部，别说是个会计，就是书记又该怎么样呢？李有福当了这么多年的书记还不穷的跟乞丐一样？"

鬼不缠斜了彭和平一眼，"当会计怎么了？村里除了书记，会计就是二把手。"

彭和平讽刺道："好大一个人物啊，说真的，给城里人提鞋都没人要。你也不替儿子想想，媳妇在城里，时间长了能保证不出问题？"

鬼不缠骂道："狗嘴里吐不出象牙，你什么意思啊？"

彭和平说："别把我这好心当成了驴肝肺，说这话我可是为你想。"

鬼不缠忽然想起算命的说的那些话来，忙问："你听说什么了吗？"

彭和平摇摇头说："我只是提醒你，秃子头上的虱，明摆着。媳妇吃的是商品粮，又是国家干部，云鹏怎么能和人家比呢？"

"那依你说，云鹏该怎么办？"鬼不缠问道。

"纵有千条路你不走，我能怎么办？"彭和平故意调他胃口说。

鬼不缠见彭和平话里有话，便哀求道："我有眼无珠，鼠目寸光，还请您指点指点。"

彭和平小声说："我告诉你，你可千万得保密。要是你嘴把不住壶，那可是要出大事的。"

鬼不缠笑道："别危言耸听了，到底什么事啊？"

彭和平嘀咕道："你知道五村的那些青年都去哪了吗？他们都去当工人了，是我介绍的。每月工资都是一两千呢，有的都拿两千多了。"

鬼不缠有些怀疑，"真的？能领那么多的工资？"

"那我还能骗你，都是本乡本土的，不信你可去问李树才呀。"彭和平见鬼不缠有些动心了，又接着说："你家云鹏聪明又能干，如果让他带上几个年轻人去南方，我保证能让他当个小领导，工资不会低于两千元，比你儿媳妇领那几个小钱强得多呢。"

鬼不缠被彭和平一席话说得心荡神摇，不过鬼不缠是个从不轻易相信别人的人，他留了心眼，对彭和平说："谢谢你对我说这些，回去我就劝云鹏，看他愿不愿去。"

彭和平说："如果愿意，就给我回个话，咱都是乡里乡亲的，能帮上忙，我一定会帮。"

回到家里，鬼不缠把彭和平说的那些话对儿子说了，李云鹏说："彭和平是什么样的人你还不知道？听他说那些鬼话，哪会有那样的好事啊。如果真有的话，也轮不上我们。"

鬼不缠说："话虽这样说，即使是捕风捉影，彭和平的话也应该多少有点来历。我琢磨着，是不是打听一下李树才，他一定知道内情。"

李云鹏想了一下说："爹，你别为这件事操心了，等我问清了情况，咱再细细的琢磨。常言道，好事多磨。在没有弄清楚之前，你千万不要和别人谈起这些事。"

鬼不缠骂道："你个兔崽子，你爹是什么样的人还用你说，事不宜迟，你还是早作打算。"

下午，李云鹏到了五队，李树才还以为是为了计划生育的事情，忙把他让进了屋里。李云鹏一竿子插到底，直接问道："李海平去南方干什么了？"

李树才一惊，心想莫不是有人走漏了风声，万一镇里知道了，那可不是闹着玩的。他忙说："这狗日的一走，音讯全无，连个纸片都没有捎回来，把他娘都急坏了。你是不是听到了什么风声，有他们的下落了？"

李云鹏说："你当我们都是傻子啊，你儿子在干什么我都知道。还蒙谁呢？"

李树才急了，"是不是乡里发现了什么啊？"

"实话告诉你，不是乡里发现了什么，是有人提供了他们在外地的线索。"李云鹏凑到李树才耳边说："说句实话，他在那边情况怎么样？"

李树才犹豫了一下，知道已经瞒不住了，只好说："那个吃里扒外的东西，回来一趟把他的老婆孩子接走了，问他每月能挣多少，他闭口不谈，只是说那里比家里好得多，虽说苦了一些，可收入还是不错的。”

“过去的那些人，他们都在一起？”李云鹏问。

李树才摇摇头，“不知道，海平半夜回来，天不亮就走了，至于那边什么情况我也搞不清楚。”

李云鹏说：“我问的这些情况千万不要和别人说，知道吗？”

李树才点点头说：“我知道。云鹏，他们不会有什么事情吧？”

“没事，我只是来落实一下别人说的那些话是真还是假。不过你放心，这件事烂到肚子里我都不会说。”李云鹏说。

李云鹏向村里请了几天假，私下到了广东，按照彭和平提供的线索，他找到了那个叫周总的老头。周总说，他的工厂暂时不需要人，不过可以介绍他去一家鞋厂，如果他能从家乡带上一帮年轻人，那么可以推荐他当个经理，工资保证在两千元以上。李云鹏又和周总一块去那工厂进行了实地调查，这才放心的回了临河铺。

几天以后，李云鹏辞去了村里会计职务，带着几个年轻人南下打工去了。

第五十四章　马晓禾赌气南下广州　陈凌子无助忙中生乱

日子过得飞快，转眼就到了过年。这天，陈凌子从外面劳动回来，觉得腰酸背疼，一头扎在床上再也懒得动弹。马晓禾端了杯水给她，喝了两口，翻肠倒胃的难受，她趴在床边啊啊地直想呕吐。

“怎么了？是不是凉着了呀？”马晓禾关心地问。

陈凌子脸色像黄纸一样难看，想起月经没有按时来已经是不祥之兆，现在身体又出现这种状况，她内心充满了恐惧。“是不是怀孕了啊？”陈凌子回答说。

“怎么，怀孕了？”马晓禾显得有些兴奋，走到陈凌子身边轻轻地拍着她的背说：“怀孕了好哇，想吃什么，我去给你弄。”

陈凌子忽然变得有些愤怒，她忍着痛苦，爬起来狠命的用拳头在马晓禾胸前擂。“你这个挨千刀的，让你带上那东西，你偏不，现在怎么办？”

“什么怎么办啊？怀孕了好啊，我们得庆祝一下。”马晓禾抱着陈凌子亲了一口，高兴得差点蹦了起来，高声叫道：“我们要有儿子喽！”

陈凌子推开马晓禾，一头拱在枕头上，眼泪止不住地往下流。“你个没肝没肺的，你让我今后怎样开展工作？我这个计生专干还当不当？”

马晓禾走过去，抚摸着陈凌子的头发，轻声安抚说：“咱不干计生工作了不行啊？看你慌来慌去，整天像打仗似的，村里的人都让你得罪完了。”

陈凌子抬起头，擦了眼角的泪水说：“即使不干，咱也不能违反计划生育。明天我就去打胎。”

“你敢，你要是敢打胎，咱就离婚，各走各的路。”马晓禾威胁道。

陈凌子说：“你吓唬谁呢？我又不是被吓大的，你想干什么干什么去。明天我一定要把孩子打掉，谁也别想拦我。”

马晓禾看陈凌子脸色不好，知道她那个牛脾气是说到做到的。他口气软了下来，央求道：“凌子，你可怜可怜我吧。你知道，我这一门马家，就剩我一个男人了，如果你不生个男孩，我就成了绝户头了。”马晓禾捂着脸，呜呜地哭了。

陈凌子是刀子嘴豆腐心，见马晓禾那样子，心里也不是滋味。可是超生孩子可是原则性问题，自己作为计生专干，过去给别人做了多少思想工作，现在轮到自己头上了，如果不能严于律已，怎么好向李书记交代？以后在乡亲们面前又如何抬得起头呢？

“晓禾，即使再要一个，也不能保证就是男孩，难道还要继续生下去？”陈凌子靠在床头上，眼光盯着门口玩耍的孩子，“你容我再想想吧。”

马晓禾来到大队部，里里外外没见一个人影。他又找到李有福家，锁在门上挂着。大冷的天，李书记去哪了呢？马晓禾一路寻找，一路猜想着。慢慢腾腾来到李有福的责任田边，没见到李有福，却见鬼不缠摇摇晃晃地从远处走来。“晓禾，在这里干什么呢？”鬼不缠吆喝道。

“我找李书记，见他了吗？”马晓禾说。

“没有。你什么事情这么着急啊？”鬼不缠问。

马晓禾没有心眼，他把陈凌子怀孕的事情对鬼不缠说了。鬼不缠说：“别人可以生第三胎、第四胎，可她不行，她是计划生育专干，怎么能带头违反计划生育政策呢？”鬼不缠故意调马晓禾的胃口，看着马晓禾着急的样子，走到马晓禾的身边小声说：“我有一个主意，不知道你听我的不？”鬼不缠眼珠子骨碌骨碌的转着。

“什么主意？”马晓禾问道。

“晓禾呀，村里就你死心眼，活人还能让尿憋死？三十六计走为上，你就不会躲躲？”鬼不缠说。

“往哪躲啊？再说了，躲了和尚躲不了庙，迟早还是要回来的。”马晓禾说。

“你也睁眼看看，还有多少年轻人死守在家里呀。我家的云鹏，大队会计都不干了。在南边打工可以挣大钱呢。”鬼不缠趴在马晓禾的耳边轻声嘀咕道：“云鹏已经升任经理了，如果你愿意去，说不定他还能帮上你的忙，听说那边男的女的都要，你何不带着媳妇去找云鹏，既不耽误生孩子，又不耽误挣钱，这是一举两得啊。”

马晓禾想了想说：“你说得也是，只是我家的那口子性情有些倔，不知道她会怎么想。”

鬼不缠冷笑道：“你也是一个男子汉大丈夫，亏你说得出口。不去你绑也给她绑去，就不信她能把你怎么样。”

“可是……”马晓禾有些踌躇。

“可是什么呀，当断则断，也拿出一些气魄来。”鬼不缠怂恿道。

马晓禾一跺脚说：“好，听你的，回去我就拉她走。”

鬼不缠催促道。“去吧，要走就赶紧，别等让人们知道你老婆怀孕再走就不好了。”

马晓禾回到家就开始整理行李，大包小包的堆了一屋子。陈凌子从外面回来，见马晓禾正坐在那里等她，吃惊的问：“你这是要干什么，想逃计划生育吗？”

马晓禾把眼珠子瞪得圆圆的说：“你说的多难听，什么叫逃啊？我们到南方打工去。”

陈凌子问："那孩子们怎么办？"

马晓禾说："带着啊，还能怎样？"

陈凌子一屁股坐在凳子上，说："别尽想些馊主意，要去你自己去，反正我不去。"

马晓禾咆哮道："你必须去，你是我老婆。"

陈凌子有些火了，也吼道："我什么时候卖给你了？别不识好歹，给你点好脸就上头。赶快把包袱打开，这屋里让你给摆弄成什么样了。"

马晓禾知道老婆的脾气，她说不去，肯定不会去。"你不去算了，那我自己去。"马晓禾赌气说。

"你想去哪去哪，有本事上天，我也管不着。"陈凌子撅着嘴到厨房去了。

马晓禾坐在那里，愣了半天，见陈凌子不再搭理他，像泄了气的皮球，把孩子和陈凌子的东西一股脑地扔在了一边，背起自己的行李出了房子。陈凌子见丈夫真的要走，急忙出来阻拦道："要走，你把孩子也带上。"

马晓禾说："你真让我把孩子带上啊？那行。大妮，毛妮，跟爹一块走。"说着，马晓禾就把在院子里玩耍的两个女儿喊了过来，他耸了耸肩上的包袱，一手拉着大妮，一手牵着毛妮，连拖带拽的就要走。这下可气坏了陈凌子，她夺过两个孩子，大骂道："你个浑头，要走你走吧，永远也别再回来才好呢。"

看着陈凌子拉着两个孩子，鼻子一把眼泪一把地进屋了去了，马晓禾有些痛心，他在院子里逗留了片刻，心想，如果现在下不了决心，那就走不成了。他咬了咬牙，还是背着包袱走了。马晓禾走的第二天，陈凌子一个人偷偷摸摸地去了计生所把孩子给打掉了。

鬼不缠为了能接下陈凌子的手扶拖拉机的驾驶权，一直在想方设法把她挤兑走。听说这次马晓禾一个人南下了广州，陈凌子没有去，心里又开始拨拉自己的小算盘。这天，在村部里鬼不缠遇见了李有福，他说："李书记，马晓禾走了，您知道吗？"

李有福说："知道啊，怎么了？"

鬼不缠又说："您知道马晓禾为什么走吗？"

李有福摇摇头，“不知道，因为什么啊？”

鬼不缠凑到李有福耳边说：“陈凌子怀孕了，你不知道啊？”

李有福心里一惊，这可不是开玩笑的，陈凌子是计生专干，如果带头超生，以后的工作还怎么开展？“你听谁说的啊？这事可不能胡编乱造。”

鬼不缠说：“千真万确，不信的话，你可去问问她本人。”

李有福半信半疑地走了，心中暗想，这两天没见陈凌子，是不是真有什么状况啊。这事情可不能大意。他必须弄清楚鬼不缠的话是真还是假。李有福来到陈凌子家，“凌子在吗？”李有福站在门外喊道。

陈凌子从门里伸出了头，见是李书记，忙让进屋里坐。李有福说：“我不进去了，只是想问你点事儿，马晓禾是和你生气走的吗？”

陈凌子眼圈红了，说：“那个没良心的，说走就走，丢下我们娘仨，自己自在去了。”

“他为什么这样啊？”李有福问。

陈凌子把怀孕的事情说了。李有福说：“那你打算怎么办呢？”

陈凌子擦了擦眼泪说：“已经打掉了，作为计生专干，我怎么能带头违反计划生育政策呢？”

李有福听陈凌子这样说，心里反倒不是滋味。马晓禾和别人又不一样，他是马世保唯一的一个儿子，陈凌子又是外来户，别人像他这种情况，村里都放宽到生三胎，唯独他们不能，因为陈凌子是计生专干。

“凌子，你是好样的，我没有看错你。只是孩子打掉了太可惜，好在你还年轻，等等吧，也许再过两年政策宽松了，那时再要不迟。”李有福说。

陈凌子苦笑了一下，显出一副无可奈何的样子说：“我没什么，只是担心晓禾想不开。”

李有福不知道还该怎样安慰她，踌躇了一会儿说：“晓禾不在家，有什么困难你只管说，我们会想办法帮你解决。”

毛妮子从身后抱住陈凌子的腿说：“娘，我喝水。”

陈凌子轻轻地抚摸着毛妮子的头，对李有福说：“谢谢您的关心，我们能将就。”

镇里不再追究五队殴打计生干部的事情了，可是，临河铺的青年人还是一天比一天少。不到半年时间，在村里已经很少见到年轻人了，临河铺渐渐变成了老人和孩子的世界，除了到了收种的季节，才能见到为数不多的年轻人。有些年轻人离开了家干脆就不回临河铺了，一些土地抛了荒，长满了野草。

马晓禾一走就是两年，连封信也没有给家里写过。陈凌子听他们一起去的人回来说，马晓禾在外面又有了人，而且，还有了孩子。这消息像是晴天霹雳，把陈凌子震蒙了。开始她还不相信，后来知道是真的了，痛哭了一场，从此死了心，再也不想他了。

这天早上，马晓萍在河边洗衣服，刚好碰见了陈凌子，见她气色很差，没有一点精神。她那黄瘦的脸上，或多或少地流露出一些悲伤情绪。马晓萍把要洗的衣服放在了石头上，快步走到陈凌子身边说：“凌子，你还好吗？听说晓禾在外面做了对不起你的事情，我和你姐夫都很生气，见到你都不知道说什么好了。”

陈凌子抬起头，看了马晓萍一眼，把手里的活停了下来说：“晓禾走了，这又不是你们的错。”

马晓萍生气地说：“我要去广州把他个没良心的给揪回来，可你姐夫说，人心变了，即使把他人弄回来又有什么用呢？我琢磨着你姐夫说的也是。唉，他抛下你这娘仨可怎么办啊？”

陈凌子的眼泪顺着面颊滴到了河里，在平静的水面上溅起了一点点的水花，她用袖子擦着眼泪说：“任他去吧，只要他过得好……”

陈凌子把衣服放在石头上使劲地搓洗着，马晓萍看到她悲伤的样子，心里特别的难受。“凌子，我们也帮不了你，眼看着村里的年轻人一个个的都走了，我捉摸着，你也出去闯闯，或许换个环境会好一些。”马晓萍拿起一件衣服在水里摆着，又说：“我和大龙唯一能帮你的，就是替你带着孩子。”

陈凌子说：“你和姐夫对我的好，我心里清楚。可是我不想走，我离不开孩子，也离不开临河铺。”

马晓萍边摆着衣服边说：“不愿出去也行，你记着，在临河铺我和你姐夫就是你的亲人，生活上有需要我们帮助的地方，一定要对我们说，知道吗？”

陈凌子点点头，继续搓洗衣服。“你去忙吧，有需要帮助的时候我会找你们的。”陈凌子轻声啜泣着说。

马晓萍还想说什么，见陈凌子心情不好，低着头只顾洗衣服，只好离开了。

陈凌子洗完衣服还没到家，就听到家里毛妮子的哭叫声，她加快脚步，刚跨进门，毛妮子冲了过来，拉住她的手说：“娘，姐姐打我。”

大妮子过来告状说：“毛妮不听话，说农药是糖水，非要喝，不让她喝她就闹人。”

陈凌子吓了一跳，自己太大意了，怎么能把农药放在了孩子能摸到的地方呢？弄不好是会出人命的。“乖，喝了没有啊？”陈凌子紧张的问。

“没有。”大妮说。

陈凌子赶紧把农药瓶收起来，放到了孩子够不到的地方去了。“娘，我饿了。”毛妮子说。

“好，娘就来做饭。”陈凌子慌着去了厨房。大妮子踩着凳子，把洗过的衣服一件一件地挂在了门口的绳子上。“娘，彩月的爹回来了，我爹什么时候回来呀？”

陈凌子说：“你爹不回来了，他在外面有了新家。”

大妮子说：“那什么时候接我们去新家啊？”

陈凌子沉默了，她心里毛躁，一个劲地往锅灶里添柴禾，火烧得噼噼啪啪地响。大妮子晾完了衣服，又说：“彩月的爹给他娘买了件新衣服，还给彩月买了一双网球鞋。”

“嗯，嗯。”陈凌子胡乱哼着，她不知道该怎样回答孩子的话。

“娘，爹不疼我们，走这么长的时间了，什么也没给我们买。”大妮子嘴噘着说。

陈凌子思想开了小差，不经意把饭烧糊了。她急忙把锅灶里没着完的火退了出来，厨房里充满了熏人的烟味。厨房里还没有处理完，就听到屋里咣当一声，接着听到毛妮子杀了猪似的嚎啕大哭起来。陈凌子急忙跑进屋里，只见满地上都是碎茶瓶玻璃，毛妮子坐在地上，腿被开水烫红了一大片。她一边骂着大妮子，一边把毛妮子的裤子脱了下来。“赶快去把你大姑夫叫来，就说你妹妹给开水烫着了。”

大妮子急急忙忙的出去了。陈凌子用毛巾轻轻地擦着毛妮子的腿，嗔怪道：“渴了喊大人给你倒水，知道吗？没给你烫坏就算是不错了。”

高大龙带着烫伤膏过来了，给毛妮子烫红了的地方涂了一些。“不要紧吧？”陈凌子问。

高大龙说：“不要紧，水可能不太烫，没有起泡。”

陈凌子说：“幸亏瓶里是头天灌得水，要不然，事情可就严重了。”

高大龙说：“以后可得注意，家里有小孩子，危险的东西一定要放好。”

毛妮子擦着眼泪说：“娘，我饿了。”

高大龙拉着毛妮子，说：“走，去大姑家吃饭。”毛妮子见她娘没有说话，就跟着高大龙去了。

大妮子说：“娘，我也去。”

陈凌子不耐烦地说：“去吧，去吧，都走了我才省心。”

两个女儿跟着高大龙走了，家里剩下陈凌子一个人，饭也懒得吃，独自趴在床上哭了一场。

第五十五章　逐高利鬼不缠利欲熏心
寻出路李有福另辟蹊径

李有福种植的猫爪草，因经济效益比种粮食的十倍还高，已经在全村迅速推广开来，镇里正准备在临河铺筹建猫爪草生产基地，把猫爪草生产作为一项富民工程。

春天到了，临河铺种植的猫爪草开花了，成片成片的金黄色的小花，盛开的十分灿烂，到处都散发着花粉的清香。鬼不缠头戴草帽，腰里别着大哥大，双手背在身后，不紧不慢地迈着八字步在田间游逛，俨然像是上面下来视察工作的领导。看着即将到来的好收成，心里乐滋滋的。鬼不缠是临河铺猫爪草的经销商，全村的药材基本都是通过他联系的渠道卖出去的。去年仅猫爪草一项，他靠中介收入的利润，就高达好几万，加上他经营的农业生产资料，一年的收入将近小十万元，他怎么能不高兴呢？

李有福在田间除草，看见鬼不缠悠闲自在的样子，搭讪道："李老板怎么有时间到地里来了？"

鬼不缠停在地边，笑容可掬地说："李书记，临河铺的群众富起来，多亏您领导的好，这两年群众的收入翻了几番。大家都在辛辛苦苦的劳动，我也不能只受益不干活啊。"

李有福打趣地问："你也打算下地干活？"

鬼不缠摇头晃脑地说："嗯，是脑力劳动。常言道，物以稀为贵，现在猫爪草种植面积越来越大了，恐怕今年的药材价格要略微有所下降。为了不让群众吃亏，今年在销售渠道上需要扩展路子，总不能吊死在一棵树上。我现在是在调查摸底，看看今年的收成情况，好做到心里有数，争取早日和商家签好订购合同。"

李有福说："估计今年的产量比起去年会增加一倍，猫爪草的市场究竟有多大还真得考察，眼下，镇里要搞猫爪草基地建设，咱不能无的放矢啊。去年的价格比起前些年已经有所降低了，你是搞经营的，你认为建猫爪基地是不是方向啊？"

鬼不缠的心眼就是多，听李有福这么一问，他怕乡里把建猫爪草基地的计划给取消了。对他来说，猫爪草种植的面积越大，他的效益就会越好，可不能让镇里对该项目持怀疑态度。他赶紧说："市场是大，关键是得费力气去找。我来地里干什么呀？就是为了掌握第一手资料，希望根据产量，能找到合适的买主。做生意也必须知己知彼啊。"

李有福说："难为你这样替大家着想。俗话说，隔行如隔山。你干种地这行不中，可群众做生意不行，现在是种地的多，做生意的少，你成了重点人物了，关键时候可不能掉链子啊。"

鬼不缠说："听您说的，李书记，经营猫爪草我也是从中获利者，操心是应该的。其实，我们大家的目的都一样，只是分工不同了。"

李有福心里清楚，鬼不缠是无利不起早的人，现在就把猫爪草要调价的问题提出来，是为了以后压级压价做铺垫。他故意说："去年群众对商家压级压价是很有意见的。说实话，咱临河铺的人都是实心眼，不用商家说，我们也会保证产品的质量。”

鬼不缠皱巴巴的脸上稍微起了一点点红晕，但很快消失了。他说：“不是我替商家说话，十个手指头伸出来还不一般齐呢，咱临河铺里的人也不一定都像你说的那样老实，也有些人在药材中添加杂物，去年的产品确实是能分出好中差来。当然，也许商家把握的有些出入。”

李有福说：“种植经济作物比种粮食收入高不错，但功夫很大。要是在过去，村里的年轻人多，劳动力有剩余也算不了什么，可现在一个工时就上百元，种植投入的成本在不断地增加，尤其是种植猫爪草面积大的家庭，到了收成季节，仅雇用临时工这一项，就需要花费不少钱。社员群众风里雨里的，挣点钱也不容易。今年你在和商家签约时，一定要选择些素质高的，别尽让他们坑咱老百姓。”

鬼不缠嘿嘿地说：“那些来咱村的买家，都是经过我考察筛选过的，我李同豪再不怎么样，也不会把胳膊向外拐。李书记，别人不相信我，您该相信我啊。”

“嗯，相信。我不是说了，咱临河铺里的人都是实心眼嘛。”李有福一语双关说。

鬼不缠看了李有福一眼，心想，自己把自己给绕进去了。李书记说的这些话是什么意思？明摆着是说给自己听的。他心里清楚，虽说李有福不是生意人，但他心里比谁都清楚，李有福也绝对不会吊死在他这一棵树上，说不定他已经开始寻找别的销路了。

“是，李书记说的是……”见李有福开始干活，鬼不缠知趣地离开了。

一辆小车风驰电闪的开了过来，后面扬起了一道烟尘。李援朝下车喊道：“舅舅，到处找你，果真在地里呀。以后别自己干了，忙时就雇两个人。”

“你以为舅舅像你那么有钱啊，有什么事吗？”李有福问。

“您不是让我帮忙找销路哇，昨天有一个台湾的生意人对猫爪草很感兴趣，您是不是想和他见上一面呢？”李援朝说。

“当然，他在那里啊？”李有福问。

“今天他就过来，我想，让他来这里不太合适。”李援朝说。

“嫌农村穷是吧，我们现在也不是过去那样了，生活还基本可以。”李有福说。

“舅舅，我不是那个意思。您听我说，如果人家亲自到了地里，他们可以直接和群众做生意，还要您这个中介干什么呀？”李援朝说。

“援朝，我倒想让商家直接和群众接触，这样比较透明。”李有福说。

“那要我帮忙干什么呀？群众有办法让他们自己去找销路不就行了吗，您何必操这份闲心呢？”李援朝不满意地说。

李有福说：“援朝啊，什么时候你也变得势利了呢？为群众做点事情有什么不好，为什么要把钱看得那么重要啊？”

李援朝说：“在商言商，商人是无利不起早的，不为利商人靠什么吃饭？”

李有福摇头叹息说，“现在的人都钻到钱眼里了。我又不是商人，难道还要收取信息费？”

“舅舅，改革开放都这么多年了，您怎么还是守着老一套呢？”李援朝焦急地说。

“我怎么守着老一套了？挣那些昧心钱，我心里实在愧疚啊。”李有福说。

“怎么是昧心钱了，这也是劳动所得。”李援朝反对舅舅说挣昧心钱。

“不是依靠诚实劳动，那不是昧心钱是什么？”李有福反问道。

“那好，这样说吧，舅舅，您不是商人，可我是商人啊。我要去为商品找销路，我要请商家来考察，就不说招待人家吃住，我哪样不得花费大量的时间？对商人来说，时间就是金钱。你说说这些费用都从哪里来呀？”李援朝见舅舅不吱声，又说：“现代的社会，信息就是商品。就说鬼不缠吧，他每年要从群众中提取多少好处费呀，群众辛辛苦苦地干了一年，有一半的好处都送给商家了，您就不为群众着想？”

李有福说：“我就是为了群众的利益，才想让你帮忙找销路的。”

“这不就对了么。为了不让群众吃亏，但也不能自己总是吃亏呀，现在是商品社会。”李援朝知道舅舅不喜欢商品之类的语言，他看了舅舅一眼，接着说："舅舅，我不是为了挣这个钱，我是为您考虑，也是为群众考虑。"

李有福叹了口气，"这年头干什么都是为了钱，除了挣钱就没别的了么？唉，社会像这样发展下去，哪里还有一点人情味啊？"

李援朝说："您是村里的支部书记，带头致富才是硬道理，挣不到钱说什么都没有用。就说我吧，一个监狱里出来的人，也不再是政府官员了，可县里的领导哪个敢轻看我呀？知道为什么吗？就是因为我手里有钱。"

李有福说："别臭拽了，有几个臭钱有什么了不起？说不定哪一天，你就被带上了资本家的帽子。"

"舅舅，你都说些什么呀？也不看看这是什么年代，您还以为这是解放初啊。王银山一个国民党高官，一个真正意义上的资本家，现在怎么样？他是共产党的座上客。"李援朝说。

李有福听了外甥这番话，虽说心里不服气，可他说得都是事实。他听不惯年轻人说这些轻狂的话，也知道和他们沟通不了。但他经过了许多次党内路线斗争，知道追求名利，拜金主义绝对不是共产党要追求的。也许这些现象只是暂时的，迟早有一天，党会清算这些这些腐朽不堪的东西。

"援朝，我希望你能接受过去的教训。你当过大干部，论理论你比我强，可是论经历，我走过的桥比你走过的路还长。千万不要跟风，俗话说得好，枪打出头鸟，猪肥了也自然有人杀。还是安分做人好。"李有福说。

李援朝不喜欢听这些话，他有他的道理。可对舅舅说话又不能太偏激，他想了想，说："金子放在哪儿都会发光。古人说，识时务者为俊杰。舅舅您说的那些，都是老一套了。男子汉大丈夫，生当作人杰，死亦为英雄。不趁现在年轻拼搏一回，将来的希望在哪？"

李有福觉得李援朝的话也有些道理，自己年轻时不也是拼过来的嘛，只是现在的年轻人和那个时代的人追求不同了。"援朝，不是舅舅反对你挣钱，只要钱路来的正，你尽管放开膀子干，不过你一定不要做一个喝人民血汗的奸商。"

李援朝笑了，"您这话我爱听，我所挣的钱都是自己的血汗钱，你想想，这么大一个县城，我靠什么能把竞争对手打垮？靠的就是诚实。”

李有福说：“我不懂得做生意。依你说，下一步应该怎样做？”

李援朝说：“别的我听您的，但做生意您得听我的。我保证让群众满意商家给出的价格，让大家都得到好处。关于我说的这些事情，您暂时不要对任何人说，到了同群众签合同的时候我过来。”

第五十六章　鬼不缠搬弄是非　陈凌子弃农经商

李有福私下把李援朝对他说的话告诉了种植猫爪草的专业户，要他们坚守猫爪草的价格底线，如果低于去年的价格，坚决不能卖给商家。鬼不缠也已经做了大量工作，要求群众及时同商家签合同。他说今年猫爪草市场行情不好，估计每公斤收购价要比过去低百分之二十，早签合同的群众价格会稍高一些，迟签约的农户有可能卖不上价，甚至卖不出去。听了鬼不缠的宣传，一些人开始动摇了，他们担心签约迟了药材会卖不出去。群众们纷纷找李有福打探情况，李有福对群众保证说：“大家放心，按商家现在给出的最高价格，如果到时药材出不了手，我李有福担保全部给回收下来。”

鬼不缠没想到李有福会从中插上这样一杠子，他以为李有福这样做只是为了替群众讨价还价，根本没有经济实力来回收群众的成药。鬼不缠咬紧价格不松口，他要将李有福一军，等李有福拿不出钱来和群众兑现的时候，他再拿群众一把，一定要让群众明白，在出售猫爪草的问题上，只有他说得才算。价格战僵持了半个月，就在群众快要坚持不住的时候，临河铺忽然来了几辆大卡车，把那些晒好的药材按照去年的同期的价格全部收走了。鬼不缠看着被拉走的猫爪草傻了眼，到手的红利让他给放飞了。

临河铺的药农们一个个高兴得合不拢嘴，都说李书记能掐会算，家家户户都得到了好处，少则几百元，多则几千元，大家都更加信任李有福说的话了。几天之后，李援朝拿了两万元现金给李有福，说是他应得的。李有福看着厚厚的人民币惊讶得合不拢嘴，没想到经商钱来得这么容易，他种了五亩地的猫爪草辛苦了大半年，卖出的猫爪草还不到两万元。

李援朝说："什么叫经商，用脑子赚钱就是经商，我没有欺骗老百姓吧？如果他们知道是我把猫爪草调走的，感谢我还来不及呢。"

李有福说："连我也得感谢你为临河铺的群众做了件好事，可是，这两万块钱我是绝对不能要的，猫爪草已经让我多卖了两千块钱了。"

李援朝知道舅舅做人的秉性，他肯定不会收这笔钱，只好说："舅舅，我知道您还没有摆平表弟的事，李刚媳妇为家具的事情还在赌气，这两万块钱我替您把两个表弟之间的矛盾解决了吧。"

李援朝打着舅舅的名，给李刚买了一套全新家具，把剩下的钱又给舅舅家置了一些家什，添了一些生活用品。毛雪莹特别高兴，问李援朝："你舅舅一辈子没有关心过家，这次哪来的钱，让你办了这么多的事情啊？"

李援朝说："过去舅舅种那几亩粮食能值几个钱？够吃已经不错了。如今种猫爪草发了财，他什么时候也没有不顾家呀。"

李有福的家庭矛盾让李援朝给解决了，可是，鬼不缠让他给得罪了。自从村里把猫爪草卖给了别的商家，鬼不缠是火烧乌龟肚里疼，又好比是哑巴吃黄连，有苦说不出。这件事他不能怪罪别人，其实，李有福已经给他留了充足的回旋余地，是他自己自作聪明，没想到其结果是赔了夫人又折兵。鬼不缠每天都在想找机会报复李有福。花喜鹊骂他说："你还是不是人？你数数人家李书记为咱家做过多少好事，你再仔细想想，过去你干的那些丑事，不是李书记替你担待，你能有今天？如果不是李书记，云鹏媳妇能到县里当干部？好事都被你占完了，现在还要记人家的仇，这是你自己做错了事，能怨人家李书记吗？像你这种人，谁愿意和你打交道啊？"

鬼不缠被花喜鹊骂的哑口无言，不过他这种人就是世界上最自私的人。别人为他做过一百件好事，只要一件事情不如意，他就会记恨人家一辈子。虽然鬼不缠嘴里不再说什么，但他心里却始终记恨李有福。

这天，鬼不缠挑着多年没有用过的货郎担，摇着拨浪鼓，开始宣传他刚进的商品。货郎担上插着一面小旗子，抽屉上面像往常一样放了一些日用品和糖果之类的东西。他走东家串西家，拉着腔调唱着很久没有唱了的叫卖歌。在村口，他遇见陈凌子带着两个孩子在玩耍，他把货郎担放了下来说："凌子啊，你一个人带着俩孩子，婆婆身体又不好，还要你侍候。家里地里全都靠你一个人，真是不容易。"鬼不缠说着，又摇了几下拨浪鼓，吸引着两个孩子的注意力。"大妮、毛妮子，过来吃糖豆。"

陈凌子说："不了，我没有装零花钱。"

"几个糖豆值什么钱呀，送孩子吃的。"鬼不缠说。

两个孩子接过了鬼不缠递过去的糖豆，边吃边玩去了。鬼不缠装着很关心的样子对陈凌子说："晓禾啊看起来怪老实，没想到他还真有心，在外面又弄了个老婆，再也不打算回来了，撇下你们娘几个……唉，当初你就不该让他走。"

陈凌子说："提他个没肝没肺的干什么，我现在已经习惯了，没他照样能过。"

鬼不缠说："话是这样说，将来老了怎么办？女儿大了总是要走的。当初，你真该再要一个。现在想想，李书记也太不近人情了，你家的情况他又不是不了解，难道做计划生育工作的就不是人了？"

一句话戳到了陈凌子的痛处，想起自己守在父亲身边的那些日子，那些天是多么的难熬啊。她看着在一边玩耍的女儿，不觉有些寒心。鬼不缠看出陈凌子有些心动了，又说："马晓禾当初走的时候也不能完全怪他，李书记做得也太绝了，晓禾是个独生子，硬不让生个儿子，是我也走了。"

陈凌子说："这事不能怪李书记，是我自己要这样做的，临河铺的计生状况你又不是不了解，如果我带头违反计划生育，还怎么能做别人的思想工作呢？"

鬼不缠嘲笑道："什么叫计划生育政策呀，靠山村像你这样的情况，有的都生了六胎了。政策是死的，人是活的，别人不知道变通，难道李书记也不知道？不是我说你，你实在是有些瞎猫不使套。计生专干算什么官？连个弼马温都不如，你还真把它当成干部了啊。"

陈凌子说："是干部也好，不是干部也好，反正我是个守规矩的人。"

鬼不缠说："说你聪明吧，你却犯糊涂。难道不知道规矩是人订的？"

"反正临河铺的人都是这样做的，李书记也带头守规矩。我一个外来户怎么能做对不起临河铺的事情呢？"陈凌子拉着两个孩子打算走，被鬼不缠拦住了，他说："你真是榆木脑袋，不可救药了。你到了今天这一步还不知道反省，迟早被人给拐卖了还帮人家数钱呢。我告诉你这些，可是出于好意，世上没有卖后悔药的。"

陈凌子不再搭理鬼不缠，拉着孩子走了。回到家里，想起鬼不缠说的话，觉得有些道理。如果不趁年轻为将来做打算，难道当真就这样混下去，到老了怎么办呢？想起村里的那些孤寡老人，他心里便觉得寒碜。自己可不能和李书记比，平时看着他孤家寡人一个，人家城里还有一大家人呢，将来老的时候可以回城里享清福，自己将来当真打算当五保户啊？

陈凌子把孩子送回了家，径直来到大队部。见李书记不在，又找到了他家里，老远就见门上挂上了锁头。陈凌子知道他常去的那些地方，在村口，他遇见了李有福。

"李书记，在那闲逛啊？"陈凌子问。

平时没事的时候，陈凌子从没有主动和李有福打过招声，李有福见她向自己走过来，知道她肯定是有什么事情要说。便开门见山地问："凌子，找我有事呀？"

陈凌子说："李书记，我想辞职，不再担任村里计生干部了。"

李有福听她说话带着情绪，问道："为什么呀，是不是遇到什么困难了？"

陈凌子脸色微红，她摇摇头说："村里对我不公平，人家像我这种情况都可以再要一个，可我……"她话没说完，想起李有福平时并没有待她不公平，踌躇了一下，接着说："当然，是我自己坚持要堕胎的，和马晓禾赌气，我也有责任。"

李有福说："村里也没有不让你生第三胎呀，我和蓝叶萱还多次谈起你的情况。后来蓝叶萱说，等过了些日子，让你接替李云鹏的会计，不当专干了，那时，再考虑你要孩子的问题。谁想到马晓禾突然走了，你又堕了胎呢？"

陈凌子本来是想找李有福发泄一通不满，听李有福这样一说，反倒觉得惭愧，村干部从没有把自己当作外乡人，处处还为她考虑，她怎么能说村里不公呢？

“李书记，我知道您对我好，村里人对我都好。可是我现在一家三口都是女人，我想趁年轻也出去闯一闯。”陈凌子没有了话说，忽然改口说想出去打工。

李有福说：“如果想出去打拼，那是件好事，我不会拉你的后腿，只是你得想清楚，一个女人家出门，丢下孩子且不说，在外面闯荡也非常不容易。”

陈凌子心一横，脱口说道：“我已经想清楚了，请您再找个人干吧。”

陈凌子想了一宿，天刚亮就起来烧饭，烙了大饼，炒了一盘鸡蛋，然后，叫两个孩子起来吃饭。大妮说：“娘，我还瞌睡呢。”陈凌子硬把她拉了起来。小毛妮子哭闹着还要睡觉，陈凌子说：“乖，起来，看娘给你做了什么好吃的。”陈凌子好不容易把两个女儿喊了起来，三人坐到桌前，陈凌子看着两个女儿，眼圈红了。“大妮，娘打算把你和妹妹交给你大姑，娘去外面打工，好吗？”

大妮说：“我不，我要和娘在一起。”

毛妮子也说：“我也不去大姑家。”

陈凌子说：“你们要听话，娘出去给你们挣钱买好吃的，买新衣裳，平时大姑多么疼你们呀，你们可要听话啊。”

小毛妮子哭着说：“我不去大姑家，娘，我不让你走。”

陈凌子亲了毛妮子一下说：“听话，娘过几天就回来。”

陈凌子狠了狠心，还是把两个孩子交给了马晓萍。回到家里，她翻出爹留下的那些遗产，面对白花花的袁大头和一些金银首饰，她不觉眼泪流了下来。心里默默的念叨着，“爹，对不起，女儿不孝，本不该动用您留下来的这笔遗产，可是女儿还要它干什么呢？等将来女儿挣到了钱，一定回去给您立个碑。”就这样，陈凌子把父亲留下来的遗产全部兑换成了现金，又通过李援朝的关系买了一辆二手卡车，开始了她跑长途货运的新生活。

一个女人出来做事真是不容易。出车在外经常遇到一些不三不四的男人调戏她，甚至有些流氓还对她动手动脚。陈凌子是个正儿八经的女人，受了气常常一个人独自哭泣。李援朝觉得陈凌子可怜，空暇时，就让店里帮忙的丁二强跟着她押车，一方面给陈凌子壮壮胆，一方面让他帮助联系活。

陈凌子渐渐地在县里打开了局面，除了帮李援朝拉货以外，通过丁二强又找到了一些别的客户。因为她不像男司机那样，出了门吃喝嫖赌什么都干。由于陈凌子平时稳当可靠，慢慢地赢得了雇主们的信任。一年下来，虽说风风雨雨工作十分艰辛，但收入也相当可观，除了吃住，基本把买车的钱挣了回来。

到了过年，陈凌子开着大货车回到了村里，她算是临河铺第一个有私家车的人，作为一个女人，能混成这样算是很风光的了。她给婆婆一家人和自己的两个孩子分别买了礼物。一家人高高兴兴地聚在一起，只有王彩花眉头不展。马晓禾离开家已经三年了，至今连一封信也没有给家里来过，她对儿子是又思念，又痛心，看着又黑又瘦陈凌子，她心里实在是不好受。觉得儿子走了她也有责任。可是儿大不由爷，儿子不听她的，她又有什么办法呢？

天算不如人算，到了年二十八那天，马晓禾居然带着一个孩子回来了。他蓬头垢面，面黄肌瘦。进了屋，丢下背上的行李，跪在母亲面前就磕头。陈凌子见到马晓禾如同见到了仇人，她转身就要走，马晓萍没有劝住。她风一样地离开了马家，到了大姑那里，哭天抹泪地痛哭了起来。

陈明霞劝她说：“凌子呀，既然晓禾回来了，你们就还在一起生活吧。看着两个闺女的份上，你就原谅他一回。”

陈凌子断然拒绝说：“和晓禾在一起已经不可能了，即使他不再和那边的女人往来，我心里也容不下他了。”

“那你打算怎么办？难到一辈子就这样过了。”陈明霞问。

“走着看吧，我现在有了自己的事业，生活得也很充实。眼下还不想考虑这些事情，等孩子大了再说吧。”陈凌子说。

“孩子大了你就成了黄脸婆了。”陈明霞瞪着凌子，见她沉默不语，又说：“趁现在年轻，去找一个能和自己生活一辈子的人，别像和晓禾那样，一句话就把自己嫁出去了，现在后悔也迟了。”

正说话，马晓萍过来了，见了陈明霞就喊道："大娘您在忙什么呢？"

陈明霞站起来让座，马晓萍说："不坐了，这不是晓禾回来了嘛，我想让凌子过去和他说几句话，三年多没见了，难道没有话要说呀？呵呵，当然，我不是逼着凌子去和他好，你丢弃了那个不上架的东西我也不管，只是要把话说开才是。"

陈凌子气鼓鼓地说："只有一句话，你转告他，过罢年我和他办离婚手续。"

"这话还是你跟他说比较好，不管咋说，你是两个孩子的娘，他是两个孩子的爹，就是离婚了，也改变不了这层关系呀。"马晓萍说。

陈凌子说："我不会去见他，我和大姑在一起过年，他啥时走了，我再回去。"

就这样，陈凌子住在了大姑家。过年那天，雅致一家三口从北京赶回来了，再加上雅兴，一共五六口人，年过得也算是热闹。守完皮袄，鸡都快叫了。陈凌子回到后面，一个人睡在冰冷的床上，她想起了两个女儿，不免心酸，眼泪不住地流下来，这是她们平生第一次离开娘独自过年。

到了初二，王小雅和李援朝也带着儿子回娘家拜年，家里就更热闹了，把陈明霞高兴坏了。"亏着凌子在这里帮忙，要不然非把我的老腰都累断不可。"陈明霞呵呵地说。

接着是初三，高大龙和马晓萍带着孩子也过来拜年。初四、初五一直到了初十，过来拜年的人陆续不断。比起那些年王宅门可罗雀的境况，这个春节是最热闹的一年。

第五十七章　李援朝悉力成人之美　李有福考究致富之路

日子就这样一天接着一天的过去了，正月尚未结束，这天，镇计生所忽然来了一帮人，说是马晓禾超生了，马晓禾拿不出罚款，那些人强行把陈凌子的车给开走了。

汽车可是陈凌子的命根子，她紧随计生所里的人追到了镇政府，幸好她过去是做计划生育工作的，计生所也认识几个人。她找了计生所的刘所长，要求归还车辆，刘所长推诿说他不当家。陈凌子又找了分管计划生育工作的刘副乡长，刘副乡长很给面子，他说，车开回去可以，除了做结扎术外，还要罚款五千元。

陈凌子和刘副乡长分辩说："镇计生所哪个不知道我和马晓禾已经脱离几年关系了？马家多那一口是从外面带回来的野孩子，与我陈凌子有什么关系？你们总得讲理啊。"

刘副乡长说："不管是谁超生的，只要是你们马家的人，那就要罚款。"

"请您别把我和马家人联在一起，我已经不再是马家的人了。"陈凌子坚持说。

刘副乡长见陈凌子急了，站起来给她倒了杯水，然后，很谦和地解释道："小陈啊，你不是还没有和小马离婚吗？从法律的角度上说，你们仍然还是夫妻对吧？你也是计生工作的老人了，所以，你要理解计生所的工作。"

陈凌子见刘副乡长讲得都是歪理，可她又找不到更好的理由来说服刘副乡长，只好央求他说："刘乡长，就凭我过去是计生专干，您就高抬贵手放过我吧。我很快就要和马晓禾离婚了，他家的事情实在是与我无关，请您帮帮我好吗？"

刘副乡长皮笑肉不笑地说："镇里像你这样情况的，假离婚的情况也是有的，我不能随便开口子放人，你懂吗？答应我说的条件，你就把车开走，不答应我的条件，你就赶快走人，你都看到了，我这里忙着呢。"

陈凌子看着没有希望，只好到县里请求李援朝帮忙。李援朝毕竟不是政界上的人，在乡下说话的力度不够。他请了组织部和一些有权有势单位的领导，顺便捎上了刘副乡长，花了一千多块钱请他们吃了一顿饭，这才算把陈凌子的事情摆平。

车虽然让开走了，陈凌子心里却无法得到平衡，无缘无故地又被坑了一回，她更加憎恨马晓禾。她找到了他，二话没说就拉着他去了镇民政所，把离婚的手续办了。从此陈凌子便丢掉了和马晓禾破镜重圆的念头。

听说陈凌子离了婚，丁二强非常兴奋，跟了她这么多次车，他不知不觉地喜欢上陈凌子，可人家是有夫之妇，他没有想过去追求她。现在陈凌子是单身了，他忽然产生了想娶陈凌子的念头。

丁二强是临河铺八村民组的人，“文革”时，曾经是李援朝最忠实支持者，他也是一个“单身”。结婚几年来，她老婆一直怀不上孩子，到医院检查，那女人生理上有缺陷，先天不能生育。后来，那女人主动提出离婚，丁二强不同意，那女人就私下出外打工了，打电话回来说，如果丁二强不再婚，她就永远不回来。丁二强曾经想过再婚，可是他家庭这种状况，很难找到合适的对象。

丁二强把喜欢陈凌子的想法对李援朝说了。李援朝说：“陈凌子人是很好，只是不知道她内心是怎样想的。”

丁二强说：“我要是知道她是怎样想的，还用请你帮忙啊？老板，拜托你了，请你在她面前多为我说句好话，再顺便做做她的工作行吗？”

李援朝说：“那好。成不成酒三瓶，话我可以说到，至于陈凌子喜不喜欢你那是另一回事了。”

这天陈凌子出车回来，李援朝把她请到了办公室。见她黄皮寡瘦的，一身的柴油味，问：“凌子啊，这些天辛辛苦苦地跑车，收入怎么样啊？”

陈凌子说：“托你的福，还算不错，我一直再想哪天请您吃顿饭，谢谢您的帮助呢。”

李援朝就势说：“说感谢就太外气了，对了，丁二强这些天跟着你跑，该请他才对呀。”

陈凌子笑了笑，“请您不也有他的分吗，就今天好不好？”

李援朝挤眼弄眉地说：“请客也得分个主次吧，你请他，我给你陪客。”

陈凌子说：“请谁还不一样？我请你们两个，没有什么主次。”

李援朝啧啧地说：“人家丁二强跟你跑了你这么长时间，把你的事情都当成自己的事情了，你怎么能把他和我一样看待呢？”

陈凌子说：“李总，二强是看着您的面子帮我的呀。”

李援朝把眼瞪起来，“凌子呀，我让他帮你，只是想让他保护你，不受外人欺辱，可他除了自己分内的工作，也没少为你做别的吧？”

陈凌子想了想说：“是啊，我很感激他，也想送些礼物给他，可是他坚决不同意。”

李援朝说：“人家丁二强喜欢你，你当真的不明白啊？”

陈凌子脸上起了一些红晕，羞赧地笑了笑，说：“人家能瞧上我这个黄脸婆，家里还有两个孩子。”

李援朝一听这话，觉得有门，忙顺着杆往上爬。“你别说，你和丁二强还真是一对呢。凌子啊，你一个人生活也太单调、太辛苦了。现在你和马晓禾离了婚，也应该成个新家。我觉着二强人不错，又能干，还是个有情有义的男人。”

陈凌子听李援朝说起真的来了，忙摆手拒绝道：“我一个人生活习惯了，结过一次婚的人就不再想结婚的事情了。谢谢您还为我操着心。”

李援朝说：“别一遭被蛇咬，十年怕井绳了。二强的情况你可能不太清楚，虽说他没有办离婚手续，可他们的婚姻早已经名存实亡了。”

陈凌子疑惑地问：“丁二强有老婆？”

李援朝把丁二强的情况说了，陈凌子为他老婆的行为所感动，觉得他们夫妻之间还真有人情味。陈凌子说：“李总，你该劝他妻子才对啊，人家这一对苦命鸳鸯咱可不能把人家拆散了呀。”

李援朝说：“工作我可是没有少做。二强老婆倔强得很，她一走就是几年，而且一年只打一个电话，就是问二强结婚没有。二强打电话她从来不接。看来她是死心踏地的要和二强分开了。二强要是现在有了老婆，也许她就可以回来。凌子，如果你同意和丁二强好，这无论对谁都好。”

陈凌子犹豫了，问道：“你知道她的联系方式吗？我想跟她说句话，女人的心是通着的，也许我能让她回心转意。”

李援朝说：“她又不像你，是个小老板。她现在连个固定的住处都没有，上哪能联系的上？”

陈凌子说：“你嘲笑我干什么呀，我买了个大哥大纯粹是工作需要，少不了啊。其实我也不想把这砖头一样的东西成天别在腰里。”

李援朝说：“你别打岔呀，咱们说的可是二强，你怎么想的呀？”

陈凌子说：“算了吧，人家是有妻之夫，我不能夺人所爱呀。什么时候他离婚了，再说也不迟。”

“这么说，你是同意了？”李援朝问。

陈凌子说：“我什么时候说同意了，只是说如果他是自由之身可以考虑。”

李援朝高兴地说：“你可以忙去了，我懂你的意思。”

陈凌子白了她一眼，“你懂什么了？没事找事，如果没有别的事情那我走了。”

李援朝笑道：“又忽悠我们，客也不请了？”

陈凌子咯咯地笑道：“您不说，我真忘了。”

李有福只是听说靠山村的群众富得流油，开始他并不怎么相信，直到一座座别墅般的小楼盖起来了，他才相信自己的眼睛。这天他闲得无聊，决定到靠山村去看看。很久没有到尹书记家了，看到尹书记的新居，简直让他惊呆了。一个漂亮的大花园和一座三间两层的小洋楼，十分引人瞩目，楼房外墙面涂刷了粉红的色彩，宽敞明朗的落地窗在阳光下闪闪发光。再看看周围群众的住房，过去那些破旧的房屋，也基本都得到了很好的改善，再也看不见那贫穷衰落的样子了。李有福心里不禁感叹，改革开放这些年，靠山村的发展果然不同凡响，他们靠什么有这么高的收入呢？

站在铁栅栏外面，李有福听见里面有哗哗啦啦搓麻将的声音。心想，这大白天怎么会有人打麻将呢？他敲了敲尹书记家的大铁门，没有人应，可能是院子太深，里面听不到敲门声。李有福这才看到门上有个按钮，他按下门铃，这才听有人问了一声：“谁呀？”

“我，李有福。”李有福高声答道。

尹书记亲自出来把大门打开，院子里种满了花草和一些小菜，看上去十分养眼。李有福摇着脑袋说：“几年没来，你可真是发达了，洋楼大院，哈哈，什么都有了。”

尹书记谦虚地说：“我可不敢和你比呀，你是县里的先进典型，什么荣誉没有。不过说实在的，我头上虽然没有那么多光环，但比你实惠。这年头什么都是虚的，钱才是实的。”

李有福说：“这话让你说对了，有钱才是硬道理。老弟，能告诉我你们是怎样发达的吗？也给我介绍介绍经验，大家共同富裕才行呀。”

尹书记摇着头说：“我们干的，你干不了。告诉你我们是怎样做的，打死你，恐怕你也不会去做。”

李有福说：“别拿老眼光看人，如今我也开通了，只要能挣钱，什么样的苦我都能吃。”

尹书记半开玩笑说：“那干偷鸡摸狗的事情你也会干吗？”

李有福说：“开什么玩笑呀，要是偷鸡摸狗能发达，那人们都去偷鸡摸狗去了。哈哈哈……老弟，别兜圈子了，说真的，你们村放开得早，有经验，能说说你们是怎样致富的吗？”

尹书记想了想说：“常言说，小河无水大河干，小河有水大河满。群众有了钱，我才有钱，我是靠群众致富的。”

李有福又问：“那群众又是怎样致富的呢？”

尹书记说：“群众致富的门路多了，比如二村民组靠在上海卖摩托车牌照，七村民组靠数钱，他们是最先发的。”

李有福听说过靠山村有一个无赖，人们叫他尹老五，他靠的是使障眼法，把别人的钱骗到自己手里，已经是几进宫的了。“数钱？那不是骗子吗？”李有福问。

“谁说不是呢。不过城里人有的是钱，这小来小去的骗他们两个，对他们来说只是九牛一毛，伤不了他们筋骨，过去叫杀富济贫，现在是骗富扶贫，用我们的话说，大家脱贫了又不影响别人的生活，这比偷盗强得多。”尹书记说话很随意，好像当骗子挺荣耀似的。

“七组的群众都干这个呀？”李有福问。

“十有八九吧。”尹书记说。“现在发财的路子多得很，就看你敢不敢干了，你老婆是县里的官员，比我了解的多。城里干部的工资每年也不过几千块钱，他们靠什么住楼房买汽车啊？钱来的一样不干净。我们这只是小打小闹，小富既足，比起他们来说，是小巫见大巫了。”

李有福摇头说：“你别道听途说了，这简直是一派胡言。我知道自己的老婆穷得连孩子上学都供不起，住得也是几百年的破砖烂瓦房啊。”

尹书记说：“我可不是信口乱说，我可以随便给你点出来一些当官的。你看县开发区那些别墅了吗？哪栋不是领导的呀？”

李有福沉默了，他知道新区那边确实有一些别墅，但具体是哪些人的他不清楚。“尹书记，当官的咱不了解，可咱们作为村官，千万不能让群众做那些违法的事情啊。”

尹书记啧啧地说：“你怎么说这么难听啊，什么叫违法的事情啊？这也是一种职业，职业懂吗？社会上要是没有这些人，国家还养那些警察干什么？”

李有福说：“岂有此理，骗子还叫职业？”

尹书记又说：“你是咱乡资格最老的书记了，有些话我是不当说。不过，我还是劝你几句，识时务为俊杰。大家都富了，你还穷得叮当响，谁还看得起你啊？再说了，我也不是怂恿村民干那些偷鸡摸狗的事情，我和你一样，也是希望本村里的人尽快富起来，我们是村民的父母官，保护他们的利益是我们村干部的责任。”

李有福说：“你的话我不敢苟同，把幸福建立在别人的痛苦之上，做那些有违法律道德的事情，那是绝对不能做的。要干，就要有正当的职业，勤劳致富才是我们要做的。”

尹书记笑了，“亏你还是半拉子城里的人，你就没有看见那些贪官污吏，他们才是国家的蛀虫。那些人明目张胆地侵吞国家财产，却没人说他们是‘偷’。他们表面上道貌岸然，肚子里却是男盗女娼，活得比谁都潇洒，他们可是正当职业？”

李有福说：“无论是谁，犯罪照样要逮捕法办，这又不是没有先例。”

尹书记不屑地说：“十个官员九个贪，现在有几个被逮捕法办的呀？老兄，你的脑子被灌满了红墨水了。跟你说这些没有用。”

李书记也不想和他争辩，站起身就要走。尹书记说：“李书记，你多年都不来一次，既然来了那就绝对不能走，我们得喝两杯。”

李有福说：“谢谢了，今天我真的有事，下次吧。”

尹书记也没有再留，呵呵地送他到了门口，说：“以后多来往，咱们镇的这些村支书们，就你和大家来往少，以后多听听我们的意见。”

第五十八章　开公司李有福尽心竭力　跑运输陈凌子雪中受阻

李海平开着桑塔纳，带着一家几口人回到了临河铺。他回来的第一件事情就是拔宅基地，建新房。他选了一块丘陵地，准备建一栋三间三层的小楼。

李海平的建房给临河铺带来了一个新的开局，他不再按临河铺原有的建房规矩，不再请村里人帮忙，而是按照城市建房的哪一套，通过建筑设计师设计，施工是用专业建筑队。现代化的施工设备，让临河铺的人大开了眼界，这种财大气粗的做法就连李有福也感叹不已。

镇里胡书记也来过几次，拉李海平为乡里投资，鼓吹他是临河铺出去的成功人士，是镇里的骄傲，还邀请他去镇政府做客。

李有福把这一切都看在眼里，他现在彻底的明白了，果然还是有钱好。李海平不过是个青年农民，一个打工仔，眼下的身价远远超过他这个老支部书记。想着李海平家里贫困的时候，人家踩在他的头上拉屎拉尿也没人问，现在有钱了，人们又像是苍蝇一样围着他打转，就连那些计生工作者，眼看着他带几个孩子回来，也再不敢过问他家的计划生育情况。

现在，李海平在镇里可以说是一呼百应，要风有风，要雨得雨。之前，他对临河铺什么贡献也没有，可眼下只要有什么需求，只需一句话，没有人不听他使唤的。李海平要比自己在临河铺有威严的多，人们好像都害怕巴结不上他就没地位似的，有事没事都往他那里跑。

负责计生工作的刘副镇长来到临河铺，第一个拜访的不再是李有福，他直接到了李海平的家，眼看着李海平带了几个孩子回来，他连个屁都没放，还一个劲地和他套近乎。

吃饭的时候，李海平把他们请到了饭店，两杯酒下肚，话就多了起来。李海平面对刘副镇长直接讽刺计生所的刘所长，说："我能有今天还是多亏了刘所长啊，要不是他们来搞计划生育，我哪里能有今天？说不定现在还是个穷得当当响的农民呢。"

刘所长满面尴尬地笑道："计划生育工作是基本国策，我们也是迫不得已，你想，谁想得罪人呢？过去的那些事情你就忘了吧。"

李海平说："谁还计较那些鸡毛蒜皮的事情啊，正事都干不完了。不过，李所长我还真得请你帮忙呢。"

"帮忙？只要能用得上我，你只管说。"刘所长说话像喝酒那样爽快，一口就应承了下来。

"你都看见了，我那几个孩子都没有出生证明，还请你帮忙补办出生证。"李海平说。

刘所长打着哈哈，满嘴喷着酒气。"只要刘镇长发句话，这事情包在我身上了。"

刘副镇长嘿嘿地笑道："这个容易，只是要花两个，堵住别人的嘴。"

李海平插断了刘所长的话，说："钱的事情你不必多虑，花多少都是我的。"

刘所长奸猾地附和说："李总财大气粗，说出话来就是不一样，放心吧，你的事就是我的事，我会千方百计地把这件事情搞定。"

李有福被拉去陪客，他们说话当着他的面，一点也不忌讳，就好像李有福完全是局外人一样。

李有福听着他们谈超生的问题，和市场上做交易一样，他冷冷地坐在那里，一句话也插不上。自己实实在在是陪吃陪喝，除了吃喝和傻子差不多。他早就听说，现在的经理、老板到处都是，随便扔个砖头，砸到的不是经理就是老板。近几年，光临河铺就出了不少的老板，今天李海平回来了，明天李援朝来了，就连那个鬼不缠如今都是一个小老板。他这个村支部书记算什么呢？眼看着他在村里的地位渐渐地被别人取代了。

喝了一肚子闷酒，李有福想起了尹书记说的那些话，有了钱腰才粗，没有钱，什么狗屁都算不上。过去乡下人常说，钱不算什么，面子才重要。可现在没有钱哪来的面子？无论你是坑蒙拐骗，不管你是偷摸扒拿，只要把钱捞到手，你就捞到了面子了。人啊，怎么都变得这么势利了呢？

李有福喝得有些多了，是李海平开车把他送回家的。一个人躺在床上，酒闹得心里难受，爬起来，喝了一瓢凉水，独自坐在门前的碾子上抽闷烟。面对几十年没有变的两间茅草房，他陷入深思。也许援朝说得对，挣钱才是硬道理。眼看形势发展的如此迅猛，如果自己再这样下去，真的要像大浪淘沙一样，被历史给淘汰了。下一步自己该怎么办呢？出外打工，自己已经老了，谁还要啊？何况自己也没有什么一技之长。再说了，要富也不能自己富啊，还有村子里这么多的群众。能使大家共同富裕，方显出自己的能耐呢。

李有福开始谋划布局，他下决心要让全村的人共同富裕。猫爪草基地建设是一个不错的项目，乡里考虑来考虑去，一直没有下决心。根据这些年的经验，李有福认为猫爪草的市场应该是有潜力的，尤其是李援朝这次找到的销路是大型制药厂，还有一部分是以高出几倍价格，出口到了东南亚的一些国家了，还创了外汇。

经过认真考虑，在李援朝的支持下，李有福着手创建了中国临河铺宏图猫爪草基地，把那些在外打工的人已经抛荒了的土地，通过协商，回收到基地，又将周围愿意入股的土地连成一片，使猫爪草基地的建设形成了一定规模。

李有福自己当董事长，蓝叶萱是总经理，马立举负责生产技术，李援朝负责销路，高大龙负责技术开发。基地除了生产猫爪草药，还成立了服务公司，以公司加农户的形式，把经营药材、提供技术、销售种子融为一体，对外开展一条龙服务。高大龙还把舅舅的秘方一贴治百疮的技术引到了公司，生产了一种以猫爪草为主要原料的膏药。

丁二强跟着陈凌子很快学会了开车，陈凌子累了的时候，他也能帮忙换换手。李援朝为了使丁二强和陈凌子有更多的时间在一起，他把公司进出货包给了陈凌子，并把丁二强固定到陈凌子车上负责进出货物。这样，他们俩可以相互帮助，时间长了，二人在生活上也就不分了你我，除了住宿外，吃饭、干活他们都在一起。在长期合作中，丁二强对陈凌子的悉心照顾和体贴，让她感觉到了一种前所未有过的快乐和幸福。

这天，陈凌子拉着一车货从省城回来。路上，天忽然下起了大雪，丁二强把防滑链套在了轮胎上，但速度还是慢了许多。到了晚上，路已经被大雪给全部覆盖了。陈凌子看不到了路，丁二强只好下了车，在前面引为陈凌子引路。他一脚深一脚浅地在前面探路，累了，就喘口气；渴了，就捂把雪在嘴里。他成了个雪人。就这样走了一程又一程，再后来，连丁二强也找不到路了，车灯前面白茫茫的一片，汽车不得不停在了一个山坳里。

丁二强的头发已经湿透了，他抖掉了身上的雪。车灯下，他头上冒着热气。陈凌子把他拉上了驾驶室。外面风急雪大，二人没有办法只好蜷缩在车里，任凭风雪沙沙地刷在车窗上。丁二强身上的汗水干了，渐渐地感觉冷了起来，他脱去了湿漉漉的外罩，把车上带来的棉被裹在身上。

“凌子，你冷吗？”丁二强问。

“不冷。”陈凌子摇了摇头。

“饿了吧？”丁二强翻出车上的备用干粮，递给陈凌子。

陈凌子接过来咯崩咯崩地吃了两口，停下来问：“夜晚怎么办？”

“还能怎么办啊？等吧，这雪不知道什么时候能停呢，我们要充分做好持久战的准备。”丁二强半认真半玩笑地说。

驾驶室的玻璃上已经堆了厚厚的一层积雪，陈凌子打开雨刷子，来回划拉了一阵子，那些雪像是钉在了玻璃上面，靠近玻璃面的怎么也刷不掉。陈凌子打开车门，一股寒风吹了进来，她打了寒战，伸出头去使劲地擦玻璃上的积雪。

丁二强拉了她一把，说：“快进来，别把外面的冷气给放进来了。”

“噢，马上就清干净了。”陈凌子执拗地擦着车窗。

“没有用，赶快进来吧，一会儿就又落满了。”丁二强说。

陈凌子两手冻得通红，她钻进了驾驶室，双手对着嘴边哈着热气。丁二强一把把她的手抓过来，“来，我给你暖暖。”

陈凌子像被开水烫着了一样，迅速把手抽了出来。她太敏感，让丁二强感到有些难堪。

“谢谢，我不冷。”陈凌子委婉地拒绝道。

丁二强看看手表，已经十点多了。天越来越冷，外面的雪似乎下的小些了，风也渐渐地停了。丁二强把裹在身上的被子递给陈凌子，“盖上休息一会儿吧。”

陈凌子看了对方一眼，轻轻地推开被子说：“你休息吧，我不困。”

丁二强想，两个人都拗在那里也不是事。于是，他把被子又盖在了身上，闭上了眼睛。“那我先睡一会儿。”丁二强实在是累了，靠在那儿就睡着了。

山坳里一片寂静，偶尔从外面传来几声响动，就会让陈凌子毛骨悚然。天越是冷，陈凌子越是感到恐惧。她紧靠在丁二强的身边，看着熟睡的丁二强。真想把他叫起来。

陈凌子终于熬不住了，她刚闭上眼，就听见窗外一阵响声，她凑到车窗上向外一看，一群饿狼正在车前寻找食物，一只狼双腿已经扒在了车窗上。“我的娘呀，狼来了……”陈凌子大叫一声，紧紧地抓住了丁二强胳膊。

丁二强惊醒了，揉了揉惺忪睡眼，见陈凌子惊魂未定的样子，问道：“狼，哪来的狼啊？”他扭头往窗外一看，不觉吃了一惊。那些狼显然听到了陈凌子的叫声，一条条警觉地盯着汽车。“别怕，有我呢。”丁二强感觉到陈凌子身上在瑟瑟发抖，他按了一声喇叭，那些狼一阵风似的逃了，没跑多远便停了下来，见没有人追，便又围了过来。丁二强从座位下面拿出汽车摇把，打算下车去。

“你要干什么？”陈凌子惊恐的盯着他问。

“我去赶走这群饿狼。”丁二强说。

“你疯了，下了车狼不把你给撕成碎片？”陈凌子说。

“凌子，我们困在着山坳里不知道什么时候才能够出去，如果我能打死一条狼，就解决了我们的生活问题。你守在车上，无论发生什么情况，你都不要下车。”丁二强说。

“不行，宁愿在车上饿死，也不能下去喂狼。”陈凌子紧紧拽着丁二强。

“你听我的，如果我遇到了危险，你就发动车，按喇叭，打手电，开车灯，这些都能暂时把狼群吓走，到时我再上车。”丁二强说着打开了车门，跳了下去。

那群恶狼向丁二强围了过来，丁二强紧张得浑身发抖，他背靠在汽车的前轮上，高高地举起了摇把，等待着狼群的进攻。

“小心。”陈凌子趴在车窗上高喊道。

一只头狼试探着向丁二强靠近，丁二强看准时机，一摇把扫过去，那狼敏捷地躲过了，其余的狼一齐向丁二强扑来，丁二强左扑右打，难敌众狼一齐攻击，眼看那些狼越来越凶，丁二强抵挡不住了，这时，一只狼从侧面窜上来……

陈凌子看得真切，急忙打起手电筒照在了那只狼的脸上，狼被被电光照花了眼，失去了方向，丁二强一摇把打过去，正打在狼的头上，那只狼受了重伤，嚎叫着跑到了一边。陈凌子发动了汽车，一踩油门，轰隆隆的机器声震得地动山摇，那些围攻丁二强的狼，被突然响起的机器声吓得夹着尾巴跑走了，丁二强趁机爬上了车。

第五十九章　丁二强欲火烧心　疤瘌眼错打算盘

狼群离开了。紧张之后，陈凌子浑身筋骨都软了下来。她靠在驾驶坐上，一句话也不说，呆呆地发愣。丁二强和狼群搏斗了半天，出了一身臭汗，气喘吁吁地说：“这摇把用起来不顺手，要不然，那一下肯定把狼打死了。”

陈凌子头枕在椅背上，一动也不动。半天才说了一句：“太可怕了，那些狼真凶。”停顿了一下，她又说：“二强，没有想到你这么勇敢。”

丁二强擦干头上的汗，把被子扔在了后排的座位上，“凌子，现在没事了，你到后面休息吧，我给你守着。”

陈凌子翻过座椅，躺在了后面的座位上。“好。我休息一会儿，再换你。”陈凌子说。

跑了一天的车，陈凌子实在困倦得支持不住了，躺在椅子上就睡着了。丁二强听着陈凌子的呼噜声，似乎瞌睡虫爬到了自己大脑里，他实在控制不住睡眠的欲望，不知觉地靠在椅背上也睡着了。

丁二强做了一个梦，梦见自己掉进了一个冰窟窿，他使劲地往上爬……吓醒了，感觉浑身像凉水泼得一样冷，腿像筛糠似的抖动。

陈凌子仿佛感觉到了什么，半睁着眼问："二强，你怎么了？"

"没怎么，你只管休息吧。"丁二强止不住上下牙磕得吱吱响，双脚猫咬般地疼痛。

陈凌子盖着被子还觉得冷，这才想起丁二强一定是冻得受不住了。自己怎么那么粗心呢？陈凌子睁开眼，四下看了看，没有什么东西可以取暖。平常车上就只有一床被子，她又不能把被子分开，怎么办呢？在这上不接村下不挨店的地方，天气又是这样地恶劣，能保住命就不错，还讲究那么多干什么？想到这，陈凌子坐起来说："二强，你也过来吧，咱们挤一挤取点暖。"

丁二强犹豫了一下，翻过了座椅。二人并排坐在了后座上，陈凌子把被子一半盖着自己，一半留给了丁二强。

丁二强盖上了被子的另半边，立刻感受到了陈凌子身上散发出来的暖气，那温暖像是春天的阳光，让他浑身发酥。丁二强怕自己身上的冷气传给了对方，又向一边靠了靠，重重地靠在了椅背上。

二人就这样都睡着了。睡梦中，丁二强被陈凌子的头碰醒了，见她紧紧地靠在自己身边，头枕在了自己的肩上，黑黑的长发耷拉在他的胸前。丁二强心里像浪潮一样翻腾起来，那是一种欲望，一种只有在老婆身上才能发泄的欲望。那种强烈的欲火烧得丁二强再也睡不着了。陈凌子是有意把头枕在自己的肩上还是真正睡着没有知觉了呢？丁二强心里胡乱猜想着。不管陈凌子有意无意，丁二强都感觉很幸福。所有的劳累、困乏全都跑得无影无踪。他一动不动地坐在那里，生怕自己有什么动静，惊醒了陈凌子。他希望这种这美好的时刻成为永恒，永远不会被打破。

丁二强屏住呼吸，全神贯注地吮吸着陈凌子身上散发出来的芳香，细细地咀嚼着这种幸福的感受。和陈凌子共同度过许多时光，但像这样近距离地接触，丁二强还是第一次，他甚至能清楚地感觉到陈凌子的心跳。这种感觉让他陶醉，他闭上眼睛，享受着这个女人给他带来的快乐。

陈凌子睡得很沉，一觉醒来，天已经大亮了。她发现自己的头枕在丁二强的肩上，急忙坐起来。见丁二强还睡得很熟，她悄悄地把身体向外侧挪蹭了一下，轻轻问道："醒了吗，睡得好不好啊？"

丁二强装着才睡醒的样子，伸了个懒腰，回应说："嗯，醒了，睡得很香，很解乏。你呢？"

"我也很好。"陈凌子掀开被子，从椅背上爬到了驾驶室。

丁二强趴在窗边看了看说："今天运气不错，天像是晴了。"

陈凌子拿出手巾，开了车门，一阵刺骨的寒风吹得她打了个冷战，唏嘘道："好冷啊。"她嘘了嘘手，站在车梯子上开始清理车窗上的积雪。丁二强把被子折叠好，下了车，接过陈凌子手里的毛巾说："你去洗洗吧，这里让我来。"

车下一片狼藉，地上除了那些狼留下的凌乱不堪的足迹，还有斑斑点点的血渍，肯定是哪只狼受伤了流下来的。陈凌子走到车后，趁丁二强在前面擦窗的空隙，赶紧褪下裤子小解，然后，又用雪把地上留下的痕迹掩盖起来。

陈凌子用雪擦了手，又捧了一捧雪在脸上揉搓着。她走到车前，看着眼前白茫茫的景象，问："这雪今天能化吗？"

"恐怕化不了，不过应该不耽误行车。"丁二强擦干净了车窗上的雪，检查了车况，然后说："上车吧，先走一段试试。"

陈凌子爬上车，坐在了副驾驶位置上。丁二强发动了机器，汽车艰难地在雪地上慢行。山路崎岖，本来路况就不好，在雪的覆盖下又看不很清楚，驾驶起来十分困难。丁二强一夜没怎么休息，开了不到一个小时的时间，他就困乏得受不住了。陈凌子让丁二强到后面休息，她接过方向盘，汽车像一只蜗牛，一哧一滑地在山坳中行使，陈凌子使出了全身解数，依然很难控制好方向盘，在快要走出山坳的时候，汽车滑进了路边的小沟。幸好附近不远处有一个小村庄，丁二强到村子里请了一帮人，费了九牛二虎之力才算把车子拉出了泥潭。

经过三天两夜的紧赶慢行，他们终于在第三天的中午回到了县城，丁二强把一路上的艰辛说给李援朝听。李援朝饶有兴趣地问："夜晚你们是怎么过的呢？"

丁二强说："我们轮换着开车呀。"

李援朝嘿嘿地笑道："你刚刚还在说雪大看不见路，停在了山坳里过夜，现在怎么变成轮换开车了，你肯定做了些不该做的事情。”

丁二强脸红了，赶紧辩解说：“没，没有。我们真的什么也没有做。”

“哄谁呢？说话吞吞吐吐，脸都红了。”李援朝取笑说。

“真的没有，谁撒谎谁是王八蛋，天打五雷轰。”丁二强又是赌咒又是发誓地说。

“做了又有什么？一个是孤男，一个是寡女。谁又不是不知道那回事。”李援朝说。

丁二强有口难辩，他缄默了片刻，然后说：“陈凌子人家是正经人，不会做那些乌七八糟的事情。”

李援朝说：“怎么叫乌七八糟的事情啊，你们俩不正在热恋中吗？即使在一块也没什么不正当的。”

丁二强老老实实地把下雪那天夜晚的经过对李援朝说了。李援朝骂道：“你真是个猪，两个人睡在了一个被窝里，你就能睡得着？”

丁二强说：“我的确是没有睡着，她枕在我的肩上，我一动也不敢动，就那样过了一夜。”

李援朝说：“人家是一个女人，要保持矜持，她怎么能开口对你说那些事情呢？你把最好的时机给错过去了，现在该后悔了吧。”

丁二强说：“我不后悔，如果她喜欢我的话，我能等她一辈子。”

李援朝点点头，“我看哪，你们俩还不知道是谁在等谁呢？估计人家是在等你离了婚。你还看不出来陈凌子是什么人啊？她绝对不会做对不起别人的事情。”

丁二强说：“正是因为这样，我也绝对不会做对不起她的事情。”

彭和平被一阵电话铃声震醒。懒洋洋地伸手抓起电话，听到一个微弱的声音：“和平，我感觉不太好，希望你赶紧到广州来一趟。”

彭和平听到是父亲疤瘌眼的电话，那声音让他担心。“爹，您怎么了？是不是生病了？”彭和平问。

“嗯，电话里不太好说，你今天就动身，一定要快啊。”那边疤瘌眼说完就挂了电话。

彭和平不知道发生了什么事情，又把电话拨了回去，可是对方已经关了机。彭和平心里扑腾扑腾地跳，像是有种不祥的感觉。父亲年纪大了，身体会不会出什么问题？想起那个比父亲小二三十岁的妖里妖气的继母，他更是有些不放心。当年，继母洪彩旭是父亲理发店里的雇员，后来和父亲结了婚，生有三个儿女。第一次见到那女人的时候，就看出她不是个一般的女人。父亲介绍自己时，她的脸色十分难看，显出一副非常吃惊的样子。彭和平推测，她过去肯定是不知道父亲还有他这个儿子，疑心他将来会争父亲的财产。

父亲已经是快八十岁的人了，打电话是不是与遗产的事情有关系呢？彭和平立即启程，到达广州时，父亲已经住进了医院。还好，父亲并没有什么大碍，只是因为年纪大了，心理因素导致他疑心比较重，担心自己万一出了什么状况，儿子千里迢迢赶不到，那将会留下终身遗憾。

疤瘌眼已改名叫周不凡，正躺在病床上注射点滴，他微闭着双眼，知道自己没有什么大病，显出了一副悠闲自在的表情。听到彭和平进了病房，便睁开了眼睛。

彭和平走到床前问："爹，好些没有啊？"

周不凡说："今天感觉好多了。不过，人老了扛不住病，说不行就不行了。我担心不知道哪一天腿一蹬眼一闭就完了。"

"爹，你身体硬朗着呢，别尽想些不好的事情啊。"彭和平说。

周不凡眨巴着眼，想动一下那支带着针头的胳膊，彭和平急忙上去帮忙，"轻一点，别碰着了针头。"

周不凡让彭和平把枕头垫得高一些，然后向门口张望了一下说："和平啊，爹老了，广州这一摊生意现在需要有人照顾，你弟弟、妹妹都还小，我想把生意交给你来打理，希望你能考虑。"

周不凡的老婆洪彩旭来到门外，刚好听到老公正在和彭和平说话，她留了个心眼，没有直接进屋，停在门口听他们继续说下去。

"我在行政上干了大半辈子，不懂经商，恐怕干不了这个。"彭和平说。

"你有这个能力，我对你放心。那边的工作你就辞掉吧，一年就那几个屁钱，买擦屁股纸都不够。"疤瘌眼说。

"爹，你精神好着呢，再干两年吧。"彭和平说。

"趁我现在还能帮你指点指点，回老家去把家里人都搬过来，那些破烂东西都扔了吧，到这里再置办，你们的房子我都给准备好了。”周不凡说。

洪彩旭听说丈夫要把经营的企业交给彭和平打理，并且还私下为他买了房子，联想到自己从年轻跟着这个老家伙打拼了几十年，风里来雨里去的操劳半辈子，现在丈夫居然对自己存有外心，把企业交给了外人，心里恨得直咬牙。

洪彩旭明白现在不是和老公翻脸的时候，但她不能等生米做成了熟饭，到那时候恐怕一切都晚了。她装着若无其事地进到病房。“和平，什么时候来的呀？”洪彩旭问。

彭和平说：“我刚才回去了一趟，您不在，妹妹说爹住院了，所以我就赶过来了。”

“哦，真巧，你来得正好，你爹身体欠安，来医院检查，医生说无大碍，只是有点小毛病，挂几天吊针就好了。”洪彩旭说。

“您身体还好吧？”彭和平问。

“跟着你爹坎坎坷坷地劳碌了半辈子，现在弄得一身病，能好到哪去啊。”洪彩旭说。

“是呀，到了这把年纪可要保重身体，少些操劳。”彭和平说。

洪彩旭心想，彭和平真能算计，让我少些操劳，难道好事都留给你？真是癞蛤蟆想吃天鹅肉。她笑了笑说：“谢谢晚辈的关心，你也不年轻了，也该少操些心才是。”

彭和平在政界干了这么多年，什么样的事情没有经过？洪彩旭一张嘴，他就明白是什么意思，知道洪彩旭偷听了他们的谈话。他故意装作听不懂的样子说：“是啊，岁月不饶人，转眼我们都老了。”

洪彩旭急着把彭和平弄走，显出一副关心的样子说：“和平，你坐了两天的车也该累了，先回去休息休息，这医院里也不是什么好待的地方。想吃什么你只管说，我打电话让你妹妹去买菜。”

“不用了，我就在这里陪着爹，等爹吃饭的时候，我随便在门口就吃了。”彭和平说。

“那怎么行呢，大老远回来一次，怎么也得弄点好的吃，在街上吃算什么呀？”洪彩旭说。

“那好吧，到时候我回去吃，让妹妹随便买些菜就行了，我又不是客。”彭和平说。

洪彩旭见撵不走彭和平，只好也坐下来陪着，心里却不断地在打着鬼主意。洪彩旭原本是农村姑娘，那年大队里受了饥荒，家里没有分到什么粮食，一家人死的死，跑的跑，她也逃荒到了城里。周不凡见她有几分姿色，便把她收留下来做学徒。洪彩旭拜了周不凡当师傅，跟着他学理发。不久，她就被周不凡给蹂躏了。开始洪彩旭想逃，周不凡发现她的想法后，威胁说，他就是一个杀人犯，是从外地逃出来的，如果洪彩旭敢逃跑或是在外面胡说，他就把她一家杀个精光。洪彩旭是个没见过世面的姑娘，周不凡那副狰狞的面目让她提心吊胆，她不敢拒绝他，也不敢有跑的想法了，只得忍气吞声地和他在一起，从那时开始，就被周不凡彻底地占有了。没过多久，洪彩旭怀了孕，不得不和他成了亲。

改革开放以后，周不凡把理发店变成了美容美发厅，交由洪彩旭打理。有了钱，周不凡又投资了别的生意，在商界慢慢地打拼出了一片天地。洪彩旭见他混出了人样，也就慢慢地变得死心踏地地跟着这个比她父亲年纪还大的人生活，再也不想别的了。

在漫长的共同生活中，洪彩旭了解了周不凡的过去，甚至他当土匪是怎样从死人堆里逃出来的她都知道。洪彩旭曾经想过举报周不凡，但是她没有勇气，害怕周不凡算计她。后来，周不凡渐渐地老了，她也死了举报他的那份心。现在，周不凡居然要把他的财产交给彭和平，这戳到了洪彩旭的疼处，她举报周不凡的那种想法忽然又起死回生。到了这种年纪的女人，什么也不怕了，她觉得已经把住了周不凡的命门，只要她动动心思，就可以把周不凡置于死地。

洪彩旭拿定了要举报周不凡的主意，她没有犹豫，很快请人把疤瘌眼的材料整理出来，用快件寄到了古县公安局。

公安局收到来自异地的举报材料，对此非常重视，材料很快转到局长王明亮手中。看到举报材料后，王明亮当即断定被举报的人就是当年逃亡的疤瘌眼，他立刻联系了周不凡所在地的派出所，并火速派人去了广州，经核实，周不凡正是当年逃走的疤瘌眼。

疤瘌眼被逮捕押回了古县，三十多年的案子终于有了最后终结。彭和平因包庇、私放罪犯构成了犯罪，被判处有期徒刑三年。

第六十章　制假卖假鬼不缠被刑拘　妙手回春高大龙成新宠

鬼不缠把生意从乡下做到了城里，毕竟年纪大了，与年轻人相比显得力不从心。现在的生意完全不像过去那样好做，鬼不缠进城以后，像八十岁的小脚女人，始终迈不开步子。他没有进货渠道，所有的货源都来自本县的生意大户，扩张得空间很小。对这样做生意，虽说收入也不错，但比起别人，那就差得太远了。对此，他不死心，觉得与其这样为别人促销，倒不如自己另谋出路。这天，鬼不缠偶然在《科技日报》上看到一篇关于生物菌肥料的报道，文章上列举了许多肥力高生产的例子。报上说，广西灵山县农民种的荔枝喷施了肥力高后产量提高了百分之二十一，而且成熟期提前了十天。随州农用肥力高种的花生增产了三倍半。湖南岳麓农民用肥力高种植无公害蔬菜，投入产出高达一比二十以上。

这不是耸人听闻的谣传，这是《科技日报》上说的：肥力高经过八年试验，在上千万公顷的土地上，对百种作物的无一例外地增产增收，在减少化肥百分之三十以上的情况下，每亩地仅使用一公斤肥力高，能使粮食作物产量增产百分之三十，蔬菜水果增产百分之二十以上甚至达到百分之百。

这份报纸连篇累牍地讲述了高效生物菌肥料的用途和前景，把肥力高生物菌肥说成是肥料发展的一场绿色的革命。

鬼不缠看完这篇报道，就像是哥伦布发现了新大陆，浑身热血沸腾起来。心想，肥力高生物菌肥既然有如此神奇的肥效，何不把这个项目抓到手，搞个全县挂牌的厂家经销总代理呢？这则消息对鬼不缠来说，犹如注入了一剂强心针。他根据报纸上的线索，发现附近地区就有一家肥力高分公司。这是该地区在全省唯一一家肥力高生产公司，厂房设在一家破产的企业里。一个破旧的大门，连个门卫也没有。鬼不缠探头探脑地进了厂里，见一些工人在一处水泥的场地上，正在把几种肥料往一起掺和。还有一些妇女手工进行肥料的包装。鬼不缠走上去看了看，又抓了一把混合好的肥料放在鼻子下面闻闻，这是什么高效生物菌肥料啊？就是一些碎麦糠、烂纹子，再加上些牲畜粪便发酵制成的。

鬼不缠心下寻思，这样的肥料谁不会搞啊，过去在没有使用化肥之前，农民不都是自己沤制肥料吗？不过他们使用这种小包装到显得很精致，再不值钱的东西包进去，也看不出好歹了。鬼不缠伸手拿过一个包装袋，翻来覆去地看着，这些包装袋是从哪里弄的啊？

鬼不缠放下包装袋，问道："这肥料的销路怎么样啊？"

一个斜眼的工人轻蔑地看了鬼不缠一眼，爱理不理地说："供不应求。你看看不就知道了，库里存不住货，如果你是来进货的，建议你赶紧去开票，今天最多还能生产一车。"

鬼不缠想掏烟，见有十多个工人，担心半盒烟不够，于是他把放在裤兜里的手又拿出来。说："我们那里还没有人经营过'肥力高'，不知道销路怎样？"

斜眼工人说："放心吧，'肥力高'的宣传力度特别大，从中央到地方，哪个不知道'肥力高'啊。"

"是呀，我也是从《科技日报》上看到的这则消息，没想到'肥力高'的生产过程这么简单。"鬼不缠说。

那斜眼工人诡秘地笑了笑："别看生产工艺简单，只要卖得上价，能赚到钱就行。这年头不都是在忽悠嘛，能把别人的钱装进自己的口袋里那才叫本事。"

鬼不缠心里犯了嘀咕，自己就是农民，知道种田有多么不容易，这样坑人骗人是不是有些过分啊？就连他这个习惯忽悠别人的人，都感觉到这样骗人有些出格了。

鬼不缠摇摇头说："你们可以这样忽悠别人，但我不可以，我面对的都是家乡父老乡亲啊。"

那斜眼工人说："有我们做后盾你怕什么？'肥力高'又不是你生产的，背后有人撑着。你只是一个经销商，出了问题完全可以把责任推给厂家，懂吗？"

一句话提醒了鬼不缠，这样的肥料自己也能生产。什么'肥力高'分公司？他们都是挂羊头卖狗肉，自己何不回去也办个'肥力高'厂从事肥料加工呢？想到这，鬼不缠问："你们这一袋肥料卖多少钱啊？”

那斜眼工人说：“一袋批发四元钱，你零售可以卖八到十元。”

我的妈呀，这不等于抢人钱啊，鬼不缠心里嘀咕道。“八到十元，卖给谁呀，哄傻屌是吧？”鬼不缠说。

“你还别不信，在我们老家去年种麦的时候，十元钱一袋还抢不到呢。你算算账，一亩地仅用一袋‘肥力高’，就可以减少百分之三十的化肥，产量还可以提高百分之三十，这是多么吸引人的数据啊。”那斜眼工人擦着额头上的汗说。

鬼不缠掰着指头算了算，果不其然，使用肥力高省钱、省工还高产，而且生产的还是绿色食品，他对斜眼说：“能不能赊销啊？”

“还赊销呢，现钱进货都争破了头。实话告诉你吧，要是想进货，赶紧去开票，如果今天生产的货拉走了，你就只好在这里多住一天了。”那斜眼说话像是一个小头头。

鬼不缠到了办公室，这里只有一个人上班，几张桌子上落满了灰尘，像是多年没有来过人似的。

“您好，请问有什么事情吗？”办公室里的人见鬼不缠不伦不类的打扮，有些疑惑地问。

“哦哦，我是来订购‘肥力高’的，听说这是一种新型高效生物菌肥料。”鬼不缠说。

办公室里的工作人员立即拿出了厚厚一沓关于介绍“肥力高”使用情况的宣传材料和广告画册。“这种新型生物菌肥料效果很好，在全国各地的销路都非常抢手。”他一边介绍一边给鬼不缠倒了杯水。

鬼不缠有些渴，端起水杯喝了一下，烫得舌头打着卷，问：“能买几袋回去试试吗？”

“几袋怎么卖呀，哈哈……”那人似乎有些看不起的口吻说。

鬼不缠多少也见过一些世面，心想，你个办公室的小喽罗神气什么啊，别从门缝里看人。他把胸脯挺了挺，装得很有派头的样子说：“我们仓库肥料品种比较齐全，但没有卖过生物肥，像做这种新型肥料生意，一般情况下都是先弄一些实物做宣传，看看市场反应，然后，才能大量进货，这叫有的放矢，明白吗？”

“嗯嗯。”那人听鬼不缠说话的口气，又见他有这么大的年纪，估计他大小应该是个经销商。于是附合和说："您说得对，不过最少也得买个十件八件的吧。"

鬼不缠听他这样说，知道有缓和的余地，口气立即硬了起来。"小伙子，我就只要几袋。你们会计在哪儿呢？"

"我就是会计。"那人说。

鬼不缠明白了，什么"肥力高"分公司啊，这和皮包公司有什么差别呢？"我只要五袋，多了不要。"鬼不缠说。

那人想了想，说："看您像个做大事的。换了别人，我是不会卖的。五袋就五袋吧，不过公司有规定，得按零售价。每袋六元，这可是最低价了。"

"批发价才四元，你最多再加一元，我们都是做生意的，批发零售的差距谁不清楚呢？"鬼不缠说。

那人想了想，拿出了笔和收据，说："您一个大老板，一元钱还值得讨价还价啊？"

鬼不缠装作潇洒的样子，说："老板不分大小，买卖挣分毫嘛。"

那人摇了摇头，说："好吧，我就当一次家，给你算五元一袋吧。"

鬼不缠看着宣传广告，又问："这种生物菌能改良土壤，而且繁殖很快。材料上虽是这样说，一亩地一公斤能行吗？"

"行，这都是经过科学试验的。"那人把开好的票据递给了鬼不缠。

鬼不缠付了钱，拿着开好的票据，又到厂里转了一遍，把整个肥料生产的过程牢记在心里，然后提了货。

回到家里，鬼不缠置办了一些生产"肥力高"所用的设备（一台粉碎机，一台塑料封口机），印制了一些"肥力高"包装袋，寻了一个僻静的地方搭了个帆布蓬，又请了几个杂工，没出俩月，就生产出了自己的"肥力高"。

很快，鬼不缠的"肥力高"就投放到了当地肥料市场，他做梦也没想到恶运来得这么快，先是工商局以假冒伪劣商品把他的"肥力高"全部没收，还罚了钱，接着，公安局就把他给刑拘了，要追究他的刑事责任。慌得儿子李云鹏也从广州回来了，徐熙霞马不停蹄地到处找人说情。鬼不缠被拘留了一周，虽说，被放出来了，可他经过这样一出闹腾，折了本钱不说，他的面子全没了，回到家就害了一场大病。

高大龙变得越来越忙碌。土地承包后，虽说来医疗室闲唠嗑的人很少了，但由于村里大批年轻人的离开，家里那些老弱病残，有事没事都来找他，不是看病就是咨询一些养生之道。除了本村的病人找他看病外，有时他还要出诊，甚至到周围其他村庄，很少有闲暇的时间。

这天，村里来了一辆小车，直接停到了医疗室的门口。车上下来一个中年男人，他把一个老太太扶下了车。“请问高医生在家吗”那中年人问。

马晓萍忙迎了出来，见那老年人伸着脖子，痛苦地呻吟着，问道:“怎么了？”

“听说高医生在治疗痈方面特别有经验，我们是慕名而来的。”中年人说。

马晓萍把老妇人扶进屋里，伸头向里屋喊道：“大龙，快出来，来了个病人。”

高大龙正在炉子上焙烤鸡内金，回了句：“让他们稍等一下，我这里很快就好了。”

马晓萍进屋里接过高大龙手中的活，“人家是外来的，你赶快去看看吧。”

高大龙出来洗了洗手，翻卷过老妇人的衣领，见脖子后面大面积红肿，他轻轻地在红肿的地方按了按，病人显得十分痛苦。高大龙摸了摸病人额头问：“发烧吗？”

“来之前量过体温三十八度。”中年人说。

“嗯，来得还算及时，疮口还没有化脓。”高大龙说着给他开了一副中药，然后从抽屉里拿出几张膏药，解开一张贴在老妇人的颈部。又交代说：“回去把这些草药煎喝了，一日三次，膏药两天一换。估计不出一个星期便可痊愈。”

那中年人半信半疑地问：“如果一周好不了怎么办呢？”

“只管放心去吧，这不是什么大病。”高大龙满有把握地说。

那中年人付了药钱，把老妇人扶上车，匆匆走了。

一周后，那个中年人又开车来了，高大龙心中猜疑，难道老太太的病没有好？正困惑，只见中年人拿出一面锦旗，说："听说高医生不在乎钱，我给你送一副旗帜吧。"接着又说："母亲用了你的药，现在疮已经痊愈了，让我来谢谢你。"

高大龙接过旗帜，说："不客气，都是应该的。"

那中年人和高大龙寒暄几句后，说："高医生，您不觉得在这里开医院太委屈了吗？"

高大龙被他问懵了，在临河铺干了这么多年从没有感到委屈，他弄不清楚这人为什么要这样问。"你怎么会这样想呢？我很喜欢临河铺，也喜欢这里的人。"高大龙说。

那人说："像您这样的水平，埋没在这里太屈才了，到城里能够挣大钱。"

高大龙说："我习惯了乡下生活，没有挣大钱的想法。"

那人开始自我介绍说："我姓林，是龙城医院的院长，如果不介意，想请你去我那里工作，愿意吗？"

高大龙知道龙城医院是县里第一所私人医院，设备、人员都是数得着的。"谢谢林院长的抬举，我是乡下一个草莽医生，到了这把年纪，哪也不想去了，只想为乡下群众做点力所能及的事情。"

林院长想了想，又说："咱们合资在临河铺办个分院怎么样？"

高大龙笑了，"合资？呵呵，不怕你笑话，我除了你能看到的这些家当，其他一无所有。"

林院长说："投资方面你不用操心，只要你同意我们合作建分院就行。"

高大龙说："在这穷乡僻壤，建医院能有什么前途呢？"

林院长说："就是因为你这里偏僻，群众看病难，所以在这里建所医院很有必要。我投资，你管理，你看行不？"

高大龙说："我没有管理的经验，你找个人来管理吧，我只要做一个普通的医生就行了。"

林院长说："那怎么行呢？明说了吧，我在这里投资，就是看中了你的名气。"

高大龙说："我有什么名气呀，只不过我对群众有一颗关怀的心。"

林院长说："有这就够了，现在社会上医患之间的矛盾特别大，群众信任您，这比什么都重要。"

高大龙又问："想投资多大规模呢？"

"设三十个病床，内、外、妇产、小儿等科室，您看行吗？"林院长客气地问。

高大龙有些吃惊，建这么大规模的分院得投资多少钱啊？如果临河铺真有了这么一所医院，那对群众看病可是方便多了。高大龙说："那太好了。按你的设想，需要多长时间能把医院建成呢？"

"只要想建，快得很。土建用不了半年，简易装修一个多月就可以了。"林院长说。

高大龙说："建医院是好事，可这得村里同意呀，你和李书记商量商量吧。"

"当然要征得村里同意了。"林院长显得很兴奋，他看了看刚从屋里出来的马晓萍，问："现在请李书记来好吗？"

高大龙让马晓萍把李有福请来了，李有福完全支持林院长的想法，李有福说："我们不仅想在临河铺建医院，我们还想建学校、建工厂呢。非常欢迎林院长来临河铺投资。"

三人谈的很融洽，一顿饭的工夫就把所有意向给拍定了，林院长决定立即投资，在临河铺破土动工建设分院。

第六十一章　高大龙怒责女儿　陈凌子夜遇色狼

临河铺新建的医院病房大楼很快开工了，高大龙一方面开诊所，一方面监管施工，忙得不亦乐乎。这天，在医院实习的小女儿高新丽和男朋友一块回来了，她一下车就兴高采烈地娘一声爹一声的喊起来。隔壁的病人听到高医生家来了人，出来对她说："你爹在建筑工地上，你娘一大早就去采药了，估计这个时候也该快回来了。"

话说不及，就见马晓萍挎着一筐草药回来了，看到门口停着一辆车，以为是林院长来了，忙放下筐，向小车走去。

"娘，"高新丽从屋里出来说，"屋里也不留一个人，来了病人怎么办？”

马晓萍见是女儿来了，别提有多高兴，拉着她的手嗔怪道：“你真是，回来也不先打个招声，我好去准备些好吃的。”

高新丽指着屋里说：“娘，来客人了。”

马晓萍往屋里一看，堂屋里坐着一个中年男人，室内光线稍有些灰暗，那人脸上黑乎乎的，只能看到一个大致轮廓。她问女儿，“谁来了？”

高新丽嗲声嗲气地挽着马晓萍的胳膊说：“娘，我的男朋友。”

“男朋友？”马晓萍疑惑地问：“这才几天，他怎么吃得那么胖啊？”

“不是那个了，这是才谈的。您赶快进屋去呀。”高新丽边推着母亲，边向屋里喊道：“显龙，我娘来了。”

唐显龙忙站起来，弓着身子说：“阿姨您好，我姓唐，唐显龙。”

马晓萍进到屋里，才看清楚这个叫唐显龙的脸上坑坑洼洼，一脸麻子不说，还撅着个大肚子。马晓萍心里顿时感到很不自在。“嗯。”她礼貌性地对唐显龙点了点头。

“娘，今天您打算做什么好吃的啊？”高新丽拉着马晓萍的手撒娇道。

“这穷乡僻壤的地方能有什么好吃的呀。”马晓萍没好气地说。

唐显龙殷勤地说：“新丽，叔姨都忙，今天我请他们去饭店吃吧。”

马晓萍阴沉着脸，语言中显然带着几分厌恶和反感，冷冷地说：“去饭店就不必了，小唐，你也看到了，我们这里很忙，我想让新丽留下来帮几天忙，如果没什么事情，你可以先回去了。”

高新丽最了解母亲的脾气，她给唐显龙使了个眼神，唐显龙明白高新丽的意思，忙起身去车上拿出一条大中华香烟和两瓶茅台酒。进屋说：“阿姨，初次见面没什么买的，这些薄礼请笑纳。”

马晓萍推搡着说：“我们家里既没有人抽烟，也没人会喝酒，你带回去吧。”

高新丽急了，忙把烟酒接下来说，赌气说：“娘，您也太不给面子了，不想要算了，等人走了扔哪里都行。”

母女正争执着，高大龙回来了，见家里来了客人，忙说：“噢，来客人了。”

高新丽把烟酒扔在桌子上，过去拉着高大龙的胳膊，说：“爹，您回来了，这是唐显龙。”

高大龙看了看唐显龙，立刻知道是怎么回事了。他瞪了马晓萍一眼说：“像话吗，在客人面前推来推去的，成何体统？”

马晓萍一声不吭进里间屋里去了，高大龙说：“小唐啊，今天你马姨心情不好就不留你了，改日再请你吃饭。”

唐显龙听明白了高大龙的话，一拍屁股起来了，脸比蔫巴的茄子还难看，对着高新丽说：“那我先走了。”

高新丽追到门口，和唐显龙小声嘀咕了几句，让他开车走了。回到屋里，高大龙满脸怒气地对她吼道：“什么乱七八糟的人都往家里带，他都快能当你爹了。”

高新丽解释道：“人家才三十八岁呢，不就是长得老相些嘛。”

“三十八岁了还没结婚，像这样的人，谁家女儿愿意嫁他呢？”高大龙说。

“爹，人家孩子都五六岁了，怎么会没人嫁，追他的女人一个连都不止。”高新丽生气地说。

马晓萍从屋里出来说：“你一个清清白白的大闺女想去给人家当填房？真是丢人现眼，让我们的脸面往那搁。”

高新丽红着脸，对马晓萍嘀咕道：“年轻人的生活方式跟您说了您也不懂，我们不是一个时代的人，没有共同语言。”

“爹娘把你一点点养大，从咿呀学语到长大成人，怎么没有共同语言了？”高大龙说。

“爹，你们的观念都太老了。你没见那些影星歌星，她们还找的都是老头呢。这年头只要有钱，人长的差点有什么关系呢？长相又不能当饭吃。”高新丽气鼓鼓地说。

马晓萍啐了女儿一口说：“你还要脸不？这样的话都能说出口。”

高大龙坐下来，神情严肃地说：“新丽呀，你的自尊都哪去了？一个人如果没有起码的追求，至少也不能缺少了自信啊。作为女人不能自立自强，一生就不会有幸福。”

高新丽说：“和你们真是太难沟通了，我们的代沟太深。不过，你们不也常说，嫁汉嫁汉穿衣吃饭吗？”

高大龙说：“那也得看嫁的是什么样的男人。”

高新丽冷冷地说：“时代不同了，你们那代人追求的是精神生活，我们追求的是物质财富。现在有钱的人才算是汉子，没有钱狗屁都不是。这就是我们两代人认识的最根本的不同。”

高大龙听女儿如是说，气愤地吼道：“不是你们，那是你自己。爱慕虚荣，贪图享受，拜金主义……我不知道在学校这些年，你都学到了些什么？我真后悔不该送你去读大学。”

高新丽半天没有吱声，看着爹满脸的怒气，换了口气说：“爹，我知道你喜欢的是像大海那样老实巴交的人，可他父亲在工地上出了事故，一家人生活的顶梁柱都坍塌了，难道让我跟着他去一辈子受罪？”。

“你是因为这个原因和大海分手的吗？”高大龙脸色发青，见女儿低着头没有回答，又接着说：“这是咱高家人说出的话？你太没人性了。大海会怎样想，他爹出了事故，本来就够伤心的了，你在这种时候把人家丢弃了，不是在人家伤口上撒盐吗？”

“我管不了那么多，我有自己的思想，我不想把自己的青春葬送在没有希望的未来。”高新丽争辩说。

“一个人光有思想没有理想，还谈什么希望？”高大龙说。

“您有理想，有抱负，混了大半辈子不就这样吗？”高新丽顶撞道。

高大龙被女儿气得火从头顶上冒，但他还控制住了自己的情绪，把声音压了下来。“我虽说没有什么理想，但我一辈子为群众服务，活得踏实，活得自豪。”

“那又怎么样？我们各有各的活法，幸福对每个人的意义是不一样的，像您的这种活法，我一天都过不下去。”

高大龙气急了，一巴掌甩了过去，狠狠地打在了女儿的脸上，高新丽脸上顿时起了五道指纹，她捂着脸跑了出去，马晓萍见丈夫打了女儿，也来不及责怪，跟着女儿追了出去……

陈凌子的车越来越老旧了，原本就是二手车，将就着又跑了这些年，大小故障经常发生。这天，她和丁二强拉了一车货，半路上又抛锚了，两人又是拆又是卸，捣鼓了一天，也没能解决问题。丁二强说："凌子，这样不是办法，还是得把车弄到修配厂去。"

陈凌子说："那这车上货怎么办？"

丁二强说："主车你带去修，拖车我就在这里看着。"

陈凌子四下看了看说："不行，你一个人在这里我不放心。"

丁二强说："你怎么婆婆妈妈起来了，我一个大男人有什么不放心的呀？"

陈凌子说："这前不接村后不挨店的地方，你吃什么喝什么？万一遇到什么坏人了怎么办？"

丁二强说："我会想办法的，肯定不会饿着。你不是说这里前不接村后不挨店嘛，所以坏人不会从天上掉下来，你尽管放心地去吧。"

陈凌子想了想，他们都守在这里也不是办法，只好同意了丁二强的意见。她把被子、干粮和水留给了丁二强，自己带着主车走了。

路上，李援朝打来电话找丁二强，陈凌子说丁二强没有和她在一起，对方便挂了电话。陈凌子后悔走得太仓促，没有把手机留给丁二强。

陈凌子的车被拖到一个小镇的修配厂，天已经黑了下来。这家修配厂有些偏僻，陈凌子好像从没有来过这里。见老板正要打烊，忙请求道："老板，能加个班吗？我那车货对方要得很急。"

修配厂的老板见陈凌子有几分姿色，又是一个单独的女人，不怀好意地问道："加班可以，你给我开什么条件呢？"

陈凌子说："多付你一些修理费行吗？"

那老板摇了摇头，故意刁难她说："你看，修理工们都已经走了，还是明天再修吧。"

陈凌子说："您就帮帮忙，打电话请他们过来加个班，工资我加倍付行吗？"

那老板点点头，装腔作势地拨了几个电话，然后说："对不起，他们都有事情，晚上来不了。要不然你换一家修理怎么样？"

陈凌子说："我这不是走不动了吗？您是老板，能不能想想办法呀？"

那老板走到车旁，拍了拍引擎盖，然后，去屋里扯了一个临时用的电灯挂在车前，漫不经心地打开了引擎盖，开始排查故障。

“您也会修车？”陈凌子问。

“看你说的，我是干什么的呀？我就是干修车起家的。”说着，那老板又盯着陈凌子看了看，灯光下，陈凌子看到老板那色迷迷的眼光。

陈凌子见这家修配厂周围的门面都陆续关了门。这里毕竟是个小镇，白天的喧嚣很快消失在夜幕里了，眼前除了修车的地方有灯光，附近的地方全变得黑乎乎的，连个人影都没有。陈凌子忽然害怕起来，这修车的地方就她一个女人，万一这老板起了歹心怎么办？

陈凌子正在犯愁，忽然，老板手机响了。他对着手机说：“你们吃饭吧，不用等我了，晚上我要加班。”老板说完挂了电话。

没过一会儿，过来一个彪悍女人，那女人又黑又胖，走起路来活像个母夜叉。她见陈凌子和老板在汽车引擎盖下面干活，走上去一把揪住了老板耳朵，骂道：“你这个王八蛋，见了女人腿就软了。你不会让老三他们干啊？回去！”

那老板说：“人家有急事，夜晚还要赶路呢。我加个班给车修好了就回去。”

老婆骂道：“加班，还加蛋呢。老三他们都是吃闲饭的啊？打电话让他们加吧。”

老板说：“我刚给他们都打了电话，说有事儿。”

“妈的，有事不会明天干呀，一个个全是白眼狼。”那母夜叉抓住老板的胳膊，就像拉着自己的孩子一样，刚走了几步又转回头来，虎视眈眈地对陈凌子说：“别以为加夜班就不要钱，少了一个子你也走不掉。”

陈凌子知道那母夜叉说话的意思，气得浑身发颤，面对这样一个不讲道理的女人，本想顶她几句，看到那泼妇一脸凶相，到了嘴边的话又咽到了肚里。心想，还是忍了吧，出车在外，不和她一般见识算了。看着那女人把电灯拿进了屋里，关上了门。

外面变得漆黑一片，远远的可以看到小镇街道上一些住户透射出来的微弱灯光。陈凌子也懒得去弄吃的，在这个人生地不熟的地方，担心车上东西的安全。她检查了一遍车的周围，然后爬上了车，锁紧车门，有气无力地躺在了后排座位上。

第六十二章　陈凌子窘困修车铺　丁二强突发白血病

陈凌子无论如何也睡不着觉，不知道什么时候，外面嘀嘀嗒嗒地下起了小雨。她把坐垫枕在头下，想着丁二强一个人在荒无人烟的地方，没吃又没喝，或许现在躺在了车箱的下面，万一遇到了什么情况，他连手机都没有。陈凌子越想越觉得不该把他一个人留在那里，可现在想这些还有什么用呢，看着外面漆黑的夜，听着沙啦啦的雨声，她无可奈何，除了焦急地等待，还什么办法呢？

到了第二天拂晓，雨终于停了下来，陈凌子起了个大早，找地方吃了早饭，就坐下来等修理工上班。周围的门面早早地都开了门，只有这家修理部还没有来一个人。陈凌子等急了，寻问隔壁的邻家，邻居只摇头不作声。陈凌子知道遇到了不怎样的店铺，现在是木已成舟，她想走也走不了了。直到太阳升得老高，店铺才开了门，那个叫老三的修理工过来了。根据陈凌子介绍车的情况，他在引擎盖下面摆弄了两个小时，嘴里不时骂骂咧咧地说车太旧，没有修理的价值。快吃晌饭时，才查出车的毛病。说是有个零件坏了，需要到县城里才能配到，老三把配件名称写在了纸条上，让陈凌子自己到城里去买。

没办法，陈凌子只好到路边等过路的班车，眼看着时间飞一样地过去了，她连一辆过路的车也没有坐上，如果再等下去，即使搭上了城里的班车，恐怕门市部也该下班了。陈凌子心急如焚，忽然想起了李援朝，她拨通了电话，把她遇到的窘境对李援朝说了。

李援朝丢下身边的工作，迅速去汽车修配城按陈凌子电话里交代的，买好了车上的零部件，驱车来到她所在的那个修配厂。等老三换好车上的零件，太阳已经西垂了。

看着满脸疲惫的陈凌子，李援朝说："这两天肯定是没有休息好，也没吃好。走，我请你吃顿大餐，改善改善。"

陈凌子不好意思地说："李总，按说我应该请您才是，可丁二强一个人在那荒无人烟的地方，我担心他没有吃喝，这次就不请您了，有情后补。"

李援朝笑着说："看出来了，你心里挂念着人呢。要我说，你们早应该结婚了。"

陈凌子说："他爱人在外面也够可怜的了，我怎么能做这种挖墙脚的事情呢？这些年，他是帮了我许多忙，只是不知道该怎样报答他。"

李援朝说："她的妻子秀芳也是个好人，她是想让丁二强再有个家庭，将来有个一子半女的，好有人为丁家续香火。要不然，她怎么舍得把他一个人丢在这里呢？你应该理解她的一片苦心。"

陈凌子长长地吐了一口气说："还是等等再说吧。"

李援朝直接回城去了。陈凌子买了干粮和矿泉水，趁天色还没有完全黑下来，开足马力，来到了拖车停留的地方。陈凌子下了车，没见到丁二强，忙高声喊道："丁二强，丁二强。"

丁二强从车的帆布蓬里钻了出来，搂着被子下了车。陈凌子问："你吃东西了吗？"

"我不想吃。"丁二强声音嘶哑着说。

"昨夜你在帆布蓬里睡的呀？"陈凌子又问。

"不是，我在车厢下面睡的。"丁二强说。

"夜里下雨了，车厢下面没有进水吧？"陈凌子问，

"没有，我睡得很好。"丁二强说。

丁二强把被子放进了驾驶室，说："把拖车挂上，咱们赶路吧。"陈凌子爬上车，丁二强从车上下来，一边搬起了拖车三角架，一边指挥陈凌子倒车。

"左一点，再左一点，方向摆直，继续倒，再倒，好。"只听咔嚓一声，主车和拖车碰撞在了一起，丁二强迅速把拖车挂到了主车上，然后，爬上驾驶室。

陈凌子让丁二强到后面休息，自己开车跑了一段，天渐渐地黑了，打开车灯，陈凌子跑着跑着就觉得困了，她从后视镜里看到丁二强睡得正香，于是又坚持跑了一程，来到一个小镇，这时，她疲倦得

眼皮子直打架，在一个小吃店门前，把车停了下来。陈凌子感觉有些饿了，想弄点热饭吃。

“丁二强，下车吧，咱们去弄碗肉丝面吃。”陈凌子说。

听到丁二强沉重地翻了下身子，好像又睡了。陈凌子心想，丁二强平时不像这样懒散，今天是怎么了啊？她又喊了两声，仍不见丁二强起来。她开了驾驶室里的灯，扭过头，见丁二强脸色红润，精神萎靡。陈凌子感觉有些不好的兆头，她翻过座椅靠背，伸手摸了摸丁二强的额头，失声叫道：“妈呀，你在发高烧啊。”

丁二强身上有些轻微地抽搐，陈凌子摇晃着他说：“丁二强，赶快起来，你生病了。”

丁二强勉强坐了起来，“没事，我就是感觉冷。你去吃饭吧，我睡会儿就好了。”说着，丁二强又倒在了后座上。

“丁二强，我们得去找所医院，你烧得厉害，不能再耽搁了。”陈凌子焦急地说。

“没关系，可能是夜里伤风了，不要紧，你去吃饭吧。”丁二强说话时嗓眼像塞了块棉花。

陈凌子想，也许是伤风感冒了，如果吃碗热面，发发汗也许能退烧。她下了车，来到小店门口，店主正准备打烊，见来了客人，问：“老板，想吃点什么呢？”

“来两碗肉丝面吧，要大碗的。”陈凌子说。

店主疑惑地看了看陈凌子，“两大碗肉丝面？”

“是的，您快些好吗？”陈凌子说。

店主把围裙重新系在了腰上，打开了炉火。陈凌子跑到车上死拉硬拽地把丁二强弄下了车，二人刚坐下，店主就把两碗热面条端了上来。

陈凌子要了两骨碌蒜瓣，扔了一个给丁二强，然后，一口气把碗面条吃了下去，出了一身汗。看着丁二强细嚼慢咽，吃一口停一会儿，陈凌子急了，说：“你也趁热吃，出了汗就舒服了。”

丁二强张开口，指了指嗓子，说：“嗓子疼，吃不下去。”

陈凌子问店主：“这附近有医院吗？”

店主回答说：“没有医院，只有一个诊所，再往前走一百米，向右转，不远就能看到了。”

陈凌子谢了店主，然后对丁二强说：“你慢慢地吃，我去看看诊所在哪。”

丁二强说：“用不着去看，不过感冒而已，先去送货吧。”

陈凌子想，小镇的诊所能看什么大病呢，先去买点药再说，等进了城再去看病。她先付了饭钱，按店主指点的地方去了。

丁二强只吃了半碗面条，感觉心跳、恶心，浑身乏力。他吃了几片陈凌子买来的感冒药片，说：“凌子，看起来今晚我不能开车了。”

“都病成这样了，还开什么车？我们今天不走了，暂且先住下。”陈凌子找了个小旅馆给丁二强定了个房间，丁二强执意要自己睡在车上，陈凌子为了让丁二强能好好地休息一夜，只好把看车的事情交给了旅馆的老板，自己陪着丁二强住进了旅馆。

休息了一夜，第二天，丁二强依然没有退烧，陈凌子就让他躺在车后面，自己把货送到了目的地。卸完货，陈凌子坚持让丁二强到医院检查，化验结果一出来，二人都懵了。看着化验结果，丁二强差点没晕过去，报告单上清楚地写着：疑似白血病，建议做骨髓穿刺。

看到丁二强错愕的神色，陈凌子心里十分紧张，她知道白血病是一种不治之症。如果丁二强这些日子没有整天跟着自己风里来雨里走，怎么能得上这种病啊？

对丁二强的病情陈凌子一点也不敢怠慢，如果丁二强真是得了白血病，她就是卖车、卖房，即使是砸锅卖铁也得为他治病。

陈凌子安慰说：“别紧张，只是怀疑你的病，先去做骨髓穿刺，说不定什么事情也没有。”

丁二强这才冷静下来，觉得刚才有些失态，忙解释道：“我只是有些吃惊，怎么会得上这种病啊，其实我什么都不害怕。”

陈凌子拿着医生开的单子，拉着丁二强说：“咱们检查去。”

丁二强笑道：“还有那个必要呀？如果是那个病，不知道也罢了，知道了又有什么用呢？”

陈凌子说：“你要相信科学，有病早医。别管什么病，都要心中有数。”

陈凌子强拉着丁二强去了病检室抽了骨髓。二人又住了一天，等病检结果出来后，医生给丁二强开了格列卫和一些辅助治疗的药，建议他到大医院治疗。

陈凌子一路上心如乱麻，带着丁二强匆匆地赶到家，第一件事情，她是让李援朝帮她卖车。李援朝见陈凌子满脸阴沉，像是天要塌下来似的，就劝道："凌子呀，如果丁二强真是得了白血病，着急也没有用，我们得慢慢地想办法，你暂且不要急着卖车。眼前要做的是给丁二强复查，他毕竟是在小医院做的检查，准不准确还难说。"

陈凌子眼圈红了，眼泪顺着面颊流了下来，轻声抽泣道："丁二强都是为了帮我，如果他有个好歹，我怎么对得起他和他的家人啊？"

李援朝安慰说："人的命，天来定，谁也说不准会遇到什么状况。你又没有做对不起人的事，何必这样自责呢？丁二强的病你不要太放在心上，至于治病需要用钱的事情还有我呢。明天我就安排人陪他去北京检查，你放心，好人自会有好报。"

陈凌子说："我还有一些存款，是准备换新车用的，明天我就把钱取出来，和他一起去治病，请您帮我找到买车的主就行了。"

李援朝说："凌子，你把我看成什么人了，丁二强一直都在跟着我，他有了病，我花钱是义不容辞的，如果你要有帮他的这份心，就陪着他去北京好了。"

临河铺在外打工的人给家乡带来不小的变化，许多人打算把在外面挣到的钱用在改善住房上。李援朝看准了临河铺的商机，建议李有福在群众尚未建房之前，对临河铺做一个整体规划，最好建一个现代化的休闲农庄。

临河铺依山傍水，有着得天独厚的自然条件，可以说是山清水秀，如果稍作修饰，再加以人文景观补充，就能取得很好的效果。

对临河铺的发展来说，能取得政府的重视，吸引大规模的投资当然是再好不过了。李有福听取了李援朝的建议，经过深思熟虑后，召开了村干部扩大会议，决定先以村内有经济实力投入的人为争取投资的对象，资金不足的部分，以竞标的方式吸纳外部的资金参与，同时，争取政府的贷款。

在李援朝的主持下，村里召开了群众大会，号召全村有钱的人积极投资，参与开发临河铺的自然资源。很快，一个以休闲旅游为一体的现代化农庄——梦幻山庄的蓝图绘制出台了，规划分为五大部分。第一部分是修建所谓的“花果山”。这部分工程主要是种植花园和果树。李援朝在临河铺的土地上选择了六个好看的小山丘，分别命名为桃花源、梅花岛、樱花庄、桂花铺、绒花亭和竹园。桃花源里种了春桃、蟠桃、秋桃等十多个桃树品种，还种了梨、核桃、板栗、山楂等，从五月到十月都有鲜果可摘。梅花岛以腊梅、红梅为主，附带有兰、竹、菊等花草。樱花庄除了种植樱花以外，便是种植各种花木，诸如海棠、月季、茶花之类。桂花铺则以种金桂、银桂、四季桂等桂类植物为主，辅以菊花、牡丹、芍药、大丽花、美人蕉之类的花草。绒花亭里栽培的绒花树主要布局在山顶上，山坡上种植大片的杜鹃花，并以牡丹、芍药、大丽花、美人蕉之类的花草相辅，基本上是一年四季有花。竹园顾名思义，种的全是竹子。第二是拟建一个“水帘洞”。就是在流水落差比较大的地方建立一个小型的水库，可供游客划船游乐，观赏周围的景色。水库下方设计建一个人工瀑布，打造成“水帘洞”，穿过“水帘”，里面设计建一个棋牌室，可供游人下棋、打牌和休闲。第三是拟建自然生态渔场和垂钓园。在这里，提供自助工具，游人可以钓鱼。第四块是拟建一个高档宾馆。考虑到这里离县城不足九公里，交通便利，可以吸引外地的游客来玩。第五块是拟建一个社区，全村的群众可以集中居住，既方便生产又便于管理。

规划是根据临河铺的自然环境设计的，李有福向所有临河铺在外地发展的人员发出了邀请，请他们投资和提意见，经过充分酝酿，大家一致赞同李援朝对临河铺的规划，人们争先恐后地入股，都要为建设家乡出点力，就这样，大规模的的土建工程临河铺铺开了。

第六十三章　遇尴尬高新丽美梦破碎
不服老鬼不缠再生梦想

高新丽的个人婚姻问题与家里意见分歧很大，只要一回家就要和父母发生争执。临河铺医院开张后，高大龙和马晓萍都很忙，因此，高新丽也很少回去。

这天，高新丽突然接到唐显龙的朋友打来的电话，说唐显龙被公安局给抓走了，要她赶紧想办法把他弄出来。高新丽急急忙忙地赶到公安局打探情况。在公安局门前，一群人正围在那里看热闹，高新丽挤了过去，见两个女人正打得难分难解。其中一个女人拽住另一个女人的头发骂道："不要脸的东西，把腿伸到老娘的被子里了，也不看看我是谁？"

被抓头发的女人双手抓着对方的胳膊，挣扎着辩解道："唐显龙说他和老婆早就离了，我和他虽然没有结婚，但很快就要办结婚手续，我不是第三者。"

高新丽愣了，高新丽头脑嗡的一下，顿觉浑身出了虚汗。难道她说的是唐显龙？这时，听到身旁的两个人议论说："唐显龙早就应该抓了，听说他包的女人就有五六个，是个活人渣。"

高新丽差点没有瘫倒在地上，自己是第几者呢，她怕被别人认出自己，急忙想离开，可是，她两腿像灌了铅，几乎抬不起来。她勉强镇定下来，好不容易挤出了人堆。

走出了人群，高新丽的脸比霜打的茄子还难看，忧伤、委屈、自责、愤怒填满了她的脑海。一路上晃晃荡荡，两个女人打架的情景总是在眼前出现。高新丽犹如一只斗败的鸡，拖着疲沓的步子，踉踉跄跄地回到了家里，眼泪止不住地一个劲地往下流。她伤心，眼泪只能往心里流，这一切都是自己作的孽，能怨谁呢？一阵惶恐袭来，她心里恶心，不得不趴在马桶上大口大口地呕吐。怎么办？她已经怀了唐显龙的孩子，悔不该当初没有听爹娘的话，落到如此下场，如何向爹娘解释？她努力地从马桶边爬起来，擦干净了嘴和脸，走到镜子前，憔悴的容貌，哪里还能找到一点过去的影子，她已经变成一个活脱脱的黄脸婆了。面对着这个几乎连自己都看不下去的女人，她恨不能把镜子砸个稀巴烂。

高新丽想去堕胎，走到医院门前她犹豫了。她是学医的，对将来有可能产生的后果很清楚，这毕竟是她第一次怀孕。但是如果不做掉，这孩子将会毁了她一生的幸福。

"新丽，干什么呢？"大姑挽着大姑夫从医院出来。

“我……没事，在等一个人。”高新丽支支吾吾地回应道。

“你的脸色怎么这么难看啊，是不是有什么病啊？”高凤娇关切地问。

“没，没有。大姑您怎么了？”高新丽忙岔开话题。

“我没什么，你大姑夫血压有些高，这几天老是叫着头晕，我们过来看看。医生说，没有什么大病，只开了一些降压药。”高凤娇说。

“嗯，嗯。高血压一定要多注意食疗保健和锻炼身体，少饮些酒。”高新丽说。

郭勇笑了笑，说：“咱家新丽就是医生，以后有什么不舒服，就不到医院了，现在医院看病真不方便，大病小病都要排队。”

高凤娇说：“就是，现在的人情也薄了，过去你姑夫当领导的时候，一个电话，医生就会到家里来。现在，我们来到医院，那些医生好像根本不认识我们似的，那架子比院长还大。说真的，以后没有大病，真懒得上医院来。”

“大姑，以后有什么不舒服的地方就打电话给我，我去给你们看。还有，我爸爸的医术也不差，找他也行呀。”高新丽说。

“听说你爸建医院了，现在怎么样呀？”郭勇问。

“已经开业了，我也不知道开业情况怎么样。”高新丽说。

“应该还行吧，听说你爷爷也被聘请去坐诊了呢。”高凤娇接着说。

高新丽心里有事急着离开，借故说：“我的一个同事要我等她一会儿，我去看看到底怎么了，您们先回去吧。记着有事别忘了给我打电话呀。”

高凤娇笑了笑说：“我们可不巴望着有什么病，你去忙吧。”

高新丽像是漏网之鱼，急切地钻进了医院门前来来往往的人群中。她只顾低着头想心事，忽听有人叫她，抬头一看是陈凌子，身边还跟着一个男人。

“凌子姐，你干什么来了啊？”高新丽打量着他们。

“我们来检查病，听说你毕业了，分在哪里了？”陈凌子问。

“还在实习呢。”高新丽知道陈凌子离婚的事情，看到她身边的男人，笑着说：“这是姐夫吧？”

陈凌子有些尴尬，脸微微地红了一下，不过很快恢复了平静。“不是，这是我的同事，医院怀疑他换上了白血病，我们是过来复查的。”

高新丽又看了看丁二强，见他精神还不错，问道：“复查的结果怎么样呢？”

陈凌子把医院复查的结果拿给高新丽看，高新丽很快地扫了一遍复检报告问：“你们打算怎么办？”

“明天去北京，听说现在医学技术很先进，能通过骨髓移植根治这种病。”陈凌子说。

“嗯，白血病是造血干细胞异常，属造血组织的恶性疾病。骨髓移植目前是根治白血病的最先进的方法。不过，治疗这类病花费是很高的。”高新丽说。

“听说了，花费再高也要救命啊。”陈凌子说。

丁二强有些不耐烦地说：“我又不是什么大人物，不值得花这个钱。即使我没有病，好好的一个人这辈子又能挣多少钱呢？我不会去北京，在县医院看看也就罢了，生死由命，何必去强求啊。”

陈凌子瞪了丁二强一眼说：“生命的意义不在于钱，你怎么把钱看的比命还重呢？”

丁二强脸上流露出一丝无奈的表情，“不是钱比命重要的问题，而是我们这种草根出身的人，根本就没有经济能力看这种病。即使能筹到一些钱，去北京恐怕也解决不了问题，白血病人的治愈率非常低，我不愿意看到最后人财两空的结果。”

高新丽说：“相信科学吧，还是去北京看看。不过，细胞免疫治疗也是治疗白血病的新技术，这种技术能有效减少体内残存白血病细胞的数量，明显改善患者的生活质量，延长白血病患者的生命。”

“听到了吧，高新丽人家是学医的，听她的话没有错。”陈凌子拉着丁二强走了。

看着陈凌子和丁二强的背影，高新丽忽然又有了新的念头。丁二强都已经病入膏肓了，陈凌子还这样待他。相比之下，那唐显龙不就是有几个情妇嘛，只要能生钱，总比丁二强的情况好得多。如果有了肚子里的这个孩子作本钱，凭自己一个大学生，而且年轻又漂亮，不信斗不过那些臭女人。想到这些，高新丽心里又平静了许多，她暂时不想打胎了，要等到唐显龙放出来再做决定。

临河铺大张旗鼓的基建，给生意人带来了许多商机。看到人们都在投资，鬼不缠也不甘心，他决心抓住机遇把失去的东西再捞回来，他和花喜鹊商量，想在临河铺办一家超市。

花喜鹊了解鬼不缠，这些年辛辛苦苦地奔波，挣得还没有赔得多，她坚决不同意说："他爹，你还当是年轻呀，你能把咱家这个小门店管好，挣个吃盐钱就不错了，别再想着发财，你都忘记了开肥料厂的事情，把几年混的那几个钱全搭上了还不够，还差点把自己也弄进去了。眼下有吃有穿就行了，别和人家比了，你也比不了。"

提起建化肥厂那件事，鬼不缠心里就有气，他不满地说："那是替人家顶黑锅了。妈的，什么'肥高力'啊？当时全国都吹得呜呜响，现在怎么一家也见不到了？那是一个大骗局，我是上当受骗的。"

"人家再假，也是经过国家批准的，你那是什么呀？"花喜鹊说。

鬼不缠还想争辩，李有福来了。花喜鹊迎出去说："李书记，这会儿怎么有闲空了？"

李有福说："我这不是来找你商量事情嘛。"

花喜鹊愣了，"找我？"

"是呀。"李有福知道鬼不缠在屋里竖着耳朵听他们说话，就故意问道："你那口子在干什么呢？"

鬼不缠忙从屋里出来，装着若无其事的样子说："是李书记呀，哪阵风把您吹来了？"

李有福问道："最近生意怎么样啊？"

"还行吧，自从基建开始后，生意比过去好多了。听说您打算在住宅区建个超市是真的吗？"鬼不缠问。

"那还有假呀，图纸已经设计好了，我们要在俱乐部下面建八百平方米的超市，现在正在招租呢。"李有福早就听说鬼不缠有承租商场的想法，故意问："不知道你对超市有没有兴趣？"

鬼不缠忙问："那么大的面积，一年租赁费得多少钱呀？"

李有福说："那不得个十万八万的，目前已经有好几个人申请租赁了，我想在这之前，和大家捅咕捅咕，心里好有个谱。如果承租方多了，我们还要采取招投标的形式，我来这里就是对你说这个的，你毕竟是临河铺第一家开商铺的人啊。”

鬼不缠心想，这年头什么都变了，就连李书记这样的人也学的油嘴滑舌，一个小小的临河铺，当真像他说的那样有那么多人要投资超市啊？“李书记，咱村里还有谁想承租超市啊？”鬼不缠问。

李有福会心的笑了笑，“告诉你吧，光第五村民组就有三家人打过招呼，李海平和他的妹夫，还有李树山。”

“李海平那么有钱，还想干这小本生意？”鬼不缠问。

“谁说这是小本生意，李海平打算装修这一项就投资三十万，再加上进货流动资金，没有五十万连门都开不了。”李有福说。

鬼不缠听得直发愣，他眉头皱了皱说：“乖哟，投入那么多的钱，哪年才能赚回本钱呀？”

花喜鹊说：“不想承租超市了吧？就凭你这头脑，有多少也不够亏的。”

鬼不缠瞪了老婆一眼，“你知不知道大鱼吃小鱼的道理呀，别人要在临河铺开了超市，我们这小卖铺就得关门了。”

灰喜鹊说：“关就关吧，你也老了，还想干多久啊？垮了你倒可以轻轻松松地休息了。”

鬼不缠怪声怪气地说：“我生不逢时，这辈子就没有赶上这样的年代，要不然，也早就像李援朝那样有钱了。”

花喜鹊讥讽道：“什么没赶上呀，若是赶上了，恐怕你亏得找不到北了。要不是你儿子替你还亏的那些钱，说不定你连人都赔进去了。”

一句话提醒了鬼不缠，儿子现在大小也是个老板，难道就不能给爹一些铺底的资金把超市承租下来？想到这，鬼不缠挺了挺腰杆说：“李书记，承租超市的事情我也算一份吧。”

花喜鹊手指在鬼不缠脸上比划着，说：“你也不尿泡尿照照自己的影子，你有什么能力承租那么大的超市啊？”

鬼不缠说：“妇道人家管那么多干什么，这些事情不需要你操心，我自有办法。”

李有福笑呵呵地说：“我就知道你会有想法的。好，那我就把你算上一个。”

第六十四章　陈凌子鼎立相助　董秀芳倾尽其囊

丁二强去了北京，在医院住了一段时间后，病情暂时稳定下来。医院方面说，待他细胞抑制剂治疗结束，如果打算做骨髓移植，那么最好的选择是采用有血缘关系人的骨髓配型，不仅治愈的几率比较高，而且可以降低医疗费用。如果选择在骨髓库中寻找合适的骨髓配型，那么找到的几率只有几万分之一，恐怕配型难度很大。

尽管丁二强兄弟姊妹有好几个，但都已经男婚女嫁了，他们有了自己的家，没有人愿意为他捐骨髓。父母亲的年纪大了，也不合适做骨髓移植。

陈凌子非常焦急，她背着丁二强，私下偷偷地做了配型检查，但配不上型，无奈之下，她想用自己的汽车换取丁二强弟弟的骨髓。如果丁三强同意的话，她愿意立即就让丁三强把车开走。

陈凌子打电话把她的想法告诉了李援朝，想请他去说服丁三强。李援朝说："你那破车给就给他吧，本来也就快报废了，即使卖到市场上，也不值什么钱，只能是一堆废铁而已。"

陈凌子听李援朝这样说，心里反倒踌躇了起来，为了丁二强，她不能欺骗丁三强啊。

"那可怎么办呢？丁三强如果知道那辆车不值钱了，以后一定会埋怨我们骗他啊。"陈凌子说。

李援朝鄙视他说："二强是他的同胞哥哥，即使不给他车，也应该救哥哥的命。那辆车虽说不值钱，也足够补偿他的那点骨髓了。医生不是说，抽取骨髓对身体健康没有多大危害嘛，他作为弟弟就不该见死不救。"

"那就这样说定了。其实，丁三强并不是没有考虑到手足之情，只是他的媳妇不同意，那女人是个财迷，听说有车给他，她一定会同意的。"陈凌子挂了电话，回到病房，只见丁二强床前坐着一个女人，那女人两眼又红又肿，像是刚哭过。

丁二强向陈凌子介绍说："这就是我的妻子董秀芳，这是……"

董秀芳插断了丁二强的话说："你不用介绍了，是陈凌子吧？"董秀芳仔细打量着陈凌子，又说："听二强说你心肠特别好，没想到人也长得这么俊啊。"

"你听说过我？"陈凌子惊讶地问。

"呵呵，刚才听二强说起你。"董秀芳一边说一边翻开自己的手提包，"我这几年在外打工，就攒这些钱，我把它全部取来了，知道差得很远，可是我只有这么多了。"

董秀芳把钱递给陈凌子，陈凌子抓着她的手说："嫂子，是这样的，我和二强只是同事关系，我多少次想和你联系，但找不到你的联系方式，今天见面了，正好我有话要说。"

董秀芳的手被陈凌子紧紧地攥着，半天没有挣脱。陈凌子继续说："你和丁二强的感情那么好，为什么非要离开他呢？丁二强又没有怨你不能生育，你抛开了他，让他心里多难受啊。"

董秀芳眼圈红了，她低下头说："我不是一个健全的女人，不能耽误他一辈子没有孩子。"

陈凌子见董秀芳眼泪下来了，忙松开她的手，掏出手绢递过去，安慰道："想要孩子可以领养一个，生活中哪里有十全十美的事情啊。这些钱呢，你收好，我会想办法弄钱给他看病的。你也看到了，二强身边现在缺少人照顾，你就留下来吧。"

"如果二强健健康康的，我不会回到他的身边，可他得了这样的病……"董秀芳长长地叹了声气，接着说："不想让他给你生活带来麻烦，既然到了这一步，我就不走了。凌子，谢谢你这段时间对他的照顾。"

丁二强翻了翻身子，陈凌子忙按住他打点滴的手腕。"说哪儿的话呀，二强曾经帮了我许多忙，我为他做这些，都是应该的。"

丁二强说："看你们俩这样待我，就是死了，我这辈子也没什么遗憾的了。"

董秀芳呸呸地往地上吐了两口，"你都胡说些什么呢，医生不是说了，你这病还有治吗？可不能张口就乱说啊。"

陈凌子掏出一张银行卡交给董秀芳说："嫂子，你来了我就放心了，这里就交给你，钱的事情交给我。医生说，做骨髓移植大约需要二三十万，我带来只有十来万，已经用了一部分，存折里的钱你先用着，我回去再想办法筹钱。”

“让你花这么多钱怎么能行呢？”董秀芳嘴里这样说着，手还是不自主地把银行卡接在手里，无奈地说：“这样吧，这钱算是我和二强借你的，等出了院，我们再想办法还你。”

丁二强急得把后脑勺直往床头的墙上碰，“我这不争气的身体，给你们添了这么大的麻烦，活着有什么用啊。”

陈凌子走过去安慰道：“别胡思乱想了，安心养病吧。等我凑够了钱，很快就过来。你可一定要有信心哦。”

投资临河铺建设的资金从四面八方源源不断地汇到了梦幻山庄的户头上，看准了商机的人们，纷纷在临河铺进行投资，除了已经规划的项目进入实施以外，王雅兴在李援朝的资助下，开了个临河铺沙场，李海平在月牙河边建了个造船厂，王银山投资了一个纺织厂。没出两年，临河铺的所有的主体工程都已经起来了，各个项目的建设日新月异，飞速进展。

鬼不缠原来并不看好在临河铺大兴土木，如此巨大的投资不知道哪年月能收回来。不过，村里大张旗鼓地基建，却给他带来了实实在在的好处，他的小卖铺比过去的收入几乎增长了超过十倍。鬼不缠心里乐呵呵的，整天守在小卖铺前招揽着顾客，难得出去看看整体建设情况。这天，他心血来潮，对花喜鹊说：“听说明年临河铺就可以对外开业了，我想去看看那些什么‘山’呀‘水’呀建的怎么样了，今天你就替我守一天小卖部，让我去那里看看吧。”

鬼不缠兴致勃勃地出了门，一路上，看着那打扮一新的山山水水，数着新建起来的栋栋楼房，不知不觉来到了临河别馆，心下寻思，临河铺这样一个小小的村落，建这样豪华的宾馆谁来住呢？他摇头晃脑地继续往前走，来到他梦想的地方——那个八百平方米的超市。这里果然不同凡响，不仅是选址位于整个建筑群的中心，而且整个建筑设计十分合理。他估计了一下，按正常值计算，超市内大约可以容纳一百多个货架，这得进多少货才能放满啊，怪不得李海平说没有五十万元的资金开不了业呢。

鬼不缠一路走，一路感叹。现在最让他闹心的是儿子能不能给他投资，如果给投资，他有没有能力经营这样大规模的超市？毕竟自己老了，做事情有些力不从心。可是如果不承租超市，他的小卖铺眼看已经到了回光返照的节口，好景不长了。

走进建设中的村民社区，鬼不缠看到正在工地上指挥的李援朝，他穿着一身工作服，头戴安全帽，指手画脚地对一些工人安排着工作。鬼不缠凑了上去问："李老板，你还投资房地产生意啊？"

李援朝说："你怎么没带安全帽啊？快去拿个安全帽带上。"

"不用了，我不进工地，就在周边转转看看。"鬼不缠说着，又向四周扫了一眼，接着说："呵呵，李老板，你真有气魄，在临河铺搞这么大的动静，我算是服了你了。"

李援朝说："我打算把临河铺建成一个花园农场，您是老资格的生意人了，有什么投资的打算吗？"

鬼不缠不好意思地咧着嘴，"比起你是小巫见大巫了，我这一辈子也没少折腾，混到老了，也没有干出什么名堂。"

李援朝说："过去是受条件限制，如今放开了，有本事可以尽管使出来。别担心人老了，您经的事情多，有经验，肯定比年轻人稳当。"

鬼不缠借机问道："李老板，你说如果让我经营那八百平米的超市，我能干得下来吗？"

"怎么不行，外有云鹏投资，内有喜鹊姨帮忙，不愁您摆弄不开一个小小的超市。"李援朝鼓励他说。

鬼不缠说："临河铺只有你和李书记这样看我，开始我还有些犹豫，听你这样一说，我决定争取承租这个超市。不过，如果我真的承租了这个超市，还请你多关照啊。"

李援朝说："这么多年您是临河铺唯一一家经营小卖铺的人，我认为您的经营理念还是很好的，如果您需要我帮忙，只管说，毕竟我们是老关系了。"

鬼不缠近乎有些感动，李援朝的的确确给过他不少帮助，即使李援朝在经济周转很困难的情况下，对他也特别地宽松。李援朝仓库里的商品，对别人不赊销，只要他张了口，就没有落空的，并且李援朝从未主动向他讨过债，这一点鬼不缠心里非常清楚。当然，这些年来，鬼不缠也从来没有把所欠的债款拖到过年。

鬼不缠难为情地笑了笑说："谢谢你这么看得起我，不怕你见笑，我活了这大半辈子，没有佩服过几个人，临河铺我就佩服李书记，生意场上我服了你。"

这时，两个负责技术的人员争得脸红脖子粗的走了过来，他们一边吵着，一边对李援朝说些有关建筑方面的事情。鬼不缠见李援朝忙，就道了声别，自己又转到别的地方去了。

高新丽的精神彻底地崩溃了。唐显龙诈骗、套取国家资金被判了九年徒刑，并没收了所有个人资产。他包养的那些女人们失去了经济支柱，一个个像疯狗一样乱咬起来，这让高新丽彻底看清楚了没有自立的女人的下场是多么悲惨。可现在明白这些已经晚了，她已经上了贼船，怀上不该怀的孩子，现在该怎么办？

高新丽对没听父母的话悔之及，混到了这种份上，没有脸面回去见自己的父母，她决定堕胎。然后，南下去打工。

第六十五章　李援朝把酒话虚实　马春生醉卧杨柳岸

马春生从部队营职干部退了下来，到地方之前，部队提拔他升为副团职务，作为一个干了多年宣传工作的军队干部，回到地方想继续从事宣传工作，可县里政界没有熟人。虽然李银锁曾经任过县宣传部长职务，但他已经退休好几年了，够不上说话。

这天，李援朝请马春生吃饭，问马春生工作安排得怎么样了。马春生说："我在部队干了这么多年的宣传干事，回来想到宣传部去继续干老本行，我和组织部门谈过了，不知道情况会怎么样。"

李援朝问："你找过书记还是找过县长了啊？"

马春生说："我又不想当官，找他们干什么？回来能有个地方从事我喜爱的工作就行了，干别的我也不会。"

李援朝笑了笑说："春生呀，你在部队这些年怎么变糊涂了？不想当官去那地方干什么啊？县委是那些要求进步的人去的地方，既然你不想当官，就别去县委那边，行政工作哪有会不会的呀，有个地方发工资就行了。"

马春生惊愕地张了张嘴，“我是副团干部，到宣传部当个普通干事不行吗？”

李援朝说：“不行。宣传部是县里重要部门，而且编制就那几个，要想到那些部门必须是书记或者县长说话，你和组织部说那些顶个屁用。”

“那依你说必须找县里的主要领导？”马春生问。

“要想弄个副部长，准备十万、八万元的礼金，宣传部的一般干事少说也得个三万五万吧。”李援朝说。

“你是让我行贿吗？”马春生皱着眉头问。

李援朝拿起杯子，把泡好的铁观音倒了两杯，递给马春生一杯。“尝尝我这是正宗的铁观音。”

马春生抿了一口，“嗯，口感的确很好，这茶一定价格不菲吧。”

李援朝说：“不算贵，二十元一杯。”

马春生伸了伸舌头，“你是不是有些奢侈了，二十元一杯我可享受不了啊。”

李援朝哈哈地笑了一阵子说：“作为老朋友在一起不算奢侈，如果是招待一个团级干部，的确是奢侈了一些。告诉你吧，我这个排场一般是接待县级以上领导用的，今天你来了，我是为老朋友接风的。”

马春生也嘿嘿地干笑了两声说：“愧不敢当，李总，谢谢你这么看得起我。”

李援朝说：“以后别叫我李总，听着别扭。我也不称呼你团长，咱们还是老称呼，你就是春生，我就是援朝，这样叫起来顺溜。”

马春生说：“好，你还是那么痛快。那我有话直接说了，如果不送礼，我就到不了宣传部对吧？”

“也许吧。部队的情况我不怎么熟悉，可是县里政界的事情我却是了如指掌。”李援朝眨巴着眼继续说：“别看我不是政界的人，县里那些核心部门、重要职务都是哪些人我清清楚楚。除了上面有人以外，没有人就得有钱，否则，一切免谈。”

“那你说如果不花钱，县里能给我安排到什么地方呢？”马春生问。

“喝茶，这茶得慢慢地品才有味。”李援朝把马春生的杯子又添满了。

“我没打算给他们送礼，即使我有钱也不会那样做，我们不能滋长社会不良风气啊。”马春生说。

李援朝说：“算了吧，部队上也不是真空，也要食人间烟火，我就不信部队就没有腐败。”

马春生联想到自己在部队这些年的经历，像他这种有能力又踏实能干的人的确不多，身边那些人比起自己德才都差得远，可他们不知不觉地都爬上去了。他一个宣传干事一干就是这么多年，直到退伍，部队照顾他是个老营职干部，才给他加了一个副团的头衔。其实，他也听说过部队的一些不正之风，但想到自己有能力，干工作比别人强，他从没有刻意去做那些拍马奉承的事情。

马春生抿了一口茶，说：“也许你说得对，不过我想，领导也要考虑工作能不能胜任的问题，我相信自己靠能力还是有希望的。”

“能力？告诉你吧，社会上什么都缺，就是不缺两条腿的人。什么叫能力？现在流行一句话说得好，领导说你行，你就行，不行也行；说你不行，你就不行，行也不行。”李援朝端起茶壶，给马春生的杯子里添了些茶，接着说：“要想达到自己的目的，就要不择手段。当然，不是说让你做伤害别人的事情。”

马春生说：“不伤害别人的事情不等于是正确的事情。我还是那句话，我不会送礼。反正，我是一个副团级干部，随他们怎么安排吧。”

王小雅下班过来了，四下看了看，见只有马春生一人，便问：“春生，玉卿没有来啊？”

马春生尴尬地笑了笑说：“玉卿原说今天过来，我把招待所都订好了，可她忽然改变了主意，说等我的工作安排好了，她和孩子再过来。”

王小雅有些遗憾地说：“还没有见过嫂子的尊容呢，今天又错过去了。”

马春生说：“以后机会多着呢，等我工作就绪了，我请你们。”

“我们就盼着这一天呢，你赶快把工作弄好，我们好喝你的喜酒。”王小雅又问李援朝，“点得什么菜呀？”

“简单，四菜一汤，都是家常菜。”李援朝说。

“太多了，就我们仨，吃不了就浪费了，有一个火锅就行。”马春生说。

“我要的都是小份量的，面包鸡，醋河虾，卤元鱼，焖土蟹，还有一个酸辣凤肚汤。都是家乡的菜，你看怎么样？”李援朝说。

王小雅笑了笑说：“你就是爱吃醋，什么醋河虾，酸辣凤肚汤，你也问问春生喜不喜欢。”

李援朝说：“我就是爱吃醋。春生你怎么样？”

“客随主便。我一个在外待惯了的人，只要是吃的，什么都喜欢。”马春生说。

说着话，菜已经上来了。果然是小份的，二两的卤元鱼每人一只，螃蟹一小盘，面包鸡一小锅，醋溜河虾一盘，一起端到了桌上。

李援朝对服务员说：“再来两盘下酒的菜，一盘黄瓜段，一盘花生米。”

李援朝打开了酒，每人倒上了一杯说：“春生，你在外面吃惯了，什么山珍海味没见过呀，今天我们就简单了些，要的全是家乡菜，算是给你接风了。来来来，咱们先干上一杯。”

马春生喝了酒说：“咱县生产的酒我也喝过，难道喝了假酒，怎么也没有你这酒香呢？”

李援朝说：“那是当然，我这酒是酒厂窖了二十年的酒浆，用来勾兑成品酒用的，一般的人上哪里能喝上这个啊。”

王小雅羞了他一下说：“哟，看来你不是一般的人啊，装得还真像个人物呢。”

李援朝瞅了老婆一眼说：“不是吹牛，我在县里商业界可是独占鳌头，不比我当初在省里厅级干部差。”

“好了，别自吹自擂了。春生，吃菜。”王小雅说。

马春生吃了一口菜，端起酒杯说：“我先谢谢你们二位的盛情，敬你们一杯。”

李援朝把酒喝了，王小雅象征性地抿了一下，然后，又回敬了马春生一杯。几杯酒下肚，话渐渐地多了起来。

马春生说："时间真快，一转眼我们分别就二十年了，你看我头发都开始白了。"

李援朝说："可不是嘛，说老就老了。春生啊，我还是建议你花两个钱，把自己的事情给办好。人生的机遇不多，希望你别失去了这次机会。"

马春生说："我把简历给了组织部，我想他们会根据我的情况，合理给我安排单位的，我不求当什么官不官的。"

"你有什么比别人特殊的情况啊？"李援朝问。

"大报、小报上我发表过许多文章，在部队虽说官不大，可也是小有名气的作家，凭那些荣誉证书，组织上至少会考虑给我一个与宣传部门有关的单位吧。"马春生说。

李援朝摇着头，冷笑了两声，把马春生的杯子里倒满酒说："未必，文章算什么，拿着不能吃，看着不能饱，哪个领导稀罕这样的人才呢？"

王小雅也说："搁到二十年前，能有几篇好文章，人们会很看重的。可是现在不一样了。在政界里混，要有三个基本条件，一是要有人脉，二是要有经济做后盾，三是有拍马溜须的本领，其他条件再好，能力再棒，也只能是替别人干活的。"

马春生说："干活的也不错，只要能把自己的一技之长奉献给社会，我也就心满意足了。"

李援朝摇了摇泥壶里的酒说："喝这酒不醉人，咱再开一瓶。"

马春生没有挡住，李援朝还是把第二瓶酒打开了，笑着说："有些人清醒时像是醉了，有些人醉了反倒清醒。你们搞文字的人不是常说李白斗酒诗百篇吗？"

马春生一脸醉意，哈哈地洒笑道："你说我糊涂是吧？其实我清醒得很，这个世道我早就看透了。我之所以不求进步，就是因为看不惯当今的社会，官也好，民也好，人们都在往'钱'看，哪还有什么理想？未来国家的前途在哪里呀？"

李援朝讽刺说："你不愧是个军人，处处在想着国家的前途，人民的命运，只可惜你的官太小了，左右不了发展的局势。如今大官尚且如此，你一个芝麻大的小官，又能怎么样呢？社会发展的滚滚洪流是任何人都抗拒不了的自然规律，顺应自然才有出路，就凭我们这些微不足道的草根人物想改变社会，岂不是螳臂挡车，自取其辱嘛。”

“即使是这样，那我也要坚守自己做人的信念，绝不会和那些人同流合污。”马春生说。

李援朝又和马春生碰了一杯，摇着头说：“老兄，你还是二十年前那样彻头彻尾的理想主义。我们现在不年轻了，不能再务虚了，去掉那些空想社会主义的念头，睁开眼睛好好看看现实好不好？”

马春生醉眼迷迷地说：“我并不是务虚，没有理念，哪里有将来啊，没有蓝图就不能建起大厦，我宁愿做块奠基的砖头瓦块。”

“不是务虚又是什么？心有余而力不足的事情想有什么用，只能是空想。我的想法和你恰好相反，我就喜欢务实。”李援朝也是满嘴喷酒，拿着酒瓶子摇晃着说：“过去上学的时侯，我们都批判过空想社会主义的世外桃源，如今我倒有心把那个虚无的东西变成客观存在，那才是真正的现实。你不觉得我是在为社会做贡献吗？”

马春生有些不赞成，说：“‘虚’也好，‘实’也好，我们权且不讨论这些，反正我看不惯商人的唯利是图，浑身都散发着金钱的臭味。援朝，别以为有了钱就有了底气，那些钱都是榨取人民的血汗钱。

“取之于民，用之于民，尽我最大的努力来建设国家，我以为没有什么不好。”李援朝说。

王小雅见二人喝醉了，把酒瓶子从李援朝手里夺了过来说：“看你都喝醉了，吃饭吧。”

马春生酒喝多了闹得心里难受，又加上喝了几杯茶，躺在床上怎么也睡不着。二十年前的李援朝在他记忆中留下的烙印很深，他那顽皮、好斗、不拘一格的性格，依然还是那样。当初他并不看好李援朝，甚至有些蔑视他。现在人家成了大款，听说在县里能呼风唤雨。马春生后悔酒后对李援朝说得那些不该说的话。

马春生起床时已经快九点钟了，刚洗漱完毕，就接到组织部的通知，他被安排到县国企棉麻厂任党支部副书记，括弧里写着正科级待遇。马春生迫不及待地到了厂里报道。到了工厂门口，就看到几十个下岗工人在同厂方谈条件，他们要求上班。听说马春生是新分来的，叽叽喳喳地乱嚷起来，有人说，厂里本来僧多粥少，又来了个吃闲饭的。也有人说，肯定是个窝囊废，这里的领导走还来不及呢，有本事谁往这里来呀？

马春生到了办公室，见人们一个个穿梭般地进进出出，忙上前问道："您好，我是新来的，请问在哪里报道？"

一个干部模样的女人盯着马春生看了半天，"到我们厂来的？"

"对呀。"马春生拿出组织部开具的介绍信递给那女干部。

那女干部似乎不太信，接过介绍信看了又看，半天才苦笑着说："呵呵，您好，欢迎您来我厂工作。我姓祁，负责厂里的人事工作。"

"我什么时候可以上班啊？"马春生问道。

"来不来都一样，反正来了也没什么事情，工资几个月都没有发了。"姓祁的干部说。

马春生听了她的话，觉得头脑一炸，身上的汗都急出来了。老婆还等着他回话，好搬过来呢，分到这样一个濒临倒闭的工厂怎么和她说啊？马春生离开了麻纺厂，一路上，想起了李援朝对他说的那些话，可是，昨天他已经对李援朝说了，他不会去唯心地做那些不该做的事情，现在可怎么办？

马春生找了个小酒馆，要了一盘花生米，一个人坐在那里喝起了闷酒。一瓶酒不知不觉喝了一半，觉得头有些晕，不能再喝了。他又要了一碗面条，酒足饭饱，付了钱，醉醺醺地离开了酒馆。

春风一吹，马春生的酒劲上来了，心里那些烦闷，早被抛到了脑后。他乘着酒兴登上了县里防洪的围城大坝。午后的阳光特别得温暖，坝外，油菜花已经吐蕊，成群的蜜蜂嗡嗡乱飞。马春生最喜欢的是河，他生长在河边，见到滚滚流动的河水，觉得亲切可爱。信步走到河边，看着河水中反射的熠熠阳光，心里特别得温暖。他找了一片平坦的地方坐了下来。

轻风拂动，飘着长长花穗的垂柳不断在眼前晃动，他觉得有些犯困，不知不觉就倒在河边睡着了。等醒来时，已经是满天星斗，一弯月牙斜挂在西方天际。此时，他酒醒了，费了很大的劲，也没看清楚腕上的表是什么时间。心想，管他几点呢，反正自己是一个人，什么时间回去都无所谓，他拍拍身上的尘土，慢慢地爬上了大坝。

第六十六章　取义割爱董秀芳不辞而别
进退维谷陈凌子去留两难

丁二强做了骨髓移植手术，身体恢复得还算不错。手术以及化疗费用总共花了几十万，除了陈凌子和董秀芳的所有积蓄，剩下的钱全由李援朝包了。

出院前的一天，董秀芳说是去办事，丁二强和陈凌子等她直到了夜晚，也没见她回来，陈凌子在收拾床铺时，发现丁二强的枕头下有一封信，是董秀芳留给丁二强的。

二强：

这样无声无息地走了觉得很对不起你和凌子，可是，我所能做的就只有这么多了。看着你一天天地好起来，我很高兴，希望你珍惜生命，多多保重身体，争取早日康复。

医生说你身体痊愈后不影响生育，希望你早日成个新家。陈凌子人很好，你可千万不要错过了。陈凌子虽然有孩子，但她也没有儿子，你们在一起非常般配。

我走以后，你千万不要找我，也不要打听我去了哪里，我是一个健康的人，无论在什么地方，都能生活。只要你幸福我就幸福。

代我问候陈凌子。再见了，二强。

秀芳

9月16日

看完信，丁二强流泪了，在这个世界上，他欠的人情太多，董秀芳、陈凌子还有李援朝为他花了那么多的钱，即使他身体康复得和过去一样好，欠这么多的帐，他恐怕一辈子也还不起。

见丁二强很伤感，陈凌子安慰道：“二强，别想得太多了，医生说，康复过程中，患者的情绪很重要，为了早日恢复健康，一定要保持良好的心态。”

董秀芳就这样悄悄地走了，为了他，她掏光了腰包，一个弱女子，天南海北地在外漂泊，丁二强心里怎么能不难受呢？

丁二强阴沉着脸说："我的命有那么值钱么？过去我可以把生命不当一回事，可如今，就连这命也不属于自己的了，这是你们用钱换来的……"

陈凌子打断他的话，说："你真俗气，别提钱好不好？"

"可是你们的这份恩情，我用什么来报答啊？"丁二强眼圈红了，"我知道，你拼了这么些年，一点一点地攒钱，就想换一辆新车。可现在你连旧车都贴近去了，以后生活怎么办啊？"

陈凌子笑了笑说："董秀芳一个人在外闯荡都可以，我一个大活人还能饿着吗？放心吧，我早就不想开车了，回去找份固定的工作就行了。"

丁二强知道陈凌子爱车就像爱自己的命，没有了车，就等于没有了工作。她这样说，完全是为了安慰自己。他勉强笑了笑，说："明天我可以出院了，我也打算找一份力所能及的工作做，不为挣钱，只为了生命能够延续。"

陈凌子说："这样想就对了。钱是身外之物，生命对我们来说只有一次，那才是最重要的。"

丁二强的主治医师进来了，问了一些关于病人的情况，然后问陈凌子："小董呢？明天小丁可以出院了，我有些话想对她说，等会让她去我办公室吧。"

陈凌子看了看丁二强，转身对医生说："秀芳走了，有什么话对我说行吗？"

医生说："那好，去我办公室吧。"

陈凌子去了医生办公室，拿到了出院的医嘱，又拾了一些常用的药，第二天一早就办了出院手续。

回家的路上，陈凌子担心刚做过手术的丁二强，一路劳苦奔波十分辛勤，全力照料着丁二强，第三天下午，他们才到了古县城。陈凌子把丁二强送到家里，打开门，屋里一片狼藉。陈凌子把丁二强安排躺在床上，开始打扫卫生，一边想着生火烧水，屋里全是要干的活。丁二强心里清楚，路上几天，凌子几乎没有怎么休息，这样下去能受得了吗？他实在是不忍心看她这样辛苦，支撑着爬想起来，被陈凌子阻止了。

“凌子，这些天你太累了，回去休息吧，这里我自己能行。”丁二强嘴里这样说，但内心并不希望陈凌子离开身边。

陈凌子生着了炉火，接了一壶水放在炉子上，寻了一遍，没有见到屋里的粮食，问：“二强，屋里有没有粮食啊？”

丁二强想了想，说：“好像没有了吧。”

陈凌子急了，在北京这些天，大钱小钱她都花干了，现在已经是囊空如洗。眼下，病人需要用钱，需要营养，她现在连养活自己都成了问题，她拿什么来照顾丁二强呢？再说了，丁二强刚出院，身边需要有人照顾，即使她暂时不走，可她和丁二强又不是夫妻关系，照顾他起居很不方便。

丁二强怎么办呢？把他一个人放在这里也不是个办法啊？她一边整理着房子一边想。正当她黯然伤神的时候，手机响了。

“喂，到家了吗？”是李援朝打来了电话。

“嗯，我们刚到二强家，你忙吗？”陈凌子问。

“噢，晚饭你就不要准备了，我给你们接风洗尘，过会儿我去接你们。”李援朝说着挂断了电话。

李援朝的电话像是旱地里来了一场及时雨，让陈凌子困扰的心舒坦了一些。陈凌子收拾好房间，烧了一瓶开水，服侍丁二强吃了药，这时，李援朝开着车过来了。

李援朝进了门，见瘦了一套的陈凌子还在忙乎，躺在床上的丁二强头发已经掉光了，他走到床前说：“二强，恭喜你病好了。”他四下看了看，又问：“董秀芳呢？”

“秀芳留下一封信就走了。”丁二强说着，竟然眼圈红了。

陈凌子说：“秀芳走了，丁二强一个人在家怎么办呢？”

李援朝以为陈凌子故意这样问，好让他给个台阶，好有理由留下来照顾丁二强，于是说：“她走了，你得留下来，二强身边不能没有人啊。”

陈凌子说：“姐夫，我和丁二强虽说是好朋友，可我是女人呀。”

李援朝说：“照顾病人不就是需要女人嘛。”

陈凌子急了，“那应该是董秀芳照顾才对呀，我不是说想抛开他不管，我的意思是我在这里不方便，孤男寡女的住在一起算什么呀？姐夫，你得想个主意把董秀芳请回来才对，她对丁二强真是太好了，忍心见他们分开吗？”

李援朝见陈凌子急了，知道自己误解了她，于是笑了笑打趣道：“看你急的，你放心，我只是开个玩笑而已，怎么能让表妹随便住进男人的房子里呢？”

陈凌子在李援朝身上擂了一拳，“别不正经了，二强可是一个特殊病人，你得赶紧想办法，这里还有一大堆事情要交代呢。

丁二强只顾听他二人说话，半天才插话说：“凌子，是不是医生有什么特别交代啊？如果有，你就对我说了吧，权当我是死过一次的人，我什么都不怕。说真的，我一个大男人不需要别人照顾，我自己能照顾好自己，你们就不要为我费心了。”

陈凌子说：“你太多心了，医生让我去办公室，只是写了医嘱，交待病人出院后，要注意的事项。”

李援朝说：“二强，你看这样好不好，在没有联系上董秀芳之前，先让你母亲来照顾一段时间，等身体恢复了再说，至于生活上的花费问题，你不要担心，这些全由我负责。”

丁二强说：“那怎么能行？住院已经让你花费了那么多，生活上，我会自己想办法。”

陈凌子说：“别充硬汉子了，人家大钱都花了，哪还在乎这些生活费吗？你就让表姐夫负责，等病好了，你再想办法还不就行了。”

丁二强耷拉下了头，啧啧地骂道：“这该死的病，让我今后怎么做人啊？”

李援朝说：“怎么做人，好好地活着，要不然怎么能对得起我们这些人？特别是凌子和秀芳，几年来攒的那点钱，全都给你花了。”

丁二强灰黄色的脸上，流露出一种让人难以揣摸的表情。陈凌子知道丁二强心里想些什么，她接着李援朝的话说：“你可要争点气，照顾好自己，这样才对得起我们大家。”

李援朝站起来说：“这样吧，你们先收拾着，饭店那边我都预订好了，我现在回临河铺，去把婶子接过来，一块吃晚饭。”

李援朝走了。陈凌子也累了，她搬了个凳子，靠着丁二强床边坐了下来。门外，两只野猫悠闲自在地在荒芜了的庭院中嬉戏，陈凌子出神地看着那两只野猫在草丛中上窜下跳，心想，怪道人们说猫来穷呢。丁二强懒懒地靠在床头的枕头上，手里摆弄着药盒子。“我这辈子恐怕是还不起你们了，即使能挣着钱，这人情债也会压得我喘不出气。”丁二强说。

“你千万别这样想，我们大家这样做都是应该的。”陈凌子见丁二强神色疲惫，没有一点精神，接过他手里的药放在桌上说：“闭上眼，休息一会儿吧。”

丁二强实在是困乏得很，从医院出来一路上的颠簸劳累，浑身像是散了架。他闭上眼，不一会儿就睡着了。陈凌子靠在椅子上打着盹，不知道什么时候也睡着了。在梦中，她恍恍惚惚地见到几个穿白大褂的医生，说丁二强不行了，吓得她出了一身汗，醒来见丁二强依然睡得很熟。

陈凌子轻轻地站起来，蹑手蹑脚地出了门，那两只野猫不知道什么时候已经走了，剩下长满杂草的荒芜小院。院子的中央，扯有一条彩色的尼龙绳子，看上去已经很陈旧，色彩已经褪的差不多了。陈凌子伸手轻轻地在绳子上摸了一下，上面落满了尘埃。看着手上的灰尘，她心情特别沉重。这是丁二强和董秀芳辛辛苦苦地经营起来的小家，董秀芳走了这些年，家里一点人气都没有了。

陈凌子哀叹了一声，觉得董秀芳这辈子也不容易，为了丁二强她放弃了自己的幸福，本以为丁二强可以重新建立家庭，寻找新的生活，没想到丁二强现在弄成了这样。也许她不离开家，丁二强就不会得这样的病。

院子外面传来了汽车的喇叭声，陈凌子赶紧走了出去。李援朝在车里伸出头说：“去喊丁二强，我们就不下车了，直接去饭店。”

陈凌子叫醒了丁二强，扶着他坐到了车上。小车很快到了饭店，王小雅早已经恭候在那里了。李援朝对王小雅介绍道：“这是二强的母亲，是来照顾二强的。”

王小雅一边让座，一边问丁二强：“感觉怎么样啊？这些天我和援朝也没顾得上去看你，不过，看你的气色还不错。”

丁二强说："谢谢你的关心，已经够麻烦你们的了，不是你们，现在都不知道还有没有我呢。"

李援朝说："不要说见外的话好不好？安下心来把病养好就算是报答我们了。"

服务员把菜端了上来，李援朝说："今天不说病的事情，好好地享受一下生活，吃好喝好。"

陈凌子说："酒就算了，医生说了，二强不能喝酒。"

"喝饮料行吧？二强，喜欢喝什么只管说，我们今天得庆祝一下，为你手术顺利，也为你早日康复，我们干上一杯。"李援朝说。

"那就要杯酸奶吧。"丁二强说。

王小雅拿了一瓶红葡萄酒对陈凌子说："过去，你开车一直不喝酒，今天开开戒，喝杯甜酒怎么样？"

陈凌子把酒瓶子接过来，说："好吧，今天大家高兴，喝一杯，庆祝二强顺利出院。"

大家高高兴兴地端起了杯子，丁二强的母亲也喝了半杯白酒。几杯酒下肚，陈凌子悄悄地对王小雅说："表姐，最近我准备到南方去，二强的事情就托付你和姐夫了。"

"怎么？要去广州？"王小雅诧异地问。

陈凌子说："我已经没有选择的了，没有了车，在家里还能做什么呢，我打算趁年轻也去南方闯一闯……"

李援朝端着酒杯，插断她们的话道："你们在嘀咕什么呀？喝酒。"

丁二强端起酸奶，欠了欠身体说："我借花献佛，敬你们一杯，再次谢谢你们的救命之恩。"

李援朝把脸绷起来说："二强，以后不许你再说这样的话，都是兄弟姊妹，这样说就太见外了。"

丁二强点点头，喝了一口酸奶说："我说错了，自罚一杯。以后再不这样说了。"

李援朝说："这还差不多。凌子，这段时间你辛苦了，我敬你一杯。"

陈凌子端起酒杯说："不好意思，我本该敬你的，因我喝的是红酒，怎么好意思先敬你呢。"

丁二强坐在那里拿着酸奶瓶，心里十分忐忑。自己已经出院了，难道还要让李援朝负担他未来的生活？拒绝吧，不仅会挨李援朝的骂，自己现在的生活也确实没有着落。陈凌子为了给自己看病，花干了所有的积蓄，连那辆心爱的破车也没了。李援朝花的钱对他来说，那是天文数字，即使他是健康的人，一辈子也挣不了这么多的钱。

丁二强见他们已经有了酒意，瞅了个空对李援朝说："李总，我的病已经好多了，您能不能给我安排一件力所能及的工作，我不能闲着啊。呵呵，当然，我不是为挣钱，我是为了生活不空虚。如果让我躺在家里的床上，那比让我去死还难受。"

李援朝说："你别想得太美了，等病好了哪里还会有这样的待遇？好好地珍惜这段日子吧，等把病养好了，我那里有干不完的活，不让你天天累得腰酸胳膊疼才怪呢。"

第六十七章　李援朝赠车陈凌子　夏大海私赴临河铺

大家吃饱喝足了，李援朝打电话让他的司机过来，把丁二强和他的母亲送了回去。他和王小雅、陈凌子步行回家，酒店离他家不远。陈凌子喝得晕乎乎的，要自己回去，被王小雅劝住了，她一定要让表妹去家里坐一会儿。盛情难却，陈凌子和表姐、表姐夫一块到了他新落成的别墅。

进了院门，陈凌子被迷住了，灯光下，整个院子布局的十分完美，偌大一个庭院里，盆景星罗棋布，花草树木郁郁葱葱。红花绿叶，清香扑鼻。他们边走边看，转到别墅的后面，在一簇簇亭亭玉立的竹子前，停着一辆崭新的大卡车，看上去与整个庭院很不谐调，显得不伦不类。

"为什么不把车辆停在库里呢？放在这里好像不太合适。"陈凌子说。

"你说得对，放在这里的确是不合适，表姐当一回家，干脆这辆车送给你算了，免得扎眼。"王小雅嘻嘻地笑着。

陈凌子说："表姐呀，太谢谢你了，那我晚上就把它开走了。"

王小雅从包里拿出车子钥匙，递给陈凌子说："凌子，给你。"

陈凌子以为表姐喝醉了，嘿嘿地笑道："我把车开走了，姐夫不找你算账才怪呢。"

王小雅说："凌子，这车真是给你买的。"

"开什么玩笑啊？"陈凌子看了看车，惊叫道："这还是新车呢，才买的呀？"

"你姐夫说了，你的旧车没了，给你买辆新车，高兴吧？"王小雅认真地说。

陈凌子鼻子一酸，眼泪就出来了。"表姐，我怎么能要你们买车呀，谢谢你们的好意，我将来有能力时自己再买。"

李援朝从后面过来说："好了，别客气了。我知道，你打算换新车的钱全拿出来给二强看病了，我和你表姐有的是钱，正愁没有地方花，给丁二强治病的钱就由我和你表姐出吧，这辆车是你自己的钱买的。"

陈凌子说："不行，钱再多也是你们挣的，这么贵重的礼物，我绝对不敢要，你们把它退回去吧。"

王小雅见陈凌子说话很认真，知道她是不会接受这辆车的，于是说："凌子，你干嘛去外地打工啊，援朝这里工作多得很。这样吧，这车呢，你先开着，挣到了钱你再还我们，好不好？"

陈凌子说："我想去南方不仅仅是为了工作，你们想想，如果我在这里，董秀芳一定不会回来，她还在想着丁二强将来能有孩子的事情呢。"

王小雅笑了笑说："你真是糊涂，你以为你走了她就会来呀？天下女人多得很，又不是只有你一个。秀芳现在钻进牛角尖里去了，你走不走都与她无关。凌子，现在我哥开了个沙场，一个车队也拉不完的沙子。援朝现在的业务也多得很，你还开车吧，以后不用再去别的地方联系业务，这里的活就足够你干得了。只要不怕累，有你挣不完的钱。"

李援朝说："是呀，这辆车权当是借给你的不就行了。再说了，我们又不是别人，都是亲戚，何必见外呢？"

王小雅也劝道："就听你姐夫的吧。这辆车已经加满了油，你看，它停在这里多难看呀，占了我们这么多的地方呢。"

李援朝说："今天不能开。凌子喝了这么多酒，明天吧。噢，凌子你得记住，酒后一定不能开车。"

"嗯嗯。"陈凌子不断地点着头。

王小雅说："想不到凌子还真能喝两杯呢。凌子啊，如果你没有和丁二强结婚的想法，我建议你还是和晓禾复婚，他现在已经知道自己错了，我看他一个人怪可怜的。"

陈凌子说："活该，他是自作自受。一个男人没有一点担当，把我们娘仨扔了，连头都不回，这样的男人我才不稀罕呢。"

李援朝说："小雅，这事情要我说也不能全怪晓禾。你知道我们农村的情况。不孝有三，无后为大。你当时是计划生育专干，又不能超生，晓禾能怎么办？他不是急了嘛。"

陈凌子气愤地说："即使是这样，也不能做出没良心的事情，当初，我对他怎么样？他对我们太无情了。"

李援朝说："在这件事情上，晓禾确实做得太离谱。不过，看一个人不能只看他的缺点，他的优点也是很多的。晓禾找过我多少次了，让我转达他对你的歉意，请求你能原谅他。你就不能给他一个机会呀？"

陈凌子说："为什么你们都替晓禾说话，不想想我的感受呢？"

王小雅说："不是没有考虑你的感受，是因为晓禾已经认识到错了，他现在除了道歉还能做什么呢？如果你同意复婚，他会用下半辈子来补偿你，只是你得给他一个机会呀。"

李援朝说："凌子，小雅说得对，你就给晓禾一次机会。再说，如果你和晓禾复了婚，兴许董秀芳也就回来了。"

陈凌子沉吟了片刻，唉声叹气地说："也许这就是我的命吧，和他结婚原本就是想有个家，哪想到会是这样的结果，他让我伤透了心。"

李援朝见陈凌子口气放松了，有些回心转意的念头，忙说："到了这把年纪，孩子慢慢地大了，她们也需要一个完整的家呀，我找个机会让你们见个面好不好？"

陈凌子摇头道："如果他有心，看他自己怎样做了，我不需要和他见面。"

正说着，司机回来了。李援朝怕陈凌子酒喝过了量，就让他把她送了回去。

高新丽接到父亲的电话，打理好行囊准备回临河铺参加梦幻山庄的开园大典，临行前，她去和夏大海告别。

夏大海有些好奇地问："梦幻山庄是哪里呀？"

高新丽仰着脸，自豪地说："就是我家乡临河铺，现在已经开发成旅游休闲圣地了。爹说家乡变化很大，村里邀请了所有在外地工作的人员，希望都能参加梦幻山庄的开业大典，我也借这个机会回去看看。"

"能带我去吗？"夏大海问。

高新丽笑了笑说："你去算什么呀，他们邀请的都是家乡的人。"

"那我是临河铺的女婿，也算半个临河铺的人呀。"夏大海说。

"脸皮真厚，什么时候你成了临河铺的女婿了？"高新丽摆弄着纤细的指头，不自觉地瞟了对方一眼，又认真地说："大海，对不起，我们实在不可能在一起，最多只能做好朋友，你原谅我吧。"

夏大海皱着眉头，粗声粗气地问："为什么？我就这样让你看不起？"

高新丽低着头说："不，是我不好，我不配和你在一起。"

夏大海说："如果你把我当成朋友的话，那你告诉我，到底是为什么？"

高新丽犹豫了一会儿，冷冰冰地说："对不起，这是我的私事，不想对任何人说。"

夏大海替高新丽背着行李，一直把她送上了车。二十分钟后，他也坐上了去临河铺方向的班车。夏大海追着高新丽的足迹也到了临河铺。下了车，他几乎不能相信自己的眼睛，这里一切全都变了，很难再找到过去那个临河铺的影子，连山水都和过去有所不同。夏大海一路走一路看，路边盛开着成片的猫爪草，黄花绿叶，把整个大地染成了花色地毯。远处山坡上，桃花点点，梨花片片，到处充满了春天的气息。信步来到梦幻山庄，远远看见一块气势恢宏的迎宾石，上面赫然刻着"梦幻山庄"四个大字，十分壮观。

进了庄园，里面的环境可谓是人文景观与大自然的完美结合。新落成的接待大楼金碧辉煌，美轮美奂。内部的装修也是雕梁画栋，富丽堂皇。绕过大楼，一条笔直的马路直通风景区，左侧是一排排整齐的小别墅，周围有透空栅栏环绕。出入的门口立着一块匾，上面写着“临河铺居民住宅小区”。右侧是一片绿地，绿地的尽头是庄园的宾馆。

顺着马路继续往前走，在一个山丘处，一片楼房吸引了他。那是医院？夏大海有些惊奇，医院建到庄园边上，谁会到这里就医啊，虽说环境不错，可这里毕竟不是疗养院，病人能找到这里吗？

夏大海正看得出神，这时，从医院走出来两个姑娘，嘻嘻哈哈地向他这边走来。看着她们身穿白大褂，估计是医院里的护士。夏大海走上前问：“请问这里是所医院？”

扎着马尾松的姑娘笑道：“大门上不是清楚地写着嘛，还用问啊。”

夏大海解释道：“我是感觉医院好像不应该建在这里，建疗养院还差不多。”

那护士咯咯地笑着说：“你感觉不灵，我们这医院红火着呢，还没开业就收到不少病人。不信你上去看看啊。”

夏大海向医院那边看了看，问：“你知道高医生开的诊所搬哪去了吗？”

“呵呵，你也知道我们的高院长啊？他就在院里，去找他吧。”那护士向医院那边指了指。

“你说什么？高院长？是叫高大龙吗？”夏大海问。

“嗯。嘻嘻……”那两个护士相互嬉戏着，你推我拉地走了。

夏大海进了医院，从门诊楼到住院处浏览了一遍。虽说医院不怎么大，但科室齐全，设备先进。从前面的门诊到后面的病房，建筑美观大方，布局整齐合理。

“是大海吗？”

夏大海回头一看是高新丽的父亲高大龙，忙应道：“哦，高叔，这是您的医院？”

“不，这是龙城医院的分院，我是被聘请来负责经营这所医院的。”高大龙说。

“那你这里需不需要人啊？”夏大海问。

“当然，我这里现在最需要的就是人才。如果你不嫌这里水平低，管理跟不上，我想请你也来这里工作。”高大龙说。

“大叔，您太客气了，您看我这水平能干什么呢？”夏大海问。

“外科主任行吧？”高大龙原来听说过夏大海外科手术不错。

“行，那我就留在您这里了，至于薪水您暂且别定，试用期间只要管饭就可以了。待试用期满，您愿意给我发多少都行。”夏大海说。

高大龙笑了，“看来你很自信啊。好，就这样说。明天参加我们临河铺‘梦幻山庄’的开业典礼，说不定新丽也会回来。”

“您没见到新丽？她已经回来了啊。”夏大海说。

“你怎么知道她来了？”高大龙惊奇地问。

“她告诉我的呀，她应该比我先到这里才是。”夏大海说。

“爸，大海？”高新丽放开马晓萍的手，快步走到高大龙和夏大海身边，“大海，你怎么来了？”

“大海，大海。”高大龙装着生气的样子说：“爹都不要了？”

高新丽拉着父亲的手连喊了三声爹，然后嗲声嗲气地说，“好了吧，还生气吗？”

高大龙哈哈地笑了，“爹是那么小气的人吗，晓萍去弄点好吃的，我陪大海喝上两杯。”

高新丽瞅了夏大海一眼，对父亲说：“闺女都不要了，去陪着外人喝酒。”

“谁是外人啊？大海是我院新聘的外科主任，我就不能陪他喝两杯？”高大龙说。

高新丽绷着脸说：“你和我爸签约了？想不到你真是个投机分子。”

夏大海凑到她耳边小声嘀咕道：“还不是为了你。”

第六十八章　悔当初高新丽痛心疾首
抱娘恩李援朝自当月老

马晓萍回去备了几个菜，高大龙拿出一瓶酒和夏大海喝了起来。

高大龙心情好，多喝了几杯，借着酒劲，和夏大海南无天北无地的聊了起来。说着说着就聊到了夏大海在原单位的情况。

夏大海满脸红光，听问到了他在原单位工作的事情，便沾沾自喜地称赞说："我的原单位比起省级医院的规模也不算小，不仅设施完备，仪器先进，管理水平也是一流的，光研究生以上学历的就有好几十人。我在那里学到了很多学校学不到的东西。"

高新丽接着说："爹，您怎么能和他这样的人签合同，人家在原医院是骨干，每年能挣十几万，您能付得起人家工资么？"

高大龙脸上大为不悦，绷着脸说："你就知道钱，好像离了钱就不能活似的。我行了半辈子医，只知道一个医生的最高境界就是救死扶伤，在我这里，没有钱也能看病，也没见我饿死。"

夏大海说："大叔说得对，钱再好也没有命好，见死不救就配不上做医生。"

高大龙又抿了一口酒说："钱多了不是什么好事，当今社会上不是流传这样一句话吗，'男人有钱就变坏，女人变坏就有钱，'我看这话说得好，虽说这话不是绝对的，但反映了一种社会现象。"

夏大海忙接话说："高叔说的是，现在一些人有了钱就忘乎所以了，吃喝嫖赌，什么事情都干，我就看不惯那些人。"

高大龙又说："大海，其实你不知道，我家过去也很有钱，到了解放的时候，我们高家还有几百亩良田，成坛子的金银首饰。我爷爷就是因为那些财产被收缴，活活得给气死了。"

马晓萍在一旁听不下去了，说道："说那些陈芝麻烂谷子的事情干什么？"

高大龙知道说这些话肯定触到了老婆的痛处，当年他爷爷的死，就是马晓萍的爹马世保去他家挖宝造成的。他把剩下的半杯酒又喝了下去，说："我是说钱不是什么好东西，有吃有穿就行了，多了就是祸。那个叫唐显龙有钱，看他干的那些个勾当……"

马晓萍气得在一旁直跺脚，心想，这回高大龙真是喝醉了，哪壶不开提哪壶，怎么就说起了唐显龙那个臭不要脸的东西了。她岔开话题说："她爹，酒不能再喝了，上饭吧？"

高大龙像没听到老婆说话一样，拿起酒瓶子，也不给夏大海倒酒，自个儿又倒上了一杯，抿了半盅子说："记得小的时候，我爷爷总是这样说，我们高家祖祖辈辈都是靠着临河铺这片黄土养活，喝着月牙河的水长大，高家的根深深的扎在这块土壤里。这些话，至今我都不敢忘怀。可是，到了新丽这一辈，没有人愿意留在临河铺，这让我心里很纠结。原想让新丽学医，能继承我的事业留在临河铺，可她也不愿意，将来等我死了，临河铺除了还有咱高家的祖坟，什么都没有了……”

高新丽见爹有些伤心，接过话说：“爹，对不起，过去都是我错了。我愿意留在您的身边，从今往后扎根在临河铺，要像您一样继续为临河铺的群众服务。”

“真的？”高大龙听女儿这样说，有些兴奋了，话又多起来，“新丽呀，爹这辈子没有钱，但很幸福。说实在的，我不是不能挣钱，只是我不愿意挣老百姓的钱。就说我配的膏药吧，除了本县各所医院，千里之外都有人来信索取，物价这些年都长了十倍了，可我每贴膏药还是只收一元钱，收的仅是工本费。可是我听说，他们进了我的膏药，每贴卖到了十元甚至二十元。”

高新丽说：“爹，您这样就不对了，您不挣钱，可钱都让别人挣了。患者从外面买药，并不受益。”

马晓萍插话说：“你爹配制的膏药在市场上可是抢手货，供不应求呢。”

夏大海说：“开医院还是要挣钱的，要不然医院怎么发展，设备用什么更新换代啊？”

马晓萍听不明白夏大海的话，她接着说：“你高叔可有名气了，还有一些县里领导来找他看病呢。”

高大龙咧开了嘴，指着房檐上挂的那些干肉，对夏大海说：“你看看，我们家每年不缺这些鸡鸭鱼肉吃，都是患者送来的，你若是不接受，他们就会生气。我并不是为这些礼物高兴，只是感觉群众心里有我。”

马晓萍炫耀说：“还说呢，你高叔光收藏的感谢信和锦旗就装了满满一箱子。”

高大龙显得有些自豪，继续说：“人活着不一定要有许多钱，但一定要活的有意义。这样才不枉活一世。”

夏大海点点头说：“高叔说得真好，人如果钻到钱眼里了，活着就太累了。以后我们也要像您一样，潇潇洒洒地生活着，不为名利，多为社会做点好事，人们是不会忘记的。”

高新丽说：“好吧，从明天起，我也到爹的医院里上班，您给我安排个什么活呢？”

高大龙说：“什么叫‘活’呀，医院里又不是农民种地。你学的是临床，就负责坐诊吧。”

“那我就算回来继承高家的基业了，在临河铺干一辈子。”高新丽嘻嘻地笑道。

第二天，夏大海、高新丽都来到了新建的医院，在大门前，他们遇上了丁二强和董秀芳。

“新丽回来了？”丁二强问。

“回来了，以后就在这里工作了。”高新丽见丁二强后面跟着一个陌生的女人，便想起了陈凌子曾经和他一起去医院看病的事情，问：“你的情况怎么样了？”

丁二强搓了搓手，说：“前段时间在北京做了骨髓移植，目前感觉恢复得还不错，特别是吃了高院长的几剂中药后，觉得精神好多了，也有了食欲。”

“常言说病来如山倒，病去如抽丝。不要着急，慢慢地修养，相信你的病一定会好的。”高新丽鼓励道。

董秀芳说：“谢谢你的吉言。这些日子，多亏了朋友们的支持，现在高院长又对我们特别照顾。要不然，二强哪有今天啊。”

丁二强向董秀芳介绍道：“你认识新丽吗？她是高院长的女儿，医科大学毕业生。”

“呵呵，名门出才女啊。你们一家都是好人，以后还请你多多关照。”董秀芳说。

“应该的，这是做医生的本分。”高新丽问：“你们打算去哪呢？”

“我们去参加‘梦幻山庄’开业大典，今天可是个大喜的日子，你们不去吗？”丁二强问道。

“去，我们是第一天来医院上班，先报个到，马上就过去。”高新丽说。

“我们先去了，二强喜欢凑热闹。”董秀芳挽着丁二强的胳膊说。

看着丁二强他们亲热的样子，高新丽想起了和唐显龙在一起的那些日子，脸上不禁有些发烧。当初不知道是哪根神经出了毛病，怎么能让一个下三滥鬼迷心窍，全是因为贪图富贵的思想作的怪。爹说得对，一个没有尊严、没有自信的人，终归不会找到自己的幸福。她看了看身边的夏大海，觉得自己实在是配不上他，轻轻地叹了声气。

夏大海见高新丽出了神一样，半天不说一句话，问道："叹什么气呀，这里不好么？环境是山清水秀，人们又忠厚朴实，上哪能找到这样好的地方啊。听说村里开发的房子还没有卖完，我们买一套在这里定居吧？"

高新丽抬头看着夏大海，两眼木偶似的滚动了一下说："大海，对不起，我不能嫁给你。"

夏大海看着高新丽那充满凄楚的眼神，不安地说："我知道，我家里的情况很糟，没有你希望的那样好。不过我们都还年轻，我相信，我们能够用自己的双手创造出美好的未来。"

高新丽眼眶湿润了，面对夏大海殷切、执着的目光，她轻轻地摇了摇头说："不，是我不配。"

夏大海愣了一下，"为什么要这样说？"

高新丽把脸转向了一边，掏出纸巾轻轻地擦去眼中要流出来的泪，低声说："去报道吧，别误了参加典礼仪式。"

李援朝这些天忙得马不停蹄，但有一件事情他不能忘，就是接母亲和孟天然参加"梦幻山庄"的开业大典。母亲为了自己，这么多年一个人守着孤独，现在她已经老了，李援朝想趁此机会让她和孟天然结成伴侣，相互之间也好有个照应。

李援朝没有和母亲沟通，先去把孟天然接到了宾馆，然后，才去接母亲。路上，把孟天然已经到了宾馆的事情告诉母亲，李月牙嗔怪儿子说："援朝啊，你这样做太欠考虑了，我们都已经是年过七旬的人了，这不让人笑话吗？"

李援朝说："娘，过去是儿子不孝，对您关心不够，您就原谅我吧。"

李月牙说："我和你孟叔已经多年没有来往了，你忽然这样就把他请来，他会怎样想？"

李援朝松下了油门，汽车速度渐缓了下来。"娘，孟叔为了您，这么多年都没有续弦，现在儿、孙都已经长大，用不着操心了。我对他说了我的想法，他很高兴。”。

“你有些胡闹，在没有征求我的意见之前，怎么能做出这样荒唐的事情呢？是不是现在孙子孙女都用不着我照顾了，所以你才这样想啊？”李月牙说。

“娘，您想到哪儿去了呀，过去您受了那么多的苦，如今孩子都大了，您也该享享福了。我在临河铺买了一套双联别墅，以后，孟叔我们就住在一起吧。”李援朝说。

李月牙有些激动，儿子想得这么周到，她还有什么可说的呢？不过，她还是担心社会上的人们会怎样看。“几十年都过去了，现在我们都已经是风烛残年的人了，这样安排合适吗？”

“有什么不合适的，现在都什么年代了，思想还那么守旧。”李援朝把小车直接开到了宾馆。

敲开门，孟天然正在屋里躺着看电视，李援朝问：“孟叔，急吗？”

“不急，这里挺舒服的。”孟天然说。

李援朝把母亲的东西放进了床边的柜子里。“我这里正忙，先走了，有什么需要，直接打电话要我就行了。”说着他把买好的餐票放在桌子上，“我可能没时间陪你们吃饭，饭厅就在一楼的后面，出门右手就是。”

孟天然说：“你尽管去忙吧，之前，我在这里转了一圈，环境已经很熟了，不用管我们。”

李援朝说：“那我走了。生活上有啥需要，直接找服务员就行。”

第六十九章　李有福邀请四方英杰
李援朝款待八面来宾

经过几年大规模的基础设施建设，临河铺已经彻底改变了过去的面貌。亭亭玉立的现代化办公接待大楼和星罗棋布的楼台亭榭，令人目不暇接。虽是阳历四月天，园中的桃李，尽已含苞欲放，那朵朵刚要张开嘴开的桃花，恰似是丽人的樱桃小口，秀丽高雅。那点点李花骨朵儿，玉骨冰肌，宛如粒粒白色珍珠，靓艳含香。漫山遍野的猫爪草业已开始吐蕊，金黄色的碎花朵儿香飘四溢。阵阵清风把那沁人心脾的香气飘向远方，引来无数蜂蝶追逐嬉戏。被装饰的一新的梦幻庄园，早已被大自然给披红挂绿了。站在山坡上，远远地向月牙河看去，水面上船走帆飘，莺歌燕舞。广阔的空间，任凭一群群白鹭自由飞翔。

按照李援朝的计划，举行开业大典的时间，安排在清明节的前两天，这样，不会影响宾客们为亲人扫墓祭祀。眼看着离清明节的日子已经临近了。李有福忙着给在外工作的人们发请帖，李援朝负责落实宾客们的食宿，蓝叶萱带着一帮女人张罗着宣传、接待方面的工作。

到了开业大典的前夜，贵宾们基本上都已到齐，客人们一致赞同全村人搞个大联欢，把原计划请歌舞团演出的时间向后推迟了一天，就这样，临河铺梦幻山庄拉开了开业大典的前奏。

灯红酒绿，音乐盈耳。接待大厅里坐满了远来的客人，就连大厅外面的广场上也摆满了酒席。李有福满面红光站在主席台上，对着话筒高声喊道：

各位来宾，各位朋友，乡亲们：

大家好。在今天这个大喜的日子里，很荣幸邀请到来自远方的各位嘉宾回家乡做客，在这里我代表临河铺的全体父老乡亲，代表资助这次盛会的李援朝总经理，向你们表示热烈的欢迎！（鼓掌声）

出席今晚宴会的基本上都是咱临河铺的人，这里我就不讲客套话了，一是向来宾表示欢迎。二是希望大家吃好喝好玩好。三是我即将卸任了，想借此机会向大家说几句心里话。

我李有福在临河铺断断续续地干了五十多年的书记，说长不长，说短也不短，在全县也算是最老的一个村支部书记了，哈哈哈……

在这半个世纪里，临河铺走过了许多坎坷，经历了风风雨雨，今天总算是见到了雨后的彩虹。在这里，我衷心感谢这么多年来你们对临河铺建设的关心，感谢你们对家乡的无私奉献，感谢你们在外地为临河铺争了光。这里尤其要提到的是在临河铺人民面临生死存亡的关键时期，由于你们的帮助，把许多人从生死线上拉了回来。在临河铺需要投资建设的时候，由于你们的大力支持，把临河铺打造成了真正的‘梦幻山庄’。在此，我代表临河铺的父老乡亲再次向你们表示感谢。

半个世纪以来，我和村委会一班人无论功过是非，可谓做到了鞠躬尽瘁，死而后已。为了临河铺的发展，除了像李栓柱、马世保、马秋生、马立丰、马二锁等人以外，还有很多人都是壮志未酬，先我们而去了，在今天这样一个大好的日子里，我代表全村人，向他们致以崇高的敬意，告慰他们的亡灵可以得以安息了。

我李有福一个布衣，不求村里将来对我怎样评价，哈哈……没有功劳也有苦劳啊。我不是个聪颖的人，这么多年来没有带领群众致富，在这里，向大家说声道歉，也对自己没有富起来表示遗憾。现在时髦的说法是摸着石头过河，如今你们都摸到了石头，我连砖头也没有摸着。正应了村里人习惯说的那句老话，等我摸着枕头的时候天已经亮了，哈哈……

各位来宾，父老乡亲们，咱临河铺说得上是物华天宝人杰地灵，我们村里的人向来都是勤劳的人，无论我们的人在哪里，都能做出不一样的业绩，大到中央领导，小到普通村民，我们都是靠自己的双手创造人生、创造财富。如今，年轻的后生们一个比一个有出息，他们正意气风发、斗志昂扬地战斗在全国各条战线上，创造出了不少突出业绩，有些人当了企业家，成了拥有千万富翁的成功人士；还有些人当上了作家，出版著作；更有人为了我们国家的安全，常年驻守在祖国的边疆。在这里，我代表临河铺的父老相亲，再次向嘉宾们表示热烈的欢迎和衷心的祝福，希望你们再接再厉，更上一层楼。（鼓掌声）

现在我宣布宴会正式开始。谢谢大家。

觥筹交错，噪声四起。酒场上的热闹气氛蔚为壮观，在临河铺可谓是空前绝后。李有福带领村班子成员敬完酒，他坐在了老人席上，这桌宾客有王金山、王银山、吴一鸣、马春兰、李银锁、郭勇、高凤娇、高二龙、李月牙等人。

筵席上，吴一鸣最为活跃，见李有福过来了，忙倒上一杯酒说："有福，我们大家都老了，就你还'年轻'，仍然在为国家做贡献，哈哈哈……来，我也敬你一杯。"

李有福端着杯嘿嘿笑道："不敢当，不敢当。来来来，咱们大家一起喝吧。"

大家举杯喝了酒。吴一鸣又说："有福啊，你刚才讲得真好，五十多年了，我们经历了风风雨雨，谁也想不到我们这些人能做到一个桌上。今天你为大家提供了这个平台，我也敬在座的各位喝一杯。"

王银山笑容可掬地站起来，呵呵说道："可不是吗，五十年前我们是宿敌。当然，我是败军之将，不可以和你们言勇，但我也是为了中华民族的振兴，辛苦了半辈子。"

吴一鸣也站起来说："王先生，胜败乃兵家常事嘛。不过，说起来惭愧，如今我们在座的哪个也比不上你，你不仅曾经是国民党的大佬，而且是海外的资本家，今天能不远万里来参加我们的庆典，这让我十分感动。来来来，干杯。"

大家附和着你一言，我一语地耳语着。吴一鸣又说："王部长，你是老革命了，也讲几句呀。"

王金山欠了一下臃肿的身体，诙谐地说："讲什么呢？我们这些人就像桌子上摆的菜一样，聚在一起是个大杂烩。大家有不同的人生信仰，不同的生活方式和不同的生活轨迹，尽管如此，如今我们却是殊路同归，走到一起来了。"

吴一鸣拍手称赞说："讲得好，不愧是领导，说起话来就是有水平。"

王金山接着说："能参加这个宴会我很感动。今天我们这桌筵席上，不仅是国共合作，在座的我们王家同李家过去也有过不少恩怨。不过，时间是最好的良药，它不断地化解我们之间的痛苦与仇恨。王家和李家的联姻，使我们也成了一家人。我希望今后咱临河铺的乡亲们，以梦幻山庄为开业为契机，成立一个大家庭，我们大家都是这个大家庭中的一员，不分彼此，没有冤仇，大家齐心协力把临河铺发展起来。谢谢。"

李有福说："过去的已经过去了，如今我们都已是古稀之年，能为临河铺做的已经不多了。”

王银山深有感触地说：“是啊，人生苦短。此生恐怕来不了几回月牙河了。看到眼前的家乡，就会让我想起旧时的情景，正所谓青山依旧，物是人非啊。”

李援朝端着酒杯过来敬酒，接着王银山的话说：“长江后浪推前浪。建设临河铺的重任还有我们和下一代呢。谢谢你们老一代为我们做出的榜样，我敬各位长辈一杯。”

李援朝敬完了酒，来到老知青组的酒桌上，这桌坐的是二十多年前在临河铺下乡的知青，章晓燕坐在上席，紧挨着她的依次是郭涛、李三反、李苏、马春生、马晓禾、马丰收等，王小雅和陈凌子主陪。

李援朝拿着酒瓶子喊道：“兄弟们，我来给你们敬酒了。”

张晓燕哈哈地笑了一阵子说：“援朝，你也太看不起女性了，只有兄弟就没有姊妹了？”

李苏接着道：“说错了，先自罚一杯，要不然，不能入席。”

李援朝说：“我哪里说错了？说兄弟是表示更亲切，现在时兴这样说。”

李三反反对说：“这是对女性的歧视，我支持罚酒一杯。”

王小雅解和说：“援朝在商界学的油嘴滑舌，大家别和他一般见识，来来，大家端起酒，我和援朝共同敬大家一杯。”

李苏还想说什么被马春生给劝阻了，大家喝了酒。马春生说：“晓燕，二十多年没见，你还是这么年轻，一点也没变。”

李苏笑了笑说：“春生之意是我们大家都老了，只有晓燕是吃了唐僧肉。”

大家一起哈哈地笑了起来。马春生说：“我说的有我的道理，经常见面就看不出多大变化，只有多年不见，才能感觉到有没有变老。”

马丰收说：“有道理，真正能看出变化的是我。刚和大家见面时，几乎没有人第一眼能认出我来的，可见我老了。”

郭涛说：“你是因为穿了一身戎装，让人猛然一下想不起来。其实最显年轻的就是你了。”

李援朝把酒杯举得高高的，说：“来来来，大家喝酒，酒是粮食精，越喝越年轻。我祝大家青春永驻。干杯。”

章晓燕喝了酒，红扑扑的脸上还带着几分青春气息，摇着头说："转眼二十多年了，当初我们大家对前途最看好的是马春生。呵呵，没想到二十年后，最有前途的居然是援朝，这让我们大家大跌眼镜。"

李援朝嘿嘿地笑道："谁说我混得最好罚谁酒。你们哪个不比我混得好？有的是政府官员，有的是军队干部，还有你这大学教授……对了，说起教授，开业大典那天我还要请你当主持呢？"

章晓燕打趣说："那好哇，给多少钱？"

李援朝哈哈笑道："你这个大学教授平时那么清高，怎么今天也说起钱了呢？"

"现在是金钱社会，不说钱说什么呀？就是因为你是个财主，大家才说你比春生混得好呢。"章晓燕说。

马春生紧接着说："说起来惭愧，我怎么能和援朝比呢？当初人家在省里就是厅级干部，如今不干行政了，又成了大企业家、商界的领袖，在县里一呼百应。"

李苏笑道："马春生对临河铺的贡献也不小啊，这漫山遍野的猫爪草，如今长势这么喜人，多亏了二十年前你建议把猫爪草野生转家植，要不然，哪有今天这猫爪草基地呀。"

马春生惭愧地说："当年，我们种植猫爪草半途而废，幸亏援朝有眼光，把这项产业发展了起来。"

李苏咯咯地笑道："援朝运气好，身边有贵人保驾，要不然，怎么能娶到小雅这样既漂亮又贤惠的嫂子啊？"

王小雅瞪了李苏一眼说："你别到处扇风点火了，当心烧到了自己。"

郭涛说："我说话向来也喜欢直来直去，当时，我们这些人中，谁也想不到援朝能比春生有前途。那时，我们大家都认为马春生将来会是个人物，对吧，三反？"

李三反说："可不是嘛，不过，人家春生也不错，在部队混个副团干部，回来又当了文联主席，也是个人物啊。"

李援朝说："说的是，我只是比大家有'钱图'，其实，我什么都比不上大家。"

马春生难为情地摆着手说："惭愧，惭愧，我这个文联主席还是援朝帮的忙，要不然连工资都没着落呢。”

大家一边叙旧一边喝酒。正是酒逢知己千杯少，不知不觉已经喝下了四五瓶，章晓燕早已醉得控制不住情绪，对王小雅说：“小雅，当年你不是说最看不上的就是援朝吗？呵呵，世上什么奇迹都会发生，想不到你们现在夫唱妇随过得这么好。”

王小雅捂着嘴笑道：“你又来挑拨我们夫妻之间的关系，是不是喜欢上了我家的援朝啊？哈哈哈……”

席间只有马晓禾和陈凌子很少说话，李援朝见酒已经喝到了这个份上，趁机说：“晓禾，你就不能敬凌子一杯酒？”

马晓禾忙接过酒瓶子，自己先喝了两满杯，然后给陈凌子倒了半杯，嘴里嘟嘟囔囔地说：“凌子，对不起，请你原谅我吧。”

陈凌子把脸扭到了一边，像是没有听见，理也没有理他。李援朝赶紧说：“凌子，人家再多不是，今天这种场合也该给个面子。”说着，李援朝把酒杯端起来，送到陈凌子的面前，“来，我陪着你喝这杯酒，晓禾把我的酒也倒上。”

陈凌子没办法，只好端起了酒杯，李援朝又说：“晓禾，你也端起杯。”

三人一起把酒喝了下去。

第七十章　临河铺设立根亲节　吴一鸣剪彩祭开园

这是一个晴朗的日子，阳光和煦，春风拂面，天显得特别的蓝。

临河铺呈现出一派热闹景象。人们在欢呼，鸟儿在歌唱，梦幻山庄的广场上人山人海，大家沉浸在欢乐的海洋中。蓝叶萱和一帮村干部在人群中鱼贯穿行，他们在做庆典仪式前的最后准备。

会场上彩旗飞扬，锣鼓喧天。欢乐的人们兴高采烈，载歌载舞。那些踩高跷的、扭秧歌的队伍在不断地变换着队形。人群中喝彩声伴着锣鼓声此起彼伏。

马世轩拄着拐杖，捋着白花花的胡须来到广场上，马春生跟在他的身后说：“爹，会场上人多，您就站在一旁看看吧。”

马世轩停下脚步，颤巍巍地指着广场上的人群说：“这可比过年还要热闹得多啊，你爹一辈子经过多少热闹的场合，从未见过这样大的场面。”

李有福从会场上走了过来，呵呵笑道：“长辈的也过来了？您可是我们临河铺年纪最大的老寿星了。”

马世轩说：“呵呵，没想到我这耄耋老人还能赶上这样的大好日子。”

“还能再拉一曲吗？”李有福问。

“再拉就要改一改曲调了。你知道，过去我喜欢拉的都是一些老掉牙的伤感曲子。唉，只可惜我那一帮吹鼓手已经都走了，剩下我一个孤掌难鸣啊。”马世轩不无伤感地说。

李有福说：“今天是个大喜的日子，请您老坐主席台上吧。”

马世轩推辞道：“我一草民，虽说过去也不少登台，但活了九十多岁也没有登过真正意义的主席台。如今这把年纪了，算了吧。”

李有福说：“你是我们临河铺历史发展的见证人，也是德高望重的老长辈，今天，您一定要给我们临河铺长个脸啊。春生，你扶老人家上主席台吧。”

马春生扶着父亲刚上主席台，就看到十多辆中巴开进了梦幻庄园，县长带着县直各单位的一把手，各乡镇的主要领导风尘仆仆地下了车，在迎宾小姐的带领下，走进了宾馆。参加典礼仪式的嘉宾们陆续进了广场。

主席台前摆满了鲜花、水果，年轻漂亮的礼仪小姐们，玉立在主席台两侧，她们身穿红色的礼服，个个满面春风，笑容可掬。

开园庆典正式开始，章晓燕手执话筒，春风满面地上了主席台，恭恭敬敬地给大家鞠了个躬。

扩音器里响起清脆的女声：

尊敬的各位领导、各位来宾，先生们，女士们：

大家好。在这春回大地、万象更新的日子里，我们怀着及其喜悦的心情，迎来梦幻山庄的开业庆典。我受李董事长的委托，向各位嘉宾表示热烈的欢迎。

这些日子以来，承蒙各位领导的指导和支持，各位同仁的鼎力相助和关心，梦幻山庄终于按预定的时间完成了首期工程。在这里我代表梦幻山庄向您们一并表示感谢。请允许我宣布：梦幻山庄开业大典现在开始。（鼓掌声）

锣鼓、鞭炮齐鸣，震得地动山摇。董秀芳在拥挤的人群中，身体紧紧地护着丁二强，一边笑呵呵地说："真热闹啊，二强，以后病好了，咱就留在这山庄里——一辈子。"

丁二强什么也听不到，只顾不断地跟着拍手。锣鼓、鞭炮声一停，章晓燕的嗓音犹如黄莺出谷，绘声绘色地接着说："下面我荣幸地向各位来宾介绍今天参加庆典的领导和贵宾，他们是——原国家民政部副部长王金山，加拿大华裔人士华兴财团董事长王银山，原市委副书记吴一鸣同志，原市人民医院副院长马春兰同志，县长雷苍郁同志……让我们以热烈的掌声欢迎他们登上典礼台。"

在哗哗的掌声和轻音乐声中，礼仪小姐们引导着贵宾们上了主席台。

章晓燕接着说："下面有请梦幻山庄的董事长兼总经理李援朝先生致欢迎辞。"

李援朝健步走上主席台，高高地挥手向大家示意。分别向台上礼宾和台下的观众鞠了躬，然后，对着话筒说：

尊敬的各位领导、各位来宾，先生们，女士们：

大家好。在这春风荡漾，花开飘香的日子里，我们有幸聚首在临河铺，为我们的梦幻山庄举行开业典礼，这是何等的大喜事啊。首先我代表梦幻山庄的全体员工和临河铺全体群众向参加开业庆典的各位领导、各位嘉宾表示热烈的欢迎和衷心的感谢。（鼓掌声）

梦幻山庄深深扎根在临河铺的这片沃土上。这片土地，见证着临河铺人民的吃苦精神和奋斗精神，见证着临河铺人民拼搏的历史。正是由于临河铺的广大人民群众前赴后继、浴血奋战，经过几十年不懈的努力，才成全了梦幻山庄的开业大典。

今天，梦幻山庄开业了，这是临河铺人民的伟大创举，是临河铺人民智慧的结晶。这山、这水、这土地无不融入着广大人民的血和汗。在这里，我对那些为临河铺建设奉献生命的人们，表示沉痛的哀悼和深切的缅怀。

临河铺山清水秀，人杰地灵。花果山、水帘洞堪比世外桃源，更有梅花岛、樱花庄、桂花铺、桃花源、绒花亭和竹园相媲美。山上四季常青，山下绿水碧波。不一样的环境，有不一样的花开；不一样的季节，又不一样的鲜果。月月有鲜花，常年有鲜果。这里不仅是旅游胜地，也是养生的好地方，山坡上还生长着猫爪草等多种名贵中草药……

朋友们，梦幻山庄是打开通往神秘美丽的驼峰山的大门，我们第二期开发的目标是驼峰山旅游区，我相信，在县委、县政府的领导和支持下，在各位朋友的鼎力协助下，不远的将来，梦幻山庄就会成为国家级旅游圣地，迎来世界各地的贵宾。

最后，为了梦幻山庄的繁荣昌盛，为了临河铺的人世世代代记住这个可爱的地方，我建议把每年清明节的前一天作为临河铺的根亲节日，每年的这一天，我们来这里聚会，直到永远……

尊敬的各位领导、各位来宾，梦幻山庄筹建以来，受到你们的大力支持和帮助，在这里，我代临河铺的全体父老乡亲再次向你们表示感谢，衷心祝愿你们心情愉快，万事如意！

谢谢大家！（鼓掌声）

在热烈的掌声中，章晓燕把李援朝送下主席台，继续主持仪式："梦幻山庄的落成是多年以来临河铺人民的愿望，作为老支部书记李有福、青年企业家李援朝，他们勇于开拓，终于带领群众走出了贫穷落后的面貌，在这里我向他们表示热烈的祝贺，祝他们的事业兴旺发达，财源滚滚！下面有请县政府县长雷苍郁同志致贺词。"（鼓掌声）

雷县长身穿一套灰色西装，鲜红的领带，格外惹人瞩目，他满面春风地对大家笑了笑，然后高声说道：

"各位领导，各位来宾，同志们，朋友们：

大家好！

今天，我们有幸欢聚在临河铺，共同为梦幻山庄开业庆典，在这个美好的日子里，我代表县委、县政府向梦幻山庄的开业，表示衷心的祝贺，并向来宾们表示热烈的欢迎。

人民，只有人民才是创造历史的动力。临河铺的人民发扬愚公移山的精神，经历了几十年浴血奋斗，几代人的艰苦努力，他们齐心协力、前赴后继，用血和汗铸就了今天的辉煌，为临河铺开创了一个崭新的时代。创业是艰难的，也是需要勇气和魄力的，临河铺能有今天的辉煌，与临河铺的领导班子勇于开拓的精神分不开，与企业家的支持分不开。今天，我们县一级机构的一把手都来了，希望你们也能有梦幻山庄精神，拿出你们的勇气，开垦出各自行业的梦幻山庄。

梦幻山庄环境优美，空气新鲜；四季山长青，月月花似锦。这里是人们休闲、娱乐、旅游的好地方。月牙河的码头开通后，这里的交通形成了公铁水一体化，将更加便利了我县的旅游观光业的发展。我相信，梦幻山庄在不远的将来，一定能给我县带来更多的商业发展机遇，为我县其他行业的发展注入新的活力。我期待梦幻山庄将通过一流的管理，一流的服务为旅游观光创造一个和谐宽松的环境，把全国乃至世界各地的金凤凰引到这里来。（鼓掌声）

最后，我祝愿梦幻山庄开业大吉，事业成功！

谢谢大家！（鼓掌声）

章晓燕：雷县长讲得好，火车跑得快，全凭车头带。有临河铺这样的好领导班子，何愁引不来金凤凰？各位领导，各位嘉宾，欢快的乐曲，赞美着今天的盛典，隆隆的炮声，奏响了新的乐章，梦幻山庄的人们将要迈上新的征程，希望你们在改革开放的大潮中，激流勇进，再攀新高。下面，请原市委副书记吴一鸣同志、雷苍郁县长、临河铺的书记李有福同志为开业剪彩。

鞭炮齐鸣，音乐四起。礼仪小姐在《花好月圆》的音乐声中，手捧托盘和红色缎带，文雅轻盈地上了主席台。吴一鸣、雷苍郁、李有福在礼仪小姐的引导下，从右端走到了台前。吴一鸣站在中间，雷苍郁和李有福分站立两旁，礼仪小姐捧上了洁白的手套，递上了剪刀……

章晓燕：好，非常圆满。请嘉宾们合影留恋，然后参观我们的梦幻山庄。

章晓燕引导嘉宾们走向台前，在梦幻山庄开业大典的横幅下留下了大合影。

锣鼓声再次响起。扭秧歌、踩高跷的那班人们，在欢乐的乐曲声中狂舞起来。嘉宾们和赶热闹的人群陆续前往景区观摩，雷县长和县里那些局长们在李援朝的引领下，走在最前面。李有福则陪着王金山、吴一鸣、马春兰这些特邀嘉宾走在中间，后面是临河铺的村民们，他们扶老携幼跟在嘉宾身后凑热闹。

马晓禾帮着后勤上的工作人员收拾会场，转眼见不到了陈凌子，看着渐渐远去上山的人群，他丢下手中的活，拼命向山上追去。“陈凌子，陈凌子。”马晓禾的喊声在山谷里回旋……

附录

《月牙河的儿女——功与过》主要人物关系图

- 李家——李家宝
  - 李有福（毛雪莹）
    - 李　苏
    - 李　强
    - 李　刚
    - 李　娅
  - 李月牙（胡老庚）——李援朝（王小雅）

- 马家——马世轩
  - 马春兰（莫师长）
    - 莫东东
    - 莫云云
  - 马秋生（蓝叶萱）
    - 小豆子
    - 小谷子
    - 小油菜
  - 马春生——小棒子

- 王家——王麻子（倭瓜花）
  - 王金山
  - 王银山
  - 王有财（陈明霞）
    - 王雅倩（丁怀玉）
    - 王雅致
    - 王雅兴
    - 王小雅（李援朝）

- 鬼不缠（花喜鹊）
  - 李云程
  - 李云丽
  - 李云鹏（徐熙霞）——李狗子